SOBRE A BELEZA

ZADIE SMITH

Sobre a beleza

Tradução
Daniel Galera

Companhia Das Letras

Copyright © 2005 by Zadie Smith
Proibida a venda em Portugal

Título original
On beauty

Capa
Mariana Newlands

Preparação
Leny Cordeiro

Revisão
Otacílio Nunes
Marise S. Leal

Dados Internacionais de Catalogação na Publicação (CIP)
(Câmara Brasileira do Livro, SP, Brasil)

Smith, Zadie
    Sobre a beleza / Zadie Smith ; tradução Daniel Galera. —
São Paulo : Companhia das Letras, 2007.

    Título original: On beauty.
    ISBN 978-85-359-1099-5

    1. Romance inglês I. Título.

07-7458   CDD-823

Índice para catálogo sistemático:
1. Romances : Literatura inglesa 823

[2007]
Todos os direitos desta edição reservados à
EDITORA SCHWARCZ LTDA.
Rua Bandeira Paulista 702 cj. 32
04532-002 — São Paulo — SP
Telefone (11) 3707-3500
Fax (11) 3707-3501
www.companhiadasletras.com.br

Para meu querido Laird

Sumário

1. Kipps e Belsey, 9
2. A lição de anatomia, 133
3. Sobre a beleza e o engano, 277

Nota da autora, 443
Agradecimentos, 445

KIPPS E BELSEY

Recusamo-nos a ser o outro.

H. J. Blackham

1.

Podemos muito bem começar pelos e-mails de Jerome a seu pai:

Para: HowardBelsey@fas.Wellington.edu
De: Jeromenoexterior@easymail.com
Data: 5 de novembro
Assunto:

Oi, pai — o lance é que eu vou continuar continuando a mandar esses e-mails — já não espero que vá responder, mas ainda desejo que responda, se é que faz sentido.

Bem, estou aproveitando tudo bastante. Trabalho no escritório do próprio Monty Kipps (sabia que na verdade ele é *Sir* Monty??), que fica na região do Green Park. Somos eu e uma garota de Cornwall chamada Emily. Ela é legal. Há também outros três estagiários ianques no andar de baixo (um deles é de Boston!), portanto me sinto bastante em casa. Sou meio que um estagiário com tarefas de assistente pessoal — organizar almoços, arquivar, falar com pessoas no telefone, esse tipo de coisa. O trabalho de Monty é muito mais do que as coisas acadêmicas: ele está envolvido com a Comissão Racial, e tem instituições beneficentes ligadas à Igreja em Barbados, Jamaica, Haiti etc. — ele me mantém muito ocupado. Como é uma estrutura muito pequena, acabo trabalhando muito próximo dele — e, é claro, estou morando com a família agora, que é como estar completamente integrado em algo novo. Ah, a família. Você não respondeu, então estou imaginando a sua reação (não é muito difícil imaginar...). A verdade é que foi só a alternativa mais conveniente para o momento. E eles foram gentis demais em oferecer — eu estava sendo despejado do lugar das "quitinetes" em Marylebone. Os Kipps não têm nenhuma responsabilidade sobre *mim*, mas eles convidaram e eu aceitei — agradecido. Agora faz uma semana que estou na casa deles e ainda não se tocou no assunto do aluguel, para ter uma idéia. Sei que você quer que eu diga que está sendo um pesadelo, mas não está — *adoro* morar aqui. É um universo diferente. A casa é simplesmente *uau* — início do vitoriano, parte de um conjunto de casas — modesta por fora, só que imensa por dentro — mas ainda assim há uma certa humildade que realmente me agrada — quase tudo branco, cheio de coisas feitas à mão, colchas, prateleiras de madeira escura, sancas e uma escada de quatro patamares — e no lugar todo há apenas uma televisão, que ainda assim fica no porão, só para o Monty manter-se em dia com as notícias e algumas coisas que ele faz na televisão — mas é só isso. Penso nela como uma imagem em negativo da nossa casa, às vezes... Fica num pedacinho de North London chamado "Kilburn", que soa bucólico, mas ah não senhor, não é nem um pouco bucólico, tirando essa rua onde moramos, longe da "rua principal", onde de repente não se escuta mais nada e dá pra sentar no quintal debaixo da sombra de uma árvore *enorme* — vinte e cinco metros de altura, com o tronco todo coberto de heras... lendo e sentindo-se dentro de um romance... O outono é diferente aqui — bem menos intenso, e as árvores ficam sem folhas bem mais cedo —, tudo mais melancólico por algum motivo.

A família é um outro papo — eles merecem mais espaço e tempo do que tenho agora (estou escrevendo isso no meu horário de almoço). Mas em resumo: um filho, Michael, boa-pinta, elegante. Um pouco enjoado, acho. *Você* ia achar, pelo menos. É um homem de negócios — o tipo exato de negócio eu ainda não consegui descobrir. E ele é enorme! Tem cinco centímetros a mais que você, no mínimo. Todos eles são grandes, daquele jeito atlético, caribenho. Ele deve ter um metro e noventa e cinco. Tem também uma filha muito alta e linda, Victoria, que só vi em fotos (ela está viajando de trem pela Europa), mas ela volta para passar um tempo aqui na sexta, acho. A esposa de Monty, Carlene — perfeita. Mas ela não é de Trinidad — é de uma ilha pequena, Saint alguma coisa — não tenho certeza. Não escutei muito bem quando ela disse a primeira vez, e agora meio que ficou tarde demais para perguntar. Vive tentando me engordar — me alimenta constantemente. O resto da família conversa sobre esportes, Deus e política, e Carlene paira sobre tudo como uma espécie de anjo — e ela está me ajudando com as orações. Ela sabe mesmo como *orar* — e é muito bom poder orar sem alguém da sua família entrando no quarto e (a) soltando pum (b) gritando (c) analisando a "impostura metafísica" da oração (d) cantando alto (e) rindo.

Então essa é Carlene Kipps. Diz pra mãe que ela sabe cozinhar. Só diz isso e depois dá uma risadinha e sai andando...

Mas olha só, escuta essa próxima parte com cuidado: de manhã, TODA A FAMÍLIA KIPPS toma café junta e conversa JUNTA e depois entra num carro JUNTA (está anotando?) — eu sei, eu sei — não é fácil fazer a sua cabeça. Nunca conheci uma família que quisesse passar tanto tempo junta.

Espero que consiga ver, diante de tudo que escrevi, que a sua rixa, ou seja lá o que for, é uma perda completa de tempo. É só da sua parte, de qualquer forma — Monty não se envolve em rixas. Vocês nem se conhecem — é só um monte de debates públicos e cartas bestas. Quanto desperdício de energia. A maior parte da crueldade deste mundo não passa de energia colocada no lugar errado. Enfim: preciso ir — o trabalho chama!

Meu amor para a mãe e Levi, amor parcial para Zora,
E lembre-se: amo você, pai (e rezo por você, também)
Ufa! Maior e-mail de todos os tempos!

Jerome xxoxxxx

Para: HowardBelsey@fas.Wellington.edu
De: Jeromenoexterior@easymail.com
Data: 14 de novembro
Assunto: Oi de novo

Pai,
Obrigado por me encaminhar os detalhes sobre a dissertação — poderia ligar para o departamento em Brown e tentar me arranjar um prolongamento de prazo? Agora começo a entender por que Zora se matriculou em Wellington... é bem mais fácil estourar prazos quando o professor é o papai? Li seu questionamento de uma única linha e depois procurei, como um idiota, algum outro anexo (tipo uma carta, por exemplo???), mas acho que você está ocupado/brabo etc. demais para escrever. Bem, eu não. Como vai o livro? A mãe disse que você estava com dificuldades para ir em frente. Já encontrou alguma maneira de provar que Rembrandt não valia nada??

Os Kipps continuam subindo no meu conceito. Terça, fomos todos juntos ao teatro (o clã inteiro está em casa, agora) e assistimos a um grupo de dança sul-africano, e depois, voltando de "*tube*", começamos a cantarolar uma das músicas do espetáculo e acabou com todo mundo cantando a plenos pulmões, conduzidos por Carlene (ela tem uma tremenda voz), e até Monty participou, porque no fundo ele não é o "psicótico de mal com a vida" que você pensa que ele é. Teve mesmo algo de encantador, a cantoria, o trem subindo à superfície, depois enfrentar o tempo chuvoso voltando a pé para aquela casa linda e comer um curry de frango caseiro no jantar. Mas vejo a cara que está fazendo enquanto digito isso, então vou parar.

Outra novidade: Monty mergulhou de cabeça no que é a grande carência dos Belsey: lógica. Ele está tentando me ensinar xadrez, e hoje foi a primeira vez que não perdi em menos de seis jogadas, embora tenha perdido, é claro. Todos os Kipps acham que sou atrapalhado e poético — não sei o que diriam se soubessem que entre os Belsey sou praticamente um Wittgenstein. Apesar disso, acho que eu os divirto — e Carlene gosta que eu fique com ela na cozinha, onde minha limpeza é vista como algo positivo em vez de algum tipo de síndrome anal-retentiva... devo admitir, porém, que acho um pouco sinistro acordar de manhã e me deparar com um silêncio pacífico (uns SUSSURRAM nos corredores para não acordar os outros), e uma pequena parte das minhas costas sente saudade da toalha molhada e enrolada de Levi, assim como uma pequena parte do meu ouvido não sabe o que fazer da vida agora que Zora não está mais gritando dentro dele. A mãe me mandou um e-mail para contar que Levi aumentou o número de acessórios de cabeça para quatro (gorro, boné, capuz do moletom, capuz do casaco) *mais* fones de ouvido — de modo que dá pra ver só um pedacinho do rosto dele, ao redor dos olhos. Dê um beijo bem ali por mim, por favor. E dê um beijo na mãe por mim também, e lembre-se de que amanhã falta uma semana para o aniversário dela. Dê um beijo em Zora e peça pra ela ler Mateus, 24. Sei como ela adora ler um trechinho das Escrituras diariamente.

Amor e paz em abundância,

Jerome xxxxx

P.S. em resposta ao seu "delicado questionamento", sim, ainda sou... apesar de seu evidente desprezo, me sinto bem tranqüilo em relação a isso, obrigado... vinte não é tão tarde assim entre os jovens de hoje em dia, especialmente os que decidiram aderir a Cristo. Foi estranho você ter perguntado, porque caminhei pelo Hyde Park ontem e pensei em você perdendo a sua com alguém que nunca tinha visto antes e nunca mais voltaria a ver. E não, não fiquei tentado a repetir esse incidente...

Para: HowardBelsey@fas.Wellington.edu
De: Jeromenoexterior@easymail.com
Data: 19 de novembro
Assunto:

Prezado dr. Belsey!

Não faço a menor idéia de como você vai receber essa! Mas estamos apaixonados! A filha do Kipps e eu! Vou pedir ela em casamento, pai! E acho que ela vai dizer sim!!! Tá curtindo esses pontos de exclamação!!!! O nome dela é Victoria mas todos a chamam de Vee. Ela é incrível, linda, brilhante. Vou fazer um pedido "oficial" hoje à noite, mas queria te contar antes. Aconteceu com a gente como os Cantares de Salomão, e não tem como explicar, a não ser dizendo que foi uma espécie de revelação mútua. Ela acabou de chegar aqui, semana passada — parece loucura, mas é verdade!!!! Sério: estou feliz. Por favor, tome dois Valiums e peça pra mãe me escrever um e-mail o quanto antes. Não tenho mais créditos nesse telefone e não gosto de usar o deles.

Jxx

2.

"O quê, Howard? O que tenho diante de mim, exatamente?"

Howard Belsey apontou para sua esposa americana, Kiki Simmonds, o trecho relevante do e-mail que tinha imprimido. Ela pôs um cotovelo em cada lado da folha de papel e baixou a cabeça como sempre fazia ao se concentrar em letras miúdas. Howard se afastou até o outro lado de sua cozinha com sala de jantar para cuidar de uma chaleira chiando. Havia apenas essa única nota aguda — o resto era silêncio. Sua única filha, Zora, estava sentada num banquinho de costas para a cozinha, usando fones de ouvido e com os olhos reverentes apontados para a televisão. Levi, o menino mais novo, estava parado ao lado do pai na frente dos armários da cozinha. Os dois começaram a coreografar um café-da-manhã em muda harmonia: passando a caixa de cereal um para o outro, trocando utensílios, enchendo suas tigelas e compartilhando o leite de uma jarra de porcelana rosa com borda amarelo-clara. A casa dava para o sul. A luz atingia a porta dupla de vidro que dava acesso ao jardim e passava pelo arco que dividia a cozinha, repousando suavemente sobre a natureza-morta de Kiki, imóvel, lendo na mesa de café. À sua frente havia uma tigela vermelho-escura de cerâmica portuguesa contendo uma pilha alta de maçãs. A essa hora, a luz se estendia mais longe ainda, além da mesa do café, passando pelo corredor até chegar à menor das duas salas de estar. Ali, uma estante preenchida com os livros de bolso mais antigos da família fazia companhia a um pufe de camurça e uma otomana sobre a qual Murdoch, o *dachsund*, estava estirado sob um raio de sol.

"Isto aqui é sério?", perguntou Kiki, mas não recebeu resposta.

Levi estava fatiando morangos, passando-os na água e soltando-os dentro de duas tigelas de cereal. Era tarefa de Howard recolher os cálices sujos da fruta e jogá-los no lixo. Quando tinham quase terminado essa operação, Kiki virou os papéis de face para baixo sobre a mesa, tirou as mãos das têmporas e riu baixinho.

"Tem algo engraçado nisso?", perguntou Howard, indo para o balcão de café-da-manhã e apoiando os cotovelos nele. O rosto de Kiki respondeu com sua negritude impassível. Era essa expressão esfíngica que às vezes induzia seus amigos americanos a imaginar para ela uma procedência mais exótica do que realmente tinha. Na verdade, ela era de uma estirpe simples do interior da Flórida.

"Meu bem — tente ser menos jocoso", sugeriu. Pegou uma maçã e começou a cortá-la com uma das facas pequenas de cabo translúcido, dividindo-a em pedaços irregulares. Comeu devagar, um pedaço depois do outro.

Howard afastou o cabelo do rosto com as duas mãos.

"Desculpe — é que — você riu, então achei que devia ter algo engraçado."

"Como devo reagir?", disse Kiki, suspirando. Largou a faca e pegou Levi, que estava passando naquele momento com sua tigela. Agarrou seu robusto rebento de quinze anos pela cintura de brim, puxou-o para perto de si com facilidade e forçou-o a abaixar-se quinze centímetros, até a altura em que estava sentada, para poder enfiar a etiqueta de sua camiseta de basquete dentro da gola. Pôs um polegar em cada lado de sua cueca samba-canção para fazer mais um ajuste, mas ele se esquivou dela.

"*Mãe*, meu..."

"Levi, querido, por favor levante isso só um pouquinho... está tão baixa... não cobre nem a sua bunda."

"Então *não* é engraçado", concluiu Howard. Não lhe dava prazer nenhum cavoucar o assunto dessa maneira. Mesmo assim, ele insistiria nessa linha de interrogatório, por mais que não tivesse pretendido começar por aí, e sabia que era uma jornada sem volta rumo a resultado nenhum.

"Ai, *Deus*, Howard", disse Kiki. Ela virou de frente para ele. "Podemos discutir isso daqui a quinze minutos, não podemos? Quando as crianças estiverem..." Kiki se ergueu um pouco na cadeira ao escutar a tranca da porta da frente girar uma vez e depois outra. "Zoor, querida, atenda lá por favor, meu joelho está ruim hoje. Ela não consegue entrar, vamos, dê uma ajuda..."

Zora, comendo uma espécie de saquinho torrado cheio de queijo, apontou para a televisão.

"Zora, atenda *agora*, por favor, é a mulher nova. Monique... por algum motivo, as chaves não estão funcionando direito... achei que eu tinha *pedido* para você tirar cópias de um novo conjunto para ela... não posso ficar aqui o tempo todo, esperando ela chegar... Zoor, será que dá para levantar essa bunda..."

"Segunda bunda da manhã", comentou Howard. "Que bonito. Civilizado."

Zora saiu do banco e seguiu pelo corredor até a porta da frente. Kiki olhou outra vez para Howard com uma profundidade questionadora que ele confrontou com a expressão mais inocente de seu próprio rosto. Ela pegou o e-mail do filho ausente, levantou os óculos que estavam suspensos por uma corrente sobre o busto portentoso e os encaixou novamente na ponta do nariz.

"É preciso dar crédito a Jerome", murmurou enquanto lia. "Esse menino não é bobo... quando quer a sua atenção, ele *com certeza sabe como conseguir*", disse olhando subitamente para Howard e separando as sílabas como um caixa de banco contando notas. "A filha de Monty Kipps. Pá, pum. Pronto, você já está interessado."

Howard fechou a cara. "É isso que você tem a dizer."

"Howard... tem um ovo no fogo, não sei quem pôs para ferver, mas a água já evaporou... o cheiro está nojento. Desligue, por favor".

"*Essa* é a sua contribuição?"

Howard observou a esposa encher com toda a calma um terceiro copo de suco de tomate com marisco. Ela pegou o copo e o aproximou dos lábios, mas parou no meio e falou novamente.

"Puxa, Howie. Ele está com *vinte*. Está querendo a atenção do papai —

e está procurando no lugar certo. Até esse estágio com o Kipps, para começar — ele poderia ter feito *milhões* de outros estágios. Agora vai casar com a caçula dos Kipps? Não precisa ser freudiano. Estou querendo dizer que a pior coisa que podemos fazer é levar isso a sério."

"Os Kipps?", perguntou Zora em voz alta, voltando pelo corredor. "O que está acontecendo — Jerome foi morar com eles? Mas que loucura completa... é tipo assim: Jerome — Monty Kipps", disse Zora, moldando dois homens imaginários à sua direita e à sua esquerda e repetindo o gesto. *"Jerome... Monty Kipps. Morando juntos."* Zora simulou um arrepio cômico.

Kiki emborcou seu suco e bateu o copo vazio com força na mesa. "Chega de Monty Kipps — estou falando sério. Não quero mais ouvir o nome dele esta manhã, juro por Deus." Consultou o relógio de pulso. "Que hora é a sua primeira aula? Por que você ainda está aqui, Zoor? Sabe? Por — que — você — está — *aqui*? Oh, bom dia, Monique", disse Kiki num tom de voz formal e um tanto diferente, livre de seu sotaque cantado da Flórida. Monique fechou a porta de frente e se aproximou.

Kiki lhe dirigiu um sorriso exausto. "Estamos enlouquecidos hoje... todo mundo está atrasado ou ficando atrasado. Como vai, Monique... tudo bem?"

A nova faxineira, Monique, era uma haitiana atarracada, mais ou menos da mesma idade de Kiki, ainda mais escura que Kiki. Era apenas sua segunda visita à casa. Vestia uma jaqueta da Marinha americana com a gola felpuda levantada e mostrava um olhar de apreensão defensiva, se desculpando pelo que daria errado antes mesmo que acontecesse. Tudo se tornava ainda mais lancinante e difícil para Kiki por causa das tranças de Monique: um aplique sintético laranja e vagabundo que precisava ser renovado e hoje parecia mais recuado que nunca sobre o crânio, preso por fios finos em seus cabelos ralos.

"Começo aqui?", perguntou Monique com timidez. Sua mão pairou próxima ao zíper superior de seu casaco, mas ela não o abriu.

"Na verdade, Monique, pode começar pelo escritório — o meu escritório", disse Kiki rapidamente por cima de algo que Howard começava a dizer. "Pode ser? Por favor, não mexa nos papéis — apenas empilhe, se puder."

Monique ficou parada no lugar, segurando o zíper. Kiki experimentou um estranho momento de nervosismo, imaginando o que aquela mulher negra pensava de ser paga por outra mulher negra para fazer faxina.

"Zora vai acompanhá-la — Zora, acompanhe Monique, por favor, vá agora, mostre a ela onde fica."

Zora saiu galgando a escada de três em três degraus e Monique foi se arrastando atrás dela. Howard saiu do proscênio e entrou em seu casamento.

"Se isso acontecer", disse Howard num tom equilibrado, entre goles de café, "Monty Kipps será um parente por afinidade. Parente nosso. Não parente de outra pessoa. *Nosso.*"

"Howard", disse Kiki com o mesmo controle, "por favor, sem 'teatrinho'. Não estamos num palco. Acabei de dizer que não quero falar sobre isso agora. *Sei* que você me ouviu."

Howard fez uma pequena mesura.

"Levi precisa de dinheiro para um táxi. Se quer se preocupar com algo, se preocupe com isso. Não se preocupe com os Kipps."

"Kipps?", gritou Levi de algum lugar fora de vista. "Kipps quem? Qualé a deles?"

Esse sotaque artificial do Brooklyn não pertencia a Howard nem a Kiki, e só tinha chegado à boca de Levi três anos atrás, quando ele fizera doze anos. Jerome e Zora tinham nascido na Inglaterra, Levi, nos Estados Unidos. Mas o sotaque americano de cada um parecia, para Howard, um pouco artificial — não exatamente um produto daquele lar ou de sua esposa. Nenhum, entretanto, era tão inexplicável quanto o de Levi. Brooklyn? Os Belsey estavam trezentos e vinte quilômetros ao norte do Brooklyn. Howard chegou perto de fazer um comentário sobre isso naquela manhã (sua esposa o tinha alertado para não comentar a respeito), mas bem na hora Levi surgiu do corredor e desarmou seu pai com um sorriso cheio de espaços entre os dentes.

"Levi", disse Kiki, "querido, agora me interessei em saber — você sabe quem sou eu? Presta *alguma* atenção em tudo que acontece por aqui? Lembra de Jerome? Seu irmão? Jerome não aqui? Jerome cruzar grande oceano para lugar chamado Inglaterra?"

Levi trazia um par de tênis nas mãos. Ele os sacudiu para o sarcasmo da mãe e, fazendo cara feia, sentou-se e começou a calçá-los.

"E daí? Qualé? Conheço esse Kipps? Não tô ligado em nenhum Kipps."

"Jerome — vá para o colégio."

"Agora também me chamo Jerome?"

"Levi — *vá para o colégio.*"

"Meu, por que vocês têm que ser tudo... só faço uma pergunta, só isso, e vocês têm que ficar tudo..." Levi ofereceu um gesto inconclusivo que não deu idéia nenhuma da palavra que faltava.

"Monty Kipps. O homem para quem seu irmão está trabalhando na Inglaterra", rendeu-se Kiki com a voz cansada. Howard achou interessante ver como Levi tinha conquistado essa desistência, confrontando a ironia corrosiva de Kiki com o seu oposto.

"Viu?", disse Levi, como se apenas através de seus esforços fosse possível chegar à decência e ao bom senso. "Foi tão difícil?"

"Então isso aí é uma carta do Kipps?", perguntou Zora, terminando de descer a escada e chegando por trás do ombro da mãe. Nessa pose, a filha curvada sobre a mãe, elas lembravam a Howard duas das carregadoras de água rechonchudas de Picasso. "Pai, por favor, preciso ajudar a responder dessa vez — vamos *destruir* ele. Para onde é? Para a *Republic*?"

"Não. Não, não tem nada a ver com isso — é de Jerome, na verdade. Ele vai se casar", disse Howard deixando o roupão abrir e virando para o outro lado. Aproximou-se das portas de vidro que davam para o jardim. "Com a filha do Kipps. Parece que isso é engraçado. Sua mãe acha hilário."

"Não, querido", disse Kiki. "Acho que acabamos de deixar claro que eu *não* acho hilário — acho que não sabemos *o que* está acontecendo — esse e-mail tem sete linhas. Não sabemos nem o que isso significa, e não vou ficar toda grilada por causa..."

"Isso é *sério*?", interrompeu Zora. Ela arrancou o papel das mãos de sua mãe e o trouxe para bem perto dos olhos míopes. "É uma porra duma piada, né?"

Howard apoiou a testa no grosso painel de vidro e sentiu a condensação ensopar suas sobrancelhas. Lá fora a democrática neve da Costa Leste continuava caindo, igualando as cadeiras do jardim às mesas, plantas, caixas de correio e estacas de cerca. Exalou uma nuvem em forma de cogumelo e depois a esfregou com a manga da camisa.

"Zora, você precisa ir para a aula, tá? E você *realmente* precisa abandonar esse linguajar dentro da minha casa — *Hup! Hap! Nap! Não!*", disse Kiki, cada vez encobrindo uma palavra que Zora tentava pronunciar. "Tá?

Acompanhe Levi até o ponto de táxi. Não posso levar ele de carro hoje — você pode pedir para Howard lhe dar uma carona, mas parece que isso não vai acontecer. *Eu* vou ligar para Jerome."

"Não preciso de carona", disse Levi, e então Howard reparou propriamente em Levi e no que havia de novo em Levi: uma meia comprida de mulher, fina e preta, amarrada na cabeça com um nó atrás e um pequeno e involuntário bico em cima, parecendo um mamilo.

"Você não pode ligar para ele", disse Howard baixinho. Deslocou-se taticamente para o lado esquerdo de sua impressionante geladeira, para fora do alcance visual de sua família. "O telefone dele está sem crédito."

"O que você disse?", perguntou Kiki. "O que você está dizendo? Não consigo escutar."

De repente ela estava bem atrás dele. "Cadê o número do telefone dos *Kipps*?", exigiu, apesar de os dois saberem a resposta.

Howard ficou calado.

"Ah, é, isso mesmo", disse Kiki, "está na *agenda*, a agenda que foi deixada em *Michigan*, durante a famosa *conferência* em que você tinha coisas mais importantes na cabeça do que sua mulher e sua família."

"Podemos evitar isso agora?", pediu Howard. Quando se é culpado, só resta pedir para adiar do julgamento.

"Tanto faz, Howard. Tanto faz — de qualquer jeito, eu é que vou ter que lidar com isso, com as conseqüências dos seus atos, como sempre, portanto..."

Howard bateu na geladeira com o lado do punho.

"Howard, por favor, não faça isso. A porta abriu, ela... vai descongelar tudo, empurre do jeito certo, *do jeito certo*, até que ela — Tá bom: é *lamentável*. Isso se realmente *aconteceu*, o que não sabemos. Só nos resta dar um passo de cada vez até sabermos que diabo está acontecendo. Então vamos deixar assim e, não sei... discutir quando nós... bem, quando Jerome estiver aqui, para começar, e quando houver algo de fato a ser discutido, concorda? Concorda?"

"Parem de discutir", reclamou Levi do outro lado da cozinha, e depois repetiu a mesma coisa em voz alta.

"Não estamos discutindo, querido", disse Kiki inclinando o corpo até o quadril. Dobrou a cabeça para a frente e libertou os cabelos do lenço cor de fogo amarrado em sua cabeça. Ela os arranjava em duas grossas cordas trançadas que chegavam até as nádegas, como os chifres desenrolados de um carneiro. Sem olhar para cima, nivelou os dois lados do tecido, jogou a cabeça de novo para trás, deu duas voltas com o tecido ao redor dela e amarrou de novo, exatamente da mesma maneira, porém mais apertado. Tudo se ergueu dois centímetros, e com esse rosto novo e autoritário ela se apoiou na mesa e se dirigiu aos filhos.

"Tá, acabou o show. Zoor, deve ter uns dólares no pote ao lado do cacto. Entregue-os a Levi. Se não tiver, empreste alguns para ele e eu te pago mais tarde. Estou meio apertada este mês. Certo. Vão em frente e aprendam. Qualquer coisa. Qualquer coisa mesmo."

Alguns minutos depois, com a porta recém-fechada por seus filhos, Kiki encarou o marido com uma tese de expressão facial de que somente Howard poderia conhecer todas as linhas e referências. Só por esporte, Howard sorriu. Em resposta, recebeu absolutamente nada. Howard parou de sorrir. Se houvesse uma briga, nenhum tolo apostaria nele. Kiki — que certa vez Howard, vinte e oito anos atrás, havia jogado sobre o ombro como um rolo de carpete para deitá-la, e deitar nela, pela primeira vez em sua primeira casa — tinha hoje sólidos cento e quinze quilos, e parecia vinte anos mais jovem que ele. Sua pele tinha aquela célebre vantagem étnica de não enrugar muito, mas, no caso de Kiki, o ganho de peso a tinha esticado de maneira ainda mais impressionante. Aos cinqüenta e dois, seu rosto ainda era o rosto de uma menina. O lindo rosto de uma menina briguenta.

Ela cruzou o recinto e forçou passagem com tanta força que ele foi empurrado para cima de uma cadeira de balanço adjacente. De volta à mesa da cozinha, ela começou a encher violentamente uma sacola com coisas que não precisava levar para o trabalho. Falou sem olhar para ele. "Sabe o que é esquisito? Como é que alguém pode ser professor de uma coisa mas ao mesmo tempo ser tão *intensamente burro* a respeito de todo o resto? Consulte o abecê da paternidade, Howie. Você descobrirá que, seguindo esse caminho, o oposto, o exato oposto do que você quer que aconteça vai acabar acontecendo. O *exato oposto*."

"Mas o exato oposto do que eu quero", avaliou Howard, balançando na cadeira, "é exatamente a porra que sempre acontece."

Kiki interrompeu o que estava fazendo. "Certo. Porque você nunca consegue o que quer. Sua vida é só uma orgia de privações."

Isso acenava para o conflito recente. Era uma proposta de arrombar com um chute a porta da mansão de seu casamento que conduzia a uma antecâmara de sofrimento. A proposta foi recusada. Em vez disso, Kiki deu início ao conhecido desafio de conseguir acomodar sua pequena mochila bem no meio de suas costas gigantes.

Howard se levantou e voltou a arrumar o roupão de forma decente. "Temos o endereço deles, pelo menos?", perguntou. "Endereço residencial?"

Kiki pressionou a ponta dos dedos nas têmporas como uma vidente de parque de diversões. Falou devagar, e, embora sua pose fosse sarcástica, seus olhos estavam úmidos.

"Quero entender o que você pensa que fizemos contra você. Sua família. O que foi que fizemos? Privamos você de alguma coisa?"

Howard suspirou e olhou para o outro lado. "Vou apresentar uma monografia em Cambridge na terça, de qualquer forma — bem que eu podia pegar um vôo para Londres um dia antes, nem que seja para..."

Kiki bateu com a palma da mão na mesa. "Ai, *Deus*, não estamos em 1910 — Jerome pode se casar com quem diabo ele quiser — ou vamos começar a fazer cartões de visita e pedir para ele conhecer somente as filhas dos acadêmicos que *você* por acaso..."

"Talvez o endereço esteja na calça verde de algodão."

Ela piscou os olhos até afastar a possibilidade de lágrimas. "Não *sei* onde o endereço *talvez esteja*", disse, imitando o sotaque dele. "Encontre você mesmo. Quem sabe está escondido embaixo daquela merda toda naquele seu maldito *galpão*."

"Muitíssimo obrigado", disse Howard, subindo a escada e começando a jornada de volta até seu escritório.

3.

A residência dos Belsey, um edifício vermelho-castanho alto, em estilo New England, ocupa quatro andares rangentes. A data de sua construção (1856) está desenhada em azulejo acima da porta da frente, e as janelas conservam os vidros verdes mosqueados que espalham uma pastagem onírica sobre as tábuas do piso sempre que uma luz forte os atravessa. Não são originais, essas janelas, e sim substitutas, já que as originais são preciosas demais para serem usadas como janelas. Protegidas por um valioso seguro, estão guardadas num grande cofre no porão. Uma parcela significativa do valor da casa dos Belsey reside em janelas que não se podem abrir e pelas quais ninguém pode olhar. A única janela original é a clarabóia bem no topo da casa, uma vidraça arlequim que projeta um disco de luz multicolorida em diferentes pontos do andar superior enquanto o sol passa sobre os Estados Unidos, tingindo uma camisa branca de rosa quando alguém passa nela, por exemplo, ou uma gravata amarela de azul. Quando o facho atinge o chão no meio da manhã, uma superstição da família diz que nunca se deve atravessá-lo. Dez anos antes as crianças estariam ali lutando, tentando forçar umas às outras a cruzar sua órbita. Mesmo agora, jovens adultos, eles continuam a contorná-lo quando estão a caminho de descer a escada.

A escada em si é uma espiral íngreme. Para oferecer distração na descida, foi pendurada nas paredes uma galeria fotográfica da família Belsey que acompanha cada volta da escada. As crianças vêm primeiro, em preto-e-branco: gorduchas e com covinhas, aureoladas de cachos. Parecem estar sempre tropeçando em direção ao observador e por cima umas das outras, dobrando suas pernas de salsicha. Jerome de testa franzida, segurando a bebê Zora, tentando entender o que ela é. Zora ninando o pequeno e enrugado Levi com o olhar alucinado e possessivo de uma mulher que rouba crianças das enfermarias. Retratos escolares, formaturas, piscinas, restaurantes, jardins e fotos de férias vêm a seguir, monitorando o desenvolvimento físico, sublinhando personalidades. Depois das crianças vêm quatro gerações da linhagem materna dos Simmonds. Estão dispostos em triunfante e calculada seqüência: a tataravó de Kiki, uma escrava doméstica; a bisavó, criada; e depois sua avó, uma enfermeira. Foi a enfermeira Lily que herdou toda essa casa de um benevolente médico branco ao lado do qual trabalhou durante vinte anos na Flórida. Uma herança dessa escala muda tudo para uma família pobre americana; ela se torna classe média. E o número 83 da Langham é uma bela casa de classe média, ainda maior do que parece por fora, com uma pequena piscina não aquecida nos fundos, desprovida de vários de seus azulejos brancos, como um sorriso britânico. De fato, uma boa parte da casa está hoje um pouco surrada — mas isso faz parte de seu esplendor. Não há nada de *nouveau riche* nela. A causa é enobrecida pelo trabalho que dedicou a essa família. O aluguel da casa pagou os estudos da mãe de Kiki (uma escrivã, faleceu na primavera anterior) e da própria Kiki. Por anos, ela foi o pé-de-meia dos Simmonds e casa de férias; todo mês de setembro, eles vinham da Flórida para ver a cor das folhas. Depois que seus filhos cresceram e seu marido pastor faleceu, a sogra de Howard, Claudia Simmonds, mudou-se permanentemente para a casa e viveu feliz como hospedeira de ciclos de estudantes que alugavam os quartos vagos. Ao longo desses anos, Howard cobiçou a casa. Claudia, plenamente consciente dessa cobiça, dedicou-se a corromper seu curso. Ela sabia bem que o lugar era perfeito para Howard: grande, agradável, e tinha ao alcance de uma cuspida uma universidade americana mediana que talvez tivesse interesse em contratá-lo. A sra. Simmonds sentiu prazer, ou pelo menos era nisso que Howard acreditava, em fazê-lo esperar todos aqueles anos. Ela chegou alegremente aos setenta anos sem qualquer problema de saúde sério. Enquanto isso, Howard foi alocando sua jovem família em vários centros do saber de segunda categoria: seis anos no norte do estado de Nova York, onze em Londres, um nos subúrbios de Paris. Fazia só dez anos que Claudia finalmente havia cedido, deixando a propriedade em favor de um asilo de idosos na Flórida. Foi perto dessa época que a fotografia da própria Kiki, uma administradora de hospitais e herdeira final do número 83 da Langham Drive, foi tirada e colocada na galeria. Ela aparece na foto, só dentes e cabelos, recebendo um prêmio estadual por serviços solidários à comunidade local. Um intrometido braço branco cinge o que, naquele tempo, era uma cintura extremamente esguia apertada por uma calça jeans; esse braço, cortado na altura do cotovelo, é de Howard.

Quando as pessoas casam, muitas vezes ocorre uma batalha para ver qual família — a do marido ou a da esposa — predominará. Howard perdeu essa batalha com satisfação. Os Belsey — pequenos, mesquinhos e cruéis — são uma família que ninguém lutaria para preservar. E, como Howard tinha cedido, era fácil para Kiki ter uma postura generosa. Por isso aqui, no primeiro andar, temos uma grande representação de um dos Belsey ingleses, um retrato em carvão do pai de Howard, Harold, pendurado tão alto na parede quanto o decoro permite, com sua boina na cabeça. Seus olhos apontam para baixo, como se em desespero diante da maneira exótica com que Howard escolheu dar continuidade à linhagem Belsey. O próprio Howard ficou surpreso ao descobrir o desenho — com certeza a única imagem artística que a família Belsey teve algum dia — dentro do pequeno embrulho de bugigangas sem valor que chegou até ele na ocasião da morte de sua mãe. Nos anos seguintes o desenho ascendeu de suas origens modestas, como o próprio Howard. Muitos americanos instruídos de classe alta do círculo de relações dos Belsey manifestaram admiração por ele. O desenho é considerado "refinado", "misterioso" e recende, por algum motivo obscuro, ao "caráter inglês". Na opinião de Kiki, é um objeto a que os filhos darão valor quando forem grandes, um argumento que sabiamente contorna o fato de que as crianças já são grandes e não lhe dão valor. Howard, de sua parte, o detesta, assim como detesta qualquer pintura realista — e o seu pai.

Depois de Harold Belsey vem um alegre desfile do próprio Howard em suas encarnações dos anos 70, 80 e 90. Apesar das mudanças de indumentária, os traços significativos permanecem em sua maior parte inalterados ao longo dos anos. Seus dentes — caso único em sua família — são alinhados e de tamanho semelhante entre si; o volume do lábio inferior compensa parcialmente a ausência do superior; e suas orelhas não chamam a atenção, o que é tudo que se pode esperar das orelhas. Ele não possui queixo, mas seus olhos são muito grandes e verdes. Tem um nariz fino, atraente e aristocrático. Quando situado ao lado de homens de sua idade e classe, apresenta duas vantagens: cabelo e peso. Ambos não mudaram quase nada. O cabelo, em particular, é cheio e viçoso. Um retalho grisalho nasce na têmpora direita. Neste outono mesmo, decidiu jogar todo ele para a frente, por cima do rosto, como não fazia mais desde 1967 — um grande sucesso. Uma grande foto de Howard, se elevando acima de outros membros da Faculdade de Humanas reunidos ordenadamente em torno de Nelson Mandela, consegue até certo ponto demonstrar isso: ele é disparado o sujeito com mais cabelo ali. As fotos de Howard se multiplicam ao nos aproximarmos do térreo: Howard de bermuda com joelhos lustrosos de uma brancura chocante; Howard num tweed acadêmico sob uma árvore rajada pela luz de Massachusetts; Howard num grande salão, recém-nomeado professor da cátedra Empson de estética; de boné, apontando para a casa de Emily Dickinson; de boina, sem motivo especial; vestindo um macacão fluorescente em Eatonville, Flórida, com Kiki ao lado protegendo os olhos de Howard, ou do sol, ou da câmera.

Howard parou no andar do meio para usar o telefone. Queria falar com o dr. Erskine Jegede, professor da cátedra Soyinka de literatura africana e diretor assistente do Departamento de Estudos Negros. Apoiou sua pasta no chão e prendeu o bilhete de avião debaixo do braço. Discou e aguardou o toque comprido, estremecendo com a idéia de seu bom amigo tendo de vasculhar a bolsa, pedir desculpas aos companheiros leitores e sair da biblioteca para o frio da rua.

"Alô?"

"Alô, quem é? Estou na biblioteca."

"Ersk — é o Howard. Desculpe, desculpe — devia ter ligado mais cedo."

"Howard? Você não está no andar de cima?"

Em geral, sim. Lendo em seu amado Cubículo 187, no andar mais alto da Greenman, a biblioteca da Universidade de Wellington. Todo sábado ao longo de anos, exceto nas doenças e tempestades de neve. Lia a manhã toda e depois de reunia com Erskine no saguão na hora do almoço, em frente aos elevadores. Erskine gostava de segurar Howard paternalmente pelos ombros ao caminharem juntos até o café da biblioteca. Os dois juntos eram engraçados. Erskine era quase trinta centímetros mais baixo, completamente careca, com o couro cabeludo lustrado até brilhar como ébano e o peito maciço de um homem baixo projetado para a frente como uma plumagem. Erskine jamais era visto fora de um terno (Howard vestia versões diferentes do mesmo jeans preto fazia dez anos), e seu ar de mandarim era perfeitamente complementado por sua barba mesclada e bem aparada, pontuda como a de um bielo-russo, com bigode combinando e sardas tridimensionais nas maçãs do rosto e no nariz. Nos almoços, tinha sempre um comportamento maravilhosamente indecente e mal-humorado em relação aos colegas, mas não que seus colegas fossem saber disso algum dia — as sardas de Erskine lhe prestavam um incrível trabalho diplomático. Howard não raro desejava ter um rosto igualmente benigno para exibir ao mundo. Após o almoço, Erskine e Howard se separavam, sempre com alguma relutância. Cada homem retornava a seu cubículo de leitura até o jantar. Para Howard, havia muita satisfação nessa rotina dos sábados.

"Ah, mas isso é uma lástima", disse Erskine ao ouvir as notícias de Howard, e o sentimento cobria não apenas a situação de Jerome, mas também o fato de que os dois homens seriam privados da companhia um do outro. Depois: "Pobre Jerome. Ele é um bom rapaz. Com certeza está querendo provar alguma coisa". Erskine fez uma pausa. "Mas não sei muito bem o quê."

"Mas logo Monty *Kipps*", repetiu Howard em desespero. De Erskine, sabia que poderia obter o que precisava. Por isso eram amigos.

Erskine assobiou em solidariedade. "Meu Deus, Howard, não precisa nem me dizer. Lembro quando durante as revoltas de Brixton — isso foi em 81 — eu estava no Serviço Mundial da BBC tentando falar sobre contexto, privação et cetera" — Howard gostava da melodiosa musicalidade nigeriana do "et cetera" — "e esse mentecapto do Monty — ele estava sentado ali na minha frente com sua gravata de clube de críquete de Trinidad, dizendo 'O homem de cor precisa cuidar de sua própria casa, o homem de cor precisa assumir a responsabilidade'. O homem de cor! E ele *ainda* diz isso. O tempo todo, a gente dava um passo para a frente e Monty fazia todos darem dois passos para trás de novo. É um homem triste. Tenho pena dele, na verdade. Ficou tempo demais na Inglaterra. Isso provocou umas coisas estranhas nele."

Howard estava quieto do outro lado. Procurava o passaporte na maleta do computador. Sentia-se exausto com a perspectiva da jornada e da batalha que o aguardava do outro lado.

"E o trabalho dele piora a cada ano. Na minha opinião, o livro sobre Rembrandt é mesmo muito vulgar", Erskine fez a gentileza de acrescentar.

Howard percebeu como era baixo forçar Erskine a assumir posições injustas como essa. Monty era um merda, claro, mas não era bobo. O livro de Monty sobre Rembrandt era, na opinião de Howard, regressivo, perverso e essencialista até não poder mais, mas não era vulgar nem idiota. Era bom. Detalhado e abrangente. Também tinha a grande vantagem da encadernação em capa dura e de estar sendo distribuído pelo mundo falante de língua inglesa, enquanto o livro de Howard sobre o mesmo tópico permanecia incompleto e espalhado pelo chão, na frente da impressora, em páginas que às vezes lhe pareciam ter sido vomitadas de nojo pela máquina.

"Howard?"

"Sim — estou aqui. Tenho que ir, na verdade. Chamei um táxi."

"Se cuide, amigo. Jerome está apenas... bem, quando chegar lá, aposto que já estará claro que foi apenas uma tempestade em copo d'água."

A seis degraus do térreo, Howard foi surpreendido por Levi. De novo aquela história de meia na cabeça. Debaixo da meia, olhando para ele, estava aquele rosto marcante e leonino com seu queixo másculo no qual pêlos cresciam fazia dois anos sem ainda terem se estabelecido com convicção. Estava nu da cintura para cima e de pés descalços. Seu peito delgado recendia a manteiga de cacau e tinha sido depilado recentemente. Howard abriu os braços, bloqueando o caminho.

"Qualé a fita?", perguntou o filho.

"Nada. De saída."

"Tava falando com quem?"

"Erskine."

"Tá de saída *saída?*"

"Sim."

"*Agora?*"

"E o que quer dizer *isso?*", perguntou Howard mudando a direção do interrogatório e tocando na cabeça de Levi. "É algo político?"

Levi esfregou os olhos. Pôs os dois braços atrás das costas, uniu as mãos e se alongou para baixo, expandindo imensamente o peito. "Nada, pai. É o que *é*", disse aforisticamente. Mordeu o polegar.

"Então...", disse Howard, tentando traduzir, "é uma coisa estética. Só pelo visual."

"Acho que sim", disse Levi dando de ombros. "É. É só o que é, só uma coisa que eu uso. Você sabe. Esquenta minha cabeça, meu. É prático e pá."

"Faz realmente sua cabeça ficar um tanto... arrumada. Lisa. Como um feijão."

Deu um apertão amistoso nos ombros do filho e o puxou para perto. "Você vai trabalhar hoje? Deixam você usar isso na, como é que chama, na loja de discos?"

"Claro, claro... Não é uma loja de discos — vivo repetindo —, é uma *mega-store*. Tem tipo sete andares... Você me faz dar risada, meu", disse Levi baixinho, seus lábios soprando a pele de Howard por baixo da camisa. Levi se afastou do pai dando tapinhas nele como um segurança. "Então você tá indo agora ou o quê? O que você vai dizer pro J? Vai voar por onde?"

"Não sei — não tenho certeza. Milhas aéreas — alguém do trabalho reservou para mim. Olha... Vou apenas *conversar* com ele — ter uma conversa racional, como pessoas racionais."

"Meu...", disse Levi, e deu estalos com a língua, "Kiki quer *acabar* com a sua raça... E eu tô com *ela*. Acho que você devia simplesmente deixar o lance rolar, simplesmente *rolar*. Jerome não vai casar com ninguém. Ele não consegue encontrar o pau nem com as duas mãos."

Howard, embora o dever o obrigasse a desaprová-lo, não discordava totalmente desse diagnóstico. A virgindade prolongada de Jerome (que Howard presumia ter chegado ao fim agora) representava, na opinião de Howard, uma relação ambivalente com a terra e seus habitantes, algo que Howard tinha tanta dificuldade em celebrar quanto em compreender. Jerome não era muito *do corpo*, de uma certa maneira, e isso sempre tinha enervado seu pai. Apesar dos pesares, a lambança em Londres com certeza havia encerrado o tênue ranço de superioridade moral que Jerome viera exalando durante toda a adolescência.

"Então: alguém está prestes a cometer um erro na vida", disse Howard numa tentativa de expandir a conversa. "Um erro terrível — e você simplesmente 'deixa rolar'?"

Levi examinou essa proposição por um momento. "Bem... mesmo que ele *case*, e não sei nem por que o casamento virou tipo a coisa mais errada do mundo de uma hora pra outra... Pelo menos ele vai ter alguma chance de *comer* alguém se casar mesmo..." Levi deu uma risada profunda e vigorosa que por sua vez flexionou seu abdômen extraordinário, o qual se dobrou mais como uma camisa do que como carne de verdade. "Você *sabe* que ele não tem uma mísera chance na atual situação."

"Levi, isso é...", Howard ia dizer, mas veio à superfície de sua mente uma imagem de Jerome, o afro desalinhado e o rosto delicado e vulnerável, os quadris de mulher e o jeans sempre um pouco alto demais na cintura, a pequenina cruz dourada pendurada na garganta — a inocência, em suma.

"Quê? Tô dizendo alguma coisa que não seja verdade? Você *sabe* que é verdade, meu — você mesmo tá rindo!"

"Não é o casamento *per se*", disse Howard contrariado. "É mais complicado. O pai da garota é... algo de que não precisamos na nossa família, digamos assim."

"Bem, sei lá...", disse Levi virando a gravata do pai para que a frente ficasse de frente. "Não tô sacando o que isso tem a ver com a parada."

"Só não queremos que Jerome faça uma cagada por..."

"Não *queremos*?", disse Levi com uma sobrancelha habilidosamente erguida — uma herança direta da mãe, no que diz respeito à genética.

"Olha — você precisa de um dinheiro ou algo assim?", perguntou Howard. Remexeu o bolso e retirou duas notas esmagadas de vinte dólares, amarfanhadas como bolas de lenço de papel. Após todos esses anos, ainda não conseguia levar muito a sério a aparência verde e suja do dinheiro americano. Enfiou-as no bolso do jeans caído de Levi.

"'Brigado, Pai", disse Levi arrastando as palavras, imitando as raízes sulistas de sua mãe.

"Não sei que espécie de remuneração por hora pagam a você naquele lugar...", resmungou Howard.

Levi suspirou com aflição. "É mirrado, meu... Muito mirrado."

"Se você pelo menos me deixasse ir lá, falar com alguém e..."

"Não!"

Howard supunha que sua presença era constrangedora para o filho. A vergonha parecia ser a herança masculina na linhagem dos Belsey. Como Howard achava a presença de seu pai excruciante quando tinha a mesma idade! Desejava alguém que não fosse um açougueiro, alguém que usasse o cérebro no trabalho em vez de facas e balanças — alguém mais parecido com o homem que Howard era hoje. Mas você muda e os filhos também mudam. Será que Levi preferiria um açougueiro?

"Quer dizer", disse Levi alterando com astúcia sua reação inicial, "posso lidar com isso sozinho, não se preocupe."

"Sei. Sua mãe deixou algum recado ou...?"

"Recado? Nem *vi* ela. Não faço a menor idéia de onde está — ela saiu *cedo.*"

"Certo. E você? Um recado para o seu irmão, talvez?"

"Sim... Diga a ele", disse Levi sorrindo, virando a cara para Howard, segurando o corrimão dos dois lados e erguendo os pés em posição paralela ao peito, como um ginasta, "diga que '*sou só mais um homem negro no meio da zorra, tentando descolar um dólar com cinqüenta centavos!*'"

"Tá. Pode deixar."

A campainha tocou. Howard desceu um degrau, deu um beijo atrás da cabeça do filho, passou por baixo de um de seus braços e foi atender a porta. Um rosto familiar e com um sorriso malicioso estava do outro lado, empalidecido pelo frio. Howard levantou um dedo a título de cumprimento. Era um sujeito haitiano chamado Pierre, um dos muitos que vieram daquela ilha problemática para encontrar emprego na Nova Inglaterra e compensar sem alarde a indisposição de Howard para dirigir um carro.

"Oi — onde está Zoor?", gritou Howard para Levi da soleira da porta.

Levi deu de ombros. "N-sei", disse ele, aquele estranho esmagamento de vogais era sua resposta mais freqüente para qualquer pergunta. "Nadando?"

"Com esse tempo? *Deus.*"

"A piscina é *coberta*. Obviamente".

"Diz tchau para ela, tá bom? Volto na quarta. Não, quinta."

"Isso aí, pai. Fica em paz, *yo.*"

Dentro do carro, no rádio, homens estavam gritando uns com os outros num francês que não era, até onde Howard sabia, o francês de verdade.

"Aeroporto, por favor", disse Howard por cima dos gritos.

"Ok, sim. Mas temos que ir devagar. Ruas bem ruins."

"Ok, mas não devagar demais."

"Terminal?"

O sotaque era tão pronunciado que Howard julgou ter ouvido o nome do romance de Zola.

"Como é que é?"

"Você sabe o terminal?"

"Oh... Não, não sei... Vou descobrir — está aqui em algum lugar — não se preocupe... vá dirigindo — vou achar."

"Sempre voando", disse Pierre com certa melancolia, e depois riu, espiando Howard pelo retrovisor. Howard ficou impressionado com a enorme largura de seu nariz, que cobria os dois lados de seu rosto afável.

"Sempre indo a algum lugar, sim", disse Howard só para ser camarada, mas não tinha a impressão de que viajava tanto assim, embora cada viagem fosse mais e mais longe do que gostaria. Pensou de novo em seu pai — comparado a ele, Howard era Phileas Fogg. Viajar parecia ser a chave do reino, naquela época. Sonhava-se com uma vida que acarretasse viagens. Howard viu pela janela um poste de luz enterrado em neve até a cintura e ao qual estavam apoiadas duas bicicletas acorrentadas e congeladas, distinguíveis apenas pela ponta de seus guidons. Imaginou acordar naquela manhã, tirar a bicicleta de debaixo da neve e pedalar até um emprego de verdade, do tipo que os Belsey tiveram por gerações, e descobriu que era incapaz de se imaginar nessa situação. Isso absorveu Howard por um momento: a idéia de que ele já não podia estimar os luxos de sua própria vida.

Chegando em casa, antes de entrar no próprio escritório, Kiki aproveitou a oportunidade para dar uma olhada no de Howard. Estava parcialmente escuro, com as cortinas fechadas. Tinha deixado o computador ligado. Bem na hora em que se virava para sair, ouviu o computador despertar fazendo aquele som eletrônico arfante de ondas mecânicas que eles produzem mais ou menos a cada dez minutos quando ninguém mexe neles, como se estivessem carentes, despejando algo nocivo no ar para nos reprovar por tê-los abandonado. Ela se aproximou e pressionou uma tecla — a tela voltou. A caixa de entrada dele, com uma mensagem à espera. Deduzindo corretamente que havia sido enviada por Jerome (Howard mandava e-mails a seu assistente, Smith J. Miller, Jerome, Erskine Jegede e uma seleção de jornais e periódicos; ninguém mais), Kiki atualizou a janela.

Para: HowardBelsey@fas.Wellington.edu
De: Jeromenoexterior@easymail.com
Data: 21 de novembro
Assunto: POR FAVOR LEIA ISSO

Pai — foi um erro. Não devia ter dito nada. Está completamente terminado — se é que começou. Por favor por favor *por favor* não conte para ninguém, apenas esqueça o assunto. Fui um completo trouxa! Só quero me encolher e morrer.

Jerome

Kiki deixou escapar um gemido de ansiedade, depois praguejou e deu duas voltas, cravando os dedos no lenço do pescoço, até que seu corpo alcançou sua mente e parou quieto, pois absolutamente nada podia ser feito. Howard já devia estar lutando com os joelhos contra a impossível proximidade do assento à frente, torturando-se para decidir que livros pegar antes de guardar a sacola no compartimento superior — era tarde demais para impedi-lo e não havia maneira de contatá-lo. Howard tinha um medo profundo de carcinógenos: checava a presença de dietilestilbestrol nos rótulos de comida; abominava microondas; nunca teve um telefone celular.

4.

Quando o assunto é clima, os habitantes da Nova Inglaterra são uns iludidos. Em seus dez anos de Costa Leste, Howard tinha perdido a conta de quantas vezes algum tapado de Massachusetts tinha escutado seu sotaque, olhado para ele com dó e dito algo como: *Frio praqueles lados, hein?*. O que Howard sentia vontade de dizer era: escuta, vamos deixar algumas coisas bem claras. A Inglaterra não é mais quente que a Nova Inglaterra em julho ou agosto, isso é verdade. Nem em junho, provavelmente. Mas *é* mais quente em outubro, novembro, dezembro, janeiro, fevereiro, março, abril e maio — ou seja, em todos os meses nos quais o calor de fato faz diferença. Na Inglaterra, as caixas de correio não entopem de neve. Raramente se vê um esquilo tremendo. Não é necessário pegar uma pá para desenterrar as latas de lixo. Isso porque nunca faz frio para valer na Inglaterra. Tem chuviscos e o vento sopra; às vezes cai granizo, e há uma variedade de terças-feiras em janeiro nas quais o tempo se arrasta, a luz some, o ar fica cheio d'água e ninguém ama ninguém de verdade, mas mesmo assim uma boa camisa de malha e um casaco semi-impermeável forrado de lã são suficientes para qualquer clima que a Inglaterra pode oferecer. Howard sabia disso, portanto estava adequadamente vestido para a Inglaterra em novembro — seu único terno "bom" com uma capa de chuva leve por cima. Assistiu com satisfação à mulher de Boston à sua frente passar calor dentro de seu casaco emborrachado, expelindo pérolas de suor que surgiam na linha do cabelo e desciam furtivas por suas faces. Ele estava no trem que ia de Heathrow para a cidade.

Em Paddington, as portas abriram e ele adentrou o *smog* morno da estação. Enrolou o cachecol numa bola e meteu no bolso. Não era um turista e não prestou atenção nos arredores, nem na absoluta suntuosidade do espaço interno nem no intrincado telhado de estufa moldado em vidro e aço. Saiu logo para o ar livre, onde poderia enrolar um cigarro e fumar. A ausência de neve era magnífica. Segurar um cigarro sem luvas, expor o rosto inteiro ao ar! Howard raramente se emocionava com um panorama de edifícios ingleses, mas agora a simples visão de um carvalho e de um quarteirão de escritórios delineados por um céu azulado sem a interpolação da neve numa coisa ou noutra lhe dava a impressão de uma paisagem de raro esplendor e refinamento. Relaxando numa estreita faixa de sol, Howard se encostou num pilar. Uma fila de táxis pretos se estendia. As pessoas explicavam para onde iam e recebiam generoso auxílio para colocar as malas no banco traseiro. Howard se espantou de ouvir duas vezes em cinco minutos o destino "Dalston". Dalston era o bairro imundo do East End onde Howard tinha nascido, cheio de gente imunda que tentara destruí-lo — incluída aí sua própria família. Agora, pelo visto, era o tipo de lugar onde viviam pessoas perfeitamente normais. Uma loira num longo sobretudo azul-claro carregando um computador portátil e um vaso de planta, um garoto asiático vestindo um terno brilhoso e barato que refletia a luz como metal laminado — era impossível imaginar essas pessoas povoando o East London de suas memórias mais antigas. Howard largou o cigarro e pisou sobre ele na sarjeta. Deu meia-volta e atravessou a estação, seguindo o ritmo do fluxo de quem trabalha fora, se deixando empurrar pelos que desciam os degraus até o metrô. Num vagão com espaço apenas para ficar em pé, esmagado contra um determinado leitor, Howard tentou manter seu queixo afastado da capa dura e refletiu sobre sua missão, por assim dizer. Não tinha chegado a conclusão nenhuma em relação aos pontos cruciais: o que diria, como diria e a quem. O assunto estava demasiado ocluso e deturpado pela lembrança excruciante das três frases a seguir:

Mesmo considerando-se a extrema pobreza dos argumentos oferecidos, o conjunto seria obviamente muito mais convincente caso Belsey soubesse a que pintura eu me referia. Em suas cartas, ele dirige seu ataque ao *Auto-retrato* de 1629 que está exposto em Munique. Para infortúnio dele, deixo mais do que claro em meu artigo que a pintura em discussão é o *Auto-retrato com colarinho de renda*, do mesmo ano, que está exposto em Haia.

Eram frases de Monty Kipps. Três meses depois elas ainda ressoavam, espetavam e às vezes até pareciam ter peso físico — pensar nelas fazia Howard curvar os ombros para a frente e para baixo como se alguém tivesse chegado de fininho por trás e colocado uma mochila cheia de pedras em suas costas. Howard desceu do metrô na Baker Street e atravessou a plataforma para pegar a linha Jubilee no sentido norte, onde foi recompensado com um trem à espera. E, claro, o lance é que nesses *dois* auto-retratos Rembrandt está usando um colarinho branco, pelo amor de Deus; os *dois* rostos emergem de sombras turvas e paranóicas com algo de adolescência medrosa neles — mas não importa. Howard não conseguiu notar a diferença na posição da cabeça descrita no artigo de Monty. Estava passando por uma época muito difícil na vida particular e acabou baixando a guarda. Monty viu a oportunidade e aproveitou. Howard teria feito o mesmo. Engendrar, com um único puxão repentino (como um menino tirando o calção do amiguinho na frente do time adversário), uma exposição completa, um constrangimento cataclísmico — esse é um dos mais puros prazeres acadêmicos. Não é preciso merecê-lo; basta estar aberto a ele. Mas que jeito de acontecer! Fazia quinze anos que os dois homens se movimentavam nos mesmos círculos; passaram pelas mesmas universidades, contribuíram para os mesmos periódicos, compartilharam o palco algumas vezes — mas nunca uma opinião — em mesas de debate. Howard sempre antipatizou com Monty, como qualquer liberal de bom senso antipatizaria com um homem que dedicou a vida às perversas políticas da iconoclastia direitista, mas nunca o odiara *mesmo* até tomar conhecimento, três anos antes, de que Kipps também estava escrevendo um livro sobre Rembrandt. Um livro que, mesmo antes de ser publicado, Howard pressentiu que seria um tijolo imensamente popular (e populista) projetado para ocupar com seu peso o topo da lista de mais vendidos do *New York Times* por meio ano, esmagando todos os livros embaixo. Tinha sido a idéia daquele livro e de seu provável destino (comparado à obra inacabada do próprio Howard, que, no melhor dos mundos possíveis, só poderia acabar nas prateleiras de uns mil estudantes de história da arte) que o impelira a escrever aquela carta terrível. Na frente de toda a comunidade acadêmica, Howard tinha pegado um pedaço de corda e se enforcado.

Do lado de fora da Estação Kilburn, Howard encontrou uma cabine telefônica e ligou para o auxílio à lista. Deu o endereço completo dos Kipps e recebeu um número de telefone em resposta. Ficou alguns minutos ali parado, examinando os cartões das prostitutas. Estranho haver uma quantidade tão grande dessas damas da tarde recolhidas atrás de janelas de sacada vitorianas, reclinadas em geminados do pós-guerra. Reparou no grande número de negras — muito mais do que numa cabine telefônica do Soho, com certeza — e quantas, se dava para acreditar nas fotos (dá para acreditar nelas?), eram excepcionalmente bonitas. Pegou de novo o gancho. Parou. No último ano, sua cautela com Jerome tinha aumentado. Temia sua nova religiosidade adolescente, a seriedade moral e os silêncios sempre implicitamente críticos de alguma forma. Howard reuniu coragem e discou.

"Alô?"

"Sim, alô."

A voz — que soava jovem e muito londrina — desconcertou Howard por um instante.

"*Oi.*"

"Desculpe, quem é?"

"É o... quem é?

"É da residência do Kipps. *Quem fala?*"

"Ah — o filho, claro".

"Perdão? Com *quem* eu falo?"

"Ahn... olha, eu preciso — é embaraçoso — sou o *pai do Jerome* e..."

"Ah, tá, já vou chamar ele..."

"Não — não — não, espere — um minuto..."

"Sem problema — ele está jantando, mas posso chamar..."

"Não, não faça isso — eu — olha, eu não quero... O negócio é que acabei de chegar de Boston... acabamos de saber, entende..."

"Certo", disse a voz num tom investigativo que Howard não conseguiu sacar muito bem.

"Bem", disse Howard engolindo fundo, "eu gostaria muito de consultar alguém da família um pouco... antes de conversar direito com Jerome — ele não explicou muito — e obviamente... aposto que seu pai..."

"Meu pai também está comendo. Quer que eu..."

"Não... não, não, não, não, *não*, quer dizer, ele não vai querer... *não*... não, não — Eu só... essa coisa toda é uma grande bagunça, é claro, é só uma questão de...", iniciou Howard, mas depois não conseguiu definir do que seria a questão.

Uma tosse atravessou a linha. "Olha, não estou entendendo — quer que eu chame Jerome?"

"Estou bem do seu lado, na verdade...", Howard deixou escapar.

"Como?"

"Sim... estou ligando de uma cabine telefônica... não conheço muito bem essa parte da cidade e... não tenho mapa, sabe. Você não poderia... me pegar, talvez? Estou meio — vou acabar me perdendo se tentar chegar aí — não tenho nenhum senso de direção... estou bem aqui na estação."

"Certo. É uma caminhada bem fácil, na verdade; eu posso te dar as indicações."

"Se você *pudesse* só dar um pulo aqui, seria de uma tremenda ajuda — já está ficando escuro e sei que vou virar uma rua errada e..."

Howard se encolheu no silêncio.

"Só queria lhe perguntar umas coisas, sabe — antes de encontrar Jerome."

"Tá bom", disse finalmente a voz, já irritada. "Bem — só vou pegar meu casaco, tá? Na frente da estação, certo? Queen's Park."

"Queens...? Não, eu, ahn... Ai, *Deus*, estou em Kilburn — errei? Achei que *vocês* ficavam em Kilburn."

"Na verdade, não. Ficamos entre as duas, mais perto de Queen's Park. Olha, apenas... vou até aí buscar você, não se preocupe. Kilburn, linha Jubilee, certo?"

"Sim, isso mesmo — é muita gentileza sua, obrigado. É Michael?"

"Sim. Mike. Você é...?"

"Belsey, Howard Belsey. Pai do..."

"Sim. Bom, fique onde está, Professor. Levo uns sete minutos, por aí."

Um garoto branco mal-encarado estava rondando atrás da cabine telefônica com um rosto massudo e três pintas cuidadosamente posicionadas, uma no nariz, uma na bochecha e outra no queixo. Quando Howard abriu a porta oferecendo o típico sorriso de desculpas, o menino ofereceu o típico desinteresse em convenções sociais ultrapassadas, dizendo "Até que enfim, *porra*", e então dificultou ao máximo a saída de Howard e a sua própria entrada. O rosto de Howard ardeu. Por que esse ataque súbito de vergonha quando a outra pessoa é que foi grosseira e lhe deu um empurrão brutal com

38

o ombro — por que a vergonha? Mas era mais do que vergonha; havia também a rendição física — aos vinte, Howard poderia ter devolvido o xingamento e chamado o outro para o meio da rua; aos trinta, talvez até mesmo aos quarenta; mas não aos cinqüenta e seis, não agora. Temendo um agravamento da situação (*Tá olhando o quê?*), Howard enfiou a mão no bolso e encontrou as três libras necessárias para a cabine de fotos que havia ali perto. Dobrou os joelhos e abriu a cortina laranja em miniatura como se entrasse num pequeno harém. Sentou no banco com um punho em cada joelho e a cabeça abaixada. Quando olhou para a frente, viu a si mesmo refletido na superfície de plástico suja, seu rosto emoldurado por um grande círculo vermelho. O primeiro flash disparou sem nenhum planejamento da parte de Howard; ele tinha deixado cair as luvas e, ao olhar para baixo para procurá-las, ouviu a máquina ligar e foi obrigado a levantar rápido, erguendo a cabeça no último instante, o cabelo ainda cobrindo o olho direito. Saiu com um aspecto amedrontado, abatido. Para o segundo flash, levantou o queixo e tentou desafiar a câmera como aquele garoto teria feito — o resultado foi algo ainda mais inseguro. Seguiu-se um sorriso completamente irreal que Howard jamais sorriria no decorrer de um dia normal. Depois vieram as conseqüências do sorriso irreal — triste, franco, perplexo, quase confessional, como os homens freqüentemente ficam em seus últimos anos. Howard desistiu. Permaneceu onde estava, aguardando o garoto sair da cabine telefônica e ir embora. Então pegou suas luvas do chão e saiu de seu caixote.

Na rua as árvores sem folhas se alinhavam ao longo da via principal com seus ramos podados perfurando o ar. Howard avançou alguns passos para se apoiar numa delas, tomando o cuidado de evitar a parte suja ao redor do tronco. Dali, podia ficar de olho nos dois lados da rua e na entrada da estação. Alguns minutos depois, ergueu a cabeça e viu o homem que acreditava ser aquele que aguardava virar a esquina da rua mais próxima. Para o olho de Howard, que se julgava apurado para esse tipo de coisa, ele parecia africano. Tinha aquele realce ocre na pele, mais visível onde a pele entrava em tensão com o osso — nas maçãs do rosto e na testa. Vestia luvas de couro, um sobretudo cinza e um cachecol azul-escuro de caxemira enrolado com esmero. Os óculos tinham aros finos e dourados. Os sapatos chamavam a atenção: tênis bastante encardidos do tipo simples e barato que Howard tinha certeza de que Levi jamais calçaria. Chegando mais perto da estação, ele diminuiu o passo e começou a passear os olhos pelo pequeno ajuntamento de pessoas esperando outras pessoas. Howard pensava ser tão instantaneamente reconhecível quanto esse Michael Kipps, mas foi ele quem precisou se aproximar e estender a mão.

"Michael — Howard. Oi. *Obrigado* por vir me buscar, eu não estava..."

"Achou legal?", cortou Michael com extrema brevidade, indicando a estação com a cabeça. Howard, que não entendeu o propósito da pergunta, respondeu com um sorriso besta. Michael era um bom bocado mais alto que Howard, algo com que não estava habituado e que lhe desagradava. Ele era largo, também; não aquela musculatura dos calouros que Howard via nas aulas, do tipo que começa no alto do pescoço e deixa os rapazes trapezóides, não, era bem mais elegante. Era de nascença. É uma daquelas pessoas, pensou Howard, que aparenta ter muito de uma certa qualidade, e qualidade nesse caso era "nobreza". Howard não confiava muito nesse tipo de gente, tão repleta de uma única qualidade, como livros com capas chamativas.

"Por aqui, então", disse Michael dando um passo à frente, mas Howard o segurou pelo ombro.

"Só vou pegar isso — passaporte novo", disse, no momento em que as fotos desceram pela calha, onde começaram a ser sopradas por uma brisa artificial.

Howard foi pegar as fotos, mas a mão de Michael o impediu.

"Espere — deixe secar — senão elas borram."

Howard se endireitou e os dois ficaram parados em pé no lugar, vendo as fotos tremelicarem. Apesar de estar perfeitamente satisfeito com o silêncio, Howard de repente se pegou dizendo "Entããão..." por um longo tempo, sem uma idéia clara do que viria após o "então". Michael se virou para ele com o rosto tomado de azeda expectativa.

"Então", disse Howard novamente, "o que você faz, Mike, Michael?"

"Sou analista de riscos para uma empresa de investimentos."

Como muitos acadêmicos, Howard era inocente em relação ao mundo. Podia identificar trinta vertentes ideológicas distintas nas ciências sociais, mas não sabia muito bem o que era um engenheiro de software.

"Ah, sei... isso é muito... é na Cidade, ou...?"

"Na Cidade, é. Perto do caminho para a St. Paul."

"Mas você ainda mora em casa."

"Volto só nos fins de semana. Ir à igreja, almoço de domingo. Coisas de família."

"Mora aqui por perto ou...?"

"Camden — bem perto do..."

"Ah, sei, *Camden* — uma vez a cada século eu costumava zanzar um pouco por lá — bem, sabe onde..."

"Suas fotos estão prontas, acho", disse Michael, coletando-as na caixinha. Ele as sacudiu e assoprou.

"Não dá para usar as três primeiras; seu rosto não está alinhado", disse Michael bruscamente. "Eles são rígidos com isso agora. Use a última, talvez."

Ele as entregou a Howard, que as colocou no bolso sem olhar. Então ele detesta a idéia desse casamento ainda mais que eu, pensou Howard. Mal consegue ser educado comigo.

Juntos, caminharam pela rua de onde Michael tinha acabado de chegar. Havia algo de irremediavelmente sisudo até mesmo no modo de andar do rapaz, uma precisão preocupada com o status em cada passo, como se quisesse provar a um policial que era capaz de andar seguindo uma faixa branca. Transcorreu um minuto e depois outro sem que nenhum dos homens abrisse a boca. Passaram andando por casas e mais casas sem a interrupção de qualquer tipo de comércio, nem lojas, nem cinemas nem lavanderias. Por todo lado, fileiras acavaladas de terraços vitorianos, as tias solteiras da arquitetura inglesa, os museus da cultura burguesa vitoriana... Era uma velha implicância de Howard. Tinha crescido numa dessas casas. Uma vez livre de sua família, experimentou espaços de moradia radicais — habitações coletivas e casas ocupadas. E então vieram os filhos, a segunda família, e todos aqueles espaços se tornaram impraticáveis. Não gostava de lembrar quanto e por quanto tempo havia cobiçado a casa de sua sogra — esquecemos o que escolhemos esquecer. Em vez disso, via a si mesmo como um homem forçado pelas circunstâncias a ocupar espaços que rejeitava do ponto de vista político, pessoal e estético como uma concessão à sua família. Uma entre tantas concessões.

Entraram numa nova rua, evidentemente bombardeada na última guerra. Nessa havia monstruosidades de meados do século com frentes imitando o estilo Tudor e entradas para carros com pavimentações malucas. Capinsdos-pampas debruçavam-se sobre as paredes frontais como rabos de gigantescos gatos suburbanos.

"É agradável aqui", disse Howard, pensando nesse seu instinto de fornecer sem requisição a opinião exatamente oposta à que possuía.

"É. Você mora em Boston".

"Logo saindo de Boston. Perto de uma instituição de artes liberais onde dou aula — Wellington. Vocês provavelmente não ouviram falar dela por aqui", disse Howard com falsa humildade, pois Wellington era de longe a instituição mais respeitável onde havia trabalhado, o mais próximo da Ivy League a que jamais chegaria.

"Jerome estuda lá, não?"

"Não, não — na verdade, a *irmã* dele estuda — Zora. Jerome está em Brown. Uma idéia bem mais saudável, provavelmente", disse Howard, embora na verdade ele tivesse se magoado com a escolha. "Se libertando, soltando as amarras, et cetera."

"Não necessariamente."

"Você não acha?"

"Teve uma época em que estive na mesma universidade que o meu pai — acho que é uma coisa boa, quando as famílias mantêm laços estreitos."

Para Howard, a soberba do rapaz parecia estar concentrada na mandíbula, que ele ficava mexendo e remexendo enquanto caminhavam, como se ruminasse os fracassos dos outros.

"Ah, com certeza", disse Howard, sendo generoso a seu ver. "Jerome e eu, nós simplesmente não... bem, temos idéias diferentes sobre as coisas e... você e seu pai devem ser mais próximos do que nós — mais capazes de... bem, não sei."

"Somos muito próximos."

"Bem", disse Howard, se contendo, "vocês têm muita sorte."

"É uma questão de *tentar*", disse Michael com ardor — o tópico pareceu animá-lo. "Tipo, se você dedicar esforço a isso. E acho que minha mãe sempre ficou em casa, o que faz muita diferença. Acho. Ter a figura materna e tudo mais. Proteção. É meio que um ideal caribenho — muitas pessoas perdem isso de vista."

"É", disse Howard, e percorreu mais duas ruas — passando por um templo hindu em formato de bola de sorvete e por uma avenida cheia de bangalôs horríveis —, imaginando bater a cabeça daquele rapaz contra uma árvore.

Os postes de luz estavam acesos em todas as ruas, agora. Howard começou a conseguir distinguir o Queen's Park a que Michael havia se referido. Não tinha nada a ver com os parques reais bem tratados do centro da cidade. Era só uma pracinha de cidade pequena com um palanque vitoriano colorido no centro, iluminado por refletores.

"Michael — posso dizer uma coisa?"

Michael não disse nada.

"Olha, não tenho intenção nenhuma de ofender ninguém da sua família, e posso ver que concordamos no básico, de qualquer forma — não vejo motivo para discutir em cima disso. Precisamos mesmo é pôr a cabeça em ordem e apenas pensar em... bem, acho, em alguma *maneira*, em algum *meio* de convencer os dois, sabe — de que isso é uma idéia totalmente *maluca* — quer dizer, essa é a questão-*chave*, não?"

"Olha, cara", disse Michael sucintamente, apressando o passo, "não sou um intelectual, certo? Não estou envolvido na discussão com o meu pai, seja qual for. Sou um cristão clemente e, até onde sei, o que existe entre vocês dois não muda o que sentimos por Jerome — ele é um bom garoto, cara, e é isso que importa — então não há o que discutir."

"Sim — claro, claro, *claro*, ninguém está dizendo que há uma discussão —, só estou dizendo, e espero que seu pai *compreenda* isso, que Jerome na verdade ainda é muito jovem — e ele é mais jovem do que *de fato* é —, emocionalmente ele é muito mais jovem, totalmente inexperiente — muito mais do que vocês talvez percebam..."

"Desculpe — será que eu sou burro —, o que você está tentando dizer?"

Howard puxou o ar de um jeito profundo e artificial. "Acho que os dois são jovens demais, *demais*, para se casar. Michael, eu realmente acho. É isso, em resumo. Não sou antiquado, mas acho mesmo, sob qualquer critério..."

"Casamento?", disse Michael, parando onde estava e empurrando os óculos dois centímetros para cima no nariz. "Quem vai se casar? Que papo é esse?"

"Jerome. E Victoria — desculpe... achei que com certeza..."

Michael assentou a mandíbula de uma outra forma. "Estamos falando da minha irmã?"

"Sim — desculpe — Jerome e Victoria — de quem você está falando? Espere — o quê?"

Michael deu uma risada breve e explosiva e depois aproximou seu rosto do rosto de Howard em busca de indícios de gozação. Não encontrando, tirou os óculos e esfregou-os vagarosamente no cachecol.

"Não sei de onde você tirou essa idéia, é, mas tipo assim, sério, esquece isso, porque não é nem... Pff!", disse respirando pesado, balançando a cabeça e recolocando os óculos. "Quer dizer, gosto do Jerome, ele é legal, tá? Mas acho que minha família realmente não se sentiria... *segura* ao pensar em Victoria se envolvendo com alguém assim tão distante de..." Howard observou a busca explícita de Michael por um eufemismo. "Bem, de coisas que nós julgamos importantes, certo? Esse simplesmente não é o plano agora, desculpe. Você entendeu alguma coisa errado, parceiro, mas, seja lá o que for, sugiro que entenda direito antes de entrar na casa do meu pai, entendeu? Jerome não tem nada a ver, *nada*."

Michael foi se afastando em velocidade, ainda balançando a cabeça, com Howard tentando acompanhá-lo numa diagonal à direita. Isso ia sendo intercalado com freqüentes olhares de esguelha para Howard e mais balanços de cabeça, até Howard ficar consideravelmente incomodado.

"Olha só, com *licença* — não estou exatamente encantado com isso, sabe? Jerome está metido no meio dos estudos — e mesmo assim, quando chegar a hora eu imagino que ele vá querer uma mulher de — como você quer que eu diga isso — *intelecto* similar — e não a primeira mulher com quem conseguir se arranjar. Olha, não quero me desentender com você também — nós *concordamos*, isso é bom — tanto eu quanto você sabemos que Jerome é um *bebê*..."

Howard, que finalmente tinha alcançado o passo de Michael, o fez parar mais uma vez, apoiando a mão em seu ombro com firmeza. Michael virou a cabeça bem devagar para olhar a mão até Howard sentir-se obrigado a retirá-la.

"Como é que é mesmo?", disse Michael, e Howard percebeu um escorregão no seu sotaque para algo um pouco mais agressivo, um pouco mais sintonizado com a rua do que com o escritório. "Com licença? Tire as mãos de cima de mim, está bem? Minha irmã é *virgem*, tá? Sacou? É assim que ela foi criada, tá? Olha, parceiro, nem *sei* o que seu filho andou lhe dizendo..."

Essa reviravolta medieval na conversa foi demais para Howard. "Michael — não quero... estamos do mesmo *lado* aqui — ninguém está dizendo que o casamento não é completamente ridículo — leia meus lábios, estou dizendo completamente ridículo, *completamente* — ninguém está *questionando a honra da sua irmã*, mesmo... não precisamos de espadas ao amanhecer... duelo ao... nada disso — olha, é claro que eu sei que você e sua família têm 'crenças'", Howard começou a dizer com constrangimento, como se "crenças" fossem uma espécie de moléstia, como herpes oral. "Você sabe... e eu respeito e tolero isso da forma mais total e completa — eu não imaginei que seria uma surpresa para você..."

"Bem, mas é, tá? É uma *porra* duma surpresa!", gemeu Michael, dando meia-volta e sussurrando o palavrão como se tivesse medo de ser escutado.

"Então está bem... é uma surpresa, compreendo isso... Michael, por favor... não vim aqui armar um barraco — vamos diminuir um pouco o tom..."

"Se ele *tocou*...", começou Michael, e Howard, ao largo e além da loucura da própria conversa, começou a sentir um medo genuíno dele. Nenhum aspecto do abandono da racionalidade que estava em evidência por toda parte no novo século tinha surpreendido Howard tanto quanto surpreendera os outros, mas cada novo exemplo com o qual se deparava — na televisão, nas ruas e agora nesse rapaz — o enfraquecia de algum modo. Seu desejo de tomar parte no debate, na cultura, diminuiu. A energia para combater os filisteus, é ela que se esvai. Howard voltou os olhos para o chão com alguma expectativa de ser agredido ou então atacado verbalmente. Ouviu um pé-de-vento repentino varrer a esquina onde estavam parados e agitar as árvores.

"Michael..."

"Não *acredito* nisso."

A nobreza que Howard pensara ter detectado inicialmente no rosto de Michael estava sendo logo substituída por um endurecimento, a postura indiferente estava sendo desbancada por seu exato oposto, como se um fluido nocivo a seu organismo tivesse sido colocado no lugar do sangue em suas veias. Sua cabeça girou com força para o outro lado; Howard parecia não existir mais para ele. Começou a caminhar rápido pela rua, quase correndo. Howard o chamou. Michael acelerou o passo, deu um tranco repentino para a direita e deu um chute num portão de ferro. Gritou "Jerome!" e desapareceu por baixo e através de um caramanchão sem folhas que projetava galhos em todas as direções como um ninho. Howard o seguiu pelo portão e por baixo do caramanchão. Parou diante de uma imponente porta de entrada preta, de duas faces, com aldrava de prata. Estava entreaberta. Parou novamente no saguão de entrada vitoriano, tendo sob os pés diamantes preto-e-brancos que não tinha sido convidado a pisar. Um minuto depois, ouviu vozes altas e as seguiu até o cômodo mais distante, uma sala de jantar com pé-direito alto e formidáveis portas-janelas diante das quais havia uma mesa comprida com louças e talheres para cinco pessoas. Teve a sensação de estar dentro de uma daquelas horrendas e claustrofóbicas peças eduardianas em que o mundo inteiro é reduzido a um único recinto. À direita nessa cena estava seu filho, no momento imprensado contra uma parede por Michael Kipps. Do restante, Howard teve tempo apenas de notar alguém que devia ser a sra. Kipps com a mão direita erguida na direção de Jerome e alguém ao lado dela com o rosto entre as mãos, deixando à vista somente seu couro cabeludo intrincadamente trançado. E então o *tableau* ganhou vida.

"Michael", a sra. Kipps estava dizendo com firmeza. Ela pronunciava o nome rimando com "Y-Cal", uma marca de adoçante que Howard usava no café. "Solte Jerome, por favor — o noivado já acabou. Isso não é necessário."

Howard notou a surpresa no rosto de seu próprio filho quando a sra. Kipps disse a palavra "noivado". Jerome tentou esticar o rosto por cima do corpo de Michael para entrever o olhar da figura silenciosa e encolhida à mesa, mas a figura não se mexeu.

"Noivado! Desde quando havia um noivado?", Michael gritou e armou o punho, mas Howard já tinha chegado lá e surpreendeu a si mesmo agarrando instintivamente o pulso do rapaz. A sra. Kipps tentava levantar mas pelo jeito tinha dificuldades, e, quando chamou o nome do filho mais uma vez, Howard sentiu com alívio a determinação do braço de Michael ir se dissolvendo aos poucos. Jerome, trêmulo, saiu da frente.

"Qualquer um poderia ter previsto", disse a sra. Kipps baixinho. "Mas acabou agora. Encerrado."

Michael pareceu confuso por um instante, mas então foi como se uma outra idéia lhe ocorresse e ele começou a chacoalhar o trinco das portas-janelas. "Pai!", gritou, mas as portas não cediam. Howard se aproximou para ajudá-lo com a tranca superior. Michael o afastou com violência, localizou finalmente a tranca fechada e a abriu. As janelas se escancararam. Michael saiu para o jardim, ainda chamando o pai, enquanto o vento agitava as cortinas para cima e para baixo. Howard pôde distinguir uma longa faixa de grama e, em algum ponto lá no final, o brilho alaranjado de uma fogueira. Mais adiante, coberta de heras, a base de uma árvore monumental cuja copa invisível pertencia à noite.

"Olá, doutor Belsey", disse a sra. Kipps, como se tudo aquilo fosse o preâmbulo perfeitamente normal de um agradável encontro social. Ela tirou o guardanapo dos joelhos e levantou-se. "Não fomos apresentados, não é?"

Ela não era nada do que ele esperava. Por algum motivo, Howard tinha vislumbrado uma mulher mais jovem, um troféu. Mas ela era mais velha que Kiki, mais para sessenta e poucos, e muito espichada. Seu cabelo era arrumado e crespo, mas com alguns fios escapando e emoldurando o rosto, e suas roupas não eram nada formais: uma saia roxa escura que chegava ao chão e uma blusa indiana folgada de algodão branco com bordados elaborados na frente. O pescoço era comprido (agora ele via de onde Michael tinha herdado seu ar de nobreza) e profundamente enrugado, e em volta dele havia uma jóia *art déco* avantajada com uma pedra-da-lua multifacetada no centro em vez da cruz que seria esperada. Ela tomou as duas mãos de Howard nas suas. No mesmo instante, Howard teve a sensação de que nada era tão absolutamente atroz quanto parecia ser vinte segundos antes.

"Por favor, 'doutor' não", disse. "Não estou — a serviço — é Howard — por favor. Olá — lamento *muito* toda essa..."

Howard olhou ao redor. A pessoa que agora julgava ser Victoria (apesar de o couro cabeludo não deixar o sexo claro) continuava congelada na mesa. Jerome tinha escorregado por toda a parede como uma mancha de sujeira, e agora estava sentado no chão, olhando para os pés.

"Jovens, Howard", disse a sra. Kipps, como se estivesse começando a contar uma história infantil caribenha que Howard não estava interessado em ouvir, "têm sua própria maneira de fazer as coisas — nem sempre é a nossa maneira, mas é uma maneira." Ela abriu um sorriso de gengivas roxas e balançou a cabeça diversas vezes com o que aparentava ser um leve torpor. "Esses dois são bastante sensatos, graças a Deus. Sabia que Victoria acabou de fazer dezoito? Você consegue *lembrar* dos seus dezoito anos? Só sei que eu não consigo, é como um outro universo. Agora... Howard, você está em um hotel, certo? Eu o convidaria para ficar aqui, mas..."

Howard confirmou a existência de seu hotel e de seu entusiasmo em partir para ele imediatamente.

"É uma boa idéia. E acho que deveria levar Jerome..."

Nesse momento, Jerome pôs a cabeça entre as mãos; no mesmo instante, numa perfeita inversão, a mocinha na mesa desabrochou da mesma postura, e Howard captou em sua visão periférica uma moleca com cílios aracnídeos nos olhos úmidos e braços com a musculatura e os ossos de uma dançarina de balé.

"Não se preocupe, Jerome — você pode buscar suas coisas de manhã, quando Montague estiver no trabalho. Pode escrever para Victoria quando chegar em casa. Vamos evitar mais cenas por hoje, por favor."

"Posso *só*...", propôs a filha, mas parou quando a sra. Kipps fechou os olhos e tocou nos próprios lábios com dedos vacilantes.

"Victoria, vá dar uma olhada no ensopado, por favor. Vá."

Victoria se levantou e bateu a cadeira na mesa. Enquanto ela deixava a sala, Howard observou as omoplatas lépidas em suas costas subindo e descendo como pistões impulsionando o motor de seu ressentimento.

A sra. Kipps sorriu de novo. "Adoramos ter ele aqui, Howard. É um rapaz tão bom, honesto e correto. Você deve ter muito orgulho dele, sinceramente."

Todo esse tempo, ela estava segurando as mãos de Howard; agora deu um último apertão nelas e as soltou.

"Eu provavelmente deveria ficar e conversar com o seu marido", resmungou Howard, ouvindo vozes se aproximando do jardim e rezando para que isso não fosse necessário.

"Talvez não seja uma boa idéia, você não acha?", disse a sra. Kipps, que então se virou e, com uma brisa fugaz levantando um pouco sua saia, deslizou pelos degraus do pátio e sumiu na penumbra.

5.

Agora devemos pular nove meses adiante e atravessar de volta o oceano Atlântico. É o terceiro fim de semana sufocante de agosto, durante o qual a cidade de Wellington, Massachusetts, realiza um festival anual ao ar livre para as famílias. Kiki pretendia trazer sua família, mas quando retornou de sua aula de ioga das manhãs de sábado eles já tinham se dispersado, partido à procura de sombra. Lá fora, a piscina estagnava sob uma camada cambiante de folhas de bordo. Dentro de casa, o ar-condicionado zumbia para ninguém. Restava apenas Murdoch; ela o encontrou assim que entrou no dormitório, a cabeça entre as patas, a língua seca como camurça. Kiki desenrolou a calça de ginástica pelas pernas e se chacoalhou para fora da camiseta. Atirou as duas peças dentro de um cesto de vime transbordante do outro lado do quarto. Permaneceu um instante nua em frente ao closet, tomando decisões argutas relativas ao seu peso considerando um eixo entre o calor e a distância que precisaria percorrer transitando sozinha pelas festividades de Wellington. Numa daquelas prateleiras guardava uma pilha caótica de lenços multiuso, como algo que um mágico tiraria do bolso. Escolheu um deles, de algodão marrom com franjas, e usou-o para amarrar o cabelo. Depois pegou um quadrado laranja de seda que podia ser usado como top, amarrado abaixo das escápulas. Um lenço vermelho-escuro, de seda mais rústica, foi colocado ao redor da cintura como um sarongue. Sentou na cama para escarafunchar as fivelas das sandálias e ficou revirando distraidamente a orelha de Murdoch com uma das mãos, indo e vindo entre o marrom brilhoso e o rosa crenado. "Você está comigo, meu bem", disse erguendo-o até a altura do peito, segurando a bolsa quente de sua barriga com a mão. Quando estava saindo de casa, escutou um ruído na sala de estar. Refez os passos pelo corredor e pôs a cabeça na porta.

"Ei, Jerome, meu bem."

"Ei."

Seu filho estava sentado no pufe, mal-humorado, com um caderno encapado em seda azul desfiada no colo. Kiki pôs Murdoch no chão e observou seu bamboleio desengonçado em direção a Jerome, sobre cujos pés se sentou.

"Escrevendo?", perguntou ela.

"Não, dançando", veio a resposta.

Kiki deixou a boca fechar e depois voltou a abri-la com uma contração mordaz. Desde Londres ele estava desse jeito. Sarcástico, recolhido, os dezesseis voltando com tudo. E sempre trabalhando reservadamente nesse diário. Estava ameaçando não retornar à faculdade. Kiki sentia que os dois, mãe e filho, se moviam agora resolutamente em direções obversas: Kiki rumo ao perdão, Jerome, ao desgosto. Pois, embora tivesse levado quase um ano, Kiki havia começado a se desligar da lembrança do erro de Howard. Tivera todas as conversas com os amigos e consigo mesma; tinha comparado uma mulher sem nome e sem rosto dentro de um quarto de hotel com o que sabia a respeito de si mesma; tinha pesado uma noite de burrice contra uma vida inteira de amor e sentira a diferença em seu coração. Se alguém dissesse a Kiki, um ano atrás, *Seu marido vai trepar com outra, você o perdoará, você ficará*, ela não acreditaria. Não dá para descrever a sensação dessas coisas nem prever como você vai reagir antes que elas aconteçam com você. Kiki tinha se valido de reservas de perdão que nem sabia possuir. Mas para Jerome, sem amigos e taciturno, estava claro que aquela única semana com Victoria Kipps, nove meses antes, tinha se expandido em sua mente até ocupar, agora, todo o espaço de sua vida. Enquanto Kiki havia tateado instintivamente a saída de seu problema, Jerome tinha escrito o seu, palavras e palavras e palavras. Não pela primeira vez, Kiki deu graças por não ser uma intelectual. De onde estava, podia ver o formato estranhamente melancólico do texto de Jerome, com itálicos e elipses por toda parte. Velas inclinadas ao sabor do vento em mares perfurados.

"Lembra daquela coisa...", disse Kiki distraidamente, acariciando com a canela o tornozelo exposto do filho. *"Escrever sobre música é como dançar sobre arquitetura.* Quem foi mesmo que disse isso?"

Jerome entortou os olhos como Howard e desviou o olhar.

Kiki se abaixou até a linha de visão de Jerome. Pôs dois dedos em seu queixo e aproximou o rosto dele do seu. "Você está bem, querido?"

"Mãe, por favor."

Kiki acolheu o rosto de Jerome entre as mãos. Ela o encarou procurando uma imagem refratada da garota que tinha lhe causado todo aquele sofrimento, mas Jerome não dera nenhum detalhe à mãe quando tudo acontecera e não lhe daria nenhum agora. Tratava-se de uma tradução impossível — sua mãe queria saber de uma garota, mas não era de uma garota, ou, melhor dizendo, não era *só* da garota. Jerome tinha se apaixonado por uma família. Ele sentia não poder compartilhar com a sua família esse fato; para eles, era mais fácil acreditar que ano passado tinha sido o ano da "cagada romântica de Jerome" ou — mais aprazível para a mentalidade Belsey — seu "flerte com o cristianismo". Como poderia explicar que na verdade tinha sido prazeroso entregar-se aos Kipps? Fora uma espécie de doce renúncia do eu; um verão de renúncia aos Belsey; deixara o mundo e os hábitos dos Kipps tomarem conta de si inteiramente. Tinha gostado de ouvir os bate-papos exóticos (para um Belsey) sobre negócios, dinheiro e política realista; de ouvir que a igualdade era um mito e o multiculturalismo, um sonho insensato; empolgara-se com a insinuação de que a arte era uma dádiva de Deus que favorecia apenas um punhado de mestres e de que a maior parte da literatura era meramente um véu para ideologias de esquerda mal sustentadas. Tinha encenado fracas tentativas de combater essas idéias, mas só para poder saborear ainda mais a sensação de ser zombado pela família — para ouvir mais uma vez o quanto seus pensamentos eram tipicamente liberais, acadêmicos e insípidos. Quando Monty alegara que as minorias costumam exigir direitos iguais que não fizeram por merecer, Jerome permitira sem reclamar que essa estranha idéia nova penetrasse nele e afundara ainda mais as costas no sofá acolhedor. Quando Michael argumentara que ser negro não era uma identidade e sim uma questão aleatória de pigmentação, Jerome não dera uma resposta histérica tradicional dos Belsey — "Tente dizer isso ao sujeito da Ku Klux Klan vindo para cima de você com uma cruz em chamas" — e sim prometera pensar menos em sua identidade no futuro. Um a um, os deuses dos Belsey tombaram. *Estou tão cheio de babaquices liberais,* Jerome pensara com satisfação, curvando bem a cabeça e apoiando os joelhos numa daquelas almofadinhas vermelhas oferecidas para se ajoelhar no banco dos Kipps na igreja local. Muito antes de Victoria ter chegado em casa, ele já estava apaixonado. Aconteceu apenas que esse fervor genérico pela família encontrou seu receptáculo adequado e específico em Victoria — idade certa, gênero certo e tão bela quanto a idéia de Deus. A própria Victoria, abastecida das conquistas sociais e sexuais de seu primeiro verão no exterior sem a família, voltou para casa e encontrou um rapaz tolerável, oprimido por sua virgindade e satisfatoriamente castrado pelo desejo que sentia por ela. Pareceu mesquinho não presentear com seus encantos recém-descobertos (ela tinha sido o que os caribenhos chamam de filha *margar*) um rapaz tão obviamente necessitado das mesmas qualidades. E até agosto ele iria embora, de qualquer forma. Passaram uma semana roubando beijos em cantos protegidos da casa e fizeram amor uma vez, muito mal, debaixo da árvore no quintal dos fundos dos Kipps. Nem por um momento Victoria cogitou... Mas Jerome cogitou, é claro. Cogitar as coisas demais, o tempo todo, era a definição de sua pessoa.

"Não é saudável, meu bem", disse sua mãe alisando o cabelo em sua cabeça apenas para vê-lo espetar de novo em seguida. "Você vai passar todo o maldito verão se remoendo. E o verão está quase acabando."

"Aonde você quer chegar?", retrucou Jerome com uma rispidez que não lhe era característica.

"É uma pena, só isso...", disse Kiki baixinho. "Olha, amoreco, estou indo para o festival — por que não vem junto?"

"Por que será", respondeu Jerome sem inflexão.

"Está uns quarenta e três graus aqui dentro, meu bem. Tudo que é gente já foi".

Jerome imitou a expressão facial de um menestrel negro para corresponder à entonação da mãe e voltou à sua atividade. Enquanto escrevia, sua boca feminina se contraía num beicinho apertado e almofadado, o que por sua vez acentuava as maçãs do rosto típicas da família. Sua testa protuberante — o detalhe que o tornava tão pouco atraente — se lançava para a frente como se quisesse fazer a vontade dos cílios longos e eqüinos que dobravam para cima tentando encontrá-la.

"Vai só ficar sentado em casa o dia todo, escrevendo o diário?"

"Não é um diário. É um caderno de anotações."

Kiki emitiu um som de derrota e se levantou. Andou como quem não quer nada por trás do filho e de repente mergulhou de barriga na direção dele, abraçando-o por trás e lendo por cima de seu ombro: "*É fácil confundir uma mulher com uma filosofia...*"

"Mãe, *sai*, porra — é sério..."

"Olha a boca — *O erro está em apegar-se ao mundo de qualquer forma. Ele não será grato aos seus apegos. O amor é a descoberta extremamente difícil...*"

Jerome arrancou o caderno dela à força.

"O que é isso — provérbios? Soa *pesado*. Você não vai vestir uma capa e dar tiros na escola agora, vai, meu bem?"

"Ha, ha."

Kiki beijou a parte de trás da cabeça dele e se levantou. "Está registrando demais — tente viver", sugeriu delicadamente.

"Falsa oposição."

"Ai, Jerome, *por favor* — levanta dessa coisa nojenta, vem comigo. Você *vive* nesse maldito pufe. Não me force a ir sozinha. Zora já foi com as amigas dela."

"Estou *ocupado*. Onde está Levi?"

"Trabalha aos sábados. *Vamos*. Estou sem ninguém... e Howard me deixou na mão — saiu com Erskine faz uma hora..."

A menção furtiva à negligência do pai teve exatamente o efeito que sua mãe pretendia. Ele gemeu e fechou o caderno entre suas mãos grandes e macias. Kiki estendeu as mãos em cruz na direção do filho. Ele segurou nelas e se ergueu.

A caminhada de casa até a praça da cidade era bonita: cabaças intumescidas na soleira das portas, casas de tábuas brancas, jardins viçosos plantados com cuidado como preparação para o famoso outono. Menos bandeiras americanas do que na Flórida, porém mais do que em San Francisco. Por toda parte, indícios de dobras amarelas nas folhas das árvores, como papel velho jogado sobre algo prestes a pegar fogo. Estavam ali também algumas das coisas mais antigas dos Estados Unidos: três igrejas construídas no século XVII, um cemitério repleto de peregrinos mofados, placas azuis informando você disso tudo. Kiki fez um movimento cauteloso para dar o braço a Jerome; ele deixou. Outras pessoas foram se juntando a eles na rua, um pouco mais a cada esquina. Na praça, foram privados da capacidade de movimento independente; faziam parte de uma massa de centenas de outros. Tinha sido um erro trazer Murdoch. O festival estava em sua etapa mais movimentada, a hora do almoço, e no meio do empurra-empurra todos estavam com calor e mau humor demais para se preocupar em desviar de um cãozinho. Com dificuldade, os três abriram caminho até a calçada menos cheia. Kiki parou numa banca que vendia prata de lei — brincos, braceletes, colares. O vendedor da banca era um negro excepcionalmente magricela vestindo uma camisa de tricô verde e jeans azul encardido. Nada nos pés. Seus olhos injetados se arregalaram quando Kiki pegou uns brincos de argola. Kiki deu só uma rápida espiada nele, mas já suspeitava que esse seria um daqueles conhecidos diálogos em que seu enorme e enfeitiçante busto desempenharia um sutil (ou não tão sutil assim, dependendo da pessoa) terceiro papel na conversa. As mulheres se afastavam um pouco dele por delicadeza; os homens — para conforto de Kiki — às vezes faziam um comentário a seu respeito para logo dar o assunto por encerrado, por assim dizer. Seu tamanho tinha um apelo sexual, mas ao mesmo tempo mais do que sexual: o sexo era apenas um pequeno elemento de seu alcance simbólico. Se ela fosse branca, talvez remetesse apenas ao sexo, mas ela não era. Portanto, seu peito emitia uma profusão de sinais que escapavam a seu controle direto: safada, fraterna, predatória, maternal, ameaçadora, confortadora — era um mundo de espelhos no qual havia entrado aos quarenta e poucos anos, uma estranha fabulação da pessoa que acreditava ser. Já não podia mais ser mansa ou tímida. Seu corpo a tinha conduzido para uma nova personalidade; as pessoas esperavam coisas novas dela, algumas boas, outras não. E ela tinha sido uma coisinha de nada por anos e anos! Como isso acontece? Kiki aproximou as argolas das orelhas. O sujeito da banca ofereceu um pequeno espelho oval e o ergueu até a altura de seu rosto, mas não rápido o bastante, na impressão dela.

"Desculpe, irmão — levanta mais uns centímetros — *muito* obrigada — *eles* não usam jóias — lamento. Só as orelhas."

A piada incomodou Jerome. Ele detestava o hábito da mãe de entabular conversa com estranhos.

"Querido?", perguntou a Jerome, virando-se para ele. Mais um encolher de ombros. Visando uma reação cômica, Kiki se voltou novamente para o sujeito da banca e encolheu os ombros, mas ele disse apenas "Quinze" em voz alta e a encarou. Ele não sorria e estava convencido a fechar uma venda. Tinha um sotaque pesado, estrangeiro. Kiki sentiu-se boba. Sua mão direita passou rapidamente por uma série de artigos sobre a mesa.

"Tá... e esses?"

"Todos brincos quinze, colar trinta, pulseira alguns dez, alguns quinze, diferente — prata, tudo prata — tudo isso aqui prata. Você devia experimentar colar, muito bonito — com pele negra, é bom. Gosta de brinco?"

"Vou pegar um *burrito*."

"Ah, Jerome, por favor — um minuto. Não podemos passar cinco minutos juntos? O que acha destes?"

"Bons."

"Argola pequena ou grande?"

Jerome fez uma cara de desespero.

"Tá bom, tá bom. Onde você vai estar?"

Jerome apontou para o meio do evento ondulante. "Tem um nome apelativo... tipo Chicken America, algo assim."

"Deus, Jay. Não sei o que é isso. O que é isso? Apenas me encontre em frente ao banco daqui a quinze minutos, tá? E pegue um para mim — de camarão, se tiverem, molho extrapicante e coalhada. Você *sabe* que gosto bem picante."

Observou-o ir sem pressa, puxando para baixo a camiseta de manga comprida do Nirvana para cobrir o traseiro inglês murcho, largo e insosso como a retaguarda de uma das tias de Howard. Virou-se para a banca e tentou interagir com o homem de novo, mas ele estava ocupado remexendo as moedas dentro de sua pochete. Pegou e largou algumas coisas sem interesse, acenando com a cabeça ao ouvir os preços que eram enfaticamente reiterados cada vez que seu dedo entrava em contato com um artigo. Tirando o dinheiro, o sujeito parecia pouco se importar com ela, fosse como pessoa ou como idéia. Não chamou Kiki de "irmã", não tirou conclusões antecipadas e não tomou nenhuma liberdade. Misteriosamente decepcionada, como às vezes ficamos quando algo que professamos desaprovar não acontece, Kiki olhou para cima de repente e sorriu para ele. "Você é da África?", perguntou com delicadeza e pegou uma pulseira de berloques do qual pendiam minúsculas réplicas de totens internacionais: a Torre Eiffel, a Torre de Pisa, a Estátua da Liberdade.

O homem cruzou os braços sobre o peito estreito e frisado, com as costelas visíveis como na barriga de um gato. "De onde você *acha* que sou? Você é africana — não?"

"Não, nããão, sou *daqui* — mas é claro que...", disse Kiki. Limpou um pouco de suor na testa com o dorso da mão, esperando que ele completasse a frase como sabia que seria completada.

"Somos todos da África", disse o homem, solícito. Ele girou as mãos para fora criando um ventilador duplo sobre as jóias. "Tudo isso, da África. Você sabe de onde eu sou?"

Kiki estava tentando colocar algo no pulso, sem sucesso. Olhou para a frente e viu o homem dar meio passo para trás, se oferecendo por inteiro à sua visão. Descobriu que queria muito *acertar*, e ficou um minuto indecisa entre alguns lugares que recordava terem França em sua história, mas não teve certeza de estar correta com nenhum deles. Pensou em seu próprio tédio. Devia estar mesmo muito entediada para querer ter razão diante desse homem.

"Costa do...", Kiki começou a dizer com cautela, mas o rosto dele refutou isso, então ela trocou para Martinica.

"Haiti", disse ele.

"*Certo*. Minha...", foi dizer Kiki, mas percebeu que não queria usar a palavra "faxineira" nesse contexto. Começou de novo. "Há tantos haitianos por aqui..." Aventurou-se um pouco mais longe: "E, é claro, a coisa está tão difícil no Haiti, agora."

O homem apoiou firmemente a base das mãos sobre a mesa que os separava e buscou os olhos de Kiki. "*Sim*. Terrível. *Tão terrível*. Agora, todo dia — *terror*."

A gravidade da resposta forçou Kiki a deslocar de novo a atenção para a pulseira que escorregava pelo seu braço. Tinha apenas uma vaga noção da dificuldade a que havia se referido (o assunto tinha saído de seu radar sob a pressão de outras dificuldades mais prementes, nacionais e particulares) e sentia vergonha, agora, de ser flagrada fingindo saber mais do que sabia.

"Isso não é para aqui — para *aqui*", disse ele dando a volta de repente ao redor da mesa e apontando para o tornozelo de Kiki.

"*Ah*... é tipo uma... como se chama isso, *tornozeleira*?"

"Bota aqui — bota aqui em cima — por favor."

Kiki soltou Murdoch no chão e permitiu que aquele homem pusesse o pé dela em cima do banquinho de bambu. Precisou apoiar a mão no ombro dele para manter o equilíbrio. O sarongue de Kiki abriu um pouco e parte de sua perna ficou à mostra. Água brotava da dobrinha rechonchuda atrás de seu joelho. O homem pareceu não reparar e se manteve decidido, pegando uma das pontas suadas da correntinha e passando-a em volta da perna até encontrar a outra. Foi nessa posição pouco ortodoxa que Kiki acabou sendo emboscada por trás. Duas mãos masculinas a agarraram pela cintura e a apertaram — e então um rosto vermelho vivo se materializou a seu lado como o Gato de Cheshire e beijou sua bochecha úmida.

56

"Jay — deixa de maluquice..."

"Keeks, *uau* — é perna que não acaba mais. O que está tentando fazer, me matar?"

"Ah, meu *Deus* — Warren — *Oi*... Você quase *me* matou — *Jesus* — de fininho que nem uma *raposa* — achei que fosse Jerome, ele está por aqui em algum lugar... Meu Deus, eu nem sabia que vocês tinham voltado. Como foi na Itália? Onde está..."

Kiki avistou o objeto de sua pergunta, Claire Malcolm, saindo de uma banca que vendia óleos de massagem. Claire pareceu confusa por um instante, quase em pânico, mas então ergueu a mão, sorrindo. Em resposta Kiki dirigiu a ela um olhar de surpresa a longa distância e fez um movimento para cima e para baixo com a mão em referência à mudança em Claire, um vestidinho de verão verde em vez de seu traje básico de inverno: uma jaqueta de couro preta, camisa pólo preta e jeans preto. Pensando nisso, se deu conta de que não via Claire desde o inverno. Agora ela estava salpicada de um marrom tostado mediterrâneo que intensificava, por contraste, o azul-claro de seus olhos. Kiki fez sinal para que ela se aproximasse. O haitiano, ao terminar de prender a tornozeleira de Kiki, tirou as mãos e olhou ansiosamente para ela.

"Warren, espera só um minuto — deixa só eu resolver isso — quando era, mesmo?"

"Quinze. Por este, quinze."

"Eu achei que você tinha dito *dez* por uma pulseira — Warren, desculpe isso aqui, só mais um minuto —, você não tinha dito dez?"

"Este quinze, por favor, quinze."

Kiki vasculhou a bolsa em busca da carteira. Warren Crane ficou parado ao lado dela com sua cabeça maciça, grande demais para aquele corpo de operário de New Jersey com uma musculatura impecável, os braços robustos de marinheiro cruzados e uma expressão estapafúrdia no rosto, como a de espectador aguardando o comediante subir ao palco. Quando você não faz mais parte do universo sexual — quando é supostamente velha demais, ou grande demais, ou quando simplesmente não pensam mais em você dessa maneira —, parece que entra em jogo toda uma nova gama de reações masculinas à sua presença. Uma delas é o humor. Eles acham você engraçada. Mas pudera, pensou Kiki, eles foram criados dessa maneira, esses garotos americanos brancos: sou a Tia Jemima das caixas de biscoito de sua infância, o par de tornozelos grossos ao redor dos quais corriam Tom e Jerry. É claro que me acham engraçada. E ainda assim eu poderia atravessar o rio até Boston e não conseguir ser deixada em paz por cinco minutos seguidos. Ainda na semana passada, um jovem irmão com a metade da idade de Kiki a tinha seguido para cima e para baixo em Newbury durante uma hora, e só descansou quando ouviu que poderia convidá-la para sair qualquer dia desses; Kiki lhe deu um número falso.

"Precisa de um empréstimo, Keeks?", perguntou Warren. "Irmã, talvez eu tenha uma moedinha sobrando."

Kiki riu. Encontrou finalmente sua carteira. Questão do dinheiro resolvida, ela se despediu do vendedor.

"Bonito isso aí", disse Warren, olhando-a de cima a baixo. "Como se você precisasse ficar ainda mais bonita."

E isso é uma outra coisa que eles fazem. Flertam violentamente com você, pois não há nenhuma possibilidade de que o flerte seja levado a sério.

"O que ela comprou? Deve ser uma gracinha. Ah, é uma gracinha *mesmo*", disse Claire ao se aproximar e examinar o tornozelo de Kiki. Ela acomodou seu corpo pequenino num encaixe do corpo de Warren. Fotografias a esticavam, fazendo-a parecer comprida e rija, mas ao vivo aquela poeta americana tinha apenas um metro e cinqüenta e cinco e um físico pré-púbere, mesmo agora, aos cinqüenta e quatro. Tinha sido projetada com capricho usando o mínimo de material. Quando movia um dedo, era possível rastrear o movimento através de roldanas de veias que subiam por seus braços e ombros delgados até o pescoço, ele próprio elegantemente enrugado como os pulmões de um acordeão. Sua cabeça de elfo com três centímetros de cabelos castanhos cortados rente encaixava-se direitinho na mão do namorado. Para Kiki, eles pareciam muito felizes — mas o que isso significava? Os casais de Wellington tinham talento para parecer felizes.

"Que dia incrível, não? Voltamos faz uma semana e está mais quente aqui do que lá. O sol está um *limão* hoje, está mesmo. É como uma imensa gota de limão. *Deus*, é incrível", disse Claire enquanto Warren apalpava suavemente a parte de trás de sua cabeça. Ela estava tagarelando um pouco demais; levava sempre um ou dois minutos para baixar a bola. Claire tinha sido colega de faculdade de Howard e Kiki a conhecia havia trinta anos, mas nunca tivera a impressão de que se conheciam muito bem. Não se amalgamavam muito como amigas. Uma parte de Kiki sentia que cada novo encontro com Claire era uma repetição do primeiro. "E você está deslumbrante!", exclamou Claire. "É tão bom te *ver*. Que roupa! É como um pôr-do-sol — o vermelho, o amarelo, o marrom-alaranjado — Keeks, vocês está *se pondo*."

"Querida", disse Kiki, movendo a cabeça de um lado para o outro como ela sabia que os brancos gostavam, "*já me pus* faz tempo."

Claire produziu o som estridente do riso. Não pela primeira vez, Kiki percebeu a inteligência implacável de seus olhos, o modo como não se entregavam ao desprendimento natural do ato.

"Vamos, caminhe com a gente", disse Claire em tom sentimental, colocando Warren no meio das duas como se fosse filho delas. Era um jeito estranho de caminhar — precisavam falar uma com a outra por cima do corpo de Warren.

"Tá — mas precisamos cuidar para ver se Jerome aparece — ele está por aí. E então, como foi a Itália?"

"Maravilhoso. Não foi incrível?", disse Claire olhando para Warren com uma intensidade que satisfazia a idéia nebulosa de Kiki sobre como devia ser uma artista: apaixonada, dedicada, capaz de trazer seu entusiasmo inato para as menores questões.

"Foram só férias?", perguntou Kiki. "Você não foi receber um prêmio ou...?"

"Ah, uma besteirinha... nada, aquele negócio do Dante — mas isso não importa — Warren passou o tempo todo numa plantação de canola e ficou maluco com uma nova teoria sobre poluentes que se deslocam das plantações pelo ar, plantações transgênicas — Kiki, meu *Deus*... idéias inacreditáveis que ele ficou tendo lá — ele vai ser capaz, nada mais nada menos, de provar *em definitivo* que existe a disse — disse — disseminação cruzada — ou inseminação — você sabe do que estou falando — aquela coisa sobre a qual esse maldito governo tem *mentido* na *caradura* — mas é a ciência mesmo que é simplesmente..." Nesse ponto Claire fez um barulho e um gesto representando o topo da cabeça de uma pessoa sendo arrancado fora para expor seu crânio ao universo. "Warren, conte para a Kiki como é — eu embolo tudo, mas é uma ciência absolutamente *fenomenal* — Warren?"

"No fundo não é nada tão fascinante", disse Warren sem rodeios. "Estamos procurando uma forma de minar o governo no que diz respeito a essas sementes — uma boa parte do trabalho de laboratório já está pronta, mas falta juntar tudo — só precisamos que alguém embale as provas concretas — Ai, Claire, esse calor maldito — assunto entediante..."

"Ah, não...", protestou timidamente Kiki.

"*Não* é entediante", exclamou Claire. "Eu não fazia *idéia* da dimensão dessa tecnologia e do que ela está de fato *causando à biosfera*. Não quero dizer em dez anos ou quinze anos, quero dizer *agora mesmo*... É tão nefasto, tão nefasto. 'Infernal' é a palavra na qual acabo *recaindo*, sabe do que estou falando? Chegamos a um novo círculo, de alguma forma. Um círculo muito baixo do inferno. O planeta nos largou de mão, a essa altura..."

"Certo, certo", Kiki ficou dizendo durante tudo isso, enquanto Claire seguia falando. Kiki se impressionava com ela, mas também ficava um pouco aborrecida — não havia assunto que ela não fosse capaz de dissecar ou enfeitar com entusiasmo. Kiki se lembrou daquele famoso poema de Claire sobre um orgasmo, que parecia separar todos os diferentes elementos de um orgasmo e dispô-los pela página da mesma forma que um mecânico desmonta um motor. Foi um dos poucos poemas de autoria de Claire que Kiki julgou ter compreendido sem precisar ouvir as explicações de seu marido ou de sua filha.

"Querida", disse Warren tocando na mão de Claire com sutileza, mas de propósito. "E Howard, onde está?"

"Desaparecido em combate", disse Kiki, e sorriu carinhosamente para Warren. "Provavelmente num bar com Erskine."

"Deus — não vejo Howard há uma *eternidade*", disse Claire.

"Mas ele continua trabalhando no Rembrandt?", persistiu Warren. Ele era filho de um bombeiro, e era disso que Kiki mais gostava nele, mesmo sabendo que todas as outras idéias que associava a esta eram visões românticas de sua parte, irrelevantes para a existência de vida real de um bioquímico atarefado. Ele fazia perguntas, era interessado e interessante, raramente falava de si mesmo. Matinha a voz calma nos piores acidentes e emergências.

"Ahn-ahn", disse Kiki fazendo que sim com a cabeça e sorrindo, porém soube que não podia ir além disso sem revelar mais do que gostaria.

"Nós vimos *O construtor de navios e sua esposa* em Londres — a rainha o emprestou para a National Gallery — legal da parte dela, não é, hein? Era fabuloso... o modo como ele trabalha a tinta", disse Claire com empolgação, porém quase para si mesma, "aquela *fisicalidade,* como se estivesse cavando *dentro* da tela em busca do que existe de verdade *dentro* daqueles rostos, naquele casamento — esse é o lance, acho. É quase um *anti*-retrato: ele não quer que você olhe o rosto; quer que olhe a *alma.* O rosto é apenas uma passagem para *entrar.* É um gênio da melhor cepa."

Um silêncio delicado veio em seguida, sem que Claire tivesse necessariamente percebido. Ela tinha jeito para dizer coisas que não podiam ser respondidas. Kiki continuava sorrindo, olhando para a pele áspera e endurecida de seus dedos do pé pretos. E, se não fosse pelos encantos de minha avó à cabeceira da cama, pensou Kiki sonhadoramente, não teria havido uma casa herdada; e, se não fosse pela casa, não teria havido dinheiro para me mandar a Nova York — será que eu teria conhecido Howard, será que me *relacionaria* com gente desse tipo?

"Só que eu acho que Howard tem um ponto de vista contrário, querida — quando ele discutiu o assunto, se você lembra — ele não se posiciona contra — digamos assim, contra o mito cultural de Rembrandt, sua genialidade, et cetera?", disse Warren meio em dúvida, com a reticência de um cientista usando a linguagem dos artistas.

"Ah, claro, está certo", disse Claire com firmeza — ela parecia não querer discutir o assunto. "Ele não gosta."

"Não", disse Kiki, igualmente satisfeita em poder passar para outros assuntos. "Ele não gosta."

"Do *quê* o Howard gosta?", perguntou Warren, sarcástico.

"Nisso reside o mistério."

Bem nessa hora, Murdoch começou a ladrar furiosamente e a puxar a coleira que Warren segurava na mão. Os três tentaram sossegá-lo bem como repreendê-lo, mas Murdoch avançava resoluto em direção a uma criancinha que estava tropegando por ali com um sapo de pelúcia erguido sobre a cabeça como um estandarte. Murdoch encurralou o menino entre as pernas da mãe. A criança chorou. A mulher se ajoelhou ao lado do filho e o abraçou, fuzilando Murdoch e seus condutores com os olhos.

"Foi culpa do meu marido — desculpe", disse Claire com um teor insatisfatório de contrição. "Meu marido não está acostumado com cachorros. Na verdade, o cachorro não é *dele.*"

"É um *dachsund*, não vai matar ninguém", disse Kiki irritada enquanto a mulher ia embora pisando duro. Kiki se agachou para acariciar a cabeça achatada de Murdoch. Olhou de novo para cima e viu Claire e Warren se digladiando com os olhos, um tentando motivar o outro a falar. Claire perdeu.

"Kiki...", começou a dizer com a expressão mais recatada que se pode assumir aos cinqüenta e quatro, "o termo não é figurativo, sabe. Não mais. Quando eu disse marido, agora há pouco."

"Do que você está falando?", disse Kiki ao mesmo tempo que se dava conta da resposta.

"Marido. Warren é meu marido. Eu disse antes, mas você não captou. Nos casamos. Não é *fabuloso*?" Os traços faciais elásticos de Claire se retesaram de alegria.

"Bem que eu *achei* que algo tinha acontecido com você — você parecia agitada. Casados!"

"Completa e absolutamente", confirmou Warren.

"Mas vocês não convidaram ninguém nem nada? Quando *foi* isso?"

"Faz dois meses! Casamos e pronto. Sabe o que é? Eu não queria ninguém revirando os olhos por causa de um casal de macacos velhos como a gente juntando os trapos, então não convidamos ninguém e ninguém revirou os malditos olhos. Fora Warren. Ele revirou os olhos porque me vesti de Salomé. Mas, me diz, isso é motivo para revirar os olhos?"

Pouco antes de chegarem a um poste de luz, a pequena corrente de três elos se dissolveu e Claire e Warren se fundiram novamente.

"*Claire*, eu não teria revirado os olhos, querida — você devia ter contado."

"Foi rigorosamente no último minuto, Keeks, foi mesmo", disse Warren. "Você acha que eu teria casado com essa mulher se tivesse tempo de pensar no assunto? Ela me ligou e disse que era aniversário de são João Batista, vamos nessa, e fomos."

"De novo, por favor", disse Kiki, embora esse aspecto do casal, sua "excentricidade" tão celebrada localmente, não a atraísse muito.

"E aí eu tinha um vestido de Salomé — vermelho, com lantejoulas, e soube assim que o vi que ele seria o meu vestido de Salomé, eu o comprei em Montreal. Queria casar usando meu vestido de Salomé e carregando uma cabeça de homem. E, diabo, foi o que fiz. E é uma cabeça tão *linda*", disse Claire puxando a cabeça carinhosamente contra si.

"Tão repleta de fatos", disse Kiki. Imaginou quantas vezes esse exato ritual seria repetido com outros felicitadores nas próximas semanas. Ela e Howard eram iguais, principalmente quando tinham novidades. Cada casal é sua própria peça *vaudeville*.

"Sim", disse Claire, "tão repleta de *fatos* verídicos. E nunca tive isso antes, alguém que soubesse *qualquer coisa de real*. A não ser 'arte é verdade' — não dá nem para se *mexer* no meio das pessoas dessa cidade que sabem disso. Ou *pensam* que sabem."

"Mãe."

Jerome, com seu soturno jeromismo, tinha se juntado a eles. Soaram os cumprimentos desafinados que a idade compreensiva canta para a juventude misteriosa; a sábia decisão de não chacoalhar seu cabelo foi tomada em tempo hábil e a eterna pergunta sem resposta foi retribuída com uma nova e horrorosa resposta ("Vou vazar." "Ele *quis dizer* que vai dar um tempinho."). Por um momento, foi como se todos os possíveis assuntos que poderiam ser discutidos agradavelmente num dia quente de uma cidade bonita tivessem escoado do mundo. Então a magnífica notícia do casamento foi trazida de volta e repetida com prazer somente para ser confrontada com uma desalentadora requisição de detalhes ("Ah, bem, na verdade é o meu *quarto*, e o segundo de Warren"). Nesse tempo todo Jerome ficou abrindo, muito devagar, a embalagem de papel-alumínio que estava segurando. Enfim, revelou-se o topo de um *burrito* vulcânico que imediatamente entrou em erupção sobre sua mão e pulso. O pequeno círculo recuou coletivamente. Jerome pegou um camarão no canto do *burrito* com a língua.

"Pois é... já chega de casamento. Na verda-aa-ade", disse Warren, pegando o telefone no bolso de sua bermuda cáqui, "é — é uma e quinze — temos mesmo que ir embora."

"Keeks — foi *tão bom* — mas vamos fazer isso numa mesa dentro de um lugar fechado em breve, tá?"

Era evidente que ela estava ansiosa para escapar; Kiki desejou ser mais envolvente, mais artística, engraçada ou inteligente, mais capaz de manter atenta uma mulher como Claire.

"Claire", disse, mas depois não conseguiu pensar em nada interessante. "Tem alguma coisa que Howard precise saber? Ele não tem checado os e-mails — está tentando trabalhar no Rembrandt; acho que nem falou com Jack French, ainda."

Claire pareceu aturdida com essa virada tediosa da conversa para um assunto prático.

"Oh — certo, certo... bem, temos um encontro entre faculdades na terça — temos seis novos professores na Faculdade de Humanas, incluindo aquele babaca famoso, você conhece o cara, acho, Monty Kipps..."

"Monty Kipps?", repetiu Kiki, cada palavra envolta no duplo frêmito de um riso morto. Sentiu o mesmo choque percorrer Jerome e irradiar dele.

Claire prosseguiu: "Eu sei, é mesmo — parece que ele vai ter um escritório no Departamento de Estudos Negros — pobre Erskine! Foi o único lugar que encontraram para ele. Eu *sei*... Não entendo quantas nomeações criptofascistas esse lugar ainda vai fazer, do jeito que está já é extraordinário, na verdade... é que... bem, o que se pode dizer? O país todo está se deteriorando."

"Ai, mas que *droga*", disse Jerome em tom de súplica, girando num pequeno círculo, pedindo a solidariedade do povo de Wellington.

"Jerome, podemos falar sobre isso mais tarde..."

"Mas que *porra*...", disse Jerome mais baixo, sacudindo a cabeça abismado.

"Monty Kipps e Howard...", disse Kiki a título de evasiva, fazendo um gesto de dúvida com a mão.

Claire, notando finalmente a existência de um subtexto do qual ela não era o sub, tratou de efetivar sua retirada. "Oh, Keeks, eu realmente não me preocuparia com isso. Ouvi dizer que Howard andou batendo cabeça com ele esses tempos, mas Howard *vive* metido numa briga ou noutra." Sorriu desajeitada diante dessa atenuação. "Então... o.k. — bem, vamos — beijos — temos que ir. Foi *muito* bom ver vocês."

Kiki beijou Warren e foi abraçada com força excessiva por Claire; ela acenou, disse tchau e fez tudo que é de praxe com Jerome, que ficou ignorando toda a situação, parado ao lado dela no degrau azul da entrada de um restaurante marroquino. Para adiar a inevitável discussão, Kiki observou o casal se afastar pelo maior tempo que pôde.

"*Porra*", disse Jerome de novo, em voz alta. Sentou-se no lugar em que estava.

64

O céu tinha nublado um pouco, permitindo que o sol assumisse um enganoso papel divino. Ele irradiava privilégio em finos feixes de luz renascentista, forçando passagem através de uma nuvem paisagística que parecia criada para essa função. Kiki tentou descobrir que espécie de bênção poderia haver nisso, uma maneira de encarar a notícia ruim como boa. Suspirando, removeu o pano da cabeça. Sua pesada trança despencou pelas costas, mas foi bom sentir o suor escorrendo da cabeça para o rosto. Sentou ao lado do filho. Disse seu nome, mas ele se levantou e saiu andando. Uma família em que todos procuravam algum objeto perdido nas mochilas um do outro bloqueou seu avanço; Kiki o alcançou.

"Não faça isso, não me obrigue a correr atrás de você."

"Ahn... cidadão livre, transitando pelo mundo?", disse Jerome apontando para si mesmo.

"Sabe, eu estava prestes a ser solidária, mas na verdade acho que quero mandar você *crescer* de uma vez por todas."

"Tá bom."

"Não, *não* tá bom. Meu bem, sei que você ficou muito magoado..."

"Não estou magoado. Estou constrangido. Vamos pular isso." Ele beliscou o supercílio com os dedos, um gesto tão parecido com o do pai que chegava a ser ridículo. "Esqueci seu *burrito*, desculpe."

"Esqueça o *burrito* — podemos conversar?"

Jerome fez que sim, mas eles percorreram o lado esquerdo da Wellington Square em silêncio. Kiki parou, e forçou Jerome a parar numa banca que vendia almofadinhas para alfinetes. Eram no formato de homens orientais gorduchos, com direito até a dois riscos diagonais no lugar dos olhos e chapeuzinhos amarelos de trabalhador asiático com franjas pretas. Suas panças abauladas eram de cetim vermelho, e ali se espetavam os alfinetes. Kiki pegou um deles e o girou na mão.

"São bonitinhos, não são? Ou são horríveis?"

"Você acha que ele vai trazer a família inteira?"

"Querido, não tenho a menor idéia. Provavelmente não. Mas, se vierem, todos nós precisaremos enfrentar isso como adultos."

"Você está viajando se acha que vou ficar aqui".

"Ótimo", disse Kiki com uma alegria debochada. "Você pode voltar para Brown, problema resolvido."

"Não, quero dizer... tipo, talvez eu vá para a Europa ou algo assim."

O absurdo desse plano — dos pontos de vista econômico, particular, educacional — foi debatido em voz alta ali no meio da rua enquanto a tailandesa que cuidava da banca ficava cada vez mais nervosa com o peso do cotovelo de Kiki apoiado ao lado do mostruário piramidal de seus úteis homenzinhos.

"Então esperam que eu fique parado no lugar como um *babaca* — fingindo que nada aconteceu, é isso?"

"Não, significa que vamos lidar com isso educadamente *como uma família que...*"

"Porque, é claro, esse é o método Kiki de lidar com os problemas", disse Jerome por cima da mãe. "Simplesmente ignore o problema, perdoe e esqueça, e puf, ele vai embora."

Os dois se encararam por um instante, Jerome com insolência, Kiki surpresa com a insolência dele. Ele era, tradicionalmente, em termos de temperamento, o mais moderado de seus filhos, aquele de quem sempre se sentia mais próxima.

"Não sei como você agüenta", disse Jerome asperamente. "Ele só pensa em si mesmo. Não se importa com quem magoa."

"Não estamos falando de... daquilo, estamos falando de você."

"Só estou falando", disse Jerome sem jeito, parecendo assustado com seu próprio assunto. "Não venha me dizer que não estou lidando com as minhas coisas quando você não está lidando com as suas."

Era uma surpresa, para Kiki, o tamanho da raiva que Jerome sentia por Howard, aparentemente a favor dela. Isso também lhe dava inveja — ela gostaria de poder agregar tamanha objetividade a seu ódio. Mas ela já não era capaz de se enfurecer com Howard. Se fosse para abandoná-lo, devia tê-lo feito no inverno. Mas ela tinha ficado e agora era verão. A única explicação que podia dar de sua decisão era que ainda não havia superado totalmente seu amor por ele, o que era o mesmo que dizer que ainda não tinha superado o Amor — o surgimento do Amor fora concomitante ao surgimento de Howard. O que era uma noite em Michigan comparada ao Amor?

"Jerome", disse arrependida, e olhou para o chão. Mas agora ele estava determinado a dar o tiro de misericórdia — como sempre fazem os filhos quando se sentem donos da verdade. Kiki se lembrava de ter sido invencível, de ser amante da verdade, de ter vinte anos; lembrava-se de ter sentido exatamente isso: se sua família simplesmente fosse capaz de falar a verdade, juntos eles poderiam, com lágrimas nos olhos, porém vendo com clareza, atingir a luz.

Jerome disse: "É que, tipo, uma família não funciona mais quando todo mundo nela sofre mais do que sofreria se estivesse sozinho. Sabe?".

Ultimamente, parecia que os filhos de Kiki sempre perguntavam "sabe" no fim de suas frases, mas nunca esperavam para descobrir se ela *sabia* de fato. Quando Kiki finalmente ergueu a cabeça, Jerome já estava a trinta metros de distância, abrindo um túnel na multidão receptiva.

6.

Jerome sentou no banco da frente, ao lado do motorista do táxi, porque o passeio foi um capricho de Jerome e uma idéia de Jerome; Levi, Zora e Kiki estavam na segunda fileira dessa minivan, e Howard esparramado de costas numa fileira só para si. O carro da família Belsey estava no conserto trocando seu motor de doze anos. Os Belsey propriamente ditos estavam indo ouvir uma apresentação do Réquiem de Mozart no Boston Common. Era uma clássica excursão de família proposta no momento em que todos os membros da família nunca tinham se sentido menos familiares. O clima pesado da casa havia se incrementado nessas duas últimas semanas, desde que Howard ficara sabendo da nomeação de Monty. Ele via isso como uma traição imperdoável da Faculdade de Humanas. Um rival pessoal próximo convidado ao campus! Quem tinha apoiado isso? Deu telefonemas irados para os amigos tentando desmascarar o Brutus — sem sucesso. Zora, com seu conhecimento assustadoramente apurado das políticas universitárias, pingou veneno em seus ouvidos. Nenhum deles parou para lembrar que a nomeação de Monty também poderia afetar Jerome. Kiki se segurou, esperando que os dois começassem a pensar em alguém além de si mesmos. Como isso não aconteceu, ela explodiu. Tinham acabado de se recuperar depois da briga familiar decorrente disso. A zanga e a bateção de portas teriam continuado indefinidamente se Jerome — sempre o apaziguador — não tivesse pensado nesse passeio como uma oportunidade para todos se tratarem bem.

Ninguém estava com muita vontade de ir a um concerto, mas era impossível deter Jerome quando ele estava determinado a executar uma boa ação. Então ali estavam eles, com um silêncio de protesto preenchendo o carro: contra Mozart, contra passeios em geral, contra ter que pegar um táxi, contra o trajeto de uma hora de Wellington a Boston, contra o próprio conceito de passar bons momentos. Somente Kiki apoiava. Ela achava que compreendia as motivações de Jerome. O que se dizia nos boatos da universidade era que Monty traria a família, e isso queria dizer que a garota estava vindo. Jerome precisava agir como se nada tivesse acontecido. *Todos* eles precisavam fazer isso. Precisavam ficar unidos e fortes. Ela forçou o corpo para a frente e esticou o braço por cima do ombro de Jerome para aumentar o rádio. Não estava alto o bastante, de alguma forma, para abafar o amuamento coletivo. Permaneceu nessa posição por um minuto e apertou a mão do filho. Tinham finalmente escapado da rede de concreto e tráfego dos arredores de Boston. Era uma noite de sexta. Grupinhos unissexuais de bostonianos percorriam as ruas fazendo tumulto, esperando colidir com o contingente oposto. Quando o táxi dos Belsey passou por uma boate, Jerome esticou os olhos para as várias garotas em trajes sumários fazendo fila na calçada, como a cauda de um maravilhoso ser inexistente. Jerome virou a cara. Dói olhar para o que não se pode ter.

"Pai — levanta, estamos quase chegando", disse Zora.

"Howie, você tem algum dinheiro? Não consigo encontrar minha carteira, não sei onde está."

Pararam no canto de cima do parque.

"Graças a Deus, meu. Eu achei que ia *vomitar*", disse Levi, escancarando a porta corrediça.

"Ainda tem tempo de sobra para isso", brincou Howard.

"Talvez vocês possam *aproveitar*", propôs Jerome.

"É *claro* que vamos aproveitar, meu bem. Foi para isso que viemos", murmurou Kiki. Após encontrar a carteira, ela pagou o motorista pela janela. "Vamos aproveitar bastante. Não sei qual é o problema do seu pai. Não sei por que de repente ele age como se *odiasse* Mozart. *Essa* é nova para mim."

"Não tenho nenhum problema", disse Howard, dando o braço à filha ao começarem a caminhar pela bonita alameda. "Se dependesse de mim, faríamos isso toda noite. Acho que as pessoas não ouvem Mozart o suficiente. Neste exato momento, seu legado está morrendo. E se *nós* não o escutarmos, o que será dele?"

"Chega, Howie."

Mas Howard continuou. "O pobre coitado precisa de todo o apoio que puder conseguir, pelo que sei. Um dos grandes compositores subestimados do último milênio..."

"Jerome, *ignore* ele, querido. Levi vai gostar — *todos* nós vamos gostar. Não somos animais. Podemos ficar meia hora sentados como gente normal."

"Está mais para uma hora, mãe", disse Jerome.

"*Quem* gosta? Eu?", perguntou Levi exaltado. A menção de seu próprio nome nunca era ocasião de ironia ou humor para Levi, e, como um sôfrego advogado de si mesmo, ele tratava pessoalmente do caso cada vez que o nome era mencionado ou mal utilizado. "Nem sei quem é! Mozart. Ele usa peruca, né? Clássico", disse de forma conclusiva, satisfeito consigo mesmo por ter diagnosticado a doença correta.

"Isso mesmo", concordou Howard. "Usava peruca. Clássico. Fizeram um filme sobre ele."

"Eu vi isso. Aquele filme é um pé no *saco*..."

"E como."

Kiki começou a dar uns risinhos. Howard soltou Zora e em lugar dela abraçou sua esposa, agarrando-a por trás. Seus braços não conseguiam dar toda a volta nela, mas ainda assim desceram desse modo o morrinho em direção aos portões do parque. Essa era uma de suas pequenas maneiras de pedir desculpas. A idéia era que se acumulassem com o passar dos dias.

"Cara, olha essa fila", disse Jerome desanimado, pois ele queria que a noite fosse perfeita. "Devíamos ter saído mais cedo."

Kiki rearrumou o lenço de seda roxa por cima dos ombros. "Ah, não é tão comprida assim, meu bem. E pelo menos não está frio."

"Eu poderia pular essa grade na maior", disse Levi puxando as barras de ferro verticais ao passar por elas. "Se você fica na fila, você é um trouxa, na moral. Um irmão não precisa de portão — ele pula a grade. Isso é da rua."

"De novo, por favor?", disse Howard.

"Rua, rua", vociferou Zora. "É tipo 'ser da rua', conhecer a rua — no mundinho triste de Levi, se você é negro você possui algum tipo misterioso de comunhão sagrada com as calçadas e esquinas."

"Ih, meu, cala essa *boca*. Você nunca *viu* a rua. Nunca esteve nela."

"O que é isso?", disse Zora apontando para o chão. "Marshmallow?"

"*Por favor*. Isso não é os Estados Unidos. Você acha que isso é os Estados Unidos? Isso é a *cidade de brinquedo*. Eu *nasci* neste país — confie em mim. Você vai a Roxbury, você vai ao Bronx, você *vê* os Estados Unidos. Aquilo é a *rua*."

"Levi, você não mora em Roxbury", explicou Zora devagar. "Você mora em Wellington. Você estuda na *Arundel*. As cuecas que você usa têm seu nome na etiqueta."

"Fico me perguntando se eu sou da rua...", meditou Howard. "Ainda tenho saúde, tenho cabelo, testículos, olhos, et cetera. Tenha *ótimos* testículos. É verdade que estou acima da inteligência subnormal — por outro lado, sou *cheio* de vigor e tesão."

"*Não*."

"Pai", disse Zora, "por favor, não diga tesão. Nunca."

"Não posso ser da rua?"

"*Não*. Por que você sempre tem que fazer piada de tudo?"

"Só quero ser da rua."

"*Mãe*. Manda ele parar, meu."

"Posso ser um irmão. Se liga só", disse Howard, e começou a executar uma série de gestos manuais e poses torturantes. Kiki guinchou e cobriu os olhos.

"Mãe — vou para casa, juro por Deus, se ele fizer isso por mais um segundo, juro por Deus..."

Levi estava tentando desesperadamente fazer com que o capuz de seu casaco cobrisse o lado de sua visão em que a presença de Howard persistia. E é claro que bastaram alguns segundos para que Howard recitasse o único trechinho de rap de que era capaz de se lembrar, um verso isolado que tinha misteriosamente retido de toda a massa de letras de música que ouvia Levi balbuciar dia após dia. "*Tenho o pau mais esperto, o mais ligeiro —*", começou Howard. Gritos de consternação foram proferidos pelo resto de sua família. "*Um pênis com o QI de um gênio!*"

"Encheu — *fui*."

Levi saiu correndo com indiferença na frente deles e se enfiou no enxame que entrava no parque pelo portão. Todos riram, inclusive Jerome, e fez bem a Kiki vê-lo rir. Howard sempre fora engraçado. Já no primeiro encontro tinha pensado nele, cobiçosamente, como o tipo de pai que poderia fazer seus filhos rirem. Deu um beliscão afetuoso no cotovelo dele.

"Foi algo que eu disse?", perguntou Howard satisfeito, descruzando os braços.

"Parabéns, meu bem. Ele está com o celular?", perguntou Kiki.

"Está com o meu", disse Jerome. "Roubou do meu quarto hoje de manhã."

Quando os Belsey se enfileiraram atrás da multidão que se movia lentamente, o parque lhes liberou seu odor seivoso e adocicado, carregado do que ainda restava do verão agonizante. Numa noite de setembro úmida como aquela, o Common deixava de ser aquele espaço bem cuidado e histórico, famoso por seus discursos e enforcamentos. Espantava seus jardineiros humanos e propendia mais uma vez para o selvagem, o natural. A afetação bostoniana que Howard associava a esse tipo de evento não conseguia sobreviver muito à massa de corpos quentes e ao estridular dos grilos, à casca macia e molhada das árvores e à afinação atonal dos instrumentos — e tudo isso fazia bem. Lanternas amarelas, cor de canola, pendiam dos galhos das árvores.

"Puxa, isso é bonito", disse Jerome. "É como se a orquestra estivesse pairando sobre a água, não é? Quer dizer, o reflexo das luzes dá essa impressão."

"Puxa", disse Howard, olhando para a colina inundada de luz do outro lado da água. "Puxa vida. Que papagaiada."

A orquestra estava num pequeno palco do outro lado do lago. Ficou claro para Howard — único membro não míope de sua família — que todos os músicos do sexo masculino estavam usando uma gravata com estampa de "notas musicais". As mulheres tinham o mesmo padrão numa faixa em estilo *cummerbund* ao redor da cintura. De um enorme *banner* atrás da orquestra, um perfil do rosto sofrido e empapuçado de Mozart, parecido com o de um hamster, assomava diante dele.

"Onde está o coro?", perguntou Kiki olhando ao redor.

"Está embaixo d'água. Eles sobem fazendo assim...", disse Howard imitando um homem emergindo do mar com floreios. "É Mozart no lago. Como Mozart no gelo. Menos acidentes fatais."

Kiki riu fininho, mas depois sua expressão mudou e ela o segurou com força pelo pulso. "Ei... ahn, Howard, meu bem?", disse com cautela, olhando para o parque. "Quer a boa ou a má notícia?"

"Humm?", disse Howard se virando e descobrindo que os dois tipos de notícia vinham se aproximando pelo gramado, acenando para ele: Erskine Jegede e Jack French, o reitor da Faculdade de Humanas. Jack French com suas longas pernas de playboy dentro de suas calças estilo Nova Inglaterra. Que idade tinha esse homem? A dúvida sempre perturbou Howard. Jack French podia ter cinqüenta e dois. Podia ter setenta e nove com a mesma facilidade. Não era possível lhe perguntar, e sem perguntar a gente jamais saberia. O rosto de Jack era o de um ídolo do cinema, uma arquitetura em vidro lapidado, anguloso como um retrato de Wyndham Lewis. Suas sobrancelhas sentimentais eram como os dois lados opostos de um campanário, sempre levemente perplexas. Tinha uma pele que lembrava o tipo de couro escuro e envelhecido que se encontra naqueles sujeitos que são desenterrados de uma turfeira depois de novecentos anos. Uma fina porém completa cobertura de cabelos sedosos e grisalhos protegia seu crânio das imputações de Howard a respeito de uma idade extremamente avançada, cortados de maneira nada diferente do que seriam caso o homem tivesse vinte e dois anos e estivesse equilibrado na extremidade de um barco branco contemplando Nantucket através da mão com que tapava o sol, imaginando se era Dolly lá no píer, parada, bem retinha, com dois *highballs* na mão. Compare e contraponha a Erskine: sua careca luzidia e desprovida de cabelos e aquelas sardas de livro infantil que despertavam em Howard um desarrazoado sentimento de alegria. Erskine estava vestido aquela noite com um terno do mais amarelo dos amarelos, com as curvas de seu corpo imodesto oferecendo resistência natural a cada uma das três peças. Em seus pés pequenos, calçava um par de sapatos pontudos de salto cubano. O efeito era o de um touro executando a dança inicial de dois passos na sua direção. Ainda a dez metros de distância, Howard teve a chance de trocar de posição com sua esposa — de maneira rápida e despercebida — para que Erskine desviasse naturalmente na direção de Howard e French fosse para o outro lado. Ele aproveitou essa oportunidade. Infelizmente, French não era muito dado a conversas duológicas — ele se dirigia ao grupo, sempre. Não — ele se dirigia às lacunas *no meio* do grupo.

"Belsey *en masse*", disse Jack French muito devagar, e cada Belsey tentou apurar para qual Belsey ele poderia estar olhando diretamente. "Faltando... *um*, creio. Belsey menos um."

"É Levi, nosso menor — nós o perdemos de vista. Ele nos perdeu. Para ser sincera, ele está *tentando* nos perder", reclamou Kiki e riu, e Jerome riu, Zora riu, Howard e Erskine também, e depois de todos eles, muito lentamente, com infinita lentidão, Jack French começou a rir.

"Meus filhos", começou a dizer Jack.

"Sim?", disse Howard.

"Passam a maior parte de seu tempo", disse Jack.

"Sim, sim", disse Howard, encorajando.

"*Tramando*", disse Jack.

"Ha ha", disse Howard. "*Sim.*"

"Para se perderem de mim em eventos públicos", finalmente concluiu Jack.

"Certo", disse Howard já exausto. "Certo. Sempre assim."

"Somos anátemas para nossos filhos", disse Erskine faceiro com seu sotaque que pulava de uma escala para outra, indo de agudo para grave e voltando. "Só agradamos aos filhos dos outros. *Seus* filhos, por exemplo, gostam muito mais de mim do que de *você*."

"É verdade, cara. Eu me mudaria para a sua casa, se pudesse", retrucou Jerome, recebendo a resposta padrão de Erskine para as boas notícias, mesmo as mais insignificantes, como a chegada de um novo gim-tônica à mesa — as mãos nas bochechas e um beijo na testa.

"Você virá para casa comigo, então. Está combinado."

"Por favor, leve o resto junto. Se é pra fazer, tem que fazer bem feito", disse Howard avançando um passo e dando um tapa jovial nas costas de Erskine. Depois se voltou para Jack French e estendeu a mão, mas French, que tinha se virado para contemplar os músicos, não percebeu.

"Deslumbrante, não é?", disse Kiki. "Estamos tão felizes de topar com vocês aqui. Maisie veio, Jack? Ou as crianças?"

"É deslumbrante *mesmo*", disse Jack apoiando as mãos em seus quadris estreitos.

Zora estava dando cotoveladas na região medial do pai. Howard observou os olhos de lua cheia que sua filha estava apontando para o reitor French. Era típico de Zora que, ao encontrar-se de verdade diante da figura autoritária que havia passado a semana inteira xingando, ela simplesmente desmaias-se aos pés da tal figura autoritária.

"Jack", tentou Howard, "você já conhece Zora, não é? Ela está no se-gundo ano agora."

"É uma manifestação de encanto incomum", disse Jack voltando-se no-vamente para os outros.

"Sim", disse Howard.

"Para um cenário tão prosaico e", expandiu Jack.

"Humm", disse Howard.

"*Municipal*", disse Jack, e então sorriu para Zora.

"Reitor French", disse Zora pegando a mão de Jack e sacudindo-a. "Es-tou muito empolgada com este ano. Você conseguiu um time incrível para este ano — eu estava na Greenman —, trabalho às terças na Greenman, na seção eslava, sabe? E eu estava dando uma olhada nos relatórios anteriores da faculdade, tipo dos últimos cinco anos, e desde que você é reitor, a cada ano recebemos *professores* e *palestrantes* e *parceiros de pesquisa* cada vez mais fantásticos — eu e minhas amigas estamos simplesmente doidas com este se-mestre. E, é claro, o *pai* vai dar sua aula incrível de teoria da arte — que é certo que vou fazer este ano —, simplesmente não estou nem aí para o que dirão disso — quer dizer, no fim das contas você só tem que escolher as ma-térias que vão desenvolver mais você como ser humano, a qualquer custo, acredito piamente nisso. Então só queria dizer que é mesmo muito excitante para mim sentir que Wellington está passando por um novo estágio progres-sista. Acho que a universidade está sem dúvida tomando um rumo positivo, o que ela precisava, acho, depois do deplorável conflito de poder do meio pro final dos anos 80, que acho que realmente minou o espírito por aqui."

Howard não sabia que pedaço desse terrível discurso o reitor seria capaz de destacar do resto, de processar e/ou responder, tampouco fazia a mínima idéia de quanto tempo isso poderia demorar. Kiki veio acudir mais uma vez.

"Querida — não vamos falar de trabalho hoje, tá? Não é educado. Te-mos o semestre inteiro para isso, não temos... Ah, e antes que eu esqueça, meu Deus, daqui a uma semana e meia é o nosso *aniversário de casamento* — vamos fazer tipo uma festinha, nada de mais, um pouco de Marvin Ga-ye, *soul food* — sabe, bem gostoso..."

Jack perguntou a data. Kiki disse a ele. O rosto de Jack denunciou aque-

74

le tremor minúsculo e involuntário com o qual Kiki, nos últimos anos, já havia se familiarizado.

"Mas, claro, é realmente a data das bodas de vocês, portanto...", disse Jack pretendendo tê-lo dito apenas a si mesmo.

"É — e como no dia 15 todo mundo já está ocupado pra burro de qualquer forma, achamos que daria na mesma fazer na data certa... e pode ser uma oportunidade para... você sabe, tudo mundo dar um alô, conhecer as caras novas antes que o semestre comece, et cetera."

"Só que a cara de vocês, é claro", disse Jack com o rosto iluminado por um deleite particular ao pensar no resto de sua frase, "não será tão nova assim um para o outro, será? São vinte e cinco anos?"

"Querido", disse Kiki, botando sua grande mão cheia de jóias no ombro de Jack, "cá entre nós, são *trinta*."

A voz de Kiki traiu uma certa emoção ao dizer isso.

"Agora, no sentido proverbial da coisa", considerou Jack, "estamos falando de prata? Ou é ouro?"

"Correntes de diamante", troçou Howard puxando a esposa para si e dando-lhe um beijo molhado na bochecha. Kiki riu com força, sacudindo-se toda.

"Mas vocês virão?", perguntou Kiki.

"Será um grande...", começou a dizer Jack, sorrindo, mas bem nesse momento a intervenção divina de uma voz num sistema de alto-falantes pediu às pessoas que tomassem seus assentos.

7.

O Réquiem de Mozart começa com você caminhando em direção a um enorme fosso. O fosso fica do outro lado de um precipício que você não consegue ver até chegar bem na beirinha. Sua morte a aguarda naquele fosso. Você não sabe como é sua aparência, seu gosto ou seu cheiro. Você não sabe se vai ser bom ou ruim. Você simplesmente caminha na sua direção. Sua determinação é um clarinete e seus passos são acompanhados por todos os violinos. Quanto mais perto do fosso você chega, mais começa a sentir que aquilo que a aguarda lá será aterrorizante. Mesmo assim, você vive esse terror como uma espécie de bênção, uma dádiva. A longa caminhada não faria sentido se não houvesse aquele fosso no final. Você estende o olhar para além do precipício: uma rajada de barulho etéreo a atinge em cheio. Dentro do fosso há um grande coro, como aquele do qual você participou durante dois meses em Wellington e no qual era a única mulher negra. O coro é o anfitrião celestial e ao mesmo tempo o exército do demônio. É também cada uma das pessoas que transformaram você durante sua passagem pela terra: seus diversos amantes; sua família; seus inimigos, a mulher sem nome e sem rosto que dormiu com seu marido; o homem com quem achou que iria se casar; o homem com quem se casou. O papel desse coro é julgar. Os homens cantam primeiro, e seu julgamento é muito severo. E quando as mulheres entram não há alívio, a discussão apenas fica mais ruidosa e austera. Porque é *de fato* uma discussão — você percebe isso agora. O julgamento ainda não foi decidido. Surpreende o quanto a luta por sua alma miserável acaba sendo dramática. Também surpreendem as sereias e macacos que insistem em dançar uns em volta dos outros e em escorregar por uma escada cheia de enfeites durante o *Kyrie*, que, de acordo com as notas do programa, não inclui essa atração, nem mesmo no sentido metafórico.

Kyrie eleison
Christe eleison
Kyrie eleison

Isso é tudo o que acontece no *Kyrie*. Nada de macacos, somente grego. Mas, para Kiki, mesmo assim eram macacos e sereias. A experiência de escutar uma hora de música que a gente mal conhece numa língua morta que não se compreende é uma estranha experiência de queda e ascensão. Por minutos seguidos, você entra fundo, parece compreender. E então, sem saber exatamente como nem quando, você descobre que perdeu o rumo, ficou entediada ou cansada do esforço, e agora está em algum lugar distante da música. Você consulta as notas do programa. As notas revelam que os últimos quinze minutos de bate-boca em cima da sua alma foram meramente a repetição de uma única frase irrelevante. Em algum momento perto do *Confutatis*, o cotejo cuidadoso de Kiki entre a música ao vivo e o programa literal se perdeu. Agora ela já não sabia mais onde estava. No *Lacrimosa* ou quilômetros adiante? Parada no meio ou se aproximando do fim? Virou-se para perguntar a Howard, mas ele estava dormindo. Uma olhadela à direita mostrou Zora concentrada em seu discman, por meio do qual a voz de um certo professor N. R. A. Gould a guiava atenciosamente por cada um dos movimentos. Pobre Zora — vivia através de notas de rodapé. Foi a mesma coisa em Paris: dedicou-se a ler o guia da Sacré-Coeur com tal empenho que deu com a cabeça num altar, abrindo um corte na testa.

Kiki deitou a cabeça na espreguiçadeira e tentou se livrar de sua curiosa ansiedade. A lua estava imensa lá no alto, sarapintada como a pele dos velhos brancos. Ou talvez Kiki tenha notado muitos brancos de idade mais avançada com os rostos virados para a lua, as cabeças apoiadas no encosto de suas espreguiçadeiras, as mãos dançando com delicadeza sobre o colo de um jeito que sugeria um invejável conhecimento musical. Entretanto, com certeza ninguém no meio dessa gente branca poderia ser mais musical que Jerome, que, agora Kiki percebia, estava chorando. Ela abriu a boca com legítima surpresa e depois, temendo quebrar algum encanto, voltou a fechá-la. As lágrimas eram silenciosas e abundantes. Kiki ficou comovida, e depois um outro sentimento intercedeu: orgulho. *Eu* não entendo, pensou, mas *ele* sim. Um jovem negro dotado de inteligência e sensibilidade, e *eu* o criei. Afinal de contas, quantos outros jovens negros nem sequer compareceriam a um evento desses — aposto que não há um único neste público todo, pensou Kiki, e então conferiu e ficou levemente incomodada ao descobrir que sim, de fato havia um, um rapaz alto com um pescoço elegante sentado ao lado de sua filha. Sem se deixar desanimar, Kiki prosseguiu com seu discurso imaginário para a liga imaginária das mães negras americanas: *E não existe nenhum grande segredo, não mesmo, você só precisa ter fé, acho, e precisa agir contra a funesta auto-imagem que os homens negros recebem de patrimônio hereditário nos Estados Unidos — isso é essencial — e, sei lá... envolver-se nas atividades extracurriculares, ter livros em casa, e, é claro, ter um pouco de dinheiro, e uma casa com área livre...* Kiki abandonou seu devaneio maternal por um instante para puxar a manga de Zora e chamar sua atenção para o milagre de Jerome, como se aquelas lágrimas estivessem escorrendo pelo rosto de uma madona esculpida em pedra. Zora deu uma olhada, encolheu os ombros e retornou ao professor Gould. Kiki, por sua vez, voltou a fitar a lua. Tão mais graciosa que o sol, e podemos olhar para ela sem temer dano algum. Alguns minutos depois, ela estava se preparando para realizar um último esforço concentrado de casar as palavras cantadas com o texto da página quando de repente terminou. Ficou tão surpresa que começou a bater palmas atrasada, embora não tão atrasada quanto Howard, que tinha acabado de ser acordado por elas.

"Era isso então?", disse ele, levantando da cadeira com um pulo. "Todos foram tocados pelo sublime da cristandade? Podemos ir agora?"

"Precisamos achar Levi. Não podemos ir sem ele... talvez seja bom ligar para o celular de Jerome... não sei se está ligado." Kiki encarou o marido com súbita curiosidade. "Que foi, então você detestou? Como pode detestar?"

"Levi está ali", disse Jerome, acenando na direção de uma árvore a trezentos metros. "Ei — Levi!"

"Bem, eu achei incrível", insistiu Kiki. "É obviamente a obra de um gênio..."

Howard rosnou para o termo.

"Ai, Howard, *peraí* — você *precisa* ser um gênio para compor uma música assim."

"Uma música assim como? Defina gênio."

Kiki ignorou o pedido. "Acho que as crianças ficaram bem comovidas", disse, apertando levemente o braço de Jerome mas não dizendo nada além disso. Ela não o sujeitaria às pilhérias do pai. "E *eu* fiquei muito comovida. Não entendo como pode ser possível não se comover com uma música dessas. Está falando sério — não gostou?"

"Até que gostei... era bom. Só prefiro música que não fique tentando me enganar com alguma idéia metafísica pelas costas."

"Não sei do que você está falando. É como se fosse a música de Deus ou algo assim."

"Eu desisto", disse Howard, virando a cara para ela e acenando para Levi, que estava preso no meio da multidão, acenando de volta para eles. Levi assentiu quando Howard apontou para o portão, onde todos se encontrariam.

"Howard", continuou Kiki, porque ela ficava mais feliz do que nunca quando o convencia a lhe falar de suas idéias, "me explique como o que acabamos de ouvir pode não ser obra de um gênio... Quer dizer, não importa o que você diga, *obviamente* há uma diferença entre algo assim e algo como..."

* * *

A família se pôs a caminho, dando prosseguimento ao debate, agora com as vozes dos filhos acrescidas à discussão. O rapaz negro com um pescoço elegante que estivera sentado ao lado de Zora se esforçou para ouvir os resquícios evanescentes de uma conversa que tinha despertado seu interesse, embora não a tivesse acompanhado desde o início. Ultimamente, cada vez mais ele se pegava escutando o que as outras pessoas falavam, sentindo vontade de acrescentar alguma coisa. Bem naquele momento sentira vontade de acrescentar uma coisa, um ponto de informação — era daquele filme. De acordo com o filme, Mozart morreu antes de terminar a coisa, certo? Então uma outra pessoa devia ter terminado — e então isso parecia relevante àquela coisa de gênio que eles estavam discutindo. Mas ele não tinha o hábito de falar com estranhos. Além disso, a oportunidade tinha passado. Sempre passava. Abaixou o boné sobre a testa e conferiu se o celular estava no bolso. Pôs a mão embaixo da espreguiçadeira para recolher seu discman — tinha sumido. Praguejou com violência, apalpou a área próxima no meio do escuro e encontrou algo, um discman. Mas não o dele. O dele possuía um resto de resíduo grudento na parte de baixo que ele sempre conseguia sentir, o vestígio de um adesivo muito antigo que trazia a silhueta de uma moça nua com um grande penteado afro. Fora isso, os dois discmen eram idênticos. Levou um segundo para se dar conta. Apressou-se em tirar o moletom de capuz do encosto da cadeira, mas ele ficou preso e rasgou um pouquinho. Era seu melhor moletom de capuz. Finalmente o moletom se soltou — ele saiu correndo o mais rápido que podia atrás daquela garota corpulenta de óculos. A cada passo, mais pessoas pareciam se interpor no caminho entre ele e ela.

"Ei! *Ei!*"

Mas não havia um nome para colocar depois do *ei*, e um negro atlético de um metro e oitenta e oito gritando *ei* no meio de uma densa multidão não cria um clima de tranqüilidade em lugar nenhum.

"Ela pegou meu discman, aquela garota, aquela moça — logo ali — desculpa, licença, meu — é, será que dá pra eu passar aqui — *Ei! Ei, irmã!*"

"ZORA — espera!", uma voz veio alta a seu lado, e a garota que ele estava tentando fazer parar se virou e mostrou o dedo a alguém. Os brancos por

79

perto começaram a olhar em volta ansiosamente. Estava havendo alguma confusão?

"Ah, foda-se você também", disse a voz com resignação. O rapaz se virou e viu um garoto um pouco mais baixo que ele, mas não muito, e alguns tons mais claro.

"Ô meu — aquela é sua mina?"

"*Quê?*"

"A garota de óculos que cê acabou de chamar. É a sua mina?"

"*Nem morto*, não — é a minha irmã, mano."

"Meu, ela tá com o meu discman, minha música — ela deve ter pegado por engano. Olha, fiquei com o dela. Estou tentando chamar ela, mas não sei o nome."

"É pra valer?"

"Este é o dela, este aqui, cara. Não é meu."

"Espere aqui..."

Poucos no círculo pastoral de familiares e professores de Levi teriam acreditado que ele fosse capaz de entrar em ação tão rápido diante de uma instrução quanto fez por aquele rapaz que nunca tinha visto na vida. Forçou caminho com agilidade em meio à multidão, pegou a irmã pelo braço e começou a falar alteradamente com ela. O rapaz se aproximou mais devagar, mas chegou a tempo de ouvir Zora dizer: "Deixa de ser ridículo — não vou dar meu CD player para algum amigo seu — me larga..."

"Você não está me ouvindo — ele *não* é seu, é dele — *dele*", repetiu Levi, avistando o rapaz e apontando para ele. O rapaz deu um sorriso débil por baixo da aba de seu boné. Mesmo um relance tão ínfimo de seu sorriso informava que aqueles dentes eram brancos à perfeição e elegantemente alinhados.

"Levi, se você e seu amigo querem ser *gangstas*, uma dica: vocês precisam tomar, não pedir."

"Zoor — não é seu — é deste cara."

"Eu conheço meu discman — esse é o meu discman."

"Mano...", disse Levi, "você tem algum disco ali dentro?"

O rapaz fez que sim.

"Confere o CD, Zora."

80

"Ai, pelo amor de Deus — viu? É um disco gravável. Meu. Tá bom? Então tchau."

"O meu também é gravável — é uma música minha", disse o rapaz com firmeza.

"Levi... precisamos ir para o carro."

"Ouça o disco...", disse Levi a Zora.

"*Não.*"

"Ouça o maldito CD, Zoor."

"O que está acontecendo aqui?", chamou Howard a vinte metros de distância. "Podemos ir, por favor?"

"Zora, sua doente — ouça o CD e acabe logo com isso."

Zora fez cara feia e apertou play. Uma gota de suor brotou de sua testa.

"Bem, este não é o meu CD. É alguma espécie de hip-hop", disse com aspereza, como se o próprio CD tivesse alguma culpa.

O rapaz se adiantou com cautela, com uma das mãos erguidas a mostrar que ele não tinha más intenções. Virou o discman de lado na mão dela e mostrou o pedaço grudento. Levantou seu moletom e a camiseta que havia por baixo, revelando uma pelve bem definida, e puxou um outro discman da cintura da calça. "Este é seu."

"São *exatamente* iguais."

"É, acho que a confusão veio daí." Estava sorrindo com malícia e o fato de que era estupidamente bonito já não podia ser ignorado. Orgulho e preconceito, contudo, conspiraram em Zora para convencê-la a ignorá-lo mesmo assim.

"É, bem, coloquei o meu embaixo da minha cadeira", disse ela com sarcasmo para depois se virar e sair caminhando na direção de sua mãe, que estava parada com as mãos nos quadris a uns cem metros dali.

"Pfu. Irmã encrenqueira", disse o rapaz rindo de leve.

Levi suspirou.

"Yo, valeu, mano."

Bateram as mãos.

"Quem você estava escutando, por sinal?", perguntou Levi.

"Só uns hip-hop."

"Mano, será que eu posso dar uma escutada — curto essas paradas."

"Acho que sim..."

"Me chamo Levi."

"Carl."

Que idade tem esse garoto?, perguntou-se Carl. E onde ele tinha aprendido que é só chegar e perguntar a algum irmão estranho que você nunca viu na vida se você pode ouvir o discman dele? Carl tinha imaginado, um ano atrás, que, se começasse a ir a eventos como esse, acabaria conhecendo gente do tipo que normalmente não conhecia — não podia estar mais certo a esse respeito.

"É firme, mano. Tem um ritmo dos bons aqui. Quem é?"

"Na verdade, essa faixa é minha", disse Carl, nem humilde nem orgulhoso. "Tenho um dezesseis canais bem básico em casa. Eu mesmo faço."

"Você é rapper?"

"Bem... está mais para Spoken Word, na realidade."

"Da hora."

Conversaram o caminho todo pelo gramado até chegarem ao portão do parque. Primeiro sobre o hip-hop em geral, depois sobre shows recentes na região de Boston. De como eram poucos e esparsos. Levi fazia uma pergunta atrás da outra, por vezes respondendo a si mesmo quando Carl ia abrir a boca para retrucar. Carl seguiu tentando descobrir qual era a fita, mas parecia não haver fita nenhuma — algumas pessoas simplesmente gostam de falar.

Levi propôs que trocassem números de celular, e fizeram isso ao lado de um carvalho.

"Então, você sabe... a próxima vez que ouvir falar de um show em Roxbury... Pode me ligar ou algo assim", disse Levi um pouco entusiasmado demais.

"Você mora em Roxbury?", perguntou Carl desconfiado.

"No fundo não... mas ando bastante por lá — sábados, principalmente."

"Quantos anos você tem, catorze?", perguntou Carl.

"Não, meu. Tenho dezesseis! E você?"

"Vinte."

Essa resposta inibiu Levi imediatamente.

"Você está na faculdade ou...?"

"*Nah*... não sou um irmão *instruído*, ainda que..." Ele tinha um jeito teatral e antigo de falar, o que incluía seus belos dedos desenhando círculos no ar. Toda essa postura fazia Levi se lembrar de seu avô por parte de mãe e da sua tendência a *arengar*, como Kiki dizia. "Acho que dá pra dizer que eu cato meus próprios livros do meu próprio jeito."

"Da hora."

"Descolo a minha cultura onde posso, sabe — indo nos lances grátis tipo hoje, por exemplo. Se acontece algo de graça que possa me ensinar alguma coisa nessa cidade, tô *nessa*."

A família de Levi estava acenando para ele. Ele estava torcendo para que Carl tomasse outra direção antes de alcançarem o portão, mas havia somente uma saída no parque, é claro.

"*Finalmente*", disse Howard quando eles se aproximaram.

Agora foi a vez de Carl ficar inibido. Abaixou a aba do boné. Botou as mãos nos bolsos.

"Ah, olá", disse Zora gravemente constrangida.

Carl correspondeu com um aceno de cabeça.

"Então eu te ligo", disse Levi, tentando pular as apresentações que ele temia estarem prestes a acontecer. Não foi rápido o bastante.

"Oi", disse Kiki. "Você é amigo de Levi?"

Carl pareceu atrapalhado.

"Ahn... esse é o Carl. Zora roubou o discman dele."

"Eu não *roubei* coisíssima..."

"Você estuda em Wellington? Rosto familiar", disse Howard distraidamente. Ele estava procurando um táxi. Carl riu, um riso estranho e artificial que continha mais raiva do que bom humor.

"Eu tenho *cara* de quem estuda em Wellington?"

"Nem todo mundo estuda na sua faculdade idiota", rebateu Levi, enrubescendo. "As pessoas fazem outros lances além de ir à faculdade. Ele é um poeta das ruas."

"Mesmo?", perguntou Jerome com interesse.

"Não é bem isso, meu... faço umas coisas, Spoken Word — só isso. Não sei se dá pra me chamar de poeta das ruas, exatamente."

"Spoken Word?", repetiu Howard.

Zora, que se considerava a ponte essencial entre a cultura popular de Wellington e a cultura acadêmica de seus pais, entrou em cena bem aí. "É como uma poesia oral... está inserida na tradição afro-americana — Claire Malcolm manja disso. Ela considera *vital* e *enraizado*, et cetera, et cetera...

Ela vai ao Bus Stop dar uma conferida com os groupies de sua pequena Seita de Claire."

Esse último comentário era despeito da parte de Zora; ela se inscrevera, mas não tinha sido aceita, na oficina de poesia de Claire no semestre passado.

"Me apresentei no Bus Stop, diversas vezes", disse Carl baixinho. "É um lugar bom. É praticamente o único lugar bacana pra esse tipo de coisa em Wellington. Fiz uns lances lá na noite da terça passada, inclusive." Pôs o polegar na aba do boné e o ergueu um pouco para poder dar uma boa olhada naquelas pessoas. O cara branco seria o pai?

"Claire Malcolm vai ao ponto de ônibus escutar poesia...", começou a dizer Howard, perplexo, ocupado em observar os dois lados da rua.

"Cala a boca, pai", disse Zora. "Você conhece Claire Malcolm?"

"Não... não se pode dizer que conheço", respondeu Carl soltando mais um de seus sorrisos vitoriosos, provavelmente de puro descaramento, mas toda vez que o fazia gerava um pouco mais de interesse por ele.

"Ela é tipo uma poeta *poeta*", explicou Zora.

"Ah... Uma poeta *poeta*." O sorriso de Carl desapareceu.

"Cala a boca, Zoor", disse Jerome.

"Rubens", disse Howard de repente. "Seu rosto. Das quatro cabeças africanas. Prazer em conhecer, de qualquer forma."

Howard foi encarado pela família. Desceu da calçada para fazer sinal a um táxi que passou batido por ele.

Carl puxou o capuz por cima do boné e começou a olhar em volta.

"Você deveria conhecer Claire", disse Kiki com empolgação, tentando remendar a situação. É admirável o que um rosto como o de Carl leva alguém a fazer só para vê-lo sorrir de novo. "Ela é muito respeitada — todo mundo diz que é muito boa."

"Táxi!", gritou Howard. "Ele vai encostar do outro lado. Vamos lá."

"Por que você fala como se Claire fosse um país no qual você nunca esteve?", cobrou Zora. "Você *leu* ela — portanto pode ter uma opinião, mãe, não vai matar."

Kiki ignorou. "Aposto que ela adoraria conhecer um jovem poeta, ela é muito incentivadora — sabe, na verdade nós vamos dar uma festa..."

"Vamos lá, vamos lá", repetia Howard. Ele estava no meio do canteiro central.

"Por que ele iria querer ir à nossa festa?", perguntou Levi, mortificado. "É uma festa de *bodas*."

"Bem, meu amor, eu posso *convidar*, não posso? Além disso, não é *só* uma festa de bodas. E, cá entre nós", acrescentou fingindo segredo para Carl, "não seria nada mau ter alguns irmãos a mais nessa festa."

Não tinha escapado à atenção de ninguém que Kiki estava jogando charme. *Irmãos?*, pensou Zora contrariada, desde quando Kiki diz *irmãos?*

"Tenho que ir nessa", disse Carl. Passou a mão aberta na testa, espalhando as gotículas de suor. "Fiquei com o número de Levi — talvez a gente se encontre por aí, portanto..."

"Ah, tá bom..."

Todos acenaram sem convicção para as costas dele e disseram *tchau* baixinho, mas não dava para negar que ele estava indo embora caminhando o mais rápido que podia.

Zora se virou para a mãe e arregalou os olhos. "Mas que diabo? *Rubens?*"

"Bom rapaz", disse Kiki tristonha.

"Vamos entrar no carro", disse Levi.

"Não se pode dizer que é feio também, hein?", disse Kiki, vendo a figura em retirada virar a esquina. Howard estava parado do outro lado da rua, uma das mãos na porta aberta da minivan, a outra correndo do chão para o céu, convocando sua família a entrar.

8.

Chegou o sábado da festa dos Belsey. As doze horas que antecediam uma festa dos Belsey eram um período de ansiedade e atividade domésticas; era preciso uma desculpa invulnerável para fugir de casa nessas ocasiões. Para sorte de Levi, seus pais lhe tinham fornecido uma. Eles não haviam insistido tanto para que ele arranjasse um emprego nos sábados? Por isso ele tinha arranjado um, e por isso ia trabalhar. Fim de papo. Com o coração exultante, ele deixou Zora e Jerome lustrando maçanetas e partiu para ocupar sua posição de assistente de vendas numa megaloja de música em Boston. O emprego em si não era motivo de exultação: ele detestava o boné cafona que era obrigado a usar e a música pop ruim que era forçado a vender;

o lamentável e fracassado gerente de setor que pensava ser o rei de Levi; as mamães que não conseguiam se lembrar do nome do artista ou do single, e que por isso se debruçavam no balcão para cantarolar um pedacinho da letra. A única coisa boa nisso é que ele tinha um motivo para sair da cidade de brinquedo que era Wellington e um pouco de dinheiro para gastar em Boston, quando chegasse lá. Toda manhã de sábado ele pegava um ônibus até a estação de metrô mais próxima e depois um trem até a única cidade que realmente tinha conhecido na vida. Não era Nova York, claro, mas era a única cidade que ele tinha, e Levi apreciava o urbano da mesma forma que gerações anteriores veneravam o bucólico; se ele pudesse, teria escrito uma ode. Mas ele não possuía habilidades nessa área (costumava tentar — um caderno depois do outro, preenchidos com rimas falsas e acanhadas). Tinha aprendido a deixar isso para os carinhas que falavam rápido nos seus fones de ouvido, os poetas americanos dos dias atuais, os rappers.

O turno de Levi acabou às quatro. Ele deixou a cidade com relutância, como sempre. Voltou pelo metrô e depois de ônibus. Olhou para Wellington com desgosto enquanto ela ia se manifestando do outro lado das janelas encardidas. As torres imaculadamente brancas da faculdade pareciam ser, para ele, as torres de vigia de uma prisão à qual estava retornando. Foi arrastando o pé para casa, subindo a última ladeira, escutando sua música. O destino do rapaz nos seus fones de ouvido, que encarava uma cela de prisão naquela mesma noite, não parecia um mundo tão distante de seus próprios apuros: uma festa de aniversário cheia de acadêmicos.

Subindo a Redwood Avenue, com seu túnel de salgueiros cabisbaixos, Levi descobriu que tinha perdido até mesmo a disposição para balançar a cabeça, normalmente um hábito involuntário quando havia música tocando. Na metade da avenida, percebeu com irritação que estava sendo observado. Uma mulher negra muito velha sentada na varanda olhava para ele como se mais nada estivesse acontecendo na cidade. Tentou envergonhá-la encarando de volta. Ela simplesmente continuou olhando firme. Emoldurada por duas árvores de folhas amarelas, uma em cada lado da casa, estava sentada na varanda usando um vestido vermelho-claro e olhando em cheio como se estivesse sendo paga para isso. Mas, rapaz, ela parecia mesmo velha e alquebrada. Seu cabelo realmente não estava preso de um jeito que parecia certo. Como se não tivesse ninguém cuidando dela. As roupas dela também eram malucas. Aquele vestido vermelho que estava usando não tinha cintura; descia reto como o manto de uma rainha de um livro infantil e era preso na garganta por um grande broche no formato de uma folha dourada de palmeira. Caixas por todo lado na varanda, cheias de roupas, xícaras e pratos... como uma mendiga, só que com uma casa. Mas ficar de olho nos outros era com ela... Jesus. Não tem nada passando na TV, tia? Talvez ele devesse comprar uma camiseta onde só estivesse escrito YO — NÃO VOU ESTUPRAR VOCÊ. Uma camiseta dessas viria a calhar. Uma camiseta assim seria útil algo como umas três vezes por dia. Sempre tinha alguma coroa que precisava ser acalmada nesse sentido. E olha só... agora ela está batalhando para conseguir sair da cadeira — suas pernas como palitos de dente com sandálias. Ela vai falar alguma coisa. Ai, *merda*.

"Com licença — rapaz, com licença um minuto — *espere aí* um pouquinho."

Levi empurrou os fones de ouvido para um dos lados da cabeça. "Qua-lé que *é?*"

Era de se pensar que, após todo aquele esforço para levantar e chamar, a senhora teria algo importante a dizer. Minha casa está pegando fogo. Meu gato subiu na árvore. Mas não.

"Então, como *vai* você?", disse ela. "Não parece muito bem."

Levi recolocou os fones e começou a ir embora. Mas a senhora continuava agitando os braços na direção dele. Ele parou de novo, tirou os fones e suspirou. "Irmã, eu tive um dia meio longo, tá, então... a não ser que eu possa fazer alguma coisa por você... Precisa de ajuda ou algo assim? Para carregar alguma coisa?"

Agora a senhora tinha conseguido avançar. Ela deu dois passos e se apoiou com as duas mãos, segurando a cerca da varanda. Os nós de seus dedos eram cinzentos e empoeirados. Dava para tocar baixo naquelas veias.

"Eu sabia. Você mora aqui perto, não mora?"

"Como?"

"Estou *certa* de que conheço seu irmão. Não posso estar errada, ou pelo menos acho que não", disse ela.

Sua cabeça oscilava um pouco enquanto ela falava. "Não, não estou enganada. Os rostos de vocês são iguais por baixo. As maçãs do rosto de vocês são exatamente iguais."

O sotaque dela, aos ouvidos de Levi, era algo embaraçoso e cômico. Para Levi, gente negra era gente da cidade. Pessoas das ilhas, pessoas do interior, essas lhe eram todas estranhas, invariavelmente históricas — ele não conseguia acreditar totalmente nelas. Como da vez em que Howard levou a família para Veneza e Levi não conseguia afastar a idéia de que o lugar inteiro e todo mundo nele estavam tirando uma onda da sua cara. Nenhuma rua? Táxis aquáticos? Ele tinha a mesma sensação em relação aos fazendeiros, a qualquer pessoa que bordasse qualquer coisa e a seu professor de latim.

"Certo... o.k., bem, tenho que ir nessa, meu... tenho uns lances pra fazer... Então... Não fica mais em pé, irmã, você vai cair — tô largando fora."

"Espere!"

"Ai, meu..."

Levi se aproximou e ela fez uma coisa estranhíssima: segurou as mãos dele.

"Tenho interesse em saber como é sua mãe."

"Minha mãe? O *quê*? Olha aqui, irmã...", disse Levi afastando as mãos dela, "acho que você pegou o cara errado."

"Vou ligar para ela, acho", disse ela. "Sinto que ela deve ser uma boa pessoa, pelo que vi de sua família. Ela é muito fascinante? Não sei por quê, mas sempre a imagino sendo muito ocupada e fascinante."

A idéia de uma Kiki ocupada e fascinante fez Levi sorrir. "Você deve estar pensando em outra pessoa. Minha mãe é grande assim" — ele abriu bem as mãos ao longo do comprimento da cerca — "e vive *entediada* pra *burro*."

"Entediada...", repetiu ela como se fosse a coisa mais interessante que alguém já lhe tivesse dito.

"É, meio assim como você — pirando na batatinha", ele murmurou baixo o bastante para não ser ouvido.

"Bem, devo confessar que eu mesma estou um pouco entediada. Estão todos desempacotando lá dentro — mas não me deixam ajudar! Claro, não estou terrivelmente bem", ela confidenciou, "e os comprimidos que tomo... me fazem sentir estranha. É entediante para mim — estou acostumada a *fazer parte*."

"Hum-hum... bem, minha mãe vai dar uma festa mais tarde — talvez você devesse pintar lá, meu, sacudir o esqueleto... Olha, valeu, irmã, bom falar com você, mas tenho que ir agora — e me faz o favor de ficar numa boa. Não fique no sol."

9.

Como acontece às vezes, a música tocando nos fones de ouvido de Levi terminou no instante em que ele pôs a mão no portão do número 83 da Langham. Naquela tarde, sua casa lhe parecia um lugar ainda mais surreal que de costume, tão distante quanto possível da idéia que fazia de seu lar. Estava com um aspecto magnífico. O sol tinha a casa dos Belsey nas mãos. Ele aquecia a madeira e tornava as janelas opacas e resplandecentes de luz refletida. Oferecia-se às insolentes flores roxas que cresciam ao longo da parede frontal, e elas abriam bem suas bocas para recebê-lo. Eram cinco e vinte. A noite ia ser excitante: abafada e quente, mas com brisa suficiente para que não fosse necessário transpirar ao longo dela. Levi sentia mulheres se preparando por toda a Nova Inglaterra: se despindo, se lavando, se vestindo de novo com peças mais limpas e sensuais; garotas negras em Boston passando cremes nas pernas e chapinha nos cabelos, pistas de boates sendo varridas, garçons chegando ao trabalho, DJs ajoelhados em suas camas escolhendo discos a serem guardados em suas pesadas caixas prateadas — fantasias que, em geral tão estimulantes para ele, eram agora azedadas e entristecidas pela consciência de que a única festa à qual iria hoje à noite estaria cheia de brancos com o triplo da sua idade. Suspirou e moveu a cabeça num círculo lento. Relutando em entrar, permaneceu onde estava, na metade do caminho que atravessava o jardim, com a cabeça caída para a frente e o sol indo embora às suas costas. Alguém tinha atado petúnias na base triangular da estátua de sua avó, uma pedra piramidal de quase um metro que ficava bem no meio de um par de bordos-doces no jardim da frente. Cordões de luz — ainda desligados — tinham sido enrolados nos troncos dessas duas árvores e estendidos no meio de seus galhos.

Levi estava pensando em como se sentia grato por não ter precisado ajudar nessas tarefas quando sentiu seu bolso vibrar. Pegou seu pager. Era Carl. Levou um minuto para lembrar quem diabo era Carl. A mensagem dizia: "A festa ainda tá valendo? Talvez eu dê uma passada. Paz. C." Levi ficou tão embevecido quanto preocupado. Será que Carl tinha esquecido que tipo de festa era aquela? Estava quase ligando de volta quando teve sua solidão quebrada de surpresa pelo ruído de Zora descendo de uma escada na frente da casa. Evidentemente ela tinha acabado de pendurar de cabeça para baixo, sobre a moldura da porta, quatro ramalhetes de rosas-chá secas, cor-de-rosa e brancas. Levi não sabia explicar por que não tinha notado a presença dela até um minuto atrás, mas não tinha. Ao descer o terceiro degrau, ela pareceu notá-lo também; sua cabeça virou devagar na direção do irmão, mas seus olhos apontavam para além dele, para algo do outro lado da rua.

"Uau", sussurrou ela levando uma das mãos à testa como um visor, "essa realmente não consegue acreditar no que vê. Olha só — está sofrendo alguma espécie de colapso cognitivo. Vai pifar."

"Hum?"

"Obrigada! É, circulando, agora — ele *mora* aqui — é, isso mesmo — não está ocorrendo nenhum crime — obrigada pelo interesse!"

Levi se virou e viu a mulher ruborizada com quem Zora estava gritando chispar do outro lado da rua.

"O que há de *errado* com essas pessoas, afinal?" Zora pôs os dois pés no chão e tirou as luvas de jardinagem.

"Ela estava me observando? A mesma da outra vez?"

"Não, outra mulher. E não vem falar *comigo* — era para você estar aqui duas horas atrás."

"A festa só começa às oito!"

"Começa às seis, babaca — e mais uma vez você conseguiu não ajudar *nem um pouco*."

"Zoor, meu", suspirou Levi passando por ela, "sabe quando você simplesmente não está a fim?" Tirou a camisa do Raiders enquanto andava, amassando-a numa bola entre as mãos. Suas costas nuas, tão largas em cima e tão estreitas embaixo, bloquearam o caminho de Zora.

"Sabe, eu não estava exatamente a fim de rechear trezentas casquinhas minúsculas de *vol-au-vent* com pasta de siri", disse ela seguindo o irmão pela porta da frente aberta. "Mas acho que simplesmente tive que pôr a minha pequena crise existencial de lado e resolver o assunto."

O corredor estava com um cheiro maravilhoso. A *soul food* tem um perfume que nos sacia mesmo antes de a boca chegar perto. A massa doce dos bolos e tortas, o aroma alcoólico de um ponche de rum. Na cozinha, diversas iguarias, por ora cobertas com filme plástico, estavam dispostas na mesa principal, e sobre duas mesinhas dobráveis trazidas do porão havia uma grande pilha de pratos e círculos concêntricos de copos. Howard estava parado no meio de tudo aquilo, segurando um copo de conhaque cheio de vinho tinto e fumando um cigarro frouxamente enrolado. Tinha vários pedaços perdidos de tabaco presos no lábio inferior. Usava sua tradicional roupa de "cozinhar". Howard tinha elaborado esse traje — uma espécie de protesto contra o próprio conceito de cozinhar — vestindo todas as peças de cozinheiro descartadas que Kiki havia comprado ao longo dos anos e jamais usara. Hoje Howard estava usando chapéu e camisa de chef, um avental, uma luva de forno, vários panos de prato presos na cintura e outro amarrado com garbo ao redor do pescoço. Uma quantidade ilógica de farinha cobria tudo isso.

"Bem-vindo! Estamos *cozinhando*", disse Howard. Ele pôs os dedos enluvados nos lábios e depois bateu duas vezes no nariz.

"E *bebendo*", disse Zora retirando o copo de tinto da mão dele e levando-o para a pia.

Howard captou o ritmo e a comédia desse gesto e continuou no mesmo espírito. "E como foi seu dia, John Boy?"

"Bem, alguém achou que eu estava *assaltando* você de novo."

"Certamente não", disse Howard com cautela. Ele evitava e temia conversar com os filhos sobre temas raciais, e suspeitava que essa seria uma dessas conversas.

"E não vem me dizer que sou paranóico", lascou Levi arremessando sua camisa úmida sobre a mesa. "Eu não queria mais *morar* aqui, meu... todo mundo só fica encarando."

"Alguém viu o creme de leite?", disse Kiki surgindo de trás da porta da geladeira. "*Não* o enlatado, não o simples, não o *light* — o integral. Estava em cima da mesa." Ela viu a camisa de Levi. "Aí *não*, rapaz. No seu quarto — *aquele* que, por sinal, está uma *desgraça* absoluta. Se quiser se mudar daquele porão algum dia, terá que fazer algumas mudanças. Eu teria *vergonha* se seu quarto ficasse num lugar onde as pessoas pudessem ver."

Levi fez cara feia e continuou falando com o pai. "E aí uma velhinha maluca na Redwood começou a fazer perguntas sobre a minha mãe."

"Levi", disse Kiki caminhando até ele, "você está aqui para ajudar, não é?"

"Como assim? Sobre Kiki?", perguntou Howard interessado, sentando à mesa.

"Uma velha na Redwood — eu estava na minha —, e ela ficou me olhando, me olhando, de um lado para o outro da rua, como todo mundo faz nessa cidade — ela me fez parar, falou comigo —, parecia estar tentando descobrir se eu iria matar ela."

Isso, é claro, não era verdade. Mas Levi queria chegar a determinado lugar, e teria que distorcer a verdade para chegar lá.

"E aí ela começou a falar da minha mãe isso, minha mãe aquilo. Uma senhora negra."

Howard emitiu um ruído de objeção, mas o pedido foi negado.

"Não, não, mas isso não faz diferença. Qualquer velha negra que seje branca o suficiente para morar na Redwood pensa *exatamente* do mesmo jeito que uma velha branca."

"Que *seja* branca o suficiente", corrigiu Zora. "É o pior tipo de pretensão, sabia, forçar seu jeito de falar — roubar a gramática de outras pessoas. Pessoas com menos sorte que você. É grotesco. Você consegue declinar um substantivo latino, mas aparentemente não consegue nem..."

"O creme de leite — alguém? Estava *bem aqui.*"

"Acho que talvez você esteja exagerando um pouquinho", disse Howard explorando a fruteira com os dedos. "Onde foi isso?"

"Na *Redwood*. Quantas vezes, *yo?* Uma velha louca lá."

"Não sei como é possível deixar uma coisa num lugar e cinco minutos depois... *Redwood?*", perguntou Kiki com veemência. "Em que altura da Redwood?"

"Na esquina de cima, antes da creche."

"Uma velha *negra?* Ninguém assim mora na Redwood. Quem era ela?"

"Eu *não sei...* Tinha umas caixas pra tudo que é lado — parecia que ela tinha acabado de se mudar — mas enfim, a questão nem é essa — a questão é que tô *de saco cheio* das pessoas espiarem cada passo que eu..."

"Oh, Jesus — *Jesus...* você foi grosso com ela?", perguntou Kiki, largando o pacote de açúcar que estava segurando.

"O *quê?*"

"Sabe quem são eles?", perguntou Kiki retoricamente. "*Aposto* com você que são os Kipps chegando de mudança — ouvi dizer que a casa deles ficava aqui perto. Aposto cem dólares com você que essa mulher era a esposa."

"Não seja *absurda*", disse Howard.

"Levi — como era a mulher — como ela *era*?"

Levi, confuso e deprimido por seu caso ter encontrado uma recepção tão pesada, se esforçou para lembrar dos detalhes. "Velha... bem alta, vestindo, tipo, umas cores bem fortes para uma mulher velha..."

Kiki olhou duro para Howard.

"Ah...", disse Howard. Kiki se dirigiu novamente a Levi.

"O que você disse para ela? É melhor não ter sido grosso com ela, Levi, ou juro por Deus, vou tirar o seu *couro* hoje à noite..."

"*O quê?* Era só uma doida... Não sei — ela ficou me fazendo um monte de perguntas estranhas... não me lembro do que eu disse — mas não fui grosso — *não fui*. Não disse quase nada, meu, e ela era louca! Ficou me fazendo um monte de perguntas sobre a minha *mãe* e eu só disse, tipo, tô atrasado — minha mãe vai dar uma festa, tenho que ir, não posso falar agora — e foi isso."

"Você disse que daríamos uma festa."

"Ai, meu *santo* — Mãe, não é seja lá quem você acha que é. É só uma velha louca que achou que eu ia matar ela porque uso um lenço na cabeça."

Kiki cobriu os olhos com uma das mãos. "São os Kipps — oh, Deus —, preciso convidá-los agora. Devia ter dito para Jack convidá-los de qualquer forma. Preciso convidá-los."

"Você não *precisa* convidá-los."

"*É claro* que preciso convidá-los. Vou dar uma passada lá quando terminar de preparar o limão-galego — Jerome saiu para comprar mais álcool —, só Deus sabe o que ele está fazendo, já devia ter voltado. Ou Levi poderia ir, deixar um bilhete ou algo assim..."

"Por que você tá braba *comigo*, agora? Meu, eu não vou voltar lá. Só tava tentando explicar pra vocês como me sinto quando ando por essa vizinhança..."

"Levi, por favor, estou tentando pensar. Desça e dê um jeito no seu quarto."

"Ah, vai *se fuder*, meu".

A política de palavrões no lar dos Belsey não era manifesta. Eles não tinham nada bonitinho e inútil como um jarro de palavrões (um item de decoração popular entre as famílias de Wellington), e o emprego de palavrões era, como já vimos, geralmente aceito na maior parte das situações. Apesar disso, havia uma série de estranhas subcláusulas nessa norma libertária, regras de uso que não estavam gravadas em pedra e tampouco eram particularmente transparentes. Era uma questão de tom e tato, e, nesse caso, Levi tinha avaliado mal. Sua mãe, então, atingiu-o no lado da cabeça com a mão, um golpe que o fez tropeçar três passos para trás até bater na mesa da cozinha. Ele derrubou uma molheira cheia de calda de chocolate em cima de si mesmo. Em circunstâncias normais, ao deparar-se com a menor ofensa contra si ou sua personalidade, ou, em particular, contra suas roupas, Levi argumentaria em favor da justiça até não haver mais fôlego em seu corpo, mesmo se — especialmente se — ele estivesse errado. Mas nessa ocasião ele abandonou o recinto na mesma hora, sem dizer palavra. Um minuto depois, ouviram sua porta batendo lá embaixo.

"Bom. Ótima festa", disse Zora.

"Espere até os convidados chegarem", murmurou Howard.

"Só quero que ele aprenda a...", Kiki começou a dizer. Sentia-se exausta. Sentou à mesa da cozinha e descansou a cabeça sobre o pinho escandinavo.

"Vou lá fora buscar uma vara de marmelo para você, me permite? Estilo Flórida de disciplinar os filhos", disse Howard tirando o chapéu e o avental com afetação. No contexto familiar, sempre que Howard via uma oportunidade de assumir a superioridade moral ele praticamente se catapultava nessa direção. Essas oportunidades vinham sendo raras nos últimos tempos. Quando Kiki levantou a cabeça, ele já tinha saído. *Isso mesmo*, pensou Kiki, *caia fora quando estiver em vantagem*. Bem nessa hora, Jerome entrou pela porta e parou um momento na cozinha para resmungar que o vinho estava no corredor, antes de cruzar as portas corrediças e prosseguir direto para o quintal dos fundos.

"Não sei por que todo mundo nesta casa precisa se comportar como um maldito animal", disse Kiki com súbita ferocidade. Ela levantou, foi molhar um pano na pia e voltou para cuidar do chocolate derramado. Aflição não era com ela. Raiva era bem mais fácil. E mais rápida, mais forte e melhor. *Se eu começar a chorar, não paro mais* — a gente ouve as pessoas dizerem isso; Kiki ouvia as pessoas dizendo isso o tempo todo no hospital. Um acúmulo de tristeza para o qual jamais haveria tempo suficiente.

"Terminei aqui", disse Zora mexendo descontraidamente a colher no ponche de frutas que tinha ajudado a preparar. "Vou me trocar ou algo assim."

"Zoor", disse Kiki, "sabe onde encontro uma caneta e papel?"

"Não sei. Gaveta?"

Zora também se foi. Kiki ouviu um grande barulho na água lá fora e então avistou rapidamente o domo escuro e encaracolado da cabeça de Jerome logo antes de ela mergulhar de novo. Abriu a gaveta na ponta da longa mesa da cozinha e, entre muitas pilhas e unhas postiças, encontrou uma caneta. Saiu em busca de uma folha de papel. Lembrou-se de um bloco que tinha ficado espremido entre dois livros de capa mole numa das prateleiras de livros do corredor.

"Xadrez?", Kiki ouviu Zora perguntar a Howard. Quando voltou à cozinha, pôde ver os dois armando o jogo na sala de estar como se nada tivesse acontecido, como se não fossem os anfitriões de uma festa. Murdoch se aconchegou faceiro no colo de Howard. *Xadrez?* Será que ser um intelectual é isso?, pensou Kiki. Pode a mente sintonizada dessintonizar todo o resto? Kiki sentou sozinha na cozinha. Escreveu um bilhete curto dando aos Kipps boas-vindas à cidade e manifestando a esperança de que pudessem comparecer a uma pequena reunião, a qualquer hora depois das seis e meia.

10.

Ao virar a esquina da Redwood, Kiki já estava lendo os sinais. O tamanho do caminhão de mudança, o estilo da casa, as cores do jardim. A luz estava esmaecendo e as luzes da rua ainda não tinham acendido. Incomodava-lhe não poder enxergar com mais clareza os vasos de flores suspensos como incensórios dos quatro andares de sacadas. Kiki já estava bem perto do portão de entrada quando conseguiu ver a silhueta de uma mulher de grande estatura sentada numa cadeira de encosto alto. Kiki pôs a carta que segurava de volta no bolso. A mulher estava dormindo. Kiki logo compreendeu que jamais gostaria de ser vista daquele modo, com os cabelos escassos espalhados sobre a face, a boca escancarada e a metade de um olho agitado e cego exposta ao mundo. Parecia rude passar reto por ela e seguir até a campainha, como se ela não passasse de um gato ou um enfeite. Da mesma forma, não parecia correto acordá-la. Hesitando agora na varanda, Kiki fantasiou momentaneamente colocar o bilhete no colo da mulher e sair correndo. Deu mais um passo em direção à porta; a mulher acordou.

"Oi, *oi* — desculpe, não quis assustá-la —, sou uma vizinha daqui... você é... a senhora Kipps ou..."

A mulher sorriu preguiçosamente e olhou para Kiki, ao redor de Kiki, parecendo avaliar seu volume, onde começava e onde terminava. Kiki ajeitou o cardigã no corpo.

"Sou Kiki Belsey."

Então a sra. Kipps emitiu um jubiloso som de reconhecimento, iniciando numa nota alta e esguia e descendo a escala vagarosamente. Uniu as duas mãos devagar, como um par de címbalos.

"Sim, sou a mãe de *Jerome* — acho que hoje você deu de cara com o meu mais novo, Levi. Espero que ele não tenha sido mal-educado... ele pode ser um pouco desaforado às vezes..."

"Eu *sabia* que estava certa. *Sabia*, viu?"

Kiki desatou a rir, ainda concentrada em absorver toda a informação visual acerca dessa entidade tão discutida e nunca vista, a sra. Kipps.

"Não é muito doido? A coincidência de Jerome, e depois você e Levi dando de cara..."

"Nenhuma coincidência — eu o reconheci pelo rosto no instante em que o vi. São tão vivos de se olhar, os seus filhos, tão belos."

Kiki era vulnerável a elogios dirigidos a seus filhos, mas também estava familiarizada com eles. Três filhos mulatos de uma certa altura atraem olhares por onde vão. Kiki estava acostumada com essa satisfação e também com a necessidade de ser humilde.

"Você acha? Creio que eles são — na verdade sempre penso neles como bebês, ainda, sem nenhum...", Kiki começou a responder alegremente, mas a sra. Kipps continuou por cima dela, sem lhe dar atenção.

"Então esta é você", disse assobiando e estendendo a mão para pegar Kiki pelo pulso. "Venha cá, sente aqui."

"Ah... tá bom", disse Kiki. Agachou-se ao lado da cadeira da sra. Kipps.

"Mas eu não a imaginava assim, de modo algum. Você não é uma mulher *pequena*, né?"

Ao lembrar-se disso depois, Kiki não pôde assumir total responsabilidade pela resposta que deu a essa pergunta. Suas entranhas tinham um jeito próprio de lidar com as coisas, e ela estava acostumada com suas decisões executivas; a sensação de segurança imediata que algumas pessoas lhe transmitiam e, inversamente, a náusea induzida por outras. Talvez alguma coisa no impacto da pergunta, bem como sua afetuosidade espontânea e a natureza aparentemente não maliciosa das intenções por trás dela, levaram-na a responder na mesma moeda — com a primeira idéia que lhe veio à cabeça.

"Ahn-ahn. Nada em mim é pequeno. Nadinha. Tenho peito, tenho bunda."

"Sei. E isso não a incomoda nem um pouco?"

"Sou assim — estou acostumada."

"Fica muito bem em você. Você comporta isso muito bem."

"Obrigada!"

Era como se uma rajada de vento tivesse de repente erguido e propelido essa conversinha estranha, e agora, de forma igualmente repentina, a tivesse abandonado. A sra. Kipps olhou reto para a frente, para o seu jardim. Sua respiração era rasa e audível na altura da garganta.

"Eu...", Kiki começou a dizer, e esperou de novo algum tipo de atenção, mas não recebeu. "Acho que eu queria dizer o quanto lamento todo aquele estardalhaço desnecessário que aconteceu ano passado — tudo perdeu a proporção de tal forma... espero que todos nós possamos simplesmente deixar tudo...", disse Kiki perdendo o rumo ao sentir o polegar da sra. Kipps pressionando o centro da palma de sua mão.

"Espero que não vá me ofender", disse a sra. Kipps balançando a cabeça, "pedindo desculpas por coisas que não foram culpa sua."

"Não", disse Kiki. Quis prosseguir, porém mais uma vez tudo se desmanchou. Sabia apenas que não podia mais permanecer agachada. Tirou os pés de baixo de si mesma e sentou sobre a madeira.

"Isso, sente-se e poderemos conversar direito. Sejam quais forem os problemas entre nossos maridos, não é uma briga nossa."

Nada veio depois disso. Kiki se sentiu e se enxergou naquela improvável posição, sentada no chão abaixo de uma mulher que não conhecia. Lançou um olhar sobre o jardim e deu um suspiro bobo, como se o encanto da cena lhe tivesse batido naquele exato momento.

"Pois então, o que você acha", disse a sra. Kipps devagar, "da minha casa?"

Essa pergunta, implícita no trato social de Kiki com as mulheres de Wellington, era outra que nunca lhe tinha sido feita sem rodeios.

"Bem, eu acho que ela é absolutamente encantadora."

Essa resposta pareceu surpreender a moradora. Ela se deslocou para a frente, erguendo o queixo da posição de descanso sobre o peito.

"*Não diga*. Eu não posso dizer que gosto muito. É tão *nova*. Não há nada nesta casa exceto dinheiro, tilintando. Minha casa em Londres, senhora Belsey..."

"Kiki, por favor."

"*Carlene*", respondeu ela pressionando a mão comprida contra sua garganta exposta. "É tão cheia de humanidade — eu ouvia as anáguas no corredor. Já sinto tanta *falta* dela. As casas americanas...", disse esticando o olhar por cima do ombro, em direção à rua. "Elas sempre parecem crer que ninguém nunca perde nada, nunca perdeu nada. Acho isso muito triste. Entende o que quero dizer?"

Kiki se eriçou por instinto — depois de passar a vida toda esculachando seu país, tinha desabrochado nela, nos últimos anos, uma nova sensibilidade. Ela precisava abandonar a sala quando os amigos ingleses de Howard se acomodavam nas poltronas após o jantar e iniciavam o ataque.

"Casas americanas? O que você quer dizer? Quer dizer que preferiria uma casa com, tipo, uma história?"

"Oh... bem, poderia ser dito dessa forma, sim."

Kiki ficou ainda mais sentida com a suspeita de que tinha dito algo decepcionante ou, pior, algo tão besta que nem sequer merecia uma resposta.

"Mas sabe que, na verdade, esta casa tem uma espécie de história, senhora — Carlene —, só que não é uma das mais bonitas."

"Humm."

Isso agora tinha sido simplesmente mal-educado. A sra. Kipps tinha fechado os olhos. A mulher era grosseira. Não era? Talvez fosse uma diferença cultural. Kiki insistiu.

"Sim — havia um senhor mais velho aqui, o senhor Weingarten — era um paciente de diálise no hospital em que trabalho, e aí ele era recolhido por uma ambulância, sabe, três ou quatro vezes por semana, e um dia eles chegaram e o encontraram no jardim — é horrível, na verdade — ele tinha queimado até a morte — parece que tinha um isqueiro no bolso, em seu roupão — provavelmente estava tentando acender um cigarro — algo que ele *não* devia estar fazendo — mas enfim, ele fez e pôs fogo em si mesmo, e acho que não teve jeito de apagar. É bem terrível — não sei por que lhe contei isso. Desculpe."

O final não era verdade — ela não lamentava ter contado a história. Tivera a intenção de dar um toque na mulher de algum jeito.

"Oh, não, minha querida", disse a sra. Kipps com um tanto de impaciência, desdenhando de uma artimanha tão óbvia para desestabilizá-la. Kiki percebeu pela primeira vez que o tremor de sua cabeça também se estendia para a mão esquerda. "Eu já sabia disso — a moça da casa ao lado contou ao meu marido."

"Ah, tá. É que é tão *triste*. Morar sozinho e tudo mais."

Diante disso o rosto da sra. Kipps reagiu de imediato — se enrugou e se contorceu como o de uma criança a quem se dá caviar ou vinho. Seus dentes da frente avançaram enquanto a pele de sua mandíbula se repuxava. Ela ficou medonha. Kiki pensou por um instante tratar-se de uma espécie de convulsão, mas depois seu rosto sarou. "É tão *terrível* para mim, essa idéia", disse a sra. Kipps, comovida.

Ela pegou a mão de Kiki mais uma vez, agora com as duas mãos. As palmas negras com linhas profundas lembravam a Kiki a palma das mãos de sua própria mãe. A fragilidade do aperto — a sensação de que bastaria você desprender os seus cinco dedos para que a mão da outra pessoa se desfizesse em pedaços. A vergonha mandou embora o ressentimento de Kiki.

"Oh, Deus, eu *odiaria* viver sozinha", disse, para em seguida ponderar se isso ainda era verdade. "Mas você vai gostar de Wellington — em geral, cuidamos muito bem uns dos outros. É um desses lugares que dão atenção à comunidade. Me lembra muito certas partes da Flórida, nesse sentido."

"Mas quando atravessamos a cidade de carro eu vi muitas pobres almas vivendo na rua!"

Kiki morava em Wellington tempo suficiente para não confiar inteiramente em pessoas que falavam da injustiça com essa falsa ingenuidade, como se ninguém nunca tivesse notado a injustiça.

"Bem", disse com calma, "com certeza esse é um problema — há muitos imigrantes bem recentes, também, muitos haitianos, muitos mexicanos, muita gente solta por aí sem lugar para onde ir. Não é tão ruim no inverno, quando abrem os abrigos. Mas, não... com certeza, e sabe de uma coisa, temos que agradecer muito por vocês terem ajudado Jerome com um lugar para ficar em Londres — foi tão generoso da parte de vocês. Quando ele estava necessitado e tudo mais. Fiquei tão triste por tudo ter sido manchado pelo..."

"Adoro o verso de um poema: *Há um abrigo tão grande no outro*. Acho isso tão *belo*. Você não acha uma coisa maravilhosa?"

Kiki ficou de queixo caído por ter sido interrompida dessa forma.

"Isso é — de que poeta é isso?"

"Oh, eu não saberia dizer sozinha... Monty é o intelectual da família. Não tenho talento para idéias nem memória para nomes. Li num jornal, só isso. Você também é uma intelectual?"

E essa talvez fosse a pergunta mais importante que Wellington nunca tinha feito honestamente a Kiki.

"Na verdade, não... Não, não sou. Na verdade não sou."

"Nem eu. Mas poesia, isso eu *amo*. Tudo que não consigo dizer e nunca ouvi dizerem. Sabe o pedacinho que não consigo tocar?"

Num primeiro momento, Kiki não soube dizer que tipo de pergunta era aquela ou se deveria respondê-la, mas após um instante de pausa ela revelou ser retórica.

"Encontro esse pedacinho nos poemas", disse a sra. Kipps. "Não li um único poema por muitos e muitos anos — preferia biografias. Até que li um no ano passado. Agora não consigo parar!"

"Deus, isso é ótimo. Eu simplesmente não tenho mais oportunidade de ler. Costumava ler muito Angelou — você a lê? É autobiografia, não é? Sempre a achei muito..."

Kiki parou. A mesma coisa que tinha distraído a sra. Kipps também a distraiu. Acabavam de passar pelo portão cinco adolescentes brancas quase sem roupa. Levavam toalhas enroladas debaixo do braço e tinham os cabelos molhados grudados em longas cordas encharcadas, como a Medusa. Falavam todas ao mesmo tempo.

"*Há um abrigo tão grande no outro*", repetiu a sra. Kipps enquanto o ruído ia diminuindo. "Montague diz que a poesia é a primeira marca dos verdadeiramente civilizados. Ele vive dizendo coisas lindas como essa."

Kiki, que não achou aquilo especialmente lindo, ficou quieta.

"E, quando lhe falei esse verso, o do poema..."

"Sim, o verso do poema."

"Sim. Quando lhe falei o verso, ele disse que isso era muito bom, mas que eu deveria colocá-lo numa balança — uma balança de julgamento — e no outro lado da balança deveria colocar *L'enfer, c'est les autres*. E então ver qual deles tinha mais peso no mundo!" Ela ficou um tempo rindo disso, um riso vivaz, mais jovial do que a voz com que falava. Kiki sorriu indefesa. Ela não falava francês.

"Estou tão *contente* por termos nos conhecido devidamente", disse a sra. Kipps, com afeto genuíno.

Kiki se comoveu. "Ah, isso é muito gentil."

"*Muito* contente. Acabamos de nos conhecer — e veja só como estamos à vontade."

"Estamos muito felizes mesmo de ter vocês em Wellington", disse Kiki embaraçada. "Na verdade, vim convidá-los a uma festa que daremos hoje à noite. Acho que meu filho a mencionou."

"Uma festa! Que *encantador*! E que gentileza sua convidar uma velha que você nunca viu mais gorda."

"Querida, se você é velha, *eu* sou velha. Jerome é apenas dois anos mais velho que a sua filha, não é? Victoria, né?"

"Mas você não é velha", advertiu ela. "Nem tocou em você ainda. Tocará, mas ainda não tocou."

"Tenho cinqüenta e três. Com certeza me *sinto* velha."

"Eu tinha quarenta e dois quando tive meu último filho. O Senhor seja louvado por seus milagres. Não, qualquer um pode ver — você tem uma rosto de criança."

Kiki tinha inclinado a cabeça para evitar ter de fazer uma cara qualquer diante do louvor ao Senhor. Mas ela a ergueu de novo.

"Bem, venha a uma festa infantil, então."

"Irei, obrigada. Irei com a minha família."

"Isso seria maravilhoso, senhora Kipps."

"Oh, *por favor... Carlene*, por favor me chame de Carlene. Sinto um clima de escritório e de clipes de papel sempre que alguém me chama de senhora Kipps. Anos atrás, eu costumava ajudar Montague em seu escritório — lá eu era a senhora Kipps. Na Inglaterra, se me acredita", disse com um sorriso travesso, "eles chegam a me chamar de *Lady* Kipps por causa das realizações de Montague... por mais orgulho que eu tenha de Montague, preciso dizer — ser chamada de *Lady Kipps* é como já estar morta. Não recomendo."

"Carlene, tenho que ser honesta com você, meu bem", disse Kiki rindo. "Não acho que Howard corra algum risco de receber títulos de nobreza num futuro próximo. Mas obrigada pelo aviso."

"Você não deveria zombar do seu marido, querida", foi a resposta imediata; "com isso você só consegue zombar de si mesma."

"Ah, nós zombamos um do outro", disse Kiki, ainda rindo, porém com a mesma tristeza que sentiu quando um motorista de táxi até então perfeitamente amável começou a lhe dizer que todos os judeus da primeira torre tinham sido avisados de antemão ou que um mexicano com certeza roubará o tapete de baixo dos seus pés ou que mais estradas tinham sido construídas no regime de Stálin...

Kiki fez menção de levantar.

"Segure o braço da cadeira, querida... Os homens se movem com a mente, e as mulheres devem se mover com o corpo, queiramos ou não. Foi assim que Deus quis — sempre senti isso com muita força. Quando se é uma moça grande, contudo, creio que isso se torna um pouco mais difícil."

"Não, numa boa, estou bem — *pronto*", disse Kiki com bom humor, já em pé, requebrando um pouco os quadris. "Na verdade, sou bem flexível. Ioga. E, para ser honesta, acho que sinto que os homens e as mulheres usam a mente de forma quase igual." Ela limpou a serragem das mãos.

"Oh, eu não acho. Não, *não acho*. Tudo que faço, faço com o meu corpo. Até minha alma é feita de carne crua, carne. A verdade está em um rosto tanto quanto em qualquer outro lugar. Nós, mulheres, sabemos que os rostos estão repletos de significado. Acho. Os homens têm o dom de fingir que isso não é verdade. E é daí que vem a sua força. Monty mal sabe que possui um corpo!" Ela riu e pôs a mão no rosto de Kiki. "Você tem um rosto sensacional, por exemplo. E, no instante em que a vi, soube que iria gostar de você."

A tolice daquilo fez Kiki rir também. Ela meneou a cabeça diante do elogio.

"Bem, parece que gostamos uma da outra", disse. "O que *dirão* os vizinhos?"

Carlene Kipps levantou de sua cadeira. Os ruídos de protesto não puderam impedi-la de acompanhar Kiki até o portão. Se Kiki ainda tinha dúvida antes, agora sabia que aquela mulher não estava bem. Ela pediu para segurar o braço de Kiki logo após os primeiros passos. Kiki sentiu o peso de Carlene transferir-se quase inteiro para si, e suportar esse peso não era nada. Algo no coração de Kiki se transferiu, também, para aquela mulher. Ela parecia nunca dizer nada em que não acreditasse.

"Essas são minhas buganvílias — fiz Victoria plantá-las hoje, mas não sei se vão sobreviver. Mas neste momento elas *aparentam* sobrevivência, o que é quase a mesma coisa. E o fazem em grande estilo. Eu as cultivo na Jamaica — temos uma casinha lá. Sim, acho que o jardim será a minha solução para esta casa. Você não acha que isso é verdade?"

"Não sei como responder a isso. Tanto o jardim como a casa são maravilhosos."

Carlene assentiu ligeiramente com a cabeça, fazendo pouco-caso daquela bobagem dita para agradar.

Ela deu batidinhas confortadoras na mão de Kiki. "Você precisa ir e organizar a sua festa."

"E você precisa vir."

Com o mesmo olhar incrédulo e ainda assim tranqüilizante, como se Kiki a tivesse convidado para ir à Lua, ela assentiu novamente com a cabeça, virou-se e voltou para casa.

11.

Quando Kiki chegou de volta ao número 83 da Langham, seu primeiro convidado já tinha chegado. É uma regra aberrante, nessas festas, que a pessoa cuja posição na lista de convidados era originalmente a mais incerta seja sempre a primeira a chegar. O convite a Christian von Klepper fora incluído por Howard, retirado por Kiki, reiterado por Howard, retirado por Kiki e então, em algum momento posterior, ao que parece concedido mais uma vez, em segredo, por Howard, pois ali estava Christian, encostado num nicho da sala de estar e assentindo devotamente com a cabeça diante de seu anfitrião. De sua posição na cozinha, Kiki podia ver apenas uma lasca de cada homem, mas não era preciso ver muito para sacar tudo. Ela os observou, sem ser percebida, enquanto despia o cardigã e o pendurava numa cadeira. Howard estava com a corda toda. Mãos no cabelo, inclinado para a frente. Ele estava escutando — mas escutando *mesmo*. É incrível, pensou Kiki, como ele pode ser atencioso quando se dispõe a isso. Em seus esforços de fazer as pazes com Kiki, Howard passara meses derramando sobre ela uma parte de sua atenção, e ela conhecia muito bem o calor humano que essa atenção propiciava, o prazer lisonjeiro daquilo. Christian, sob sua influência, parecia de fato jovem, para variar. Dava para notar como ele se permitia uma libertação parcial da frágil persona que um professor auxiliar visitante de apenas vinte e oito anos deve assumir se tem ambições de tornar-se um professor assistente. Ora, bom para ele. Kiki pegou um isqueiro numa gaveta da cozinha e começou a acender suas velinhas decorativas por onde as encontrava. Tudo isso já devia estar feito. Os quiches não tinham sido aquecidos. E onde estavam as crianças? O ronco apreciativo do riso de Howard chegou a seus ouvidos. E agora ele e o rapaz inverteram os papéis — agora era Howard quem falava e Christian quem acompanhava cada sílaba como um romeiro. O homem mais jovem olhou humildemente para o chão, em reação, Kiki supôs, a algum elogio de seu marido. Nesse sentido, Howard era mais do que generoso; se elogiado, devolvia o favor vezes dez. Quando o rosto de Christian voltou à tona, Kiki viu que estava ruborizado de prazer, e um segundo depois se matizou em algo mais calculado: a percepção, talvez, de que o elogio não passava de uma obrigação. Kiki foi à geladeira e tirou uma garrafa de excelente champanhe. Pegou uma bandeja de canapés de frango xadrez. Torceu para que eles pudessem substituir qualquer tiradinha inteligente que esperassem dela. Seu encontro com a sra. Kipps a tinha deixado estranhamente esvaziada de conversa informal. Não se lembrava de nenhum momento em que estivera menos a fim de uma festa do que nesse.

Às vezes temos um lampejo de como somos vistos pelos outros. Este foi desagradável: uma mulher negra com um lenço na cabeça se aproximando com uma garrafa numa das mãos e uma bandeja de comida na outra, como uma criada num filme antigo. As verdadeiras empregadas — Monique e uma amiga sua, sem nome, que deveria estar servindo as bebidas — ainda não tinham dado o ar de sua graça. A sala de estar mostrou só mais uma pessoa, Meredith, uma garota nipo-americana gorda e bonita, companheira constante — platônica, supunha-se — de Christian. Estava usando um traje extraordinário, de costas para a sala, absorta na leitura das lombadas dos livros de arte de Howard na parede à sua frente. Kiki lembrou que, apesar de o fã-clube de Howard dentro da universidade ser extremamente pequeno, ele tinha uma intensidade inversamente proporcional ao tamanho. Devido à intransigência de suas teorias e ao desapreço pelos colegas, Howard não era nem de longe tão bem-sucedido, popular ou bem pago quanto seus pares em Wellington. Tinha, em vez disso, uma seita em miniatura no campus: Christian era o pregador; Meredith era a congregação. Se havia outros, Kiki nunca os conhecera. Havia Smith J. Miller, o assistente docente de Howard, um rapaz branco de temperamento doce, vindo do Deep South — mas Wellington pagava Smith por seus serviços. Kiki abriu bem a porta da sala de estar com o calcanhar, perguntando-se mais uma vez onde Monique, que poderia ter pensado em prender a porta com um calço, estaria escondida. Christian ainda não tinha se virado para cumprimentá-la, mas já estava fingindo gostar da festa que Murdoch fazia em seus tornozelos. Inclinou-se para a frente com o assomar canhestro dos que têm ódio de bichos de estimação e medo de crianças, claramente torcendo o tempo todo para que uma intervenção viesse antes que ele alcançasse o cachorro. Seu corpo alongado e esguio parecia ser para Kiki uma versão cômica e humana do corpo de Murdoch.

"Tá incomodando?"

"Ah, não. Senhora Belsey, olá. Não, nem um pouco, na verdade. Na verdade, só queria que ele não se engasgasse com meus cadarços."

"Mesmo?", disse Kiki olhando duvidosamente para baixo.

"Não, quis dizer que tudo bem... tudo bem." A expressão de Christian se metamorfoseou abruptamente numa tentativa retorcida de "cara-de-festa". "E por sinal: feliz aniversário! É tão incrível."

"Bem, muito obrigado a *você* por vir..."

"Meu Deus", disse Christian, com aquela sua inflexão seca e enigmaticamente européia. Ele tinha crescido em Iowa. "É simplesmente um privilégio meu ter sido convidado. Deve ser uma ocasião muito especial para vocês. Que momento."

Kiki teve a sensação de que ele não tinha dito nada disso a Howard, e de fato as sobrancelhas de Howard se ergueram um pouco nesse instante, como se ele nunca tivesse ouvido Christian falar daquela maneira. As banalidades, é claro, eram reservadas a Kiki.

"É, eu acho... e é uma coisa boa, né — início do semestre e tudo mais... posso afastar o cachorro de você?"

Christian estivera dando passos de um lado para o outro na tentativa de fazer Murdoch largá-lo, mas oferecia, em vez disso, o tipo de provocação que ele adorava.

"Oh, bem... não quero..."

"Sem problema, Christian, não esquenta."

Kiki cutucou Murdoch com o dedão e depois lhe deu outra cutucada para direcioná-lo para fora da sala. Deus perdoe se Christian ficasse com algum pêlo de cachorro naqueles belos sapatos italianos. Não, isso não era justo. Christian alisou o cabelo com a palma da mão ao longo da risca impecável que tinha no lado esquerdo da cabeça, uma linha tão reta que parecia traçada com régua. E isso também não era justo.

"Tenho champanhe numa das mãos e frango na outra", disse Kiki com uma simpatia exagerada que serviu de penitência para seus pensamentos. "Como posso lhe servir?"

"Oh, Deus", disse Christian. Parecia saber que esse era o momento de encaixar uma piada, mas era constitucionalmente incapaz de oferecer uma. "Escolhas, escolhas."

"Me dê aqui, querida", disse Howard, tomando somente o champanhe de sua mulher. "Pode ser bom começarmos com as saudações adequadas — você conhece Meredith, não conhece?"

Meredith — se fosse preciso lembrar dois fatos sobre cada convidado para apresentá-lo a outros convidados — se interessava por Foucault e fantasias. Em diversas festas, Kiki tinha escutado atentamente e mesmo assim não entendera o que Meredith dizia enquanto Meredith estava vestida como punk inglesa, dama *fin de siècle* com vestido eduardiano de gola alta, estrela de cinema francesa e, o mais memorável, noiva de soldado dos anos 40, com os cabelos presos e cacheados como os de Bacall, com direito a meias, espartilhos e aquela irresistível linha preta contornando seu grandioso par de panturrilhas. Naquela noite, a roupa de Meredith era uma mistura de chiffon rosa com uma saia redonda larga que forçava a pessoa a abrir espaço e um pequeno cardigã preto de angorá jogado por cima dos ombros. Este último era realçado por um gigantesco broche de diamante. Seus sapatos de salto alto, vermelhos e abertos nos dedos, abriam uma distância de pelo menos sete centímetros entre Meredith e sua verdadeira altura enquanto ela desfilava pela sala. Meredith estendeu uma luva de pelica branca para que sua anfitriã a apertasse. Meredith tinha vinte e sete anos.

"Claro! Uau, Meredith!", disse Kiki piscando de forma teatral. "Meu bem, nem sei o que dizer. Eu devia ter algum tipo de prêmio para a melhor roupa de festa — onde é que eu estava com a cabeça? Você está *linda*, garota!"

Kiki assobiou, e Meredith, que continuava segurando uma das mãos de Kiki, aproveitou a oportunidade para dar um giro, segurando a mão de Kiki no alto e descrevendo um pequeno círculo embaixo dela.

"Você gosta? Eu adoraria dizer que simplesmente joguei tudo no corpo", disse Meredith alto e rápido, com seu grito nervoso e californiano, "mas levo muito, *muuuito* tempo para ficar bonita assim. Há pontes que foram construídas mais rápido. Sistemas hermenêuticos inteiros coalesceram com mais velocidade. Só daqui até aqui", disse Meredith indicando o espaço entre suas sobrancelhas e o lábio superior, "leva algo tipo três horas."

A campainha tocou. Howard resmungou, como se a companhia do momento já fosse mais do que suficiente, mas foi atender praticamente aos pulinhos. Abandonado por sua única verdadeira conexão, o pequeno triângulo caiu em silêncio, recorrendo a sorrisos. Kiki imaginou até que ponto estaria distante do ideal de companheira apropriada para um líder na opinião de Meredith e Christian.

"Fizemos algo para vocês", disse Meredith abruptamente. "Ele contou? Fizemos uma coisa para vocês. Talvez seja uma *bosta*, não sei."

"Não, não... não tinha contado, ainda...", disse Christian enrubescendo.

"Tipo uma coisa — um *presente*. É piegas? Trinta anos e tudo mais? Acabamos de ser piegas?"

"Só vou...", disse Christian se agachando desajeitadamente para alcançar sua bolsa fora de moda, que estava encostada na otomana.

"Então, nós fizemos uma pesquisa nas coxas e parece que trinta anos é *pérola*, mas, como você sabe, a renda média de um universitário não chega a esse ponto, portanto essa coisa de pérola não estava muito ao nosso alcance..." Meredith deu uma risada maníaca. "E aí Chris lembrou de um poema e eu meio que fiz minha coisa de artes manuais e, enfim, aqui está: olha, é tipo um daqueles lances de poemas enquadrados, com letras e tecidos — sei lá."

Kiki sentiu a moldura morna de teca ser entregue em suas mãos e admirou as pétalas de rosa esmagadas e conchas quebradas debaixo do vidro. O texto tinha sido costurado como numa tapeçaria. Era o presente mais incomum que ela poderia esperar desses dois. Era adorável.

"Teu pai repousa a trinta pés/ De seus ossos coral se fez/ Aquelas pérolas que vês/ Foram seus olhos uma vez*..." Kiki leu em tom circunspecto, consciente de que deveria saber o que era.

"Então, ali está o lance da *pérola*", disse Meredith. "É idiota, provavelmente."

"Ah — é tão magnífico", disse Kiki lendo o resto superficialmente para si mesma, com um sussurro apressado. "É Plath? Errei, né."

"É Shakespeare", disse Christian estremecendo de leve. "*A tempestade. Nada dele se perdeu/ Metamorfose o reverteu/ Em algo estranho e nobre.*** Plath usou umas partes."

"Merda", riu Kiki. "Quando estiver em dúvida, diga Shakespeare. E, quando for esportes, diga Michael Jordan."

"É *exatamente* o meu método", concordou Meredith.

"É realmente magnífico. Howard vai adorar. Acho que não sofrerá seu veto de arte realista."

"Não, é textual", disse Christian impaciente. "Esse é o ponto. É um artefato textual."

Kiki lançou-lhe um olhar inquisitivo. Às vezes ela se perguntava se Christian não estaria apaixonado por seu marido.

"Onde Howard *está*?", disse Kiki rodando a cabeça absurdamente por

---

* Tradução de Augusto de Campos. No original: *"Full fathom five thy father lies/ Of his bones are coral made/ Those are pearls that were his eyes"*.
** Tradução de Augusto de Campos. No original: *"Nothing of him that doth fade/ But doth suffer a sea-change/ Into something rich and strange"*.

toda a sala vazia. "Ele vai simplesmente adorar isso. Ele adora ouvir que nada que é dele se perdeu."

Meredith riu de novo. Howard reentrou no recinto com uma batida de palmas, mas então a campainha tocou mais uma vez.

"Mas que *diabo*. Vocês nos perdoam? Isto aqui está parecendo Picadilly Circus. Jerome! Zora?"

Howard fez uma concha com a mão na orelha, como um homem aguardando a resposta para seu apito de pássaros.

"Howard", tentou Kiki erguendo a moldura, "Howard, veja isso."

"Levi? Não? É com a gente, então. Com licença, um minutinho."

Kiki seguiu Howard até o corredor de entrada, onde juntos abriram a porta para os Wilcox, um dos raros casais wellingtonianos verdadeiramente endinheirados que conheciam. Os Wilcox eram donos de uma cadeia de lojas de roupas para estudantes de colégios preparatórios, faziam doações generosas à universidade e se pareciam com duas cascas de camarão do Atlântico em traje a rigor. Logo atrás deles veio o assistente de Howard, Smith J. Miller, trazendo uma torta de maçã feita em casa e vestido como o cavalheiro aprumado do Kentucky que de fato era. Foram todos conduzidos até a cozinha para se entrosarem o melhor possível com o par social totalmente inadequado formado por Joe Rainier, professor de inglês marxista à moda antiga, e a jovem moça com quem estava saindo no momento. Havia um cartum da *New Yorker* na geladeira que Kiki desejava agora ter removido. Um casal de classe alta no banco traseiro de uma limusine. Mulher dizendo: *Claro que eles são espertos. Eles precisam ser espertos. Não têm dinheiro para nada.*

"Circulando, circulando", zurrou Howard fazendo o sinal que se usa para guiar ovelhas por estradas do interior. "Tem gente na sala de estar, e o jardim está agradável..."

Poucos minutos depois, estavam novamente sozinhos no corredor.

"Afinal, onde está Zora — ela ficou anos falando na maldita festa e agora nem sombra..."

"Provavelmente saiu para comprar cigarros ou algo assim."

"Acho que pelo menos *um* deles deveria estar presente. Para as pessoas não acharem que os mantemos presos em alguma espécie de campo de concentração de sexo infantil no porão."

"Vou lá dar um jeito nisso, Howie, tá bom? Apenas cuide de oferecer às pessoas tudo que elas precisarem. Onde *diabo* se meteu Monique? Ela não tinha ficado de trazer alguém?"

"Está no jardim dando pulos em cima de *sacos de gelo*", disse Howard impaciente, como se ela pudesse ter se dado conta disso sozinha. "A maldita máquina de fazer gelo estragou há meia hora."

"Porra."

"É, querida, *porra.*"

Howard puxou a esposa para si e pôs o nariz entre seus seios. "Não podemos fazer a nossa festinha aqui? Eu, você e as meninas?", perguntou experimentando apalpar as meninas. Kiki recuou. Embora a paz tivesse invadido o lar dos Belsey, o sexo ainda não havia retornado. No último mês, Howard tinha intensificado seus esforços de paquera. Tocando, abraçando e agora apalpando. Howard parecia crer que o passo seguinte era inevitável, mas Kiki ainda não tinha decidido se aquela noite seria o início da paz em seu casamento.

"Hum-hum", disse ela suavemente. "Desculpe. Acontece que as meninas não virão à festa."

"Por que não?"

Ele a puxou novamente para perto de si e apoiou a cabeça no ombro dela. Kiki deixou. Aniversários de casamento têm disso. Com sua mão livre, ela agarrou um chumaço do cabelo grosso e sedoso do marido. A outra mão estava segurando o presente de Christian e Meredith, ainda à espera de uma avaliação. E bem daquele jeito, com os olhos fechados e o cabelo dele escapando entre os dedos dela, os dois poderiam estar em qualquer dia feliz de qualquer um daqueles trinta anos. Kiki não era boba e reconheceu o verdadeiro significado desse sentimento: um desejo tolo de voltar atrás. As coisas não poderiam mais ser exatamente como tinham sido antes.

"As meninas detestam Christian von Cretino", disse por fim em tom provocador, mas deixou que ele apoiasse a cabeça em seu peito. "Elas não vão a nenhum lugar aonde ele vá. Você sabe como elas são. Não posso fazer nada a respeito."

A campainha tocou. Howard deu um suspiro libidinoso.

"Salva pelo gongo", sussurrou Kiki. "Escuta, vou subir. Vou tentar trazer as crianças para baixo. Atenda essa — e segure a onda com a bebida, tá? Você precisa manter esse treco todo em pé."

"Humm".

Howard correu para a porta, mas se virou pouco antes de abri-la. "Ah — Keeks..." Sua expressão era infantil, coitadinha, totalmente inadequada. Trouxe um súbito desespero a Kiki. Era uma expressão que os colocava lado a lado com qualquer outro casal de meia-idade no quarteirão — a esposa furiosa, o marido deplorável. Ela pensou: *Como chegamos ao mesmo lugar que todos os outros?*

"Keeks... Desculpe, querida, só... preciso saber se você os convidou."

"Quem?"

"Quem você acha? Os Kipps."

"Ah, certo... Claro. Falei com ela. Ela estava..." Mas era tão impossível fazer piada da sra. Kipps quanto resumi-la para Howard, da forma como ele gostava que as pessoas lhe fossem entregues. "Não sei se virão, mas eu os convidei."

E de novo a campainha. Kiki partiu na direção da escada, deixando o presente sobre a mesinha embaixo do espelho. Howard atendeu a porta.

12.

"Ei."

Alto, cheio de si, bonito, bonito *demais*, como um vigarista, sem mangas, tatuado, lânguido, musculoso, uma bola de basquete debaixo do braço, negro. Howard manteve a porta semi-aberta.

"Posso ajudar?"

Carl estava sorrindo, mas então parou. Chegava de um jogo de bola na grande quadra universitária gratuita de Wellington (era só entrar e agir como se fizesse parte do lugar); no meio do jogo, Levi tinha ligado e dito que a festa seria naquela noite. Opção de data estranha para uma festa, mas cada um sabe de si. O irmão tinha falado de um jeito esquisito, como se estivesse irritado com alguma coisa, mas estava definitivamente convencido a fazer Carl ir até lá. Mandou o endereço tipo umas três vezes. Carl *poderia* ter voltado para casa e se trocado antes, mas teria sido um desvio de caminho épico. Havia concluído que, numa noite quente como aquela, ninguém se importaria.

"Espero que sim. Vim para a festa."

Diante do olhar de Howard ele pôs uma mão em cada lado da bola, de modo a ressaltar, sob a iluminação de segurança, os contornos delgados e fortes de seus braços.

"Entendi... esta *é* uma festa particular."

"Seu garoto, Levi? Sou amigo dele."

"Sei... hum, olha, bem, ele está..." disse Howard se virando e fingindo procurar o filho no corredor. "Ele não está por perto agora... Mas, se me deixar o seu nome, aviso que você passou aqui..."

Howard se encolheu quando o rapaz quicou a bola uma única vez, com força, na soleira da porta.

"Olha", disse Howard com rispidez, "não quero ser indelicado, mas no fundo Levi não devia ter saído por aí convidando seus... amigos — isto aqui é na verdade uma reunião bem pequena..."

"Entendi. Para poetas *poetas.*"

"Como?"

"Merda, nem sei por que vim aqui — esqueça", disse Carl. Partiu imediatamente, percorrendo o acesso e saindo pelo portão com um andar orgulhoso, rápido e gingado.

"Espere...", Howard o chamou. Mas ele já tinha ido.

Extraordinário, disse Howard para si mesmo, fechando a porta em seguida. Foi até a cozinha em busca de vinho. Escutou a campainha tocar de novo, Monique atender, mais gente entrar e depois mais gente logo em seguida. Serviu seu copo — campainha de novo —, Erskine e sua mulher, Caroline. E depois ouviu mais uma turma livrando-se dos casacos, bem quando meteu a rolha de volta na garrafa. A casa estava se enchendo de pessoas com as quais não tinha nenhuma relação sangüínea. Howard começou a sentir o clima de festa. Em pouco tempo, relaxou e assumiu seu papel de mestre-sala, empurrando comida para os convidados, enchendo seus copos, falando em nome de seus relutantes e invisíveis filhos, corrigindo uma citação, dando pitacos numa discussão, apresentando as pessoas umas às outras duas ou três vezes seguidas. No decorrer dos vários colóquios de três minutos, conseguiu ser empenhado, curioso, apoiador, enaltecedor, rir antes de terem terminado a frase engraçada e completar copos mesmo quando borbulhas efervescentes ainda cintilavam perto da borda. Se flagrado no ato de vestir ou procurar seu casaco, você seria submetido às queixas de uma amante; apertaria a mão dele, ele apertaria a sua. Vocês balançariam juntos como marujos. Você se sentiria seguro para provocá-lo, de leve, a respeito de seu Rembrandt, e em troca ele diria algo irreverente acerca de seu passado marxista, sua oficina de criação literária ou seu estudo de onze anos de duração sobre Montaigne, e a boa vontade estaria num registro tão elevado que você não levaria para o lado pessoal. Você largaria o casaco de novo na cama. Finalmente, quando voltasse a insistir com seu papo de prazos de entrega e estrelas da manhã e conseguisse ultrapassar a porta da frente, você a fecharia com a nova e gratificante impressão de que Howard Belsey não apenas não o detestava — como você sempre supusera até então —, mas que, na verdade, o homem nutria havia muito tempo uma admiração ilimitada por você, que apenas sua circunspecção inglesa natural o havia impedido de expressar até essa noite.

Às nove e meia, Howard decidiu que era hora de fazer um pequeno discurso no jardim para o público reunido. A decisão foi bem recebida. Às dez, a inebriação de todo aquele esquema bon vivant havia atingido as pequeninas orelhas de Howard, que estavam um tanto vermelhas de satisfação. Pareceu-lhe ser uma festinha especialmente bem-sucedida. Na verdade, era um evento típico de Wellington: sempre ameaçando lotar, mas nunca chegando a tanto. O povo da pós-graduação do Departamento de Estudos Negros tinha vindo em peso, em grande parte porque Erskine era muito benquisto por eles, e também porque eram, de longe, as pessoas mais sociáveis de Wellington, orgulhosas da reputação de serem as réplicas mais fiéis de seres humanos normais existentes dentro do campus. Junto com a conversa séria, eles tinham a conversa fiada; tinham uma Discoteca de Música Negra em seu departamento; conheciam e podiam falar com eloqüência sobre o mais recente lixo televisivo. Eram convidados a todas as festas e também compareciam a todas. Mas o Departamento de Língua Inglesa não estava tão bem representado aquela noite: somente Claire, aquele Joe marxista, Smith e umas poucas groupies da Seita de Claire que, para divertimento de Howard, estavam se atirando uma a uma em cima de Warren, como lemingues. Warren tinha claramente entrado na lista de coisas que Claire aprovava — logo, elas o desejavam. Uma roda de antropólogos jovens e estranhos que Howard achava que não conhecia permaneceu a noite toda na cozinha, pairando perto da comida, temendo ir a qualquer lugar onde não houvesse uma abundância de objetos de cena — copos, garrafas, canapés — com os quais se ocupar. Howard os deixou à vontade e se transferiu para o jardim. Andou pela beira da piscina, segurando alegremente seu copo vazio, enquanto a lua de verão passava por trás de nuvens acanhadas e por toda parte se erguia o cordato ruído animal das conversas ao ar livre.

"Mas é uma data estranha para isso", ouviu alguém dizer. E depois a resposta costumeira: "Ah, eu acho que é uma data maravilhosa para uma festa. É o aniversário de casamento deles *mesmo*, sabe, então... E se você não reivindica o dia, sabe... é como se *eles* tivessem vencido. É uma reivindicação, com certeza". Esse era o tema mais popular da noite. O próprio Howard tratara dele pelo menos quatro vezes desde que o relógio marcara as dez e o vinho começara a bater de verdade. Antes disso, ninguém quisera tocar no assunto.

A cada vinte segundos, por aí, Howard admirava um par de pés no momento em que surgiam rompendo a pele da água, seguidos pelas costas encurvadas; depois a forma esguia e marrom, imersa, fazia mais uma chegada veloz e quase silenciosa. Levi sem dúvida havia decidido que, já que precisava ficar na festa, o melhor seria malhar um pouco. Howard não sabia exatamente há quanto tempo Levi estava na piscina, mas, quando seu discurso terminara e os aplausos se dissiparam, todo mundo tinha notado ao mesmo tempo que havia um nadador solitário na piscina, e depois todo mundo tinha perguntado a seu vizinho se ele lembrava do conto de Cheever. Falta amplitude aos acadêmicos.

"Eu devia ter trazido meu maiô", Howard ouvira Claire Malcolm dizer em voz alta para alguém.

"E nesse caso você teria nadado?", foi a resposta sensata.

Sem nenhuma grande urgência, Howard estava agora à procura de Erskine. Queria a opinião de Erskine sobre o discurso de pouco antes. Sentou no belo banco que Kiki havia colocado debaixo da macieira e observou sua festa de longe. Estava cercado pelas costas largas e panturrilhas sólidas de mulheres que não conhecia. Amigas de Kiki, do hospital, conversando entre si. Enfermeiras, pensou Howard categoricamente, *não* são sexy. E como será que seu discurso tinha sido recebido por mulheres como aquelas, não-acadêmicas, sólidas, dogmáticas, apoiadoras de Kiki — e, por sinal, como teria sido recebido por todos? Não tinha sido um discurso fácil de fazer. Foram, com efeito, três discursos. Um para os que sabiam, um para os que não sabiam e outro para Kiki, a quem era destinado, e que ao mesmo tempo sabia e não sabia. As pessoas que não sabiam tinham sorrido, vibrado e batido palmas quando Howard tocara nas recompensas do amor; suspirado docemente quando ele discorrera sobre os deleites de casar-se com a melhor amiga, bem como sobre as dificuldades. Encorajado por essa atenção enluarada, Howard se desviara do roteiro pronto. Partira para o elogio aristotélico da amizade, e daí para algumas considerações de sua lavra. Falara sobre como a amizade incrementa a tolerância. Falara da indolência de Rembrandt e da clemência de sua esposa, Saskia. Essa tinha passado raspando, mas em nenhum momento pareceu ser recebida com uma atenção indevida pela maior parte dos ouvintes. O número de pessoas que sabiam era menor do que ele temia. Kiki não tinha, no fim das contas, espalhado para o mundo todo o que ele fizera, e nessa noite ele se sentiu mais agradecido que nunca por isso. Discurso terminado, os aplausos o envolveram com o aconchego de um cobertor de estimação. Abraçara com força os ombros dos dois filhos americanos a seu alcance e não sentira nenhuma resistência. Então era assim. Sua infidelidade não tinha arruinado tudo, no fim. A autopiedade o levara a pensar isso, e também o auto-engrandecimento. Vida que segue. Jerome fora o primeiro a lhe mostrar isso, ao sofrer seu próprio cataclismo romântico logo após o de Howard — o mundo não pára por você. No início, tinha pensado o contrário. No início, tinha se desesperado. Nunca lhe acontecera nada parecido — ele não tinha a menor idéia do que fazer, de que providência tomar. Mais tarde, quando contara a história a Erskine — um veterano da infidelidade conjugal —, seu amigo o brindara com um conselho tardio e óbvio: *Negue tudo*. Essa era a política de longa data de Erskine, e ele alegava que nunca tinha falhado. Mas Howard fora descoberto e confrontado da maneira mais antiga — uma camisinha no bolso de seu paletó —, e Kiki ficara parada na frente dele segurando o preservativo entre os dedos, tomada de um desprezo puro que ele achara quase impossível de suportar. Tinha várias opções à disposição naquele dia, mas a verdade simplesmente não era uma delas, não se quisesse preservar qualquer aspecto da vida que amava. E agora se sentia justiçado: tomara a decisão certa. Não tinha contado a verdade. Em vez disso, dissera o que julgara ser necessário dizer para permitir que tudo isso prosseguisse: esses amigos, esses colegas, essa família, essa mulher. Deus sabe, até a história que ele acabou contando — uma única noite com uma estranha — havia causado danos terríveis. Havia quebrado aquele esplêndido círculo do amor de Kiki, dentro do qual ele tinha existido por tanto tempo, um amor (e o fato de Howard saber disso depunha a favor dele) que tinha possibilitado todo o resto. Quão pior teria sido se ele tivesse contado a verdade? Teria apenas empilhado um sofrimento em cima do outro. Do jeito que estava, um pequeno número de suas amizades mais próximas tinha sido posto sob ameaça: as pessoas com quem Kiki havia falado estavam decepcionadas com ele e lhe manifestaram essa decepção. Decorrido um ano, essa festa era o teste do respeito que tinham por ele, e agora, ao perceber que havia passado no teste, Howard precisava se conter para não chorar de alívio diante de cada nova pessoa que o tratava bem. Tinha cometido um erro besta — esse era o consenso — e merecia o direito (pois quem, entre os acadêmicos de meia-idade, se atreveria a jogar a primeira pedra?) de manter a posse daquela coisa incomum, um casamento feliz e apaixonado. Como tinham se amado! Todo mundo pensa que está apaixonado aos vinte, é claro; mas Howard Belsey realmente continuava apaixonado aos quarenta — vergonhoso, porém verdadeiro. Nunca fora capaz de se acostumar com o *rosto* dela. Dava-lhe tanto prazer. Erskine freqüentemente brincava dizendo que apenas um homem com esse tipo de prazer à disposição em casa poderia ser o tipo de teórico que Howard era, tão avesso ao prazer em seu trabalho. O próprio Erskine estava no segundo casamento. Quase todos os homens que Howard conhecia já tinham se divorciado, tinham recomeçado com novas mulheres; diziam-lhe coisas como "uma hora, a mulher termina", como se suas esposas fossem pedaços de barbante. Era isso que acontecia? Será que Kiki tinha finalmente terminado?

Então Howard a avistou junto à piscina, agachada perto de Erskine, os dois conversando com Levi, que se mantinha fora d'água com seus braços fortes cruzados sobre o concreto. Estavam todos rindo. Uma tristeza se acercou de Howard. Era tão estranha para ele essa decisão de Kiki de não persegui-lo em busca de todos os detalhes de sua traição. Admirava a tenacidade de sua contínua força de vontade emocional, mas não a compreendia. Se tivesse sido com Howard, nenhum poder na Terra o teria impedido de descobrir o nome, o rosto, o histórico completo de toques. No que dizia respeito ao sexo, sempre fora um homem intensamente ciumento. Quando conheceu Kiki, ela era uma mulher que só tinha amigos homens, centenas deles (ou assim parecia a Howard), na maior parte ex-amantes. Só de ouvir seus nomes, mesmo agora, *trinta anos depois*, Howard ficava de bode. Não viam nenhum desses homens socialmente com regularidade, e isso tinha sido obra de Howard. Ele havia intimidado, ameaçado e excluído cada um deles. E isso apesar de Kiki ter sempre alegado (e ele sempre acreditou) que o amor surgira com ele.

Howard colocou a mão sobre o copo vazio para recusar um pouco de vinho que Monique tentava lhe servir. "Monique. Festa boa? Você viu Zora?"

"Zora?"

"Sim, Zora."

"Não vejo ela. Antes eu ver, não agora."

"Tudo numa boa? Vinho suficiente, essas coisas?"

"Suficiente de tudo. Demais."

Alguns minutos depois, perto das portas que davam acesso à cozinha, Howard avistou sua espalhafatosa filha rondando um trio de pós-graduandos em filosofia. Foi correndo efetivar a inclusão dela naquele círculo. Podia fazer esse tipo de coisa, pelo menos. Ficaram apoiados um no outro, pai e filha: Howard sentindo o álcool e querendo lhe dizer algo sentimental; Zora absorta. Estava concentrada na conversa entre os pós-graduandos.

"E claro que ele era a grande esperança branca."

"Certo. Esperavam-se coisas grandiosas."

"Ele era o queridinho daquele departamento. Aos vinte e dois ou algo assim."

"Talvez o problema fosse esse."

"Certo. *Certo*."

"Ofereceram uma bolsa Rhodes para ele — não aceitou."

"Mas ele não está fazendo nada agora, né?"

"Não. Acho que não está nem vinculado a lugar nenhum, neste momento. Ouvi dizer que teve um filho — então, vai saber. Acho que está em Detroit."

"Que é de onde ele veio... Só mais um desses garotos brilhantes mas totalmente sem preparo."

"Sem acompanhamento."

"Nenhum."

Era uma demonstração bem comum de *Schadenfreude*, mas Howard viu como Zora ficou interessada. Ela tinha idéias estranhíssimas sobre os acadêmicos — achava extraordinário que pudessem ser capazes de fofocas ou pensamentos corruptos. Sua visão deles era de uma ingenuidade irremediável. Não tinha percebido, por exemplo, que o bacharel em filosofia número dois estava envolvido num estudo dos peitos dela, desordenadamente expostos aquela noite numa blusinha cigana nada confiável. Por isso, foi Zora quem Howard enviou à porta quando a campainha tocou; foi Zora quem abriu a porta à família Kipps. A ficha não caiu na hora. Ali estava um negro alto e imperioso, com cinqüenta e tantos anos, os olhos projetados como os de um pug. À sua direita, o filho ainda mais alto e igualmente majestoso; do outro lado, a filha abrasivamente bela. Antes de entabular conversa, Zora vagueou pela informação visual: o estranho vitorianismo da vestimenta do homem mais velho — o colete, o lenço de bolso — e mais uma vez o doloroso vislumbre da garota, o reconhecimento instantâneo (em ambas as partes) de sua superioridade física. Eles foram seguindo Zora em triângulo pelo corredor enquanto ela matraqueava sobre casacos, bebidas e seus próprios pais, nenhum dos quais, no momento, podia ser encontrado. Howard tinha desaparecido.

"Deus, ele estava bem aqui. *Deus*. Ele está por aqui, em algum lugar... Deus, onde ele *está*?"

Era uma enfermidade que Zora tinha herdado do pai: defrontada com pessoas que sabia serem religiosas, começava a blasfemar sem controle. Os três convidados mantiveram a paciência ao lado dela, observando os fogos de artifício da ansiedade de Zora. Monique passou por perto e Zora se jogou em cima dela, mas sua bandeja estava vazia e ela não tinha visto Howard desde que ele ainda estava à procura de Zora, fato que levou um tempo tediosamente longo para ser explicado.

"Levi na piscina — Jerome andar de cima", informou Monique, melindrada, em compensação. "Ele diz que não desce."

Foi uma referência infeliz.

"Esta é Victoria", disse o sr. Kipps com a dignidade calculada de um homem assumindo o controle de uma situação ridícula. "E Michael. Claro, eles já conhecem seu irmão, o irmão mais *velho*."

Seu *basso profundo* de Trinidad e Tobago navegou com facilidade por aquele mar de vergonha, abrindo caminho em novas águas.

"É, certo que já se conhecem", disse Zora num tom que não era nem de leveza nem de seriedade, caindo portanto em algum ponto inquietante entre os dois.

"Eram todos *amiguinhos* em Londres, e agora vocês todos serão *amiguinhos* aqui", disse Monty Kipps olhando com impaciência por cima da cabeça dela como um homem constantemente à procura da câmera pela qual sabe que deve estar sendo filmado. "Preciso mesmo dar um alô a seus pais. Do contrário, é um pouco como entrar escondido no cavalo de madeira, e venho aqui como um convidado, sabe, sem trazer presentes dúbios. Não hoje à noite, pelo menos." Deu uma risada de político em que os olhos se mantiveram imperturbados.

"Ah, claro...", disse Zora acompanhando o riso sem convicção e unindo-se a ele em sua infrutífera observação estacionária. "Só não sei onde eles... Mas então, vocês todos... Quer dizer, vocês todos se mudaram para cá ou..."

"Eu não", disse Michael. "Para mim, não passam de férias. Volto a Londres na terça-feira. Triste, mas o trabalho chama."

"Ah. É uma pena", disse Zora por educação, mas ela não estava decepcionada. Ele era vistoso, porém inteiramente desprovido de sex appeal. Por algum motivo estranho, pensou naquele rapaz do parque. Por que rapazes respeitáveis como esse não podem se parecer mais com rapazes como aquele?

"E você está em Wellington, né?", perguntou Michael sem denunciar nenhuma curiosidade genuína. Zora olhou nos olhos dele, diminuídos e apagados por trás do vidro corretivo, como os seus próprios.

"É... fui para a universidade do meu pai... não é muito aventureiro, acho. E parece que vou acabar me formando em História da Arte mesmo."

"Que é, obviamente", proclamou Monty, "a área na qual comecei. Fui curador da primeira exposição americana dos 'primitivos' caribenhos, em Nova York, 1965. Possuo a maior coleção de arte haitiana em mãos privadas fora daquela desventurada ilha."

"Uau. Todinha para si — isso deve ser ótimo."

Mas era evidente que Monty Kipps era um homem consciente de seu próprio potencial cômico; vivia prevenido contra qualquer ironia, atento a sua aproximação. Sua declaração tinha sido feita com boa-fé e ele não permitiria que fosse satirizada retrospectivamente. Deu uma longa pausa antes de responder. "É gratificante poder proteger uma arte negra de importância, sim."

Sua filha revirou os olhos.

"Ótimo se você gosta de ter Baron Samedi encarando você de cada canto da casa."

Era a primeira vez que Victoria falava. Zora surpreendeu-se com sua voz, que, como a do pai, era alta, grave e direta, fora de sincronia com sua aparência coquete.

"Victoria está lendo os filósofos franceses agora...", seu pai disse de modo seco, e começou a listar com desprezo várias estrelas-guia da própria Zora.

"Certo, certo, entendo...", murmurou Zora enquanto isso se desenrolava. Tinha bebido um cálice de vinho a mais do que deveria. Um copo extra a deixava daquele jeito, concordando com a cabeça antes de a pessoa concluir seu argumento e buscando sempre aquele mesmo tom de uma burguesa quase européia e cansada do mundo, para quem, aos dezenove anos, tudo era familiar.

"... E temo que isso a esteja levando a odiar a arte de um viés simplório. Mas, se tudo der certo, Cambridge a endireitará."

"*Pai.*"

"E, no meio-tempo, ela assistirá a algumas aulas aqui como ouvinte — com certeza vocês vão se encontrar de tempos em tempos."

As garotas se entreolharam sem muito entusiasmo diante dessa possibilidade.

"Não odeio a 'arte', por sinal — odeio a *sua* arte", contra-atacou Victoria. Seu pai deu tapinhas apaziguadores em seu ombro, gesto que ela rechaçou como faria uma filha muito mais nova.

"Acho que na real a gente não pendura muitas coisas na nossa casa", disse Zora passando o olhar pelas paredes vazias e tentando entender como tinha chegado ao único assunto que pretendia evitar. "Meu pai é mais ligado em arte conceitual, é claro. Temos um gosto totalmente extremo na arte — tipo, a maior parte das obras que possuímos não pode ser mostrada na casa. Ele curte a teoria da evisceração completa, sabe — tipo, a arte deve dilacerar a porra das suas entranhas."

Não houve tempo para o desenlace disso. Zora sentiu um par de mãos em seus ombros. Até onde lembrava, nunca tinha ficado tão satisfeita em ver sua mãe.

"Mãe!"

"Ficou cuidando de nossos convidados?" Kiki estendeu sua mão convidativa e encorpada, com braceletes reluzindo no pulso. "É Monty, não é? Na verdade, acho que sua mulher me contou que agora é *Sir* Monty..."

A desenvoltura com que ela prosseguiu a partir desse ponto impressionou sua filha. No fim, parecia que algumas daquelas tão detestadas (por Zora) habilidades interpessoais da tradição de Wellington — esquivamento, negação, discurso político e falsa cortesia — tinham lá seu uso. Em cinco minutos, todo mundo tinha uma bebida, o casaco de todo mundo tinha sido pendurado e o lero-lero corria solto.

"A senhora Kipps... Carlene, ela não veio com vocês?", disse Kiki.

"Mãe, eu só vou... com licença, prazer em conhecer", disse Zora apontando vagamente para o outro lado da sala e depois seguindo o próprio dedo.

"Ela não pôde vir?", repetiu Kiki. Por que estava se sentindo tão frustrada?

"Oh, minha esposa raramente comparece e esse tipo de coisa", disse Monty. "Ela não aprecia a conflagração social. Seria adequado dizer que prefere aquecer-se ao fogo do lar."

Kiki estava acostumada a esse tipo de metáfora torturante que os conservadores convictos ocasionalmente empregam — mas o sotaque era inacreditável. Ele voava por toda a escala — um pouco como o de Erskine, mas as vogais ganhavam um corpo e uma profundidade que ela nunca tinha escutado. *Adequado* saía como *Adeiquado*.

"Ah... mas que pena... ela parecia tão convencida de que viria."

"E mais tarde ficou igualmente convencida de que não viria." Ele sorriu, e no sorriso havia a certeza de um homem poderoso de que Kiki não seria tola o bastante para insistir mais no assunto. "Carlene é uma mulher de ânimos cambiáveis."

Pobre Carlene! Kiki abominava a idéia de passar uma noite que fosse ao lado desse homem com quem Carlene precisaria passar a vida. Felizmente, havia muitas pessoas a quem Monty Kipps desejava ser apresentado. Ele solicitou sem demora uma lista de wellingtonianos proeminentes, e Kiki apontou com subserviência para Jack French, Erskine e os vários diretores da faculdade; explicou que o reitor da universidade tinha sido convidado, abstendo-se de explicar que não havia chance nem aqui nem no inferno de que ele viesse. Os filhos da família Kipps já tinham sumido no jardim. Jerome — o que muito desagradava Kiki — permaneceu acabrunhado no andar de cima. Kiki acompanhou Monty pelos cômodos. Seu encontro com Howard foi ligeiro e ardiloso, uma evitação estilizada das posições mais extremas de um e outro — Howard, o teórico radical da arte; Monty, o conservador cultural — com Howard se saindo pior porque estava bêbado e levou tudo a sério demais. Kiki os separou, manobrando Howard em direção ao curador de uma pequena galeria em Boston que estivera tentando falar com ele a noite toda. Howard deu apenas meia atenção àquele homenzinho aflito que o cobrava a respeito de uma proposta de temporada de palestras sobre Rembrandt que Howard prometera organizar mas em relação à qual não tomara nenhuma atitude. O destaque deveria ser uma palestra do próprio Howard seguida de um coquetel de queijos e vinhos parcialmente patrocinado por Wellington. Howard não tinha escrito aquela palestra nem se dedicado a fundo à questão dos vinhos e dos queijos. Por cima do ombro do homem, observou Monty dominar o que ainda restava de sua festa. Perto da lareira, estava sendo conduzido um debate acalorado e descontraído com Christian e Meredith, enquanto Jack French comia pelas beiradas, nunca ágil o bastante para encaixar uma de suas tentativas de comentário espirituoso. Preocupado, Howard ficou imaginando se estaria sendo defendido por seus supostos defensores. Talvez estivesse sendo ridicularizado.

"Acho que estou perguntando qual será o *teor* de sua fala..."

Howard voltou a sintonizar sua própria conversa, que aparentemente estava sendo travada com não apenas um, mas dois homens. O curador e seu nariz úmido tinham ganhado a companhia de um jovem careca. Esse segundo camarada tinha uma pele branca tão luzidia e uma placa de osso tão proeminente na testa que Howard se sentiu oprimido pela mortalidade desbragada do homem. Nunca um ser vivo tinha lhe mostrado tanto crânio.

"O teor?"

"'Contra Rembrandt'", disse o segundo homem. Tinha uma voz sulista aguda que atingiu Howard como uma pegadinha de humor para a qual estava completamente despreparado. "Foi esse o título que seu assistente nos mandou por e-mail — só estou tentando entender o que você quis dizer com 'contra' —, minha entidade, obviamente, é co-patrocinadora de todo esse evento, portanto..."

"Sua entidade..."

"A ER — Entusiastas de Rembrandt —, e com certeza não sou um intelectual, ou pelo menos o que um sujeito como você deve considerar um..."

"Sim, com certeza você não é", murmurou Howard. Descobriu que seu sotaque provocava uma reação atrasada em alguns americanos. Às vezes só percebiam como tinha sido áspero com eles no dia seguinte.

"Quer dizer, talvez a 'falácia do humano' seja uma expressão para intelectuais, mas sei que nossos associados..."

Do outro lado da sala, Howard viu que o círculo de Monty tinha se alargado para permitir a entrada de ávidos acadêmicos dos Estudos Negros liderados por Erskine e sua ensimesmada esposa de Atlanta, Caroline. Era uma negra extremamente rija, um único músculo dos pés à cabeça, e estava sempre imaculada — aquela finesse abastada da Costa Leste traduzida em negritude, com seus cabelos lisos e duros, seu terno Chanel ligeiramente mais claro e mais bem talhado que o de suas congêneres brancas. Era uma das únicas mulheres do círculo de Howard que ele não tinha imaginado num contexto sexual — esse fato não tinha relação nenhuma com sua atratividade (Howard com freqüência incluía nessa classe as mulheres de aparência mais terrível). Era mais uma questão de impenetrabilidade: não havia como fazer a imaginação atravessar o poderoso invólucro de Caroline. Era necessário imaginar-se num outro universo para imaginar-se comendo Caroline; e a coisa não se daria assim, de qualquer forma — *ela* é que comeria *você*. Ela tinha um orgulho indecente (a maioria das mulheres não gostava dela) e, como qualquer esposa de um homem não muito dedicado, era admiravelmente reservada, aparentando não ter necessidades sociais externas. Mas Erskine também era um infiel incorrigível, o que dava a seu orgulho um impressionante toque de personalidade que sempre causava certo espanto em Howard. Ela se expressava de maneira excêntrica — se referia às filhas de Erskine, com altivez, como *aquelas mulatas* — e não deixava pistas de seus verdadeiros sentimentos. Advogada respeitada, ela estava, dizia-se, muito perto de tornar-se juíza da Suprema Corte; conhecia Powell pessoalmente, e também Rice; gostava de explicar com paciência a Howard que pessoas assim "elevavam a raça". Monty fazia exatamente o seu tipo. Sua mão delicada de unhas feitas estava agora realizando movimentos de corte precisos no ar diante dele, talvez descrevendo até onde ia a responsabilidade, ou quanto ainda faltava para ela terminar.

E a conversa de Howard *ainda* prosseguia. Ele começou a ficar sem saída.

"Bem", disse em voz alta, esperando encerrar aquilo com uma demonstração atordoante de pirotecnia acadêmica, "o que eu quis *dizer* é que Rembrandt faz parte de um movimento europeu do século XVII para... bem, de forma abreviada — essencialmente *inventar a idéia do humano*", Howard acabou dizendo, tudo isso parafraseado do capítulo que tinha deixado no andar de cima, dormindo na tela do computador, entediante até para ele mesmo. "E o corolário disso, claro, é a falácia de que *nós*, na condição de humanos, somos centrais, e de que nosso senso estético de algum modo nos *torna* centrais — pensem na posição em que ele se retrata, bem no meio daqueles dois globos inscritos e vazios na parede..."

Howard continuou falando, seguindo essas linhas quase automáticas. Sentiu uma brisa do jardim penetrar fundo em seu organismo por canais que um corpo mais jovem jamais permitiria. Sentiu-se muito triste repassando aqueles argumentos que o haviam tornado levemente conhecido dentro do minúsculo círculo em que atuava. A retração do amor numa parte de sua vida tinha feito essa outra metade de sua vida parecer sem dúvida um tanto fria.

"Me apresente", ordenou de repente uma mulher agarrando o músculo frouxo da parte de cima do seu braço. Era Claire Malcolm.

"Oh, Deus, me perdoem — posso roubá-lo por um segundinho?", disse ela ao curador e seu amigo, ignorando suas faces contrariadas. Puxou Howard alguns passos em direção ao canto da sala. Na diagonal oposta a eles, a gargalhada gigantesca de Monty Kipps se impôs logo antes de um refrão de risos.

"Me apresente a Monty Kipps."

Ficaram em pé um ao lado do outro, Claire e Howard, olhando para o outro lado da sala como pais observando seu menino na beira do campo de futebol da escola. Era um ângulo oblíquo, mas também próximo. O rubor luxurioso do álcool tinha brotado no bronzeado intenso de Claire, e os diversos sinais e sardas de seu rosto e decote estavam anelados por esse tom excitado de rosa; isso lhe devolvia a juventude como nenhum produto ou procedimento cirúrgico seria capaz de fazer. Howard não a via fazia mais de um ano. Tinham conseguido isso com sutileza, sem chamar atenção para o fato nem debatê-lo. Tinham simplesmente se evitado no campus, abdicando por completo da cafeteria e certificando-se de que não compareceriam às mesmas reuniões. Como medida extra, Howard tinha parado de ir ao café marroquino no qual, durante as tardes, era possível ver quase todo mundo do Departamento de Língua Inglesa sentado sozinho, corrigindo pilhas de ensaios. Então Claire foi passar o verão na Itália e Howard deu graças a Deus por isso. Era doloroso vê-la agora. Estava usando um vestido reto e folgado de algodão muito fino. Seu pequeno corpo iogue se colou no tecido e depois voltou a recuar — dependia da posição em que ela ficava. Ninguém faria idéia, vendo-a desse jeito — sem maquiagem, vestida de forma tão simples —, não faria idéia nenhuma de todos os diminutos cuidados cosméticos que ela dedicava a outras partes mais privadas de seu corpo. O próprio Howard tinha ficado encantado ao descobri-los. Em que posição estavam deitados quando ela fornecera a singular explicação de que sua mãe era parisiense?

"Pelo amor de Deus, por que você ia querer conhecer *ele*?"

"Warren se interessa por ele. E eu também, na verdade. Acho os intelectuais públicos incrivelmente esquisitos e interessantes... Deve ser um tipo de tensão patológica, e além disso ele tem que bater de frente o lance da raça... Mas eu simplesmente *adoro o garbo* dele. Ele é terrivelmente *garboso*."

"Terrivelmente garboso e fascista."

Claire franziu a testa. "Mas ele é tão *cativante*. Como o que dizem de Clinton — overdose de carisma. É tudo provavelmente uma questão de feromônios, sabe, tipo algo *nasal*, de alguma forma que Warren poderia explicar..."

"Nasal, anal — é certo que vem de algum orifício." Howard colocou os óculos na boca para que as palavras que diria a seguir saíssem ligeiramente abafadas. "Parabéns, falando nisso. Ouvi dizer que agora é oficial."

"Estamos muito felizes", disse ela com serenidade. "Meu Deus, ele me fascina *tanto*..." Howard achou, por um instante, que ela estava se referindo a Warren. "Vê como ele trabalha o ambiente? Ele está em toda parte, de algum modo."

"É, como a peste."

Claire fitou Howard com um olhar travesso. Ele viu que ela tinha pensado que não haveria problema em olhar para ele agora que a cadência irônica da conversa tinha se instalado. O caso, afinal de contas, já estava tão distante no passado, permanecera sem ser descoberto por tanto tempo. Nesse ínterim, Claire tinha se casado! E aquela noite imaginária numa conferência em Michigan tinha se tornado uma realidade aceita; o caso de três semanas entre Howard e Claire Malcolm em Wellington nunca tinha acontecido. Por que não poderiam voltar a conversar, a trocar olhares novamente? Mas olhares, na verdade, eram letais, e no momento em que ela se virou os dois souberam disso. Claire fez o possível para seguir em frente, tudo a partir de agora grotescamente exagerado pelo medo.

"*Eu* acho", ela começou a dizer com uma provocação ridícula na voz, "eu acho que você gostaria muito de ser ele."

"Quanto você bebeu?"

Naquele momento, teve o desejo cruel de que Claire Malcolm sumisse do planeta. Sem que ele fizesse nada — que simplesmente sumisse.

"Todas essas suas batalhas ideológicas bobas...", disse ela, e então forçou um sorriso bobo afastando os lábios das gengivas rosadas e expondo seus dispendiosos dentes americanos. "Vocês dois sabem muito bem que no fundo elas não importam. O país tem coisa mais importante a tratar. Idéias maiores", sussurrou, "estão em *andamento*. Não estão? Às vezes nem sei por que fico aqui."

"Do que você está falando, exatamente — do estado da nação ou do seu próprio estado?"

"Deixa de ser espertinho", disse ela em tom mordaz. "Estou falando de todos nós, não apenas de mim. Não faz sentido, só isso."

"Você parece alguém de quinze anos falando. Parece meus filhos."

"Idéias maiores que *essas*. Foi tudo reduzido aos fundamentos, lá fora, no mundo. Os *fundamentos*. Decepcionamos os nossos filhos, decepcionamos os filhos de *todo mundo*. Vendo esse país como está agora, *agradeço* por não ter tido filhos." Howard, que duvidava da veracidade disso, ocultou sua incredulidade fazendo um estudo das tábuas de carvalho amareladas no chão sob seus pés. "Meu Deus, quando penso nesse próximo semestre fico *doente*. As pessoas estão se lixando para *Rembrandt*, Howard..." Ela se conteve e começou a rir com tristeza. "Ou Wallace Stevens. Idéias maiores", repetiu terminando seu vinho e assentindo com a cabeça.

"Está tudo interligado", disse Howard sem convicção, contornando com a ponta do sapato um traçado desenhado no piso por um caruncho. "Produzimos formas novas de pensar, e então outras pessoas pensam."

"Você não acredita nisso."

"Defina *acreditar*", disse Howard, e, ao dizê-lo, sentiu-se aniquilado. Quase não houve fôlego para completar a frase. Por que ela não ia embora?

"Oh, *Deus* do céu...", bufou Claire batendo seu pezinho no chão e colocando a mão aberta sobre o peito, se preparando para mais uma das batalhas que os dois vinham travando a vida toda. Essência versus teoria. Crença versus poder. Arte versus sistemas culturais. Claire versus Howard. Howard sentiu um dos dedos dela escorregar, bêbado e inconseqüente, para dentro de uma abertura em sua camisa, chegando na pele. Bem nesse momento, foram interrompidos.

"Sobre o que vocês estão fofocando?"

Com rapidez demais, Claire afastou a mão do corpo de Howard. Mas Kiki não estava olhando para Claire; olhava para Howard. Você está casada com alguém há trinta anos: você conhece o rosto dele como conhece o próprio nome. Foi tão rápido e ao mesmo tempo tão absoluto — a fraude tinha acabado. Howard percebeu de imediato, mas como Claire poderia ter reparado naquele cantinho de pele esticada no lado esquerdo da boca de sua esposa, ou compreendido o que ele significava? Em sua inocência, pensando que estava salvando a situação, Claire segurou as duas mãos de Kiki nas suas.

"Quero conhecer *Sir* Montague Kipps. Howard está complicando."

"Howard sempre complica", disse Kiki, lampejando em direção a ele um segundo olhar severo e confirmador que afastava qualquer dúvida sobre o assunto. "Ele acha que isso o faz parecer mais esperto."

"Meu Deus, você está linda, Keeks. Você devia estar numa fonte de Roma."

Howard supôs que o elogio de Claire à aparência de sua esposa era compulsivo. Tudo que ele queria era impedi-la de pronunciar qualquer outra palavra. Fantasias selvagens e violentas se apoderaram dele.

"Ah, você também, querida", disse Kiki calmamente, diluindo o falso entusiasmo. Então não haveria escândalo. Howard sempre tinha adorado isso em sua esposa, sua capacidade de levar as coisas na boa — mas naquele momento ele teria ficado mais feliz de ouvi-la gritar. Ela ficou parada como um zumbi, seus olhos praticamente mortos ante qualquer apelo de sua parte, o sorriso estacado. E ainda estavam presos naquela conversa patética.

"Olha, eu preciso de uma desculpa para chegar nele", continuou Claire. "Não quero que tenha a satisfação de saber que realmente quero conversar com ele. Com o que posso obter sua atenção?"

"Ele tem um dedo enfiado em cada bolo", disse Howard convertendo seu desespero pessoal em raiva. "Faça sua escolha. A situação da Grã-Bretanha, a situação do Caribe, a situação da negritude, a situação da arte, a situação das mulheres, a situação dos Estados Unidos — você cantarola, ele toca. Ah, e ele acha que ações afirmativas são obra do demônio — ele é um feiticeiro, ele é um..."

Howard parou. Toda a bebida em seu corpo tinha se voltado contra ele; suas frases estavam começando a lhe escapar como coelhos para dentro de suas tocas; em pouco tempo, nem a pontinha branca de um pensamento nem o buraco negro para dentro do qual o pensamento estava sendo tragado lhe estariam visíveis.

"Howie — você está fazendo papel ridículo", Kiki disse com precisão e mordeu o lábio. Howard podia ver a batalha acontecendo dentro dela. Via o quanto estava determinada. Ela não ia gritar, não ia chorar.

"Ele é contra a ação afirmativa? Isso é incomum, não é?", perguntou Claire olhando para a cabeça de Monty, que estava subindo e descendo.

"Não muito", disse Kiki. "Ele é apenas um conservador negro — acha degradante para as crianças afro-americanas que se diga a elas que necessitam de tratamento especial para serem bem-sucedidas, et cetera. É um momento terrível para Wellington recebê-lo — há um projeto de lei contra Ações Afirmativas chegando ao Senado e isso vai causar problemas. Precisamos ficar em cima dessa questão, agora. Bem, como você sabe. Você e Howard fizeram todo aquele trabalho juntos." Os olhos de Kiki se arregalaram no final da frase, enquanto ela se dava conta.

"Ah...", disse Claire girando a haste de seu copo de vinho vazio. Política de pequena escala a entediava. Tinha assumido durante seis meses, fazia um ano e meio, o posto de substituta titular de Howard no Comitê de Ação Afirmativa de Wellington — foi assim mesmo que a coisa toda começou —, mas seu interesse tinha sido mínimo e sua presença, irregular. Aceitara a função porque Howard (desesperado para evitar a indicação de um outro colega de testado) havia lhe implorado. Claire só se empolgava de verdade com o apocalíptico dentro do cenário mundial: armas de destruição em massa, presidentes autocráticos, massacres. Odiava comitês e reuniões. Gostava de participar de marchas e de fazer abaixo-assinados.

"Você deveria conversar com ele sobre arte — quer dizer, ele é um colecionador, parece. Arte caribenha", prosseguiu Kiki bravamente.

"Os filhos me *fascinam*, também. São esplêndidos."

Howard resfolegou, repugnado. Agora ele estava desesperadamente bêbado.

"Jerome teve uma paixão rápida pela filha", sintetizou Kiki. "Ano passado. A família dela teve um chiliquezinho — Howard tornou tudo muito pior do que precisava ser. A coisa toda foi estúpida demais."

"Que drama que é a vida de vocês", disse Claire, toda feliz. "Não o culpo — quer dizer, não culpo Jerome — eu a vi, é tão incrível, parece Nefertiti. Você não achou, Howard? Como uma daquelas estátuas na parte de baixo do Fitzwilliam, em Cambridge. Você viu aquelas, né? Um rosto tão *ancestralmente maravilhoso*. Não achou?"

Howard fechou os olhos e bebeu um gole profundo de seu copo.

"Howard, a música...", disse Kiki, até que enfim olhando Howard de frente. Era tão incrível perceber suas palavras e seus olhos inteiramente desconectados um do outro, como uma má atriz. "Não agüento mais esse hip-hop. Nem sei como foi parar ali. As pessoas não suportam — Albert Konig acabou de ir embora por causa disso, acho. Coloquem um Al Green ou algo do tipo — algo de que todos possam gostar."

Claire já tinha dado alguns passos na direção de Monty. Kiki foi acompanhá-la, mas então parou, voltou na direção de Howard e falou em seu ouvido. Sua voz estava trêmula, mas a mão que segurava seu pulso não estava. Ela disse um nome e pôs um ponto de interrogação incrédulo no final dele. Howard sentiu seu estômago cair.

"Você pode ficar na casa", continuou Kiki, a voz se estilhaçando, "mas é só. Não chegue perto de mim. Não chegue *perto* de mim. Se chegar, mato você."

Então ela retrocedeu calmamente e alcançou Claire Malcolm de novo. Howard observou sua esposa ir embora ao lado de seu grande erro.

No início, teve quase certeza de que ia vomitar. Deu passos resolutos pelo corredor em direção ao banheiro. Então se lembrou da tarefa passada por Kiki e, por uma perversão, decidiu cumpri-la. Parou diante da porta da segunda sala de estar vazia. Havia só uma pessoa ali, ajoelhada ao lado do aparelho de som, cercada de CDs. Aquelas costas estreitas e expressivas que tinha visto antes estavam expostas à noite: era um top engenhoso, amarrado no pescoço. Era como se a qualquer momento ela fosse desenrolar o corpo e começar a dançar a morte do cisne.

"Ah, então tá", disse ela virando a cabeça. Howard teve a sensação esquisita de que isso era uma resposta a seu pensamento silencioso. "Tudo numa boa?"

"Não muito."

"Que droga."

"É Victoria, né?"

"Vee."

"Sim."

Ela estava apoiada nos calcanhares, apenas com a metade superior do corpo virada para ele. Sorriram um para o outro. O coração de Howard manifestou compaixão espontânea por seu filho mais velho. Mistérios do ano anterior ficaram claros.

"Então você é a DJ", disse Howard. Será que agora existia uma palavra nova para isso?

"É o que parece — não se importa?"

"Não, não... embora alguns de nossos convidados mais velhos estejam achando a seleção... um pouco frenética, talvez."

"Certo. Você foi enviado para dar um jeito em mim."

Era estranho ouvir aquela frase do inglês dita de maneira tão inglesa.

"Para debater o assunto, acho. De quem é essa música, afinal?"

"'Mix do Levi'", leu num adesivo da caixinha do CD. Sacudiu a cabeça para ele com desolação. "Parece que o inimigo está infiltrado", disse.

Claro que ela era inteligente. Jerome não suportaria uma garota burra, mesmo sendo tão deslumbrante quanto aquela. Esse foi um problema que Howard nunca teve na sua própria juventude. Foi só mais tarde que o cérebro começou a significar alguma coisa para ele.

"O que havia de errado com o que estava tocando antes?"

Ela o encarou. "Você estava escutando?"

"Kraftwerk... não há nada de errado com Kraftwerk."

"Duas *horas* de Kraftwerk?"

"Tem outras coisas, com certeza."

"Você *viu* essa coleção?"

"Bem, sim — é minha."

Ela riu e sacudiu os cabelos. Era um cabelo moderno, puxado para trás num rabo-de-cavalo para depois despencar por suas costas numa cascata de cachos sintéticos. Ela trocou de posição para encará-lo e depois sentou novamente sobre os calcanhares. O tecido roxo e brilhante estava bem apertado contra o seu peito. Ela parecia ter mamilos grandes, como velhas moedas de dez centavos. Howard olhou para o chão, envergonhado.

"Tipo, como foi que você descobriu este aqui, exatamente?" Ela mostrou um CD de música eletrônica sem letras.

"Comprei."

"Você o comprou sob pressão. Sendo levado por um atirador até o balcão." Ela simulou a cena. Tinha uma risada suja e cacarejante, grave como sua voz. Howard encolheu os ombros. A falta de deferência o incomodava.

"Então vamos ficar com o frenético?"

"Acho que sim, professor."

Ela piscou. A pálpebra desceu em câmera lenta. Os cílios eram extravagantes. Howard se perguntou se ela estaria bêbada.

"Vou retornar com o relatório", disse ele e se virou para sair. Quase tropeçou numa dobra do tapete, mas seu segundo passo o endireitou.

"Opa, cuidado."

"Opa... cuidado", repetiu Howard.

"Diga para se acalmarem. É só hip-hop. Não vai matar ninguém."

"Certo", disse Howard.

"Ainda", escutou ela dizer ao sair da sala.

A LIÇÃO DE ANATOMIA

Deixar de afirmar, ou simplesmente deixar de enfatizar, a relação das universidades com a beleza é um tipo de erro que pode ser cometido. Uma universidade está entre as coisas preciosas que podem ser destruídas.

Elaine Scarry

1.

O verão partiu de Wellington abruptamente e bateu a porta ao sair. O estremecimento fez todas as folhas caírem ao chão ao mesmo tempo, e Zora Belsey teve aquela estranha sensação de fim de setembro de que em algum lugar, numa pequena sala de aula com cadeirinhas, uma professora primária estava à sua espera. Parecia errado estar indo a pé para a cidade sem uma gravata brilhosa e uma saia plissada, sem uma coleção de borrachas aromatizadas. O tempo não é o que é, mas sim o modo como é sentido, e Zora não se sentia diferente. Ainda morando com os pais, ainda virgem. Apesar disso, estava a caminho de seu primeiro dia de segundanista. Ano passado, quando Zora era caloura, os segundanistas pareciam ser um tipo completamente diverso de ser humano: tão convictos em seus gostos e opiniões, em seus amores e idéias. Zora acordou naquela manhã com a esperança de que tivesse sido brindada com uma transformação desse tipo durante a noite, mas, ao descobrir que nada tinha acontecido, fez o que as garotas em geral fazem quando não se sentem no personagem: vestiu-se como ele. Se tinha obtido sucesso ou não, isso ela não sabia dizer. Parou para se examinar na vitrine do *Lorelie's*, um cabeleireiro badalado dos anos 50, na esquina da Houghton com a Maine. Tentou se pôr no lugar de seus pares. Fez a si mesma a dificílima pergunta: *O que eu pensaria de mim?* Estivera buscando algo como "intelectual boêmia; destemida; graciosa; osso duro de roer". Vestia uma longa saia hippie de cor verde-escura, uma blusinha de algodão branco com um rufo excêntrico na gola, um cinto grosso de veludo marrom que pertencera a Kiki na época em que sua mãe ainda podia usar cintos, um par de sapatos duros e um tipo de chapéu. Que tipo de chapéu? Um *chapéu masculino*, de feltro verde, que se parecia um pouco com um chapéu fedora, mas não era. Não era isso que pretendia quando saiu de casa. Não era nem de longe isso.

Quinze minutos depois, Zora descascou tudo de novo no vestiário feminino da piscina universitária de Wellington. Isso fazia parte do Programa Zora de Auto-Aprimoramento para o outono; acordar cedo, nadar, aula, almoço leve, aula, biblioteca, casa. Socou o chapéu dentro do armário e puxou a touca de natação bem para baixo, por cima das orelhas. Uma chinesa nua que de costas parecia ter dezoito anos se virou e surpreendeu Zora com seu rosto enrugado, no qual dois olhinhos de obsidiana resistiam à pressão das dobras de pele acima e abaixo. Seus pêlos pubianos eram muito compridos, lisos e cinzentos, como grama morta. *Imagine ser ela*, pensou Zora vagamente, e o pensamento flanou por alguns segundos, se desmanchou e sumiu. Prendeu a chave do armário no tecido preto de seu traje especial. Caminhou pela borda da piscina, os pés chatos batendo na cerâmica com um estalo molhado. No alto, depois das arquibancadas do estádio, no ponto mais elevado daquele ambiente gigante, uma parede de vidro permitia a entrada do sol outonal e disparava sua luz pelo recinto como os holofotes no pátio de um presídio. Dessa posição superior de vantagem, uma longa fila de atletas em esteiras de corrida tinha uma visão de Zora e dos outros que não estavam em boa forma para a academia. Lá em cima, atrás do vidro, as pessoas ideais se exercitavam; aqui embaixo, os deformados boiavam de um lado para o outro, esperançosos. Duas vezes por semana, essa dinâmica se modificava quando a equipe de natação agraciava a piscina com sua magnificência, relegando Zora e os demais à piscina educativa para dividir as raias com os infantes e a terceira idade. Integrantes da equipe de natação saltavam da borda, remodelavam o corpo à semelhança de dardos e depois entravam na piscina como se a água estivesse à sua espera, aceitando-as com gratidão. Pessoas como Zora sentavam com cuidado nos azulejos arenosos, entregavam somente os pés à água e depois abriam um debate com o corpo para chegar a um acordo sobre a próxima etapa. Não era nem um pouco incomum Zora tirar a roupa, caminhar ao longo da piscina, olhar para os atletas, botar a roupa e abandonar o prédio. Mas não hoje. Hoje era um novo início. Zora escorregou um centímetro e então se jogou; a água avançou até seu pescoço como se ela estivesse vestindo um traje. Andou dentro d'água por um minuto e depois se entregou ao mergulho. Soprando água para fora do nariz, começou a nadar devagar, de modo inconveniente — não chegando a conseguir coordenar totalmente os braços e pernas, mas ainda assim sentindo uma graça parcial que a terra firme jamais lhe oferecia. Apesar de todo o fingimento em contrário, na verdade estava batendo corrida com várias mulheres dentro daquela piscina (sempre tomava o cuidado de escolher mulheres próximas o bastante de sua própria idade e tamanho; tinha um forte senso de justiça), e sua vontade de seguir nadando aumentava e diminuía conforme seu desempenho comparado ao de suas rivais involuntárias. Seus óculos começaram a deixar entrar água pelos lados. Ela os arrancou fora, abandonou-os numa das pontas da piscina e tentou nadar quatro chegadas sem eles, mas é muito mais difícil nadar acima da superfície do que abaixo. É necessário maior sustentação na água. Zora voltou para a beira. Tateou sem enxergar em busca dos óculos e, como isso não deu resultado, se ergueu para fora da piscina para olhar — eles tinham sumido. Perdeu a cabeça imediatamente; um salva-vidas calouro azarado foi forçado a se ajoelhar na borda da piscina e agüentar a rispidez de suas palavras, como se ele próprio fosse o ladrão. Depois de um tempo, Zora desistiu do interrogatório e saiu remando pela piscina, observando a superfície da água. Um garoto passou rápido à sua direita e chutou água em seus olhos. Ela nadou em direção à borda com dificuldade, engolindo água no meio do caminho. Olhou para a parte de trás da cabeça do garoto — era o elástico vermelho dos seus óculos. Agarrou-se na escada mais próxima e aguardou por ele. Na outra ponta ele deu uma cambalhota fluida na água, como Zora sempre sonhara dar. Era um rapaz negro usando um chamativo calção de abelha com listas amarelas e pretas, moldado nele com a mesma elasticidade e definição que sua pele. A linha curva de seu traseiro virou como uma bola de vôlei de praia novinha em folha encrespando a água. Quando se alinhou novamente, nadou todo o comprimento da piscina sem virar a cabeça uma única vez para respirar. Era mais rápido que todo mundo. Devia ser algum tipo de babaca da equipe de natação. Entre o declive de sua lombar — como uma colherada num pote de sorvete — e a curva de sua bunda alta e esférica havia uma tatuagem desenhada. Provavelmente tinha a ver com alguma fraternidade. Mas o sol e a água ondulavam e distorciam sua silhueta, e antes de Zora poder se dar conta ele estava bem ao lado dela, com o braço apoiado na corda da raia, engolindo ar.

"Humm, com licença?"

"Hã?"

"Eu disse *com licença* — acho que você devia saber que esses óculos são meus."

"Não tô escutando, cara — só um minuto."

Ele se içou para fora da água e apoiou os cotovelos na borda. Isso trouxe seu púbis até a altura dos olhos de Zora. Por dez longos segundos, como se não houvesse material nenhum ali, ela se deparou com o generoso contorno *daquilo* próximo à coxa esquerda dele, criando ondas tridimensionais no calção de abelha. Embaixo dessa visão espantosa, suas bolas estavam coladas no tecido do calção, baixas, pesadas e não totalmente alçadas para fora da água morna. Sua tatuagem era do sol — o sol com um rosto. Ela julgou tê-la visto antes. Os raios eram grossos e espalhados como a juba de um leão. O rapaz retirou dois tampões de ouvido, removeu os óculos, deixou-os na borda e retornou ao mesmo nível oscilante de Zora.

"Tava com tampão, cara — não dava pra escutar nada."

"Eu *disse* que eu acho que você pegou meus óculos. Eu os larguei tipo por um segundo e eles sumiram — talvez você tenha pegado por engano... meus óculos?"

O rapaz olhava desconfiado para ela. Sacudiu a água do rosto. "Conheço você?"

"O quê? Não — olha, posso dar uma olhada nesses óculos, por favor?"

O rapaz, ainda com cara de desconfiado, jogou o braço por cima da borda e o trouxe de volta com os óculos na mão.

"Tá, eles são meus, mesmo. O elástico vermelho é meu — o outro arrebentou e eu mesma coloquei esse vermelho, portanto..."

O rapaz sorriu com malícia. "Bem... se eles são seus, é melhor pegar."

Ele estendeu a longa palma da mão na direção dela — tingida de um marrom intenso como as de Kiki, com as linhas desenhadas num tom ainda mais escuro. Os óculos estavam pendurados em seu indicador. Zora fez menção de apanhá-los, mas em vez disso derrubou-os do dedo. Ela meteu as mãos dentro d'água; eles desceram rodopiando até o fundo, o elástico vermelho num movimento espiralado, inanimado, e ainda assim dançante. Zora prendeu um fôlego raso e asmático e tentou mergulhar. No meio do caminho, a flutuação de sua própria carne a puxou de volta, de bunda para cima.

"Quer que eu...?", o rapaz se ofereceu e não esperou a resposta. Dobrou-se sobre si mesmo e disparou para o fundo quase sem agitar a água. Voltou à tona um instante depois com os óculos pendurados em seu pulso. Largou-os na mão dela, outra manobra desastrada, pois Zora precisava de toda a sua energia para boiar e simultaneamente abrir a mão para recebê-los. Sem dizer palavra, ela bateu pernas até a borda, fez o que pôde para subir a escada com dignidade e foi embora da piscina. Só que não chegou a ir embora. Durante o tempo de uma volta na piscina, ela permaneceu ao lado da cadeira do salva-vidas e acompanhou o sol sorridente percorrer a água, observou a pirueta inicial do tronco do rapaz, como a de um filhote de foca, os músculos esmagadores de seus ombros, suas pernas aerodinâmicas fazendo o que todas as pernas humanas poderiam fazer caso se esforçassem um pouco mais. Durante vinte e três segundos, a última coisa na mente de Zora era ela mesma.

"Eu *sabia* que te conhecia — Mozart."

Ele estava vestido agora, as golas de várias camisetas visíveis por baixo de seu casaco de capuz Red Sox. Sua calça jeans preta cobria o bico branco de seus tênis, semelhante a uma concha de vieira. Se Zora não o tivesse visto pouco antes quase como veio ao mundo, não faria a menor idéia dos contornos por baixo daquilo tudo. A única pista era aquele seu pescoço elegante, afastando a cabeça do corpo num ângulo que lembrava um jovem animal observando o mundo ao redor pela primeira vez. Estava sentado na escada externa da academia, com as pernas bem abertas, de fones de ouvido, sacudindo a cabeça no ritmo da música — Zora quase pisou nele.

"Desculpe — só me deixa...", murmurou ela desviando o caminho.

Ele fez os fones de ouvido escorregarem para o pescoço, lançou o corpo em pé e foi descendo a escada no mesmo ritmo que ela.

"Ei, garota do chapéu — *yo*, tô falando com você — ei, devagar aí, um pouquinho."

Zora parou na base da escada, levantou a aba de seu chapéu idiota, olhou no rosto dele e finalmente o reconheceu.

"Mozart", repetiu ele, apontando o dedo para ela. "Certo? Você pegou o meu CD player — irmã do meu bróder Levi."

"Zora, isso."

"Carl. Carl Thomas. Eu *sabia* que era você. Irmã do Levi.".

Ele ficou ali parado, mexendo a cabeça para cima e para baixo e sorrindo como se tivessem acabado de descobrir juntos a cura do câncer.

"Então... humm, você tem visto o Levi... ou...?", arriscou Zora constrangida. O fato de ele ser tão bem-acabado como ser humano lembrava as deficiências de seu próprio design. Ela cruzou os braços no peito e depois voltou a cruzá-los do outro jeito. De repente ela não conseguia mais ficar parada numa posição sequer um pouco normal. Por cima do ombro dela, Carl olhou para o corredor crispado de teixos que conduzia ao rio.

"Sabe, nem vi ele de novo desde aquele concerto — acho que a gente combinou de dar umas saídas juntos em algum momento, mas..." Sua atenção virou de novo para ela. "Para que lado você vai, por aquele lado ali?"

"Na verdade, vou para o outro lado, direto para a praça."

"Maneiro, posso ir por ali."

"Ahn... tá."

Deram alguns passos, mas então terminou a calçada. Aguardaram o semáforo em silêncio. Carl tinha recolocado um dos fones e estava mexendo a cabeça no ritmo. Zora olhou para o relógio e depois ao seu redor de maneira proposital, garantindo aos transeuntes que ela também não fazia idéia do que aquele cara podia estar querendo com ela.

"Você está na equipe de natação?", disse Zora vendo que as luzes se recusavam a mudar.

"Hã?"

Zora balançou a cabeça e apertou os lábios.

"Não, diga de novo." Ele voltou a tirar os fones. "Que foi que você disse?"

"Nada — só estava — só imaginando se você não faz parte da equipe de natação..."

"Eu *pareço* fazer parte da equipe de natação?"

A memória que Zora tinha de Carl ajustou o foco, ganhou nitidez. "Humm... não é um insulto — só estou dizendo que você é rápido."

Carl baixou os ombros da posição em que estavam travados, perto das orelhas, mas seu rosto reteve a tensão. "Vou fazer parte do *Esquadrão Classe A* antes de fazer parte da equipe de natação, pode crer. Tem que entrar na faculdade antes de entrar na equipe de natação, pelo que sei."

Dois táxis vieram paralelos um ao outro, indo em direções opostas. Os motoristas diminuíram até parar e trocaram gritos felizes através de suas janelas abertas enquanto buzinas começaram a tocar em volta deles.

"Esses haitianos são bons de goela, cara. Parece que estão gritando o tempo todo. Até quando estão felizes parece que estão muito putos", refletiu Carl. Zora socou para dentro o botão de travessia de pedestres.

"Você vai a muitos concertos de...", perguntou Carl ao mesmo tempo que Zora disse "Então você só vai à piscina para roubar os..."

"Ah, merda..." Ele riu alto, de maneira falsa, achou Zora. Empurrou a carteira para o fundo de sua sacola de alça e fechou o zíper discretamente.

"Desculpe pelos seus óculos, meu. Ainda tá braba por causa disso? Achei que ninguém tava usando. Meu bróder Anthony trabalha no guarda-volumes — ele me deixa entrar sem carteirinha — então, você sabe."

Zora não sabia. O melopéico canto de passarinho do semáforo de pedestres iniciou-se para que os cegos pudessem saber quando atravessar.

"Mas eu tava dizendo — você vai muito nessas coisas?", perguntou Carl enquanto atravessavam juntos a rua. "Tipo o Mozart?"

"Humm... acho que não... não tanto quanto deveria, provavelmente. Estudar consome tempo demais, acho."

"Você é caloura?"

"Segundanista. Primeiro dia."

"Wellington?"

Zora fez que sim. Estavam se aproximando do prédio principal do campus. Ele parecia querer fazê-la andar mais devagar para protelar o momento em que ela cruzaria o portão e sairia do mundo dele.

"*Da hora*. Uma irmã instruída. Isso é maneiro, cara — isso é realmente — é algo maravilhoso, isso aí, é... bom pra você, você tá levando seu esquema pro lado certo e tal — esse é o troféu, educação. A gente tem tudo que ficar de olho no *troféu* se quiser ir pro céu, né? Wellington. Hmpf. Isso é legal."

141

Zora sorriu de canto.

"Não, meu, você trampou pra conseguir, você merece", disse Carl e olhou distraidamente ao redor. Ele lembrava os meninos de que ela costumava cuidar em Boston — levando-os ao parque, ao cinema — na época em que ainda tinha tempo para esse tipo de coisa. Seu limite de atenção era como o deles. E o tempo todo aquelas batidinhas com o pé e a cabeça para cima e para baixo, como se a imobilidade fosse o perigo.

"Porque o lance de Mozart, né", disse ele de repente. "O lance é esse aqui, ó — do Réquiem, tô falando — não sei muito dos outros esquemas dele, mas aquele Réquiem, o que a gente tava escutando — o.k., você sabe aquela parte, *Lacrimosa?*"

Seus dedos trabalharam o ar como um maestro, esperando conduzir a reação desejada em sua nova companhia.

"A *Lacrimosa* — você *conhece*, meu."

"Ahn... não", disse Zora, percebendo, alarmada, que seus companheiros estudantes estavam entrando para se matricular. Ela já estava atrasada.

"É tipo a oitava parte", disse Carl impaciente. "Eu fiz um sample dela pra uma música minha, depois de ter ouvido naquele show, certo — e é uma *doideira* — com todos os anjos cantando cada vez mais agudo e aqueles violinos, meu — *suish* da DÁ, *suish* da DÁ, *suish* da DÁ — é *incrível* ouvir aquilo — e fica *louco de maneiro* quando você bota uma letra em cima e uma batida embaixo — você sabe qual parte, é assim...", disse Carl e começou a cantarolar de novo a melodia.

"Eu não sei *mesmo*. Música clássica não é muito o meu tipo de..."

"*Não*, meu, você lembra — porque eu lembro de ter escutado seu pessoal, sua mãe e todo mundo — eles tavam discutindo se ele era um gênio, lembra, e..."

"Isso foi tipo um mês atrás", disse Zora confusa.

"Ah, eu sou muito memorioso — tipo, eu lembro de *tudo*. Você me diz uma coisa: eu lembro. Nunca esqueço de um rosto — você *viu* como eu não esqueço de um rosto. E foi mesmo — você sabe — interessante pra mim, sobre Mozart, porque eu também sou músico..."

Zora permitiu-se um minúsculo sorriso diante da improvável comparação.

"E aí eu descobri um pouco mais sobre isso — porque andei lendo sobre música clássica, porque você não pode fazer o que *eu* faço sem conhecer outras coisas fora das suas, tipo, influências diretas e tal..."

Zora assentiu com a cabeça, educadamente.

"*Certo*, você me *entende*", disse Carl com entusiasmo, como se com aquele movimento afirmativo da cabeça Zora tivesse assinado o nome numa declaração de princípios ocultos escolhidos pelo próprio Carl. "Mas então, meu, acontece que aquele trecho — não é nem dele — quer dizer, é em parte dele, certo? Obviamente, ele faleceu no meio do caminho, e então outras pessoas tiveram que ser trazidas pra terminar. E, na real, a maior parte da *Lacrimosa* é desse cara, Süssmayr — e é *foda*, meu, porque é tipo a *melhor coisa* do Réquiem, e me fez pensar *caramba*, você pode se aproximar tanto do gênio que ele meio que ergue você — é como se o Süssmayr, esse cara, tivesse pegado o bastão, certo, como um amador, e aí ele vai e manda a bola pra fora do parque — e fica um monte de gente tentando provar que é Mozart, porque isso casa com a idéia deles de quem pode e quem não pode criar uma música daquelas, mas o *lance* é que todo aquele som incrível é só desse cara, o Süssmayr, esse zé-ninguém como qualquer outro. Fiquei doido quando li esse troço."

O tempo todo, enquanto ele falava e ela tentava, perplexa, escutar, o rosto dele infligia nela seu vodu silencioso, do mesmo modo que parecia atuar sobre todos que passavam por ele naquele arco. Zora notava claramente as pessoas roubando um olhar e demorando-se, não querendo abrir mão da impressão de Carl em suas retinas, sobretudo se fosse para substituí-lo por algo tão banal quanto uma árvore, a biblioteca ou dois garotos jogando cartas no pátio. Que coisa boa de se olhar!

"Enfim", disse ele, o entusiasmo murchando e se convertendo em decepção diante do silêncio dela, "eu tava querendo te contar isso, e agora contei, portanto..."

Zora acordou. "Você queria *me* contar isso?"

"Não, não, não — não é assim." Ele deu uma risada estridente. "*Diabo*, garota, não tô te perseguindo — irmã, fala sério..." Deu uma batidinha de leve no ombro esquerdo dela. Nada menos que eletricidade percorreu seu corpo, entrando em sua virilha e indo parar em algum lugar em torno das orelhas. "Só tô dizendo que isso me ficou na cabeça, certo — porque eu vou ver essas coisas na cidade e em geral sou o único *negro*, certo — não se vê muito preto nessas coisas, e eu pensei: Olha, se um dia eu voltar a ver aquela garota negra de pavio curto, vou botar algumas das minhas idéias sobre Mozart na cabeça dela, pra ver o que ela acha — só isso. Isso é faculdade, né? É pra isso que você tá pagando esse dinheiro todo — pra poder conversar com outras pessoas sobre esses esquemas. É só pra isso que você tá pagando." Moveu a cabeça para cima e para baixo, autoritariamente. "É isso."

"Acho que sim."

"Não é nada mais que isso", insistiu Carl.

O sinal da faculdade começou a tocar, pomposo e monótono, seguido da melodia mais alegre, de quatro notas, da igreja episcopal do outro lado da rua. Zora arriscou: "Sabe, você deveria conhecer meu outro irmão, Jerome. Ele sabe muito de música e poesia — pode ser um pouco fresco e babaca, às vezes, mas é certo que você deveria aparecer lá em casa, quer dizer, se quiser conversar e tal — ele está estudando em Brown, no momento, mas volta a cada duas ou três semanas... é um ambiente familiar incrível para conversar, embora eles todos me tirem um pouco do sério, de vez em quando... meu pai é tipo um professor, então..." A cabeça de Carl se retraiu de surpresa. "Não, mas ele é legal... e é muito incrível conversar com ele... mas sério, você deveria realmente se sentir livre para dar uma passada por lá, conversar, só para..."

Carl olhou para Zora com frieza. Quando um rapaz passou por ele, Zora viu Carl elevar o ombro, empurrando o calouro um pouco para a frente; o calouro, ao perceber que o responsável pelo empurrão era um cara negro e alto, não disse nada e seguiu seu caminho.

"Bem", disse Carl encarando o rapaz que havia empurrado, "na verdade eu *dei* uma passada por lá, mas pareceu que eu não era bem-vindo, portanto..."

"Você passou por lá...?", começou a dizer Zora, sem compreender.

No rosto dela, Carl identificou autêntica inocência. Mandou a discussão para longe com um gesto de mão. "Resumo da história? Não sou muito *conversador*. Não expresso porcaria nenhuma quando converso. Escrevo melhor do que falo. Quando estou rimando, é tipo PÁ. Acerto o *prego*, atravesso a madeira e chego no outro lado. *Acredite*. Conversa? Acerto o meu dedo. Toda vez."

Zora riu. "Você devia ouvir os calouros do meu pai. *Eu tava tipo*", disse ela afinando a voz e fazendo-a atravessar o país até a outra costa, *"e aí ela tipo assim, e ele tipo assim, e eu tipo, ai, meu Deus. Repetir ad infinitum."*

Carl estava ressabiado. "Seu pai, o professor...", disse devagar. "Ele é branco, certo?"

"Howard. Ele é inglês."

"Inglês!", disse Carl, revelando a esclera gredosa de seus olhos, e um instante depois, parecendo ter recebido todo o conceito a bordo, "nunca fui pra Inglaterra, meu. Nunca saí dos Estados Unidos. Então..." Estava fazendo um estranho batuque ritmado na palma da mão. "Ele é tipo um professor de matemática ou qualquer coisa assim."

"Meu pai? Não. História da arte"

"Você se dá com ele, com o seu pai?"

De novo, os olhos de Carl vagaram pelo local. De novo, a paranóia de Zora dominou-a. Imaginou, por um momento, que todas aquelas perguntas eram uma espécie de preparo verbal que mais tarde levaria — por caminhos que ela não parou para imaginar — à casa de sua família, às jóias de sua mãe e ao cofre no porão. Começou a falar de modo quase maníaco, como lhe era característico quando tentava disfarçar o fato de que sua cabeça estava em outro lugar.

"Howard — ele é ótimo. Quer dizer, ele é meu *pai*, então às vezes, você sabe... mas ele é legal — quer dizer, ele acabou de ter um *caso* — é, eu sei, veio tudo à tona, foi com uma outra professora — então está tudo meio ferrado lá em casa, agora. Minha mãe está *subindo pelas paredes*. Mas eu penso tipo, alô, que tipo de cara sofisticado na casa dos cinqüenta *não* tem um caso? É praticamente obrigatório. Homens intelectuais sentem-se atraídos por mulheres intelectuais — grande surpresa de merda. Além disso, minha mãe não se ajuda nem um pouco — tem uns cento e trinta quilos ou algo assim..."

Carl olhou para baixo, aparentemente constrangido por Zora. Zora enrubesceu e cravou suas unhas roídas fundo na carne da palma da mão.

"As gordinhas também precisam de amor", disse Carl filosoficamente, e pegou um cigarro dentro do capuz, tirando-o da orelha onde estava encaixado. "Melhor você ir nessa, hein", disse e acendeu. Parecia enfadado com ela agora. Zora foi tomada pela triste impressão de que algo precioso tinha escapado. De alguma forma, com sua tagarelice, ela tinha feito Mozart desaparecer, bem como seu amiguinho Suss-sei-lá-o-quê.

"Gente pra ver, lugares pra ir, podicrê", disse ele.

"Ah, não... quer dizer, só tenho uma reunião. Não é nada muito..."

"Reunião importante", disse Carl meditativamente, separando um instante para visualizar aquilo.

"Não muito... está mais para uma reunião a respeito do futuro, acho."

Zora estava a caminho do gabinete do reitor French para esvaziar seu hipotético futuro em cima do colo dele. Estava particularmente preocupada com sua tentativa malsucedida de entrar na aula de poesia de Claire Malcolm no semestre anterior. Ainda não tinha conferido as listas, mas, se acontecesse de novo, isso poderia ter um efeito bastante adverso no seu futuro, o que precisava ser discutido, junto com diversos outros aspectos problemáticos de seu futuro em toda sua futuridade. Essa era a primeira das sete reuniões que fizera questão de marcar para a semana inicial do semestre. Zora era extremamente afeita a agendar reuniões sobre o seu futuro com pessoas importantes para as quais o seu futuro não chegava a ser uma prioridade suprema. Quanto mais pessoas estivessem informadas de seus planos, mais reais eles lhe pareciam.

"O futuro é um outro país, meu", disse Carl em tom melancólico, e então pareceu ocorrer-lhe a frase de efeito; seu rosto rendeu-se a um sorriso. "E eu *ainda* não tenho passaporte."

"Isso... você tirou isso de uma de suas letras de música?"

"Pode ser, pode ser." Ele encolheu os ombros e esfregou as mãos, embora ainda não fizesse frio, não por enquanto. Com profunda falta de sinceridade, disse: "Foi legal conversar com você, *Zora*. Foi educativo."

Ele parecia irritado de novo. Zora desviou o olhar e futricou no zíper de sua sacola. Teve uma ânsia incomum de ajudá-lo. "Nem um pouco — eu não disse uma palavra, praticamente."

"É, mas você sabe escutar. É a mesma coisa."

Zora olhou para ele mais uma vez, alarmada. Não se lembrava de já lhe terem dito que ela sabia escutar.

"Você é muito talentoso, não é?", murmurou Zora sem saber o que, em nome de Deus, ela queria dizer com aquilo. Teve sorte — as palavras escorregaram para baixo de um caminhão de entregas que passou.

"Bem, *Zora*..." Ele bateu as palmas das mãos; será que ela era ridícula para ele? "Continue estudando, você."

"Carl. Foi bom encontrar você de novo."

"Diga para aquele seu irmão me ligar. Vou fazer outro show no Bus Stop — você sabe, fica na Kennedy — na terça-feira."

"Você não mora em Boston?"

"Sim, e? Não é longe — temos permissão para vir a Wellington, sabe. Não precisa de um passe. *Meu*. Wellington é legal — aquela parte dela, Kennedy Square. Não tem só estudantes — tem irmãos, também. Enfim... Apenas diga pro seu mano que, se ele quiser escutar umas rimas, é só aparecer. Talvez não seja poesia *poesia*", disse Carl afastando-se antes que Zora tivesse oportunidade de responder, "mas é o que eu faço."

2.

No sétimo andar do Stegner Memorial Building, numa sala insuficientemente aquecida, Howard tinha acabado de desembalar um retroprojetor. Firmou uma das mãos em cada lado do volume, manteve a armação estável sob o queixo e sacou todo o feioso equipamento para fora da caixa. Sempre requisitava aquele retroprojetor para sua primeira palestra do ano, quando sua turma vinha "fazer turismo"; era tão ritualístico quanto desempacotar as luzes de Natal. Tão caseiro e desanimador quanto. Por qual novo motivo, esse ano, ele não ligaria direito? Howard abriu a tampa da caixa de luz com cuidado e colocou a manjada folha de título (ele vinha dando essa série de palestras havia seis anos), CONSTRUINDO O HUMANO: 1600-1700, de face para baixo sobre o vidro. Pegou a página de novo, limpou o pó acumulado e devolveu-a ao lugar. O retroprojetor era cinza e laranja — as cores do futuro trinta anos atrás — e, como toda tecnologia obsoleta, ganhava uma simpatia involuntária de Howard. Ele também já não era mais moderno.

"*Pau*-point", disse Smith J. Miller, que estava parado à porta com as duas mãos envolvendo a caneca de café para obter calor, vigiando a chegada dos alunos com expectativa. Howard sabia que essa manhã traria à sala mais alunos do que ela podia comportar — ao contrário de Smith, ele sabia que isso não significava nada. Haveria alunos sentados sobre a comprida mesa de reuniões corporativas e no chão, alunos no peitoril da janela com seus calcanhares estudantis acomodados em seus traseiros estudantis, alunos alinhados ao longo da parede como prisioneiros aguardando o fuzilamento. Todos tomariam notas como estenógrafos malucos, estariam tão absorvidos pelos movimentos da boca de Howard que ele precisaria se convencer de que esta não era uma escola para surdos e que estes não eram leitores de lábios; todos iriam, sem exceção — com toda a sinceridade — escrever seus nomes e e-mails, não importa quantas vezes o dr. Belsey repetisse "Por favor escrevam apenas — *apenas* — seus nomes caso pretendam seriamente cursar esta matéria". E então, na terça-feira que vem, haveria vinte alunos. E na terça-feira depois dessa, nove.

"É mais fácil pra *dedéu*, *pau*-point. Eu podia mostrar pra você."

Howard ergueu os olhos de sua pobre máquina. Sentia-se misteriosamente animado pela elegante gravata-borboleta de tartã de Smith, por seu rosto de bebê salpicado de sardas claras, pela onda estreita de cabelos louro-acinzentados. Não se podia querer um ajudante melhor que Smith J. Miller. Mas ele era um eterno otimista. Não sacava como esse sistema funcionava. Não sabia, como Howard sabia, que na terça que vem esses alunos já teriam peneirado os produtos acadêmicos à mostra na forma de matérias da Faculdade de Humanas e realizado uma avaliação comparativa dentro de suas mentes, valendo-se de múltiplas variáveis, incluindo a fama acadêmica relativa do professor; suas obras publicadas até o momento; seus êxitos intelectuais; a utilidade de sua matéria; se sua matéria realmente significava alguma coisa para seus históricos permanentes, seus futuros pessoais ou seu potencial de pós-graduação; a probabilidade de o professor em questão ter qualquer poder na vida real que possa se traduzir de fato na capacidade de escrever aquela carta que os conduziria com sucesso — dali a três anos — a um estágio na New Yorker, no Pentágono, nos escritórios de Clinton no Harlem ou na Vogue francesa — e que toda essa pesquisa particular, toda essa *busca no Google*, os levaria a concluir corretamente que cursar a matéria "Construindo o Humano", que não fazia parte de suas matérias obrigatórias para o semestre, que era ensinada por um ser humano ele próprio antiquado, usando um casaco feio, com cabelos anos 80, pouco publicado, politicamente periférico e mal situado no alto de um prédio sem aquecimento adequado e sem elevador, não se encaixava em seus planos. Não é por acaso que chamam isso de "fazer turismo".

"Entende, agora, com o *pau*-point", insistiu Smith, "a turma toda pode enxergar o que está acontecendo. É nítida pra burro, a imagem que você consegue."

Howard deu um sorriso agradecido mas sacudiu a cabeça. Tinha passado do ponto de aprender truques novos. Ficou de joelhos e plugou o fio do retroprojetor na parede; uma farpa de luz azul saltou da tomada. Apertou o botão na parte de trás do retroprojetor. Deu uma sacudida no fio ligado. Apertou a caixa de luz com força, esperando acionar alguma conexão solta.

"Eu faço isso", disse Smith. Puxou o retroprojetor para longe de Howard, fazendo-o deslizar sobre a mesa. Howard permaneceu onde estava por um minuto, exatamente na mesma pose, como se o retroprojetor ainda estivesse diante dele.

"Talvez você devesse fechar aquelas persianas", sugeriu Smith com delicadeza. Como a maioria das pessoas no circuito de Wellington, Smith estava plenamente a par da situação de Howard. E, pessoalmente, ele lamentava pelo que tinha acontecido com Howard, e tinha expressado isso dois dias antes, quando os dois se encontraram para ver quais lâminas precisavam ser xerocadas. *Lamento pelo que aconteceu.* Como se alguém que Howard amava tivesse morrido.

"Quer um café, Howard, um chá? Rosquinha?"

Com uma das mãos segurando desatentamente os cordões da persiana, Howard olhou pela janela para o pátio de Wellington. Ali estavam a igreja branca e a biblioteca cinza, antagonizando-se em lados opostos da praça. Um pot-pourri de folhas laranja, vermelhas, amarelas e roxas atapetava o chão. Ainda estava quente o bastante, mas por pouco, para os alunos poderem sentar nos degraus da Greenman, reclinados sobre suas próprias mochilas, jogando tempo fora. Howard esquadrinhou o cenário à procura de Warren ou Claire. A notícia era de que continuavam juntos. Viera de Erskine, que tinha ficado sabendo por sua esposa Caroline, que fazia parte do conselho administrativo do Instituto Wellington de Pesquisa Molecular, onde Warren vivia seus dias. Fora Kiki quem havia contado para Warren; a explosão tinha ocorrido — mas ninguém estava morto. Até onde a vista alcançava, eram só caminhantes feridos. Nenhuma mala feita, nenhum derradeiro bater de porta, nenhuma transferência para outras faculdades, outras cidades. Todos iam agüentar o tranco e sofrer. Tudo se esgotaria muito lentamente, ao longo dos anos. A idéia era debilitante. *Todo* mundo sabia. Howard supunha que a versão abreviada que circulava no momento pelos bebedouros da universidade era "Warren a perdoou", dita com piedade misturada a um pouco de desprezo — como se isso desse conta do sentimento. Disseram "Ela o perdoou" a respeito de Kiki, e só agora Howard estava conhecendo os níveis do purgatório que o perdão acarretava. As pessoas não sabem do que estão falando. No bebedouro, Howard era só mais um professor de meia-idade sofrendo a esperada crise da meia-idade. Do outro lado havia a outra realidade, a que ele precisava viver. Na noite passada, bem tarde, ele tinha se descolado do divã massacrante e curto demais em seu escritório e ido até o quarto. Deitou vestido, por cima do edredom, ao lado de Kiki, uma mulher que tinha amado e com quem tinha vivido toda sua vida adulta. Não pôde deixar de notar, sobre a mesinha-de-cabeceira dela, a cartela de antidepressivos repousando ao lado de algumas moedas, tampões de ouvido e uma colher de chá, todos socados numa caixinha indígena de madeira com elefantes gravados nas laterais. Esperou quase vinte minutos, sem saber se estava ou não acordada. Então pôs a mão, por cima do edredom, muito suavemente, em algum ponto da coxa dela. Ela começou a chorar.

"Estou com uma boa sensação em relação a este semestre", disse Smith assobiando e dando uma de suas vivazes risadinhas sulistas. "Creio que só vai sobrar lugar em pé."

Sobre o quadro-negro, Smith estava colando uma reprodução de *Dr. Nicolaes Tulp mostrando a anatomia do braço*, 1632, de Rembrandt, aquele toque de clarim de um Iluminismo ainda por vir, com seus apóstolos racionais reunidos em volta de um homem morto, seus rostos sinistramente acesos com a luz sagrada da ciência. A mão esquerda do médico, erguida numa imitação explícita (ou pelo menos era o que Howard argumentaria diante de seus alunos) das boas ações de Cristo; o cavalheiro no fundo nos encarando, exigindo admiração pela destemida humanidade do projeto, a rigorosa busca científica da máxima *Nosce teipsum*, "Conhece a ti mesmo" — Howard tinha uma longa tirada a respeito desse quadro que nunca deixava de cativar seu exército de estudantes em dia de turismo, seus olhos abrindo buracos na velha fotocópia. Howard o tinha visto tantas vezes que já não o enxergava. Falava de costas para ele, apontando para o que precisava com o lápis em sua mão esquerda. Mas hoje Howard se sentiu pego pela órbita do quadro. Podia ver a si mesmo deitado naquela mesma mesa, sua pele branca já não fazendo mais parte desse mundo, seu braço aberto para exame dos alunos. Voltou-se de novo para a janela. De repente, avistou a pequena porém inconfundível figura da filha, pisando firme numa diagonal em alta velocidade em direção ao Departamento de Língua Inglesa.

"Minha filha", disse Howard sem intenção de fazê-lo.

"Zora? Ela vem hoje?"

"Ah, sim — sim, creio que sim."

"Ela é uma aluna muito satisfatória, realmente é."

"Ela se empenha muito", concordou Howard. Viu Zora parar perto do canto da Greenman para conversar com outra garota. Mesmo dali, Howard podia ver que ela estava parada próxima demais da outra pessoa, avançando dentro de seu espaço individual de um modo que os americanos não apreciam. Por que estava usando o velho chapéu dele?

"Ah, eu sei muito bem. Fui supervisor de sua aula sobre Joyce e de sua aula sobre Eliot no semestre passado. Comparada com os outros calouros, ela era como uma *máquina* devoradora de textos — quer dizer, ela varre o sentimento da área e trata de *trabalhar*. Lido com esses garotos que ainda dizem *Eu gosto muito da parte em que* e *Eu adoro o jeito como* — sabe, esse é seu nível de análise de ensino médio. Mas Zora..." Smith assobiou novamente. "Ela *não* brinca em serviço. Qualquer coisa que cai na frente, ela despedaça para ver como funciona. Ela vai longe."

Howard deu uma pancadinha na janela e depois outra, um pouco mais forte. Estava sofrendo um estranho surto parental, um fervor no sangue que também *tinha a ver* com sangue e no momento vasculhava a vasta inteligência de Howard em busca de palavras que expressariam com mais eficiência algo como *não ande na frente dos carros tome cuidado e seja boa e não machuque ou se deixe machucar e não viva de um jeito que fará com que se sinta morta e não traia ninguém nem você mesma e cuide do que interessa e por favor não e por favor lembre-se e não deixe de*

"Ei, Howard? Essas janelas só abrem bem no alto. Cautela com os alunos, acho. À prova de suicídio."

* * *

"Basicamente, me preocupa que eu esteja sendo injustamente impedida de participar dessa matéria devido a circunstâncias fora do meu controle", disse Zora com firmeza, ao que o reitor French não pôde contrapor nada mais que o menor preâmbulo de um murmúrio, "ou, para ser mais exata, à existência de uma relação entre meu pai e a professora Malcolm."

Jack French agarrou-se nas laterais de sua cadeira e reclinou-se nela. Não era assim que as coisas aconteciam em seu gabinete. Na parede atrás dele, em semicírculo, estavam pendurados retratos de grandes homens, homens que mediam suas palavras, que as pesavam com cuidado e ponderavam suas conseqüências, homens que Jack French admirava e com os quais havia aprendido: Joseph Addison, Bertrand Russell, Oliver Wendell Holmes, Thomas Carlyle e Henry Watson Fowler, o autor do *Dictionary of modern English usage*, sobre quem French tinha escrito uma biografia colossal e quase dolorosamente detalhada. Mas nada no arsenal de frases barrocas de French parecia suficiente para lidar com uma garota que usava a linguagem como uma arma de fogo automática.

"Zora, se entendi corretamente...", começou Jack movendo-se estudadamente para a frente, por cima da mesa, para falar — não rápido o bastante.

"Reitor French, só não compreendo por que minha oportunidade de avanço nos campos criativos deva ser entravada" — French ergueu as sobrancelhas diante de "entravada" — "por uma vendeta que uma professora aparenta nutrir contra mim por razões que fogem ao contexto próprio da avaliação acadêmica." Ela fez uma pausa. Sentou muito reta na cadeira. "Eu acho que é inadequado", disse.

Tinham ficado contornando o assunto por dez minutos. Agora a palavra fora usada.

"Inadequado", repetiu French. Tudo que podia fazer a essa altura era buscar amenizar os danos. A palavra tinha sido usada. "Você está se referindo", disse sem esperança, "à relação à qual você se referiu, que foi, de fato, inapropriada. Mas o que não entendo é como a relação à qual você se referiu..."

"Não, você me entendeu mal. O que aconteceu entre a professora Malcolm e meu pai não me interessa", cortou Zora. "O que me *interessa* é a minha carreira acadêmica nesta instituição."

"Bem, naturalmente, isso seria predominante em todos os..."

"E quanto à situação entre a professora Malcolm e meu pai..."

Jack quis muito que ela parasse de usar aquela expressão violenta. Estava perfurando seu cérebro: *professora Malcolm e meu pai, professora Malcolm e meu pai*. Precisamente a coisa sobre a qual não se devia falar nesse semestre de outono, visando proteger os dois envolvidos e as famílias dos envolvidos, estava sendo agora rebatida por seu gabinete como uma pele de porco cheia de sangue... "já que a situação *não* é mais uma situação e não tem sido há um bom tempo, não vejo por que a professora Malcolm deva continuar tendo permissão de me discriminar dessa maneira flagrantemente pessoal."

Jack lançou um olhar trágico por sobre a cabeça dela, até o relógio na parede distante. Havia um muffin de noz-pecã com o seu nome na cafeteria, mas seria tarde demais para esse tipo de coisa quando isso finalmente terminasse.

"E você tem certeza mesmo de que isso é, como você diz, uma discriminação *pessoal?*"

"Realmente não sei o que mais pode ser, reitor French, não sei do que mais posso chamar. Estou entre os três por cento melhores desta universidade, meu histórico acadêmico é impecável — acho que estamos de acordo quanto a isso."

"Ah!", disse French agarrando um tênue raio de luz nessa sombria discussão. "Mas também devemos considerar, Zora, que essa matéria é uma matéria de produção textual *criativa*. Não é, portanto, puramente uma questão acadêmica, e quando abordamos questões do âmbito *criativo*, até certo ponto, *adaptar* nosso..."

"Tenho um histórico de publicação", disse Zora remexendo em sua sacola, "*canigetmyballback.com, Salon, eyeshot, unpleasanteventschedule.com* e, no tocante a periódicos impressos, estou aguardando uma resposta do *Open City*." Ela jogou uma pilha amassada de folhas por cima da mesa, aparentando serem impressões de coisas de sites da web — mais do que isso, Jack não desejava conjecturar sem os seus óculos.

"Entendo. E você entregou essa... *obra*, naturalmente, como material a ser considerado pela professora Malcolm. Sim, claro que entregou."

"E a essa altura", disse Zora, "estou precisando pensar de que modo o estresse e as emoções adversas decorrentes de levar um assunto desses ao conselho deliberativo tenderiam a exercer impacto sobre mim. Estou realmente preocupada com essa coação. Só acho que é inadequado que uma aluna se sinta vitimizada dessa maneira, e não gostaria que isso acontecesse com mais ninguém."

Agora, então, todas as cartas estavam na mesa. Jack examinou-as por um momento. Vinte anos de prática nesse jogo não lhe deixavam dúvidas de que Zora Belsey tinha uma mão cheia. Só pela diversão, ele mostrou seu próprio jogo.

"E você externou esses sentimentos para o seu pai?"

"Ainda não. Mas sei que ele vai me apoiar em tudo que eu decidir fazer."

Então era chegada a hora, mais uma vez, de levantar, contornar vagarosamente a mesa e sentar-se na frente dela, dobrando uma perna por cima da outra. Jack fez isso.

"Quero agradecer a você por ter vindo até aqui esta manhã, Zora, e por ter falado de maneira tão honesta e eloqüente sobre seus sentimentos em relação a esse assunto."

"Obrigada!", disse Zora, com as faces corando de orgulho.

"E quero que entenda que realmente levo o que você está dizendo muito a sério — você é um grande patrimônio desta instituição, como creio que deve saber."

"Quero ser... tento ser."

"Zora, quero que deixe isso comigo. Não acho que, no presente momento, devamos pensar no conselho deliberativo. Acho que podemos dar conta desse assunto dentro de uma escala humana que poderemos todos compreender e valorizar."

"Você vai...?"

"Deixe-me conversar com a professora Malcolm a respeito de suas preocupações", disse Jack, conseguindo, por fim, vencer aquela pequena disputa. "E no momento em que eu sentir que estamos tendo algum progresso, chamarei você aqui e resolveremos tudo de modo a satisfazer a todos. Isso atende às suas preocupações?"

Zora levantou e segurou a sacola contra o peito. "Muitíssimo obrigada."

"Vi que você entrou na turma do professor Pilman — *isso* é uma maravilha. E o que mais você...?"

"Farei um curso sobre Platão e o minicurso de Jamie Penfruck sobre

Adorno, e com certeza irei às palestras de Monty Kipps. Li o artigo dele no *Herald*, domingo, sobre retirar o "liberal" das Artes Liberais... sabe, é como se agora quisessem nos vender a idéia de que os conservadores são uma espécie em extinção — como se precisassem de proteção nos campi ou algo assim." Nesse ponto, Zora teve o cuidado de revirar os olhos, sacudir a cabeça e suspirar ao mesmo tempo. "Aparentemente, todo mundo recebe tratamento especial — negros, gays, liberais, mulheres —, todo mundo exceto os pobres homens brancos. É muito louco. Mas quero *mesmo* ouvir o que ele tem a dizer. Conhece teu inimigo. Esse é o meu lema."

Jack French deu um sorrisinho diante disso, abriu a porta para ela e voltou a fechá-la assim que ela saiu. Voltou correndo para a sua cadeira e pegou o *N-Z shorter Oxford English* na sua estante de livros. Imaginava que "entravar"* pudesse ter uma etimologia que remontasse ao inglês médio, mais intrincada do que o termo comum relacionado a golfe, datado de meados do século XIX, ao qual é normalmente atribuído. Talvez derivada de *styme*, que significa um relance, um vislumbre; ou quem sabe do perigoso pássaro morto por Hércules, o Estinfalo, ou... Não tinha. Jack fechou o livrão e o devolveu respeitosamente a seu companheiro na prateleira. Às vezes aqueles dois não davam exatamente o que se esperava, mas num sentido mais profundo eles nunca decepcionavam. Levantou o fone do gancho e ligou para Lydia, sua administradora de departamento.

"Liddy?"

"Sim, Jack."

"E como vai você, minha querida?"

"Tudo em cima, Jack. Ocupada, sabe. O primeiro dia do semestre é sempre maluco."

"Bem, você tem um admirável talento para dar a impressão do contrário. Cada alma parece estar no seu rumo, não é?"

"Nem *toda* alma. Tem alunos vagueando por aí que não seriam capazes de encontrar o próprio rabo dentro das calças, se me perdoa o francês, Jack."

Jack perdoou, incluindo o trocadilho involuntário. Há momentos para ter cuidado com o que se diz e há momentos para ser direto, e, embora Jack

---

* No original, *stymie*. (N. T.)

French fosse incapaz do último, ele admirava a picante língua de Boston de Lydia e o trabalho "impositor" que ela realizava no departamento. Alunos insubordinados, mensageiros complicados da UPS, técnicos de informática inexpressivos, faxineiros haitianos pegos fumando maconha nos banheiros — Lydia lidava com todos. A única razão de Jack conseguir manter-se acima das brigas era que Lydia sempre estava bem no meio das brigas, metendo os peitos.

"Pois então, Liddy, você faz alguma idéia de onde posso apanhar Claire Malcolm nesta manhã?"

"Como apanhar um raio de luar com a mão?", refletiu Lydia, que gostava de citar musicais que Jack nunca tinha visto. "*Sei* que ela tem uma aula daqui a cinco minutos... mas isso não quer dizer que está *a caminho*. Você conhece Claire."

Lydia deu uma risada sardônica. Jack não incentivava funcionários administrativos a discutir assuntos da faculdade de maneira sardônica, mas não havia motivo para chamar a atenção dela. Lydia era sua própria autoridade. Sem ela, todo o departamento de Jack simplesmente mergulharia no caos e no sofrimento.

"Eu acho", ponderou Lydia, "que *nunca* vi Claire Malcolm *pisar* nesse departamento antes do meio-dia... mas talvez seja só eu. Fico tão ocupada de manhã que não vejo o café-com-leite parado na minha frente até que fique frio como gelo, sabe?"

Para mulheres como Lydia, mulheres como Claire não faziam nenhum sentido. Tudo que Lydia alcançara na vida fora resultado de sua prodigiosa capacidade organizacional e de seu profissionalismo. Não existia nenhuma instituição no país que Lydia não pudesse reorganizar e tornar mais eficiente, e dentro de poucos anos, quando terminasse sua função em Wellington, ela sabia do fundo de seu coração que seguiria para Harvard e de lá para qualquer lugar que desejasse, talvez até mesmo o Pentágono. Ela tinha aptidões, e aptidões levavam longe nos Estados Unidos de Lydia. Você começava com algo tão reles quanto criar um sistema de arquivamento para uma empresa de lavagem a seco em Back Bay e terminava organizando e gerenciando um dos bancos de dados mais complexos do país para o presidente em pessoa. Lydia sabia como tinha chegado onde estava hoje, e também para onde estava indo. O que ela não sacava era como Claire Malcolm tinha chegado onde *ela* estava hoje. Como era possível que uma mulher que às vezes perdia as chaves da própria sala três vezes na mesma semana e não sabia onde o armário de materiais ficava após *cinco anos* na faculdade pudesse carregar um título tão grandioso quanto professora da cátedra Downing de Literatura Comparada *e* ganhar o que Lydia sabia que ela ganhava, pois era Lydia quem enviava os contracheques? E então, para coroar, ter um caso inadequado no ambiente de trabalho. Lydia sabia que tinha algo a ver com arte, mas, pessoalmente, ela não engolia. Diplomas acadêmicos ela entendia — os dois doutorados de Jack, na mente de Lydia, compensavam todas as vezes que ele derramava café na própria gaveta de arquivos. Mas poesia?

"Pois então, você teria alguma idéia de qual sala de aula lhe foi designada, Liddy?"

"Jack — dê-me um minuto. Tenho isso em algum lugar do computador... Lembra aquela vez que ela levou uma turma para um banco na margem do rio? Ela tem umas idéias malucas, às vezes. É uma emergência?"

"Não...", murmurou Jack, "Não é uma emergência... em si."

"É no bloco Chapman, Jack, Sala 34C. Quer que mande uma mensagem a ela? Posso mandar um dos meninos."

"Não, não... deixe que eu...", disse Jack, perdido por um instante no ato de pressionar a ponta de uma esferográfica contra o negrume macio e maleável no centro de sua mesa.

"Jack, um aluno acaba de entrar na minha sala com uma cara de que mataram o cachorro dele — você tá bem, querido? Jack, me liga depois se precisar de alguma coisa."

"Vou ligar, Liddy."

Jack soltou o blazer das costas da cadeira e o vestiu. Sua mão estava na maçaneta quando o telefone tocou.

"Jack? Liddy. Claire Malcolm passou correndo pela minha sala mais rápido que o Carl Lewis. Estará na frente da sua em cerca de três segundos. Vou mandar alguém até a sala de aula dela para dizer que ela vai se atrasar."

Jack abriu sua porta e espantou-se, não pela primeira vez, com a precisão de Liddy.

"Ah, *Claire*."

"Ei, Jack. Estou correndo para a minha aula."

"Como vai *você?*"

"Bem!", disse Claire, empurrando os óculos escuros que tinha começado a usar para o alto da cabeça. Ela nunca estava atrasada demais para conversar um pouquinho sobre como andava sua vida. "A guerra continua, o presidente é um jumento, nossos poetas não estão conseguindo legislar, o mundo está desmoronando e quero me mudar para a Nova Zelândia — sabe? Tenho uma aula em cinco minutos. O de sempre!"

"São tempos sombrios", disse Jack solenemente, entrelaçando os dedos como um pároco. "Ainda assim, o que pode fazer a universidade, Claire, a não ser continuar com o seu trabalho? Devemos acreditar que em tempos como estes a universidade dá as mãos ao quarto poder, exercendo sua capacidade advocatória... ajudando a delinear as questões políticas... que nós também sentamos naquela 'tribuna de repórteres mais adiante'..."

Mesmo pelos padrões de Jack, essa era uma rota tortuosa para chegar ao que ele pretendia dizer. Ele mesmo pareceu um pouco surpreso com o desenvolvimento e ficou parado diante de Claire com uma expressão indicativa de uma continuação de seu pensamento, a qual nunca chegou a se materializar.

"Jack, quem me dera ter a sua segurança. Tivemos um protesto contra a guerra na última terça, no Frost Hall. Uma centena de alunos. Ellie Reinhold me contou que o protesto anti-Vietnã ocorrido em Wellington em 67 levou *três mil pessoas* ao pátio, *e* Allen Ginsberg. Estou meio desesperada, no momento. O pessoal por aqui se comporta mais como o primeiro poder do que como o quarto, se quer a minha opinião. Deus, Jack — estou atrasada, preciso correr. Almoço, quem sabe?"

Ela fez menção de ir embora, mas Jack não podia permitir isso. "Qual é o menu da manhã, criativamente falando?", disse apontando com a cabeça para o livro que ela segurava contra o peito.

"Oh! O que vamos ler, você quer dizer? Por acaso — eu!"

Ela virou o livro fino para mostrar a capa, uma foto grande de Claire, em torno de 1972. Jack, que tinha um certo bom gosto com mulheres, admirou mais uma vez a Claire Malcolm a quem fora apresentado tantos anos antes. Lindíssima com aquelas franjinhas provocantes de colegial desembocando em ondas castanhas de suntuosos cabelos, que faziam a curva sobre o olho direito como os de Veronica Lake e continuavam até atingir seus quadris em miniatura. Nada no mundo faria Jack entender por que as mulheres de uma certa idade cortam todo o cabelo daquele jeito.

"Deus, pareço tão ridícula! Mas só queria copiar um poema para a turma, só um exemplo de uma coisa. Um pantoum."

Jack levou a mão ao queixo. "Temo que você precise refrescar minha memória a respeito da natureza precisa de um *pantoum*... estou meio enferrujado no que tange a formas poéticas do francês antigo..."

"É malaia, originalmente."

"Malaia!"

"Ela se disseminou. Victor Hugo usou, mas é originalmente malaia. São basicamente quartetos interligados, em geral rimando a-b-a-b, e o segundo e quarto verso de cada estrofe tornam-se o primeiro e o terceiro... está certo? Faz tanto tempo que eu... não, está certo — o primeiro e o terceiro verso da estrofe *seguinte* — o meu pantoum é quebrado, de qualquer forma. É meio difícil de explicar... o melhor é simplesmente ver um", disse e abriu o livro na página em questão, entregando-o a Jack.

Sobre a beleza
Não, não pudemos arrolar a lista
de pecados que não podem nos perdoar.
Aos belos não falta a ferida.
Está sempre começando a nevar.

De pecados que não podem nos perdoar
a fala é belamente inútil.
Está sempre começando a nevar.
Os belos sabem disso.

A fala é belamente inútil.
Eles são os condenados.
Os belos sabem disso.
Ficam por aí artificiais como estátuas.

Eles são os condenados
portanto sua tristeza é perfeita,

delicada como um ovo na palma da mão.
Duro, está enfeitado com o rosto deles

portanto sua tristeza é perfeita.
Aos belos não falta a ferida.
Duro, está enfeitado com o rosto deles.
Não, não pudemos arrolar a lista.

Cape Cod, maio de 1974

E então Jack se viu diante de uma tarefa que detestava: dizer algo depois de ler um poema. Dizer algo *à poeta*. Um aspecto curioso de seu cargo de reitor da Faculdade de Humanas era que Jack não era muito apaixonado pela poesia ou pela prosa de ficção; seu grande amor era o ensaio, e, se ele fosse de fato honesto consigo, além dos ensaios propriamente ditos, as ferramentas do ensaísta: dicionários. Era nos bosques umbrosos dos dicionários que Jack se apaixonava, baixava a cabeça maravilhado e se emocionava com uma história improvável como, por exemplo, a esquisita etimologia do verbo intransitivo "ramble".

"Lindo", disse Jack por fim.

"Ah, é só uma velharia — mas útil como ilustração. Enfim — Jack, *realmente* preciso correr..."

"Mandei alguém até sua sala de aula, Claire, eles sabem que você vai se atrasar."

"Mandou? Há algo errado, Jack?"

"Na verdade, preciso sim dar uma palavrinha rápida com você", disse Jack usando um oxímoro. "Só que no meu gabinete, se for possível."

3.

Ali estavam todos, a turma imaginária de Howard. Ele se permitiu um rápido catálogo visual de suas partículas mais interessantes, sabendo que seria muito provavelmente a última vez que os veria. O garoto punk com unhas da mão pintadas de preto, a garota indiana com os olhos desproporcionais de um personagem da Disney, outra garota que parecia ter não mais de catorze anos com uma ferrovia nos dentes. E então, espalhados pelo recinto: nariz grande, orelhas pequenas, obeso, de muletas, cabelos vermelhos como ferrugem, cadeira de rodas, um metro e noventa e cinco, saia curta, peitos empinados, ainda de iPod, anoréxica com aqueles pelinhos claros e felpudos no rosto, gravata-borboleta, *outra* gravata-borboleta, herói do futebol americano, garoto branco com dreadlocks, unhas longas como uma dona de casa de Nova Jersey, já perdendo os cabelos, meia-calça listrada — havia tantos que Smith não conseguia fechar a porta sem esmagar alguém. Então eles tinham vindo, e tinham ouvido. Howard havia erguido sua tenda e exposto seus argumentos. Ele lhes oferecera um Rembrandt que não era nem transgressor de regras nem original, mas sim um conformista; tinha pedido que perguntassem a si mesmos o que entendiam por "gênio" e, diante do silêncio perplexo, substituiu o conhecido mestre rebelde de fama histórica por sua própria visão de um artesão meramente competente que pintava qualquer coisa que os patrões ricos requisitavam. Howard pediu a seus alunos que imaginassem a beleza como a máscara usada pelo poder. Que reformulassem a Estética como uma linguagem refinada da exclusão. Prometeu-lhes uma matéria que desafiaria suas crenças a respeito da humanidade redentora do que é usualmente denominado "Arte". "Arte é o mito ocidental", proclamou Howard, pelo sexto ano consecutivo, "com o qual ao mesmo tempo nos *confortamos* e nos *formamos*." Todo mundo anotou isso.

"Alguma dúvida?", perguntou Howard.

A resposta nunca mudava. Silêncio. Mas era um gênero interessante de silêncio característico das faculdades de artes liberais de classe alta. Não era silêncio porque ninguém tinha nada a dizer — bem pelo contrário. Dava para sentir, *Howard* podia sentir, milhões de coisas a dizer fermentando naquela sala, por vezes tão fortes que pareciam ser disparadas telepaticamente pelos alunos, rebatendo nos móveis. A garotada olhava para o tampo da mesa, pela janela ou para Howard com grande anseio; alguns dentre os mais fracos enrubesciam e fingiam tomar notas. Mas nenhum falava. Tinham um medo imenso de seus pares. E, mais que isso, do próprio Howard. Em seus primeiros tempos como professor, fizera a asneira de tentar anular esse medo bajulando-os — agora, ele o saboreava positivamente. O medo era respeito, o respeito, medo. Se você não tinha o medo, não tinha nada.

161

"Nada? Fui *realmente* tão completo assim? Nem uma simples pergunta?"

Um sotaque inglês cuidadosamente preservado também incrementava o fator medo. Howard deixou o silêncio alongar-se um pouco. Virou-se para o quadro e descascou lentamente a fotocópia, deixando perguntas sem língua choverem nas suas costas. Suas próprias perguntas o mantinham mentalmente ocupado enquanto enrolava o Rembrandt num palito branco bem apertado. Quanto tempo ainda no divã? Por que o sexo precisa significar tudo? Tá, ele pode significar *algo*, mas por que tudo? Por que trinta anos devem descer pela descarga porque eu quis tocar em outra pessoa? Estou esquecendo algum detalhe? É isso que resume tudo? Por que o sexo precisa significar *tudo*?

"Tenho uma pergunta."

A voz, uma voz inglesa como a sua própria, veio da sua esquerda. Ele se virou — ela estivera escondida por um garoto mais alto sentado bem à frente dela. A primeira coisa que se notava eram dois pontos radiantes de luz em seu rosto — talvez resultado da mesma manteiga de cacau que Kiki usava no inverno. Uma fonte de luz do luar em sua testa lisa, e outra na ponta do nariz; o tipo de ponto luminoso, ocorreu a Howard, que seria impossível pintar sem distorcer, sem deturpar, o escuro sólido de sua pele. E seu cabelo tinha mudado de novo: agora eram dreadlocks serpejantes indo para todos os lados, embora nenhum medisse mais que cinco centímetros. A ponta de cada um era colorida de um laranja impactante, como se ela tivesse mergulhado a cabeça num balde de luz solar. Como não estava bêbado dessa vez, soube com certeza que os peitos dela eram de fato um fenômeno da natureza e não um fruto de sua imaginação, pois ali estavam novamente os mamilos eriçados, abrindo caminho por trás de um blusão de lã grosso, verde e canelado. Tinha uma gola pólo dura, distante muitos centímetros da pele, por onde o pescoço e a cabeça emergiam como uma planta de seu vaso.

"Victoria, sim. Quer dizer — é Vee? Victoria? Vá em frente."

"É Vee."

Howard pôde sentir a turma se entusiasmando com aquela informação nova — uma caloura já conhecida pelo professor! Claro, os pesquisadores de Google mais dedicados da turma provavelmente já sabiam do esquema entre Howard e o célebre Kipps, e talvez tivessem ido mais longe e soubessem que aquela garota era a filha de Kipps, e aquela outra ali, filha de Howard. Talvez até soubessem algo sobre a guerra cultural que se armava no campus. Dois dias antes, Kipps manifestara-se veementemente contra o Comitê de Ação Afirmativa de Howard no *Wellington Herald*. Não apenas criticara suas metas, mas também questionara seu próprio direito de existir. Acusara Howard e seus "seguidores" de privilegiar as perspectivas liberais em detrimento das conservadoras; de reprimir as discussões e debates de direita no campus. O artigo tinha causado comoção, como acontece com esse tipo de coisa nas cidades universitárias. Naquela manhã, a caixa de entrada de e-mails de Howard estava cheia de missivas de colegas e alunos indignados com promessas de apoio. Um exército correndo para lutar atrás de um general que mal conseguia subir no cavalo.

"É só uma perguntinha", disse Victoria encolhendo-se um pouco sob os olhares de tantos alunos. "Eu só..."

"Não, prossiga, prossiga", disse Howard por cima das tentativas que ela fazia para falar.

"Só... qual o horário da aula?"

Howard sentiu o alívio no recinto. Pelo menos ela não tinha perguntado nada inteligente. Dava para ver que a turma como um todo não toleraria beleza *e* inteligência. Mas ela não tinha tentado ser inteligente. E agora eles aprovavam seu senso prático. Todas as canetas estavam em ação. Era somente isso que todos queriam saber, afinal. Os fatos, a hora, o lugar. Vee também estava com a caneta no papel e a cabeça abaixada, até que ergueu os olhos e buscou os de Howard, uma olhadela entre o flerte e a expectativa. Sorte de Jerome, pensou Howard, que ele tenha finalmente concordado em voltar para a Brown. Essa garota era uma mercadoria perigosa. E então Howard percebeu que estivera tão absorvido em olhar para ela que se esquecera de responder à sua pergunta.

"É às três horas, terça-feira, *nesta* sala", disse Smith por trás de Howard. "A lista de leitura está no website, ou vocês podem retirar uma cópia no cubículo do lado de fora do escritório do doutor Belsey. Se alguém precisa de uma assinatura em seu cartão de estudos, traga para mim que *eu* assino. Obrigado por virem, pessoal."

"Por favor", disse Howard por cima do barulho de cadeiras rangendo e mochilas sendo fechadas, "por favor, ponham apenas — *apenas* — o nome caso pretendam seriamente cursar esta matéria."

* * *

"Jack, querido", disse Claire sacudindo a cabeça, "você manda a sua *lista de compras* para esses websites e eles publicam. Eles aceitam *qualquer* coisa."

Jack retomou as folhas impressas das mãos de Claire e enfiou-as de volta na gaveta. Tinha tentado usar a razão, a súplica e a retórica, e agora precisava introduzir a realidade na conversa. Era chegada a hora, mais uma vez, de levantar, contornar vagarosamente a mesa e sentar-se na frente dela, dobrando uma perna por cima da outra.

"Claire..."

"Meu *Deus*, que pentelha que é essa garota!"

"Claire, eu realmente não posso aceitar que você faça esse tipo de..."

"Bem, mas ela *é*."

"Pode até ser o caso, porém..."

"Jack, você está me dizendo que preciso aceitá-la na minha turma?"

"Claire, Zora Belsey é uma ótima aluna. É uma aluna *excepcional*, na verdade. Certo, ela pode não ser nenhuma Emily Dickinson..."

Claire riu. "Jack, Zora Belsey não poderia escrever um poema nem que Emily Dickinson em pessoa saísse da cova, pusesse uma arma na cabeça da garota e exigisse um. Ela simplesmente não tem talento nessa área. Ela se recusa a *ler* poesia — e tudo que consigo tirar dela são páginas de seu diário alinhadas na margem esquerda. Tenho *cento e vinte alunos* talentosos concorrendo a *dezoito* vagas."

"Ela está entre os três por cento melhores desta universidade."

"Ah, eu *realmente* estou cagando e andando. Minha aula recompensa o *talento*. Não estou ensinando biologia molecular, Jack. Estou tentando refinar e lapidar uma... uma *sensibilidade*. Estou lhe dizendo: isso ela não tem. Ela tem argumentos. Não é a mesma coisa."

"Ela acredita", disse Jack usando seu timbre mais profundo e presidencial de cerimônia de entrega de diplomas, "que está sendo barrada nessa matéria por... razões pessoais que fogem ao contexto próprio da avaliação acadêmica ou criativa."

"*O quê*? Do que você está falando, Jack? Está falando comigo como um manual de gerenciamento? Isso é loucura."

"Infelizmente ela chegou ao ponto de insinuar que acreditava tratar-se de uma 'vendeta'. Uma vendeta *inadequada*."

Claire ficou um minuto em silêncio. Também já tinha passado muito tempo em universidades. Conhecia o poder de inadequação.

"Ela *disse* isso? Está falando sério? Oh, não, que tremenda baboseira, Jack. Tenho uma vendeta contra os outros cem alunos que não entraram na turma este semestre? É *sério*, isso?"

"Ela parece disposta a levar o assunto ao conselho deliberativo. Como um caso de preconceito pessoal, se entendi corretamente. Estaria se referindo, é claro, às suas relações...", disse Jack, e deixou o resto a cargo de sua elipse.

"Mas que pentelha!"

"Acho que isso é sério, Claire. Não levaria à sua atenção caso pensasse o contrário."

"Mas, Jack... a turma já foi divulgada nos quadros. O que vai parecer quando o nome de Zora Belsey for acrescentado no último instante?"

"Acho que um pequeno constrangimento agora é melhor que outro constrangimento bem maior e com um preço possivelmente alto, mais para a frente, perante o conselho deliberativo — ou até mesmo no tribunal."

Uma vez ou outra, Jack French podia ser admiravelmente sucinto. Claire levantou. Era tão miúda que, mesmo em pé, sua estatura era a mesma de Jack em posição reclinada. Mas suas pequenas proporções não guardavam relação nenhuma com a força da personalidade de Claire Malcolm, como Jack sabia muito bem. Ele recuou um pouco a cabeça, preparando-se para o ataque.

"Onde foi parar o apoio ao corpo docente, Jack? Onde foi parar o privilégio à decisão de um membro respeitado do corpo docente diante das exigências de uma aluna *mordida* de rancor? Nossa política agora é essa? Toda vez que eles pregaram um susto a gente sai correndo?"

"Por favor, Claire... preciso que você compreenda que fui colocado numa situação extremamente antipática na qual..."

"*Você* está numa situação — e que tal a situação na qual está *me* metendo?"

"Claire, Claire — sente-se um instante, pode ser? Não me expliquei bem, percebi isso. Sente-se por um instante."

Claire abaixou-se devagar na cadeira dobrando com agilidade uma perna para baixo do traseiro, como uma adolescente. Ficou piscando atentamente para ele.

"Chequei os quadros de avisos hoje. Três nomes da sua turma não foram reconhecidos por mim."

Claire Malcolm fez uma cara de incredulidade para Jack French. Depois ergueu as mãos e as deixou cair com força nos braços da poltrona. "E daí? O que está querendo dizer?"

"Quem, por exemplo", disse Jack dando uma olhada numa folha de papel sobre sua mesa, "é Chantelle Williams?"

"É uma recepcionista, Jack. De um oftalmologista, creio. Não sei qual oftalmologista. Aonde quer chegar?"

"Uma recepcionista..."

"Por acaso, ela também é um dos jovens talentos femininos mais empolgantes que já cruzaram meu caminho em anos", anunciou Claire.

"Claire, permanece o fato de que ela não é uma aluna matriculada nesta instituição", disse Jack em voz baixa, opondo primorosamente hipérbole e sobriedade. "E, portanto, não qualificada, a rigor, para..."

"Jack, não acredito que estamos fazendo isso... foi combinado há *três anos* que, se eu quisesse assumir alunos extras, acima e além dos meus requisitos, isso ficaria a meu critério. Há *um monte* de jovens talentosos nesta cidade que não possuem as vantagens de Zora Belsey — que não têm *condições* de pagar a universidade, que não têm *condições* de pagar nosso curso de férias, que estão vendo o exército como sua próxima opção, Jack, um exército que está *lutando numa guerra* neste exato momento — jovens que não..."

"Tenho plena consciência", disse Jack, um pouco cansado de levar sermão de mulheres extremamente alteradas naquela manhã, "da situação educacional dos jovens economicamente desfavorecidos da Nova Inglaterra — e você sabe que sempre apoiei seus esforços legítimos..."

"Jack..."

"... de dispor suas impressionantes habilidades..."

"Jack, o que está dizendo?"

"... a jovens que de outra forma não teriam acesso a essas oportunidades... mas a questão aqui é que as pessoas estão perguntando se é justo ou não que as aulas sejam abertas a quem não..."

"Quem está perguntando? Gente do Departamento de Língua Inglesa?"

Jack suspirou. "Um bom número de pessoas, Claire. E eu passo adiante essas perguntas. Tenho feito isso há algum tempo. Mas, se Zora Belsey conseguir atrair bastante atenção indesejada para o seu, como podemos chamar, processo de admissões seletivo — então não sei se ainda terei condições de prosseguir passando adiante essas perguntas."

"Foi Monty Kipps? Ouvi dizer que ele 'objetou'", disse Claire com aspereza, fazendo aspas com os dedos de um modo que Jack julgou dispensável, "ao funcionamento do Comitê de Ação Afirmativa no campus. Deus, não faz nem um mês que ele está aqui! Ele é a nova autoridade do pedaço ou alguma coisa assim?"

Jack enrubesceu. Podia chantagear os melhores, mas não podia se envolver muito fundo em conflitos pessoais. Tinha também um enorme respeito pelo poder público, essa atraente qualidade que Monty Kipps tinha de sobra. Se em sua juventude seu modo de se expressar tivesse sido um pouco mais vivaz, um bocadinho mais sociável (se alguém pudesse ter imaginado, mesmo abstratamente, a possibilidade de tomar uma cerveja com ele), Jack French também poderia ter sido uma pessoa pública à maneira de Monty Kipps, ou como seu próprio pai falecido, um senador de Massachusetts, como seu irmão, um juiz. Mas Jack era um homem da universidade desde o berço. E, quando conhecia alguém como Kipps, um homem que abarcava os dois mundos, Jack sempre se curvava a ele.

"Não posso permitir que você fale de um colega nosso dessa maneira, Claire, simplesmente não posso. E você sabe que não posso citar nomes. Estou tentando poupar-lhe de um bocado de incômodo desnecessário."

"Entendo."

Claire olhou para suas mãos pequenas e marrons. Estavam tremendo. O topo cinza-esbranquiçado de sua cabeça sardenta defrontou Jack, felpudo, pensou ele, como as penas no ninho de um pássaro.

"Em uma universidade...", começou a dizer Jack, preparando sua melhor imitação de pároco, mas Claire levantou-se.

"Eu sei o que acontece nas universidades, Jack", disse em tom corrosivo. "Pode dar os parabéns a Zora. Ela entrou na turma."

4.

"Preciso de uma torta que seja aconchegante, calorosa, pedaçuda, com frutas, *invernal*", explicou Kiki debruçada no balcão. "Sabe — que pareça saborosa."

O pequeno crachá laminado de Kiki bateu na chapa de plástico que protegia a mercadoria. Era seu horário de almoço.

"É para a minha amiga", disse meio acanhada e incorretamente. Não via Carlene Kipps desde aquela estranha tarde três semanas atrás. "Ela não está muito bem. Preciso de uma torta caseira, sabe do que estou falando? Nada francês ou... muito cheio de frufrus."

Kiki riu sua grande e adorável risada na pequena loja. As pessoas desviaram o olhar de suas especialidades e sorriram de forma abstrata, apoiando a idéia de prazer mesmo sem terem certeza do motivo.

"Viu essa?", disse Kiki com ênfase, pressionando o indicador no plástico diretamente acima de uma torta sem cobertura. A massa ao redor era dourada e o centro continha uma compota vermelha e amarela de frutas grudentas ao forno. "É *disso* que estou falando."

Alguns minutos depois, Kiki subia o morro com sua torta dentro de uma caixa de papelão reciclado amarrada com uma fita de veludo verde. Estava resolvendo o assunto com as próprias mãos. Pois ocorrera um mal-entendido entre Kiki Belsey e Carlene Kipps. Dois dias após o encontro das duas, alguém tinha entregado em mãos um cartão de visita extremamente antiquado, não irônico e francamente não americano ao número 83 da Langham:

Querida Kiki,

Muito obrigada por sua gentil visita. Me agradaria retribuir o gesto. Por favor, me diga que ocasião seria oportuna para você,

Atenciosamente
Sra. C. Kipps

Em circunstâncias normais, é claro, esse cartão teria sido o objeto ideal para ridicularização na mesa de café-da-manhã dos Belsey. Mas o destino quis que o cartão chegasse dois dias depois de o mundo dos Belsey ter desmoronado. O prazer já não estava no cardápio. O mesmo para os cafés-damanhã comunais. Kiki passara a comer no ônibus para o trabalho — um bagel e um café da loja irlandesa na esquina — e a aturar os olhares recriminadores que as outras mulheres dirigem às mulheres gordas que estão comendo em público. Duas semanas depois, ao descobrir o cartão escondido no revisteiro da cozinha, Kiki sentiu-se um pouco culpada; por mais que fosse bobagem, tivera intenção de responder. Mas não surgiu uma boa oportunidade de abordar o assunto com Jerome. O importante naquele momento tinha sido manter o ânimo de seu filho elevado, manter as águas tão calmas quanto possível para que ele entrasse no barco que sua mãe passara tanto tempo construindo com cuidado e saísse navegando para a universidade. Dois dias antes das inscrições, Kiki passou pelo quarto de Jerome e flagrou-o amontoando as roupas numa pilha ritualística no meio do chão — o tradicional prelúdio de fazer as malas. Agora, portanto, todos tinham voltado às aulas. Todos estavam saboreando a sensação dos novos começos e do pasto novo que os ciclos escolares oferecem a seus participantes. Estavam reiniciando. Ela os invejava por isso.

Quatro dias antes, Kiki encontrou o cartão de visita outra vez, no fundo de sua sacola Alice Walker da Barnes and Noble. Sentada no ônibus com o cartão no colo, ela o desmembrou em suas partes constituintes, examinando primeiro a caligrafia, depois o fraseado anglicano e por fim a idéia da empregada, faxineira ou seja lá quem tenha sido enviado para entregá-lo; o grosso papel de carta inglês com algo relacionado a Bond Street gravado no canto, a tinta azul-real dos itálicos. Era realmente ridículo demais. Mesmo assim, quando olhou para a janela traseira do ônibus à procura de qualquer lembrança feliz daquele longo e penoso verão, momentos em que o peso do que tinha acontecido com seu casamento não esmagava sua capacidade de respirar, andar pela rua e tomar café-da-manhã com sua família, por alguma razão aquela tarde na varanda ao lado de Carlene Kipps continuava a surgir.

Ela tentou ligar. Três vezes. Mandou Levi entregar um bilhete. O bilhete não teve resposta. E no telefone era sempre ele, o marido, com suas desculpas. Carlene não estava se sentindo bem, depois estava dormindo, até que ontem: "Minha esposa não está disposta para visitas neste instante".

"Será que eu poderia falar com ela, quem sabe?"

"Acho que seria preferível se você deixasse um recado."

A imaginação de Kiki se pôs a trabalhar. Afinal de contas, era bem mais fácil para a sua consciência imaginar a sra. Kipps afastada do mundo por forças maritais obscuras do que aceitar uma sra. Kipps ofendida pela indelicadeza da própria Kiki. Tinha agendado um intervalo de almoço de duas horas naquele dia com o propósito de ir à Redwood tentar dar um jeito de libertar Carlene Kipps de Montague Kipps. Levaria uma torta. Todo mundo adora tortas. Sacou seu celular, desceu a tela com o polegar hábil até chegar em JAY_DORM e apertou "Chamar".

"Ei... Oi, mãe... só um minuto... pegando os óculos."

Kiki ouviu um baque e depois o som de água derramando.

"Ah, *droga*... Mãe, espera aí."

Kiki retesou a mandíbula. Podia *ouvir* o tabaco na voz dele. Mas não adiantava atacá-lo naquele flanco, já que ela também tinha voltado a fumar. Em vez disso, fez um ataque indireto. "Sempre que ligo para você, Jerome, toda vez você está *sempre* acabando de sair da cama. É incrível mesmo. Não importa a hora em que eu ligo, *ainda* está na cama."

"Mãe... por favor... dá um tempo com a mamãe Simmonds... estou sentindo dor aqui."

"Meu bem, *todos* estamos sentindo dor... mas olha só, Jay", disse Kiki em tom sério, descartando o estilo sulista de sua mãe, canhestro demais para o delicado objetivo em questão, "rapidinho — quando você esteve em Londres... a senhora Kipps, o relacionamento dela com o marido, com Monty — eles eram, sabe, legais um com o outro?"

"Em que sentido?", perguntou Jerome. Kiki pôde sentir um pouco da buliçosa ansiedade do ano anterior sendo transmitida pelo telefone. "Mãe, o que está havendo?"

"Nada, nada... Nada a ver com aquilo... é que toda vez que tento ligar para ela, a senhora Kipps — só quero saber como ela está, sabe — ela é minha vizinha..."

"Me conta a fofoca, eu *sou* seu vizinho!"

"Como é que é?"

"Nada. É uma música", disse Jerome rindo baixinho para si mesmo. "Desculpe — continua, mãe. Preocupação com a vizinhança, et cetera..."

"Isso. E quero *só* dar um alô, mas toda vez que ligo é como se ele não me deixasse falar com ela... como se mantivesse ela trancada ou... não sei, é estranho. Primeiro, pensei que ela tivesse ficado ofendida — você sabe como é fácil esse tipo de gente se ofender, são piores que *gente branca* nesse quesito —, mas agora... não sei. Acho que é mais do que isso. E só imaginei se você não saberia de alguma coisa."

Kiki ouviu seu filho suspirar no telefone. "Mãe, não acho que seja o momento para uma intervenção. Só porque ela não pode atender o telefone não significa que o republicano malvado está batendo nela. Mãe... eu *realmente* não quero ir para casa no Natal e encontrar Victoria tomando gemada na minha cozinha... Será que daria... tipo, daria para pegar leve na política 'boa vizinhança'? Eles são pessoas muito reservadas."

"Quem está incomodando eles?", gritou Kiki.

"Então tá!", ecoou Jerome, imitando-a.

"Ninguém está incomodando ninguém", resmungou Kiki com irritação. Deu um passo de lado para abrir caminho a uma mulher com um carrinho de bebê duplo. "*Gosto* dela, só isso. A mulher mora perto e obviamente não vai bem, e gostaria de ver como ela está. Isso é permitido?"

Era a primeira vez que ela articulava esses motivos, inclusive para si mesma. Escutando-os agora, percebeu como eram semelhantes e vulgares se postos lado a lado com seu desejo intenso e irracional de estar novamente diante da presença daquela mulher.

"Tá... eu só — acho que não vejo por que devemos fazer amizade com eles."

"Você *tem* amigos, Jerome. E Zora tem amigos, e Levi praticamente *mora* com os amigos — e" — Kiki seguiu o pensamento até a beira do penhasco e além — "bem, agora sabemos com toda a maldita certeza o quanto seu *pai* é próximo dos amigos dele — e o quê? Eu não posso fazer amizades? Vocês todos têm suas vidas e eu fico *sem* vida?"

"Não, *mãe*... vamos, isso não é justo... eu só... quer dizer, eu nunca teria pensado que ela é o seu tipo de pessoa... Me deixa numa situação um pouco incômoda, só isso. Mas enfim, tanto faz. Sabe... faça o que quiser."

Um mau humor mútuo estendeu as asas negras sobre a conversa.

"Mãe...", murmurou Jerome arrependido, "olha, estou feliz por ter me ligado. Como você vai? Está bem?"

"Eu? Estou bem. Estou *bem*".

"Tá..."

"Mesmo", disse Kiki.

"Você não parece bem."

"Estou *bem.*"

"Então... o que vai acontecer? Com você... sabe... e o pai." Seu tom era quase lacrimoso, ansioso para não ouvir a verdade. Era errado, Kiki sabia, ficar contrariada com isso, mas ela ficou. Esses filhos passam tanto tempo cobrando de você o status de adultos — mesmo quando conferi-lo está além do seu alcance — e quando a *merda pra valer é jogada no ventilador,* quando você precisa que eles *sejam* adultos, de repente eles voltam a ser crianças.

"Deus, não sei, Jay. Essa é a verdade. Estou vivendo um dia após o outro aqui. Só isso."

"Te amo, mãe", disse Jerome com veemência. "Você vai superar isso. Você é uma negra forte."

Kiki passou a vida inteira ouvindo isso das pessoas. Achava que tinha sorte por isso — há coisas piores de se ouvir. Mas isso não alterava o fato: como frase, estava começando a matá-la de tédio.

"Ah, eu *sei* disso. Você me conhece, meu bem, *nada* me quebra. Só um gigante para me partir no meio."

"É isso aí", disse Jerome com tristeza.

"E eu também te amo, meu bem. Estou muito *bem.*"

"Você pode se sentir mal", disse Jerome, pigarreando. "Quer dizer, não é nenhum crime."

Um carro de bombeiro passou berrando. Era um daqueles caminhões antigos, brilhosos, vermelhos e metálicos da infância de Jerome. Ele pôde vê-lo junto aos companheiros dentro de sua imaginação: seis deles estacionados no pátio no final da rua dos Belsey, prontos para uma emergência. Na infância, ele costumava ensaiar o momento hipotético em que sua família seria salva do fogo por homens brancos subindo pelas janelas.

"Queria muito estar aí."

"Ah, você está ocupado. Levi está aqui. *Não*", disse Kiki com alegria, limpando lágrimas recém-brotadas dos olhos, "que Levi dê as caras por aqui. Só damos cama, café e roupa lavada para esse menino."

"E eu me afogando no meio da roupa suja aqui."

Kiki fez silêncio tentando imaginar Jerome naquele instante: onde estava sentado, o tamanho do quarto, onde ficava a janela e para que vista ela dava. Sentia falta dele. Apesar de toda a inocência, ele era seu aliado. Não há favoritos entre seus filhos, mas há aliados.

"E Zora está aqui. Estou *bem*."

"Zora... *por favor*. Ela não mijaria em alguém pegando fogo."

"Ah, Jerome, isso não é verdade. Ela só está braba comigo — é normal."

"Não é com *você* que ela deveria estar braba."

"Jerome, vá para a aula e vê se não esquenta *comigo*. Só um *gigante*."

"Amém", disse Jerome no estilo cômico dos Belsey quando arremedavam suas vozes ancestrais do Deep South, e Kiki o imitou, rindo. *Amém!*

E aí, para arruinar tudo que viera até então, Jerome disse, com toda a seriedade: "Deus te abençoe, mãe".

"Ah, meu bem, por favor..."

"Mãe, simplesmente *aceite* a bênção. Tá? Não é vírus. Olha, estou atrasado para a aula — tenho que ir."

Kiki fechou o telefone com um estalo e enfiou-o novamente no espaço muito pequeno entre sua carne e o bolso do jeans. Já havia chegado à Redwood. Durante a conversa, tinha segurado a sacola de papel que continha a caixa de bolo pelo pulso; pôde sentir agora a torta dançando perigosamente ali dentro. Jogou fora a sacola e pôs as duas mãos embaixo da caixa para estabilizá-la. Na porta, apertou a campainha com a dobra da mão. Uma jovem garota negra atendeu com um pano de prato na mão, falando um inglês pobre, e deu a informação de que a sra. Kipps estava na "bibioteca". Kiki não teve oportunidade de perguntar se era um momento apropriado ou de entregar a torta e recuar — foi imediatamente conduzida pelo corredor até uma porta aberta. A garota a fez entrar numa sala branca revestida de prateleiras de nogueira do piso até o teto. Um piano preto e brilhoso estava encostado na única parede livre. No chão, sobre um parco tapete de couro de vaca, centenas de livros estavam dispostos em fileiras como peças de dominó, com as páginas para o chão e as lombadas para cima. Sentada no meio deles estava a sra. Kipps, encarapitada na beira de uma poltrona vitoriana de calicô branco. Estava curvada para a frente, olhando para o chão com a cabeça entre as mãos.

"Olá, Carlene!"

Carlene Kipps ergueu os olhos para Kiki e sorriu de leve.

"Desculpe — é uma má hora?"

"De jeito nenhum, minha querida. É uma hora vagarosa. Acho que dei um passo maior que as pernas. Por favor, sente-se, senhora Belsey."

Não havendo outra cadeira, Kiki sentou-se no banquinho do piano. Perguntou-se onde tinham indo parar os primeiros nomes.

"Pondo em ordem alfabética", murmurou a sra. Kipps. "Achei que ia levar algumas horas. É uma surpresa para Monty. Ele gosta de seus livros na ordem. Mas estou aqui dentro desde as oito da manhã e ainda não passei do C!"

"Oh, uau." Kiki pegou um livro e o virou nas mãos sem nenhum propósito. "Devo admitir, nunca pusemos em ordem alfabética. Parece ser uma trabalheira."

"Sim, é."

"Carlene, eu queria lhe dar isso como forma de..."

"Pois então, você está vendo algum B ou C por aí?"

Kiki pôs a torta no chão, a seu lado no banquinho, e curvou-se. "Oh-oh. Anderson — tem um Anderson aqui."

"Ai, santo Deus. Talvez devamos parar um pouco. Vamos tomar uma xícara de chá", disse, como se Kiki tivesse passado a manhã inteira ao lado dela.

"Bem, vai ser perfeito, porque eu trouxe uma torta. É uma torta simples — mas o gosto é ótimo."

Mas Carlene Kipps não sorriu. Estava claro que ela tinha se ofendido e não podia fingir o contrário.

"Não há necessidade de uma coisa dessas, estou certa disso. Eu não devia ter suposto que..."

"Não, aí é que está — você *devia* ter suposto", insistiu Kiki erguendo-se um pouco do assento. "Foi simplesmente uma tremenda grosseria da minha parte não responder seu adorável recado... as coisas têm andado um pouco complicadas e..."

"Posso entender que é possível que seu filho sinta..."

"Não, mas a parte estúpida é essa — ele voltou para a faculdade, de qualquer forma. Jerome — ele decidiu voltar. Não há nenhuma razão para não sermos amigas agora. Eu gostaria de ser. Se você ainda quiser", disse Kiki e sentiu-se ridícula, como uma colegial. Era nova nisso. A amizade de outras mulheres não lhe tinha importado por muito tempo. Nunca precisara pensar a respeito, após casar-se com seu melhor amigo.

Sua anfitriã lhe dirigiu um sorriso apático. "Quero, certamente."

"Que bom! A vida é curta demais para...", Kiki começou a dizer. Carlene já estava concordando com a cabeça.

"Concordo plenamente. Muitíssimo curta. Clotilde!"

"Como?"

"Não você, querida. *Clotilde!*"

A garota que tinha atendido a porta entrou na sala.

"Clotilde, poderia trazer um pouco de chá por favor, e a senhora Belsey tem uma torta que você poderia cortar. Para mim não, por favor...", protestou Kiki, mas Carlene balançou a cabeça. "Não, não consigo digerir nada antes das três da tarde, ultimamente. Vou experimentar um pedaço mais tarde, mas vá em frente, você. Pois então. Que bom ver você de novo. Como você está?"

"Eu? *Bem*. Estou bem. E você?"

"Na verdade, estive de cama por vários dias. Assisti à televisão. Um longo documentário — uma série de programas — sobre Lincoln. Teorias conspiratórias acerca de sua morte, coisa e tal."

"Oh, lamento que esteja passando mal", disse Kiki desviando o olhar por vergonha ao se lembrar de suas próprias teorias conspiratórias.

"Não lamente. Era um documentário muito bom. Não considero verdade o que dizem da televisão americana — não no todo, pelo menos."

"Por quê, o que dizem dela?", perguntou Kiki com um sorriso rígido. Sabia o que vinha pela frente e isso a deixava incomodada, e também incomodada consigo mesma por estar incomodada.

Carlene encolheu os ombros de maneira frágil, sem muito controle do movimento. "Bem, na Inglaterra, tendemos a vê-la como uma terrível asneira, acho."

"É. Ouvimos muito isso. Acho que nossa TV não é grande coisa."

"Na verdade, acho que é mais do mesmo. Nem consigo mais acompanhar muito, é *rápido* demais... *corta, corta, corta*, tudo tão histérico e ruidoso... mas Monty diz que nem o Channel Four pode competir com o tipo de programação liberal que se vê na PBS. Ele não *suporta* a PBS. Vê o que está por trás dela de um jeito terrível — o modo como promovem todas as idéias liberais comuns e fingem que é progresso para as minorias. Ele odeia tudo isso. Sabia que a maioria dos doadores mora em Boston? Monty afirma que isso já diz tudo que você precisa saber. Ainda assim, esse documentário sobre o Lincoln era realmente muito bom."

"E... isso passou na... PBS?", disse Kiki desanimada. Tinha perdido o controle de seu sorriso postiço.

Carlene pôs o dedo na testa. "Sim. Eu não disse isso? Sim. Era muito bom."

Não estavam indo muito longe, e o que tinha transitado de forma tão aprazível entre elas três semanas antes parecia ter sumido agora. Kiki tentou imaginar dentro de quanto tempo poderia dar uma desculpa qualquer sem parecer antipática. Como se respondendo a essa especulação silenciosa, Carlene recostou-se na cadeira e desceu a mão da testa, posicionando-a sobre os olhos. Um sussurro dolorido, mais baixo que seu tom de voz, partiu dela.

"Carlene? Querida, você está bem?"

Kiki fez menção de levantar, mas Carlene fez um gesto com a outra mão para que ela se afastasse.

"É uma coisinha. Vai passar."

Kiki permaneceu na beira de seu banquinho de piano, em meio à ação, olhando alternadamente para Carlene e para a porta.

"Tem certeza de que não posso lhe buscar alguma..."

"É interessante para mim", disse Carlene devagar, tirando a mão. "Você também estava preocupada com um reencontro deles. Jerome e a minha Vee."

"Preocupada? *Não*", disse Kiki rindo descontraidamente. "Não, no fundo não."

"Mas você estava. Eu também estava. Fiquei muito feliz de saber que Jerome a evitou em sua festa. É uma bobagenzinha, mas eu sabia que não queria que os dois se encontrassem de novo. Por *que* será?"

"Bem", disse Kiki e baixou a cabeça, preparando-se para alguma evasiva. Ao olhar para cima e deparar-se com os olhos sérios da mulher, acabou mais uma vez falando a verdade. "No meu caso, acho que me preocupa que Jerome possa se afetar demais com as coisas, sabe? Ele é inexperiente — muito. E Vee — ela é tão *incrivelmente encantadora* —, eu nunca lhe diria isso, mas ela era um pouco de areia demais para o caminhãozinho dele. *Demais.* Ela é o que meu filho mais novo chamaria de *popozuda*." Kiki riu, mas parou ao ver que Carlene estava acompanhando suas palavras como se fossem vitais. "Jerome sempre tende a mirar um pouco alto... no fundo, sabe o que

176

é? Para mim, parecia um terreno de corações partidos. Quer dizer, o tipo de coração partido que permanece sendo *partido*. E esse é um ano importante na faculdade para Jay. Quer dizer... basta *olhar* para ela para ver que é um signo do fogo", disse Kiki apelando para um sistema de valores que parecia jamais decepcioná-la. "E Jerome — Jerome é um signo da água. Ele é Escorpião, como eu. E a personalidade dele quase se resume a isso."

Kiki perguntou a Carlene qual era o signo de sua filha e ficou satisfeita ao saber que seu palpite estava correto. Carlene Kipps pareceu perplexa com o rumo astrológico dado à conversa.

"Ela podia acabar por queimá-lo", refletiu, tentando decodificar o que Kiki tinha acabado de lhe dizer. "E ele apagaria o fogo dela... ele a podaria — sim, sim, creio que está correto."

Mas Kiki ficou ressentida com isso. "Não sei, quanto a isso... na verdade, sei que todas as mães dizem isso, mas meu filhote é *muito* inteligente — pode-se dizer que é sempre uma questão de alcançar o ritmo dele, em termos intelectuais. Ele não pára quieto — sei que Howie diria que ele é provavelmente o mais inteligente dos três — quer dizer, Zora dá duro, Deus sabe, mas Jerome..."

"Você interpretou mal o que eu disse. Eu vi quando ele estava conosco. Estava tão concentrado na minha filha que quase não a deixava viver. Acho que se chama obsessão. Quando ele tem uma idéia, seu filho, ele a segura com muita força. Meu marido é assim — sei identificar isso. Jerome é um jovem muito *extremado*."

Kiki sorriu. Era *disso* que tinha gostado na mulher. Ela se expressava bem: com discernimento e honestidade.

"É, sei do que está falando. Tudo ou nada. Todos os meus filhos são um pouco assim, para ser honesta. Se convencem de uma coisa, e, meu *Deus*, não desistem. Isso é influência do pai deles. Cabeçudo como o *diabo*."

"E homens ficam muito extremados em relação a belas garotas, não ficam?", prosseguiu Carlene, avançando aos poucos em sua própria trilha, que Kiki desconhecia. "E, se não podem possuí-las, tornam-se raivosos e amargurados. Ocupam-se demais com isso. Nunca fui uma dessas mulheres. Que *bom* que não fui. Eu costumava me importar, mas agora vejo que isso deixou Monty livre para outros interesses."

O que se poderia dizer diante disso? Kiki vasculhou a bolsa à procura de seu protetor labial.

"É uma maneira estranha de encarar o assunto", disse.

"É? Sempre senti isso. Aposto que é errado. Nunca fui uma feminista. Você abordaria isso de maneira mais inteligente."

"Não, não — eu só —, com certeza, trata-se do que *as duas* pessoas querem fazer", disse Kiki, aplicando uma camada de pasta incolor na boca. "E de como cada uma poderá... acho que *ativar* seu parceiro, não?"

"Ativar? Não sei."

"Quero dizer, seu marido, Monty, por exemplo", atreveu-se a dizer Kiki. "Ele escreve muito sobre — quer dizer, li os artigos dele — sobre como você é uma mãe perfeita, e ele... sabe, muitas vezes usa você como um exemplo do ideal — acho que do ideal da Mãe Cristã 'que fica em casa' — o que é maravilhoso, é claro —, mas também deve haver coisas que você... quem sabe coisas que *você* quisesse fazer e que... talvez você deseje..."

Carlene sorriu. Seus dentes eram a única coisa não magnificente nela, acidentados e desiguais, com grandes falhas infantis. "Eu queria amar e ser amada."

"Sim", disse Kiki, pois não conseguiu pensar em outra coisa. Ficou na expectativa de escutar os passos de Clotilde, um sinal de interrupção iminente, mas nada.

"E Kiki — quando você era jovem? Imagino que fez um milhão de coisas."

"Oh, Deus... eu *queria* fazer. Quanto a ter feito, não sei. Fiquei um tempão querendo ser a assistente particular de Malcolm X. Não deu certo. Quis ser escritora. Quis cantar, em dado momento. Mamãe queria que eu fosse médica. *Mulher negra médica*. Eram as três palavras favoritas dela."

"E você era muito atraente?"

"Uau... que pergunta! De onde veio essa?"

Carlene voltou a erguer os ombros ossudos. "Sempre fico pensando em como eram as pessoas antes de eu tê-las conhecido."

"Se eu era atraente... Na verdade, eu era!" Era uma coisa esquisita de se dizer em voz alta. "Carlene, cá entre nós, fui uma *gostosa*. Não por muito tempo. Por uns seis anos, talvez. Mas fui."

"Sempre dá para reparar. Você ainda tem um bom bocado de beleza, acho", disse Carlene.

Kiki deu uma risada rouca. "Você é uma bajuladora *descarada*. Sabe... vejo Zora se preocupando o tempo todo com a aparência, e quero dizer a ela, querida, qualquer mulher que aposte só no rostinho é uma *idiota*. Ela não quer ouvir isso de mim. Mas as coisas são assim. *Todos* nós acabamos no mesmo lugar, no fim. Essa é a *verdade*."

Kiki riu novamente, dessa vez com mais tristeza. Foi a vez de Carlene virar-se e sorrir educadamente.

"Contei a você?", disse Carlene encerrando o breve silêncio. "Meu filho Michael está noivo. Só ficamos sabendo semana passada."

"Ah, isso é ótimo", disse Kiki, conseguindo já não ser pega tão facilmente no contrapé pelas viradas desconexas da conversa de Carlene. "Quem é ela? Garota americana?"

"Inglesa. Os pais dela são jamaicanos. Uma garota muito simples, doce, quietinha — uma garota da nossa igreja. Amelia. Seria incapaz de desequilibrar alguém — será uma companheira. E isso é uma coisa boa, acho. Michael simplesmente não é forte o bastante para qualquer outra coisa..." Nesse ponto ela se interrompeu e virou para olhar para o quintal através da janela. "Vão fazer o casamento aqui, em Wellington. Virão no Natal para procurar o lugar certo. Você me dê licença por um instante. Preciso ver o que se passa com sua adorável torta."

Kiki observou Carlene abandonar a sala, trôpega, apoiando-se nas coisas pelo caminho. Sozinha, Kiki pôs as mãos entre os joelhos e apertou-as. A notícia de que uma garota qualquer estava prestes a pegar a estrada que ela própria tinha percorrido trinta anos antes trouxe-lhe uma sensação de vertigem. Uma clareira abriu-se em sua mente, e dentro dela Kiki tentou reencenar uma de suas lembranças mais antigas de Howard — a noite em que se conheceram e dormiram juntos pela primeira vez. Mas a cena não podia ser evocada com tanta facilidade; pelo menos nos últimos dez anos, a lembrança tinha se mostrado como um brinquedo rígido de lata abandonado na chuva — tão enferrujado, uma peça de museu, nada mais a ver com o brinquedo *dela*. Até mesmo as crianças o conheciam bem. Sobre o tapete indiano no chão do prédio sem elevador de Kiki, no Brooklyn, com todas as janelas abertas, com a metade dos pés grandes e cinzentos de Howard esticada para fora da porta, apoiada na saída de incêndio. Trinta e nove graus no smog de Nova York. *Hallelujah* de Leonard Cohen tocando em sua vitrola comprada em loja de bugigangas, aquela canção que Howard gostava de chamar de "um hino desconstruindo um hino". Há muito tempo, Kiki tinha se rendido a essa parte musical da lembrança. Mas com certeza não era verdade — "Hallelujah" tinha sido em outra ocasião, anos mais tarde. Mas era difícil resistir à poesia da possibilidade, portanto ela permitira que *Hallelujah* caísse no mito da família. Pensando agora, tinha sido um erro. Um errinho, sem dúvida, mas sintomático de falhas profundas. Por que ela sempre abria mão do que ainda restava do passado a favor das versões editadas por Howard? Por exemplo, ela provavelmente deveria dizer algo quando, nos jantares, Howard alegava desprezar toda a prosa de ficção. Deveria impedi-lo quando ele argumentava que o cinema americano não passava de lixo idealizado. *Mas, ela deveria dizer, mas! No Natal de 1976 ele me deu* Gatsby, *uma primeira edição. Nós vimos* Taxi driver *numa espelunca imunda na Times Square — ele adorou.* Ela não dizia essas coisas. Deixava Howard reinventar, retocar. Quando, num aniversário de casamento anterior, Jerome tocara para os pais uma versão etérea e muito mais bonita de *Hallelujah*, de um garoto chamado Buckley, Kiki pensara sim, isso mesmo, nossas lembranças estão ficando mais bonitas e menos reais a cada dia que passa. E então o garoto se afogou no Mississippi, lembrou Kiki agora, erguendo os olhos dos joelhos para o quadro colorido pendurado atrás da poltrona vazia de Carlene. Jerome tinha chorado: as lágrimas que se choram por alguém que a gente não conheceu e que criou algo belo que a gente amou. Dezessete anos antes, quando Lennon morreu, Kiki tinha arrastado Howard para o Central Park e chorado enquanto a multidão cantava *All you need is love* e Howard praguejava amargurado contra Milgram e a psicose das massas.

"Gosta dela?"

Carlene, tremendo, entregou uma xícara de chá a Kiki enquanto Clotilde colocava um prato de porcelana espalhafatoso com uma fatia de torta ao lado dela, no assento do piano. Antes de poder receber o agradecimento, Clotilde já estava se retirando do recinto, fechando a porta ao sair.

"Gosta...?"

"Maîtresse Erzulie", disse Carlene apontando para o quadro. "Você a estava admirando, pensei."

"Ela é *fenomenal*", respondeu Kiki, somente agora se dando ao trabalho de olhar direito para ela. No centro da moldura havia uma mulher negra alta e nua, usando apenas um lenço vermelho na cabeça e parada em pé num espaço branco fantasioso, cercada de todos os lados por ramos tropicais e frutas e flores caleidoscópicas. Quatro pássaros rosa, um papagaio verde. Três beija-flores. Muitas borboletas marrons. Era pintado num estilo primitivo e pueril, tudo achatado sobre a tela. Nenhuma perspectiva, nenhuma profundidade.

"É um Hyppolite. Vale um bocado, acredito, mas não é por isso que o adoro. Eu mesma o comprei no Haiti na minha primeira visita, antes de ter conhecido meu marido."

"É lindo. Adoro retratos. Não temos nenhuma pintura na nossa casa. Não de seres humanos, pelo menos."

"Oh, isso é terrível", disse Carlene parecendo chocada. "Mas você precisa vir aqui sempre que desejar para olhar os meus. Tenho vários. Me fazem companhia — são a maior parte da minha *alegria*. Percebi isso bem recentemente. Mas ela é a minha favorita. É uma grande deusa vodu, a Erzulie. É chamada de Virgem Negra — e de Vênus Violenta também. A pobre Clotilde nem olha, não pode nem ficar no mesmo recinto que ela — percebeu? Uma superstição."

"*Sério*. Ela é um símbolo?"

"Oh, sim. Representa amor, beleza, pureza, a fêmea ideal e a lua... e ela é o *mystère* do ciúme, da vingança e da discórdia, *e*, por outro lado, do amor, da ajuda perpétua, da boa vontade, da saúde, da beleza e da fortuna."

"Ufa. É simbologia que não acaba mais."

"É mesmo, não é? É como se fosse todos os santos católicos enrolados num único ser."

"Isso é interessante...", Kiki começou a dizer timidamente, permitindo-se um momento para recordar a tese de Howard, que pretendia agora reproduzir para Carlene como se fosse sua. "Porque... somos tão binários, é claro, no modo como pensamos. Temos a tendência de pensar em opostos, no mundo cristão. Somos estruturados dessa forma — Howard vive dizendo que o problema está aí."

"É uma maneira inteligente de ver a questão. Gosto dos papagaios dela."

Kiki sorriu, aliviada por não ter de prosseguir naquele caminho incerto.

"*Bons* papagaios. E aí, ela se vinga dos homens?"

"Sim, creio que sim."

181

"Preciso de um pouco disso para mim", Kiki falou meio para dentro, não pretendendo que ninguém ouvisse.

"Eu acho...", murmurou Carlene com um sorriso carinhoso para a convidada, "eu acho que seria uma pena."

Kiki fechou os olhos. "Uau. Detesto esta cidade, às vezes. Todo mundo sabe da vida de todo mundo. Pequena demais *mesmo*."

"Ah, mas fico tão *feliz* de ver que tudo isso não destruiu o seu estado de espírito."

"Ah!", disse Kiki comovida com a consideração espontânea. "Vai passar. Estou casada há um tempão, Carlene. Só um gigante para me magoar."

Carlene se inclinou para trás na poltrona. Seus olhos estavam úmidos e com os contornos rosados.

"Mas por que você não deveria ficar magoada com isso, querida? É muito magoante."

"Sim... claro que é — mas... quero dizer, acho, que minha vida não se resume a isso. Neste exato momento, estou tentando entender para que a minha vida *serviu* — sinto que cheguei a esse ponto — e para que ela *servirá*. E... isso é bem mais essencial para mim, neste momento. E Howard tem que fazer a si mesmo essas perguntas. Não sei... rompemos, não rompemos — dá na mesma."

"Não me pergunto para *que* a minha vida serviu", disse Carlene enfática. "É uma pergunta de homem. Me pergunto para *quem* ela serviu."

"Ah, não acredito que você acredita nisso." Mas, encarando seu olhar grave, Kiki viu com clareza que era exatamente nisso que a mulher diante dela *acreditava*, e sentiu-se de repente irritada com o desperdício e a estupidez daquilo. "Preciso dizer, Carlene, sabe... receio que simplesmente não acredito nisso. *Sei* que não vivi por ninguém — e para mim isso seria apenas como levar todas nós, todas as mulheres, com certeza todas as mulheres negras, uns trezentos anos de volta no passado se você realmente..."

"Oh, querida, estamos discutindo", disse Carlene aflita com essa possibilidade. "Você me entendeu mal de novo. Não tenho a intenção de defender um ponto de vista. É só um sentimento que tenho, especialmente agora. Vejo com muita clareza, nos últimos tempos, que na verdade não vivi por uma idéia ou mesmo por Deus — vivi porque amei *essa* pessoa. Sou muito egoísta, no fundo. Vivi por amor. Nunca me interessei de fato pelo mundo

— por minha família, sim, mas não pelo mundo. Não tenho como defender minha vida, mas *é* verdade."

Kiki se arrependeu de ter elevado a voz. A mulher era velha, a mulher estava doente. Não importava em que a mulher acreditava.

"Você deve ter um casamento maravilhoso", disse a título de conciliação. "Isso é incrível. Mas para nós... sabe... você chega a um ponto em que há uma compreensão..."

Carlene a silenciou e veio mais para a frente na poltrona. "Sim, sim. Mas você pôs a sua *vida* em jogo. Deu sua vida a alguém. Você foi decepcionada."

"Ah, não sei sobre o decepcionada... não chega a ser uma surpresa. As coisas acontecem. E foi com um *homem* que casei."

Carlene a fitou com curiosidade. "Há outra opção?"

Kiki encarou o olhar de sua anfitriã e decidiu ser atrevida. "Para mim houve, acho... sim. Numa certa altura."

Carlene olhou sua convidada sem compreender. Kiki espantou-se consigo mesma. Andava disparando por acidente nos últimos tempos, e agora estava disparando por acidente dentro da biblioteca de Carlene Kipps. Mas não parou; sentiu um velho impulso kikiano — outrora exercido com regularidade — de chocar e, ao mesmo tempo, dizer a verdade. Era idêntico ao que sentia (mas raramente agia de acordo) nas igrejas, estabelecimentos sofisticados e tribunais. Locais em que julgava que a verdade raramente era dita.

"Acho que, quer dizer, havia uma revolução acontecendo, todo mundo estava conhecendo estilos de vida diferentes, estilos de vida alternativos... se mulheres podiam viver com mulheres, por exemplo."

"Com mulheres", repetiu Carlene.

"Em vez de homens", confirmou Kiki. "Claro... achei, por um tempo, que essa podia ser a estrada que eu seguiria. Quer dizer, segui até um certo ponto."

"Ah", disse Carlene, e submeteu sua trêmula mão direita ao controle da esquerda. "Sim, entendo", disse pensativa, corando apenas bem de leve. "Talvez isso fosse mais fácil — é isso que pensa? Já me perguntei muitas vezes... deve ser mais fácil conhecer a outra pessoa — imagino que seja verdade. Ela é como *você* é. Minha tia era assim. Não é raro no Caribe. Claro que Monty sempre foi muito severo em relação ao assunto — antes de James."

"James?", repetiu Kiki enérgica. Ficou descontente por sua revelação ter passado tão despercebida.

"O reverendo James Delafield. É um amigo muito antigo de Monty — um cavalheiro de Princeton. Um batista — realizou a oração na posse do presidente Reagan, creio."

"Espera aí, no fim ele não era...?", disse Kiki, lembrando vagamente de um perfil na *New Yorker*.

Carlene bateu palmas e — por incrível que pareça — soltou um risinho. "Sim! Fez Monty repensar o assunto, fez sim. E Monty odeia repensar assuntos. Mas a escolha era entre seu amigo e... bem, não sei. As Boas-Novas, acho. Mas eu sabia que Monty gosta da conversa de James — sem falar nos charutos — um pouco além da conta. Eu disse a ele: meu querido, a vida precisa vir antes do Livro. Do contrário, de que *serve* o Livro? Monty ficou enfurecido! Escandalizado! *Nós* é que devemos nos adaptar ao Livro, nas palavras dele. Ele me disse que eu tinha entendido tudo errado — foi o que fiz, sem dúvida. Mas vejo que os dois ainda gostam de passar uma noite juntos com um charuto. Sabe, cá entre nós", sussurrou, e Kiki perguntou-se onde tinha ido parar aquele papo de não zombar do marido, "eles são ótimos amigos."

Kiki ergueu a sobrancelha esquerda com um estilo preciso e devastador. "O melhor amigo de Monty Kipps é um homem gay."

Carlene emitiu um pequeno guincho de prazer. "Minha nossa, ele jamais *diria* isso. Jamais! Não é assim que ele vê a coisa, entende?"

"De que outro modo a coisa pode ser vista?"

Carlene esfregou lágrimas de júbilo dos olhos.

Kiki assobiou. "Com toda a maldita certeza, ninguém nunca ouviu o irmão mencionar isso no Bill O'Reilly."

"Oh, minha querida, você é terrível. Terrível!"

Ela estava realmente animada agora, e Kiki se impressionou ao reparar em como isso embranqueceu seus olhos e firmou sua pele. Parecia mais jovem, mais saudável. Riram um pouco juntas, de coisas bem diferentes, imaginou Kiki. Pouco tempo depois a animação foi se assentando nos dois lados e elas voltaram a uma conversa mais normal. As pequenas revelações mútuas fizeram-nas lembrar o que tinham em comum, e passearam com descontração nesse terreno, desviando de qualquer coisa que pudesse ser um obstáculo para a livre movimentação. Ambas mães, ambas acostumadas com a Inglaterra, ambas amantes de cães e jardins, ambas levemente maravilhadas com as capacidades de seus filhos. Carlene falou muito de Michael, de cujo senso prático e tino para o dinheiro ela parecia muito orgulhosa. Kiki, por sua vez, forneceu suas próprias anedotas familiares algo falsificadas, arredondando conscientemente os cantos mais pontudos de Levi, rabiscando um retrato mais delgado e impreciso da devoção de Zora à vida familiar. Kiki mencionou o hospital diversas vezes, esperando desembocar numa consulta quanto à natureza da doença de Carlene, mas toda vez, no limiar, ela hesitou. O tempo passou. Terminaram o chá. Kiki descobriu que tinha comido três pedaços de torta. Na porta, Carlene beijou Kiki nas duas faces, e nesse momento Kiki farejou seu local de trabalho de maneira clara e penetrante. Tirou as mãos de onde estava segurando Carlene, por baixo dos frágeis cotovelos. Andou pelo belo caminho do jardim até a rua.

5.

Uma megaloja exige um megaprédio. Quando os empregadores sabatinos de Levi aterrissaram em Boston sete anos antes, diversas estruturas grandiosas do século XIX foram consideradas. A vencedora foi a antiga biblioteca municipal, construída na década de 1880 com rudes tijolos vermelhos, janelas pretas cintilantes e um elevado arco ruskiniano em cima da porta. O prédio tomava a maior parte do quarteirão em que se situava. Naquele prédio, certa vez Oscar Wilde proferiu uma palestra a respeito da superioridade do lírio sobre todas as flores. Abria-se a porta girando um aro de ferro com as duas mãos e aguardando o clique macio e pesado do metal soltando o metal. Agora aquelas portas de carvalho de três metros e meio foram substituídas por jogos triplos de painéis de vidro que se afastam silenciosamente quando alguém se aproxima. Levi atravessou-os e bateu punhos com Marlon e Big James, da segurança. Pegou o elevador até o depósito do subsolo para vestir a camiseta com logotipo, o boné e as calças baratas de um poliéster preto atrator de fiapos, com pernas justas e tornozelos estreitos, que era obrigado a usar. Subiu de elevador até o quarto andar e percorreu o caminho até seu departamento, os olhos no chão, seguindo o logotipo da marca repetido no carpete sintético a seus pés. Estava de saco cheio. Julgava ter sido desapontado. No corredor, foi rastreando a genealogia daquele sentimento. Tinha aceitado aquele emprego de sábado na maior boa-fé, e admirara desde sempre a marca global por trás daquelas lojas, o alcance e a ambição de sua visão. Tinha se impressionado particularmente com este trecho do formulário de inscrição:

> Nossas empresas fazem parte de uma família em vez de uma hierarquia. Têm o poder de administrar suas próprias questões, porém uma empresa ajuda a outra e as soluções para os problemas têm origens de todos os tipos. Em certo sentido, somos uma comunidade com idéias, valores, interesses e objetivos compartilhados. A prova de nosso sucesso é real e tangível. Faça parte dele.

Ele queria fazer parte dele. Levi gostava do modo como o mítico sujeito inglês que era dono da marca agia como um grafiteiro, etiquetando o mundo. Aviões, trens, financeiras, refrigerantes, música, telefones celulares, férias, carros, vinhos, editoras, trajes nupciais — tudo com uma superfície que pudesse receber seu logotipo simples e marcante. Era o tipo de coisa que Levi pretendia fazer algum dia. Tinha concluído que não era uma idéia tão má arranjar um emprego de assistente de vendas nessa firma enorme, nem que fosse apenas para ver como funcionava por dentro. Observar, aprender, suplantar — estilo Maquiavel. Mesmo quando se constatou que era trabalho duro e mal pago, ele insistiu. Porque acreditava que fazia parte de uma família cujo sucesso era real e tangível, apesar dos 6,89 dólares por hora que estava recebendo.

E do nada, naquela manhã, tinha recebido no pager uma mensagem de Tom, um garoto bacana que trabalhava na seção de Folk Music da loja. De acordo com Tom, andava circulando um rumor de que o gerente do andar, Bailey, convocara toda a equipe do andar e do caixa para trabalhar na véspera de Natal e no Natal. Então Levi se deu conta de que nunca tinha seriamente refletido com precisão sobre o que seu empregador, a impressionante marca global, queria mesmo dizer com essas *idéias, valores, interesses e objetivos compartilhados* aos quais ele, Tom, Candy, Gina, LaShonda, Gloria, Jamal e todo os outros supostamente aderiam. *Música para o povo? A escolha acima de tudo? Toda a música o tempo todo?*

"*Ganhe grana*", sugeriu Howard no café-da-manhã. "*Não importa como*. Esse é o lema deles."

"*Não vou* trabalhar no Natal", disse Levi.

"E nem devia", concordou Howard.

"Simplesmente não vai acontecer. Isso é uma babaquice."

"Bem, se realmente acha isso, então precisa reunir seus companheiros funcionários e implementar algum tipo de ação direta."

"Nem sei o que é isso."

Enquanto comiam as torradas e tomavam café, o pai de Levi explicou-lhe os princípios da ação direta tal qual foi praticada entre 1970 e 1980 por Howard e seus amigos. Falou longamente sobre alguém chamado Gramsci e umas pessoas chamadas de situacionistas. Levi concordava com a cabeça rápido e regularmente, como tinha aprendido a fazer quando seu pai fazia discursos desse tipo. Sentiu as pálpebras caindo e a colher pesando na mão.

"Acho que as coisas não rolam desse jeito agora", disse Levi enfim com delicadeza, evitando desapontar seu pai e não querendo perder o ônibus. Até que era uma história legal, mas o estava fazendo se atrasar para o trabalho.

E então Levi chegou ao seu setor na ala oeste do quarto andar. Tinha sido promovido recentemente, embora fosse uma promoção mais conceitual do que fiscal. Em vez de ter de ficar onde precisassem dele, agora ele trabalhava exclusivamente em Hip-hop, R&B e Música Urbana; tinha sido encorajado a acreditar que isso implicaria a partilha de seu conhecimento desses gêneros musicais com seus clientes sedentos de conhecimento, assim como os bibliotecários que outrora trabalhavam naquele andar tinham auxiliado os leitores que vieram até eles. Mas não foi bem assim que funcionou. *Onde fica o banheiro? Onde fica o Jazz? Onde fica a World Music? Onde fica o café? Onde fica a sessão de autógrafos?* O que ele fazia na maioria dos sábados não era muito diferente de ficar parado em pé na esquina de uma rua com uma placa em forma de seta, orientando as pessoas na direção de uma loja de sobras do exército. E, apesar da luz empoeirada que penetrava delicadamente pelas janelas altas, do espírito de estudiosa contemplação resistindo nos painéis em estilo Tudor fajutos que cobriam as paredes e das rosas e tulipas entalhadas que decoravam as diversas galerias, ninguém ali estava verdadeiramente em busca de iluminação. E isso era uma pena, pois Levi amava a música rap; sua beleza, inventividade e humanidade não lhe eram obscuras nem improváveis, e ele era capaz de defender sua igual grandeza diante de qualquer produção artística da espécie humana. Para um consumidor, dedicar meia hora de seu tempo a ouvir Levi expressar seu entusiasmo seria como ouvir Harold Bloom se empolgar falando de Falstaff — mas a oportunidade nunca surgiu. Em vez disso, passava os dias orientando as pessoas a encontrar a última trilha sonora de filmes de sucesso com música rap. Conseqüentemente, Levi não ganhava o bastante nem gostava do tempo que passava lá o suficiente para sequer contemplar a idéia de trabalhar no fim de semana natalino. Não ia ser bem assim.

"Candy! *Yo*, Candy!" A trinta metros de Levi e sem certeza, no início, de quem estava gritando para ela, Candy deu as costas ao cliente com que estava lidando e fez sinal para Levi deixá-la em paz. Levi esperou o cliente dela ir fazer outra coisa. Então deu uma corridinha ao encontro de Candy na seção de Rock Alternativo/Heavy Metal e bateu no ombro dela. Ela já se virou suspirando. Estava com um piercing novo. Um parafuso que atravessava a pele do queixo, logo abaixo do lábio inferior. O melhor de trabalhar ali era isso: você conhecia gente do tipo que *jamais* conheceria em outras circunstâncias.

"Candy — preciso falar com você."

"Olha... estou aqui desde as *sete* trabalhando no estoque e estou indo almoçar agora, então nem *peça*."

"Não, meu — acabei de chegar, vou fazer intervalo ao meio-dia. Ficou sabendo do Natal?"

Candy grunhiu e esfregou os olhos com força. Levi reparou no desleixo de seus dedos, as cutículas despedaçadas, a pequena verruga translúcida no polegar. Ao terminar seu rosto estava roxo, manchado e conspurcado pelas listras rosas e pretas de seus cabelos.

"Sim, fiquei sabendo."

"Piraram se acham que vão me ver aqui naquele fim de semana. *Não vou* trabalhar no Natal, isso não vai acontecer."

"O quê, então — vai se *demitir* ou algo assim?"

"Não, por que eu faria isso? É uma burrice completa."

"Bem, você pode reclamar, mas...", Candy estalou os dedos. "Bailey está se lixando."

"É por isso que não vou reclamar com Bailey, vou *fazer* algo, meu — vou tomar alguma... tipo alguma ação *direta*."

Candy piscou devagar para ele. "Ah, certo. Boa sorte nisso."

"Seguinte: me encontra nos fundos daqui a dois minutos, na boa? Chama os outros — Tom, Gina, Gloria — todos do nosso andar. Vou encontrar LaShonda — ela está no caixa."

"*Tá bom*", disse Candy, conseguindo fazer isso parecer uma citação batida. "*Deus...* baixa a bola com o stalinismo."

"Dois minutos."

"*Tá bom*."

No caixa, Levi encontrou LaShonda na ponta da longa fileira de registradoras, bem mais alta e mais larga que os seis balconistas homens que trabalhavam a seu lado. Uma amazona do varejo.

"LaShonda, ei, garota."

LaShonda acenou com as garras num movimento ligeiro e econômico, como um leque se abrindo, cada unha batendo na seguinte. Deu-lhe um sorriso malicioso. "Ei, Levi, baby. Como vai?"

"Ah, tô legal... você sabe, batalhando, tocando minha vida."

"Você toca bem, baby, toca *bem*."

Levi se esforçou para encarar o olhar daquela mulher incrível mas fracassou, como sempre. LaShonda ainda não tinha se acostumado ao fato de que Levi tinha apenas dezesseis anos, morava com os pais no subúrbio de classe média de Wellington e, como tal, não era um pai substituto viável para seus três filhos pequenos.

"Ei, LaShonda, posso falar com você um minuto?"

"Claro, baby — para você eu sempre tenho tempo, você sabe disso."

LaShonda contornou o caixa e Levi seguiu-a na direção de um canto tranqüilo perto dos mais vendidos de Música Clássica. Para uma mãe de terceira viagem, seu corpo era milagroso. A camisa preta de mangas compridas se agarrava aos músculos de seus sólidos antebraços; os botões da frente resistiam para conter seu busto. O grande e velho traseiro de LaShonda, que se retesava e lutava contra o náilon das calças regulamentares, era, na opinião de Levi, o grande e inconfesso ganho por fora daquele emprego.

"LaShonda, pode se encontrar com o resto de nós, nos fundos, daqui a cinco minutos? Vamos fazer uma reunião", disse Levi permitindo que sua pronúncia descesse alguns degraus, se aproximando da de LaShonda. "Leve Tom e todo mundo que puder sair por um minuto. É sobre esse lance do Natal."

"O que é isso, baby? Que coisa do Natal?"

"Não ficou sabendo? Vão nos fazer trabalhar no Natal."

"Pra valer? Turno e meio?"

"Bem... não sei..."

"Meu, os dólares extras não me fariam mal, *sei* que você sabe do que estou falando." Levi fez que sim. Tinha isso também. LaShonda tinha suposto desde o início que os dois estavam na mesma situação econômica. Há tantas maneiras diferentes de precisar de dinheiro. Levi não precisava dele como LaShonda precisava. "Vou trabalhar com certeza. Pelo menos de manhã. Não posso ir à reunião, mas coloque o meu nome, falou?"

"Tá... claro... Claro, farei isso."

"Um dinheirinho extra não me faria mal, não é piada — e esse ano tenho que preparar os esquemas de Natal di-*rei*-to. *Sempre* digo que vou cuidar de tudo com antecedência esse ano, mas *nunca* cuido — deixo tudo pra última hora, como sempre. Mas é caro — ah, pode *escrever*."

"É", disse Levi, pensativo. "A coisa aperta pra todo mundo nessa época do ano..."

"Nem me *fala*", disse LaShonda assobiando. "E não tenho ninguém pra fazer por mim. Tenho que me virar sozinha, entende o que digo? Baby, você tá saindo pro intervalo? Quer comer alguma coisa comigo? Estou indo pro Subway agorinha mesmo."

Havia um universo alternativo que Levi ocasionalmente acessava em sua imaginação, um universo em que ele aceitava os convites de LaShonda, e então mais tarde eles faziam amor em pé no subsolo da loja. Logo em seguida, ia morar com ela em Roxbury e assumia os filhos dela como seus. Viviam felizes para sempre — duas rosas nascendo no concreto, como disse Tupac. Mas a verdade é que ele não saberia o que fazer com uma mulher como LaShonda. *Desejava* saber, mas não sabia. As garotas de Levi eram geralmente as adolescentes hispânicas risonhas do colégio católico vizinho à sua escola preparatória, e essas garotas tinham gostos simples: ficavam felizes com um filme e uns amassos fortes num dos parques públicos de Wellington. Quando se sentia corajoso e seguro, às vezes se enganchava com uma das deslumbrantes LaShondas de quinze anos com identidades falsas que conhecia nas boates de Boston, que o levavam mais ou menos a sério por uma semana ou duas antes de zarparem, confundidas por sua estranha determinação em não revelar nada sobre sua vida nem mostrar-lhes onde morava.

"Não... obrigado, LaShonda... meu intervalo é só mais tarde."

"Tudo bem, baby. Mas vou sentir sua falta. Você tá *lindão* hoje — sarado, e *tudo* mais."

Levi flexionou o bíceps prestimosamente sob o toque manicurado de LaShonda.

"*Caralho*. E o resto. Não seja tímido, vamos."

Ele levantou um pouco a camiseta.

"Baby, isso já nem é mais um tanquinho. É um *tanque de guerra* ou algo assim! A mulherada tem que se cuidar com o meu garoto Levi... *caralho*. Já não é mais um garoto."

"Você me conhece, LaShonda, gosto de me cuidar."

"É, mas quem vai cuidar de *você?*", disse LaShonda dando uma boa e longa risada. Pôs a mão no rosto dele. "Tudo bem, baby, vou nessa. A gente se vê semana que vem, se não se vir antes. Cuide-se."

"Tchau, LaShonda."

Levi se apoiou num mostruário de discos de *Madame Butterfly* e olhou LaSonda ir embora. Alguém bateu em seu ombro.

"Ahn... Levi — desculpe...", disse o Tom da Música Folk. "Acabei de saber que você está... vai haver... tipo uma reunião? Acabei de saber que você está tentando organizar algum tipo de..."

Tom era bacana. Levi discordava dele em termos de música em todos os sentidos possíveis que dois jovens podem discordar, mas também via que Tom era bacana numa série de outras maneiras. Bacana a respeito dessa guerra maluca, bacana em não deixar que os clientes o estressassem — e além disso ele era uma pessoa fácil de conviver.

"*Yo*, Tom, meu garoto — que é que manda", disse Levi, e tentou bater os punhos com Tom, sempre um erro. "É real — vamos fazer uma reunião. Estou indo pra lá agora. Esse lance do Natal é uma babaquice."

"Que bom, é uma babaquice total", disse Tom afastando a grossa franja loira do rosto. "Legal que você esteja tomando... sabe... uma posição e coisa e tal."

Mas às vezes Levi achava Tom um pouco deferente demais a contragosto, como agora — sempre ansioso para conceder a Levi um prêmio ao qual ele nem sabia que estava concorrendo.

Deu para perceber imediatamente que apenas a garotada branca compareceu à reunião. Gloria e Gina, as duas garotas hispânicas, estavam ausentes, bem como Jamal, o irmão que trabalhava na World Music, e Khaled, um jordaniano, que trabalhava na seção de DVDs de música. Eram apenas Tom, Candy e um carinha baixo e sardento que Levi não conhecia muito bem, Mike Cloughessy, que trabalhava no Pop, no terceiro andar.

"Onde está todo mundo?", perguntou Levi.

"Gina disse que viria, mas...", explicou Candy. "Ela está com um supervisor na cola, seguindo ela por tudo que é canto."

"Mas ela disse que viria?"

Candy encolheu os ombros. Depois olhou para ele com expectativa, da mesma forma que os outros. Era a mesma impressão esquisita que tinha na escola preparatória: se ele não falasse, ninguém mais falaria. Estava sendo presenteado com uma autoridade, e era algo complexo e velado que tinha a ver com o fato de ele ser o carinha negro — era só até aí que conseguia entender.

"Só acho que *precisa* haver um limite que não podemos cruzar — um ponto a que não chegamos. E trabalhar no Natal é esse limite, meu. É ele, está bem ali", disse usando um pouco mais as mãos que de costume, pois era o que pareciam esperar dele. "A questão é que precisamos protestar, com ações. Porque neste exato momento, do jeito que está, todo mundo que trabalha meio turno e se recusar a trabalhar no Natal está pedindo para perder o emprego. E isso é babaquice — na minha opinião."

"Mas o que quer dizer isso... protestar com ações?", perguntou Mike. Estava irrequieto, se mexendo muito ao falar. Levi tentou imaginar como é ser um cara tão pequeno, rosado, nervoso, engraçado de se olhar. Ao pensar nisso, deve ter fechado a cara para Mike, pois o sujeitinho ficou ainda mais agitado, tirando e pondo as mãos nos bolsos.

"Tipo um... sabe, uma ocupação", sugeriu Tom. Tinha um pacote de tabaco holandês Drum numa das mãos e um papel para cigarros na outra, e estava tentando enrolar. Curvou seu tórax de urso para dentro de uma porta, protegendo seu projeto nascente do vento. Levi — embora recriminasse veementemente o tabaco — prestou auxílio colocando-se na frente dele, como um escudo humano.

"Ocupação?"

Tom começou a descrever uma ocupação, mas Levi, ao perceber aonde o outro queria chegar, interrompeu-o.

"*Yo*, eu *não* vou sentar no chão. Chão não é *comigo*."

"Não precisa, sabe... não é obrigatório sentar. Podíamos caminhar. Fora do prédio."

"Ahn... se a gente caminhar, vão simplesmente dizer que continuemos caminhando até o guichê da previdência", disse Candy resgatando meio Marlboro do bolso e acendendo no fósforo de Tom. "Bailey não vai deixar passar."

"*Você não vai caminhar com essa bunda em lugar nenhum*", disse Levi imitando cruelmente a cabeça de galo desajeitada e espasmódica de Bailey e aquela posição semi-agachada em que parava, fazendo-o parecer um animal de quatro patas que tinha acabado de se erguer nas duas traseiras. "*Sua bunda não vai sair desta loja a não ser que seja chutada para fora daqui, porque com toda a certeza ela não vai sair andando desta loja, nem agora nem nunca.*"

A platéia de Levi riu com pesar — a imitação era fiel demais. Bailey estava passando dos quarenta; inevitavelmente, uma figura trágica para os adolescentes que trabalhavam para ele. Na visão deles, um homem com mais de vinte e seis num emprego desses era um símbolo humilhante da limitação humana. Também sabiam que Bailey tinha trabalhado na Tower Records por dez anos antes dali — isso empilhava uma tragédia na outra. Além disso, Bailey era dolorosamente sobrecarregado de peculiaridades, qualquer uma das quais já teria bastado para torná-lo uma figura engraçada. Sua tireóide hiperativa fazia seus olhos saltarem da cabeça. Sua papada parecia a carúncula de um peru. Seu penteado afro irregular com freqüência abrigava um objeto estranho — bolinhas de felpa não identificadas e, numa ocasião, um palito de fósforo. Seu traseiro balouçante e rotundo parecia nitidamente feminino visto de trás. Tinha uma tendência tão extrema a empregar palavras de forma equivocada que mesmo uma gangue de adolescentes quase iletrados perceberia, e a pele de suas mãos descascava e sangrava, exemplo pior da psoríase que também se manifestava com menos intensidade em partes do pescoço e da testa. Na mente de Levi, era espantoso conceber que alguém pudesse ter o azar de tirar um palitinho tão curto da mão de Deus. Apesar desses estorvos físicos (ou talvez por causa deles), Bailey vivia dando em cima das mulheres. Perseguia LaShonda pela loja e tocava nela sem precisar. Uma vez foi longe demais. Colocou o braço em sua cintura e sofreu a humilhação de uma descompostura de LaShonda ("Não *ouse* me mandar baixar a voz, juro por Deus — vou derrubar este lugar aos *berros*, vou fazer as telhas voarem!") na frente de todo mundo. Mas Bailey nunca aprendia; dois dias depois, estava dando em cima dela de novo. Imitações de Bailey eram a especialidade da equipe do andar. LaShonda tinha uma, Levi tinha uma, Jamal tinha uma — os funcionários brancos hesitavam um pouco mais, não interessados em cruzar a linha que separa a imitação de uma possível injúria racial. Em contraste, Levi e LaShonda não se continham e enfatizavam cada aspecto grotesco, como se a feiúra dele fosse uma afronta pessoal a suas belezas.

"*Foda-se* Bailey", insistiu Levi. "Vamos, meu, temos que cair fora. Vamos lá, Mikey, você está comigo, né?"

Mike mastigou a bochecha como o atual presidente. "Só não tenho muita certeza do resultado que isso traria. Acho que Candy está certa — vamos ser demitidos e pronto."

"O quê... vão demitir todos nós?"

"Provavelmente", disse Mike.

"Sabe, meu", disse Tom tragando com força seu cigarro enrolado, "também não quero trabalhar no Natal, mas quem sabe a gente deva pensar melhor nisso. Simplesmente cair fora não parece muito viável... tipo, se todos nós escrevêssemos uma carta para a gerência e assinássemos, talvez..."

"*Prezados Filhos-da-puta*", disse Levi segurando uma caneta imaginária e retorcendo sua cara de Bailey numa expressão de cômica concentração. "*Obrigado pela carta enviada no dia doze. Estou de fato me lixando. Tirem a bunda do lugar e voltem ao trabalho. Sinceramente, sr. Bailey.*"

Todos riram, mas foi uma risada intimidada, arrancada à força, como se Levi tivesse enfiado a mão em suas gargantas e puxado. Às vezes Levi imaginava se não era temido por seus colegas de trabalho. "Você pensa em todo o dinheiro que ganham neste lugar", disse Tom a título de unificação, obtendo ruídos de aprovação dos demais, "e eles não podem fechar por um mísero dia? Quem é que se dá ao trabalho de comprar CDs na manhã de Natal? É realmente absurdo."

"É o que estou querendo dizer", disse Levi, e todos ficaram em silêncio por um minuto, olhando para o pátio deserto nos fundos, um não-lugar em que nada acontecia, fora as fileiras de latas de lixo transbordando de embalagens descartadas de polietileno e uma cesta de basquete que ninguém tinha permissão para usar. Um céu de inverno rajado de rosa, com a claridade sem calor da luz solar, deu uma pontada a mais na perspectiva desoladora de voltar ao trabalho nos próximos trinta segundos. O som da barra da porta cortafogo sendo abaixada encerrou o silêncio. Tom foi ajudar a abri-la, achando tratar-se da miúda Gina, mas era Bailey quem estava empurrando a porta contra ele, obrigando-o a recuar três passos.

"Desculpe — não tinha percebido...", disse Tom retirando sua mão do mesmo local que os dedos psóricos de Bailey estavam pressionando. Bailey entrou no sol piscando como um animal das cavernas. Seu boné da megaloja estava virado para trás. Havia uma forte tendência à perversidade em Bailey, fruto de seu isolamento, que o levava a cultivar essas débeis excentricidades. Era sua maneira de pelo menos conhecer a causa de todo o desprezo que lhe era direcionado, para de certa forma conseguir controlá-lo.

"Então é aqui que minha equipe toda está", disse numa postura como sempre vagamente autista, falando para um ponto um pouco acima da cabeça deles. "Eu estava pensando nisso. Todo mundo saindo para fumar ao mesmo tempo?"

"É... sim", disse Tom jogando o cigarro no chão e pisando nele.

"Vai acabar te matando, isso aí", disse Bailey em tom fatalista, soando mais como uma previsão do que como um alerta. "E você também, mocinha — vai te matar."

"É um risco calculado", disse Candy baixinho.

"Como é?"

Candy balançou a cabeça e apagou seu Marlboro na parede de cimento.

"Então", disse Bailey, com um sorriso forçado, "ouvi falar que estão organizando um montinho contra mim. Boataria — um passarinho me contou. Organizando um montinho. E aqui estão vocês."

Tom olhou confuso para Mike, e vice-versa.

"Desculpe, senhor Bailey", disse Tom. "Desculpe — o que você disse?"

"Um montinho, vocês estão organizando um. Armando contra mim por aí. Só vim conferir se a coisa está indo bem."

"Um motim...", disse Tom corrigindo Bailey bem baixinho, em prol de sua própria compreensão. "Como uma revolução."

Levi, que o escutou e não tinha entendido o erro inicial nem tomado conhecimento da palavra "motim" até então, riu alto.

"Montinho? Bailey, um montinho de quê, meu? Estamos organizando um montinho? Como é que funciona isso?"

Candy e Mike abafaram o riso. Tom se virou para engolir sua risada como uma aspirina. A expressão otimista de Bailey, otimista até há pouco com a promessa do triunfo, desfez-se em confusão e raiva.

"Vocês sabem o que eu quis dizer. De qualquer modo — não há como mudar a política da loja, portanto, se alguém aqui não gosta dela, será mais do que bem-vindo a abandonar esse atual emprego. Não adianta armar nada. Agora, todos de volta ao trabalho."

Mas Levi continuava rindo. "Isso é ilegal, inclusive — você não pode fazer montinho com ninguém aqui. Alguns de nós têm mulheres pra encontrar em casa, meu. O fato é que eu *quero* fazer montinho com a minha namorada no próximo Natal — aposto que você também quer, Bailey. Então só queremos encontrar alguma maneira de poder chegar a um, sabe, a um acordo em relação a isso. Vamos lá, Bailey — você não quer nos amontoar nesta loja no Natal. Vamos lá, irmão."

Bailey olhou com atenção para Levi. Todos os outros garotos tinham dado um passo atrás em direção ao recesso da porta, fazendo menção de sair. Levi permaneceu firme onde estava.

"Mas não há nada para conversar", disse Bailey em tom grave e resoluto. "A orientação é essa — sacou?"

"Humm, posso?", disse Tom dando um passo à frente. "Senhor Bailey, não queremos irritá-lo, mas só estávamos cogitando se..."

Bailey interrompeu-o com um gesto. Não havia mais ninguém naquela área dos fundos. Só Levi.

"Sacou? Isso vem de cima de mim e está decidido. Não pode ser mudado. Sacou, Levi?"

Levi encolheu os ombros e desviou um pouco o olhar de Bailey, somente o necessário para mostrar como aquele impasse pouco significava para ele.

"*Saquei*... mas acho que é babaquice, só isso."

Candy assobiou. Mike abriu a porta corta-fogo com um empurrão e a segurou, aguardando os outros.

"Tom — todos vocês, voltem ao trabalho — *agora*", disse Bailey, coçando uma mão com a outra. Os vergões estavam rosa e esfolados. "Levi, fique onde está."

"Não é só Levi, todos nós achamos...", arriscou Tom corajosamente, mas Bailey ergueu de novo um dedo no ar para interrompê-lo.

"Agora *mesmo*, se não for muito inconveniente para vocês. Alguém precisa trabalhar por aqui."

Tom ofereceu um olhar de piedade para Levi e seguiu Mike e Candy de volta ao trabalho. A porta corta-fogo foi se fechando muito devagar, expulsando um pouco do ar morno da loja para aquela área de cimento árida. Por fim, o estalo da tranca soou e ecoou no pátio dos fundos. Bailey aproximou-se alguns passos de Levi. Levi manteve os braços cruzados no alto do peito, mas o rosto de Bailey tão próximo era algo chocante, e Levi não conseguia evitar de piscar o tempo todo.

"*Não-dá-uma-de-crioulo-pra-cima-de-mim-Levi*", disse Bailey num sussurro, cada palavra com seu impulso próprio, como dardos que ele estivesse arremessando contra um alvo. "Sei qual é a sua, criando caso, tentando me fazer parecer idiota — achando que é grande coisa só porque é o único irmão que qualquer um desses garotos conheceu a vida toda. Deixa eu te dizer uma coisa. *Eu sei direitinho quem você é, irmão.*"

"*O quê?*", disse Levi, seu estômago ainda revirando depois do baque traumático provocado pela estranha palavra — como uma lombada no meio da frase —, nunca antes proferida a ele em tom de raiva. Bailey deu as costas a Levi e ergueu o braço em direção à porta corta-fogo, a parte superior do corpo tristemente curvada.

"Você sabe do que estou falando."

"Do que você tá falando, meu? Bailey, por que tá falando comigo desse jeito?"

"É *senhor* Bailey", disse Bailey virando-se. "Sou mais velho que você.

Caso não tenha notado. Por que estou falando com *você*? De que jeito? Como foi que você acabou de falar comigo na frente daqueles garotos?"

"Eu só tava dizendo que..."

"Eu *sei* direitinho quem você é. Aqueles garotos não sabem merda nenhuma, mas *eu* sei. São bons garotos suburbanos. Acham que qualquer um usando calça jeans largadona é um gangsta. Mas você não me engana. Eu sei direitinho *quem você finge ser*", disse, sua raiva investida de uma nova virulência, ainda segurando a porta mas inclinando-se na direção de Levi. "Porque é isso que *eu sou* — mas você não me vê agindo como um crioulo. É melhor se cuidar, menino."

"Como é que é?" A fúria de Levi era suplantada de cada lado pelo desespero e pelo terror. Ele era um garoto e o outro era um homem falando com ele de uma maneira que, Levi tinha certeza, não usaria se estivesse falando com os outros garotos que trabalhavam ali. Esse já não era mais o mundo da megaloja, onde todos formavam uma família e o "Respeito" era um dos cinco lembretes diários de "conduta pessoal" que ficavam escritos no quadro de avisos da salinha de café. Tinham caído numa brecha da lei, da propriedade e da segurança.

"Eu disse o que tinha pra dizer, não direi mais nada. Agora leve essa bunda negra lá pra dentro e trate de trabalhar. E *nunca mais* fale daquele jeito comigo de novo na frente dos garotos. Estamos entendidos?"

Levi fez uma cena passando por Bailey, balançando a cabeça com fúria, supostamente soltando palavrões para si mesmo, cruzando todo o quarto andar de uma vez, passando por Candy e Tom, ignorando suas perguntas, mancando como se uma pistola estivesse fazendo peso do lado esquerdo de seu corpo. E seu passo adquiriu velocidade e direção: de repente ele estava tirando o boné e chutando-o com a ponta do pé, fazendo-o voar por cima da galeria e desenhar um belo arco antes de despencar os quatro andares. Quando Bailey gritou com ele, perguntando onde diabo Levi achava que estava indo, Levi compreendeu de repente para onde estava indo e mostrou o dedo para Bailey. Dois minutos depois estava no subsolo, e cinco minutos depois disso estava na rua vestindo suas próprias roupas. Uma decisão impulsiva o impelira a sair da megaloja; então as conseqüências o alcançaram, forçando seus ombros com mãos pesadas, diminuindo seu passo. Na metade da Newburry Street, ele estacou completamente. Apoiou-se na grade do pá-

198

tio de uma pequena igreja. Duas lágrimas volumosas se acumularam; ele as conteve com a base das mãos. *Que se foda.* Encheu os pulmões de ar frio e limpo e pôs o queixo sobre o peito. Do ponto de vista prático, isso era muito ruim — era um pesadelo, nos melhores casos, conseguir tirar um dólar de seu pai ou de sua mãe, mas e agora? Zora disse que ele era louco de pensar que estava na hora de um divórcio, mas que outra coisa é quando duas pessoas não podem nem fazer uma refeição juntas? E aí você pede cinco dólares para um deles e mandam você pedir para o outro... Às vezes tinha que dizer: *Somos ricos ou não somos? Moramos nessa casa fodona — por que preciso implorar por dez dólares?*

Uma folha verde e comprida, ainda não quebradiça, estava pendurada na altura dos olhos de Levi. Ele a puxou e começou discretamente a transformá-la num esqueleto, arrancando tiras de carne da espinha dorsal. Mas o lance era que, se ele não recebesse seus parcos trinta e cinco dólares por semana, não haveria dinheiro para fugir de Wellington numa noite de sábado nem a oportunidade de dançar com toda aquela turma, todas aquelas *garotas*, que estavam se lixando para quem era Gram-ski ou por que sei lá quem — *Rem-bran* — não prestava. Às vezes tinha a impressão de que aqueles trinta e cinco dólares eram a única coisa que o mantinha parcialmente normal, parcialmente lúcido, parcialmente *negro*. Levi ergueu sua folha contra o sol por um instante para admirar sua obra. Depois a esmagou com a mão numa bola úmida e verde e a largou no chão.

"Par*don*, par*don*, par*don*, par*don*."

Era um sotaque francês tosco vindo de um cara alto e magro. Estava afastando Levi de sua posição de devaneio na grade, e agora havia meia dúzia de outros caras, ou mais, pondo mãos à obra, largando no chão imensos lençóis de cama cheios de produtos e amarrados no alto como pudins de ameixa; começaram então a desamarrá-los, revelando CDs, DVDs, pôsteres e, incompativelmente, bolsas. Levi desceu da calçada e os observou, no início distraído, mas logo depois interessado. Um deles apertou play num aparelho de som portátil e um hip-hop de verão, deslocado porém bem-vindo naquele dia frio de outono, soprou em cima dos fregueses que passavam. Muitos chiaram; Levi sorriu. Era um som que ele conhecia e adorava. Entrando sem dificuldade no ritmo do chimbal e do bumbo ou seja lá de que máquina usam para fazer esses barulhos hoje em dia, Levi começou a balançar a cabeça para a frente e para trás e a observar a atividade dos homens, ela mesma uma expressão visual da linha de baixo frenética. Como uma colcha de retalhos costurando junto um zilhão de cores geradas por computador, as capas dos DVDs estavam alinhadas em fileiras, e esses novos anúncios de cor provocaram em Levi um surto de prazer, ainda mais forte por ter sido tão inesperado e tão estranhamente sincronizado. Os homens cantavam e tiravam sarro uns dos outros, como se os consumidores esperados nem sequer importassem. Seu mostruário era tão magnífico que nenhum outro tipo de abordagem era necessário. Pareceram a Levi seres esplêndidos, de um planeta bastante diverso daquele onde estivera cinco minutos antes — de pés ágeis, atléticos, falando alto sem se importar, pretos como carvão, sorridentes, imunes às carrancas das senhoras bostonianas passando com seus cachorrinhos estúpidos. Irmãos. Uma frase à deriva dita por Howard em sua palestra matinal — agora flutuando livre do tedioso contexto original — meandrou na consciência de Levi. *Situacionistas transformam a paisagem urbana.*

"Ei, quer hip-hop? Hip-hop? Temos seu hip-hop aqui", disse um dos caras, como um ator rompendo a suspensão de descrença da quarta parede. Estendeu seus dedos longos em direção a Levi, e Levi caminhou na direção dele imediatamente.

6.

"Mãe — o que você está *fazendo?*"

É algo fora do comum, então, estar sentada dessa forma num degrau elevado, meio na cozinha e meio no jardim, com os pés dormentes sobre os ladrilhos gelados, aguardando o inverno? Kiki estivera bem satisfeita na maior parte da última hora, exatamente daquele jeito, observando o vento com cheiro de pinheiro agredir as últimas folhas até derrubá-las — agora ali estava sua filha, incrédula. Quanto mais velhas ficamos, mais nossos filhos parecem desejar que andemos numa linha muito reta com os braços pregados ao lado do corpo, nossos rostos cobertos pela expressão neutra dos manequins, jamais olhando para a esquerda, jamais olhando para a direita, e jamais — *por favor, não* — aguardando o inverno. Devem achar isso reconfortante.

"Mãe — *alô?* Está uma ventania lá fora."

"Ah — bom dia, meu bem. Não, não estou com frio."

"*Eu* estou com frio. Pode fechar a porta? O que está fazendo?"

"Não sei, na verdade. Olhando."

"Para?"

"Só olhando."

Zora encarou a mãe com um olhar boquiaberto e mal-educado e depois, de forma igualmente repentina, perdeu o interesse. Pôs-se a abrir armários.

"*Então tá...* Já tomou café?"

"Não, querida, eu comi..." Kiki pôs as mãos nos joelhos para sinalizar uma decisão; queria que Zora sentisse que sua mãe não era uma excêntrica. Que tivera um motivo para estar sentada e agora se levantaria por um motivo. Disse: "Este jardim está precisando de um pouco de carinho e dedicação. A grama está cheia de folhas mortas. Ninguém colheu nenhuma das maçãs, estão ali apodrecendo".

Mas Zora não viu interesse nenhum nisso.

"Bem", respondeu suspirando. "Vou fazer torradas e ovos mexidos. Posso comer ovos mexidos uma vez, num domingo — sinto que fiz por merecer, nadei como uma desgraçada esta semana. Temos ovos?"

"Aparador — na ponta direita."

Kiki escondeu os pés sob si. Estava com frio agora, no fim das contas. Usando as estreitas bordas de borracha das portas corrediças como apoio, ela içou o corpo do chão. Um esquilo, cujo avanço estivera acompanhando, finalmente conseguiu romper o invólucro da bola de gordura e nozes que ela tinha deixado para os passarinhos e agora estava parado no lugar para onde esperava que tivesse vindo meia hora antes, nos ladrilhos bem à sua frente, com o ponto de interrogação da cauda tiritando no vento nordeste.

"Zoor, olha esse carinha."

"Nunca *entendo* isso — como é que os ovos não vão pra geladeira? Você é a única pessoa que conheço que acha isso bom. Ovos — geladeira. É tão *básico*."

Kiki fechou as portas corrediças e foi até o quadro de cortiça onde estavam pregados contas e cartões de aniversário, fotografias e recortes de jornal. Começou a levantar as camadas de papel, olhando embaixo de recibos e atrás do calendário. Nada jamais foi tirado dali. Ainda havia uma fotografia do primeiro Bush com um alvo de dardos sobreposto ao rosto. No canto superior esquerdo, um enorme bóton comprado na Union Square de Nova York em meados dos anos 80: *De minha parte, nunca consegui entender precisamente o que é o feminismo. Só sei que as pessoas me chamam de feminista sempre que expresso sentimentos que me diferenciam de um capacho.* Há muito tempo, alguém tinha derramado alguma coisa em cima dele e a citação tinha amarelado e enrugado como um pergaminho, encolhendo entre suas coberturas de plástico e metal.

"Zoor, ainda temos o telefone do cara da piscina? Acho melhor ligar pra ele. A coisa tá saindo do controle, ali."

Zora balançou a cabeça rápido, uma vibração de desinteresse perplexo.

"Não sei. Pergunta pro pai."

"Querida, ligue o exaustor. O alarme de fumaça vai disparar."

Kiki, temendo a infame falta de jeito da filha, levou as mãos ao rosto quando Zora desenganchou uma frigideira do jogo de peças semelhantes pendurado num cabide sobre o forno. Nada foi derrubado. E então a máquina de ventilação foi acionada, convenientemente barulhenta e insensível a nuances — ruído de fundo mecânico para preencher todas as frestas do ambiente e da conversa.

"Onde está todo mundo? É tarde."

"Acho que Levi nem voltou para casa ontem à noite. Seu pai está dormindo, acho."

"Você *acha*? Você não sabe?"

As duas se entreolharam, a mulher mais velha examinando com atenção o rosto mais jovem. Esforçou-se para encontrar uma rota através daquela ironia fria e sem graça que Zora e seus amigos pareciam tanto estimar.

"O quê?", disse Zora com maliciosa inocência, repelindo um autêntico questionamento. "Não sei dessas coisas. Não sei a quantas anda o esquema de dormir." Virou-se novamente e abriu a porta dupla da geladeira, dando um passo adentro em seu interior cavernoso. "Só prefiro deixar que vocês dois façam a novelinha de vocês. Se o drama deve continuar, ele deve continuar."

"Não há drama."

Zora usou as duas mãos para levantar uma embalagem gigante de suco, distante e acima do corpo, como uma taça que tivesse conquistado.

"Você é quem sabe, mãe."

"Só me faz um favor, Zoor — pega leve hoje de manhã. Gostaria de passar um dia sem todo mundo berrando."

"Como eu disse — você é quem sabe."

Kiki sentou à mesa da cozinha. Passou o dedo no caminho aberto na borda por um caruncho. Podia ouvir os ovos de Zora chiarem e estalarem sob a pressão da impaciência da cozinheira, o odor de panelas queimando fazendo parte do processo desde o instante em que o gás foi aceso.

"E onde é que foi parar Levi?", perguntou Zora radiante.

"Não faço idéia. Não o vejo desde ontem de manhã. Ele não voltou do trabalho."

"Espero que esteja usando proteção."

"Ah, *Deus*, Zora."

"O quê? Você devia fazer uma lista dos assuntos sobre os quais não podemos mais falar. Pra eu saber."

"Acho que ele foi a uma boate. Não tenho certeza. Não posso prendê-lo em casa."

"Não, mãe", disse Zora num trinado de duas notas feito para pacificar os paranóicos e os tediosamente menopáusicos. "Claro, ninguém está dizendo isso."

"Desde que ele fique em casa nas noites de escola. Não sei o que mais posso fazer. Sou mãe dele — não uma carcereira."

"Olha, eu não *ligo*. Sal?"

"No lado — bem aí."

"E aí, você vai fazer alguma coisa hoje? Ioga?"

Kiki jogou-se para a frente na cadeira e segurou as panturrilhas com as mãos. Seu peso a rebocava mais para a frente do que a maioria das pessoas. Se quisesse, poderia colar as palmas das mãos no chão.

"Acho que não. Estirei alguma coisa na última vez."

"Bem, não vou ficar para o almoço. Só posso comer mesmo uma refeição por dia, nesse estágio. Vou fazer compras — você devia vir junto", propôs Zora sem entusiasmo. "Não fazemos isso há uma eternidade. Preciso de uns trecos novos pra vestir. *Odeio* tudo que tenho."

"Você está ótima."

"Sei. Estou ótima. Pena que não estou", disse Zora, dando um puxão melancólico em sua camisa de pijama masculina. Era por isso que Kiki temera tanto ter uma menina: sabia que seria incapaz de protegê-la do autodesprezo. Com esse propósito, tinha banido a televisão nos primeiros anos, e nunca um batom ou uma revista feminina cruzara o batente do lar dos Belsey até onde Kiki sabia, mas essas e outras medidas preventivas não haviam feito diferença. Estava no *ar*, ou pelo menos assim parecia a Kiki, esse ódio das mulheres pelos seus corpos — infiltrava-se pela ventilação da casa; as pessoas traziam-no para dentro nos sapatos, inspiravam-no das páginas dos jornais. Não havia jeito de controlá-lo.

"Não consigo encarar o shopping hoje. Na verdade, talvez eu vá visitar Carlene."

Zora girou, dando as costas à frigideira. "Carlene Kipps?"

"Eu a visitei na terça — ela não está muito bem, acho. Talvez eu leve a lasanha que está no freezer."

"*Você* está levando uma lasanha congelada para a senhora Kipps", disse Zora apontando para Kiki com a colher de pau.

"Talvez leve."

"Agora vocês são amigas, então?"

"Acho que sim."

"Tá", disse Zora em tom ambíguo, devolvendo a atenção ao fogão.

"Tem algum problema?"

"Acho que não."

Kiki fechou os olhos por um longo intervalo e esperou a continuação.

"Quer dizer... acho que você sabe que Monty está pegando no pé do pai com força, neste momento. Ele escreveu mais um artigo absolutamente feroz no *Herald*. Quer ministrar suas palestras tóxicas e está acusando Howard de — saca só — *restringir seu direito à livre expressão*. Fico *alterada* só de pensar em como esse homem deve viver *arrasado* pelo ódio que tem de si mesmo. Quando ele terminar, não teremos política de ação afirmativa *nenhuma*, basicamente. E Howard provavelmente precisará buscar outro emprego."

"Ah, aposto que não é tão sério assim."

"Talvez você tenha lido outro artigo." Kiki ouviu o aço penetrando na voz de Zora. O poder da força da vontade florescente da filha, sua intensidade adolescente, era algo que as duas estavam descobrindo juntas, de ano em ano. Kiki sentia-se como uma pedra de amolar contra a qual Zora se afiava.

"Não li", disse Kiki flexionando sua própria força de vontade. "Estou meio que tentando cultivar a idéia de que há um mundo fora de Wellington."

"Só não entendo de que serve levar uma lasanha para alguém que acredita que você vai queimar no fogo do inferno, só isso."

"Você não entenderia mesmo."

"Me explique."

Kiki entregou os pontos com um suspiro. "Deixa pra lá, tá?"

"Deixado. Devidamente deixado. Dentro do grande buraco onde tudo é deixado pra lá."

"Como estão seus ovos?"

"Supimpas", disse Zora no tom de voz dos Wooster, sentando-se com convicção no balcão de café-da-manhã, de costas para a mãe.

Ficaram sentadas em silêncio por alguns minutos, com o ventilador cumprindo sua útil função. Até que, remotamente, a televisão foi despertada. Kiki assistiu, mas sem conseguir ouvir, a uma gangue selvagem de garotos maltrapilhos usando roupas esportivas de segunda mão de um país mais rico que o deles desembestar por uma ruela tropical. A meio caminho entre uma dança tribal e um tumulto. Davam socos no ar e pareciam cantar. O próximo plano era de um outro garoto jogando uma simples bomba incendiária caseira. A câmera seguiu sua trajetória e mostrou a explosão balançando um jipe vazio do exército, que por sua vez já tinha colidido com uma palmeira. O canal mudou uma, duas vezes. Zora parou no clima: uma previsão dos próximos cinco dias que mostrava os números despencando num ritmo constante, porém drástico. Isso mostrou a Kiki exatamente quanto tempo ainda tinha a esperar. No próximo domingo, o inverno estaria ali.

"Como vai a escola?", tentou Kiki.

"Bem. Vou precisar do carro terça à noite — vamos sair numa espécie de *viagem de campo* — na Bus Stop."

"Na boate? Vai ser divertido, não vai?"

"Acho que vai. É para a aula da Claire."

Kiki, que já tinha presumido isso, não disse nada.

"Então, tem problema?"

"Não sei o que você está me perguntando. Quanto ao carro não tem problema, claro."

"Quer dizer, você não comentou nada", disse Zora, dirigindo o comentário à tela da televisão. "Eu nem pegaria essa matéria, mas ela realmente... essas merdas contam quando chega a pós-graduação — ela é um *nome*, e é idiota, mas isso faz diferença."

"Não é um problema para mim, Zoor. É você que está transformando num problema. Parece ótimo. Bom pra você."

Estavam falando entre si com tilitante obsequiosidade, como dois administradores preenchendo juntos um formulário.

"Acho que só não quero me sentir mal com isso."

"Ninguém está pedindo que você se sinta mal. Já teve a primeira aula?"

Zora espetou um pedaço de torrada no garfo e levou-o até a boca, mas falou antes. "Tivemos uma sessão inicial — apenas pra estabelecer os parâmetros. Algumas pessoas leram uns troços. Teve de tudo um pouco. Várias aspirantes a Plath. Não estou muito preocupada."

"Certo."

Kiki olhou por cima do ombro para o jardim e, pensando de novo na água e nas folhas e nas maneiras como uma complica a outra, uma lembrança do verão emergiu de repente na superfície de sua mente. "Olha só... sabe aquele rapaz — o bonito, no Mozart —, ele não se apresentava no Bus Stop?"

Zora mastigou a torrada com força e falou somente pelo cantinho da boca. "Talvez — não lembro muito bem."

"Ele tinha um rosto tão incrível."

Zora ergueu o controle remoto e mudou para o canal público local. Noam Chomsky estava sentado numa escrivaninha. Falava direto para a câmera, suas mãos grandes e expressivas descrevendo círculos cada vez maiores à sua frente.

"Você não repara nesse tipo de coisa."

"*Mãe.*"

"Bem, é interessante. Você não repara. Sua mente é muito elevada. É uma qualidade admirável."

Zora aumentou o volume de Noam e se inclinou de ouvido em direção à televisão.

"Acho que só estou procurando alguma coisa um pouco mais... cerebral."

"Quando eu tinha a sua idade, costumava seguir garotos pela rua porque eram bonitinhos de costas. Gostava de vê-los sacudindo e requebrando."

Zora olhou espantada para a mãe. "Estou tentando *comer*."

Um som de porta abrindo. Kiki se levantou. Seu coração, deslocando-se inexplicavelmente para a coxa direita, batia com violência e ameaçava fazê-la perder o equilíbrio. Deu um passo na direção da entrada dos fundos.

"Isso foi a porta do Levi?"

"Vi aquele cara, por sinal... foi estranho... semana passada, na rua. O nome dele é Carl ou algo assim."

"Viu? Como ele estava? *Levi — é você?*"

"Não sei como ele *estava*, não me contou a história da vida dele — parecia bem. Na verdade, ele é um pouco sinistro. Convencido, até certo ponto. Acho que 'poeta da rua' provavelmente significa apenas...", disse Zora esmorecendo enquanto sua mãe cruzava a sala para receber o filho.

"Levi! Boa *tarde*, meu bem. Nem sabia que você estava aí embaixo."

Levi apertou os ossinhos dos polegares contra os olhos remelentos e deu de encontro com a mãe e seu alívio no meio do caminho. Sem resistência, deixou-se acolher pela expansiva familiaridade de seu peito.

"Querido, você parece *mal*. Que horas chegou?"

Levi lançou um olhar débil para o alto e voltou a se entocar novamente.

"Zora — prepare um pouco de chá pra ele. O pobrezinho não consegue falar."

"Ele que prepare o próprio chá. O pobrezinho não devia beber tanto."

Isso avivou Levi. Libertou-se da mãe e marchou até a chaleira. "Meu, cala a boca."

"Cala a boca *você*."

"Não bebi coisa nenhuma na real — só tô cansado. Voltei tarde."

"Ninguém ouviu você entrar — me preocupo, você sabe. Por onde andou?", perguntou Kiki.

"Lugar nenhum — só conheci uns caras. Tava dando um rolê com eles — fomos numa boate. Foi maneiro. Mãe, tem algo pro café?"

"Como foi o trabalho?"

"Bem. Mesma coisa. Tem café?"

"Estes ovos são *meus*", Zora disse e se curvou para a frente, arrastando o prato contra o peito. "Você sabe onde está o cereal."

"Cala a *boca*."

"Meu bem, que bom que você se divertiu, mas agora chega. Não quero que saia outra noite esta semana, tá?"

A voz de Levi saltou uma porção de decibéis em sua defesa: "Eu nem *quero* sair".

"Bom, porque você tem os testes do preparatório e precisa começar a enfiar a cara desde já."

"Ah, peraí, meu — preciso sair na terça."

"Levi, o que foi que acabei de dizer?"

"Mas volto até as onze. *Yo*, é importante."

"Não me *interessa*."

"Sério — pô, meu — uns caras que conheci — eles vão se apresentar — volto até as onze — é só no Bus Stop — posso pegar um táxi."

A cabeça de Zora desgrudou do café-da-manhã e empertigou-se. "Espera — *eu* vou no Bus Stop terça."

"E?"

"E não quero ver *você* lá. Vou com a minha turma."

"E?"

"Não pode ir qualquer outro dia?"

"Ah, cala a boca, meu. Mãe, às onze eu tô na área. Tenho dois períodos livres na quarta. Sério, meu. Não dá nada. Vou voltar com a Zora."

"Não vai *não*."

"Sim, ele vai", disse Kiki, encerrando o assunto. "Fica combinado assim. Os dois de volta até as onze."

"*O quê?*"

Levi fez uma dancinha de comemoração a caminho da geladeira, acrescentando um giro jacksoniano especial ao passar pela cadeira de Zora.

"Uau, isso é injusto", reclamou Zora. "É por isso que eu devia ter ido à faculdade numa outra cidade."

"Você mora nesta casa, então precisa ajudar com as coisas da família", disse Kiki recorrendo aos fundamentos para defender uma decisão cuja parcialidade já havia previamente registrado. "O acordo é esse. Você não paga aluguel aqui."

Zora uniu as mãos numa reza penitente. "Isso é *tanta* bondade, obrigada. *Obrigada* por me deixar ficar no lar onde cresci."

"Zoor, não comece a me atazanar hoje de manhã — estou falando sério, nem..."

Sem ninguém ter notado, Howard havia entrado na cozinha. Estava completamente vestido, inclusive calçado. Seu cabelo estava molhado e penteado para trás. Era a primeira vez na semana, talvez, que Howard e Kiki ficavam no mesmo recinto desse jeito, ainda que a três metros de distância, dessa vez com pleno contato visual, como dois retratos formais e alheios, de corpo inteiro, virados de frente um para o outro. Enquanto Howard pedia aos filhos que deixassem o recinto, Kiki ficou na dela, olhando. Ela enxergava diferente, agora; esse era um dos efeitos colaterais. Se essa nova maneira de enxergar era a verdade, isso não sabia. Mas era com certeza nítida e reveladora. Via cada dobra e tremor da beleza dele em extinção. Descobriu que ele podia evocar desprezo até mesmo por suas características físicas mais neutras. As narinas finas, caucasianas, com consistência de papel. As orelhas pastosas de onde brotavam pêlos que ele tinha o cuidado de remover, mas cuja existência fantasmagórica ela seguia catalogando. As únicas coisas que ameaçavam perturbar sua convicção eram as diáfanas *camadas* temporais de Howard a desfilar diante dela: Howard aos vinte e dois, aos trinta, aos quarenta e cinco e aos cinqüenta e um; a dificuldade de manter todos esses outros Howards afastados de sua consciência; a importância de não ter a atenção desviada, de reagir apenas a esse Howard mais recente, o Howard de cinqüenta e sete anos. O mentiroso, o destruidor de corações, a fraude emocional. Ela não titubeou.

"Do que se trata, Howard?"

Howard tinha acabado de conduzir seus filhos resistentes para fora do recinto. Estavam sós. Ele se virou rapidamente, o rosto um completo nada. Estava confuso quanto ao que fazer com as mãos e os pés, onde ficar parado, em que se apoiar.

"Não 'se trata' de nada", disse ele suavemente, puxando o cardigã sobre o corpo. "Pessoalmente, não sei o que a pergunta significa. *Do que se trata?* Quer dizer... obviamente, trata-se de tudo."

Kiki, sentindo a força de sua posição, rearranjou seus braços cruzados. "Certo. Isso é bem poético. Acho que não estou me sentindo muito poética agora, só isso. Queria me dizer alguma coisa?"

Howard olhou para o chão e balançou a cabeça, desapontado, como um cientista que não obtém resultado de uma experiência cuidadosamente preparada. "Entendo", disse por fim, e fez menção de regressar ao escritório, mas parou na porta e se virou. "Humm... Tem alguma hora em que possamos conversar, de fato? Como seres humanos. Que se conheçem."

Kiki, por sua vez, estivera esperando um gancho. Esse serviria. "Não venha *me* dizer para me comportar como um ser humano. Eu *sei* como me comportar como um ser humano."

Howard lançou-lhe um olhar fulminante. "*Claro* que sabe."

"Ah, *vá se foder.*"

Como acompanhamento disso, Kiki fez algo que não fazia há anos. Mostrou o dedo do meio para o marido. Howard ficou desconcertado. Com uma voz distante, ele disse: "Não... Isso não vai funcionar".

"Não, mesmo? Não estamos tendo um bom diálogo? Não estamos interagindo da maneira que você esperava? Howard, vá para a biblioteca."

"Como posso conversar com você desse jeito? Não há condição de eu falar com você."

Sua legítima aflição era óbvia, e por um momento Kiki pensou em confrontá-la na mesma moeda. Em vez disso, endureceu ainda mais por dentro.

"Bem, lamento por isso."

Kiki tomou consciência, de repente, da própria barriga e do modo como estava cobrindo seu fuseau; reacomodou-a dentro do elástico da roupa de baixo, um gesto com o qual, de alguma forma, se sentiu mais protegida, mais sólida. Howard pôs as duas mãos sobre o aparador, como um advogado expondo os argumentos finais a um júri invisível.

"Obviamente, precisamos conversar sobre o que vai acontecer daqui pra frente. Pelo menos... bem, as crianças precisam saber."

Kiki soltou uma labareda de riso. "Querido, é você quem toma as decisões. Elas vêm e a gente vai se desdobrando. Vai saber o que você vai fazer da família em seguida. Sabe? Ninguém pode saber isso."

"Kiki..."

"*O quê?* O que você quer que eu *diga?*"

"Nada", explodiu Howard para depois recobrar o autocontrole, baixando do a voz e entrelaçando as mãos. "Nada... o ônus é meu, sei disso. Cabe a mim... ahn... explicar a minha narrativa de um modo que seja compreensível... e configure uma... não sei, uma explicação, suponho, em termos de motivação..."

"Não se preocupe — compreendo sua narrativa, Howard. O que valeria por dizer, em outros tempos, que eu sei qual é a sua. *Não estamos na sua aula agora.* Você é capaz de falar comigo de um jeito que signifique *alguma coisa?*"

Diante disso, Howard apenas grunhiu. Abominava a referência (uma antiga ferida de guerra nesse casamento, continuamente reaberta) a uma separação entre sua linguagem "acadêmica" e a linguagem dita "pessoal" de sua mulher. Ela sempre podia dizer — e sempre dizia — "não estamos na sua aula agora" e isso sempre seria verdade, mas ele nunca, *nunca* se submeteria à alegação de que a linguagem de Kiki era mais emocionalmente expressiva do que a sua. Mesmo agora, *mesmo agora,* aquela discussão antiqüíssima na união dos dois estava atiçando os exércitos furiosos dentro de sua mente, preparando mais uma aparição no campo de batalha. Foi necessária uma força de vontade enorme de sua parte para desviar essas forças.

"Olha, nem vamos... Só quero dizer que sinto que... você sabe, que parecemos estar dando um passo gigante para trás. Na primavera, parecia que íamos... Não sei. Sobreviver a isso, acho."

O que veio em seguida brotou do peito de Kiki como se ela estivesse cantando uma ária. "Na *primavera* eu não sabia que você estava *comendo uma de nossas amigas.* Na primavera era só uma qualquer, uma qualquer sem nome, era uma noite e nada mais — agora é *Claire Malcolm.* Durou semanas!"

"*Três* semanas", disse Howard em volume quase inaudível.

"Eu *pedi* pra você me contar a verdade e você *olhou nos meus olhos e mentiu pra mim.* Como qualquer outro *filho-da-puta* de meia-idade nessa cidade mentindo pra esposa *idiota* dele. Não posso acreditar na falta de consideração que você tem por mim. *Claire Malcolm é nossa amiga.* Warren é nosso *amigo.*"

"Muito bem. Vamos falar disso, então."

"Oh, podemos? Podemos mesmo?"

"Claro. Se você quer."

"Posso fazer as perguntas?"

"Se preferir."

"Por que você trepou com Claire Malcolm?"

"Porra, Keeks, por favor..."

"Desculpe, isso é óbvio demais? Ofende sua suscetibilidade, Howard?"

"*Não*. Claro que não — não seja tão insensata... é obviamente doloroso para mim tentar... explicar algo tão banal, de um modo que..."

"Oh, sinto muito se o seu pau ofende sua suscetibilidade intelectual. Deve ser terrível. Ali está seu cérebro sutil, maravilhoso e intrincado, mas seu pau vulgar e idiota fica dando uma de babaca o tempo todo. Deve ser foda pra você!"

Howard pegou a mochila que, como Kiki só tinha notado agora, estava no chão a seus pés. "Vou embora agora", disse escolhendo a rota pelo lado direito da mesa, de modo a poder evitar um confronto físico. Kiki não se opunha, nas piores horas, a chutar e dar socos, e ele não se opunha a segurar os pulsos dela com força até que parasse.

"Uma mulherzinha *branca*", gritou Kiki para longe, já incapaz de controlar-se. "Uma mulherzinha branca minúscula que eu poderia enfiar no meu *bolso*."

"Vou embora. Você está sendo ridícula."

"E não sei por que estou surpresa. Você nem repara — você nunca repara. Acha que é normal. Em todo lugar a que vamos, fico sozinha num... num *mar* de brancura. Mal *conheço* gente negra hoje em dia, Howie. Minha vida inteira é branca. Não vejo gente negra a não ser que estejam limpando o chão onde piso na porra da cafeteria da *porra* da sua universidade. Ou empurrando uma porra de cama de hospital num corredor. *Apostei minha vida inteira* em você. E já não faço mais idéia de por que fiz isso."

Howard parou embaixo de uma pintura abstrata pendurada na parede. Seu elemento principal era um pedaço de gesso grosso e branco feito para parecer um tecido de linho, amassado como um trapo que alguém tivesse jogado fora. O ato de jogar fora tinha sido flagrado pelo artista em pleno vôo, com o "linho" congelado no espaço, emoldurado por uma caixa de madeira branca que se projetava da parede.

"Não consigo entender você", disse olhando enfim para ela. "Você não está sendo nem um pouco razoável. Você está histérica agora."

"Larguei minha *vida* por você. Nem sei mais quem sou." Kiki caiu numa cadeira e começou a chorar.

"Ai, Deus, por favor... por favor... Keeks, não chore, por favor."

"Você conseguiria ter achado alguém mais diferente de mim se tivesse *varrido o planeta?*", disse ela golpeando a mesa com o punho. "Minha *perna* pesa mais que aquela mulher. Com o que você me fez *parecer* na frente de todo mundo nesta cidade? Casou com uma negrona enorme e agora foge com uma porra de uma leprechaun?"

Howard pegou as chaves da bota de argila no aparador e caminhou resoluto em direção à porta da frente.

"Não casei."

Kiki deu um pulo e foi atrás dele. "O quê? Não escutei o que você disse — o quê?"

"*Nada*. Não tenho permissão para dizer."

"Diga."

"Só disse que..." Howard encolheu os ombros, contrafeito. "Bem, na verdade me casei com uma mulher negra esbelta. Não que seja relevante."

Os olhos de Kiki se arregalaram, permitindo que as lágrimas restantes formassem uma película sobre seus globos oculares. "Puta *merda*. Quer me processar por quebra de contrato, Howard? O produto se expandiu de uma hora para a outra?"

"Não seja ridícula. Não é nada tão banal assim. Não quero entrar nesse assunto. Há milhões de fatores, está claro. Não é por esse motivo que as pessoas têm casos, e não quero ter uma conversa desse nível, realmente não quero. É pueril. Está abaixo de você — abaixo de mim."

"Lá vai você de novo. Howard, você devia conversar com a sua rola para que os dois rezem pela mesma cartilha. Sua rola está abaixo de você. Sem exagero." Kiki riu um pouco e depois chorou — ganidos infantis e disformes que vinham da barriga, renunciando a tudo que lhe restava.

"Olha", disse Howard decidido, e quanto mais ela percebia a compaixão dele escoando para longe de si, mais ela chorava. "Estou tentando ser o mais honesto possível. Se me perguntar, é claro que a fisicalidade é um fator. Você... Keeks, você mudou muito. Não me *importo*, mas..."

"Apostei minha *vida* em você. Apostei a minha *vida*."

"E eu amo você. Sempre amei você. Mas não vou discutir isso."

"Por que não pode me dizer a *verdade*?"

Howard passou a sacola da mão esquerda para a direita e abriu a porta

213

da frente. Mais uma vez ele era aquele advogado simplificando um caso complexo para uma cliente desesperada e ingênua que não queria aceitar seus conselhos.

"É verdade que os homens — eles reagem à beleza... não termina para eles, essa... essa *preocupação* com a beleza enquanto realidade física no mundo — e isso claramente nos tolhe e nos infantiliza... mas é *verdade* e... não sei de que outro jeito explicar o que..."

"*Saia* da minha frente."

"Pode deixar."

"Não estou interessada em suas teorias estéticas. Guarde-as para Claire. Ela adora."

Howard suspirou. "Eu não estava lhe dando uma teoria."

"Você acha que existe alguma porra qualquer filosófica só porque não consegue manter o pau dentro das calças? Você não é Rembrandt, Howard. E não se engane: querido, eu olho para os garotos o *tempo inteiro* — o tempo inteiro. Vejo garotos bonitos todo dia da semana, e penso no caralho deles e em como ficariam nus em pêlo..."

"Você está sendo realmente vulgar, agora."

"Mas sou uma adulta, Howard. E escolhi a minha vida. Achei que você também tinha escolhido. Mas você continua correndo atrás de buceta, ao que parece."

"Mas ela não...", disse Howard reduzindo a voz a um sussurro exasperado, "sabe... ela tem a *nossa* idade, ou mais, acho — você fala como se fosse uma aluna como as de Erskine... ou... Mas na verdade eu não..."

"Quer uma porra de um *troféu?*"

Howard bateu a porta atrás de si com vontade, e Kiki chutou-a com a mesma determinação. A força derrubou o quadro com o gesso no chão.

7.

Na noite de terça, um cano principal de água arrebentou na esquina da Kennedy com a Rosebrook. Um rio escuro encheu a rua, poupando apenas a parte central mais elevada. Alagou os dois lados da Kennedy Square, acumulando-se em poças sujas tingidas de laranja pela iluminação pública. Zora tinha estacionado o carro da família a uma quadra de distância, com a intenção de aguardar sua turma de poesia na ilha central de tráfego, mas ela também estava banhada de todos os lados por um lago pastoso, mais ilha do que nunca. Os carros borrifavam lençóis de água ao passar. Em vez disso, se postou no fundo da calçada, optando por encostar-se num poste de cimento em frente a uma farmácia. Ali naquele local, Zora estava convencida de que avistaria sua turma, quando chegasse, pelo menos um instante ou dois antes que fosse avistada por eles (a intenção com a ilha de tráfego também era essa). Ficou segurando um cigarro e tentando curtir a queimação que ele provocava em seus lábios ressecados pelo inverno. Observou um pequeno padrão comportamental se desenvolvendo logo no outro lado da rua. As pessoas paravam na entrada do McDonald's, esperavam que o carro que ia passar deslocasse seu galão de água encardida e depois seguiam caminho, orgulhosas, adaptando-se com agilidade a tudo que a cidade pudesse jogar em cima delas.

"Alguém chamou o departamento de águas? Ou isso é o segundo dilúvio?", cobrou uma voz bostoniana gutural ao lado do cotovelo de Zora. Era o indigente de pele roxa com sua barba enroscada cheia de nódulos sólidos e cinzentos e anéis brancos de panda ao redor dos olhos, como se passasse a metade do ano em Aspen. Estava sempre ali, segurando um copo de isopor para mendigar trocados em frente ao banco, e agora sacudia o copo na direção de Zora, com uma risada áspera. Como ela não respondeu, ele fez a piada de novo. Para escapar, ela avançou até a beira da rua e olhou a sarjeta, indicando sua preocupação e desejo de investigar a situação mais a fundo. Uma pátina de gelo tinha se aglutinado em cima das poças ali formadas pelos buracos e valas naturais criadas pelo asfalto irregular. Algumas poças já tinham assumido a forma de lama de neve derretida, mas outras ainda conservavam incólumes seus rinques de gelo da espessura de wafers. Zora jogou o cigarro em cima de uma delas e prontamente acendeu outro. Ela achava difícil essa coisa de ficar sozinha, esperando a chegada de um grupo. Preparou um rosto — como dizia sua poeta favorita — para encontrar os rostos que conhecia, e era um procedimento que exigia tempo e aviso prévio para funcionar direito. Na verdade, na ausência de companhia ela tinha a impressão de não possuir nenhum rosto... E mesmo assim, na universidade, ela sabia que tinha a fama de ter opiniões fortes, de ser uma "figura" — a verdade era que não levava essas paixões públicas consigo para casa, ou mesmo para fora da sala de aula, em nenhum sentido sério. Não sentia *possuir* nenhuma verdadeira opinião, ou pelo menos não no sentido em que os outros pareciam tê-las. Quando a aula terminava, ela percebia de cara como poderia ter discutido o assunto do ponto de vista contrário com a mesma gana e sucesso; defendido Flaubert contra Foucault; salvado Austen dos insultos em vez de Adorno. Será que alguém realmente se apegava de verdade a alguma coisa? Ela não fazia idéia. Ou Zora era a única que vivia essa estranha impessoalidade, ou eram todos, e eles estavam fazendo cena da mesma forma que ela. Presumia que essa era a revelação que a universidade lhe traria, em algum momento. Enquanto isso, numa espera como aquela, aguardando ser encontrada por pessoas reais, sentia-se leve, existencialmente leve, revolvendo possíveis tópicos para uma conversa numa trouxa de idéias pesadas que carregava pelo cérebro para emprestar-lhe uma aparência de conteúdo. Mesmo naquela curta excursão para o lado boêmio de Wellington — uma jornada que, tendo sida transposta de carro, não ofereceu oportunidade para leitura —, trouxera consigo na mochila três romances e um pequeno tratado de Simone de Beauvoir sobre a ambigüidade — o suficiente para servir de lastro e evitar que ela saísse flutuando por cima da enchente, perdendo-se no céu noturno.

"Mestre *Zora* — se misturando à fina *flor*."

À sua direita estavam os seus amigos, saudando-a; à sua esquerda, colado em seu ombro, o mendigo, de quem então se afastou, rindo estupidamente da idéia de que pudesse haver uma ligação de qualquer tipo entre os dois. Foi abraçada e sacudida. Eram pessoas que ali estavam, amigos. Um garoto chamado Ron, de compleição delicada e movimentos calculados e irônicos, que gostava de estar sempre limpo, que gostava de coisas japonesas. Uma garota chamada Daisy, alta e sólida como uma nadadora, com um rosto da mais plena ingenuidade americana, cabelos cor de areia e modos um pouco mais desaforados do que o necessário, dada sua aparência. Daisy gostava de comédias românticas dos anos 80, de Kevin Bacon e de bolsas de lojas de segunda mão. Hannah era ruiva e sardenta, racional, trabalhadora, madura. Gostava de Ezra Pound e de fazer as próprias roupas. Eram pessoas que ali estavam. Eram gostos, hábitos de consumo e atributos físicos.

"Onde está Claire?", perguntou Zora olhando ao redor deles.

"Do outro lado da rua", disse Ron com a mão parada no quadril. "Com

Eddie, Lena, Chantelle e todo mundo — a maioria da classe veio. Claire está *amando*, naturalmente."

"Ela mandou vocês virem aqui?"

"Acho que sim. Ooooh, doutor Belsey. Sente cheiro de um trauma?"

Zora seguiu a isca com alegria. Em virtude de quem era, possuía informações que os outros estudantes não podiam sonhar em ter. Era o elo vital entre eles e a vida íntima dos professores. Não tinha pudor nenhum de compartilhar tudo que sabia.

"Está falando *sério*? Ela nem consegue me olhar no olho — nem na sala de aula, quando leio ela fica fazendo que sim com a cabeça em direção à janela."

"Acho que ela tem TDA, só isso", disse Daisy com a voz arrastada.

"Ela tem é TDP. Transtorno do Déficit de Peru", disse Zora, porque ela era extremamente rápida. "Sem peru fica transtornada."

Sua pequena platéia gargalhou, fingindo uma mundanidade que nenhum deles havia conquistado.

Ron segurou-a amistosamente pelos ombros. "A paga do pecado, et cetera", disse quando começaram a caminhar, e depois: "Para onde vai a moralidade?".

"Para onde vai a poesia?", disse Hannah.

"Para onde vai meu traseiro?", disse Daisy e cutucou Zora para pedir um cigarro. Eram fluentes e sabidos, e tinham um timing perfeito, e eram jovens e hilários. Era realmente algo de se ver, pensavam, e era por isso que falavam alto e gesticulavam, convidando os espectadores a admirá-los.

"Nem me *fala*", disse Zora, abrindo sua carteira de cigarros.

E então aconteceu de novo, o milagre diário pelo qual a interioridade se abre e faz vicejar a flor de um milhão de pétalas do estar aqui, no mundo, com outras pessoas. Nem tão difícil quanto ela tinha pensado que ia ser, nem tão fácil quanto parecia.

The Bus Stop era uma instituição de Wellington. Durante vinte anos, foi um restaurante marroquino barato e popular que atraía estudantes, os hippies idosos da Kennedy Square, professores, moradores locais e turistas. Era administrado por uma família nascida no Marrocos, e a comida era muito boa, despretensiosa e saborosa. Embora não houvesse uma diáspora marroquina em Wellington para reconhecer a autenticidade do tagine de carneiro ou do cuscuz de açafrão, a família Essakalli nunca tinha sido tentada à americanização. Serviam o que eles mesmos gostavam de comer e esperaram que os wellingtonianos se acostumassem, o que de fato aconteceu. Só a decoração dobrava-se ao apetite da cidade pelo charme étnico kitsch: mesas de carvalho incrustadas de madrepérola, banquinhos baixos enterrados sob almofadas multicoloridas de lã de cabra rústica. Narguilés de pescoços longos em estantes altas como pássaros exóticos empoleirados.

Seis anos atrás, quando os Essakalli se aposentaram, seu filho Yousef assumiu o negócio com sua esposa teuto-americana, Katrin. Ao contrário de seus pais, que tinham meramente tolerado os estudantes — seus jarros de cerveja, identidades falsas e pedidos de ketchup —, o mais jovem e americano Yousef gostava da presença deles e entendia suas necessidades. Foi idéia dele converter o porão de quinze metros quadrados num ambiente de boate que poderia ser ocupado pelas mais diversas turmas, eventos e festas. Ali o visual de *Guerra nas estrelas* era exibido junto com a trilha sonora de *Dr. Jivago*. Ali uma moça ruiva cheinha e com covinhas no rosto explicava a uma gangue de calouras longilíneas como mover o abdômen em pequenos incrementos em sentido horário, a arte da dança do ventre. Rappers locais se apresentavam de improviso. Era uma parada favorita de bandas de rock britânicas buscando aliviar os nervos antes de suas turnês americanas. O Marrocos, tal qual reinventado no Bus Stop, era um lugar inclusivo. Os jovens negros de Boston curtiam o Marrocos, curtiam sua natureza árabe essencial e sua alma africana, os colossais cachimbos de maconha, o chili na comida, o ritmo contagiante da música. Os jovens brancos da universidade também curtiam o Marrocos: gostavam de seu glamour esfarrapado, de sua cinematográfica história de orientalismo não politizado, dos sapatos pontudos descolados. Os hippies e ativistas da Kennedy Square — sem ao menos terem consciência disso — vinham mais regularmente ao Bus Stop agora do que antes do início da guerra. Era seu jeito de demonstrar solidariedade com o sofrimento estrangeiro. De todos os eventos regulares do Bus Stop, as noites quinzenais de Spoken Word eram a maior sensação. Como forma de arte, ela exercia a mesma inclusão que o próprio local: fazia todo mundo se sentir em casa. Não era rap nem poesia, nem formal nem exageradamente pirado, não era negro, não era branco. Era qualquer coisa que as pessoas quisessem dizer e qualquer um que tivesse peito de subir no pequeno palco em forma de caixote no porão e dizê-lo. Para Claire Malcolm, era todo ano uma oportunidade de mostrar a seus novos alunos que a poesia era uma igreja abrangente que ela não temia explorar.

Por causa dessas visitas, e como freqüentadora do restaurante, Claire era bem conhecida e estimada pelos Essakalli. Ao vê-la, Yousef abriu caminho entre a fila de pessoas que aguardavam mesa e ajudou Claire a manter a porta dupla aberta para que sua garotada pudesse entrar e se abrigar do frio. Com o braço no alto da moldura da porta, Yousef sorriu para os alunos um por um, e cada um teve a oportunidade de admirar seus olhos de esmeralda improvavelmente dispostos num rosto escuro e inegavelmente árabe e os cachos grandes e sedosos, soltos como os de uma criança. Quando todos tinham passado, ele se abaixou com cuidado à altura de Claire e deixou-se beijar nas duas faces. Durante essa demonstração de cortesia, ficou segurando o pequeno solidéu adornado que estava na parte de trás da cabeça. A turma de Claire adorou aquilo tudo. Muitos eram calouros para os quais uma visita ao Bus Stop, e aliás à própria Kennedy Square, era tão exótica quanto uma viagem para o Marrocos propriamente dito.

"Yousef, ça fait bien trop longtemps!", gritou Claire dando um passo atrás com as duas mãozinhas ainda segurando as dele. Dobrou a cabeça para o lado como uma menininha. *"Moi, je deviens toute vieille, et toi, tu rajeunis."*

Yousef riu, balançou a cabeça e lançou um olhar de admiração para a pequenina figura que tinha diante de si, envolta em várias camadas de xale preto. *"Non, c'est pas vrai, c'est pas vrai... Vous êtes magnifique, comme toujours."*

"Tu me flattes comme un diable. Et comment va la famille?", perguntou Claire e fez o olhar atravessar o restaurante até o bar que ficava no fundo, onde Katrin, esperando ser cumprimentada, ergueu o braço fino e acenou. Mulher naturalmente angulosa, vestia naquela noite um sensual vestido trespassado marrom para acentuar o fato de que estava em gravidez avançada, com o calombo erguido e pontudo que sugere um menino. Estava rasgando bilhetes de rifa e entregando-os a uma fila de adolescentes, cada um dos quais pagava três dólares e descia para o porão.

"Bien", disse Yousef simplesmente, para depois, encorajado pelo prazer

de Claire diante dessa descrição pura e honesta, estendê-la num estilo que a agradava menos, palavreando com alegria a respeito da tão esperada gravidez, da segunda e mais profunda reclusão de seus pais nas florestas de Vermont, do crescimento e sucesso do restaurante. A turma de poesia de Claire, que não sabia francês, amontoou-se com sorrisos tímidos atrás da professora. Mas Claire sempre se cansava das narrativas em prosa das outras pessoas, e por isso deu vários tapinhas no braço de Yousef.

"Precisamos de uma mesa, querido", disse em inglês, olhando por cima da cabeça dele na direção da fileira dupla de cabines instaladas uma em cada lado do largo corredor, como bancos de igreja. Yousef, por sua vez, acionou instantaneamente o lado prático.

"Sim, claro. Vocês são quantos?"

"Nem apresentei vocês", disse Claire, e começou a apontar o dedo para sua acanhada turma, encontrando algo maravilhoso — embora apenas parcialmente inspirado na realidade — para dizer a respeito de cada aluno. Se tocava um pouco de piano, era descrito como um maestro. Apresentou-se certa vez num cabaré universitário? A próxima Minnelli. Todos se aconchegaram no generoso ardor coletivo. Até mesmo Zora — descrita como "o crânio do grupo" — começou a sentir um pouco da mágica real e inexpugnável de Claire: ela fazia você sentir que apenas o fato de estar *naquele* momento, fazendo *aquilo*, era a sua mais importante e formidável possibilidade. Claire tratava com freqüência em sua poesia da idéia de "adequação": ou seja, quando o que você escolheu buscar e sua capacidade de atingi-lo — não importa que sejam pequenos e insignificantes — combinam perfeitamente, ajustam-se. *É aí*, defendia Claire, que nos tornamos plenamente humanos, totalmente nós mesmos, lindos. Nadar quando seu corpo é feito para o nado. Ajoelhar-se quando se sente humilde. Beber água quando está com sede. Ou — se quisermos ver pelo lado grandioso — escrever o poema que é o receptáculo exatamente adequado para o sentimento ou pensamento que você esperava transmitir. Na presença de Claire, você não era defeituoso ou mal projetado, não, de modo algum. Você era o receptáculo adequado e o instrumento de seus talentos, crenças e desejos. Era por isso que os alunos de Wellington se inscreviam às centenas na sua classe. O pobre Yousef ficou sem expressões de encantamento para receber toda aquela raça de gigantes que tinha vindo jantar em seu estabelecimento.

"E vocês são quantos?", perguntou de novo quando Claire terminou.

"Dez, onze? Na verdade, querido, vamos precisar de três cabines, acho."

Acomodar-se nas mesas era uma questão política. A cabine mais visada era sem dúvida a que contivesse Claire ou, na impossibilidade dessa, Zora, mas, quando as duas inadvertidamente escolheram a mesma cabine, deu-se início a uma disputa indecorosa pelos assentos vagos. Os dois que acabaram conquistando as posições mais nobres — Ron e Daisy — pouco fizeram para dissimular sua satisfação. Em contraste, a segunda cabine atrás dessa estava num desanimado silêncio. A cabine dos párias do outro lado do recinto — com apenas três pessoas — estava abertamente abatida. Claire também estava desapontada. Seus afeiçoados ficaram com outros alunos, não em sua mesa. O humor imaturo e aguçado de Ron e Daisy não a agradava. O humor americano, em geral, não lhe surtia efeito. Nunca se sentia mais fora de casa nos Estados Unidos do que encarando um daqueles atordoantes sitcoms: pessoas entrando, pessoas saindo, piadas, claques, idiotismo, ironia. Nessa noite, realmente preferiria estar sentada na mesa dos párias ao lado de Chantelle, ouvindo os relatos impactantes da saturnina moça sobre a vida no gueto de um bairro barra-pesada de Boston. Claire deixava-se enfeitiçar por notícias de vidas tão diferentes da sua a ponto de parecem interplanetárias. Suas próprias origens eram internacionais, privilegiadas e emocionalmente austeras; tinha crescido em meio a intelectuais americanos e aristocratas europeus, uma mistura culta porém fria. *Cinco idiomas*, dizia o verso de um poema bem do início, *e nenhuma maneira de dizer eu te amo*. Ou, ainda mais importante, eu te odeio. Na família de Chantelle, as duas expressões eram atiradas dentro de casa com regularidade operística. Mas Claire não ficaria sabendo de nada relacionado a isso nessa noite. Em vez disso, estava fadada a ser a rede por cima da qual Ron, Daisy e Zora rebateriam suas tiradas sarcásticas. Acomodou-se em suas almofadas e tentou aproveitar ao máximo a situação.

A conversa do momento tratava de um programa de televisão tão famoso que até Claire tinha ouvido falar dele (embora nunca tivesse assistido); estava sendo satirizado por seus três alunos, desmontado para revelar subtextos desagradáveis; motivos políticos obscuros lhe foram atribuídos e ferramentas teóricas complexas foram usadas para desmantelar sua aparência simples e sincera. De quando em quando a discussão fazia um desvio e reduzia a velocidade até alinhar-se à política de fato — o presidente, o governo —, o que permitia abrir a porta e convidar Claire para o passeio. Sentiu-se agradecida quando o garçom veio anotar os pedidos. Uma certa hesitação pairou sobre a escolha das bebidas — todos os seus alunos, com a exceção de um, estavam abaixo da idade exigida por lei. Claire deixou claro que tinham liberdade para agir como quisessem. Bebidas bestas e pseudo-sofisticadas — todas incompatíveis com um prato marroquino — foram pedidas: um uísque com gengibre, um Tom Collins, um Cosmopolitan. Claire pediu para si uma garrafa de vinho branco. As bebidas foram trazidas com rapidez. Já no primeiro gole, pôde ver seus alunos libertarem-se da formalidade da sala de aula. Não era a bebida em si, mas apenas a permissão por ela concedida. "Ah, eu estava *precisando* tanto disso", veio de uma cabine adjacente no momento em que uma coisinha recolhida chamada Lena afastava dos lábios uma simples garrafa de cerveja. Claire sorriu para si mesma e olhou para o tampo da mesa. Novos alunos todo ano, iguais porém diferentes. Escutou com interesse os rapazes de sua turma pedindo o que tinham escolhido comer. Depois vieram as garotas. Daisy pediu uma entrada, alegando ter comido mais cedo (um velho truque da mocidade de Claire); Zora — depois de muita hesitação — pediu um tagine de peixe sem arroz, e Claire pôde ouvir o pedido ecoar femininamente três vezes na cabine de trás. Então veio a vez de Claire. Pediu o que pedia havia trinta anos.

"Só a salada, por favor, obrigada."

Claire entregou o cardápio ao garçom e baixou as duas mãos, uma por cima da outra, com força sobre a mesa.

"Então", disse.

"Então", disse Ron imitando corajosamente o gesto de sua professora.

"Como está sendo a aula para todos?", perguntou Claire.

"Boa", disse Daisy com firmeza, mas depois esticou o olho para Zora e Ron em busca de confirmação. "Acho que está boa — e tenho certeza de que o formato de debate vai se ajeitar sozinho. Por enquanto está um pouco...", disse Daisy, e Ron completou por ela:

"... forçado. É que é um pouco *intimidador*, sabe." Ron debruçou-se sobre a mesa em tom confidencial. "Especialmente para os calouros, acho. Mas quem já tem um pouco de experiência fica mais..."

"Mas, mesmo assim, você pode ser um pouco intimidadora", insistiu Zora.

Pela primeira vez na noite, Claire olhou diretamente para Zora Belsey. "Intimidadora? Em que sentido?"

"Bem", disse Zora vacilando um pouco. Seu desprezo por Claire era como o fundo preto de um espelho; o outro lado refletia uma imensa inveja pessoal e admiração. "É bem íntimo e, e, *vulnerável*, isso que estamos mostrando a você, esses poemas. E é claro que queremos uma devida crítica construtiva, mas você também pode ser..."

"É que tipo: você deixa claro", disse Daisy, já ligeiramente bêbada, "quem você, tipo assim, prefere de verdade. E isso é um pouco desmoralizante. Talvez."

"Não *prefiro* ninguém", protestou Claire. "Estou avaliando poemas, não pessoas. Você precisa guiar o poema rumo à grandeza, e todos estamos fazendo isso, juntos, coletivamente."

"Certo, certo, certo", disse Daisy.

"Não há *ninguém*", disse Claire, "que eu acredite que não tenha merecido entrar na turma."

"Ah, *totalmente*", disse Ron com fervor, e depois, no pequeno silêncio, inventou um rumo novo e mais agradável para a conversa.

"Sabe o que é?", propôs. "É que nós ficamos olhando pra você, e você fez isso tudo tão jovem, e com tanto sucesso — e isso é *arrebatador*." Nisso ele tocou na mão dela, o que sua afetação à moda antiga lhe permitia até certo ponto, e ela jogou o xale mais uma vez sobre o ombro, deixando-se escalar para o papel de diva. "E portanto é uma questão séria — seria estranho se *não* houvesse essa sensação de ter um touro na loja de porcelanas em sala de aula."

"Um elefante na loja de porcelanas", corrigiu Claire educadamente.

"*Isso*. Deus! Como sou idiota. Touro? Aaaargh."

"Como é que *foi*?", perguntou Daisy enquanto as bochechas de Ron ficavam cor-de-vinho. "Quer dizer, você era *tão* jovem. Tenho dezenove e sinto como se fosse tarde demais pra mim ou algo assim. Certo? A sensação não é essa? Estávamos dizendo agora mesmo como Claire é arrebatadora e como deve ter sido para ela fazer tanto sucesso tão jovem e tal", disse Daisy por causa de Lena, que então se ajoelhou desajeitada ao lado da mesa baixa, depois de ter chegado com a esfarrapada desculpa de pegar a bandejinha de temperos. Daisy olhou para Claire, esperando que ela continuasse o assunto. Todos olharam para ela.

"Você está me perguntando como foi quando comecei."

"Sim — foi *incrível?*"

Claire suspirou. Podia passar a noite inteira contando aquelas histórias — com freqüência o fazia, quando pediam. Mas já não tinham nada a ver com ela.

"Deus... foi em 73, e era uma época bem estranha para ser uma poeta... comecei a conhecer um monte de gente incrível — Ginsberg, e Ferlinghetti, e depois a me ver no meio de situações insanas... conhecendo, não sei, Mick Jagger ou sei lá quem, e me sentia muito *examinada*, muito analisada de perto, não apenas mentalmente, mas também pessoalmente e *fisicamente*... e acho que me sentia um pouco... desencarnada de mim mesma. Pode-se definir assim. Mas no verão seguinte eu já tinha me mandado, fui para Montana e passei três anos lá, portanto... as coisas se normalizam mais rápido do que se pensa. E eu estava naquela região linda, naquela *paisagem* excepcional, e a verdade é que uma terra como aquela é o que preenche você, é o que te alimenta como artista... ficava absorvida por uma centáurea-azul, por *dias*... quer dizer, com a própria essência do *azul*..."

Claire falava em seu estilo tortuoso acerca da terra e de sua poesia, e seus alunos concordavam com a cabeça ponderadamente, mas um inquestionável torpor havia tomado conta. Eles prefeririam ouvir sobre Mick Jagger ou Sam Shepard, o homem que a levara até Montana, como já sabiam por meio de pesquisas no Google. A terra não os interessava muito. A poesia deles tratava do caráter, de personalidades românticas, de corações partidos e lutas emocionais. Claire, que tinha vivido mais que o suficiente disso em sua existência, hoje em dia povoava seus poemas com a vegetação da Nova Inglaterra, animais selvagens, regatos, vales e cordilheiras. Esses poemas tinham se revelado menos populares que os versos sexualizados de sua juventude.

A comida chegou. Claire continuava falando sobre a terra. Zora, que estivera claramente meditando sobre alguma coisa, abriu a boca. "Mas como você evita cair na falácia bucólica — quer dizer, não se trata de reificação despolitizada, todas essas coisas bonitas sobre a terra? Virgílio, Pope, os românticos. Por que idealizar?"

"Idealizar?", repetiu Claire em dúvida. "Não sei se eu realmente... Sabe, o que sempre senti é que, bem, por exemplo, nas *Geórgicas*..."

"Nas o quê?"

"Virgílio... nas *Geórgicas*, a natureza e os prazeres do bucólico são essenciais a qualquer...", começou Claire, mas Zora já tinha parado de escutar. O tipo de ensino de Claire era cansativo para ela. Claire não sabia nada de teóricos, nem de idéias ou do pensamento mais recente. Às vezes Zora suspeitava que ela mal fosse intelectual. Com ela, era sempre "em Platão", ou "em Baudelaire" ou "em Rimbaud", como se todos tivéssemos tempo de ficar sentados lendo o que nos dá na telha. Zora piscou com impaciência, visivelmente seguindo a frase de Claire, esperando um ponto ou, na falta dele, um ponto-e-vírgula no qual pudesse entrar de novo.

"Mas depois de Foucault", disse encontrando sua chance, "para onde se pode ir com isso?"

Estavam tendo uma discussão intelectual. A mesa se empolgou. Lena saltitava nos calcanhares para fazer o sangue circular. Claire sentia-se muito cansada. Era uma poeta. Como tinha ido parar ali, numa daquelas instituições, nessas universidades onde se precisa ter argumento para tudo, até para querer escrever sobre uma castanheira?

"Bu."

Claire e o restante da mesa olharam para cima. Um garoto mulato, alto e bonito, com cinco ou seis caras parados atrás dele, estava diante da mesa. Levi, incapaz de ser abalado por aquele tipo de atenção concentrada, reagiu a ela com um aceno de cabeça.

"Onze e meia ali na frente, falou?"

Zora concordou rapidamente, dispensando-o.

"Levi? É você?"

"Ah, oi, dona Malcolm."

"Meu Deus. Olha só pra você! Então é pra *isso* que serve aquela natação toda. Você está *imenso*!"

"Chegando lá", disse Levi elevando os ombros. Não sorriu. Sabia a respeito de Claire Malcolm, Jerome havia lhe contado, e, com sua costumeira capacidade criteriosa de ver os dois lados da coisa, achara tudo bastante compreensível. Sentia-se mal pela mãe, obviamente, mas também entendia a posição do pai. No passado, Levi também já tinha amado de paixão certas garotas e depois pulado a cerca com outras garotas por razões menos do que respeitáveis e não via nada de terrivelmente errado na separação do sexo e do amor em duas categorias distintas. Mas, olhando agora para Claire Malcolm, ficou confuso. Era mais um exemplo dos gostos esquisitos de seu pai. Onde é que estava a busanfa dela? Onde estava o porta-malas? Sentiu a injustiça e a ausência de lógica daquela substituição. Tomou a decisão de encurtar a conversa em sinal de solidariedade às proporções mais generosas de sua mãe.

"Bem, você está lindo", entoou Claire. "Vai se apresentar hoje à noite?"

"Não é certo. Depende. Meus manos provavelmente vão", disse Levi apontando a cabeça na direção de seus companheiros. "Enfim, é melhor eu ir descendo lá. Onze e meia", repetiu para Zora e seguiu em frente.

Claire, que não deixou de reparar na censura silenciosa de Levi, serviu-se mais um copo grande de vinho e colocou a faca e o garfo juntos sobre a salada parcialmente consumida. "É melhor irmos também", disse baixinho.

8.

A etnografia do porão não era a mesma de outras visitas. Do lugar onde estava sentada, Claire podia ver somente alguns outros brancos, e nenhum deles era da sua idade. Esse estado de coisas não mudava nada em particular, mas não era bem o que ela esperava e levaria algum tempo para sentir-se relaxada. Agradeceu a ioga; a ioga permitia que sentasse de pernas cruzadas sobre uma almofada de chão como uma mulher bem mais jovem, camuflada entre seus alunos. No palco, uma garota negra com um lenço alto amarrado na cabeça rimava agressivamente por cima do ritmo blueseiro da pequena banda ao vivo atrás dela. *Meu útero*, disse, *é a* TUMBA, disse, *de seus unívocos equívocos/* CONHEÇO *a identidade de sua serenidade/ quando* VOCÊ *diz que meu herói era loiro / Cleópatra? Irmão, cê tá doido/ Eu* OUÇO *o espírito núbio por trás da pá de cal/ Que tal?/ Minha redenção tem sua* PRÓPRIA *intenção.* E assim continuava. Não era bom. Claire escutou a discussão animada de seus alunos sobre a razão de aquilo não ser bom. Seguindo o espírito da pedagogia, tentou encorajá-los a serem menos destrutivos e mais específicos. Obteve sucesso apenas parcial.

"Pelo menos ela é *consciente*", disse Chantelle, um pouco precavida. Prevenia-se contra o peso da opinião do lado contrário. "Quer dizer, pelo menos não é 'cachorra' pra cá e 'crioulo' pra lá. Sabe?"

"Esse troço me dá vontade de *morrer*", disse Zora em voz alta, colocando as duas mãos no alto da cabeça. "É tão *cafona.*"

"Minha vagina/ Na Carolina/ É muito melhor/ Que a sua", disse Ron, passando perto (Claire achou) do limite do preconceito racial, com sua imitação exagerada dos movimentos de cabeça exuberantes e da entonação monótona da garota. Mas a turma teve um ataque histérico, com Zora encabeçando o riso e, num sentido fundamental, autorizando-o. Evidente, pensou Claire, eles são menos sensíveis do que éramos a tudo isso. Se estivéssemos em 1972, esse ambiente estaria silencioso como uma igreja.

Ao longo das risadas e das conversas, dos pedidos de bebidas, da abertura e fechamento das portas dos banheiros, a garota foi seguindo em frente. Depois de dez minutos, o fato de a garota não ser boa deixou de ser divertido e começou, como Claire ouviu seus alunos dizerem, "a cansar". Até mesmo os integrantes mais apoiadores da platéia pararam de mexer a cabeça. As conversas foram ficando mais barulhentas. O MC, que estava sentado numa banqueta ao lado do palco, ligou seu microfone para intervir; implorou por silêncio, atenção e respeito, sendo que esta última palavra tinha uma boa aceitação no Bus Stop. Mas a garota não era boa, e em pouco tempo o tititi começou de novo. Finalmente, com a sinistra promessa de "*E eu VOU subir*", a garota encerrou. Aplausos respingaram.

"*Obrigado*, Queen Lara", disse o MC segurando o microfone muito perto dos lábios, como um sorvete. "É isso aí, sou Doc Brown, seu MC esta noite, e quero ouvir vocês *fazendo barulho para Queen Lara...* A irmã foi *corajosa* de subir nesse palco, tem que ter peito pra fazer isso, mano... ficar em pé na frente de todo mundo, falar do útero e essas porra..." Doc Brown permitiu-se um risinho abafado aqui, mas assumiu novamente o papel do cara sério: "*Nah*, mas é real, precisa ter peito, podicrê... certo? Tô certo? Ah, vamolá rapaziada, batendo palma agora. Não sejam assim. Quero ouvir aplausos pra Queen Lara e suas rimas conscientes — agora *sim.*"

A turma de Claire engrossou os aplausos relutantes. "Quero ver poesia!", disse Ron com a intenção de fazer uma piada entre amigos, mas ele falou alto demais.

"Quero ver poesia?", repetiu Doc Brown de olhos arregalados, procurando a voz misteriosa no escuro. "Caralho, não se ouve isso com muita freqüência. Sabe, é por isso que eu *adoro* o Bus Stop. *Quero ver poesia. Sei* que é coisa da garotada de Wellington..." O riso detonou no porão, mais alto na própria turma de Claire. "*Quero ver poesia.* Temos irmãos instruídos aqui esta noite. *Quero ver poesia. Quero ver trigonometria. Quero* VER *a álgebra — traz essa porra* TODA", disse com a voz de "nerd" que os negros às vezes usam para imitar os brancos. "Bem... você está com sorte, jovem, porque estamos prestes a ver poesia, Spoken Word, rap, rimas — vamos fazer *de tudo* pra vocês. *Quero ver poesia.* Adorei essa... Agora: depende de vocês todos saber quem será o vencedor — temos um *jéroboam* de champanhe — é, brigadão, senhor Wellington, taí sua palavra do dia no vocabulário — um *jéroboam* de champanhe, que significa basicamente *um montão de álcool.* E são vocês, rapaziada, que vão escolher quem ganha — só precisam fazer barulho pros seus favoritos. Temos um show pra vocês hoje. Tem uns irmãos *caribenhos* na parada, tem irmãos *africanos* na parada, tem gente que vai mandar ver em *francês,* em *português* — tenho informações seguras de que as Nações Unidas do Spoken Word estarão conosco hoje à noite, portanto, vocês são privilegiados *ao extremo.* É isso mesmo", disse Doc Brown, respondendo aos berros e assobios. "Tamo dando um tratamento *internacional* pro *traseiro* de vocês. Vocês sabem como é."

E com isso o show começou. Houve apoio para o primeiro artista, um jovem que rimava duro mas falava com eloqüência da mais recente guerra americana. Depois dele veio uma garota fininha e desajeitada com orelhas que atravessavam as cortinas perfeitamente retas de seus cabelos compridos. Claire abafou seu próprio ódio de metáforas elaboradas e conseguiu desfrutar dos versos cruéis e perspicazes da garota a respeito de todos os homens inúteis que tinha conhecido. Mas então três garotos, um após o outro, narraram histórias machonas da vida nas ruas, o último deles falando português. A essa altura, a atenção de Claire desandou. Por acaso, Zora estava sentada bem à sua frente num ângulo evocatório, com o rosto se mostrando a Claire de perfil. Sem intenção, Claire começou a examiná-lo. Quanto do pai da garota havia ali! A sutil mordida profunda, o rosto comprido, a nobreza do nariz! Mas ela estava engordando; ia seguir o caminho da mãe, inevitavelmente. Claire censurou-se por pensar isso. Era errado odiar a garota, como era errado odiar Howard ou odiar a si mesma. O ódio não ajudaria nesse caso. O que ela precisava era de discernimento interno. Duas vezes por semana, às seis e meia, Claire dirigia até a casa do dr. Byford em Chapel Hill, Boston, e lhe pagava oitenta dólares a hora para que a ajudasse a encontrar discernimento interno. Juntos, tentavam compreender o caos de dor que Claire havia desencadeado. Se alguma coisa boa tinha saído dos últimos doze meses, eram essas sessões: de todos os psiquiatras que tivera ao longo dos anos, fora Byford quem a trouxera mais próximo da ruptura. Até agora, pelo menos isto estava claro: Claire Malcolm era viciada em auto-sabotagem. Num padrão tão profundamente entranhado em sua vida que Byford suspeitava que estivesse enraizado na mais tenra infância. Parecia que ela estava convencida de que a felicidade não era o que merecia. O episódio com Howard fora apenas o último e mais espetacular numa longa fila de atos de crueldade emocional que sentira o impulso de infligir a si própria. Bastava reparar na sincronia. Finalmente, *finalmente*, ela havia encontrado essa bênção maravilhosa, esse anjo, esse *presente*, Warren Crane, um homem que (não restava alternativa a não ser enumerar seus atributos quando Byford a encorajava a isso):

(a) Não a considerava uma ameaça.

(b) Não temia ou receava sua sexualidade ou gênero.

(c) Não queria aleijá-la mentalmente.

(d) Não a queria morta num nível pré-consciente.

(e) Não se sentia atingido por seu dinheiro, reputação, talento ou força.

(f) Não queria interferir em sua ligação profunda com a terra — na verdade, amava a terra tanto quanto ela e encorajava esse seu amor.

Tinha chegado a um estágio de felicidade pessoal. Finalmente, aos cinqüenta e três. Então, naturalmente, essa era a hora perfeita de sabotar a própria vida. Com essa finalidade, iniciara um caso com Howard Belsey, um de seus mais antigos amigos. Um homem pelo qual não sentia nenhuma espécie de desejo sexual. Olhando para trás, era de fato perfeito demais. Howard Belsey — logo ele! Quando Claire roçou o corpo de Howard aquele dia no salão de conferências do Departamento de Estudos Negros, quando se ofereceu claramente para ele, não soube com exatidão por quê. Em contraste, tinha sentido todos os impulsos masculinos clássicos irromperem através de seu velho amigo e voltarem em sua direção — a possibilidade tardia de outras pessoas, de viver outras vidas, de carne nova, de voltar a ser jovem. Howard estava libertando uma parte secreta, volátil e indecorosa de si mesmo. E era um aspecto de si mesmo com o qual ele não tinha familiaridade, que sempre presumira existir sob sua superfície; ela pôde perceber tudo isso na pressão urgente das mãos de Howard em sua minúscula cintura, na velocidade desastrada com que a despiu. Ele foi surpreendido pelo desejo. Claire não sentiu nada comparável em resposta. Apenas aflição.

O caso de três semanas de duração nem chegou a passar por um quarto. Ir para um quarto teria sido uma decisão consciente. Em vez disso, no curso regular de seus assuntos acadêmicos, no encontro pós-expediente realizado três vezes por semana no escritório de Howard, eles trancavam a porta e gravitavam para o sofá enorme e fofo, estofado com samambaias William Morris pomposamente inglesas. Fodiam sobre as folhas em silêncio e com ferocidade, quase sempre sentados, com Claire montada negligentemente em cima do colega, suas pequenas pernas sardentas envolvendo-lhe a cintura. Depois de terminarem, ele tinha o hábito de empurrá-la de costas até que estivesse deitada por baixo dele. Com curiosidade, passava as mãos grandes e espalmadas pelo seu corpo, nos ombros, no peito liso, na barriga, na parte de trás dos tornozelos, na faixa rala e depilada dos pêlos pubianos. Parecia uma espécie de deslumbramento; estava checando que ela de fato estava ali e que tudo aquilo era real. Então se levantavam e se vestiam. *Como é que isso foi acontecer de novo?* Viviam dizendo isso ou algo parecido. Uma coisa besta, covarde e inútil de dizer. Ao mesmo tempo, o sexo com Warren tornara-se arrebatador e era completado por lágrimas de culpa, que Warren tomava, em sua inocência, por contentamento. A situação toda era odiosa, mais ainda porque ela era incapaz de defendê-la até para si mesma; mais ainda porque estava aterrorizada e abatida pelo longo alcance de sua infância miserável e sem amor. Ainda com os dedos cravados na sua garganta depois de tantos anos!

Três terças-feiras após seu início, Howard entrou no escritório dela para dizer que o caso estava terminado. Foi a primeira vez que um ou outro chegou a reconhecer propriamente que ele tinha começado. Ele explicou que tinha sido pego com uma camisinha. Era a mesma camisinha fechada da qual Claire tinha dado risada naquela tarde de seu segundo encontro amoroso, quando Howard a exibiu como um adolescente ansioso e bem-intencionado ("Howard, *querido* — que fofo, mas minha época reprodutiva já passou"). Ao ouvi-lo recontar a história, Claire teve vontade de rir de novo — era tão típico de Howard, um desastre desnecessário daqueles. Mas o que se seguiu não foi tão engraçado. Ele disse que tinha confessado, contando a Kiki o mínimo que precisava ser contado — que ele tinha sido infiel. Não tinha mencionado o nome de Claire. Era uma gentileza, e Claire lhe agradeceu por isso. Ele lançou-lhe um olhar estranho. Tinha contado essa mentira para poupar os sentimentos da esposa, não para livrar a cara de Claire. Encerrou sua fala curta e factual. Estava um pouco trôpego. Era um Howard diferente do que Claire havia conhecido por trinta anos. Não mais o acadêmico rígido que sempre (ela suspeitava) a achou levemente ridícula, que nunca parecia ter muita certeza da razão de existir da poesia. Aquele dia em seu escritório, Howard deu a impressão de que precisava justamente de uns bons e reconfortantes versos. No decorrer de sua amizade, ela havia satirizado o intelectualismo escrupuloso dele, assim como ele havia troçado dos ideais artísticos dela. Claire tinha a velha piada de que Howard só era humano no sentido teórico. Esse também era o sentimento geral em Wellington: os alunos de Howard achavam quase impossível imaginar que ele tivesse mulher, família, que fosse ao banheiro, que amasse. Claire não era tão ingênua quanto os alunos; sabia que ele amava, e com intensidade, mas também via que o amor não se articulava nele da forma normal. Algo na vida acadêmica tinha transformado o amor para ele, mudado sua natureza. Sem Kiki, é claro, ele não conseguiria funcionar — todo mundo que o conhecia sabia disso. Mas era o tipo de casamento que não dava para sacar direito. Ele era apegado aos livros, ela não; ele era teórico, ela era política. Para ela, uma rosa era uma rosa. Para ele, era um acúmulo de construções culturais e biológicas circulando entre os pólos binários mutuamente atrativos da natureza/artifício. Claire sempre tivera curiosidade de saber como funcionava um casamento assim. O dr. Byford chegou a sugerir que foi exatamente por essa razão que Claire tinha escolhido se envolver com Howard depois de todos esses anos. No momento do maior compromisso emocional de sua vida, ela interferiu no casamento mais bem-sucedido que conhecia. E era verdade:

sentada atrás de sua escrivaninha, examinando aquele homem abandonado e com o leme perdido, Claire tinha se sentido perversamente vingada. Vê-lo daquele jeito significava que ela estava certa, no fim das contas, a respeito dos acadêmicos. (E quem era ela para duvidar? Tinha casado com três.) Não faziam a menor idéia do que diabo estavam fazendo. Howard não sabia como lidar com sua nova realidade. Não estava à altura da tarefa de conciliar a percepção de si mesmo com o que tinha feito. Não era racional e, portanto, ele não podia compreender. Para Claire, o caso entre os dois fora apenas confirmação do que já sabia sobre as partes mais sinistras de si mesma. Para Howard, fora claramente uma revelação.

Era horrendo pensar nele refratado pelos traços faciais de Zora. Agora que a participação de Claire na leviandade de Howard já não era segredo, a culpa tinha se transferido de uma indulgência privada para a punição pública. Não que ela se importasse com a vergonha; tinha sido a amante em outras ocasiões, sem ter ficado especialmente intimidada com isso. Mas dessa vez era enfurecedor e humilhante estar sendo punida por algo que tinha feito com tão pouco desejo e vontade. Era uma mulher que seguia sendo controlada pelos traumas da infância. Fazia mais sentido sentar o seu eu de três anos de idade no banco dos réus. Como tinha explicado o dr. Byford, no fundo ela era a vítima de um distúrbio psicológico cruel e característico das mulheres: sentia uma coisa e fazia outra. Era uma estranha perante si mesma.

E será que ainda eram assim, ela se perguntou — essas garotas novas, essa nova geração? Ainda sentiam uma coisa e faziam outra? Continuavam desejando apenas serem desejadas? Continuavam sendo objetos de desejo em vez de — como diria Howard — sujeitos desejantes? Pensando nas garotas sentadas de pernas cruzadas a seu lado naquele porão, em Zora ali na sua frente, nas garotas furiosas que gritavam sua poesia no palco — não, nada tinha mudado para valer. Ainda matando a si próprias de fome, ainda lendo revistas femininas que odeiam explicitamente as mulheres, ainda se cortando com pequenas lâminas em lugares que acham que ninguém notará, ainda fingindo orgasmos com homens de quem não gostam, ainda mentindo a todos sobre tudo. Por estranho que pareça, Kiki Belsey sempre chamara a atenção de Claire por ser uma formidável anomalia exatamente nesse sentido. Claire se lembrou de quando Howard viu a esposa pela primeira vez, quando Kiki ainda era estudante de enfermagem em Nova York. Naquela época, sua beleza era espantosa, quase inexprimível, mas acima disso ela irradiava uma natureza feminina essencial que Claire já havia imaginado em sua poesia — natural, honesta, poderosa, não intermediada, repleta de algo como o desejo genuíno. Uma deusa do dia-a-dia. Não pertencia à cena intelectual de Howard, mas era politicamente ativa, e suas crenças eram genuínas e bem articuladas. *Mulheril*, como diziam na época, não *feminina*. Para Claire, Kiki era não apenas a evidência da humanidade de Howard, mas a prova de que um novo tipo de mulher tinha vindo ao mundo como prometido, como propagandeado. Apesar de nunca terem se tornado íntimas, achava que podia dizer com sinceridade que ela e Kiki sempre tinham gostado uma da outra. Nunca guardara rancor de Kiki ou lhe desejara algum mal. E então Claire emergiu de si mesma; focou de novo os traços faciais de Zora para que sua própria face voltasse a ser legítima, não um borrão de cores e pensamentos íntimos. Não foi possível dar o último salto — imaginar o que Kiki achava de Claire agora. Fazer isso era tornar-se subumana diante de si mesma, uma pessoa renegada para além da piedade, uma Calibã. Ninguém consegue renegar-se.

Havia uma comoção perto do palco. A próxima atração estava aguardando Doc Brown terminar sua apresentação. O grupo era imenso. Nove, dez garotos? Eram do tipo de garotos que fazem três vezes mais barulho do que seu verdadeiro número. Subiram a escada se empurrando, ombro a ombro, e disputaram a coleção de uns cinco microfones dispostos à sua frente em pedestais — não haveria o suficiente para todos. Um deles era Levi Belsey.

"Parece que seu irmão subiu lá", disse Claire cutucando Zora levemente nas costas.

"Ai, Deus", disse Zora espiando por uma fresta entre os dedos. "Talvez tenhamos sorte — talvez ele seja apenas o *hype man*."

"*Hype man?*"

"Tipo um animador de torcida. Mas no rap", explicou Daisy, prestativa.

Finalmente, todos os garotos chegaram ao palco. A banda foi dispensada. O grupo tinha sua própria fita: uma batida caribenha pesada com teclados estridentes por cima. Todos começaram a falar ao mesmo tempo num crioulo gritado. Não estava dando certo. Mais uma troca de empurrões levou à decisão de que um deles deveria começar. Um magricela de capuz veio à frente e deu tudo de si. A barreira da língua surtiu um efeito interessante. Os dez garotos estavam obviamente ansiosos para que a platéia entendesse o que estava sendo dito; pulavam, vibravam e se inclinavam na direção do público, e o público acabava reagindo, embora a maior parte não pudesse compreender nada além da batida. Levi era de fato o *hype man*, e pegava o microfone a cada poucos compassos e gritava "YO!". Alguns dos garotos negros mais jovens da platéia invadiram o palco em resposta à energia avassaladora do espetáculo, e então Levi teve o seu momento, encorajando-os em inglês.

"Levi nem *fala* francês", disse Zora fechando a cara para a apresentação. "Acho que ele não faz a menor idéia do que está incentivando."

Mas aí veio o refrão — cantado por todos juntos, incluindo Levi, em inglês: "AH-RIS-TIDE, CORRUPÇÃO E COBIÇA, E AÍ VEMOS A VERDADE, AINDA NÃO TEMOS LIBERDADE!".

"Boas rimas", disse Chantelle rindo. "Boas e básicas."

"Isso é *político*?", perguntou Daisy contrariada. Depois de duas repetições, o refrão felizmente devolveu lugar ao crioulo desenfreado dos versos. Claire fez um esforço de tradução simultânea para seus alunos. Logo desistiu, sobrecarregada pelo excesso de termos desconhecidos. Em vez disso, parafraseou: "Parecem estar irritados com a intervenção americana no Haiti. As rimas são muito... cruas, é a melhor definição".

"Temos algo a ver com o Haiti?", perguntou Hannah.

"Temos algo a ver com qualquer lugar", disse Claire.

"E como seu irmão conhece esses caras?", perguntou Daisy.

Zora arregalou os olhos. "Não faço a menor idéia."

"Não consigo escutar meu pensamento", disse Ron e subiu para o bar.

Foi a vez de o garoto mais gordo no palco fazer seu solo. Ele era também o mais raivoso, e os outros recuaram para dar-lhe o espaço que precisava para seja lá qual fosse o motivo de sua raiva.

"É um esforço muito válido", gritou Claire para a sua classe por cima do barulho insuportável do refrão. "Eles têm a força da voz de um trovador... Mas eu diria que têm um pouco a aprender sobre a integração de idéia e forma — você quebra a forma no meio se demonstrar nela toda essa fúria política não digerida. Acho que vou subir para fumar um cigarro." Levantou-se com destreza, sem precisar apoiar as mãos no chão.

"Também vou subir", disse Zora, e teve mais trabalho para realizar o mesmo movimento.

Abriram caminho entre as multidões do porão e do restaurante sem conversar. Claire tentou imaginar o que a esperava. Lá fora, a temperatura tinha caído mais alguns graus.

"Quer dividir? Vai ser mais rápido."

"Obrigada", disse Claire, aceitando o cigarro que lhe era passado. Seus dedos estavam tremendo um pouco.

"Aqueles caras são doidões", disse Zora. "Tipo assim, você quer *muito* que eles sejam bons, mas..."

"É."

"Algo a ver com fazer força demais, acho. Isso é a cara do Levi."

Ficaram quietas por um minuto. "Zora", disse Claire deixando-se levar pelo vinho, "tudo certo entre nós?"

"Ah, *totalmente*", disse Zora com uma certeza e uma rapidez indicativas de que havia passado a noite inteira aguardando a pergunta.

Claire olhou para ela com desconfiança e passou o cigarro de volta. "Tem certeza?"

"*Sério*. Somos todos adultos. E não tenho intenção nenhuma de não ser adulta."

Claire abriu um sorriso duro. "Que bom."

"Não esquenta. É tudo uma questão de compartimentalização."

"É muito maduro da sua parte."

Zora sorriu, contente. Não pela primeira vez, ao falar com a filha de Howard, Claire sentiu-se distanciada do próprio ser, como se de fato fosse somente mais um dos seis bilhões de figurantes atuando naquele fabuloso espetáculo teatral, o sucesso mundial chamado A Vida de Zora.

"O importante", disse Zora perdendo em excesso a confiança na voz, "é descobrir se, você sabe... se realmente dou pra isso, escrever."

"É uma descoberta diária", esquivou-se Claire. Ela sentiu o olhar ávido de Zora; percebeu que algo importante estava prestes a ser dito. Mas nesse instante a porta do restaurante foi aberta com força. Era Ron. Os clientes que jantavam atrás dele reclamaram do vento.

"Meu Deus do *céu* — vocês precisam ver esse cara. Ele é *incrível*. Lá embaixo. Está deixando todo mundo de queixo *caído*."

235

"Espero que seja bom mesmo — estamos fumando."

"Zoor — tô falando. Ele é como um Keats de mochila nas costas."

Os três desceram a escada. Ao chegar ao porão, conseguiram dar só um passo além das portas duplas e precisaram ficar em pé. Conseguiam ouvir, mas não ver. O público inteiro estava em pé, balançando junto, a música percorrendo a multidão como o vento num trigal. A voz que estava empolgando tanto o ambiente se expressava com precisão (era a primeira vez na noite toda que ninguém perdia uma palavra) e despejava frases multissilábicas complicadas com aparente facilidade. O refrão era uma única frase simples repetida, cantada em tom monótono, mas com delicadeza: *Mas não é assim.* Os versos, em contraste, desfiavam uma história perspicaz e articulada sobre os diversos obstáculos no progresso espiritual e material de um jovem negro. No primeiro verso, tentava provar que tinha sangue nativo americano para conseguir entrar nas melhores universidades do país. Isso — pegando no osso numa cidade universitária — arrancou risadas generalizadas. A estrofe seguinte, que tratava de uma namorada que levara adiante um aborto sem informá-lo, incluía as seguintes rimas, completadas sem pausas óbvias para respirar e numa velocidade incrível:

Minha vida parece errada pra você/ Aqui tô eu tentando fazer essas músicas/ Quando você me bipou/ Pra dizer "Carl, meu bem, já foi há duas semanas"/ Deixei cair o bipe/ Na minha xícara de chá/ Comecei a achar que podia me redimir/ Agora sei que preciso te tratar/ Com amor e carinho e nunca te trair/ Em uma semana fui te ver/ Não precisou arrastar minha bunda pra "Leeza"/ Ia me encarnar no dr. Spock/ Tô falando do médico, não do Klingon/ Mas você já tinha falado com suas amigas no trabalho/ E decidido que eu era um paspalho/ Agora, desde quando trabalhar no Mickey D's/ Torna essa cadela a nova autoridade/ na minha maldita paternidade?/ O que foi que você disse, Boo? Como é que é?/ E sim, sei que você achou que eu ia ficar feliz/ Despovoado por decreto — Mas não é assim.

A estrofe provocou um engasgo espontâneo em todo o porão, seguido de mais riso. As pessoas assobiaram e bateram palmas.

"Ah, isso é muito genial", disse Claire para Ron, que em resposta segurou a cabeça com as mãos e fingiu desmaiar.

Zora encontrou um escabelo marroquino e subiu nele. Da posição avantajada, ela ofegou e segurou o pulso de Ron. "Ai meu *Deus*... eu conheço muito ele."

Pois era Carl, vestindo um velho blusão de futebol americano estilo anos 50 e portando uma bela mochilinha multicolorida. Estava ditando o ritmo no palco da mesma forma relaxada e informal com que tinha acompanhado Zora até os portões da Universidade de Wellington, e exibia um lindo sorriso enquanto falava, as rimas complexas saltitando de seus dentes luminosos como se estivesse cantando suavemente numa banda de rua em frente a uma barbearia. O único sinal de empenho era o rio de suor que escorria por seu rosto. Doc Brown, entusiasmado, tinha se juntado a Carl no palco e agora se viu rebaixado a *hype man*. Ficou largando uns *Yo* no rastro das diminutas lacunas silábicas que Carl ia deixando para trás.

"*O quê?*", disse Ron, incapaz de ouvir qualquer coisa, até mesmo Carl, em meio aos rugidos e assobios do público.

"CONHEÇO ESSE CARA."

"*ESSE CARA?*"

"SIM."

"AI MEU *DEUS*. ELE É HÉTERO?"

Zora riu. O álcool tinha batido em todos eles a essa altura. Ela sorriu como uma entendida em coisas que não entendia e balançou no ritmo tanto quanto seu escabelo permitia.

"Vamos tentar chegar mais perto do palco", sugeriu Claire, e no último minuto, seguindo a clareira aberta no meio do público pelos cotovelos descarados de Ron, eles alcançaram seus assentos originais.

"OH — MEU — *VERBO!*", gritou Doc Brown quando a fita de Carl terminou. Ele ergueu a mão direita de Carl como um lutador de boxe. "Acho que temos um vencedor — correção: *sei* que temos um *campeão*..." Mas Carl soltou-se da mão de Doc e deu um pulinho leve do palco para o chão. Em algum lugar, por trás dos aplausos, podiam-se escutar as vaias das facções rivais, mas os aplausos venceram. Não havia mais sinal dos garotos que cantavam em crioulo nem de Levi. De todos os lados, pessoas batiam palmas às costas de Carl e esfregavam sua cabeça carinhosamente.

"Ei — não quer seu jéroboam? O irmão é tímido — não quer o prêmio!"

"Não, não, não — segura o meu champanhe", gritou Carl. "Mas o irmão aqui tem que lavar o rosto. Suor desse jeito não dá."

Doc Brown concordou prudentemente com a cabeça. "Mandou bem, mandou bem — tem que ficar limpo e revigorado. Sem dúvida. DJ, som na caixa enquanto isso."

A música começou e o público deixou de ser um público e desmanchou-se numa multidão.

"Traga ele *aqui*", insistiu Ron, e depois para a turma: "Zora conhece esse rapaz. Precisamos trazer ele aqui".

"Você o conhece? Ele é muito talentoso", disse Claire.

"Conheço ele assim", disse Zora representando um centímetro entre o indicador e o polegar. Bem na hora em que disse isso, se virou e topou com Carl na sua frente. Ele trazia no rosto o barato e a agitação faceira do performer que acaba de aterrissar de volta no mundo plebeu de seu público. Ele a reconheceu; ele agarrou seu rosto; ele deu um enorme e suado beijo bem na sua boca. Os lábios dele eram a parte mais macia e lúbrica de um ser humano que ela já tinha sentido na própria pele.

"Viu aquilo?", disse ele. "*Aquilo* é poesia. Tenho que ir ao banheiro."

Estava prestes a passar para o próximo tapa nas costas, a próxima esfregada de cabeça, quando a minúscula Claire entrou em seu caminho. A turma, alerta para o possível embaraço da situação, encolheu-se atrás dela.

"Oi!", disse ela.

Carl olhou para baixo e encontrou a obstrução.

"É, valeu, meu — obrigado", disse, supondo que a mensagem dela seria a mesma de todos os outros. Tentou passar, mas ela o segurou pelo cotovelo.

"Está interessado em refinar o que possui?"

Carl parou e a encarou. "Como é que é?"

Claire repetiu a pergunta.

Carl fez cara feia. "O que quer dizer com *refinar*?"

"Olha, quando voltar do banheiro", disse Claire, "venha conversar comigo e com meus alunos. Somos uma turma, uma turma de poesia em Wellington. Gostaríamos de conversar com você. Temos uma idéia pra você." A turma se espantou com sua total segurança — deve ser isso que vem com a idade e com o poder.

Carl encolheu os ombros e depois abriu seu sorriso. Tinha vencido no Bus Stop. Tinha *matado a pau* no Bus Stop. Tudo no mundo era bom. Ele tinha tempo para todos.

"Tão tá", disse.

9.

Pouco antes do Dia de Ação de Graças, uma coisa linda aconteceu.

Zora estava em Boston, saindo de um sebo no qual nunca tinha entrado. Era uma quinta-feira, seu dia livre, e, apesar da previsão de ventanias, tinha ido à cidade por puro capricho. Comprou um volume fino de poesia irlandesa e estava segurando o chapéu na cabeça e pisando na calçada quando um ônibus intermunicipal parou na sua frente. Jerome desceu. Em casa um dia antes para o fim de semana de Ação de Graças. Não tinha dito a ninguém como viria nem quando. Os dois se abraçaram, tanto pela estabilidade quanto pela satisfação, enquanto uma rajada passava rasgando entre eles, fazendo voar folhas secas e derrubando uma lata de lixo. Antes que tivessem a oportunidade de falar, um grito alto de "Yo!" veio de trás deles. Era Levi, entregue a seus pés pelo vento.

"Não pode *ser*", disse Jerome, e por um instante os três simplesmente repetiram a frase, abraçando-se, bloqueando a calçada. Estava congelando; o vento era suficiente para levar ao chão uma criança pequena. Deviam ter entrado em algum lugar para tomar um café, mas abandonar o local seria como abandonar o milagre daquilo, e ainda não estavam devidamente prontos para isso. Cada um sentiu uma necessidade intensa de parar as pessoas na rua e explicar o que tinha acabado de acontecer. Mas quem acreditaria?

"Isso é muito *louco*. Eu nunca passo por aqui. Em geral pego o metrô!"

"Cara, que maluquice. Não é possível", disse Levi, cuja mente era naturalmente receptiva a fenômenos conspiratórios e místicos. Balançaram a cabeça e riram, e para aliviar o sentimento de estranheza trocaram relatos de suas jornadas, tomando o cuidado de reafirmar ditames do bom senso como "Bem, é comum estarmos em Boston mais para o fim da semana" e "aqui fica muito perto da parada de metrô que costumamos usar", mas nenhum deles se convenceu muito disso e o espanto se manteve. A necessidade de contar para alguém se tornou crítica. Jerome ligou para Kiki no celular. Ela estava sentada em seu cubículo (decorado com fotografias desses três filhos), digitando anotações dos médicos nos registros de pacientes da Ala de Urologia do Beecham.

"Jay? Mas quando foi que você voltou, meu bem? Não me disse nada."

"Agorinha mesmo — mas não é incrível?"

Kiki parou de digitar e se concentrou direito no que estava ouvindo. Havia uma bela tempestade lá fora. A janela perto de seu cubículo era fustigada de tempos em tempos por folhas escorregadias que colavam no vidro. Cada palavra de Jerome chegava até ela como um grito de ajuda em um navio em meio a uma tempestade.

"Você deu de cara com Zora?"

"*E* Levi. Estamos todos parados aqui — agora mesmo — pirando completamente!"

No fundo, Kiki podia escutar Zora e Levi pedindo o telefone.

"Bem, não posso acreditar nisso — é muito doido. Acho que há mais coisas no céu e na terra, Horácio — né?" Essa era a única citação literária de Kiki, e ela a empregava diante de todos os acontecimentos esquisitos e também daqueles que eram, no fundo, só um pouquinho esquisitos. "É como o que dizem sobre os gêmeos. Vibrações. Vocês devem sentir a presença um do outro, de alguma forma."

"Mas não é *louco*?"

Kiki forçou um sorriso contra o bocal, mas o verdadeiro entusiasmo escapou-lhe. Havia uma melancolia residual ligada à idéia daqueles adultos recém-feitos andando livremente pelo mundo sem o auxílio dela, abertos à sua mágica e beleza, disponíveis para experiências incomuns e não, claramente não, digitando anotações dos médicos nos registros de pacientes da Ala de Urologia do Beecham.

"Levi não deveria estar na escola? São duas e meia."

Jerome transmitiu a pergunta para Levi e lhe ofereceu o telefone, mas agora Levi se afastou dele como se estivesse programado para explodir. Afastando bem as pernas e tentando manter o equilíbrio contra o furioso vento lateral, começou a vociferar com força duas palavras silenciosas.

"*O quê?*", disse Jerome.

"Levi", repetiu Kiki, "escola. Por que ele não está na escola?"

"Horário vago", disse Jerome, traduzindo corretamente os movimentos labiais de Levi. "Ele teve horário vago."

"Não me diga. Jerome, posso falar com o seu irmão, por favor?"

"Mãe? Mãe — tá caindo a ligação, não consigo escutar. Tá rolando um tornado aqui fora. Ligo de novo quando for embora da cidade", disse Jerome, uma criancice, mas no momento ele e seus irmãos formavam uma inviolável gangue de três, e não caberia a ele romper o delicado laço com o qual tinham sido brindados por uma pequena coincidência. Os filhos dos Belsey dirigiram-se a uma cafeteria próxima. Sentaram em bancos alinhados à vidraça com vista para a charneca devastada do Boston Commons. Puseram as notícias em dia de maneira descontraída, deixando longas e aconchegantes brechas de silêncio para se dedicarem aos muffins e cafés. Jerome — depois de dois meses precisando ser espirituoso e inteligente numa cidade estranha, no meio de estranhos — reconheceu o valor daquilo. As pessoas falam do silêncio feliz que pode haver entre dois amantes, mas isso também era formidável; estar sentado entre a irmã e o irmão, sem dizer nada, comendo. Antes de o mundo existir, antes de ser povoado, e antes de haver guerras, empregos, universidades, filmes, roupas, opiniões e viagens ao exterior — antes de tudo isso existiu uma única pessoa, Zora, e um único lugar: uma barraca na sala de estar, feita de cadeiras e lençóis. Depois de alguns anos, chegou Levi; abriram espaço para ele; era como se tivesse sempre existido. Olhando para os dois agora, Jerome encontrava-se nas dobras de seus dedos e nas belas orelhas em forma de concha, em suas pernas compridas e cachos selvagens. Ouvia-se nos ceceios parciais provocados por línguas balofas vibrando contra dentes da frente ligeiramente pronunciados. Não cogitava se, como ou por que os amava. Eles eram somente amor; eram a primeira amostra de amor que teve na vida, e seriam a última confirmação do amor quando tudo mais desmoronasse.

"Lembra daquilo?", Jerome perguntou a Zora, acenando com a cabeça para o Common do outro lado da rua. "Minha grande idéia de reconciliação. Idéia burra. Como eles andam, por sinal?"

A cena daquela excursão em família estava agora tão radicalmente desprovida de folhas e tonalidades que era difícil imaginar o verde brotando novamente em qualquer parte dela.

"Estão numa boa. São casados, então é aquela coisa. Estão tão bem quanto se pode esperar", disse Zora e escorregou do banco para buscar um pouco mais de café-com-leite e uma fatia de cheesecake. De alguma maneira, mudar de idéia quanto ao cheesecake reduzia suas calorias.

"Pesa mais em você", disse Jerome referindo-se a Levi sem olhar para ele. "Você precisa *ficar* lá o tempo inteiro. É um mato sem cachorro."

Levi esquivou-se dessa acusação de estoicismo. "Sei lá. Não dá nada, meu. Saio bastante. Você sabe."

"A parte idiota nisso tudo", prosseguiu Jerome mexendo no anel de seu dedo mínimo, "é que Kiki ainda ama ele. É tão óbvio. Simplesmente não consigo entender isso — como amar alguém que diz *não* para o mundo desse jeito — quer dizer, de forma tão *insistente*? Só quando estou longe de casa falando com pessoas de fora da família é que me dou conta de como ele é psicótico. A única música que toca na casa agora é algo tipo *electro japonês*. Logo só nos restará batucar em pedaços de madeira. Estamos falando de um cara que cortejou a esposa cantando metade d'A *flauta mágica na frente do apartamento dela*. E agora ela não pode nem ter um quadro que gosta dentro de casa. Por causa de uma teoria lunática na cabeça dele, todo mundo precisa sofrer. É uma negação tão grande da *alegria* — nem sei como vocês suportam morar lá."

Por um canudo, Levi soprou bolhas dentro de seu Americano. Girou no banco e, pela terceira vez em quinze minutos, conferiu o relógio na parede atrás dele.

"Como eu disse, saio bastante. Não sei o que rola."

"O que realmente percebi é que Howard tem problemas com a gratidão", insistiu Jerome, mais para si próprio do que para o irmão. "É como se ele *soubesse* que foi abençoado, mas não soubesse onde colocar sua gratidão porque ela o deixa constrangido, porque isso seria lidar com a transcendência — e todos sabemos como ele detesta fazer *isso*. Portanto, ao negar que o mundo contenha qualquer dádiva, qualquer coisa essencialmente valiosa — é assim que ele dá um curto-circuito na questão da gratidão. Se não existem dádivas, ele não precisa pensar num Deus que possa tê-las concedido. Mas *aí* é que está a alegria. Fico de joelhos para Deus todo dia. E é maravilhoso, Lee", declarou ele virando-se no banco para encarar o semblante impassível de Levi, "é mesmo."

"Legal", disse Levi com absoluta serenidade, sendo Deus tão bem-vindo quanto qualquer outro assunto às conversas de Levi. "Cada um tem seu jeito de encarar a vida", acrescentou com sinceridade, e então começou a catar os mirtilos de seu segundo muffin de mirtilos.

"Por que você *faz* isso?", perguntou Zora retomando seu assento entre os irmãos.

"Gosto do *sabor* do mirtilo", explicou Levi denotando leve impaciência. "Só não curto muito *os* mirtilos."

Nesse momento Zora girou no assento, dando as costas ao irmão mais novo, de modo a poder conversar com o mais velho. "Engraçado você ter mencionado aquele concerto... Então você lembra daquele cara?", disse Zora batucando no vidro de uma maneira vaga cujo objetivo era sugerir que o que estava prestes a dizer tinha acabado de lhe ocorrer. "O cara do concerto — que achou que eu roubei o negócio dele — lembra?"

"Claro", disse Jerome.

"Pois ele está na minha turma agora. Na aula da Claire."

"Na aula da *Claire*? Aquele cara do parque?"

"Ele é um letrista incrível — por incrível que pareça. Ouvimos ele no Bus Stop — toda a turma, fomos assisti-lo, e então Claire o convidou a participar como ouvinte. Já foi a dois encontros."

Jerome olhou dentro da caneca de café. "Os largados e abandonados de Claire... ela devia tentar cuidar da própria vida."

"E então, pois é, então parece que o cara é mesmo muito incrível", disse Zora atropelando Jerome, "e acho que você ficaria realmente interessado no que ele faz, sabe... poesia narrativa... eu disse pra ele, você provavelmente devia... porque ele é tão talentoso, sabe, você podia, tipo, convidar ele pra fazer algo ou..."

"Ele não está com essa bola toda", interpôs Levi.

Zora deu um giro. "Que tal aprender a lidar com a inveja?" Virou-se de volta para Jerome e o pôs a par: "Levi e — quem *eram* aqueles caras? — tipo, uns caras que ele tinha acabado de conhecer no porto, assim que desceram do barco — enfim, eles foram *destruídos* por Carl no Bus Stop. Des-*tru-í-dos*. Pobrezinho. Está convalescendo."

"Isso não tem nada a ver com o assunto", disse Levi com toda a calma, sem elevar a voz. "Só estou dizendo que ele é mais ou menos, porque é isso que ele é."

"*Tá bom*. Que seja."

"Ele é bem o tipo de rapper que faz os brancos vibrarem."

"Ah, cala a *boca*. Isso é tão *patético*."

Levi encolheu os ombros. "É verdade. Ele não é firmeza, o lance dele não é sinistro, não sabe apavorar a galera, não tem uma vibe East Coast pra testar as parada da West Coast", disse, tornando-se assim incompreensível, com satisfação, perante os irmãos e noventa e nove vírgula nove por cento da população mundial. "Aqueles são *meus* truta, eles têm o *povo sofredor* por trás deles — aquele maluco só tem o dicionário, meu."

"Desculpe...", disse Jerome sacudindo a cabeça para abrir as idéias. "Por que *eu* ia querer convidar esse cara — Carl — pra fazer algo?"

Zora pareceu perplexa. "Razão nenhuma. Eu só... você voltou pra cidade. Achei que seria legal você fazer uns amigos e talvez..."

"Posso fazer meus próprios amigos, obrigado."

"Tá, tudo bem."

"Ótimo."

"*Tudo bem*."

As caras emburradas de Zora eram sempre opressoras, e beligerantes como se ela estivesse berrando com você a plenos pulmões. Terminavam apenas com um pedido de desculpas seu ou com Zora jogando algo meio venenoso no seu colo, embalado em papel de luxo.

"Mas, enfim, a coisa boa é que... bem, a mãe anda saindo bem mais", disse, engolindo uma colherada de espuma do topo de seu Mocha. "Tem sido uma libertação para ela, nesse sentido, acho. Ela vê pessoas e tal."

"Que bom — eu esperava que ela fizesse isso."

"É..." Zora sugou o creme para dentro da boca, fazendo barulho. "Ela anda convivendo bastante com Carlene Kipps. Se é que dá pra acreditar." E assim o presente foi entregue.

Jerome levou o café aos lábios e deu um gole descontraído antes de retrucar. "Eu sei. Ela me contou."

"Ah, ela contou. É... parece que eles fincaram totalmente a estaca. Os Kipps, quero dizer. Exceto o filho — mas ele vem se casar aqui, parece. E as palestras de Monty começam depois do Natal."

"Michael?", disse Jerome com o que pareceu ser uma afeição verdadeira. "Não pode ser. Com quem ele vai se casar?"

Zora balançou a cabeça com impaciência. Não era isso que a interessava. "Não sei. Alguma cristã."

Jerome largou a caneca de volta na mesa, rápido e com força. Zora procurou e achou o alarmante acessório que sumia e reaparecia em Jerome, mas que agora parecia ter vindo para ficar: uma pequena cruz dourada no pescoço.

"O pai vai tentar vetá-las, as palestras", disse rápido. "Quer dizer, de acordo com a lei dos crimes de ódio. Ele quer ver o texto das palestras antes que aconteçam — acha que poderá pegá-lo por conteúdo homofóbico. Acho que ele não tem chance. Gostaria que tivesse — mas será difícil. Até agora, tudo que temos é o título. É *matador*. É perfeito demais."

Jerome estava quieto. Continuou examinando a superfície do pequeno lago encrespada pelo vento no parque em frente. Ela ondulava e chacoalhava como uma banheira em que dois gordos ficassem entrando e saindo sem parar, um em cada ponta.

"'A Ética da Universidade — dois pontos — Tirando o *Liberal* das *Artes Liberais*.' É ou não é *perfeito*?"

Jerome puxou os punhos de seu longo sobretudo por cima dos pulsos. Primeiro um, depois o outro. Agarrou as pontas do tecido com os indicadores e depois levou as mãos empacotadas até o rosto, apoiando-se nelas.

"E Victoria?", disse.

"Humm? Como assim?", inquiriu Zora inocentemente, embora fosse tarde demais para isso. Um grunhido fraco invadiu a voz suave de Jerome. "Bem, você me falou do resto deles com tanto *júbilo* — não vai falar dela?"

Zora negou com firmeza o júbilo; Jerome insistiu no júbilo; teve início uma típica discussão entre irmãos, tratando de sutilezas de tom e escolha de palavras que não podiam ser provadas de modo objetivo nem questionadas racionalmente.

"Pode acreditar", disse Zora com voz estridente, para encerrar a questão, "não sinto nenhum *júbilo* em relação a Victoria Kipps. Nem um pingo. Ela está fazendo a mesma *matéria* que eu como ouvinte. A matéria *do pai*. Tinha um milhão de matérias à disposição dos calouros e ela podia ter escolhido qualquer uma — ela escolhe um seminário para alunos do segundo ano. Qual o *problema* dela?"

Jerome sorriu.

"*Não é* engraçado. Nem sei por que ela dá as caras. É meramente decorativa."

Jerome lançou para a irmã um olhar carregado com a insinuação de que esperava mais dela. Botava esse olhar nela desde que eram crianças, e dessa vez Zora se defendera como sempre fazia, atacando.

"Desculpe, mas não gosto dela. Não posso fingir que gosto dela se não gosto. É só uma típica carinha bonita que gosta de se impor, um ser humano profundamente raso. Tenta esconder isso lendo um livro de *Barthes* ou algo assim — só o que faz é citar Barthes; é tão maçante —, mas o principal é isso, sempre que a coisa engrossa pro lado dela, ela tira vantagem de seus *charmes*. É asqueroso. Ai, meu Deus, e ela tem um séquito de garotos que a seguem por toda parte, e quanto a isso *tudo bem* — é patético, obviamente, mas se é disso que ela precisa... só não venha estragar a dinâmica da aula com perguntas idiotas que não levam a lugar nenhum. Sabe? E ela é convencida. Uau, como ela é convencida. Você tem sorte de ter escapado dessa."

Jerome parecia atormentado. Odiava ouvir qualquer um sendo avacalhado; qualquer um menos Howard, talvez, e mesmo nesse caso ele preferia fazer o trabalho sujo com as próprias mãos. Dobrou o papel de seu muffin na metade e ficou passando-o entre os dedos como uma carta de baralho.

"Você não a conhece nem um pouco. Ela não é tão convencida assim. Ainda não se adaptou à própria aparência, só isso. Ainda não decidiu o que fazer com ela. É uma coisa muito forte, sabe, ter aquela aparência."

Zora gargalhou. "Ah, ela decidiu sim. Está fazendo dela uma força maligna."

Jerome revirou os olhos, mas riu junto.

"Você acha que estou brincando. Ela é venenosa. Precisa ser impedida. Antes que destrua outra pessoa. Estou falando sério."

Isso foi longe demais. Percebendo-o, Zora afundou-se um pouco em seu banco.

"Você não precisa dizer nada disso — não para mim, pelo menos", disse Jerome zangado, confundindo Zora, que estivera apenas expressando seus próprios sentimentos. "Porque... eu não... eu não a amo mais." Com essa frase da maior simplicidade, todo o fôlego pareceu escapar-lhe. "Foi isso que descobri neste semestre. Foi difícil — me forcei a isso. Cheguei a pensar que nunca tiraria o rosto dela do meu ser." Jerome encarou a mesa e depois ergueu

246

a cabeça e olhou diretamente nos olhos da irmã. "Mas tirei. Não a amo mais."
Isso foi dito de forma tão solene e honesta que Zora teve vontade de rir, como sempre costumavam rir em momentos como aquele. Mas ninguém riu.

"Vou nessa", disse Levi saltando do banco.

A família de Levi virou-se para ele com olhar de surpresa.

"Tenho que ir", reiterou.

"De volta para a escola?", perguntou Jerome consultando seu relógio.

"Rã-rã", disse Levi, pois não havia motivo para preocupar as pessoas desnecessariamente. Despediu-se enquanto vestia seu casaco de boneco Michelin, dando uma pancada forte entre as escápulas da irmã e depois do irmão. Apertou play no seu iPod (cujos fones de ouvido não tinham abandonado seus ouvidos em momento algum). Teve sorte. Era uma linda canção do maior gordão do rap: um gênio hispânico de cento e oitenta quilos, nascido no Bronx. Tinha só vinte e cinco anos quando morreu de trombose, mas continuava vivinho da silva para Levi e milhões de garotos como Levi. Saindo da cafeteria e andando pela rua, Levi foi gingando no ritmo da engenhosa jactância do gordão, similar em sua formalidade (como Erskine certa vez tentara explicar) à jactância épica que se encontra em Milton, digamos, ou na *Ilíada*. Essas comparações não significavam absolutamente nada para Levi. Seu corpo simplesmente adorava essa música; não fez a menor tentativa de disfarçar o fato de que estava dançando no meio da rua, com o vento às suas costas deixando seus pés tão ligeiros quanto os de Gene Kelly. Logo pôde avistar o campanário na igreja e, avançando mais uma quadra, um clarão dos lençóis tinindo de branco, amarrados às grades pretas. Não estava tão atrasado assim. Alguns dos caras ainda estavam desempacotando. Felix — que era o "líder", ou pelo menos o cara que tinha a chave do cofre — acenou. Levi foi correndo a seu encontro. Bateram os punhos, apertaram as mãos. As mãos de certas pessoas são suadas, a maioria é úmida, mas existem almas raras como Felix cujas mãos são secas e frias como pedra. Levi imaginou se não teria alguma coisa a ver com sua negritude. Felix era mais negro que qualquer negro que Levi tinha visto na vida. Sua pele era como ardósia. Levi tinha uma idéia que jamais diria em voz alta e nem sequer sabia se fazia sentido, mas mesmo assim ele tinha a idéia de que Felix parecia de alguma forma ser a *essência* da negritude. A gente olhava para Felix e pensava: É *disso* que estamos falando, de ser diferente *assim*; é isso que os brancos temem, adoram, querem e receiam. Ele era tão puramente negro quanto — no outro extremo da coisa — aqueles suecos esquisitos com cílios translúcidos são puramente brancos. Era assim, se a gente procurasse negro no dicionário... Era fenomenal. E, como se quisesse enfatizar sua singularidade, Felix não vivia de gozação como os outros caras, não fazia piadas. Levava tudo a sério. A única vez que Levi o viu sorrir foi quando lhe perguntou, naquele primeiro sábado, se ele tinha um emprego rolando. Foi uma risada africana, com o timbre profundo e ressonante de um gongo. Felix era de Angola. Os outros eram haitianos e dominicanos. E tinha um cubano também. E agora tinha um cidadão americano miscigenado, para grande surpresa tanto de Felix quanto de Levi. Fora necessária uma semana de insistência para convencer Felix de que estava falando sério sobre trabalhar com eles. Mas agora, diante do modo como Felix segurava a mão de Levi e dando apertões em suas costas, Levi percebeu que Felix gostava dele. As pessoas costumavam gostar de Levi, e ele se sentia agradecido por isso mesmo sem saber ao certo a quem agradecer. Com Felix e os caras, o golpe decisivo tinha sido aquela noite no Bus Stop. Simplesmente achavam que ele não ia vir. Acharam que ele era vacilão. Mas ele *veio*, e obteve o respeito deles com isso. Tinha feito mais do que aparecer — mostrara como podia ser útil. Foi seu inglês articulado — comparativamente falando — que fez com que a fita deles fosse tocada, convenceu o MC a deixar dez caras subirem no palco ao mesmo tempo e garantiu-lhes o recebimento do engradado de cerveja prometido para cada atração. Ele estava *dentro*. Estar *dentro* era uma sensação estranha. Os últimos dias em que viera encontrar os caras depois do colégio, em que convivera com eles, tinham sido uma experiência reveladora para Levi. Se quer deixar as pessoas constrangidas, experimente andar pela rua com quinze haitianos. Sentia-se um pouco como Jesus dando um passeio com os leprosos.

"Você vem de novo", disse Felix fazendo que sim com cabeça. "O.k."

"O.k.", disse Levi.

"Sábados e domingos você virá. Regular. E quintas?"

"Não, meu — sábado e domingo, sim. Mas quintas não. Só *essa* quinta. Tive um dia livre hoje — se estiver tudo bem."

Felix fez que sim de novo, pegou um caderninho e uma caneta do bolso e anotou alguma coisa.

"Tudo bem se você trabalhar. Legal pra caralho se você trabalhar", refletiu, enfatizando sílabas em vários lugares incomuns.

"Me amarro em trabalho, Fe."

"Me amarro em trabalho", repetiu Felix em tom de aprovação. "Muito bom. Você vai trabalhar do outro lado", disse, apontando para a esquina oposta. "Temos um cara novo. Você trabalha com ele. Quinze por cento. Fica de olho na cidade. Os coxinhas tão por toda parte. Fica de olho. O material tá aqui."

Levi pegou, obediente, dois embrulhos de lençol e desceu da calçada, mas Felix o chamou de volta.

"Leva ele. Chouchou."

Felix empurrou um rapaz para a frente. Era magricela, com ombros não maiores que os de uma garota; dava para acomodar um ovo entre as vértebras de sua espinha. Tinha um grande afro natural, um bigode curto e ralo e um pomo-de-adão maior que o nariz. Levi achou que ele devia estar na casa dos vinte, talvez chegando a uns vinte e oito. Vestia um suéter barato de acrílico laranja arregaçado até os cotovelos, apesar do frio, e no braço direito havia uma cicatriz apavorante, rosa-claro contra a pele negra, iniciando num ponto e se espalhando pelo antebraço como o rastro de um navio.

"Esse é o seu nome?", perguntou Levi ao atravessarem a rua. "Como um *trem*?"

"O que isso significa?"

"Sabe, como um *trem*, tipo, tchu tchu! Trem passando! Como um *trem*!"

"É haitiano. C-H-O-U-C..."

"Sim, sim — saquei..." Levi refletiu sobre a questão. "Bem, não posso chamá-lo assim, meu. Que tal só Chu — fica bem, na real. Levi e Chu."

"Não é o meu nome."

"Não, tô ligado, meu — mas soa melhor no meu ouvido —, Chu. Levi e Chu. Tá ouvindo?"

Nenhuma resposta.

"É, fica da hora. Chu... O Chu. É maneiro. Ponha ali — não, aí não — assim. *Esse* é o jeito."

"Vamos tocar isso aqui, pode ser?", disse Chu fazendo Levi soltar a sua mão e olhando para os dois lados da rua. "Precisamos pôr pesos em cima disso tudo, com esse vento. Peguei umas pedras no pátio da igreja."

Um trecho tão longo de inglês gramaticalmente correto não era o que Levi esperava. Silenciado pela surpresa, ajudou Chu a desatar seu embrulho, soltando uma pilha de bolsas coloridas em cima da calçada. Ficou em pé sobre o lençol para combater o vento enquanto Chu colocava pedras em cima das alças das bolsas. Depois começou a fixar seus DVDs com pregadores de roupa num lençol de cama que também tinha sido prendido ao chão com pedras. Tentou puxar conversa.

"O lance, Chu, é que a única coisa com a qual você realmente deve se preocupar é ficar de olho nos coxinhas e me dar um toque quando os vir. Um toque e um assobio. E você tem que *ver* eles antes mesmo de aparecerem — você tem que ter aquele instinto *da rua* pra poder farejar os coxinhas a oito quadras de distância. Leva tempo, é uma arte. Mas você tem que desenvolver. Isso é *da rua*."

"Sei."

"Vivi nessas ruas a vida toda, então é meio que instintivo pra mim."

"Instintivo."

"Mas não se preocupe — você vai pegar essa merda toda rapidinho."

"Aposto que vou. Quantos anos você tem, Levi?"

"Dezenove", disse Levi, julgando que quanto mais velho melhor. Mas não pareceu melhor. Chu fechou os olhos e balançou a cabeça de modo sutil porém perceptível.

Levi deu uma risada nervosa. "Mas Chu... não fica excitado demais, sabe, tudo assim de repente, agora."

Chu olhou bem nos olhos de Levi em busca de um sentimento de solidariedade. "Eu realmente *odeio* vender coisas, sabe?", disse com o que Levi interpretou como uma grande tristeza.

"Chu — você não tá *vendendo*, meu", redargüiu Levi com entusiasmo. Agora que entendia o problema, ficou feliz — podia ser resolvido tão facilmente! Era só uma questão de atitude. "Isso aqui não é como trabalhar de balconista na farmácia! Você tá *batalhando*, meu. E isso é uma coisa diferente. Isso é *da rua*. Batalhar é estar vivo — você tá morto se não souber batalhar. E você não é um irmão se você não souber batalhar. É isso que nos une — quer estejamos em Wall Street, na MTV ou sentados numa esquina vendendo bagulho. É uma coisa linda, meu. Tamo batalhando!"

250

Essa fala, a mais completa versão da filosofia pessoal de Levi já articulada por ele próprio, ficou pairando no ar à espera de seu merecido *Amém!*

"Não sei do que você tá falando", disse Chu suspirando. "Vamos tocar isto aqui."

Isso decepcionou Levi. Mesmo que não entendessem ao todo o entusiasmo de Levi pelo que faziam, os outros caras sempre sorriam e entravam na onda, e tinham aprendido algumas das palavras artificiais que Levi gostava de aplicar a suas situações reais de vida. *Batalhador, Guerreiro, Gangsta, Bandido.* O reflexo deles próprios nos olhos de Levi era, no fim das contas, um substituto mais do que bem-vindo para a realidade. Quem não preferiria ser um *gangsta* a um sacoleiro? Quem não preferiria batalhar a vender? Quem escolheria seus quartos úmidos e solitários em detrimento desse vídeo Technicolor, dessa comunidade ao ar livre da qual Levi insistia em dizer que todos faziam parte? A Rua, a Rua global, coberta por fileiras de irmãos batalhadores trabalhando em esquinas de Roxbury a Casablanca, de South Central à Cidade do Cabo.

Levi tentou de novo: "Tô falando de *batalhar*, meu! É tipo..."

"Louis Vuitton, Gucci, Gucci, Fendi, Fendi, Prada, Prada", gritou Chu como fora instruído. Duas mulheres brancas de meia-idade pararam ao lado de sua banca e começaram a barganhar com ele. Levi percebeu que o inglês de seu colega se transformou imediatamente em algo mais simples, monossilábico. Notou também como elas pareciam mais satisfeitas lidando com Chu do que com Levi. Quando Levi tentou interpor um pequeno discurso sobre a qualidade da mercadoria, elas olharam para ele de um jeito estranho, quase ultrajado. Claro, eles nunca querem conversa — Felix tinha explicado isso. Têm vergonha de estar comprando de você. Era uma coisa difícil de lembrar depois da megaloja, onde as pessoas se orgulhavam tanto de sua habilidade como consumidores. Levi selou os lábios e viu Chu recolher ligeiro oitenta e cinco dólares por três bolsas. Essa era a outra coisa boa desse negócio: se as pessoas iam comprar, faziam-no rápido e iam embora rápido. Levi felicitou o novo amigo pela venda.

Chu pegou um cigarro e acendeu. "É dinheiro do Felix", disse cortando Levi. "Não meu. Eu trabalhava de taxista — era a mesma coisa."

"A gente recebe uma parte, meu, a gente recebe uma parte. É a economia, certo?"

Chu deu uma risada cheia de amargura. "Originais — oitocentos dóla-res", disse, apontando para uma loja do outro lado da rua. "Falsificadas — trinta dólares. Custo de produção — cinco dólares, talvez três. Isso é econo-mia. Economia *americana*."

Levi balançou a cabeça diante daquele milagre. "Dá pra *acreditar* que essas vacas idiotas estão pagando trinta dólares por uma bolsa de três dóla-res? Essa merda é inacreditável. *Isso* é que é tirar proveito."

Nisso, Chu olhou para os tênis de Levi. "Quanto pagou por eles?"

"Cento e vinte dólares", disse Levi com orgulho, pulando nos calcanha-res para demonstrar os amortecedores embutidos nas solas.

"Quinze dólares pra produzir", disse Chu, soprando colunas de fumaça pelas duas narinas. "Não mais. Quinze dólares. É de você que estão tirando proveito, meu amigo."

"Peraí, como você sabe disso? Não é verdade, meu. Não é nem um pou-co verdade."

"Venho da fábrica onde fazem seus tênis. Onde *faziam* seus tênis. Não fazemos nada agora", disse Chu, e então gritou "PRADA!", fisgando mais um grupo de mulheres, um grupo em expansão que continuou crescendo como se ele tivesse atirado uma rede de arrastão na calçada. *Venho da fábrica? Co-mo se pode vir de* uma fábrica? Mas não houve tempo para mais questiona-mentos; agora, do lado de Levi, um grupo de garotas góticas. Tinham cabe-los pretos, eram brancas e magrinhas, ligadas uma à outra por estranhas correntes de metal — o tipo de garota que ronda a parada de metrô de Har-vard numa noite de sexta com uma garrafa de vodca escondida sob as calças enormes. Queriam filmes de terror, e Levi os tinha. Fez algumas transações ágeis e pela hora seguinte os dois vendedores não conversaram muito, a não ser que um precisasse pegar algum troco na pochete do outro. Levi, que nun-ca podia suportar más vibrações, ainda tinha necessidade de fazer aquele ca-ra gostar dele, como a maioria dos caras. Finalmente, o movimento acal-mou. Levi aproveitou a oportunidade.

"Qualé a sua, meu? Não leva isso a mal, mas... você não parece o tipo de cara que estaria fazendo esse tipo de coisa. Sabe?"

"Vamos deixar combinado assim", disse Chu em voz baixa, mais uma vez sobressaltando Levi com seu uso fluente de expressões americanas, ain-da que temperadas por aquele sotaque exótico. "Você me deixa em paz e eu

faço o melhor que puder para deixar *você* em paz. Você vende seus filmes.
Eu vendo estas bolsas. Como fica pra você?"

"Beleza", disse Levi, baixinho.

"*Os melhores filmes, campeões de bilheteria, três por dez dólares!*", gritou para a rua. Enfiou a mão no bolso e encontrou duas balas de menta e chocolate embaladas individualmente. Ofereceu uma delas a Chu, que a recusou torcendo o nariz. Levi tirou o papel de sua bala e a jogou na boca. Ele *adorava* Junior Mints. Gostinho de menta *e* de chocolate. Tudo que se pode esperar de um doce, basicamente. O restinho da menta desceu por sua garganta. Tentou com todas as forças não dizer absolutamente nada. E então disse: "E aí, você tem muitos amigos por aqui?".

Chu suspirou. "Não."

"Ninguém na cidade?"

"Não."

"Não conhece *ninguém?*"

"Conheço duas, três pessoas. Elas trabalham do outro lado do rio. Em Wellington. Na universidade."

"Ah, é?", disse Levi. "Em qual departamento?"

Chu parou de organizar o dinheiro na pochete e olhou para Levi com curiosidade. "São faxineiros", disse. "Não sei qual departamento limpam."

Tá bom, tá bom, você venceu, mano, pensou Levi, e agachou-se perto dos DVDs para rearranjar uma das fileiras, sem necessidade nenhuma. Tinha largado o cara de mão. Mas agora era Chu quem parecia subitamente interessado.

"E você...", disse Chu no encalço dele. "Você mora em Roxbury, Felix me contou."

Levi olhou para Chu. Ele estava sorrindo, finalmente.

"É, meu, é isso mesmo."

Chu olhou-o de cima como se fosse o homem mais alto que já existiu.

"Sim. É o que ouvi dizer, que você mora em Roxbury. E você canta rap com eles também."

"Não é bem isso. Só fui junto. Mas é bom — tem aquela *vibe* política. Bem raivosa. Estou aprendendo mais sobre o... tipo, o contexto político, tô me encarnando nisso agora", disse Levi referindo-se a um livro sobre o Haiti que havia pegado (embora ainda não o tivesse lido) na biblioteca de cento e vinte e sete anos da Arundel School. Foi a primeira vez que Levi entrou naquele espacinho espremido e escuro sem ter sido propulsionado por um trabalho escolar ou uma prova iminente.

"Mas dizem que nunca vêem você lá, em Roxbury. Os outros. Dizem que nunca vêem você."

"É, pois é. Sou meio recolhido."

"Sei. Bem, talvez possamos nos encontrar por lá, Levi", disse Chu alargando o sorriso, "lá na quebrada."

10.

Katherine (Katie) Armstrong tem dezesseis anos. Ela é uma das alunas mais jovens que estudam na Universidade de Wellington. Cresceu em South Bend, Indiana, onde era de longe e aluna mais brilhante da escola. Embora a grande maioria dos alunos da escola de Katie desista ou vá estudar numa das ótimas instituições estaduais de Indiana, ninguém se surpreendeu muito ao descobrir que Katie iria para uma instituição de ensino chique da Costa Leste com uma bolsa acadêmica integral. Katie é proficiente tanto nas artes quanto nas ciências, mas seu coração — se é que faz sentido — sempre morou no lado esquerdo do cérebro. Katie ama as artes. Levando-se em conta a relativa pobreza de seus pais e sua formação limitada, ela sabe que provavelmente teria parecido mais razoável para sua família que ela tentasse entrar na faculdade de medicina ou até mesmo na de direito de Harvard. Mas seus pais são pessoas generosas e amorosas, e apóiam todas as suas decisões.

No verão que precedeu a chegada de Katie a Wellington, ela foi à loucura pensando se deveria se formar em língua inglesa ou história da arte. Ela ainda não tem certeza. Há dias em que gostaria de ser a editora de alguma coisa. Em outros, consegue se imaginar administrando uma galeria ou mesmo escrevendo um livro sobre Picasso, que é o ser humano mais incrível do qual já teve notícia. No momento, como caloura, ela está mantendo as opções em aberto. Faz o Seminário de Pintura do Século XX do professor Cork (apenas para alunos do segundo ano, mas ela implorou) e duas matérias de literatura, Poesia Romântica Inglesa e Pós-Modernismo Americano. Está aprendendo russo, ajuda a atender os telefones na linha de apoio a distúrbios alimentares e desenha o cenário para uma produção de *Cabaret*. Garota tímida por natureza, Katie tem que domar uma boa dose de nervos, toda semana, para simplesmente entrar nas salas onde essas diversas atividades são realizadas. Uma aula a aterroriza acima de todas: a aula do dr. Belsey sobre Arte do Século XVII. Estão dedicando a maior parte do semestre a Rembrandt, que é o segundo ser humano mais incrível de que Katie já teve notícia. Ela costumava sonhar em um dia assistir a uma aula sobre Rembrandt com outras pessoas inteligentes que amavam Rembrandt e não tinham vergonha de expressar esse amor. Foi a apenas três aulas até agora. Não entendeu muita coisa. Durante boa parte do tempo, achou que o professor estava falando uma língua diferente da que ela passou dezesseis anos refinando. Depois da terceira aula, voltou para seu dormitório e chorou. Amaldiçoou sua burrice e sua juventude. Desejou que sua escola lhe tivesse dado para ler tipos de livros diferentes daqueles todos com os quais obviamente desperdiçara seu tempo. Agora Katie tinha se acalmado. Procurou no *Webster's* alguns dos vocábulos misteriosos ditos em aula. As palavras não estavam lá. Encontrou "liminaridade", mas continuava sem compreender o modo como o dr. Belsey a havia empregado. Porém, Katie não é o tipo de garota que desiste fácil. Hoje é a quarta aula. Está preparada. Semana passada, receberam uma apostila com fotocópias das duas pinturas que seriam discutidas hoje. Katie passou uma semana olhando para elas, pensando profundamente nelas, e fez anotações em seu caderno.

A primeira pintura é *Jacó lutando com o anjo*, 1658. Katie pensou no vigoroso empastamento que age contra-intuitivamente para criar aquela atmosfera sonolenta e sonhadora. Faz anotação sobre a semelhança do anjo com o belo filho de Rembrandt, Titus; nas linhas de perspectiva que criam ilusões de movimento congelado; na dinâmica pessoal entre o anjo e Jacó. Quando olha essa pintura, vê o combate violento que é, ao mesmo tempo, um abraço apaixonado. O homoerotismo traz à sua mente Caravaggio (desde que começou em Wellington, ela acha muitas coisas homoeróticas). Adora os tons terrosos — o damasco simples de Jacó e o avental creme de menino de fazenda usado pelo anjo. Caravaggio sempre dava a seus anjos as asas escuras e resplandecentes das águias; em contraste, o anjo de Rembrandt não é uma águia, mas também não é nenhuma pombinha. Nenhum pássaro que Katie já tenha visto tem essas asas imprecisas, gastas e pardas. As asas quase parecem ter sido colocadas de última hora, como se para nos lembrar que essa pintura se propõe a retratar um tema bíblico, sobrenatural. Mas no coração protestante de Rembrandt, acredita Katie, a batalha aqui representada, no fundo, é pela alma terrena de um homem, por sua fé *humana* no mundo. Katie, que perdeu sua fé de forma lenta e dolorosa dois anos antes, encontra a passagem em questão na Bíblia e acrescenta o seguinte a suas anotações:

E Jacó ficou só; e lutava com ele um homem até o romper do dia... E disse o homem, Deixa-me ir porque já vem rompendo o dia. E Jacó disse, Não te deixarei ir se não me abençoares.

Katie acha essa pintura impressionante, linda, arrebatadora — mas não verdadeiramente tocante. Não consegue encontrar as palavras certas, não consegue isolar o motivo disso. Tudo que pode dizer, de novo, é que não está olhando para uma batalha pela fé. Pelo menos não do tipo que ela própria experimentou. Jacó parece estar em busca de compaixão, e o anjo parece querer *dar* compaixão. Uma batalha não funciona assim. O combate não está realmente ali. Será que faz sentido?

A segunda imagem, por outro lado, faz Katie chorar. É *Nu sentado*, uma água-forte de 1631. Nela uma mulher disforme, nua, com pequenos seios atarracados e uma imensa barriga dilatada, está sentada numa pedra olhando diretamente para Katie. Katie leu alguns comentários famosos sobre essa água-forte. Todo mundo a considera tecnicamente boa mas revoltante no aspecto visual. Muitos homens famosos ficam enojados. Aparentemente, uma simples mulher nua é muito mais repugnante que Sansão tendo o olho arrancado ou Ganimedes mijando para tudo que é lado. Será que ela é de fato tão grotesca? Ela foi um choque para Katie num primeiro momento — como uma fotografia implacável de alguém, com a luz estourada. Mas então Katie começou a perceber toda a informação exterior e humana que não estava explícita *dentro* da moldura, mas insinuada pelo que vemos ali. Katie se comove com as marcas crenuladas das meias ausentes em suas pernas, com os músculos dos braços indicando algum trabalho manual. A barriga flácida que passou por muitos bebês, aquele rosto ainda viçoso que seduziu muitos homens e talvez ainda seduza outros mais. Katie — um palito, fisicamente — consegue inclusive ver seu próprio corpo contido naquele corpo, como se Rembrant estivesse dizendo a ela e a todas as mulheres: "Pois vocês são da terra, como meu nu, e vocês também chegarão a esse ponto, e abençoadas sejam se vierem a sentir tão pouca vergonha e tanta satisfação quanto ela!". É isso que uma mulher *é*: sem adornos, depois dos filhos, do trabalho e da idade, e também da experiência — *essas são as marcas do viver*. É o que Katie sente. E tudo isso por meio de hachuras (Katie desenha histórias em quadrinhos e sabe um pouco sobre hachuras); todas essas insinuações de mortalidade saídas de um tinteiro!

Katie chega à aula muito empolgada. Senta-se empolgada. Mantém o caderno aberto à sua frente, dessa vez determinada, *determinada* a ser uma das três ou quatro pessoas que ousam falar na aula do dr. Belsey. A turma, cada um dos catorze integrantes, fica disposta num quadrado com as mesas encostadas uma na outra, de forma que todos possam se ver. Eles escrevem os nomes em pedaços de papel que são dobrados ao meio e colocados em cima das mesas. Parecem um monte de gerentes de banco. O dr. Belsey está falando.

"O que estamos tentando... *interrogar* aqui", diz, "é o mitema do artista como indivíduo autônomo com uma visão privilegiada do humano. Que aspectos contidos nesses textos — nessas imagens como narrativa — estão se candidatando implicitamente à noção quase mítica de gênio?"

Um silêncio terrivelmente longo se segue. Katie morde a pele ao redor das cutículas.

"Reformulando: o que vemos aqui é realmente uma *rebelião*, um afastamento? É dito que isso constitui uma rejeição do nu clássico. Tá. Mas. Esse nu não é uma *confirmação* da idealidade do vulgar? Pois já está inscrito na idéia de uma degradação de classe com uma especificidade de gênero?"

Outro silêncio. O dr. Belsey se levanta e escreve a palavra LUZ bem grande no quadro-negro atrás dele.

"Essas duas imagens falam de iluminação. Por quê? Em outras palavras, podemos falar da *luz* como um conceito neutro? Qual é o *logos* dessa luz, dessa luz *espiritual*, dessa suposta iluminação? Ao que estamos aderindo quando falamos da 'beleza' dessa 'luz'?", diz o dr. Belsey fazendo aspas com os dedos. "Do que essas imagens *realmente* tratam?"

Aqui Katie vê sua oportunidade e inicia o lento processo de pensar na possibilidade de abrir a boca e permitir que o som saia por ela. Sua língua está nos dentes. Mas é a garota negra incrivelmente linda, Victoria, que fala, e como sempre ela tem um jeito de monopolizar a atenção do dr. Belsey mesmo quando Katie tem quase certeza de que ela não está dizendo nada interessante assim.

"É uma pintura de seu próprio interior", diz ela bem devagar, olhando para a mesa e depois de novo para a frente daquele jeito idiota e paquerador. "O tema *é* a própria pintura. É uma pintura sobre pintar. Quer dizer, essa é a força desejante aqui."

O dr. Belsey batuca na mesa com aparente interesse, como se quisesse dizer *agora está ficando quente*.

"Tá", diz ele. "Desenvolva."

Mas, antes que Victoria possa falar de novo, há uma interrupção.

"Humm... não entendo como você está usando 'pintura' aqui. Não acho que possa simplesmente inscrever a história da pintura, ou até mesmo seu logos, nessa única palavra 'pintura'."

O professor também parece interessado nessa argumentação. É feita pelo rapaz com a camiseta dizendo SER num dos lados e TEMPO no outro, um rapaz que Katie teme mais que qualquer outra pessoa em toda a universidade, muito mais do que poderia temer qualquer mulher, inclusive a linda garota negra, porque ele é claramente a terceira pessoa mais incrível de que já teve notícia. Seu nome é Mike.

"Mas você já privilegiou o termo", diz a filha do professor, que Katie, não muito dada a odiar, odeia. "Você já está presumindo que a água-forte é meramente uma 'pintura degradada'. Então eis sua problemática, bem aí."

E então a aula foge da compreensão de Katie, correndo entre os dedos de seus pés como o mar e a areia quando ela fica parada na beira do oceano e por distração, por *burrice*, permite que a maré recue e que o mundo se afaste dela tão rápido que a deixa tonta...

Às três e quinze, Trudy Steiner ergueu a mão com hesitação para lembrar que a aula tinha passado quinze minutos do horário. Howard recolheu seus papéis numa pilha arrumadinha e pediu desculpas pelo estouro do tempo e por nada mais. Sentiu que essa tinha sido a sessão mais bem-sucedida até hoje. A dinâmica da classe estava finalmente se consolidando, se amalgamando. Mike, em particular, causara-lhe uma ótima impressão. A gente precisa de gente como ele numa classe. Na verdade, ele lembrou a Howard como era Howard na mesma idade. Aqueles poucos e dourados anos em que acreditou que Heidegger salvaria sua vida.

Todos começaram a guardar suas coisas. Zora ergueu os dois polegares para o pai e zarpou; devido a uma pequena falha no horário, ela sempre perdia os primeiros dez minutos da aula de poesia de Claire, de qualquer forma. Christian e Meredith, que acompanhavam as aulas como assistentes de ensino inteiramente desnecessários (dado o pequeno número de alunos), entregaram apostilas para a semana seguinte. Quando Christian chegou à ponta da mesa onde estava Howard, se agachou à altura dele com sua perturbadora flexibilidade e alisou com a mão os cabelos penteados para o lado.

"Foi sensacional."

"Foi bem, sim, eu achei", disse Howard pegando uma apostila das mãos de Christian.

"Acho que a apostila estimulou um diálogo", Christian começou a dizer com cautela, esperando uma confirmação. "Mas, sinceramente, é o jeito como você pega o diálogo e o remodela — essa é a ignição."

Howard sorriu e franziu o cenho ao mesmo tempo com esse comentário. Havia algo estranho no inglês de Christian, apesar do fato de ele ser americano, pelo que parecia. Era como se estivesse sendo traduzido enquanto falava.

"A apostila com certeza nos deu o empurrão inicial", concordou Howard, recebendo ondas de protestos agradecidos de Christian. Fora o próprio Christian quem fizera as apostilas. Howard sempre tinha intenção de lê-las mais a fundo, mas nessa semana, como sempre, acabaria passando os olhos nas folhas pela manhã, antes da aula. Os dois sabiam muito bem disso.

"Recebeu o memorando sobre a reunião do corpo docente estar sendo adiada?", perguntou Christian.

Howard assentiu.

"É dia 10 de janeiro, primeira reunião após o Natal. Vai precisar que eu esteja lá?", perguntou Christian.

Howard duvidava que isso fosse necessário.

"Porque eu fiz toda aquela pesquisa sobre os limites do discurso político no campus. Quer dizer, não que importe especialmente... tenho certeza de que não precisará dela... mas acho que será útil, embora precisemos saber o conteúdo das palestras pretendidas pelo professor Kipps para ter toda a certeza", disse Christian e começou a puxar papéis para fora de sua bolsa. Enquanto Christian seguia falando com ele, Howard ficou de olho em Victoria. Mas Christian demorou demais; Howard viu, arrasado, o cambaleio saltitante de suas longas pernas levá-la para fora da sala, comprimida nos dois lados por amizades masculinas. Cada perna estava perfeitamente embalada, separada e fetichizada em seu tubo de brim. Seus tornozelos se batiam com ruído naquelas botas de couro bege. A última coisa que viu foi a perfeição de sua bunda — tão empinada, tão redonda — virando uma esquina; indo embora. Em trinta anos de magistério, nunca tinha botado os olhos em nada parecido. A outra possibilidade, claro, era que na verdade tinha visto muitas garotas como aquela no decorrer dos anos, mas somente agora estava reparando. Em todo caso, estava resignado com a situação. Duas aulas antes, tinha decidido parar de tentar não olhar para Victoria Kipps. Não faz sentido tentar coisas impossíveis.

Agora o jovem Mike se aproximou de Howard, confiante, como um colega, para perguntar sobre um artigo que Howard havia mencionado por cima. Livre das estranhas amarras de olhar para Victoria, Howard informou-lhe com satisfação o periódico e o ano. Mais pessoas saíram da sala. Howard dobrou-se embaixo da mesa para evitar uma conversa com qualquer outro estudante e meteu os papéis de volta em sua bolsa. Teve a péssima sensação de que havia alguém se demorando. Demoras sempre indicavam um apelo por cuidados pastorais. *Eu estava pensando se quem sabe não poderíamos nos encontrar para um café uma hora dessas... estou com uns problemas e gostaria de conversar sobre eles...* Howard elevou o nível de envolvimento com os fechos de sua bolsa. Continuou sentindo a presença de alguém. Olhou para cima. Aquela estranha garota-fantasma que nunca dissera uma palavra estava fazendo uma enrolação para guardar seu único caderno e a caneta. Por fim, ela andou em direção à porta e começou a demorar-se por ali, não deixando para Howard outra escolha a não ser passar espremido por ela.

"Kathy — tudo bem?", perguntou Howard com a voz bem alta.

"Ah! Sim... quer dizer, mas eu só estava... Doutor Belsey, é a mesma — a — mesma sala... semana que vem?"

"A mesmíssima", disse Howard, e foi andando pelo corredor e pela rampa para cadeira de rodas até sair do prédio.

"Doutor Belsey?"

Fora, no pequeno pátio octagonal, tinha começado a nevar. Grandes lençóis flutuantes de neve dividiam o dia, e sem qualquer sinal da mística que a envolve na Inglaterra: *Vai acumular? Vai derreter? É chuva congelada? É granizo?* Era apenas neve, ponto, e até a manhã do dia seguinte estaria batendo no joelho.

"Doutor Belsey? Poderia dar uma palavrinha — só um segundo?"

"Victoria, sim", disse ele, piscando para tirar os flocos de neve dos cílios. Ela era perfeita demais posicionada contra o fundo branco. Olhando para ela sentia-se aberto a idéias, possibilidades, concessões e argumentos que teria rejeitado dois minutos antes. Aquele seria um ótimo momento, por exemplo, para Levi pedir vinte dólares ou Jack French pedir que presidisse um painel sobre o futuro da universidade. Mas então — graças ao bom Deus — ela virou a cabeça.

"Já alcanço vocês", disse Victoria para os dois rapazes que estavam andando de costas à frente dela, sorrindo com malícia e apertando bolas de neve nas mãos esfoladas e rosadas. Victoria acompanhou o passo de Howard. Howard notou como o cabelo dela retinha a neve de forma diferente do seu. A neve se acomodava com firmeza no topo da cabeça dela, como glacê.

"Nunca vi desse jeito!", disse ela animada ao passarem pelo portão e se prepararem para cruzar a ruazinha que dava no pátio principal de Wellington. Tinha posto as mãos numa posição estranha, nos bolsos traseiros da calça, com os cotovelos projetados para trás como cotos de asas. "Deve ter começado quando estávamos na aula. Caramba! É como a neve dos filmes!"

"Me pergunto se limpar a neve dos filmes custa um milhão de dólares por semana."

"Não brinca — tudo isso?"

"Tudo isso."

"É uma paulada."

"E tanto."

Essa conversa, a segunda que tinham em caráter particular, estava igual à primeira: boba e estranhamente carregada de humor, com Vee exibindo os dentes num sorriso e Howard sem saber se estava sendo ridicularizado ou paquerado. Vee dormido com o filho dele — essa era a piada? Se era, não tinha muita graça na opinião dele. Mas desde o início ele se deixou conduzir por ela: aquele fingimento dissimulado de que nunca tinham se encontrado antes no semestre e de que não existia nenhuma outra ligação exceto a de um professor com uma aluna. Sentiu que foi pego no contrapé. Ela não tinha medo dele. Qualquer outro aluno de sua classe estaria dragando o cérebro em busca de uma frase brilhante, não, eles jamais o teriam *abordado*, para começo de conversa, sem um comentário de abertura espirituoso preparado com antecedência, alguma amostrinha maçante de lampejo retórico. Quantas horas de sua vida tinha gastado com sorrisos superficiais diante desses comentários construídos com cuidado, às vezes gerados e desenvolvidos por dias ou até semanas na estufa nervosa do cérebro desses jovens ambiciosos? Mas Vee não era assim. Fora da aula, parecia se orgulhar de ser um pouco tapada.

"Humm, olha — sabe aquela coisa que todas as sociedades universitárias fazem, aquele jantar idiota?", disse ela inclinando a cabeça para cima, de frente para a brancura total do céu. "Cada mesa precisa convidar três professores — a minha é Emerson Hall, e não somos muito formais, não é tão empolada quanto algumas das outras... é legal, até — mista, mulheres e homens — é bem descontraída. É basicamente um jantar, e costuma ter um discurso — um discurso *longo e chato*. Então. Diga que não, óbvio, se você não faz esse tipo de coisa... quer dizer, não sei — é a minha primeira. Mas achei que não custava perguntar. Perguntar não dói." Botou a língua para fora e comeu uns flocos de neve.

"Ah... bem — quer dizer, se quer que eu vá, irei, claro", Howard começou a dizer olhando de relance para ela, mas Vee continuava comendo neve. "Mas... tem certeza de que não se sentiria... bem, na obrigação de levar seu pai, quem sabe? Não gostaria de pisar no pé de ninguém", disse Howard rápido. Era tanto o encanto da garota que nem por um instante passou pela cabeça de Howard que ele próprio tinha sua obrigações.

"Ah, *Deus*, não. Ele já foi convidado por um milhão de alunos diferentes. Além disso, fico tensa porque ele pode querer fazer as preces à mesa. Na verdade, *sei* que ele vai, o que seria... *interessante*."

Ela já estava desenvolvendo aquele sotaque transatlântico oscilante dos filhos de Howard. Era uma pena. Ele gostava daquela voz de North London com uma pitada de Caribe e, se não estava enganado, também uma pitada de escola de alto nível para moças. Os dois pararam de andar. Era onde Howard pegaria sua saída, subindo a escada para a biblioteca. Ficaram de frente um para o outro, quase da mesma altura graças às botas imensas dela. Vee abraçou o próprio corpo e pôs o lábio inferior embaixo de seus grandes dentes da frente, à maneira que as garotas bonitas às vezes têm de fazer caretas engraçadas, sem qualquer receio de que o efeito seja permanente. Em resposta, Howard fez uma cara muito séria.

"Minha decisão dependeria bastante..."

"De quê?" Ela bateu palmas com as luvas cheias de neve.

"... da presença ou não de um *glee club*."

"De um quê? Não sei... nem sei o que é isso."

"Eles cantam. Jovens rapazes", disse Howard se encolhendo um pouco. "Eles cantam. Fazem canto harmônico bem juntinhos."·

"Acho que não. Ninguém mencionou isso."

"Não posso ir a nada que tenha um *glee club*. É muito importante. Aconteceu um episódio lamentável."

Agora foi a vez de Vee suspeitar que estavam tirando onda da sua cara. Mas acontece que Howard falava sério. Ela apertou os olhos e rangeu os dentes.

"Mas você vai?"

"Se tem certeza que me quer lá."

"Tenho toda a certeza. É só depois do Natal, faltam milênios, praticamente — 10 de janeiro."

"Nada de *glee club*", disse Howard quando ela começou a ir embora.

"Nada de *glee club*!"

Era sempre a mesma coisa, a aula de poesia de Claire, e era sempre um prazer. O poema de cada aluno era apenas uma ligeira variação do poema que tinha trazido na semana anterior, e todos os poemas se deparavam regularmente com a eficiente combinação de emoção violenta e discernimento genuíno aplicada por Claire. Assim, os poemas de Ron eram sempre sobre a alienação sexual moderna, e os poemas de Daisy eram sempre sobre Nova York, os de Chantelle eram sempre sobre a condição negra e os de Zora eram do tipo que parece provir de uma máquina de gerar textos aleatórios. O grande talento de Claire como professora era a capacidade de encontrar algo de valor em todos esses esforços e em dirigir-se aos autores como se já tivessem prateleira cativa em lares amantes da poesia de um canto a outro dos Estados Unidos. E que coisa magnífica é ouvir, aos dezenove anos, que um novo poema de Daisy é um exemplo perfeito da *oeuvre* de Daisy, que é de fato a evidência de uma Daisy no ápice de sua capacidade, pondo em prática todos os tradicionais e tão adorados talentos de Daisy! Claire era uma excelente professora. Ela lembrava como era nobre escrever poesia; como devia ser miraculosa a sensação de comunicar o que nos é mais íntimo e fazê-lo dessa forma estilizada, por meio da rima e da métrica, de imagens e idéias. Depois que cada aluno tinha lido sua criação e esta haver sido discutida com seriedade e pertinência, Claire encerrava com a leitura de um poema de um poeta notável e quase sempre morto, e encorajava a turma a discutir esse poema da mesma forma que tinha discutido os outros. E assim se aprendia a imaginar a continuidade entre a própria poesia e a poesia do mundo. Que sensação! Saía-se da aula se não ombro a ombro com Keats, Dickinson, Eliot e os demais, pelo menos dentro da mesma câmara de ressonância, na mesma lista de chamada da história. A transformação era mais perceptível em Carl. Três semanas antes, ele tinha ido à primeira aula com uma postura cômica e cética. Lera suas letras de música num murmúrio emburrado e parecera irritado pela avaliação interessada com que foram recebidas. "Nem é um *poema*", reagira. "É rap." "Qual a diferença?", perguntara Claire. "São duas coisas diferentes", argumentara Carl, "duas formas diferentes de arte. Só que o rap não é uma forma de arte. É só *rap*." "Então ele não pode ser discutido?" "Vocês podem *discutir* — não vou impedir ninguém." A primeira coisa que Claire fez com o rap de Carl naquele dia foi mostrar do que era feito. Iambos, espondeus, troqueus, anapestos. Carl negou com veemência qualquer conhecimento dessas artes arcanas. Estava acostumado a ser festejado no Bus Stop, mas não numa sala de aula. Grandes segmentos da personalidade de Carl tinham sido erigidos sobre o princípio fundamental de que salas de aula não eram para Carl.

"Mas a gramática da coisa", tinha explicado Claire, "está embutida no seu cérebro. Você já está quase pensando na forma de sonetos. Não é necessário *saber* para *fazer* — mas isso não significa que você não está fazendo."

Esse é o tipo de declaração que não pode evitar de fazer você se sentir um pouco mais alto no dia seguinte, quando estiver na loja da Nike perguntando a seu cliente se quer o mesmo tênis no tamanho 44. "Vai me escrever um soneto, não vai?", pediu Claire a Carl com doçura. Na segunda aula, ela lhe perguntou: "E aquele soneto, Carl?". Ele disse: "Tá cozinhando. Aviso quando estiver pronto". Claro que ele flertou com ela. Sempre fazia isso com as professoras, tinha feito ao longo de todo o ensino médio. E a sra. Malcolm retribuiu o flerte. No colégio, Carl tinha ido para a cama com a professora de geografia — não fora nada bonito. Olhando para trás, considerava esse incidente o início de tudo que tinha dado errado entre ele e as salas de aula. Mas com Claire a gente tinha a dose exata de flerte. Não era... *inadequado* — essa era a palavra. Claire tinha aquele algo especial das professoras que ele não sentia desde que era um menino muito pequeno, na época em que suas professoras ainda não tinham começado a temer que ele fosse roubá-las ou estuprá-las: *ela queria que ele se saísse bem*. Embora isso não pudesse dar em coisa alguma, em termos acadêmicos. Ele não era exatamente um aluno e ela não era exatamente sua professora, e de qualquer modo Carl e salas de aula não combinavam. E ainda assim. Ela queria que ele se saísse *bem*. Ele queria se sair bem *por* ela.

Então neste, no quarto encontro, ele lhe trouxe enfim um soneto. Bem como ela tinha dito. Catorze versos com dez sílabas (ou batidas, como Carl não podia deixar de pensar neles) por verso. Não era um soneto tão fabuloso. Mas todo mundo na turma fez um grande escarcéu, como se ele tivesse acabado de dividir o átomo. Zora disse: "Acho que é ó único soneto realmente engraçado que já li". Carl ficou desconfiado. Ainda não se convencera de que toda aquela coisa de Wellington não era alguma piada doentia sendo feita às suas custas.

"Você quer dizer engraçado idiota?"

Todo mundo na turma gritou *Nããão!* Então ela, Zora, disse: "Não, não, não — tem *vida*. Quer dizer, a forma não tolheu você — ela sempre me tolhe. Não sei como conseguiu isso". A turma concordou entusiasticamente com esse parecer, e teve início toda uma conversa maluca, que ocupou a maior parte da hora, a respeito do *poema dele*, como se o poema dele fosse algo real como uma estátua ou um país. Durante esse debate, Carl dava umas olhadas em seu poema e sentia algo que nunca tinha experimentado antes

265

dentro de uma sala de aula: orgulho. Tinha escrito seu soneto às pressas, com um lápis, numa folha de rascunho amassada e manchada. Agora sentia que esse suporte não era bom o bastante para essa nova forma de escrever sua mensagem. Resolveu digitar a maldita coisa qualquer hora dessas, se conseguisse ter acesso a um teclado.

Quando estavam guardando o material para ir embora, a sra. Malcolm disse: "Você pretende levar esta aula a sério?".

Carl olhou ao redor com cautela. Era uma pergunta estranha de se fazer na frente de todo mundo.

"Quero dizer, você quer permanecer nesta aula? Mesmo que se torne difícil?"

Então era isso: achavam que ele era burro. Essas etapas iniciais eram tranqüilas, mas ele não conseguiria dar conta da etapa seguinte, seja lá qual fosse. Por que o tinham convidado, então?

"Difícil como?", perguntou injuriado.

"Quer dizer, se outras pessoas quisessem que você *não* permanecesse nesta aula. Você lutaria para continuar nela? Ou permitiria que *eu* lutasse para que você continuasse nela? Ou seus amigos poetas aqui?"

Carl fechou a cara. "Não gosto de ficar onde não sou bem-vindo."

Claire balançou a cabeça e fez um gesto com a mão para espantar aquela idéia.

"Não estou sendo clara. Carl, você quer permanecer nesta aula, certo?"

Carl estava muito perto de dizer que no fundo estava se lixando, mas no último instante percebeu que o rosto ávido de Claire esperava dele uma coisa bem diferente.

"Claro. É interessante, sabe. Sinto como se estivesse... sabe... aprendendo."

"Ah, isso me deixa tão *feliz*", ela disse com um sorriso que quase arrancou o rosto fora. Então parou de sorrir e assumiu um jeito sério. "Bom", disse com firmeza. "Isso está decidido. Bom. Então você vai permanecer nesta aula. *Todo mundo que precisar desta aula*", disse com fervor, e olhou de Chantelle para uma jovem chamada Bronwyn que trabalhava no Wellington Savings Bank, e depois para um garoto matemático chamado Wong, da Universidade de Boston, *"vai ficar* nesta aula. Tudo bem, estamos combinados. Zora, pode ficar um pouco?"

A turma saiu em fila, todos um pouco curiosos e com inveja da dispensa especial concedida a Zora. Carl, ao sair, deu-lhe um soquinho de leve no ombro. O sol despontou sobre Zora. Claire lembrou, reconheceu e condoeu-se daquele sentimento (pois parecia, para ela, ser um passo muito maior que a perna da parte de Zora). Sorriu ao pensar em si mesma naquela idade.

"Zora — está sabendo da reunião dos docentes?" Claire sentou na escrivaninha e encarou Zora nos olhos. Seu rímel tinha sido mal aplicado, com cílios colados uns nos outros.

"Claro", disse Zora. "É a grandona — foi adiada. Howard vai deitar o cacete em cima das palestras de Monty Kipps. Já que ninguém mais parece ter colhões pra isso."

"Humm", disse Claire constrangida com a menção a Howard. "Ah, isso, sim." Claire desviou os olhos de Zora e apontou-os para a janela.

"Todo mundo vai, dessa vez", disse Zora. "Virou basicamente uma batalha pela alma desta universidade. Howard diz que é a reunião mais importante realizada em Wellington em muito tempo."

A questão era essa. Seria também a primeira reunião docente interdisciplinar desde que todo o desastre do ano anterior tinha vindo à tona. Faltava mais de um mês, mas o memorando daquela manhã tinha antecipado a cena com excessiva nitidez para Claire: aquela biblioteca gelada, os sussurros, os olhares — desviados e fixos —, Howard numa poltrona evitando-a, os colegas de Claire adorando que ele a estivesse evitando. E isso sem mencionar a costumeira exposição de propostas, votos obstruídos, discursos inflamados, reclamações, réplicas, tréplicas. E Jack French coordenando tudo, devagar, muito devagar. Não parecia certo a Claire que, nessa etapa crucial de sua recuperação psíquica, ela devesse digladiar-se com uma degradação espiritual e mental tão intensa quanto aquela.

"Sim... Pois então, Zora, você sabe que há pessoas em Wellington que não aprovam nossa aula — quer dizer, não aprovam que pessoas como Chantelle... pessoas como *Carl*, façam parte de nossa comunidade aqui em Wellington. Isso estará na pauta dessa reunião. Há uma tendência conservadora correndo por esta faculdade neste exato momento, e ela me assusta muito, *muito* mesmo. E eles não querem saber de *mim*. Já decidiram que sou a poeta comunista doidona antibelicista ou seja lá o que pensam que sou. Acho que essa aula precisa de um defensor forte que esteja no outro lado. Para que não fiquemos discutindo a mesma dialética estúpida de novo e de novo. E acho que um aluno seria bem mais adequado — para apresentar nossa posição. Alguém que tenha se beneficiado da experiência de aprender ao lado dessa gente. Alguém que possa... bem, comparecer no meu lugar. Fazer um discurso de arromba. Sobre algo em que eles acreditavam."

A maior fantasia acadêmica de Zora era falar diante do corpo docente da Universidade de Wellington com um discurso de arromba.

"Você quer que *eu* vá?"

"Só, *só* se você se sentir bem fazendo isso."

"Espere — um discurso concebido e escrito por mim?"

"Bem, não quis dizer um discurso *discurso* de verdade — mas acho que desde que você saiba o que pretende — "

"Quer dizer, o que estamos *fazendo*", perguntou Zora em voz alta, "se não podemos estender os recursos *imensos* dessa instituição às pessoas que necessitam deles? É tão *revoltante.*"

Claire sorriu. "Você já está perfeita."

"Só eu. Você não estaria lá?"

"Acho que seria bem mais forte se fosse apenas você expondo suas idéias. Quer dizer, o que eu *realmente* gostaria de fazer é enviar o próprio Carl, mas você sabe...", disse Claire suspirando. "Por mais deprimente que seja, a verdade é que essa gente não vai reagir a um apelo a suas consciências que venha numa linguagem diferente da linguagem de Wellington. E você *conhece* a linguagem de Wellington, Zora. Mais que ninguém. E não quero parecer dramática demais com isso, mas quando penso em Carl penso em alguém que não possui voz e que precisa de alguém como você, que possui uma voz poderosa, para falar em nome dele. Acredito mesmo nessa importância toda. Também acredito que é uma coisa linda de se fazer por uma pessoa necessitada nessas condições. Você não acha isso?"

11.

Duas semanas depois, a Universidade de Wellington fechou para o recesso de Natal. A neve continuou. Toda noite, trabalhadores invisíveis das ruas de Wellington a removiam das calçadas com pás. Em pouco tempo todas as ruas estavam margeadas de barreiras de gelo cinza, algumas com mais de um metro e meio. Jerome veio para casa. Seguiram-se várias festas chatas: do Departamento de História da Arte, drinques na casa do reitor, e do vice-reitor, no hospital de Kiki, na escola de Levi. Mais de uma vez, Kiki percorreu os perímetros desses ambientes quentes e lotados, champanhe na mão, esperando encontrar Carlene Kipps em algum lugar entre a decoração cafona e as silenciosas empregadas negras que circulavam com as bandejas de camarão. Não era raro avistar Monty encostado no lambri vestindo um de seus absurdos ternos do século XIX, com o relógio pendurado numa corrente, bombástico na defesa de suas opiniões, quase sempre comendo — mas Carlene nunca estava com ele. Será que Carlene Kipps era uma daquelas pessoas que prometem amizade mas nunca cumprem? Que brincam de ser amigas? Ou a própria Kiki estava enganada em suas expectativas? Esse, afinal de contas, era o mês em que as famílias começavam a se unir, fechar e isolar; do Dia de Ação de Graças ao Ano-Novo, o mundo de todos se contraía, dia após dia, para dentro de um único e microcósmico lar festivo, cada qual com seus próprios rituais e obsessões, regras e sonhos. A gente não se sentia à vontade de ligar para os outros. Os outros não se sentiam à vontade de ligar para a gente. Como se grita por ajuda de dentro dessas prisões sazonais?

E então chegou um bilhete ao lar dos Belsey, entregue em mãos. Era de Carlene. O Natal estava se aproximando, e Carlene julgava estar atrasada no que dizia respeito a presentes. Havia passado mais um período na cama recentemente e sua família tinha ido dar um tempinho em Nova York, para que as crianças pudessem fazer compras e Monty dar atenção a seus projetos de caridade. Kiki poderia pensar na idéia de fazer-lhe companhia numa visita de compras a Boston? Numa desalentada manhã de sábado, Kiki buscou a amiga num táxi de Wellington. Pôs Carlene no banco do passageiro e sentou-se atrás, erguendo os pés para não ter de enfrentar a água gelada que se agitava no piso.

"Pra onde?", perguntou o motorista, e quando Kiki informou o nome do shopping ele nunca tinha ouvido falar, embora fosse uma atração de Boston. Queria os nomes das ruas.

"É o maior shopping do pedaço. Você não conhece *nada* da cidade?"

"Não é o *meu* trabalho. Você devia saber aonde quer ir."

"Querido, seu trabalho é *exatamente* esse."

"Não acho que eles deviam ter permissão para dirigir com um inglês ruim desses", reclamou Carlene de modo afetado, sem baixar a voz.

"Não, a culpa é minha", resmungou Kiki envergonhada de ter iniciado

269

aquilo. Afundou no encosto de seu assento. O carro atravessou a Wellington Bridge. Kiki viu uma onda de pássaros mergulhar por baixo do arco e pousar no rio congelado.

"Você é da opinião", perguntou Carlene preocupada, "de que é melhor ir a várias lojas diferentes ou encontrar uma grande loja e ficar só nela?"

"Sou da opinião de que é melhor não fazer compras em lugar nenhum!"

"Você não gosta do Natal?"

Kiki refletiu. "Não, isso não é bem verdade. Mas não tenho tanto apreço por ele quanto costumava ter. Na Flórida eu *adorava* o Natal — fazia *calor* na Flórida —, mas no fundo não é por isso. Papai era pastor e ele fazia o Natal ter um significado pra mim — não quero dizer no sentido religioso, mas ele o via como uma 'esperança por coisas melhores'. Era a maneira como o definia. Era uma espécie de lembrete do que poderíamos ser. Agora é como se fosse só ganhar presentes."

"E você não gosta de presentes."

"Não quero mais coisas, não."

"Bem, manterei você na minha lista", disse Carlene cheia de ânimo, acenando do banco da frente com um caderninho branco. Depois, em tom mais sério, disse: "*Gostaria* de lhe dar um presente, como agradecimento. Tenho estado muito sozinha. E você teve a consideração de me visitar e passar um tempinho comigo... apesar de eu não andar muito divertida, ultimamente".

"Não seja louca. É um prazer vê-la. Gostaria que fosse mais freqüente. Agora tire meu maldito nome dessa lista."

Mas o nome ficou, embora nenhum presente estivesse escrito a seu lado. Perambularam por um shopping gigantesco e gelado e encontraram algumas peças de roupa para Victoria e Michael. Carlene era uma compradora insegura e ansiosa; passava vinte minutos pensando em levar um único e encantador artigo sem comprá-lo, e depois comprava três coisas não tão boas num desvario. Falava muito em pechinchas e em dinheiro bem gasto de uma maneira que Kiki achava um pouco deprimente, dada a evidente robustez das finanças dos Kipps. Para Monty, porém, Carlene queria comprar algo "muito bom", portanto decidiram desbravar três quarteirões de caminhada na neve para chegar a uma lojinha especializada, menor e mais cara, que talvez tivesse a bengala de cabo entalhado que Carlene tinha em mente.

"O que *vocês* vão fazer no Natal?", perguntou Kiki enquanto abriam caminho à força na multidão da Newbury Street. "Vão para algum lugar — voltar pra Inglaterra?"

"Em geral passamos o Natal no campo. Temos um chalé lindo num lugar chamado Iden. Fica perto de Winchelsea Beach. Conhece?"

Kiki admitiu sua ignorância.

"É o lugar mais belo que conheço. Mas este ano precisamos ficar nos Estados Unidos. Michael já veio e ficará até dia 3 de janeiro. Mal posso esperar para vê-lo! Nossos amigos têm uma casa em Amherst que pegaremos emprestada — bem pertinho de onde morou a senhorita Dickinson. Você gostaria muito dela. Já fui visitar — é encantadora. Muito grande, embora eu não a considere tão bela quanto Iden. Mas a coisa realmente maravilhosa é a coleção deles. Possuem três Edward Hoppers, dois Singer Sargents e um Miró!"

Kiki suspirou de espanto e bateu palmas. "Ai, meu Deus — eu *amo* Edward Hopper. Não posso acreditar nisso! Ele *me põe de quatro. Imagina* ter coisas assim na sua própria casa. Irmã, invejo isso em você, invejo mesmo. Adoraria ver isso. É *maravilhoso!*"

"Deixaram a chave conosco hoje. Gostaria que já estivéssemos todos lá. Mas devo mesmo esperar Monty e as crianças chegarem em casa." Esta última palavra, dita de maneira meditativa, trouxe outras coisas ao primeiro plano de sua mente. "Como estão as coisas em casa agora, Kiki? Pensei muito em você. Me preocupei com você."

Kiki passou um braço ao redor da amiga. "Carlene, honestamente, por favor não se preocupe. Está tudo bem. Tudo está se resolvendo. Apesar de o Natal *não* ser a época mais fácil no lar dos Belsey", trinou Kiki mudando com esperteza de assunto. "Howard não *suporta* o Natal."

"Howard... *palavra.* Ele parece detestar tanta coisa. Pinturas, meu marido..."

Kiki abriu a boca para negar isso com algo que não lhe veio à mente. Carlene deu uma batidinha em sua mão.

"Fui maldosa — só estava sendo maldosa. Então ele também detesta o Natal. Porque não é cristão."

"Bem, nenhum de nós é", respondeu Kiki com firmeza, não querendo tergiversar. "Mas Howard é muito determinado nesse aspecto. Ele não aceita que isso entre em casa. As crianças costumavam se incomodar, mas agora já se acostumaram, e nós compensamos de outras formas. Mas não, nem uma única gemada, nem um único enfeite há de cruzar nossos umbrais!"

"Mas você o faz parecer o Scrooge!"

"Não... ele não é nada *avarento*. Na verdade, é incrivelmente generoso. Comemos até perder a consciência no dia, e ele mima as crianças com uma quantidade insana de presentes na véspera do Ano-Novo — mas Natal *não é com ele*. Acho que vamos passar com nossos amigos em Londres — depende de as crianças concordarem. Um casal que conhecemos de longa data. Passamos lá faz dois anos — foi encantador. Eles são judeus, então não há problema. É assim que Howard prefere: sem rituais, sem superstições, sem tradições e sem imagens do Papai Noel. Parece estranho, acho, mas é assim que estamos acostumados."

"Não acredito em você — está se divertindo às minhas custas."

"É verdade! Na verdade, pensando bem, é um comportamento bem cristão. Não adorarás imagem esculpida; não terás outro Deus além de mim..."

"Entendo", disse Carlene abismada com a leviandade com que Kiki abordava o assunto. "Mas quem *é* o Deus dele?"

Kiki estava se armando para responder a essa pergunta difícil quando foi distraída pelo ruído e pelas cores de um grupo de africanos um quarteirão adiante. Ocupavam metade da calçada com seus produtos falsificados, e entre eles, com certeza entre eles —

Mas, ao chamar o nome dele, uma multidão de compradores que fluíam na direção contrária bloqueou sua linha de visão, e quando se foram a miragem já tinha se desmanchado.

"Não é estranho? *Sempre* acho que estou vendo Levi. Nunca os outros dois. É aquele uniforme — boné, capuz, jeans. Todos aqueles garotos estão vestindo exatamente a mesma coisa que Levi. É como um maldito *exército*. Vejo garotos parecidos com ele em praticamente todo lugar a que vou."

"Não me importa o que dizem os médicos", disse Carlene apoiando-se em Kiki ao subirem o pequeno lance de degraus que dava numa casa urbana do século XVIII, esvaziada para acomodar produtos e seus compradores e vendedores, "os olhos e o coração estão diretamente ligados."

Naquele lugar, encontraram uma bengala que era uma aproximação aceitável daquela que Carlene tinha em mente. Também uns lenços com monogramas, e um plastrão tenebroso. Carlene ficou satisfeita. Kiki sugeriu que levassem os presentes ao serviço de embrulhos da loja. Carlene, que nunca tinha imaginado que tal favor pudesse existir, ficou o tempo todo em cima da garota que estava montando os embrulhos e não conseguiu segurar a tentação de oferecer ocasionalmente os próprios dedos para fixar uma ponta de fita adesiva ou ajudar a dar um nó.

"Ah — um Hopper", disse Kiki, contente com a coincidência. Era uma reprodução de *Estrada em Maine*, uma de uma série de litografias mal reproduzidas de quadros americanos famosos que visavam assinalar a classe da loja em contraste com o shopping no qual tinham estado havia pouco. "Alguém acabou de passar andando por ali", murmurou, o dedo passeando em segurança pela superfície lisa e sem tinta. "Na verdade, acho que fui eu. Eu estava dando uma volta por ali, contando os postes. Sem a menor idéia de para onde estava indo. Sem família. Sem responsabilidades. Como seria bom!"

"Vamos para Amherst", disse Carlene Kipps com entusiasmo. Ela apertou a mão de Kiki.

"Oh, meu amor, adoraria ir qualquer hora dessas! Seria um prazer enorme ver pinturas como aquelas, fora de um museu. Uau... é um convite tão gentil, obrigada. Aguardarei com ansiedade."

Carlene parecia aflita. "Não, querida, *agora* — vamos agora. Estou com as chaves — poderíamos pegar o trem e chegar até a hora do almoço. Quero que veja todos os quadros — eles deviam ser amados por alguém como você. Vamos imediatamente, assim que isso estiver embrulhado. Estaremos de volta amanhã à noite."

Pela porta de saída, Kiki viu mais neve caindo lateralmente. Olhou para o rosto encovado e pálido da amiga e sentiu a mão trêmula na sua.

"De verdade, Carlene, adoraria ir uma outra hora, mas... não é só o clima — é meio tarde para começar — talvez semana que vem possamos organizar um passeio direitinho e..."

Carlene Kipps soltou a mão de Kiki e se virou de novo para seus embrulhos de presente. Estava chateada. Saíram da loja pouco depois. Carlene ficou esperando embaixo de um toldo enquanto Kiki se molhava para chamar um táxi.

"Você foi muito gentil e prestativa", disse Carlene em tom formal quan-

273

do Kiki abriu a porta do passageiro para ela, como se não fossem entrar no mesmo carro. A viagem até a casa foi tensa e silenciosa.

"Quando é que seu pessoal todo volta?", perguntou Kiki, e precisou fazer a pergunta duas vezes porque ela não foi ouvida, ou fingiu-se que não foi ouvida.

"Dependerá de quanto tempo Monty precisará ficar", respondeu Carlene cheia de si. "Há uma igreja lá com a qual ele trabalha muito. Não irá embora até que possam liberá-lo. Seu senso de dever é muito forte."

Foi a vez de Kiki ficar chateada.

Separaram-se na casa de Carlene, onde Kiki decidiu fazer a pé o resto do trajeto de volta. Forçando caminho na nave semiderretida, foi tomada pela convicção cada vez maior e mais preocupante de que tinha cometido um erro. Tinha sido idiota e perverso corresponder a tamanha e tão efusiva espontaneidade com reclamações sobre o clima e a hora. Sentiu que tinha sido uma espécie de teste, e agora compreendia que fora reprovada. Era exatamente o tipo de proposta que Howard e as crianças teriam achado absurda, sentimental e pouco razoável — era uma proposta que ela deveria ter aceitado. Passou o final da tarde cabisbaixa e impaciente, maldisposta com a família e desinteressada do almoço de reconciliação (um dos vários nas últimas semanas) que Howard lhe havia preparado. Depois da refeição, pôs o chapéu e as luvas e caminhou de volta até a Redwood Avenue. Clotilde atendeu a porta e disse que a sra. Kipps tinha acabado de partir para a casa em Amherst e não regressaria até o dia seguinte.

Meio em pânico, Kiki correu até o ponto de ônibus; desistiu do ônibus, andou até o cruzamento e conseguiu fazer sinal para um táxi. Na estação, encontrou Carlene comprando um chocolate quente e se preparando para embarcar no trem.

"Kiki!"

"Quero ir — adoraria — se ainda me aceitar."

Carlene pôs uma das mãos enluvadas no rosto quente de Kiki de um jeito que lhe deu uma vontade inesperada de chorar.

"Você dorme lá. Comeremos na cidade e passaremos todo o dia de amanhã na casa. Você é uma mulher tão engraçada. Isso é coisa que se faça?"

Tinham começado a andar de braços dados pela plataforma quando ouviram o nome de Carlene sendo gritado várias vezes. "Mãe! Ei, Mãe!"

"Vee! Michael! Mas isso é... olá, meus amados. Monty!"

"Carlene, que *diabo* você está fazendo aqui? Venha cá, deixe eu lhe dar um beijo, sua velha bobinha — ora vejam só! Está se sentindo melhor, então." Nisso Carlene fez que sim com a cabeça como uma criança feliz. "Olá", disse Monty para Kiki, fechando a cara e apertando a mão dela por um instante antes de voltar-se novamente para a esposa. "Passamos por um pesadelo em Nova York — o *incompetente* que administra aquela igreja — não sei se é incompetência ou criminalidade — mas enfim, voltamos antes, e estamos bem felizes com isso — não há a menor chance de Michael se casar naquele lugar, *isso* eu garanto — a menor chance —, mas o que você..."

"Eu estava indo para a casa de Eleanor", disse Carlene radiante, aceitando abraços dos filhos pelos dois lados, sendo que um deles, Victoria, olhava para Kiki como um amante ciumento. Outra moça jovem, vestida com simplicidade, com uma blusa de gola rulê azul e pérolas no pescoço, estava segurando o braço livre de Michael. Sua noiva, supôs Kiki.

"Kiki, acho que teremos de adiar nossa viagem."

"O homem alegou não saber nada — *nada* — a respeito das quatro últimas cartas que enviei sobre a escola em Trinidad. Lavou as mãos para o assunto! Pena que não contou para ninguém na *nossa* ponta."

"E a contabilidade dele era *tão* suspeita. Dei uma olhada nela. Alguma coisa definitivamente não estava certa ali", acrescentou Michael.

Kiki sorriu. "Com certeza", disse. "Transferência de data — outro dia."

"Precisa de uma carona?", Monty perguntou a Kiki com rispidez no momento em que a família se virou para ir embora.

"Ah — obrigada, não... vocês são cinco, e um táxi não..."

O clã feliz retornou pela plataforma, fazendo alvoroço, rindo e falando um por cima do outro, enquanto o trem para Amherst partia e Kiki permanecia parada em pé com o chocolate quente de Carlene nas mãos.

275

SOBRE A BELEZA E O ENGANO

*Quando digo que odeio o tempo, Paul diz
de que outra forma aprofundaríamos
o caráter ou cultivaríamos a alma?*

Mark Doty

1.

Um vasto parque público de North London composto de carvalhos e salgueiros, teixos e plátanos, faias e bétulas; que abrange o ponto mais elevado da cidade e se estende para muito além; que é tão bem plantado que dá a impressão de não ser planejado; que não é o campo mas está tão longe de ser um jardim quanto Yellowstone; que tem um tom de verde para cada congratulação de luz possível; que se pinta de castanhos e âmbares no outono e de amarelo-canário na primavera espalhafatosa; com moitas pinicantes para ocultar amantes adolescentes e fumantes de baseados, carvalhos largos para homens audazes se beijarem encostados, prados aparados para jogos de bola no verão, morros para as pipas, uma piscina pública gelada para homens idosos de constituição forte, lhamas travessas para crianças travessas e, para os turistas, uma casa de campo com a fachada pintada de um branco à altura de qualquer close-up hollywoodiano e com direito até a um salão de chá, embora qualquer coisa que se compre lá dentro deva ser consumida no lado de fora, com a grama sob os dedos, sentado embaixo de uma magnólia, deixando que as flores brancas em forma de sinos virados para cima, com um rubor rosa nas pontas, caiam ao redor. Hampstead Heath! A glória de Londres! Onde Keats andou e Jarman trepou, onde Orwell exercitou os pulmões enfraquecidos e Constable nunca deixava de encontrar algo sagrado.

Agora é final de dezembro; o Heath veste seu manto austero de inverno. O céu é incolor. As árvores estão pretas e completamente desfolhadas. A grama está grisalha e crocante sob os pés, e o único alívio é o lampejo rubro ocasional dos azevinheiros. Numa casa alta e estreita que dá de fundos para todo esse portento, os Belsey estão passando o feriado de Natal com Rachel e Adam Miller, amigos de faculdade muito antigos de Howard, casados há mais tempo ainda que os Belsey. Não têm filhos e não comemoram o Natal. Os Belsey sempre adoraram visitar os Miller. Não pela casa em si, um caos de gatos, cães, telas inacabadas, potes de comida não identificada, máscaras africanas empoeiradas, doze mil livros, bugigangas demais e uma densidade perigosa de quinquilharias. Mas o Heath! De cada janela, a vista ordena a sair e a aproveitar. Os convidados obedecem, apesar do frio. Passam metade da estada no pequeno jardim espinhoso que compensa o tamanho terminando onde os lagos do Hampstead começam. Howard, os filhos, Rachel e Adam estavam no jardim — as crianças fazendo pedras saltarem na água, os adultos assistindo a um casal de pegas construir um ninho numa árvore alta — quando Kiki abriu uma porta-janela de três caixilhos e veio caminhando na direção deles com a mão tapando a boca.

"Ela morreu!"

Howard olhou para a esposa e ficou só um pouco alarmado. Todo mundo que realmente amava estava bem ali, a seu lado, no jardim. Kiki chegou bem perto dele e repetiu a mensagem com voz rouca.

"Quem — Kiki, *quem* morreu?"

"Carlene! Carlene Kipps. Michael — era ele, o filho, no telefone."

"Como diabo descobriram o número daqui?", perguntou Howard sem nenhum tato.

"Não *sei*... acho que devem ter informado no meu escritório... não acredito que isso está *acontecendo*. Eu a vi duas semanas atrás! Será enterrada aqui, em Londres. No Kensal Green Cemetery. O enterro é na sexta."

A testa de Howard enrugou.

"Enterro? Mas... nós não vamos, é claro."

"SIM, nós vamos!", gritou Kiki e começou a chorar, chamando a atenção dos filhos que então se aproximaram. Howard abraçou a esposa.

"Tá, tá, tá, nós vamos, nós vamos. Querida, desculpe. Eu não sabia que você..." Howard parou de falar e deu um beijo em sua têmpora. Fisicamente, fazia séculos que não se aproximava tanto dela.

Apenas um quilômetro e meio colina abaixo, no frondoso Queen's Park, as amortecidas questões práticas que sucedem um falecimento estavam sendo resolvidas. Uma hora antes de Michael ter ligado para Kiki, a família Kipps tinha sido chamada ao escritório de Monty — Victoria, Michael e Amelia, a noiva de Michael. Pelo tom do chamado, prepararam-se para mais notícias pesadas. Fazia uma semana que tinham descoberto, em Amherst, a causa da morte de Carlene Kipps: um câncer agressivo que ocultara da família. Dentro de suas malas encontraram analgésicos do tipo que só é receitado nos hospitais. A família ainda não sabia quem os tinha prescrito; Michael estava gastando uma boa parte de seu tempo gritando com médicos ao telefone. Era mais fácil fazer isso do que tentar entender por que sua mãe, que devia saber que estava morrendo, sentira a necessidade de esconder o fato das pessoas que mais a amavam. Apreensivos, os jovens entraram na sala e se acomodaram nos móveis eduardianos severamente empenados. As persianas estavam fechadas. Uma lareira com ladrilhos floridos contendo um pequeno pedaço de lenha queimando era a única fonte de luz do ambiente. Monty parecia cansado. Seus olhos de pug estavam avermelhados, e seu colete sujo e desabotoado caía pelos dois lados da barriga.

"Michael", disse Monty entregando um pequeno envelope ao filho. Michael o pegou.

"Tudo que podemos supor", disse Monty enquanto Michael retirava do envelope uma única folha de anotações dobrada, "é que a doença de sua mãe tinha avançado a ponto de afetar sua mente. Isso foi encontrado na mesinha-de-cabeceira dela. Que conclusões você tira daí?"

Por cima do ombro do noivo, Amelia se esticou para ler o que estava escrito ali e, ao conseguir, soltou um pequeno arquejo.

"Bem, em primeiro lugar, não tem chance nenhuma de isso ter validade jurídica", disse Michael de imediato.

"Está escrito a lápis!", disse Amelia sem pensar.

"Ninguém acha que tem validade jurídica", disse Monty, pressionando a ponte do nariz. "A questão é longe de ser essa. A questão é: o que isso significa?"

"Ela nunca teria escrito isso", disse Michael com firmeza. "Quem disse que é a letra dela? Acho que não é."

"O que está *escrito*?", disse Victoria, começando a chorar de novo, como vinha fazendo quase de hora em hora fazia quatro dias.

"*A quem interessar possa*", começou Amelia, de olhos arregalados como uma criança e utilizando um sussurro infantil, "*Na ocasião de minha morte, deixo meu quadro de Hector Hyp* — Hyp — Nunca consigo dizer esse nome! — *que retrata Maitrêsse Er* — Erzu..."

"Sabemos qual é a droga do quadro!", irrompeu Michael. "Desculpe, pai", acrescentou.

"... para a senhora Kiki Belsey!", declarou Amelia como se fossem as palavras mais espantosas que já tivessem lhe incumbido de ler em voz alta. "E está assinado pela senhora Kipps!"

"Ela não escreveu isso", disse Michael de novo. "De jeito nenhum. Ela nunca faria uma coisa dessas. Lamento. De jeito nenhum. Aquela mulher com certeza tinha algum poder sobre a mamãe do qual não estávamos cientes — deve ter ficado de olho naquele quadro por um bom tempo — sabemos que ela esteve na casa. Não, lamento, isso não faz nenhum sentido", concluiu Michael, embora sua argumentação tivesse voltado ao ponto exato de onde saíra.

"Ela corrompeu a mente da senhora Kipps!", uivou Amelia, cuja imaginação inocente era contaminada por alguns dos episódios mais chamativos da Bíblia.

"Cale a boca, Ammy", resmungou Michael. Virou o bilhete de lado como se a face em branco pudesse fornecer uma pista de sua origem.

"Esse é um assunto de família, Amelia", disse Monty em tom severo. "E você ainda não é da família. Seria preferível que guardasse seus comentários para si."

Amelia segurou a cruz no pescoço e baixou os olhos. Victoria ergueu-se da poltrona e tomou o papel do irmão. "Esta é a letra da mamãe. Com certeza."

"Sim", disse Monty com ponderação. "Acho que não há dúvida quanto a isso."

"Olha, aquele quadro vale quanto? Umas trezentas mil? Libras esterlinas?", disse Michael, pois os Kipps, ao contrário dos Belsey, não tinham nenhum horror de falar francamente sobre dinheiro. "Pois não existe a menor chance, *a menor chance*, de que ela fosse deixar isso sair das mãos da família... e o que me confirma isso é que ela já tinha de certo modo mencionado, muito recentemente..."

"Que o daria a nós!", guinchou Amelia. "Como presente de casamento!"

"O fato é que ela disse", concordou Michael. "Agora você está me dizendo que ela deixou o quadro mais valioso da casa a alguém praticamente desconhecido? Para Kiki Belsey? Acho que não."

"Não havia nenhuma outra carta, nada mais?", perguntou Victoria, perplexa.

"Nada", disse Monty. Passou a mão por sua careca luzidia. "Não consigo entender."

Michael golpeou o braço da *chaise longue* em que estava sentado. "Pensar naquela mulher tirando vantagem de alguém doente como a mamãe — é revoltante."

"Michael — a questão é como devemos lidar com isso."

Então os chapéus práticos dos Kipps foram postos. As mulheres presentes não receberam chapéus e reclinaram-se por instinto em seus encostos enquanto Michael e seu pai se inclinaram para a frente com os cotovelos nos joelhos.

"Você acha que Kiki Belsey sabe a respeito deste... *bilhete*?", disse Michael quase negando a esta última palavra as credenciais de sua existência.

"Isso é o que não sabemos. Ela ainda não reclamou nada. Até agora."

"Sabendo ou não", interveio Victoria, "ela não pode provar nada, pode? Quer dizer, ela não tem nenhuma prova por escrito que possa valer no tribunal ou algo assim. Isso é *patrimônio hereditário* nosso, porra." Victoria deixou-se dominar pelos soluços mais uma vez. Suas lágrimas eram petulantes. Era a primeira vez que a morte se intrometera de alguma forma nos limites confortáveis de sua vida. Correndo ao lado do sofrimento e da perda genuínos estava uma lívida incredulidade. Em qualquer outra situação de vida em que eram atingidos, os Kipps tinham acesso a recurso: Monty enfrentara três processos por calúnia; Michael e Victoria foram educados para defender com violência sua fé e sua convicção política. Mas isso — isso não podia ser enfrentado. Liberais seculares eram uma coisa; a morte era outra.

"Não quero esse tipo de linguagem, Victoria", disse Monty com firmeza. "Você vai respeitar esta casa e a sua família."

"Parece que respeito minha família mais do que a mamãe respeitava — ela nem *menciona* a gente." Brandiu o bilhete e, ao fazer isso, deixou-o cair. Ele foi flutuando indiferente até o carpete.

"A sua mãe", disse Monty, e então parou, derramando a primeira lágrima que seus filhos tinham visto desde o início daquilo tudo. Michael não correspondeu a essa lágrima: sua cabeça desabou para trás sobre as almofadas; soltou um chiado estridente e agoniado e começou a chorar com raiva, prendendo as lágrimas dentro de si.

"Sua mãe", Monty fez nova tentativa, "foi uma esposa devota para mim e uma bela mãe para você. Mas ela estava muito doente no fim — só o Senhor sabe como pôde agüentar. E isso", disse recolhendo o bilhete do chão, "é um sintoma de doença."

"Amém!", disse Amelia agarrando o noivo.

"Ammy, *por favor*", grunhiu Michael, afastando-a. Amelia escondeu a cabeça no ombro dele.

"Desculpe ter mostrado isso a vocês", disse Monty dobrando o papel no meio. "Não significa nada."

"Ninguém acha que significa alguma coisa", lascou Michael passando no rosto um lenço que Amelia teve a idéia de oferecer. "Queime essa coisa e esqueça o assunto."

Finalmente a palavra tinha saído. Um pedaço de lenha estalou, como se o fogo estivesse escutando, faminto por mais combustível. Victoria abriu a boca mas não disse nada.

"Exatamente", disse Monty. Amassou o bilhete na mão e lançou-o com delicadeza ao fogo. "Apesar disso devemos convidá-la para o enterro, acho. A senhora Belsey."

"Por quê?", gritou Amelia. "Ela é malvada — eu a vi aquele dia na estação e ela olhou através de mim como se eu não existisse! Ela é metida. E é praticamente uma rastafári!"

Monty franziu a testa. Estava ficando claro que Amelia não era uma moça cristã das mais quietinhas.

284

"Ammy tem razão. Por que deveríamos?", disse Michael.

"É evidente que sua mãe se sentia próxima da senhora Belsey de alguma forma. Ela foi deixada muito sozinha nesses últimos meses, por todos nós." Ao ouvir essa verdade óbvia, todos encontraram um ponto no chão para olhar fixamente. "Ela fez uma amiga. A despeito do que achamos, devemos respeitar. Devemos convidá-la. É o mínimo que a decência exige. Estamos de acordo? Não acho que ela conseguirá ir, de qualquer forma."

Poucos minutos depois, os filhos saíram mais uma vez em fila, sentindo-se um grau mais confusos em relação ao verdadeiro caráter da pessoa cujo obituário apareceria na edição da manhã seguinte do *Times*: Lady Kipps, esposa dedicada de Sir Montague Kipps, mãe devota de Victoria e Michael, passageira do navio de imigrantes caribenhos *Windrush*, serva incansável da igreja, patrona das artes.

2.

Pelas janelas turvas de seu teletáxi, os Belsey viram Hampstead transformar-se em West Hampstead e West Hampstead em Willesden. A cada ponte de trem, um pouco mais de graffiti; a cada rua, menos árvores e, nos galhos, mais sacos plásticos agitados ao vento. Uma aceleração de estabelecimentos vendendo frango frito até que, em Willesden Green, parecia que metade dos letreiros de lojas faziam referência a aves domésticas. Escrita numa fonte gigante que desafiava a morte acima dos trilhos de trem, uma mensagem: SUA MÃE LIGOU. Em outras circunstâncias, teria sido divertido.

"Fica um pouco... mais sórdido por aqui", arriscou Zora com a voz nova e mais baixa que tinha adotado para aquela morte. "Eles não são ricos? Achei que eram ricos."

"É o lar deles", limitou-se a dizer Jerome. "Eles amam este lugar. Sempre moraram aqui. Não são pretensiosos. É o que sempre tentei explicar."

Howard bateu na grossa janela lateral de vidro com o anel de casamento. "Não se engane. Tem umas casas majestosas por aqui. Além disso, homens como Monty gostam de ser o peixão dentro do laguinho."

"*Howard*", disse Kiki com tal entonação que nada mais foi dito até Winchester Lane, onde a viagem terminou. O carro parou ao lado de uma pequena igreja rural inglesa, arrancada da cidade pequena que a cercava e deixada nesse subúrbio urbano, ou pelo menos era a impressão que tinham os filhos dos Belsey. Na verdade, era a área rural que tinha recuado. Apenas cem anos antes, míseras quinhentas almas moravam naquela paróquia de criações de ovelhas e pomares, terra que alugavam de uma universidade de Oxford, instituição que ainda conta a maior parte de Willesden Green entre suas posses. *Era* uma igreja rural. No pátio de acesso coberto de seixos, parado debaixo dos galhos nus de uma cerejeira, Howard quase conseguia imaginar o desaparecimento completo da movimentada rua principal e, no lugar dela, currais, sebes e rosas-caninas, vias de cascalho.

Uma multidão estava se formando. Concentrava-se ao redor do memorial da Primeira Guerra Mundial, um pilar simples com uma inscrição ilegível, cada palavra alisada em seu nicho de pedra. A maioria vestia preto, mas muitos não, como os Belsey. Um homenzinho magro e comprido, usando o avental laranja de limpador de rua, estava passeando com dois bull terriers brancos idênticos por cima do pequeno monte de jardim restante entre o vicariato e a igreja. Não parecia fazer parte do grupo. As pessoas olhavam-no com reprovação; ouviram-se ruídos indignados. Ele continuou a arremessar o graveto. Os terriers insistiam em trazê-lo de volta com as mandíbulas prendendo as duas pontas, formando uma nova criatura de oito patas dotada de coordenação perfeita.

"Todo tipo de gente", sussurrou Jerome, pois todos estavam sussurrando. "Dá prá ver que ela conhecia todo tipo de gente. Podem imaginar um enterro — ou *qualquer* evento — tão diversificado lá em casa?"

Os Belsey olharam ao redor e verificaram a veracidade da afirmação. Todas as idades, todas as cores e diversas fés; pessoas vestidas com muito apuro — chapéus e carteiras, pérolas e anéis — e pessoas que vinham claramente de outro mundo, de jeans e boné, sáris e capotes. E entre elas — com satisfação — Erskine Jegede! Não era apropriado berrar e acenar; mandaram Levi buscá-lo. Veio com seu passo de touro, vestindo um garboso tweed verde-escuro e brandindo um guarda-chuva como se fosse uma bengala. Só faltava o monóculo. Vendo-o agora, Kiki não entendia como não tinha percebido antes. Apesar dos modos mais dandinos de Erskine, em termos de vestimenta ele e Monty formavam um par.

"Ersk, graças a *Deus* você está aqui", disse Howard abraçando o amigo. "Mas como? Achei que você fosse passar o Natal em Paris."

"*Fui* — estávamos hospedados no Crillon — que hotel, aquele hotel é um lugar lindo — e recebi um telefonema de Brockes, lorde Brockes", acrescentou Erskine em tom de indiferença. "Mas Howard, você *sabe* que conheço nosso amigo Monty há *muito* tempo. Um de nós dois foi o primeiro negro em Oxford — nunca chegamos a um acordo sobre isso. Mas, ainda que não tenhamos sempre concordado um com o outro, ele é civilizado e eu sou civilizado. Então aqui estou eu."

"*Claro*", disse Kiki um pouco emotiva, segurando a mão de Erskine.

"E é claro que Caroline *insistiu*", prosseguiu Erskine com maldade, acenando com a cabeça na direção da silhueta esguia da esposa logo adiante. Estava parada no arco de entrada da igreja, conversando com um famoso locutor de televisão negro da Inglaterra. Erskine observou-a com um misto de carinho e zombaria. "É uma mulher fantástica, minha esposa. É a única mulher que conheço capaz de traficar influência num enterro." Erskine baixou o volume de sua grande risada nigeriana. "*Todo mundo que é alguém estará lá*", disse imitando mal o sotaque de Atlanta da esposa, "embora me pareça que não há tantos alguéns quanto ela esperava. Metade dessas pessoas eu nunca vi na minha *vida*. Mas é isso aí. Na Nigéria choramos nos enterros — em Atlanta, aparentemente, eles fazem contatos. É magnífico! Na verdade, estou um tanto surpreso em *vê-lo* aqui. Achei que você e Sir Monty estavam desembainhando as espadas para janeiro." O guarda-chuva de Erskine transformou-se num florete. "É o que dizem os boatos na universidade. Sim, Howard. Não vá me dizer que não está aqui por razões pessoais inconfessas, hein? Mas eu disse algo errado?", perguntou Erskine quando a mão de Kiki soltou a sua.

"Humm... acho que a mãe e Carlene eram bem próximas", murmurou Jerome.

Erskine ergueu uma das mãos com dramaticidade à altura do peito. "Mas você devia ter me impedido de falar de forma inadequada! Kiki — não fazia idéia nem de que você conhecia a mulher. Agora estou muito envergonhado."

"Não precisa", disse Kiki, olhando-o porém com frieza. Erskine ficava paralisado com fricção social de qualquer tipo. Parecia estar sofrendo dor física.

Foi Zora quem veio acudi-lo. "Ei, pai — aquele não é Zia Malmud? Vocês não estudaram com ele?"

Zia Malmud, comentarista cultural, ex-socialista, ativista antiguerra, ensaísta, poeta ocasional, pedra no sapato do atual governo e presença regular na TV, ou, como definia Howard de forma sucinta, "típico panaca de citações de aluguel", estava parado ao lado do monumento, fumando o cachimbo que era sua marca registrada. Howard e Erskine abriram caminho rápido em meio à multidão para dar um alô a seu companheiro oxfordiano. Kiki ficou de olho neles enquanto se afastavam. Viu um alívio vulgar cobrir todo o rosto de Howard com largas pinceladas. Era a primeira vez, desde que tinham chegado ao enterro, que ele estava conseguindo parar de estremecer, fuçar nos bolsos, mexer no cabelo. Pois ali estava Zia Malmud, em si desprovido de qualquer relação com a idéia da morte, portanto capaz de trazer notícias bem-vindas de outro mundo alheio a esse enterro, o mundo de *Howard*: um mundo de conversas, debates, inimigos, jornais, universidades. Me diga qualquer coisa, mas não fale da morte. Mas a única obrigação que se tem num enterro é aceitar que alguém morreu! Kiki virou a cara.

"Sabe", disse frustrada para nenhum dos filhos em particular, "estou ficando bem cansada de ouvir Erskine falar de Caroline daquele jeito. Tudo que esses homens sabem fazer é falar dar mulheres com desprezo. Com desprezo. Estou *tão* cheia disso!"

"Ah, mãe, ele não fala por mal", disse Zora com esforço, como se mais uma vez coubesse a ela explicar à mãe como o mundo funciona. "Erskine ama Caroline. Estão casados há uma *eternidade*."

Kiki conteve-se. Abriu a bolsa e começou a procurar o brilho labial. Levi, que tinha apelado a chutes nas pedrinhas para fugir do tédio, perguntou-lhe quem era o cara com aquele monte de correntes de ouro e o cão-guia. O prefeito, arriscou Kiki, mas não tinha certeza. *O prefeito de Londres?* Kiki assentiu com um resmungo e então virou-se de novo, ficando na ponta dos pés para tentar olhar por cima das cabeças na multidão. Procurava por Monty. Estava curiosa em relação a ele. Queria ver como um homem que tinha venerado tanto a esposa ficava ao ser privado dela. Levi continuou importunando: *Da cidade inteira? Como o prefeito de Nova York?* Talvez não, concordou Kiki irritada, talvez o prefeito apenas desta região.

"Sério... isso é *estranho*", disse Levi enganchando o dedo no colarinho rígido da camisa para afastá-lo do pescoço. Era o primeiro enterro de Levi, mas ele não se referia apenas a isso. Parecia de fato uma reunião surreal de pessoas, levando em conta a estranha mistura de classes sociais (perceptível até mesmo para um garoto tão americano como Levi) e a total ausência de privacidade acarretada pelo muro de sessenta centímetros que marcava o perímetro. Carros e ônibus passavam sem parar; alunos de colégio fumavam, apontavam e sussurravam; mulheres muçulmanas, de hijab completo, pairavam em grupo como aparições.

"É bem classe baixa", atreveu-se Zora.

"Olha, era a igreja *dela*, vim aqui com ela — ela ia querer que a cerimônia fosse na sua igreja", insistiu Jerome.

"Claro que ia", disse Kiki. Lágrimas picaram seus olhos. Apertou a mão de Jerome e ele, surpreso com essa emoção, retribuiu a pressão. Sem anúncio algum, ou pelo menos nenhum dos Belsey ouviu, a multidão começou a entrar em fila na igreja. O interior era simples como o exterior sugeria. Vigas de madeira corriam entre paredes de pedra e o arco cruzeiro era de carvalho escuro com entalhes simples. Os vitrais eram belos e coloridos, mas um tanto básicos, e havia apenas uma pintura, pendurada no alto da parede dos fundos: sem nenhuma iluminação, coberta de poeira e escura demais para ser distinguida. Sim, quando se olhava para o alto e para os lados — como se faz por instinto nas igrejas —, tudo era muito parecido com o esperado. Mas então os olhos retornavam para a terra, e nesse momento todos que tinham entrado na igreja pela primeira vez disfarçavam um estremecimento. Até Howard — que gostava de se considerar cruelmente desprovido de sentimentalismo quando o assunto era modernização arquitetônica — não conseguiu encontrar nada digno de elogio. O piso de pedra tinha sido completamente coberto por um carpete fino de padrão laranja claro e cinza; vários quadrados grandes de feltro industrial esfiapado colados uns nos outros. O padrão era de caixas laranja menores, cada uma com seu triste contorno cinza. O laranja tinha se tornado marrom sob a ação de muitos pés. E depois eram os bancos, ou melhor, sua ausência. Cada um tinha sido arrancado fora e em seu lugar fileiras de cadeiras — no mesmo laranja de saguão de aeroporto — tinham sido dispostas num tímido semicírculo que visava estimular (imaginou Howard) a atmosfera amistosa e informal em que chás matinais e encontros comunitários eram realizados. O efeito final era de insuperável feiúra. Não era difícil reconstruir a cadeia lógica por trás dessa decisão: apuros financeiros, o dinheiro a ser ganho com a venda de bancos de igreja do século XIX, a severidade autoritária de corredores horizontais entre os assentos, o caráter inclusivo dos semicírculos. Mas não — ainda assim era um crime. Era feio demais. Kiki sentou-se com a família nas desconfortáveis cadeirinhas de plástico. Sem dúvida, Monty queria provar que era um homem do povo, como homens poderosos tantas vezes gostam de fazer — e às custas da esposa. Carlene não merecia mais que uma pequena igreja arruinada numa rua principal barulhenta? Um frêmito de indignação percorreu o corpo de Kiki. Mas depois, quando as pessoas ocuparam seus assentos e uma música suave de órgão começou a tocar, a lógica de Kiki se inverteu por completo. Jerome estava certo: esse era o reduto local de orações de Carlene. Monty realmente merecia ser louvado. Podia ter realizado o enterro em algum lugar bacana em Westminster, ou no alto da colina de Hampstead, ou — vai saber — talvez na própria catedral de Saint Paul (Kiki não parou para pensar na viabilidade disso), mas não. Para cá, em Willesden Green, para a pequena igreja local que ela amava, Monty tinha trazido a mulher que amava, para diante de uma congregação que se importava com ela. Kiki se condenou por sua primeira opinião, tipicamente belseyiana. Teria se tornado incapaz de reconhecer emoções reais quando elas se punham à sua frente? Ali estavam pessoas simples que amavam seu Deus, ali estava uma igreja que pretendia deixar seus paroquianos à vontade, ali estava um homem honesto que amava a esposa — essas coisas estavam mesmo abaixo de qualquer consideração?

"Mãe", cochichou Zora puxando a manga de Kiki. "*Mãe*. Não é Chantelle ali?"

Kiki, afastada dos pensamentos incômodos, olhou obediente para onde Zora apontava, embora o nome não lhe dissesse nada.

"Não pode ser ela. Ela está na minha aula", disse Zora com olhos semicerrados. "Bem, não exatamente *na* aula, mas..."

As portas duplas da igreja se abriram. Tiras de luz do dia desenovelaram-se pelo interior sombroso, amarrando uma pilha de livros dourados de hinos religiosos com seu esplendor, destacando os cabelos loiros de uma bela criança e as bordas de prata octogonais da fonte batismal. Todas as cabeças se viraram de uma só vez, numa terrível imitação de casamento, para ver

Carlene Kipps, encaixotada em madeira, chegar pelo corredor. Howard foi o único que ergueu os olhos para a simples concameração do teto, em busca de fuga, alívio ou distração. Qualquer coisa que não aquilo. Foi recebido, em vez disso, por uma vaga de música. Derramou-se sobre a sua cabeça do alto, de uma galeria. Oito rapazes com cortinas de cabelo impecáveis e rostos juvenis e rosados estavam pondo os pulmões a serviço de um ideal de voz humana que os ultrapassava.

Howard, que havia muito tempo tinha renunciado a esse ideal, agora se viu — de modo tão repentino quanto horrível — mortalmente afetado por ele. Não teve nem a oportunidade de conferir o livreto que tinha em mãos; nunca ficou sabendo que se tratava do *Ave verum* de Mozart, e que o coro era de cantores de Cambridge; não teve tempo de lembrar a si mesmo que detestava Mozart, nem de rir da pretensão dispendiosa de trazer de ônibus membros do King's College para cantar num enterro em Willesden. Era tarde demais para tudo isso. A música o pegou. *Aaaah Vei-ei, Aah, aah, vei* cantaram os rapazes; o salto frouxo e esperançoso das três primeiras notas, o pesar cadente das três seguintes; o caixão passando tão perto do cotovelo de Howard que ele sentiu o peso em suas mãos; a mulher no caixão, só sete anos mais velha que ele; a perspectiva de residência infinita dela ali dentro; a perspectiva da sua própria; os filhos dos Kipps chorando atrás; um homem na frente de Howard consultando o relógio como se o fim do mundo (pois era isso para Carlene Kipps) fosse uma mera inconveniência em seu dia atarefado, embora esse sujeito também fosse viver para ver o fim de seu mundo, como Howard, como dezenas de milhares de pessoas todos os dias, dentre as quais poucas, quando vivas, chegam a ter a capacidade de crer verdadeiramente no esquecimento a que serão relegadas. Howard agarrou com força os braços de sua cadeira e tentou regular a respiração para o caso de ser asma ou uma ocorrência de desidratação, ambos já vividos por ele antes. Mas era diferente: estava sentindo gosto de sal, sal aguado, um monte, e sentindo-o nas cavidades de seu nariz; corria em filetes por seu pescoço e acumulava-se no delicado reservatório triangular na base de sua garganta. Estava saindo de seus olhos. Tinha a sensação de que havia uma segunda boca escancarada no centro de seu abdômen e que ela estava gritando. Os músculos de sua barriga estavam em convulsão. Ao redor dele, as pessoas baixavam a cabeça e davam-se as mãos, como fazem nos funerais, como Howard sabia: tinha ido a muitos. A essa altura dos trabalhos, a prática mais comum de Howard era rabiscar de leve com um lápis na margem do programa do funeral enquanto recordava a relação verdadeira e desagradável entre o homem morto na caixa e o sujeito que no momento proferia um ardente discurso fúnebre, ou perguntar-se se a viúva do homem morto estaria ciente da amante do homem morto sentada na terceira fila. Mas, no funeral de Carlene Kipps, Howard foi fiel ao caixão. Não tirou os olhos daquela caixa. Tinha quase certeza de estar produzindo sons constrangedores. Não tinha o poder de pará-los. Seus pensamentos lhe escaparam e escapuliram para dentro de seus buracos escuros. A lápide de Zora. De Levi. De Jerome. De todo mundo. A sua própria. A de Kiki. A de Kiki. A de Kiki. A de Kiki.

"Pai — você tá bem, meu?", sussurrou Levi pondo a mão forte e massageadora na fenda entre os ombros do pai. Mas Howard se esquivou do toque, se levantou e abandonou a igreja pela porta por onde Carlene havia entrado.

Estava claro no início da cerimônia; agora o céu estava nublado. Os presentes estavam mais conversadores agora, saindo da igreja, do que quando haviam entrado — compartilhando casos e lembranças —, mas ainda não sabiam como encerrar os diálogos de forma respeitosa; como deslocar a conversa dos invisíveis terrenos — amor, morte e o que vem depois — para as questões práticas: como encontrar um táxi e se iriam para o cemitério, para o velório ou ambos. Kiki não imaginava ser bem-vinda em nenhum dos dois, mas, quando estava parada ao lado da cerejeira com Jerome e Levi, Monty Kipps veio até eles e fez-lhe um convite explícito. Kiki ficou aturdida.

"Tem certeza? Realmente não gostaríamos de nos *intrometer* de nenhuma forma."

A resposta de Monty foi cordial. "Não se trata de intrusão. Qualquer amiga de minha esposa é bem-vinda."

"Eu *era* amiga dela", disse Kiki talvez com ênfase excessiva, pois o sorriso de Monty encolheu-se e retraiu-se. "Quer dizer, eu não a conhecia muito bem, mas o pouco que conheci... bem, adorei o que conheci. Sinto muito por sua perda. Ela era uma pessoa maravilhosa. Tão generosa com as pessoas."

"Ela era, sim", disse Monty com um olhar esquisito passando pelo rosto. "Claro, às vezes nos preocupava que as pessoas pudessem tirar vantagem exatamente dessa qualidade."

"Sim!", disse Kiki tocando a mão dele por impulso. "Eu também sentia isso. Mas então me dei conta de que seria sempre uma vergonha terrível para a pessoa que *fizesse* isso, quer dizer, que tirasse vantagem — *nunca* para ela."

Monty concordou ligeiramente com a cabeça. Devia ter muitas outras pessoas com quem falar, claro. Kiki recolheu a mão. Com sua voz grave e musical, ele deu-lhe orientações para chegar ao cemitério e à casa dos Kipps, onde ocorreria o velório, fazendo um rápido aceno para Jerome em alusão a seu conhecimento prévio do local. Os olhos de Levi arregalaram-se durante as instruções. Ele não fazia idéia de que essas coisas de funeral tinham um segundo e um terceiro ato.

"Obrigado, de verdade. E eu... eu lamento muito que Howard tenha precisado sair durante a... ele teve um... problema de estômago", disse Kiki fazendo um gesto não convincente diante da barriga. "Realmente sinto muito mesmo por isso."

"Por favor", disse Monty balançando a cabeça. Deu mais um ligeiro sorriso e partiu para o meio da multidão. Ficaram observando enquanto ele ia embora. Era parado a cada poucos passos para condolências e lidava com cada um com a mesma cortesia e paciência que tinha demonstrado aos Belsey.

"Que grande homem", disse Kiki para os filhos em tom de admiração. "Sabe? Ele não tem nada de *tacanho*", disse, e então se impediu de prosseguir sob a égide da nova resolução de não criticar o marido na frente dos filhos.

"Precisamos ir a todas aquelas outras coisas?", perguntou Levi e foi ignorado.

"É que — que diabo ele estava *pensando*?", reclamou Kiki de repente. "Como é que se vai embora no meio do funeral de alguém? O que passa pela cabeça dele? De que forma isso pode..." Impediu-se novamente. Inspirou fundo. "E onde *diabo* está Zora?"

De mãos dadas com seus dois meninos, Kiki andou ao longo do muro. Encontraram Zora perto da porta da igreja conversando com uma bela garota negra vestindo um terninho azul-marinho barato. Tinha um capacete de cabelos alisados com chapinha, estilo *flapper* melindrosa, com um pega-rapaz grudado à bochecha. Levi e Jerome se atiçaram diante da atraente possibilidade.

"Chantelle é o novo projeto de Monty", explicava Zora. "Eu *sabia* que era você — estamos juntas na classe de poesia. Mãe, esta é Chantelle, sabe aquela de quem vivo falando?"

Tanto Chantelle quanto Kiki pareceram surpresas com isso.

"Novo projeto?", perguntou Kiki.

"O professor Kipps", disse Chantelle em volume quase inaudível, "freqüenta a minha igreja. Pediu que eu fizesse estágio com ele aqui durante as férias. O Natal é uma época agitadíssima — ele precisa fazer todas as contribuições chegarem às ilhas necessitadas antes do Dia de Natal —, é uma oportunidade muito boa...", acrescentou Chantelle, mas sua expressão era de sofrimento.

"Então você está em Green Park", disse Jerome, adiantando-se enquanto Levi ficava na sua, pois tinha bastado aquele breve contato para confirmar para ambos que aquela garota não era para Levi. Apesar do nome e de outras impressões em contrário, ela pertencia ao mundo de Jerome.

"Como?", disse Chantelle.

"O escritório de Monty — em Green Park. Com Emily e todo aquele pessoal."

"Ah, sim, isso mesmo", disse Chantelle, seu lábio tremendo com tanta violência que Jerome se arrependeu na hora de tê-la importunado com a pergunta. "Só estou dando uma ajudinha, na verdade... quer dizer, eu *ia* ajudar com isso... mas agora parece que vou para casa amanhã."

Kiki avançou e pôs a mão no cotovelo de Chantelle. "Bem, pelo menos você estará em casa para o Natal."

Chantelle reagiu com um sorriso doloroso. Dava a impressão de que o Natal na casa de Chantelle era algo a ser evitado.

"Ah, querida — deve ter sido um choque... vir até aqui, e agora acontece essa coisa horrível..."

Era só Kiki sendo Kiki, fornecendo a compaixão simples a que seus filhos estavam acostumados, mas para Chantelle foi um pingo a mais do que precisava. Ela irrompeu em lágrimas. Kiki imediatamente a envolveu com os braços e a apertou contra o peito.

"Ah, querida... ah... tudo bem. Está tudo bem, querida. Pronto, pronto... não se preocupe. Não tem problema... está tudo bem."

Chantelle se afastou devagar. Levi deu uma batidinha em seu ombro. Era o tipo de garota que dava vontade de cuidar, de um jeito ou de outro.

"Você vai ao cemitério? Quer vir conosco?"

Chantelle fungou e esfregou as lágrimas. "Não — obrigada, senhora —, vou para casa. Quer dizer — para o hotel. Eu estava na casa de Sir Monty", e ela disse isso com muito cuidado, enfatizando a estranheza do título para o ouvido e o modo de falar americano. "Mas agora... bem, vou embora amanhã, de qualquer forma, como disse."

"Hotel? Um hotel de Londres? Irmã, isso é loucura!", gritou Kiki. "Por que não fica conosco — com nossos amigos? É só por uma noite — você não pode pagar esse dinheiro todo."

"Não, eu não...", Chantelle começou a dizer, mas então parou. "Preciso ir agora", disse. "Bom conhecer todos vocês — desculpe por... Zora, acho que nos vemos em janeiro. Bom ver você. Senhora."

Chantelle se despediu dos Belsey com um aceno de cabeça e saiu apressada em direção aos portões da igreja. Os Belsey seguiram o mesmo caminho num passo mais lento, olhando o tempo todo ao redor à procura de Howard.

"Não *acredito* nisso. Ele sumiu! Levi — me dê seu celular."

"Não funciona aqui — não tenho o plano certo ou algo assim."

"Nem eu", disse Jerome.

Kiki raspou os saltos no cascalho. "Ele passou dos limites hoje. Era o dia de outra pessoa, hoje, *não* dele. Era o *funeral* de outra pessoa. Não existem fronteiras para ele."

"Mãe, acalme-se. Olha, meu celular funciona — mas para quem vai ligar, exatamente?", perguntou Zora com sensatez. Kiki ligou para Adam e Rachel, mas Howard não estava em Hampstead. Os Belsey entraram num teletáxi que os práticos Kipps haviam tido o cuidado de chamar, um de uma longa fila de homens estrangeiros em carros estrangeiros, de janelas abertas, esperando.

3·

Vinte minutos antes, Howard tinha saído do pátio da igreja, virado à esquerda e continuado a caminhar. Não tinha planos — ou pelo menos sua mente consciente lhe dissera que não tinha nenhum. Seu subconsciente tinha outras idéias. Ele estava indo para Cricklewood.

A pé, completou os últimos quatrocentos metros da jornada que tinha iniciado de carro pela manhã naquela colina mutante de North London, que termina ignominiosamente com a Cricklewood Broadway. Em vários pontos ao longo da colina, há áreas conhecidas por sucessivas valorizações e desvalorizações, mas os dois extremos de Hampstead e Cricklewood não mudam. Cricklewood está além de qualquer salvação: é o que dizem os agentes imobiliários que passam dirigindo pela frente de casas de bingo abandonadas e propriedades à venda em seus Mini Coopers decorados. Estão enganados. Para aproveitar Cricklewood é preciso andar por suas ruas, como fez Howard naquela tarde. Então a gente descobre que há mais charme em meio quilômetro de rostos humanos passando por Cricklewood do que em todas as casas georgianas de frente dupla em Primrose Hill. As mulheres africanas com seus coloridos panos kenti, a loira cheia de ânimo com três telefones presos na cintura de sua calça esportiva, os inconfundíveis polacos e russos introduzindo o esqueleto do Realismo Soviético numa ilha de caras-de-batata sem queixo nem sobrancelhas, os irlandeses apoiados nos portões dos complexos habitacionais como fazendeiros numa feira de porcos em Kerry... A essa distância, passando por todos eles e dessa forma registrando-os, *sem ter de falar com nenhum deles*, o flâneur Howard era capaz de amá-los e, mais do que isso, sentir-se ele próprio, à sua maneira romântica, como um deles. Somos a escória, a feliz escória! De gente como essa ele tinha se originado. A gente como essa ele para sempre pertenceria. Era uma ascendência à qual se referia com orgulho em conferências marxistas e em meios impressos; era uma comunhão que às vezes experimentava nas ruas de Nova York e nos subúrbios de Paris. A maior parte do tempo, porém, Howard gostava de manter suas "raízes da classe trabalhadora" onde floresciam melhor: dentro de sua imaginação. Qualquer que tivesse sido o medo ou força que o impelira a sair do funeral de Carlene Kipps para as ruas geladas agora o motivava a realizar essa rara viagem: descendo a Broadway, passando pelo McDonald's, pelos açougueiros halal, segunda rua à esquerda, para chegar ali no nº 46 com a placa de vidro grossa na porta da frente. A última vez que estivera diante da soleira daquela porta fora há quatro anos. Quatro anos! Foi no verão em que a família Belsey cogitara de retornar a Londres para o ensino médio de Levi.

Após um frustrante reconhecimento das escolas de North London, Kiki insistiu em visitar o nº 46, pelos velhos tempos, junto com as crianças. A visita não correu bem. E, desde então, apenas alguns telefonemas tinham ligado essa casa ao 83 da Langham, junto com os habituais cartões nos aniversários e datas comemorativas. Embora Howard tivesse visitado Londres muitas vezes nos últimos tempos, nunca havia parado nessa porta. Quatro anos é muito tempo. Não se mantém distância por quatro anos sem uma boa razão. Tão logo seu dedo pressionou a campainha, Howard soube que tinha cometido um erro. Esperou — não veio ninguém. Radiante de alívio, virou-se para ir embora. Era a visita perfeita: bem-intencionada, mas ninguém em casa. Então a porta abriu. Uma mulher idosa que ele não conhecia ficou parada na sua frente com um ramalhete de flores tenebroso nas mãos — vários cravos, algumas margaridas, uma folha molambenta de samambaia e um sonhador lírio murcho. Ela deu um sorriso faceiro como o de uma mulher com um quarto de sua idade cumprimentando um pretendente com a metade da idade de Howard.

"Olá?", disse Howard.

"Olá, querido", respondeu ela com serenidade e insistiu no sorriso. Seu cabelo, como é típico de velhas senhoras inglesas, era volumoso e transparente, cada cacho dourado (a rinçagem azul tinha desaparecido dessas ilhas recentemente) parecendo uma gaze através da qual Howard podia ver o corredor atrás.

"Desculpe — Harold está? Harold Belsey?"

"Harry? Sim, claro. São dele", disse sacudindo as flores com uma certa brutalidade. "Entre, querido."

"*Carol*", Howard ouviu o pai chamar da pequena sala de estar à qual rapidamente se aproximavam, "*quem é? Diga a eles que* não."

Estava em sua poltrona, como sempre. Com a tevê ligada, como sempre. A sala, como sempre, estava muito limpa e, à sua maneira, muito bonita. Nunca mudava. Continuava com cheiro de mofo e mal iluminada, com apenas uma janela de dois vidros dando para a rua, mas havia cor em todo lugar. Margaridas amarelas luminosas e metálicas nas almofadas, um sofá verde e três cadeiras de jantar pintadas com o vermelho das caixas de correio. O papel de parede era um paisley elaborado e de estilo quase italiano com turbilhões de rosa e marrom, como sorvete napolitano. O carpete era

297

de hexágonos laranja e marrom, e em cada hexágono tinham sido desenhados círculos e diamantes em preto. Um aquecedor de três barras, portátil, alto, parecendo um robozinho, teve seu fundo de metal pintado de azul, claro como o manto da Virgem. Provavelmente havia algo bastante cômico em toda aquela exuberância anos 1970 (deixada pelo inquilino anterior) se ajustando ao redor do inquilino atual, idoso e vestido de cinza, mas Howard não conseguiu rir. Seu coração feriu-se ao perceber os detalhes intocados. Uma vida precisa tornar-se muito circunscrita para que um cartão-postal em tons confeitados de Mevagissey Harbour, Cornwall, seja capaz de manter sua posição no consolo da lareira por quatro anos! As fotos da mãe de Howard, Joan, permaneciam igualmente imóveis. Uma série de fotos de Joan no Zoológico de Londres continuava reunida na mesma moldura, sobrepostas umas às outras. Aquela em que segurava um vaso de girassóis continuava em cima da televisão. Aquela em que o vento soprava nela e nas suas damas de honra, o véu tremulando, continuava pendurada bem ao lado do interruptor. Estava morta havia quarenta e seis anos, mas Harold a via de novo toda vez que acendia a luz.

Harold olhou para Howard. O mais velho dos dois já estava chorando. Suas mãos tremiam de emoção. Fez força para levantar-se da poltrona e, quando conseguiu, abraçou o filho com delicadeza perto da cintura, pois Howard elevava-se muito acima dele, agora mais que nunca. Por cima do ombro do pai, Howard leu os pequenos bilhetes deixados no consolo da lareira, escritos em restos de papel numa letra de mão vacilante.

Fui ao Ed para cortar o cabelo. Volto logo.
Devolver a chaleira na cooperativa. Volto em 15 min.
Fui comprar pregos. Volto em 20 min.

"Vou fazer chá, então. Botar elas num vaso", disse Carol acanhada atrás deles, e foi para a cozinha.

Howard pôs suas mãos sobre as de Harold. Sentiu as pequenas marcas ásperas de psoríase. Sentiu o antigo anel de casamento embutido na pele.

"Pai, senta."

"Sentar? Como é que posso *sentar*?"

"Só...", disse Howard, empurrando-o suavemente sobre a poltrona e escolhendo o sofá para si. "Só senta."

"A família está com você?"

Howard balançou a cabeça. Harold assumiu uma posição derrotada, mãos no colo, cabeça arqueada, olhos fechados.

"Quem é essa mulher?", perguntou Howard. "Não é a enfermeira, com certeza. Para quem são esses bilhetes?"

Harold deu um suspiro profundo. "Você não trouxe a família. Bem... então tá. Não quiseram vir, aposto..."

"Harry, aquela mulher ali — quem *é* ela?"

"Carol?", repetiu Harold, seu rosto mostrando a mistura habitual de perplexidade e perseguição. "Mas aquela ali é Carol."

"Certo. E quem é Carol?"

"É só uma moça que passa por aqui. Que importa?"

Howard suspirou e encostou-se no sofá verde. No instante em que sua cabeça se acomodou no veludo, sentiu como se tivesse passado os últimos quarenta anos ali sentado com Harry, os dois ainda presos à dor terrível e incomunicável da morte de Joan. Recaíram de imediato nos mesmos padrões, como se Howard jamais tivesse ido à universidade (contra as recomendações de Harry), jamais tivesse deixado esse país de merda, jamais tivesse se casado fora de sua cor e de sua nação. Jamais tinha ido a lugar nenhum ou feito coisa alguma. Ainda era o filho de um açougueiro e ainda eram apenas os dois, ainda se virando com o que tinham, brigando num casebre próximo à ferrovia em Dalston. Dois ingleses amarrados um ao outro sem ter nada em comum, exceto uma mulher falecida que tinham amado.

"Enfim, não quero falar sobre *Carol*", disse Harry com ansiedade. "Você está aqui! Quero falar sobre isso! Você está *aqui*."

"Só estou *perguntando* quem ela *é*!"

Harold se irritou. Era um pouco surdo, e quando atormentado sua voz podia tornar-se muito alta de súbito, sem que percebesse. "Ela vai à IGREJA. Pinta por aqui algumas vezes por semana para um chá. Só dá uma olhada, VÊ SE EU ESTOU BEM. Boa mulher. Mas então, como vai *você*?", disse adotando um sorriso ansiosamente jovial. "É isso o que todos nós estamos querendo saber, não é? Como vai Nova York?"

Howard travou a mandíbula. "Nós pagamos uma enfermeira, Harry."

"O quê, filho?"

"Eu disse *nós pagamos uma enfermeira*. Por que deixa essas malditas pessoas entrarem? São só uns malditos proselitistas."

Harold esfregou a mão na testa. Não era preciso quase nada para levá-lo a um estado de pânico físico e mental, do tipo que pessoas normais sofrem quando não conseguem encontrar o filho e então um policial bate à porta.

"Prosle-quê? O que você está DIZENDO?"

"Cristãos doidos — empurrando a merda deles para cima de você."

"Mas ela não pretende nada com isso! É apenas uma boa mulher! Além disso, eu não gostava da enfermeira! Era uma megera — maldosa e ossuda. Um pouco feminista, sabe. Não era boa comigo, filho. Era uma perturbada..." Algumas lágrimas, aqui. Limpou-as com desleixo usando a manga do cardigã. "Mas eu parei o serviço — parei ano passado. Sua Kiki fez isso por mim. Tá no meu caderninho. Você não tá pagando nada por isso. Não há nenhum... nenhum... droga, QUAL É O NOME DISSO? Débito... minha mente fica... débito..."

"Débito direto", atendeu Howard elevando a voz e odiando-se. "Não se trata do maldito dinheiro, né, pai? Trata-se de um padrão de cuidados."

"Eu cuido de mim mesmo!" E em seguida, a meia-voz: "*Sou obrigado a isso, droga...*".

Quanto durou aquilo? Oito minutos? Harry quase caindo da poltrona, protestando, e sempre protestando com as palavras erradas. Howard já exaltado, olhando para a rosácea no teto. Um estranho poderia entrar e pensar que ambos estavam completamente insanos. E nenhum dos dois homens poderia dar uma explicação sobre o porquê de ter acontecido o que tinha acabado de acontecer, ou pelo menos uma explicação que fosse mais curta do que sentar ao lado do estranho e conduzi-lo por uma história oral — com slides — dos últimos cinqüenta e sete anos, dia a dia. Eles não pretendiam que fosse assim. Mas *foi* assim. Os dois tinham outras intenções. Howard tinha batido na porta oito minutos antes cheio de esperança, com o coração amolecido pela música, com a mente aturdida e aberta pela aterradora proximidade da morte. Era uma grande bola maleável de mudança potencial, aguardando na soleira da porta. Oito minutos antes. Uma vez dentro, porém, tudo foi como sempre tinha sido. Não viera com a intenção de ser tão agressivo, nem de elevar a voz ou de provocar brigas. Tinha intenção de ser gentil e tolerante. Da mesma forma, Harry com certeza não tivera intenção, oito anos antes, de dizer ao único filho que não se podia esperar que os negros se desenvolvessem mentalmente da mesma forma que os brancos. Ele *pretendera* dizer: amo você, amo meus netos, por favor, fiquem mais um dia.

"Aqui está", disse Carol pondo diante dos Belsey dois chás com leite pouco apetecedores. "Não, não ficarei. Estou indo."

Harold limpou ainda mais uma lágrima. "Carol, não vá! Este é meu filho, Howard. Te contei a respeito dele."

"Encantada", disse Carol, mas ela não parecia encantada e Howard se arrependeu de ter falado tão alto.

"Doutor Howard Belsey."

"Doutor!", gritou Carol sem sorrir. Cruzou os braços na altura do peito, esperando ser impressionada.

"Não, não... não medicina", esclareceu Harold com uma expressão derrotada. "Ele não teve paciência para a medicina."

"Ah, puxa", disse Carol, "nem todos nós podemos salvar vidas. Bom, mesmo assim. Prazer em conhecer, Howard. Até semana que vem, Harry. Que o Senhor esteja com você. Também conhecido como: não faça nada que eu não faria. Você não vai fazer, vai?"

"Quem me dera!"

Eles riram — Harry ainda enxugando lágrimas — e caminharam juntos até a porta da frente, dizendo essas máximas inglesas banais que sempre faziam Howard ter vontade de subir pelas paredes. Sua infância fora permeada por esse tipo de ruído sem sentido, um mar de substituições para conversas de verdade. *Um frio de rachar bico lá fora. Serei obrigado a aceitar. A sua não é lá essas coisas.* E por aí vai. E vai. Era disso que estava fugindo quando escapou para Oxford e todo ano desde Oxford. Vida vivida pela metade. *Uma vida sem reflexão não vale a pena ser vivida.* Esse tinha sido o imaturo lema adolescente de Howard. Ninguém lhe diz, aos dezessete, que refletir sobre a vida será metade do problema.

"Então: quanto você quer aplicar como reserva?", perguntou o homem na televisão. "Quarenta libras?"

Howard se arrastou até a cozinha de navio amarelo-dourada para despejar o chá na pia e preparar um café instantâneo. Procurou um biscoito no armário (quando é que comia biscoitos? Só aqui! Só com esse homem!) e

301

encontrou alguns HobNobs. Encheu a xícara e escutou Harold se acomodando novamente na poltrona. Howard se virou no pequeno espaço de que dispunha e derrubou alguma coisa do aparador com o cotovelo. Um livro. Pegou-o e trouxe-o consigo.

"Isto aqui é seu?"

Pôde ouvir seu próprio sotaque descendo alguns degraus na escada da classe social, até seu lugar de origem.

"Oh, mas que droga... olha só pra ele. É um maricas *mesmo*", disse Harold referindo-se à televisão. Virou-se para Howard. "Não sei. Que é isso?"

"Um livro. Por incrível que pareça."

"Um livro? Um dos meus?", disse Harold faceiro, como se aquela sala hospedasse metade da Biblioteca Bodleiana em vez de três A-Zs de tamanhos variados e um Corão gratuito que tinha chegado pelo correio. Era um livro de biblioteca de capa dura, em azul-real, que tinha sido destituído da sobrecapa. Howard olhou a lombada.

"*Um quarto com vista*. Forster." Howard deu um sorriso triste. "Não suporto Forster. Está gostando?"

Harold retorceu o rosto em desaprovação. "Ooh, não, não é meu. Da Carol, me parece. Ela está sempre com um livro."

"Não é uma idéia tão má."

"Como disse, filho?"

"Eu disse que não é uma idéia tão má assim. Ler algo — de vez em quando."

"Sem dúvida, sem dúvida... mas isso era mais coisa da sua mãe, não era? Sempre com um livro nas mãos. Bateu num poste, uma vez, lendo um livro na rua", disse Harold, uma história que Howard tinha escutado muitas e muitas vezes, como havia escutado a parte que vinha em seguida e veio agora. "Acho que foi dela que *você* puxou isso... Ah, pára com isso, olha só pra essa bichona. Olha pra ele! Pô, roxo e rosa? Mas ele não está falando sério, né?"

"Quem?"

"*Ele* — como se chama... é um tremendo otário. Não saberia identificar uma antigüidade nem que estivesse sendo enfiada no rabo dele... Mas foi engraçado ontem porque ele estava fazendo aquela parte em que a gente adivinha o preço da coisa antes de ela ser vendida — quer dizer, é quase tudo enrolação, eu não daria cinqüenta centavos pela maior parte delas, para ser honesto, e tínhamos coisa muito melhor que essa dando sopa na casa da minha mãe... nunca cheguei a pensar nisso nem por um segundo, mas é isso mesmo... esqueci do que eu estava falando... ah sim, normalmente são casais ou mãe e filha que ele pega, mas ontem ele pegou duas mulheres — pareciam dois malditos ônibus, as duas imensas, cabelo bem curto, vestidas de homem, é claro, como elas gostam, feias como o *pecado* e querendo comprar uns trecos militares, medalhas e coisas assim, porque estavam no maldito exército, por incrível que pareça, e ficaram ali de mãos dadas, minha mãe do céu... como eu *ria*, minha mãe do céu..." Nesse ponto Harold deu uma risadinha alegre. "E dava para ver que *ele* não sabia o que dizer... quer dizer, ele próprio não é exatamente kosher, sabe?" Harold riu mais um pouco e depois ficou sério, notando, quem sabe, a ausência de riso em qualquer outro lugar da sala. "Mas sempre teve esse aspecto no exército, não teve? Quer dizer, esse é o principal lugar onde elas se encontram, as mulheres... suponho que deve satisfazê-las mais, mentalmente... por assim dizer", disse Harold, sendo essa sua única pretensão verbal. *Pois então, Howard, por assim dizer...* Tinha começado a usá-la quando Howard viera passar o verão em casa depois de seu primeiro ano em Oxford.

"Elas?", perguntou Howard largando seu HobNob.

"Você o quê, filho? Olha, você quebrou seu biscoito. Devia ter trazido um pires para as migalhas."

"Elas. Só estava imaginando quem seriam 'elas'."

"Oh, vamos, Howard. Não fique com raiva a troco de nada. Você está sempre com tanta raiva!"

"Não", disse Howard em tom de insistência pedante, "só estou tentando entender o sentido da história que você acaba de me contar. Está tentando me explicar que as mulheres eram lésbicas?"

O rosto de Harold se enrugou para formar uma imagem de sensibilidade estética perturbada, como se Howard tivesse acabado de atravessar a *Mona Lisa* com o pé. A *Mona Lisa*. Um quadro que Harold adora. Quando Howard começou a ter os primeiros textos críticos publicados na espécie de jornal que Harold nunca compra, um cliente de Harold tinha mostrado ao açougueiro um recorte de seu filho escrevendo entusiasticamente sobre *Merda d'artista*, de Piero Manzoni. Harold fechou o açougue e desceu a rua com um punhado de moedas para usar o telefone. "Merda num pote? Por que não pode escrever sobre algo belo, como a *Mona Lisa*? Sua mãe ficaria tão orgulhosa disso. *Merda num pote?*"

"Não há necessidade disso, Howard", disse Harold agora em tom apaziguador. "É só o meu jeito de falar — não vejo você há tanto tempo, só estou feliz em te ver, não é, só tentando achar algo para dizer, sabe..."

Howard, com o que considerou um esforço sobre-humano, não disse mais nada.

Assistiram juntos a *Countdown*. Harold passou para o filho um caderninho para fazer seus cálculos. Howard pontuou bem na rodada de palavras, saindo-se melhor que os dois concorrentes do programa. Harold, enquanto isso, fazia força. O máximo que conseguiu foi uma palavra de cinco letras. Mas, na rodada de números, o poder trocou de mãos. Sempre há certas coisas que nossos pais sabem sobre nós e que ninguém mais sabe. Harold Belsey era a única pessoa que sabia que, quando o assunto era operações numéricas, o dr. Howard Belsey, mestre em artes, doutor, não passava de uma criança. Até as multiplicações mais básicas exigiam uma calculadora. Tinha conseguido esconder isso por quase trinta anos em sete universidades diferentes. Mas na sala de estar de Harold a verdade se expunha.

"Cento e cinqüenta e seis", anunciou Harold, que era a soma a ser atingida. "Quanto deu pra você, filho?"

"Cento e... Não, estou perdido. Nada."

"Te peguei, professor!"

"Pegou."

"É, pois é...", concordou Harold, assentindo com a cabeça enquanto a concorrente na televisão explicava sua "solução" um tanto intrincada. "É claro que você *pode* fazer desse jeito, amorzinho, mas a minha é bem mais bonita de se ver."

Howard largou a caneta e apertou as mãos nas têmporas.

"Você tá bem, Howard? Tá com uma cara de bunda que levou tapa desde que entrou aqui. Tudo bem em casa?"

Howard encarou o pai e decidiu fazer algo que nunca tinha feito. Dizer-lhe a verdade. Não esperava nada dessa estratégia de ação. Estava falando igualmente para esse homem e para o papel de parede.

"Não, não está tudo bem."

"Não? Qual o problema? Oh, Deus, ninguém morreu, não é, meu filho? Eu não suportaria se alguém tivesse morrido!"

"*Ninguém* morreu", disse Howard.

"Então desembucha — você vai me dar um ataque cardíaco".

"Kiki e eu...", disse Howard usando uma gramática mais antiga que seu casamento, "nós... não estamos bem. Na verdade, Harry, acho que está tudo terminado entre nós." Howard cobriu os olhos com as mãos.

"Mas não pode ser", disse Harold com precaução. "Vocês estão casados há — quanto é agora? Vinte e oito anos — algo assim?"

"Trinta, na verdade."

"Então, aí está. Não desmorona assim sem mais nem menos, né?"

"Desmorona quando você..." Howard liberou um gemido involuntário ao retirar as mãos de cima dos olhos. "Ficou difícil demais. Não dá para continuar quando fica difícil demais. Quando não se pode nem *conversar* com alguém... Quando se perde o que existia. É assim que me sinto agora. Não acredito que está acontecendo."

Harold fechou os olhos. Seu rosto se contraiu como o de um concorrente de programa de perguntas. Perder mulheres era o assunto em que era especialista. Ficou uns instantes sem falar.

"É porque ela quer terminar ou você?", disse afinal.

"Porque ela quer", confirmou Howard, descobrindo o conforto que sentia diante da simplicidade das perguntas de seu pai. "E... porque não consigo encontrar razões suficientes para impedi-la de querer."

E então Howard sucumbiu à hereditariedade — lágrimas fáceis, rolando rápidas.

"Isso, filho. Melhor fora que dentro, não é", disse Harold baixinho. Howard riu de leve diante da expressão: tão antiga, tão familiar, tão absolutamente inútil. Harold se inclinou para a frente e encostou no joelho do filho. Depois se reclinou na poltrona e pegou o controle remoto.

"Ela encontrou um sujeito negro, suponho. Mas já estava escrito. É da natureza deles."

Trocou para o canal de notícias. Howard se levantou.

"*Porra*", disse com franqueza, enxugando as lágrimas com a manga da camisa e sorrindo com amargura. "Nunca aprendo, *caralho*." Pegou o casaco e o vestiu. "Até mais, Harry. Vamos deixar rolar um pouco mais de tempo na próxima, hein?"

"Oh, não!", choramingou Harold, o rosto fulminado pela calamidade da situação. "Do que está falando? Estamos passando um bom momento juntos, não estamos?"

Howard encarou-o com incredulidade.

"*Não*. Filho, *por favor*. Oh, venha e fique um pouco mais. Eu disse a coisa errada, não disse? Disse a coisa errada. Então vamos resolver isso! Você está sempre correndo. Corre pra cá, corre pra lá. Hoje em dia as pessoas acham que podem correr da morte. É tempo, nada mais."

Harry só queria que Howard sentasse e começasse de novo. Havia mais quatro horas de programação de qualidade enfileirada antes da hora de dormir — programas de antigüidades, programas de propriedades, programas de viagem e programas de competição — todos poderiam ser assistidos por ele e o filho juntos num silencioso companheirismo, com comentários ocasionais acerca da mordida profunda desse apresentador, das mãos pequenas ou da preferência sexual de outro. E tudo isso seria outra forma de dizer: *É bom ver você. Fazia muito tempo. Somos uma família.* Mas Howard não conseguia fazer isso quando tinha dezesseis anos e não conseguiria fazer agora. Simplesmente não acreditava, como seu pai, que o tempo é o modo como se aplica o amor. Portanto, para evitar um diálogo sobre uma atriz de novela australiana, Howard foi até a cozinha lavar sua xícara e mais algumas coisas na pia. Dez minutos depois, foi embora.

4.

Os vitorianos eram fantásticos projetistas de cemitérios. Em Londres costumava haver sete, *Sete homens e um destino*: Kensal Green (1833), Norwood (1838), Highgate (1839), Abney Park (1840), Brompton (1840), Nunhead (1840) e Tower Hamlets (1841). Espaçosos jardins de lazer durante o dia, necrópoles à noite, cobriam-se de heras e brotavam narcisos de seu húmus abundante. Alguns podem ter sido cobertos por novas construções; outros estão em lastimável estado de conservação. Kensal Green sobrevive. Setenta e sete acres, duzentas e cinqüenta mil almas. Espaço para dissidentes anglicanos, muçulmanos, os ortodoxos russos, um zoroastrista famoso e, logo ao lado no St. Mary, os católicos. Há anjos sem cabeça, cruzes celtas com as extremidades faltando, algumas esfinges desabadas na lama. É como seria o Le Cimetière du Père-Lachaise se ninguém soubesse que ele existia ou fosse visitá-lo. Na década de 1830, Kensal Green era um local tranqüilo, a noroeste da cidade, onde os grandes e os bons podiam obter o descanso final. Agora, de todos os lados, esse cemitério "rural" cumprimenta a cidade: flats de um lado, escritórios do outro, os trens de superfície fazem vibrar as flores em seus potes de plástico baratos e a capela se encolhe de medo sob o gasômetro, um tambor colossal despojado da pele.

Atrás de uma fileira de teixos na parte norte desse cemitério, Carlene Kipps seria enterrada. Caminhando para longe do túmulo, os Belsey mantiveram distância do resto do grupo. Sentiam-se num estranho limbo social. Não conheciam ninguém fora a família, e mesmo assim não eram próximos da família. Não tinham carro (o motorista do táxi tinha se recusado a esperar) e nenhuma noção clara de como chegar ao velório. Mantiveram os olhos grudados no chão e tentaram andar no ritmo apropriado aos funerais. O sol estava tão baixo que as cruzes de pedra numa fileira de túmulos lançavam sombras espectrais sobre os terrenos de túmulos à sua frente. Zora ia segurando um pequeno folheto que tinha pegado numa caixa ao entrar. Continha um mapa incompreensível do cemitério e uma lista de mortos notáveis. Zora tinha interesse em procurar Iris Murdoch, Wilkie Collins, Thackeray, Trollope ou qualquer um dos outros artistas que, como disse o poeta, foram ao paraíso por meio de Kensal Green. Tentou propor esse rodeio literário a sua mãe. Através das lágrimas (que não tinham cessado desde que a primeira pá de terra fora despejada sobre o caixão), Kiki fulminou-a com os olhos. Zora tentou ficar um pouquinho para trás, desviando levemente do curso para checar qualquer túmulo promissor. Mas seus instintos estavam errados. Os mausoléus de três metros e meio com anjos alados em cima e lauréis embaixo eram de comerciantes de açúcar, negociantes de propriedades e militares — não escritores. Poderia ter procurado o dia inteiro sem achar o túmulo de Collins, por exemplo: uma cruz simples sobre um bloco de pedra lisa.

"Zora!", rosnou Kiki com seu grito que, apesar de poderoso, não tinha volume. "Não vou dizer de novo. Fique *junto.*"

"*Tá bom.*"

"Quero ir embora daqui hoje à noite."

"*Tá bom!*"

Levi encaixou o braço em volta da mãe. Ela não estava em bom estado, ele percebia. A longa trança dela roçava sua mão como o rabo de um cavalo. Ele a segurou e deu um puxão de brincadeira.

"Sinto pela perda da sua amiga", disse.

Kiki trouxe a mão dele para a frente e beijou a dobra de seus dedos.

"Obrigado, meu bem. É muito louco... nem sei por que estou tão abalada. Mal conhecia a mulher, sabe? Quer dizer, no fundo não a conhecia nem um pouco."

"É", disse Levi pensativo enquanto a mãe puxava sua cabeça suavemente para cima do ombro dela. "Mas às vezes cê acaba de conhecer alguém e só sabe que os dois tão completamente ligados, e que essa pessoa é, tipo, seu irmão — ou sua irmã", ajustou Levi, pois ele estava pensando numa pessoa completamente diferente. "Mesmo que elas não reconheçam, tipo, *você* sente. E em muitos sentidos não importa se elas enxergam ou não a coisa como ela é — tudo que você pode fazer é botar o sentimento pra fora. Esse é o *seu* dever. Daí você só espera e vê o que retorna pra você. O esquema é esse."

Houve um pequeno silêncio que Zora sentiu necessidade de perfurar.

"Amém!", disse rindo. "Prega, irmão, prega!"

Levi soqueou Zora na parte de cima do braço e Zora devolveu o soco, e então os dois correram contornando os túmulos, Zora fugindo de Levi. Jerome pediu aos dois que demonstrassem algum respeito. Kiki sabia que devia impedi-los, mas não pôde evitar de sentir que era um alívio escutar xingamentos, risos e gritos de entusiasmo preenchendo o dia que ia escurecendo. Distraía a mente da presença de todas aquelas pessoas sob os seus pés. Kiki e Jerome pararam nos degraus de pedra brancos da capela e esperaram que Zora e Levi os alcançassem. Kiki ouviu os passos retumbantes de seus filhos reverberarem nas arcadas ao fundo. Vieram correndo em sua direção como sombras de pessoas que haviam fugido dos túmulos e estacaram a seus pés, ofegando e rindo. Já não podia ver suas expressões ao anoitecer, somente os contornos e os movimentos de rostos amados que conhecia de cor.

"Tá, agora já chega. Vamos sair daqui, por favor. Para qual lado?"

Jerome tirou os óculos e limpou-os no canto da camisa. O enterro não tinha sido logo à esquerda dessa mesma capela? Nesse caso, tinham caminhado num círculo de mentirinha.

Após despedir-se do pai, Howard atravessou a rua e entrou no pub Windmill. Fez o pedido e começou a beber uma garrafa bastante aceitável de vinho tinto. O assento escolhido ficava, ele pensava, num canto desprezado do bar. Dois minutos depois de ter se sentado, porém, uma enorme tela plana que tinha passado despercebida foi abaixada até perto de sua cabeça e ligada. Teve início um jogo de futebol entre um time branco e um time azul. Homens se reuniram por perto. Pareciam aceitar Howard e gostar dele, confundindo-o com uma daquelas almas dedicadas que chegam cedo para pegar o melhor assento. Howard permitiu essa interpretação equivocada e viu-se dominado pelo fervor geral. Em pouco tempo estava torcendo e reclamando com os outros. Quando um estranho, em seu entusiasmo, derramou um pouco de cerveja no ombro de Howard, ele sorriu, encolheu os ombros e não disse nada. Um pouco depois esse mesmo camarada comprou-lhe uma cerveja, sem dizer nada ao colocá-la no balcão diante de Howard e parecendo não esperar nada em troca. No fim do primeiro tempo, outro homem ao lado brindou com ele de um jeito bastante festeiro, em aprovação à decisão aleatória de Howard de torcer pelo time azul, embora o jogo propriamente dito estivesse em zero a zero. Esse placar não mudou. Quando o jogo terminou, ninguém bateu em ninguém nem ficou irritado — não parecia ser um jogo desse tipo. "Bem, a gente conseguiu o que precisava", filosofou um dos homens. Três outros sorriram e reconheceram essa verdade fazendo que sim com a cabeça. Todos pareciam satisfeitos. Howard também concordou com a cabeça e matou o resto de sua garrafa. É preciso muita prática para assegurar que uma garrafa inteira de Cabernet e um copo de cerveja dêem apenas uma amassadinha na sobriedade, mas Howard achou que tinha atingido esse nível de realização. Tudo que tinha acontecido nos últimos dias era uma imprecisão agradável que se ajustava a seu redor como um edredom acolchoado e protetor. Tinha obtido o que precisava. Cruzou o recinto para usar o telefone em frente aos banheiros.

"Adam?"

"*Howard*." Dito no tom de um homem que pode finalmente suspender a equipe de busca.

"Oi. Olha, me separei de todos... Eles ligaram?"

Houve um silêncio do outro lado da linha que Howard identificou corretamente como preocupação.

"Howard... você está bêbado?"

"Vou fazer de conta que você não disse isso. Estou tentando encontrar Kiki. Ela está com vocês?"

Adam suspirou. "Ela está procurando você. Deixou um endereço. Pediu para lhe dizer que eles vão ao velório."

Howard apoiou a testa na parede ao lado dos cartões de teletáxi presos com alfinetes.

"Howard — estou pintando. Estou sujando todo o telefone. Você quer o endereço?"

"Não, não... eu tenho. Ela parecia —?"

"Sim, *muito*. Howard, tenho que ir. A gente se vê aqui em casa mais tarde."

Howard chamou um teletáxi e foi aguardar na rua. Quando ele chegou, a porta do motorista abriu e um jovem turco propriamente dito saiu e fez uma pergunta algo metafísica para Howard: "*É você?*".

Howard desencostou-se da parede do pub. "Sim, sou eu."

"Vai para onde?"

"Queen's Park, por favor", disse Howard, e andou sem firmeza ao redor do carro para sentar no banco da frente. Assim que sentou, percebeu que esse não era o procedimento normal. Com certeza era desconfortável para o motorista ter um passageiro sentado perto dele, certo? Ou errado? Ficaram em silêncio no carro em movimento, um silêncio que para Howard era insuportavelmente saturado de implicações homoeróticas, políticas e violentas. Sentiu que precisava dizer alguma coisa.

"Não ofereço risco, sabe, não sou um daqueles brigões ingleses — estou um pouco bebum, só isso."

O jovem motorista olhou para ele com um ar defensivo e inseguro. "Está tentando ser engraçado?", disse com seu sotaque pesado, ainda assim dotado de uma fluência que fez o *Está tentando ser engraçado?* soar como um sermão turco.

"Desculpe", disse Howard ruborizado. "Não ligue pra mim, não ligue pra mim." Pôs as mãos entre os joelhos. O carro passou pela estação de metrô onde Howard conhecera Michael Kipps.

"Segue reto, acho", disse Howard bem baixinho. "Então acho que é à esquerda na principal — sim, depois é por cima da ponte e então à direita, acho."

"Você fala baixo. Não consigo escutar."

Howard repetiu. Seu motorista virou-se e o encarou com incredulidade. "Você não sabe *nome da rua?*"

Howard precisou admitir que não. O jovem turco grunhiu furiosamente qualquer coisa em turco e Howard sentiu aproximar-se uma daquelas tragédias de teletáxi em que o cliente e o motorista rodam e rodam e a tarifa sobe e sobe até que você chega ao desagradável momento de ser xingado e deixado no meio da rua, mais longe que nunca de seu destino.

"Ali! Achei! Acabamos de passar!", gritou Howard, abrindo a porta com o carro ainda em movimento. Um minuto depois, o jovem turco e Howard despediram-se com modos frios, não muito aquecidos pela gorjeta de vinte centavos deixada por Howard, o único troco que tinha nos bolsos. É em jornadas como essa — em que somos incompreendidos de forma tão horrível — que de repente nos vemos com saudades de casa, aquele lugar em que somos inteiramente compreendidos, para o bem ou para o mal. Kiki era casa. Precisava encontrá-la.

Howard empurrou a porta da frente dos Kipps, mais uma vez entreaberta, ainda que por uma razão muito diferente da ocasião anterior. O saguão de entrada quadriculado estava ocupado por rostos entristecidos e paletós pretos. Ninguém se virou para olhar Howard, exceto uma garota com uma bandeja de sanduíches que se aproximou e lhe ofereceu um. Howard pegou o de ovo e agrião e passeou até a sala de estar. Não era um daqueles velórios em que a tensão do funeral é liberada e dissipada. Ninguém ali estava rindo de mansinho com uma lembrança afetuosa ou contando outra vez uma história indecente. A atmosfera era tão solene quanto a da igreja, e aquela mulher surpreendente e cheia de vida que Howard conhecera um ano atrás nessa mesma sala estava agora sendo piamente preservada no pudim de vozes baixas e casos banais, mantida em conserva com perfeição. *Ela vivia,* Howard ouviu uma mulher dizer a outra, *pensando nos outros, nunca em si mesma.* Pegou o grande copo de vinho de alguma outra pessoa na mesa de jantar e ficou parado ao lado da porta-balcão. Dali tinha uma boa visão da sala de estar, do jardim, da cozinha e do saguão. Nada de Kiki. Nada dos filhos. Nada de Erskine, inclusive. Pôde ver metade de Michael Kipps abrir a porta do forno e retirar uma grande bandeja de pãezinhos de salsicha. De repente, Monty entrou na sala. Howard se virou para o jardim e olhou para a imensa árvore onde, fora de seu conhecimento, seu filho mais velho tinha perdido a inocência. Sem saber o que fazer em seguida, saiu e fechou a porta sem ruído. Em vez de caminhar pelo comprido jardim onde, como única pessoa lá fora, apenas chamaria mais atenção, Howard caminhou pelo corredor lateral, uma passagem estreita entre a casa dos Kipps e os vizinhos. Parou ali, enrolou um cigarro e fumou. A combinação daquele novo e adocicado vinho branco que estava segurando com o ar penetrante e o tabaco lhe causou tontura. Caminhou mais um pouco pela passagem até uma porta lateral e sentou na soleira gelada. Daquela perspectiva, a opulência suburbana de cinco jardins vizinhos se anunciava: os galhos nodosos de árvores centenárias, os telhados enrugados dos galpões, o brilho âmbar ostentoso das lâmpadas de halogênio. Tão silencioso. Uma raposa lamentando-se em algum lugar como uma criança a chorar, mas nada de carros ou vozes. Será que sua família seria mais feliz aqui? Tinha fugido de uma vida inglesa potencialmente burguesa direto para os braços de uma equivalente americana consumada — via isso agora — e, na decepção da tentativa de fuga, trouxera sofrimento à vida de outras pessoas. Howard apagou o cigarro no chão coberto de seixos. Engoliu com força mas não chorou. Não era como seu pai. Ouviu soar a campainha dos Kipps. Levantou-se até a metade, esperando escutar a voz de sua esposa. Não era ela. Kiki e as crianças deviam ter chegado e partido. Imaginou sua família como um coral grego repugnado e indignado, que escapulia assim que ele punha os pés no palco. Talvez fosse passar o resto da vida rastreando-os de casa em casa.

Levantou-se de uma vez e abriu a porta lateral atrás dele. Viu-se numa espécie de despensa repleta de utensílios para lavar, secar, passar e aspirar. Esse cômodo conduzia de volta ao saguão de entrada, e dali Howard manteve a cabeça baixa e seguiu a curva do corrimão, subindo a escada de dois em dois degraus. No piso superior, deparou-se com seis portas idênticas e nenhuma pista de qual delas daria acesso a um banheiro. Abriu uma ao acaso — um belo dormitório, limpo como um quarto de exposição, sem sinais de habitação. Duas mesinhas-de-cabeceira. Um livro em cada. Era triste. Fechou a porta e abriu a próxima. O que vislumbrou foi uma parede pintada como um afresco italiano, com pássaros, borboletas e videiras sinuosas. Não podia imaginar uma extravagância daquelas em nenhum outro lugar senão um banheiro, portanto abriu um pouco mais a porta. Uma cama com um par de pés humanos descalços perto da beira.

"Desculpe!", disse Howard, e puxou a porta com força demais contra si. Isso fez com que a porta batesse com violência e abrisse de novo, retornando à posição inicial e continuando até se chocar ruidosamente com a parede. Victoria, vestida de preto funéreo até a cintura. Mas a saia na altura dos joelhos tinha sido substituída por um diminuto calção esportivo verde com uma faixa prateada. Estivera chorando. As pernas longas estavam estendidas em linha reta à sua frente; ao ser surpreendida, ela as recolheu com os braços.

"Puta que pariu!"

"Oh, Deus, desculpe! Desculpe", disse Howard. Precisou entrar no quarto para alcançar a maçaneta. Tentou olhar na direção oposta ao fazê-lo.

"Howard *Belsey?*" Victoria girou na cama e se ajoelhou.

"Sim, desculpe, já vou fechar aqui."

"Espere!"

"O quê?"

"Só — espere."

"Só vou...", disse Howard começando a fechar a porta, mas Victoria ficou de pé num salto e a segurou pelo outro lado.

"Você está *dentro* agora, então entre. Você já está *dentro*", disse com raiva, empurrando a porta com a mão aberta até fechá-la. Ficaram parados próximos um do outro por um segundo; então ela recuou até a cama e o encarou. Howard segurou o copo de vinho com as duas mãos e olhou dentro dele.

"Eu... sinto muito por sua perda, eu...", começou absurdamente a pronunciar.

"*O quê?*"

Howard ergueu os olhos e viu Victoria dar um gole num copo alto cheio de vinho tinto. Viu então que havia uma garrafa de vinho vazia perto dela.

"É melhor eu ir. Estava procurando o..."

"Olha, agora você *entrou. Sente-se* e pronto. Não estamos na sua sala de aula."

Ela se arrastou até o estrado da cama e sentou-se encostada nele com as pernas cruzadas, as mãos segurando os dedos dos pé. Estava excitada, ou pelo menos excitável; não parava de se remexer. Howard permaneceu onde estava. Não conseguia se mover.

"Achei que era o banheiro", disse bem baixinho.

"*O quê?* Não consigo escutar o que está dizendo."

"As paredes — achei que era o banheiro."

"Ah. Bem, não é. É um *budoar*", explicou Victoria, fazendo um floreio frouxo e sarcástico com a mão livre.

"Estou vendo", disse Howard, olhando para a penteadeira, para o tapete de lã de ovelha e para a espreguiçadeira revestida de um tecido que parecia ter servido de inspiração para a pessoa que havia pintado as paredes. Não parecia o quarto de uma garota cristã.

"E agora, então", disse Howard com firmeza, "estou indo embora."

Victoria pegou uma enorme almofada felpuda atrás de si. A almofada foi atirada com violência na direção de Howard, atingindo-o no ombro e fazendo derramar um pouco de vinho na sua mão.

"Alô? Estou de *luto*?", disse ela com aquela entonação transatlântica detestável que Howard já tinha notado. "O *mínimo* dos mínimos que você pode fazer é sentar e me fornecer alguns *cuidados pastorais*, doutor. Olha, se te deixa mais feliz", disse saltando da cama e andando na ponta dos pés pelo quarto até a porta, "vou trancar para que ninguém nos importune." Voltou à cama na ponta dos pés. "Melhorou?"

Não, não tinha melhorado. Howard se virou para ir embora.

"Por favor. Preciso conversar com alguém", disse a voz partida atrás dele. "Você está aqui. Ninguém mais está aqui. Estão todos louvando o Senhor lá embaixo. Você está *aqui*."

Howard pôs os dedos na tranca. Victoria deu uma pancada nas cobertas.

"*Deus!* Não vou *machucar* você! Estou pedindo que me *ajude*. Não faz parte do seu *trabalho*? Ah, esquece, tá? Esquece e pronto. Foda-se."

Ela começou a chorar. Howard se virou.

"Merda, merda, merda. Chorar já está me dando *tédio!*", disse Victoria em lágrimas, começando a rir um pouquinho de si mesma. Howard deslocou-se para a espreguiçadeira que estava de frente para a cama e sentou-se devagar. Ainda sentia uma tontura pouco oportuna devido ao cigarro. Victoria esfregou as lágrimas com as mangas da camisa preta.

"Puxa. Longe assim?"

Howard fez que sim com a cabeça.

"Não é muito amistoso."

"Não sou um homem amistoso."

Victoria tomou um gole comprido de seu copo. Tocou as bordas prateadas de seu calção verde.

"Devo estar parecendo uma louca desvairada. Mas simplesmente *preciso* me sentir confortável quando estou em casa — sempre foi assim. Não podia mais agüentar aquela saia. *Preciso* me sentir confortável."

Bateu com os joelhos no colchão. "Sua família está aqui?", perguntou.

"Estava à procura deles. É isso que estava fazendo."

"Pensei que você tinha dito que estava procurando o banheiro", disse Victoria em tom de acusação, fechando um dos olhos, esticando o braço e apontando o dedo oscilante para ele.

"Também."

"Humm." Ela deu mais um giro e dessa vez caiu de bruços de frente para ele, de modo que os pés ficaram apontando para o estrado da cama e a cabeça se aproximou dos joelhos de Howard. Equilibrou perigosamente o copo sobre o acolchoado e apoiou o queixo nas mãos. Examinou o rosto dele e depois de um tempo sorriu com suavidade, como se tivesse encontrado algo divertido ali. Com seus próprios olhos, Howard acompanhou o vagar dos olhos dela, tentando chamá-los de volta ao assunto em questão.

"Minha mãe morreu", ele arriscou dizer sem conseguir acertar bem o tom pretendido. "Então sei o que você está passando. Eu era mais jovem que você quando ela morreu. Bem mais."

"Isso provavelmente explica", disse ela. Abandonou o sorriso e o substituiu por um esgar pensativo. "Por que você não consegue dizer *Eu gosto do tomate.*"

Howard franziu a testa. Que jogo era esse? Sacou seu pacote de tabaco. "Eu — gosto — do — tomate", disse devagar e puxou o Rizla do pacote. "Posso?"

"Não me importo. Não quer saber o que isso significa?"

"Não muito. Tenho outras coisas em mente."

"É um lance de Wellington — um lance dos alunos", Victoria disse rápido, apoiando-se nos cotovelos. "É nossa abreviatura para quando dizemos, tipo assim, a aula do professor Simeon é 'A natureza do tomate versus a cultura do tomate', e a aula de Jane Colman é 'Para compreender adequadamente o tomate você precisa primeiro revelar a história oculta do tomate na perspectiva feminista' — é *tão* cretina, aquela cadela — e a aula do professor Gilman é 'O tomate é estruturado como uma berinjela', e a aula do professor Kella é basicamente 'Não há como provar a existência do tomate sem fazer referência ao tomate em si', e a aula de Erskine Jegede é 'O tomate póscolonial conforme comido por Naipaul'. E por aí vai. E aí alguém diz 'Qual é sua próxima aula?' e a pessoa responde 'Tomates 1670-1900'. Ou algo assim."

Howard suspirou. Lambeu um dos lados do Rizla.

"Hilário."

"Mas a *sua* aula — sua aula é um clássico cult. *Adoro* sua aula. Sua aula é sobre nunca, *jamais* dizer *Eu gosto do tomate*. É por isso que tão poucas pessoas a encaram — sem ofensa, é um elogio. Elas não conseguem suportar o rigor de nunca dizer *Eu gosto do tomate*. Porque essa é a pior coisa que se pode fazer na sua aula, certo? Porque o tomate não está ali para ser *gostado*. É isso que eu *adoro* na sua aula. É devidamente intelectual. O tomate só é escancarado como uma construção fajuta que não pode levar ninguém a uma verdade elevada — ninguém finge que o tomate vai salvar a vida de ninguém. Ou tornar alguém feliz. Ou ensinar alguém a viver, ou *enobrecer* alguém, ou ser um *grande exemplo do espírito humano*. Seus tomates não têm nada a ver com o *amor* ou a *verdade*. Não são falácias. São apenas tomates belos e inúteis aos quais as pessoas, por razões próprias e totalmente egoístas, atribuíram um peso cultural — ou *nutricional*, melhor dizendo." Deu um risinho triste. "É como você vive dizendo: vamos *interrogar* esses termos. O que é tão belo nesse tomate? Quem decidiu que ele tem valor? Acho isso muito desafiador — queria ter lhe contado isso antes; estou *feliz* em ter contado. Todos têm tanto medo de você que nunca dizem nada e eu sempre penso *Olha, ele é só um cara, professores são apenas gente — talvez ele queira saber que gostamos da aula dele*, sabe? Enfim. Definitivamente, sua aula é a mais rigorosa em termos intelectuais... todo mundo sabe disso, na real, e Wellington é um tamanho paraíso de nerds que no fundo isso é um tremendo elogio."

Howard fechou os olhos e passou os dedos pelo cabelo. "Só por curiosidade, o que é a aula de seu pai?"

Victoria refletiu um momento. Sorveu o vinho restante. "Tomates Salvam."

"É claro."

Victoria apoiou a cabeça na palma da mão e suspirou. "Não acredito que te contei sobre os tomates. Serei excomungada quando voltarmos."

Howard abriu os olhos e acendeu o cigarro. "Não vou contar."

Trocaram um breve sorriso. Então Victoria pareceu lembrar onde estava e por quê — seu rosto caiu, seus lábios se comprimiram e vibraram no esforço de conter as lágrimas nos olhos. Howard deitou no encosto da cadeira. Por alguns minutos, não disseram nada. Howard soltava fumaça a intervalos regulares.

"Kiki", disse ela de repente. Que terrível a degradação de ouvir o nome da amada sair da boca da pessoa com quem se está prestes a traí-la! "Kiki", repetiu, "sua mulher. Ela é fantástica. Na aparência. É como uma rainha. Altiva."

"Rainha?"

"Ela é muito bonita", disse Victoria impaciente, como se Howard estivesse sendo obtuso em relação a uma verdade óbvia. "Como uma rainha africana."

Howard sugou com força a ponta estreita de seu cigarro. "Ela não lhe agradeceria por essa descrição, acho."

"Bonita?"

Howard soprou fumaça. "Não, rainha africana."

"Por que não?"

"Acho que ela vê como uma condescendência, sem mencionar que é factualmente impreciso — escute, Victoria."

"*Vee*. Quantas vezes?"

"Vee, agora vou embora", disse, mas não fez menção de levantar-se. "Acho que não posso ajudá-la esta noite. Acho que você bebeu um pouco demais e está passando por um grande sofrimento..."

"Me dê um pouco disso." Apontou para o vinho dele e avançou. Algo que tinha feito com os cotovelos havia espremido seus peitos um contra o outro, e os cumes de ambos, brilhando com algum tipo de creme para o corpo, começaram agora a se comunicar com Howard a despeito da vontade da dona.

"Me dê um pouco, vamos."

Para que ela bebesse seu vinho, Howard teria de levar o copo até seus lábios.

"Um golinho", disse ela olhando nos olhos dele por cima da borda do copo. Então ele o inclinou para a frente e ela bebeu com cuidado. Quando se afastou do copo, sua boca móvel e exorbitantemente grande estava molhada. As bordas dos lábios grossos e escuros eram como as de sua esposa — cor de ameixa nas comissuras e quase pretas no resto. O que restava do batom tinha se recolhido nos cantos, como se houvesse lábio demais para que pudesse dar conta.

"Ela deve ser extraordinária."

"Quem?"

"Porra, vê se acompanha. Sua mulher. Ela deve ser extraordinária."

"Deve?"

"Sim. Porque minha mãe não faz — *fazia* — amizade com qualquer um", disse Victoria enrolando a voz com a mudança de tempo verbal. "Era recolhida com as pessoas. Era difícil conhecê-la. Estive pensando que talvez eu não a tenha conhecido muito bem..."

"Tenho certeza de que isso não..."

"Não, psiu", disse Victoria com a voz embriagada, deixando algumas lágrimas correrem soltas pelo rosto, "a questão não é essa — o que eu estava dizendo é que ela não tolerava os tolos, sabe? Precisavam ser pessoas especiais de alguma forma. Precisavam ser *pessoas de verdade*. Não como eu e você. Reais, especiais. Então Kiki deve ser especial. Você diria", disse Victoria, "que ela é especial?"

Howard largou a ponta do cigarro no copo vazio de Victoria. Com peitos ou sem peitos, era hora de ir.

"Eu diria... que ela possibilitou que minha existência assumisse a forma que assumiu. E essa forma é especial para nós, sim."

Victoria balançou a cabeça com desolação e estendeu uma das mãos, que então pousou no joelho dele.

"Aí está, viu? Você nunca consegue dizer simplesmente... *Eu gosto do tomate.*"

"Achei que estávamos falando da minha mulher, não de um legume."

Victoria bateu com o dedo admoestador nas suas calças. "Fruta, na verdade."

Howard assentiu com a cabeça. "Fruta."

"Vamos, doutor, me dê um pouco mais."

Howard ergueu e afastou o copo. "Você já bebeu o bastante."

"Me dê um pouco mais!"

Ela fez. Pulou da cama para o seu colo. Sua ereção era flagrante, mas primeiro ela bebeu calmamente o resto do vinho, pesando sobre ele como Lolita em Hubert, como se ele fosse apenas uma cadeira onde ela tinha sentado ao acaso. Ela sem dúvida tinha lido *Lolita*. Então o braço dela deu a volta em seu pescoço e Lolita transformou-se numa sedutora (talvez tivesse aprendido isso com a sra. Robinson também), chupando sua orelha com sofreguidão, e depois de sedutora ela passou para namorada queridinha de colégio, beijando com carinho o canto de sua boca. Mas que tipo de mocinha era aquela? Mal ele tinha começado a retribuir o beijo, ela começou a gemer com um entusiasmo desconcertante, e seguiu-se a isso uma espécie de canelagem lingual que pegou Howard desprevenido. Ele seguiu tentando se ajustar ao beijo, devolvê-lo ao que sabia sobre beijar, mas ela estava determinada a roçar a língua no céu de sua boca enquanto mantinha a mão em suas bolas com um empenho francamente desconfortável. Começou então a desabotoar devagar sua camisa, como se estivesse tocando uma música de acompanhamento, e pareceu decepcionada ao não encontrar um tapete de pêlos pornográficos. Deu umas esfregadas conceituais ali, como se os pêlos estivessem presentes, puxando os poucos que Howard de fato possuía ao mesmo tempo que — seria possível? — ronronava. Empurrou-o sobre a cama. Antes que tivesse a chance de pensar em remover a camisa dela, o trabalho já estava feito em seu lugar. Aí vieram mais ronrons e gemidos, embora suas mãos ainda não tivessem tocado os peitos dela, e ao mesmo tempo ele lutava, na outra ponta da cama, para tirar um dos sapatos chutando-o com o outro. Levantou-se um pouco para conseguir dobrar melhor o braço e alcançar o sapato resistente. Ela parecia estar seguindo em frente sem ele na cama, se retorcendo de forma convulsiva e correndo os dedos por seus dreadlocks curtos como alguém faria para bagunçar cabelos bem mais loiros e compridos.

"Oh, Howard", disse ela.

"Sim, só um minuto", disse Howard. *Assim* está melhor. Virou-se de novo para ela tendo em mente puxá-la de frente para si e beijar aquela boca maravilhosa com mais calma, depois acariciar seu tronco, seus braços, abraçar seu traseiro carnudo e apertar toda aquela esplêndida criação contra o seu corpo. Mas ela já tinha se virado de bruços, a cabeça enfiada na cama como se uma mão invisível a estivesse imobilizando para fins de sufocamento, com as pernas abertas, o calção fora, as mãos segurando as nádegas e abrindo-as. O pequeno nó rosado no centro presenteou Howard com um dilema. Com certeza ela não pretendia — ou pretendia? A moda era essa hoje em dia? Howard tirou as calças, sua ereção já perdendo força.

"Me *come*", disse Victoria uma vez, e depois outra e outra. Howard podia escutar o tilintar e o murmúrio do velório da mãe daquela garota no andar inferior. Segurando a própria testa, posicionou-se por trás dela. Ao menor toque, ela uivava e parecia tremer de paixão pré-orgásmica, mas apesar disso estava, como Howard descobriu na segunda tentativa, completamente seca. No momento seguinte ela tinha lambido a mão e a trouxera para trás. Esfregou-se intensamente e depois esfregou Howard. Obediente, sua ereção voltou.

"Mete *dentro* de mim", disse Victoria. "Me come. Mete em mim até o talo."

Bem específico. A título de experiência, Howard estendeu as mãos para tocar nos peitos dela. Ela lambeu sua mão e perguntou diversas vezes se ele gostava de fazer o que estava fazendo, ao que ele podia responder apenas com a afirmação óbvia. Depois ela começou a lhe dizer exatamente até que ponto ele gostava daquilo. Um pouco cansado da narração simultânea, Howard moveu a mão mais para baixo, pela barriga dela. Ela a ergueu de imediato, como um gato se espreguiçando, e encolheu o abdômen — parecia estar segurando o fôlego, na verdade — e só quando ele parou de tocá-la naquela parte ela voltou a respirar. Teve a impressão de que sempre que tocava uma parte do corpo dela, a parte era na mesma hora tirada do seu alcance e devolvida à sua mão um instante depois, reestilizada.

"Oh, preciso tanto de você *dentro* de mim", disse Victoria levantando a bunda ainda mais no ar. Howard tentou esticar-se por cima dela para tocar-lhe a pele do rosto; ela gemeu e pôs seus dedos dentro da boca como se fossem o pau de outro homem e então começou a chupá-los.

"Diga que me quer. Diga o quanto quer me comer", disse Victoria.

"Eu quero... uu... você é tão... linda", sussurrou Howard subindo um pouco nos calcanhares e beijando a única partezinha dela que estava de fato acessível a ele, a lombar. Com mão enérgica, ela o forçou a ficar de joelhos de novo.

"Mete em mim", disse.

Então tá. Howard segurou o pau e partiu para a violação. Imaginou que seria difícil superar a gemedeira que já tinha ocorrido até então, mas, ao enfiar em Victoria, ela conseguiu essa proeza, e Howard, que não estava acostumado a tanta congratulação nessa altura dos procedimentos, temeu tê-la machucado e hesitou em socar mais fundo.

"Me come mais fundo!", disse Victoria.

Então Howard empurrou mais fundo três vezes, oferecendo cerca de metade de seus mais do que suficientes vinte e dois centímetros, esse feliz acidente natural que, como Kiki sugeriu certa vez, era o verdadeiro e primário motivo pelo qual Howard não estava mais trabalhando como açougueiro na Dalson High Street. Mas com a quarta estocada seus nervos, o apertamento e o vinho o venceram, e ele gozou de um jeito acanhado e trêmulo que não lhe deu nenhum grande prazer. Caiu sobre Victoria e aguardou com enfado os ruídos conhecidos da decepção feminina.

"Oh, Deus! Oh, Deus!", disse Victoria tomada de convulsões dramáticas. "Oh, adoro você me comendo!"

Howard escorregou para fora e deitou ao lado dela na cama. Victoria, já inteiramente recomposta, rolou para o lado e lhe deu um beijo maternal na testa.

"Foi uma delícia."

"Humm", disse Howard.

"Tomo pílula, então tudo bem."

Howard fez uma careta. Ele nem tinha perguntado.

"Quer que eu chupe você? Quero muito provar esse pau."

Howard se sentou e recolheu as calças. "Não, tudo bem... eu... Jesus Cristo." Olhou para o relógio como se o problema ali fosse o horário. "Precisamos descer... não sei o que acabou de acontecer. Isso é loucura. Você é minha aluna. Você dormiu com *Jerome*."

Victoria sentou na cama e tocou em seu rosto. "Olha, detesto ser piegas, mas é verdade: Jerome é um amor, mas é um *menino*, Howard. Preciso de um homem, agora."

"Vee — por favor", disse Howard segurando a mão dela pelo pulso e alcançando-lhe a camisa que estava vestindo antes. "Precisamos descer."

"Tudo bem, tudo bem — não precisa arrancar os cabelos."

Vestiram-se juntos, Howard com pressa e Victoria com languidez, com Howard parando um instante para se espantar com o fato de que o sonho de muitas semanas — ver aquela garota nua — estava sendo agora dramaticamente rebobinado. Ele faria qualquer coisa para vê-la de roupa. Por fim, quando os dois tinham se vestido, Howard encontrou sua cueca samba-canção enfiada numa fronha. Meteu-a dentro do bolso. Na porta, Victoria o forçou a parar pondo a mão em seu peito. Respirou fundo e o incentivou a fazer o mesmo. Destrancou a porta. Arrumou com o dedo uma guampa em seu cabelo e endireitou sua gravata.

"Apenas tente não dar a impressão de que adora tomates", disse.

5.

Nos primeiros anos do século passado, Helen Keller embarcou numa turnê de palestras pela Nova Inglaterra, cativando platéias com sua história de vida (e surpreendendo-as aqui e ali com suas visões socialistas). No meio do caminho, fez uma parada na Universidade de Wellington, onde deu nome a uma biblioteca, plantou uma árvore e acabou recebendo um título honorífico. Daí a Biblioteca Keller: uma sala comprida e arejada no piso térreo do Departamento de Língua Inglesa, com carpete verde, paredes vermelhas e janelas em excesso — é impossível aquecê-la. Numa das paredes está pendurado um retrato em tamanho real de Helen usando barrete acadêmico e toga, sentada numa poltrona, com os olhos cegos apontados com modéstia para o colo. Sua companheira Annie Sullivan está atrás, com uma das mãos pousando com ternura no ombro da amiga. É nessa sala gelada que todas as reuniões docentes da área de Humanas são realizadas. Estamos em 10 de janeiro. A primeira reunião docente do ano está para começar em cinco minutos. Como nas vezes em que uma votação especialmente importante chega à Câmara dos Lordes, até os mais relutantes membros da faculdade estão presentes nessa manhã, inclusive os eremitas octogenários do quadro permanente. A casa está cheia, embora ninguém esteja apressado; as pessoas vão chegando de maneira vacilante, com os cachecóis duros e molhados por causa da neve, linhas de maré salgadas marcando os sapatos de couro, portando lenços e tossindo e chiando com alarde. Guarda-chuvas, como pássaros mortos após uma caçada, formam uma pilha no canto mais distante. Professores, parceiros de pesquisa e palestrantes visitantes gravitam na direção das mesas compridas no fundo da sala. Elas estão preparadas com doces embrulhados em celofane e bules fumegantes de café comum e descafeinado dentro de seus recipientes industriais de aço. Reuniões do corpo docente — especialmente as presididas por Jack French, como será essa — têm fama de se estender por três horas. A outra prioridade é conseguir uma cadeira tão próxima da saída quanto possível, para permitir uma fuga discreta antes do fim. O sonho (tão raramente alcançado!) é conseguir ir embora cedo e sem ser percebido.

Quando Howard chegou à entrada da Biblioteca Keller, todos os assentos da rota de fuga já tinham sido tomados. Foi forçado a ir até a frente da sala, bem embaixo do retrato de Helen e a dois metros de onde Jack French e sua assistente Liddy Cantalino remexiam numa pilha de papéis de proporções ominosas, disposta sobre duas cadeiras vazias. Não pela primeira vez numa reunião docente, Howard desejou possuir as mesmas privações sensoriais de Keller. Daria muita coisa para não precisar ver a carinha pontuda de bruxa de Jane Colman, sua cabeleira de fios loiros ressecados e crespos e a maneira como escapavam para fora de uma boina como as que se vêem nos anúncios "Seja um europeu!" encontrados na *New Yorker*. O mesmo para o preferido dos alunos: Jamie Anderson, com trinta e seis anos e já no quadro permanente, especialista em história nativa americana, com o laptop caro e diminuto que estava equilibrando agora no braço de sua cadeira. Acima de tudo, Howard desejava não ter de escutar os resmungos peçonhentos das professoras Burchfield e Fontaine, duas distintas *grandes dames* do Departamento de História, espremidas lado a lado no único sofá, envoltas em suas bandagens de tecido de cortina e olhando feio para Howard nesse exato momento. Como bonecas Matriochka, eram quase idênticas, sendo que Fontaine, um pouco menor que a outra, parecia ter saído completamente formada do corpo de Burchfield. Ostentavam cortes de cabelo utilitários em formato de tigela e óculos grossos de plástico datando do início dos anos 70, e ainda assim irradiavam o fascínio quase sexual de terem escrito — mesmo que quinze anos antes — um punhado de livros que se tornaram textos curriculares em todas as faculdades do país. Nada de pontuação caprichosa para essas meninas; nem vírgulas, nem traços nem subtítulos. As pessoas ainda se referiam ao Stálin de Burchfield e ao Robespierre de Fontaine. Portanto, aos olhos de Burchfield e Fontaine, os Howard Belsey desse mundo não passavam de pentelhos que pulavam de uma instituição a outra com suas bobagens badaladas, sem significar nada, sem chegar a nada. Depois dos dez anos de serviço de Howard, elas ainda tinham sido contra sua inclusão no quadro permanente de professores, proposta no último outono. Seriam contra de novo esse ano. Era o direito delas. E também era direito delas, como "vitalícias", assegurar que o espírito e a alma de Wellington — dos quais se consideravam guardiãs — fossem protegidos de serem maltratados e distorcidos por gente como Howard, cuja presença na instituição jamais poderia deixar de ser, no contexto mais geral, temporária. Era para manter Howard em xeque que tinham se erguido de suas mesas para comparecer à reunião. Não poderiam permitir que ele tomasse nenhuma decisão não supervisionada sobre o destino da universidade que amavam. Quando o relógio bateu as dez e Jack ficou em pé diante de todos, dando suas tossidinhas preliminares, Burchfield e Fontaine pareceram sacudir-se e acomodar-se como duas galinhas grandes sentando para chocar os ovos. Deram uma última olhadinha desdenhosa para Howard. Howard, prevendo a costumeira montanha-russa verbal do discurso de abertura de Jack, fechou os olhos.

"Há", disse Jack unindo as mãos, "uma díade de razões para que a reunião do mês passado tenha sido atrasada, remarcada... talvez seja de fato mais preciso dizer *reposicionada* para esta data, 10 de janeiro, e acho que antes de podermos prosseguir com a reunião, à qual, por sinal, eu lhes dou calorosas boas-vindas após o que espero ter sido um agradável e — mais importante — *tranqüilo* feriado de Natal — sim, e, como ia dizendo, antes de prosseguirmos *de fato* com o que promete ser uma reunião um tanto carregada, pelo menos no que diz respeito ao programa impresso — *antes* de iniciar eu queria apenas falar rapidamente sobre as razões desse reposicionamento, pois ele não esteve, em si, como muitos sabem, inteiramente livre de controvérsias. Sim. Agora. Primeiro, muitos membros de nossa comunidade foram da opinião de que as questões a serem discutidas na vindoura — agora concretizada — reunião eram de uma magnitude e de uma complexidade que pediam — não, *exigiam* — apresentações apropriadas e ponderadas dos dois lados do debate que está atualmente debaixo de nosso holofote coletivo — e *não* quero sugerir com isso que o debate diante de nós é de simples natureza binária — pessoalmente, não tenho dúvidas de que descobriremos que o caso é bem o contrário e que, na verdade, poderemos nos deparar nesta manhã com diversos argumentos diferentes ao longo do, do, do, do *funil*, se é que se pode definir assim, da discussão que estamos prestes a ensejar. Portanto, com o fim de criar esse espaço de formulação, seguimos os conselhos — sem votação do corpo docente — para atrasar a reunião e, naturalmente, todos que acharem que a decisão tomada em relação ao atraso foi tomada sem o devido debate podem fazer um registro de sua objeção em nosso sistema de arquivos on-line, que a nossa Liddy Cantalino preparou especialmente para essas reuniões... creio que o local de armazenamento está situado no Código ss76 do site das Humanas, a cujo endereço espero que todos já tenham se familiarizado — isso está...?", inquiriu Jack olhando para Liddy, sentada numa cadeira a seu lado. Liddy fez que sim com a cabeça, levantou-se, repetiu o código misterioso e sentou-se de novo. "Obrigado, Liddy. Então, sim. Há um fórum para reclamações lá. Agora. A segunda razão — bem menos problemática, graças a Deus — foi uma questão de simples gerenciamento de tempo, que tinha chamado a atenção de muitos de vocês, e também a minha atenção e a de Liddy, e a opinião dela, a mesma de muitos de nossos colegas que trouxeram o assunto à sua atenção, foi de que o — se me perdoam a analogia banal — *congestionamento* no mínimo dos mínimos *extremo* de eventos no calendário de dezembro — tanto acadêmico quanto social — estava deixando sobrar muito pouco tempo para a preparação usual e necessária que as reuniões docentes — caso se espere delas um efeito real de qualquer tipo — realmente pedem, se não exigem. E acho que Liddy tem algumas palavrinhas para nós com respeito ao modo como trataremos do futuro agendamento dessa reunião crucial. Liddy?"

Liddy levantou-se mais uma vez e executou um rápido rearranjo de seu busto. Em seu suéter, renas deslocavam-se de forma desigual da esquerda para a direita.

"Oi, pessoal — bom, basicamente é só pra repetir o que Jack acabou de dizer, a mulherada do lado administrativo não consegue sossegar o rabo em dezembro, e se vamos continuar com esse oba-oba de cada departamento ter sua festa de Natal como ficou bem decidido ano passado, sem falar que praticamente toda essa garotada sai correndo atrás de alguma espécie de recomendação na semana que antecede o Natal, embora *só Deus saiba* que eles são avisados durante todo o outono para não deixarem as recomendações para o último minuto, mas enfim — só achamos que seria mais *certo da cabeça* nos concedermos um pouquinho de espaço para respirar na última semana antes das férias, para que eu, pelo menos, possa saber pra que lado minha bunda está apontando no Ano Novo." Isso motivou uma risadinha educada. "Se me perdoam o francês."

Todos perdoaram. A reunião começou. Howard se afundou um pouco mais na cadeira. Ainda não era a vez dele de segurar o taco. Era o terceiro no programa, por mais absurdo que fosse, já que todo mundo na sala com certeza tinha vindo prestigiar o espetáculo itinerante de Monty e Howard. Primeiro, porém, o classicista de origem galesa e diretor de Alojamento temporário Christopher Fay, com seu colete de arlequim e calças vermelhas, precisava falar por uma extensão insuportável de tempo a respeito de instalações de reunião para os graduandos. Howard pegou a caneta e começou a rabiscar suas anotações, procurando simular o tempo todo um olhar pensativo no rosto que indicasse uma atividade mais séria do que rabiscar. *O direito à liberdade de expressão neste campus, por mais forte que seja, precisa ainda assim concorrer com outros direitos, direitos que protegem os alunos desta instituição de ataques verbais e pessoais, do denegrimento conceitual, da estereotipagem aberta e de qualquer outra manifestação das políticas do ódio.* A partir dessa tática de abertura, Howard desenhou uma série de arabescos entrelaçados, como galhos elegantes, no estilo de William Morris. Quando os contornos estavam feitos, pôs-se a preenchê-los. Quando o preenchimento estava pronto, mais arabescos se apresentaram; o padrão foi crescendo até tomar a maior parte da margem esquerda. Levantou o papel de suas pernas e admirou-o. Prosseguiu então com o preenchimento, extraindo um prazer infantil de não ultrapassar as linhas, de submeter-se a esses princípios arbitrários de estilo e forma. Olhou para cima e fingiu se espreguiçar; esse movimento lhe deu uma desculpa para virar a cabeça da direita para a esquerda e estudar a sala em busca de apologistas e detratores. Erskine estava sentado no outro lado da sala, cercado por seu Departamento de Estudos Negros, a cavalaria de Howard. Nada de Claire, pelo menos não à vista. Zora, ele sabia, estava sentada num banco do corredor, revisando seu discurso, aguardando ser chamada. Os colegas de Howard da História da Arte estavam espaçados entre si, porém todos presentes e corretos. Monty — e isso foi um choque desagradável — estava logo atrás, ao alcance do movimento de um cavalo. Ele sorriu e cumprimentou Howard com uma pequena reverência, mas Howard, desmerecendo vergonhosamente a cortesia, só foi capaz de retornar rápido à posição original e apertar o lápis contra o joelho. Existe uma palavra para pegar a esposa de outro homem — chifrar. Mas qual é a palavra para pegar a filha de outro homem? Se tal palavra existia, Howard tinha certeza de que Christopher Fay, com sua perspectiva altamente sexualizada e apreciada pelos editores acerca dos costumes do mundo antigo, a conheceria. Howard olhou para Chistopher, que continuava em pé, ágil como um bobo da corte, falando com vigor, sacudindo de um lado para outro o rabinho de rato atrás de sua cabeça. Era o único outro britânico no corpo docente. Howard havia se perguntado muitas vezes que impressão seus colegas americanos tiravam dos povo inglês, como nação, a partir da relação que tinham com os dois.

"*Muito* obrigado, Christopher", disse Jack, e então levou um tempo longuíssimo para apresentar a substituta de Christopher no cargo de diretor de Alojamento temporário (Christopher sairia de licença em breve para Canterbury), uma moça que se levantou para tratar das recomendações que Christopher já havia delineado em detalhes. Um movimento abrangente, porém sutil, como uma onda mexicana, varreu a sala enquanto quase todos os presentes reacomodavam a bunda na cadeira. Uma figura sortuda escapou pela porta dupla rangente — uma romancista insignificante em bolsa de residência —, mas sua retirada não passou despercebida. Liddy o observou com os olhinhos brilhantes e tomou nota. Howard ficou surpreso com o próprio nervosismo. Revisou rapidamente suas anotações, agitado demais para conferir seu material frase a frase. Estava quase na hora. E então chegou a hora.

"E agora, se voltarem suas atenções para o terceiro item do nosso programa desta manhã, que diz respeito a uma série de palestras proposta para o semestre que se anuncia... e se posso convidar o doutor Howard Belsey, que está entrando com um pedido em relação a, a, a essa série proposta de palestras — chamo a atenção de todos para a nota que Howard anexou nos

327

programas, à qual espero que tenham dedicado o devido tempo e consideração, e... sim. Então. Howard, será que poderia...?"

Howard se levantou.

"Talvez fosse mais... se você...?", sugeriu Jack. Howard passou entre as
cadeiras e ficou em pé ao lado de Jack, de frente para todos.

"A palavra é sua", disse Jack; ele sentou-se e começou a roer a unha do
polegar com nervosismo.

"*O direito à liberdade de expressão*", começou Howard com um tremor
incontrolável no joelho direito, "*neste campus, por mais forte que seja, precisa ainda assim concorrer com outros direitos...*"

Nesse instante, Howard cometeu o erro de olhar para o público, como
se recomenda aos oradores. Avistou Monty, que estava sorrindo e aprovando
com a cabeça, como um rei diante do bobo que veio entretê-lo. Howard tropeçou uma, duas vezes, e então, para remediar o problema, fixou os olhos
na folha de papel. Então, em vez de percorrer as anotações ornamentando-
as de leve, improvisando, descartando os apartes espertinhos e aplicando todos os outros sofismas vagos e precipitados que tinha intenção de usar, leu o
seu roteiro com rigidez e em alta velocidade. Encerrou de forma abrupta e
cravou um olhar vazio na anotação seguinte, a lápis, que tinha deixado para
si mesmo, e que dizia *Depois de esboçar as questões mais amplas, ir direto ao
ponto.* Alguém tossiu. Howard ergueu os olhos, deparou-se mais uma vez
com Monty — o sorriso era demoníaco — e voltou a encarar o papel. Afastou o cabelo que estava grudando na testa por causa do suor.

"Permitam-me, hum... Permitam-me... Quero expressar minhas preocupações com clareza. Quando o professor Kipps foi convidado, pela Faculdade de Humanas, a vir para Wellington, foi para tomar parte na vida comu-
nitária desta instituição e oferecer uma série de palestras *instrutivas* numa
de suas diversas, *diversas* áreas de especialidade..." Howard obteve o riso leve
que esperava e o estímulo necessário à sua confiança. "O que ele *não* foi ex-
pressamente contratado para fazer são discursos políticos que têm o potencial
de alienar e ofender profundamente variados grupos dentro deste campus."

Monty levantou-se balançando a cabeça como quem acha graça. Ergueu a mão. "Por favor", disse, "me permitem?"

Jack fez cara de sofrimento. Como odiava conflitos desse tipo em sua
faculdade!

"Bem, agora, professor Kipps — se pudermos apenas, apenas, apenas... se pudermos apenas deixar Howard dar sua tacada, como se diz..."

"Claro. Serei paciente e tolerante enquanto meu colega me difama", disse Monty com o mesmo sorriso amarelo, voltando a se sentar.

Howard seguiu em frente: "Quero lembrar ao comitê que, ano passado, membros desta universidade fizeram um lobby bem-sucedido para banir um filósofo que tinha sido convidado a fazer uma palestra aqui, mas que, como decidiram esses membros, não merecia uma plataforma nesta instituição por ter apresentado, em seu trabalho impresso, visões e argumentos que foram considerados "antiisraelitas" e que eram ofensivos a membros da nossa comunidade. Essa objeção (apesar de ser uma opinião da qual eu não compartilhava) foi aprovada de maneira democrática, e o cavalheiro foi recusado em Wellington pelo motivo de que suas visões seriam provavelmente ofensivas a elementos desta comunidade. É *exatamente pelo mesmo motivo* que falo hoje diante de vocês, com uma diferença essencial. Não é meu hábito nem é do meu gosto banir deste campus palestrantes de tonalidades políticas diferentes da minha própria, e por isso não estou requerendo tal banimento sem mais nem menos, e sim pedindo para ver o texto dessas palestras para que possam ser apreciados por esta faculdade — *com* a visão de que qualquer material que nos pareça, enquanto comunidade, violar as "leis contra o ódio" internas desta instituição — conforme dispostas pela nossa própria Comissão de Igualdade de Oportunidades, da qual sou presidente — poderá ser removido. Pedi ao professor Kipps, por escrito, uma cópia de seu texto — ele se recusou. Peço hoje, de novo, no mínimo um esboço das palestras que pretende ministrar. Os motivos de minha preocupação são dois: primeiro, as declarações públicas redutivas e ofensivas a respeito de homossexualidade, raça e gênero dadas pelo professor ao longo de sua carreira. Em segundo, sua série de palestras 'Tirando o Liberal das Artes Liberais' carrega o mesmo título de um artigo recentemente publicado por ele no *Wellington Herald*, que em si já continha material homofóbico suficiente para convencer o grupo LesBiGay de Wellington a fazer piquete e obstruir qualquer palestra que o professor venha a dar nesta universidade. Para aqueles que não tiveram chance de ler o artigo, tirei fotocópias — creio que Lydia as entregará para qualquer um que deseje lê-lo no fim de nossa sessão. Então, para concluir", disse Howard, dobrando seus papéis no meio, "minha proposta para o próprio professor Kipps é a seguinte: nós receberemos o texto de suas palestras; não sendo possível, receberemos um esboço das palestras; ou, não sendo possível, seremos informados nesta manhã a respeito da intenção dessas palestras."

"Isso é...?", indagou Jack. "Esse é o cerne da sua... então, suponho que seja hora de dar a palavra ao professor e... professor Kipps, será que poderia..."

Monty ficou em pé e segurou o encosto da cadeira à sua frente, inclinando-se sobre ela como se fosse um púlpito.

"Reitor French, será um *prazer*. Como tudo isso foi *divertido*. Adoro contos de fadas liberais! Tão tranqüilizantes — não põem nenhuma pressão excessiva na cabeça da gente." Um risinho nervoso do corpo docente. "Mas, se não se importam, vou me ater aos fatos por um instante e responder às preocupações do doutor Belsey da forma mais direta possível. Em resposta a suas exigências, sinto muito, mas é necessário recusar todas as três, considerando-se o país livre em que me encontro e a liberdade de expressão que invoco como meu direito inalienável. Quero lembrar ao doutor Belsey que não estamos mais na Inglaterra, nenhum de nós dois." Isso provocou uma risada com todas as letras, mais forte do que a obtida por Howard. "Se isso fará ele sentir-se melhor — sei como a mente liberal gosta de *sentir-se melhor* —, assumo total responsabilidade pelo conteúdo das palestras que eu der. Mas me falta capacidade para atender a sua exigência francamente esdrúxula devido à 'intenção' das mesmas. Na verdade, admito que me surpreende e delicia que um 'anarquista textual' autoproclamado como o doutor Belsey queira conhecer de forma tão ardente a *intenção* de um texto..."

Uma pitada de riso intelectual circunspecto, do tipo que se escuta em leituras nas livrarias.

"Eu não fazia idéia", prosseguiu Monty animado, "de como ele era um defensor ferrenho da natureza absoluta da palavra escrita."

"Howard, você quer...?", disse Jack French, mas Howard já estava falando por cima dele.

"Olha, o que estou tentando dizer é o seguinte", discursou Howard, voltando-se para Liddy como interlocutora mais próxima, mas Liddy não estava interessada. Guardava as energias para o item 7 do programa, o pedido de duas fotocopiadoras novas feito pelo Departamento de História. Howard virou-se de novo para o público. "Como é que ele pode, ao mesmo tempo, assumir responsabilidade pelo seu texto e ainda assim ser incapaz de nos dizer que *intenção* tem com o texto?"

Monty pôs as mãos nos lados da barriga. "Realmente, doutor Belsey, isso é tão idiota que não merece resposta. É claro que um homem pode escrever um texto em prosa sem 'intentar' nenhuma reação em particular, ou pelo menos ele pode e irá escrever sem prever cada finalidade ou conseqüência desse texto em prosa."

"É você quem está dizendo, meu chapa — quem segue os constituintes originários é você!"

Isso gerou uma risada maior e mais sincera. Pela primeira vez, Monty pareceu estar ficando um pouco embaralhado.

"Escreverei", declarou Monty, "sobre minhas crenças acerca do estado do sistema universitário neste país. Escreverei empregando meu conhecimento *bem* como meu senso moral..."

"*Com* a intenção clara de antagonizar e alienar várias minorias neste campus. Ele se responsabilizará por isso?"

"Doutor Belsey, se me permite dirigi-lo a uma de suas próprias estrelas-guia liberais, Jean-Paul Sartre: 'Não sabemos o que queremos e ainda assim somos responsáveis pelo que somos — esse é o fato'. Não é *você*, doutor, que fala da instabilidade do significado textual? Não é *você*, doutor, que fala da indeterminabilidade de todos os sistemas de signos? Como, então, eu poderia prever *antes* de dar minhas palestras a maneira como a 'multivalência'", disse Monty, pronunciando a palavra com asco evidente, "de meu próprio texto será recebida pela 'consciência heterogênea' de minha platéia?" Monty deu um suspiro profundo. "Toda sua linha de ataque é um modelo perfeito do meu argumento. Você faz fotocópias do meu artigo mas não se dá ao trabalho de lê-lo de forma adequada. Nesse artigo, eu pergunto: 'por que há uma regra para o intelectual liberal e outra regra completamente diferente para seu colega conservador?'. E eu lhe pergunto agora: por que devo fornecer o texto de minhas palestras para um comitê de interrogadores liberais e assim ter meu próprio direito à liberdade de expressão — tão vangloriado nesta mesma instituição — tolhido e ameaçado?"

"Ah, mas que *porra* é essa...", estourou Howard. Jack pulou da cadeira.

"Humm, Howard, terei de pedir para que maneire nos termos de baixo calão."

"Não precisa, não precisa — não sou tão delicado, reitor French. Nunca tive a ilusão de que meu colega fosse um cavalheiro..."

"Olha", disse Howard, o rosto tingindo-se de rubro, "o que quero saber..."

"Howard, por favor", disse Monty em tom de reprimenda, "fiz a cortesia de ouvi-lo até o fim. *Muito* obrigado. Agora: dois anos atrás, em Wellington, nesta grande instituição amante da liberdade, um grupo de alunos muçulmanos solicitou o direito de ter uma sala dedicada a suas orações diárias — uma solicitação que o doutor Belsey foi providencial em rejeitar, resultando que agora esse grupo de muçulmanos está indo atrás da Universidade de Wellington nos tribunais — PELO DIREITO", entoou Monty por cima das queixas de Howard, "*pelo direito* de praticar a sua fé..."

"Claro que a *sua* própria defesa da fé muçulmana é lendária", debochou Howard.

Monty assumiu uma expressão de gravidade histórica. "Apóio qualquer liberdade religiosa contra a ameaça do fascismo secular."

"Monty, você sabe tão bem quanto eu que esse caso não tem *nada a ver* com o que estamos discutindo hoje — esta universidade sempre guardou uma política de, de, atividade não-religiosa — não discriminamos..."

"AH!"

"*Não* discriminamos, mas pede-se a *todos* os alunos que cultivem seus interesses religiosos fora dos limites da universidade. Mas esse caso é irrelevante hoje — o que estamos discutindo hoje é uma tentativa descarada de impor a nossos alunos o que na essência é uma agenda explicitamente direitista disfarçada de uma série de palestras sobre..."

"Se é para falarmos de agendas explícitas, podemos discutir o método por baixo do pano como são organizadas as admissões para as aulas aqui em Wellington — um critério que é uma corruptela flagrante da lei de Ações Afirmativas (que, por sinal, é em si uma corruptela) — por meio do qual alunos que NÃO estão matriculados na faculdade recebem aulas dadas por professores que, segundo 'julgamento' próprio (como se diz de maneira dissimulada), permitem a entrada desses 'alunos' em suas turmas, escolhendo-os em detrimento de alunos *de verdade*, mais bem classificados que eles — NÃO porque esses jovens preenchem os requisitos acadêmicos de Wellington, não, mas porque são considerados *casos de necessidade* — como se forçar a entrada de minorias num ambiente de elite ao qual ainda não estão aptas fosse fazer um favor a elas. A verdade, entretanto, é que liberais — como sempre! — *supõem* que há um benefício, somente porque isso faz com que *a própria liberal*", disse Monty com ênfase maliciosa, "sinta-se bem!"

Howard bateu palmas e olhou em desespero para Jack French.

"Desculpe — *qual* caso estamos discutindo agora? Existe algo nesta universidade que *não* seja alvo de uma cruzada do professor Kipps?"

Atormentado, Jack French olhou para o texto do programa que Liddy tinha acabado de lhe passar.

"Humm, Howard tem razão nisso, Montague — entendo que você tenha queixas contra as admissões nas turmas, mas essa questão é contemplada, como creio que poderá ver, em nosso programa. Se pudéssemos nos manter no... suponho que a pergunta, como foi concebida por Howard, é: Você entregará o texto para a comunidade?"

Monty projetou o peito para a frente e para cima e segurou o relógio de bolso na mão. "Não entregarei."

"Bem, você aceitará submeter o tema a uma votação?"

"Reitor French, com o devido respeito à sua autoridade, não aceitarei. Como não aceitaria uma votação para decidir se um homem teria permissão para cortar a minha língua — uma votação é totalmente irrelevante nesse contexto."

Jack lançou um olhar desolado para Howard.

"Opiniões da audiência?", sugeriu Howard exasperado.

"Isso...", disse Jack com grande alívio. "Opiniões da audiência? Elaine — você queria dizer alguma coisa?"

A professora Elaine Burchfield subiu os óculos no nariz. "Howard Belsey está *realmente* sugerindo", disse em tom de aristocrática decepção, "que Wellington é uma instituição *delicadíssima*, a ponto de precisar temer a troca de farpas comum no debate político dentro de suas dependências? A consciência liberal (que o professor Kipps sente prazer em ridicularizar) é *realmente* tão ínfima que não pode sobreviver a uma série de seis palestras que partem de uma perspectiva diferente da sua? Considero essa possibilidade muito alarmante."

Howard, já tinindo de raiva, dirigiu sua resposta a um ponto elevado na parede dos fundos. "Não estou me fazendo entender, é óbvio. O professor

Kipps é *conhecido*, ao lado de seu 'aparentado' juiz Scalia, por denunciar a homossexualidade como um mal..."

Monty saltou de novo da cadeira. "*Contesto* essa caracterização de meu argumento. Nos meios impressos, defendi a visão do juiz Scalia de que está *entre os direitos* do povo cristão praticante manter essa opinião a respeito da homossexualidade — e, além disso, de que é um desrespeito aos direitos do povo cristão quando sua objeção pessoal aos gays, considerada por eles um princípio moral, é convertida para a categoria legal da 'discriminação'. Foi exatamente isso que defendi."

Com satisfação, Howard viu Burchfield e Fontaine se encolherem de nojo diante desse esclarecimento. O que fez com que Howard achasse ainda mais chocante quando Fontaine invocou seu infame barítono lésbico para dizer: "Podemos achar essa visão questionável e até mesmo repulsiva — mas esta é uma instituição que defende a discussão e o debate intelectual".

"Jesus Cristo — Gloria, isso é o *oposto* do pensamento!", gritou a coordenadora do Departamento de Antropologia Social. Teve início um pingue-pongue verbal que foi arrebanhando mais jogadores à medida que a argumentação tomava conta da sala e prosseguia sem que Howard precisasse atuar como árbitro.

Howard sentou-se. Viu seu argumento perder-se em meio a relatos de outros casos, alguns similares, outros de uma tediosa irrelevância. Erskine, com boas intenções, forneceu uma longa e exaustiva história do movimento pelos direitos civis, cujo objetivo parecia ser mostrar que, considerando-se a visão rígida que Kipps tinha da constituição, o próprio Kipps jamais teria votado com a maioria no caso de Brown contra o Conselho de Educação. Era um bom argumento, mas perdeu-se no discurso sentimental de Erskine. Isso tudo durou meia hora. Finalmente, Jack reassumiu o controle do debate. Pressionou Monty de leve com o pedido de Howard. Mais uma vez, Monty recusou-se a compartilhar o texto de suas palestras.

"Bem", admitiu Jack, "dada a evidente determinação da parte do professor Kipps... mas ainda temos o direito de decidir pelo voto se essas palestras devem ou não acontecer. Sei que essa não era sua intenção original, Howard, mas diante das circunstâncias... Temos esse poder."

"Não faço objeção a uma votação democrática em que há direito e poder, e esse é o caso aqui", disse Monty em tom majestoso. "São claramente os membros deste corpo docente que têm a decisão final sobre quem deve ter liberdade de falar em sua universidade e quem não deve."

Howard, em resposta a isso, pôde apenas concordar com a cabeça, emburrado.

"Todos a favor — quer dizer, a favor de que as palestras sejam realizadas, sem consulta prévia." Jack pôs os óculos para contar os votos. Não era preciso. Com exceção do pequeno bolsão de apoiadores de Howard, todas as mãos se ergueram.

Howard, aturdido, voltou para a sua cadeira. No caminho passou por sua filha, que tinha acabado de entrar na sala. Zora apertou seu braço e deu-lhe um sorrisinho, presumindo que ele tinha se saído tão bem quanto ela estava prestes a se sair. Sentou numa cadeira ao lado de Liddy Cantalino. Segurava uma pilha impecável de papéis no colo. Parecia poderosa, iluminada de dentro para fora por sua juventude destemida.

"Agora", disse Jack, "uma de nossas alunas, como podem ver, está entre nós — ela nos falará sobre uma questão pela qual é obstinada, até onde sei, uma questão que o professor Kipps mencionou antes — nossos alunos 'discricionários', se é que podemos definir desse modo...mas antes de entrarmos nisso temos alguns típicos assuntos acadêmicos para tratar..." Jack pegou um papel que Liddy já tinha retirado da pilha e estendido na sua direção. "Obrigado, Liddy. Publicações! Sempre uma alegria. E publicações para este ano incluirão o livro do doutor J. M. Wilson, *Moinhos de vento em minha mente: em busca do sonho da energia natural*, Branvain Press, que será lançado em maio; o livro do doutor Stefan Guilleme, *Pintando de preto: aventuras na América minimalista*, Yale University Press, em outubro; *Fronteiras e interseções, ou Dançando com Anansi: um estudo dos mitemas caribenhos*, do professor Erskine Jegede, a ser publicado pela nossa própria Wellington Press em agosto..."

No decorrer dessa lista triunfante de publicações futuras, Howard rabiscou duas páginas inteiras, à espera da inevitável e já quase tradicional referência a ele próprio.

"E aguardamos... aguardamos", disse Jack em tom saudoso, "o livro do doutor Howard Belsey, *Contra Rembrandt: interrogando um mestre*, que... que..."

"Ainda sem data", confirmou Howard.

6.

À uma e meia as portas foram abertas. O "funil" que Jack French havia previsto manifestou-se na saída, onde os muitos membros do corpo docente forçaram passagem por uma fenda estreita. Howard enfiou-se no meio dos outros e foi escutando os mexericos, a maioria deles sobre Zora e seu discurso bem-sucedido. Sua filha tinha conseguido adiar a decisão sobre os alunos discricionários até a próxima reunião, dali a um mês. Dentro do sistema de Wellington, conseguir um adiamento desses era como acrescentar uma nova emenda à constituição. Howard estava com orgulho dela e de seu discursismo, mas lhe daria os parabéns mais tarde. Precisava sair daquela sala. Deixou-a conversando com simpatizantes e lançou um assalto determinado em direção à saída. Ao chegar ao corredor, virou à esquerda, evitando a multidão que seguia para o refeitório. Escapou por um dos corredores que conduzia ao saguão principal. A parede ali estava coberta de estojos de vidro, cada uma contendo seu espólio de troféus enferrujados, certificados com margens enroladas e fotos de alunos em trajes esportivos ultrapassados. Caminhou até o fim e se encostou na porta corta-fogo. Não era permitido fumar em lugar nenhum daquele prédio. Não ia fumar; ia apenas enrolar um para fumar lá fora. Apalpando os bolsos do paletó, encontrou o reconfortante pacotinho verde e dourado no forro interno. Só se pode comprar essa marca na Inglaterra, e no Natal, para fazer estoque, tinha comprado vinte pacotes no aeroporto. *Qual é a resolução de Ano Novo*, perguntara Kiki, *suicídio?*

"Então você está *aí*!"

A tripinha de tabaco aconchegado na palma da mão de Howard saltou para cima de seu sapato.

"Ops", disse Victoria, ajoelhando-se para resgatá-la. Levantou-se de novo com graça, a coluna vertebral parecendo desenrolar-se junta a junta até que estivesse reta como um poste, bem ao lado dele. "Alô, estranho."

Colocou o tabaco de volta na sua mão. Aquela proximidade provocava um choque visceral. Não a tinha visto desde aquela tarde. E, com o milagre da compartimentalização masculina, mal tinha chegado a pensar nela. Tinha assistido a filmes antigos com sua filha e feito caminhadas tranqüilas e meditativas ao lado da esposa; trabalhara um pouco em suas palestras sobre Rembrandt. Tinha lembrado, com a ternura pegajosa dos infiéis, de quanto era sortudo e abençoado por ter aquela família. Na verdade, vista como um conceito, como *conjectura*, "Victoria Kipps" tinha feito muito bem para o casamento de Howard e para seu estado mental como um todo. O conceito de Victoria Kipps tinha posto os predicados de sua esposa em perspectiva. Mas Victoria Kipps não era um conceito. Ela era real. Ela deu uma batidinha em seu braço.

"Andei procurando você", disse.

"Vee."

Ela olhou para ele com a mesma expressão entretida que tinha acabado de ver no pai. "*Sim*. O quê?"

"Vee... O que... o que você está *fazendo* aqui?"

Esmagou juntos o Rizla e o tabaco e jogou-os numa lata de lixo próxima.

"Bem, doutor Belsey, na verdade eu estudo aqui." Ela baixou a voz. "Tentei ligar para você." Enfiou as duas mãos no fundo dos bolsos da calça dele. Howard segurou aos mãos dela e removeu-as. Pegou-a pelo cotovelo e empurrou-a pela porta corta-fogo, que conduzia para o interior secreto do prédio: escadas de emergência, armários de limpeza e depósitos. Abaixo deles, o som de uma fotocopiadora bufando e tremendo. Howard desceu alguns degraus para olhar pela espiral do poço da escada até o porão, mas não havia ninguém. A fotocopiadora estava em piloto automático, regurgitando páginas e grampeando-as. Voltou andando devagar ao encontro de Victoria.

"Você não devia estar de volta às aulas tão cedo."

"Por que não? Qual o sentido de ficar em casa? Andei tentando ligar para você."

"Não faça isso", disse ele. "Não tente me ligar. É melhor assim."

Ali embaixo, naquele poço de escada sórdido, a luz natural entrava por duas janelas gradeadas de maneira igualmente penal e atmosférica, trazendo à mente de Howard a incongruente lembrança de Veneza. A luz caía com perfeição sobre a construção escultural de linhas e planos que era o rosto dela. Com isso, Howard foi tomado por uma premência emocional que ainda não havia sentido, ou pelo menos não até aquele momento.

"Apenas me esqueça, esqueça tudo. Por favor — faça isso."

"Howard, eu..."

"Não — Vee, foi loucura", disse, segurando-a pelos cotovelos. "E terminou. Foi *pura loucura.*"

Mesmo no horror e no pânico da situação, Howard parou para contemplar o drama, o simples e revigorante fato de voltar a envolver-se num drama desse tipo, o verdadeiro reduto da juventude, com seus esconderijos, vozes baixas e toques clandestinos. Mas então Victoria afastou-se dele e cruzou os braços sobre a barriga adolescente, retesada como um tambor.

"Humm, estou falando de *hoje à noite*", disse com sarcasmo. "É por isso que estava ligando para você. O jantar de Emerson Hall? Nós íamos juntos. Não é um pedido de casamento — por que *todo mundo* na sua família sempre acha que alguém quer casar com ele? Olha... só queria saber se você ainda vem. Vai ser uma encheção se eu precisar encontrar outra pessoa para ir agora. Oh, Deus... isso é constrangedor — esqueça."

"Emerson Hall?", repetiu Howard. A porta corta-fogo abriu-se. Howard colou-se à parede ao mesmo tempo que Vee se apertou contra o corrimão. Um aluno de mochila abriu caminho entre os dois, passou pela fotocopiadora e depois sumiu por uma porta que dava sabe-se lá onde.

"Deus, você é *tão* convencido", disse Victoria com um enfado que trouxe de volta a Howard parte da realidade daquela tarde no budoar. "É uma pergunta simples. E sabe: não fique *se achando.* Nunca pensei que caminharíamos de mãos dadas rumo ao pôr-do-sol. Você realmente *não é tão bom assim.*"

Essas palavras espanaram momentaneamente um pouco da poeira psicológica que havia entre os dois, mas era algo meio inerte, apenas ruído. Não se conheciam nem um pouco. Não era como tinha sido com Claire. Aquele fora um caso de dois velhos amigos perdendo a cabeça ao mesmo tempo, ambos na volta final de suas vidas. E Howard *soube*, mesmo enquanto acontecia, que estavam trocando de pista só de medo, só para ver se era diferente, melhor, mais fácil a sensação de correr na pista nova — já que tinham medo de continuar para sempre na pista que já ocupavam. Mas essa garota não tinha sequer entrado na corrida. Mas não era o caso de menosprezá-la por isso — Deus sabe que o próprio Howard só tinha ouvido o tiro de largada nos seus vinte e tantos anos. Mas ele tinha subestimado a estranheza de conversar sobre o futuro de sua vida com alguém cujo futuro ainda parecia desatado: um palácio de prazeres feito de escolhas, com infinitas portas, no qual só um tolo perderia tempo num único quarto.

"Não", concordou Howard, pois a concessão não significava nada. "Não sou tão bom assim."

"Não... mas... bem, você não é *péssimo*", disse ela aproximando-se dele e então, no último instante, girando o corpo de modo a se posicionar a seu lado, encostada na parede. "Você dá para o gasto. Comparado a certos punheteiros daqui."

Ela esfregou a pança dele com o cotovelo. "Enfim, se você está prestes a me abandonar para sempre, obrigada pela lembrancinha. Uma coisa bem 'amor cortês'."

Victoria mostrou uma tira de fotografias. Howard pegou-as sem reconhecê-las.

"Encontrei no meu quarto", sussurrou ela. "Devem ter caído do bolso da sua calça. Deste terno que você está usando agora. Você tem só um terno, não é?"

Howard aproximou mais a tira do rosto.

"Você é um tremendo de um *poseur*!"

Howard olhou mais de perto. As imagens estavam apagadas, gastas.

"Não faço a menor idéia de quando estas fotos foram tiradas."

"Claro", disse Victoria. "Diga isso ao juiz."

"Nunca as vi antes."

"Sabe no que pensei quando as vi? Nos retratos de Rembrandt. Não é? Não essa aí — mas olha *esta* aqui, com o cabelo todo por cima dos olhos. E funciona, porque você parece mais velho naquela do que *nesta*..." Ela estava inclinada perto dele, ombro a ombro. Howard tocou seu rosto delicadamente com o polegar. Era Howard Belsey. Era isso que as pessoas viam enquanto ele se deslocava pelo mundo.

"Mas enfim... elas são minhas agora", disse ela, tomando-as de volta. Dobrou a tira no meio e pôs no bolso.

"Hoje à noite, então — você me pega? Como nos filmes — estarei usando um *corpete* e mais tarde vomitarei no seu sapato."

Afastou-se dele e subiu um degrau, mantendo os braços esticados entre o corrimão e a parede, balançando para a frente e para trás, fatalmente parecida com um dos filhos de Howard no 83 da Langham.

"Eu acho que não...", Howard ia dizer, mas começou de novo. "O que era mesmo essa coisa aonde ficamos de ir?"

"Emerson Hall. Três professores por mesa. Você é meu. Comida, bebida, discursos, casa. Nada complicado."

"O seu... Monty — ele sabe que você vai comigo?"

Victoria revirou os olhos. "Não — mas ele vai achar *perfeito*. Ele acha que eu e Mike sempre devemos nos colocar no caminho dos liberais. Diz que dessa forma a gente aprende a não ser idiota."

"Victoria", disse Howard, fazendo um esforço para olhar em seus olhos, "acho que você devia encontrar outra pessoa para ir com você. Acho que é inadequado. E, para ser honesto, realmente não me encontro num estado ideal no momento para ir a uma..."

"Ai, meu *Deus* — alô? Garota cuja mãe acaba de morrer. Você é *tão* obcecado consigo mesmo, caramba."

Victoria subiu o resto da escada e pôs a mão na porta corta-fogo. Seus olhos se recobriram de lágrimas engatilhadas. Howard sentiu pena dela, naturalmente, mas acima de tudo achou que, se era para ela chorar, que fosse longe dali e longe dele, antes que alguém surgisse na escada ou na porta.

"É claro, eu reconheço que... é *claro*... só quero dizer que... sabe, fizemos essa... *terrível besteira* e a melhor coisa agora é parar exatamente onde — cortar por aqui, antes que mais pessoas se magoem."

Victoria deu uma risada horrível.

"*Mas não é verdade?*", implorou Howard num sussurro. "*Não seria o melhor a se fazer?*"

"Melhor para quem? Olha", disse ela, voltando três degraus, "se você cancelar agora, vai parecer ainda mais suspeito, na real. Está agendado — sou a líder da minha mesa, preciso ir. Já agüentei três semanas de cartões de pêsames e encheção de saco — queria apenas fazer algo *normal*."

"Entendo", disse Howard, desviando o olhar. Pensou em dizer alguma coisa sobre a curiosa escolha da palavra "normal", mas, apesar de todo o glamour e o topete de Victoria, seu estado agora era, acima de qualquer outra coisa, quebradiço. Ela estava quebrável como um todo, e havia uma ameaça nisso, em seu lábio inferior trêmulo; havia um alerta. Se ele a quebrasse, para onde voariam os pedaços?

"Então me encontre às oito na frente do Emerson, só isso, tá? Você vai usar esse terno aí? É para ser smoking, mas..."

A porta corta-fogo abriu-se.

"É preciso que me entregue o ensaio até segunda", disse Howard em voz alta, com o rosto contraído. Victoria fingiu aborrecimento, deu as costas e foi embora. Howard sorriu e acenou para Liddy Cantalino, que estava indo buscar suas fotocópias.

Naquela noite, quando Howard voltou para casa na hora do jantar, não havia jantar — era uma daquelas noites em que todos estão de saída. Procuravam-se chaves, grampos de cabelo, casacos, toalhas de banho, manteiga de cacau, frascos de perfume, carteiras, aqueles cinco dólares que estavam antes no aparador, um cartão de aniversário, um envelope. Howard, que pretendia sair de novo com o mesmo terno que estava usando, sentou no banco da cozinha como um sol agonizante ao redor do qual gravitava a sua família. Embora Jerome tivesse retornado a Brown dois dias antes, o clamor ruidoso não tinha diminuído, o mesmo valendo para a sensação de hiperlotação nos corredores e escadas. Aquela era a sua família, e eles eram muitos.

"*Cinco dólares*", disse Levi, dirigindo-se de repente ao pai. "Estavam no *aparador.*"

"Desculpe — não os vi."

"E o que é que eu *faço*, então?", cobrou Levi.

Kiki entrou de chofre na cozinha. Estava linda, vestindo um terninho de seda verde com gola Nehru. A metade inferior de sua trança comprida tinha sido desfeita e untada, fazendo com que os cachos livres caíssem separados. Nas orelhas, usava as únicas pedras que Howard tivera condições de lhe dar: duas gotas de esmeralda simples que tinham pertencido à sua mãe.

"Você está ótima", disse Howard com sinceridade.

"*Quê?*"

"Nada. Você está ótima."

Kiki franziu o cenho e balançou a cabeça, descartando a quebra inesperada em sua cadeia de pensamentos.

"Olha, preciso que assine este cartão. É para Theresa, do hospital. É aniversário dela — não sei de quantos anos, mas Carlos vai abandoná-la e ela está se sentido péssima. Eu e uma parte da mulherada vamos sair com ela para beber. Você *conhece* Theresa, Howard — é uma daquelas pessoas que existem no planeta mas que não são você. *Muito* obrigada. Levi, você também. Apenas assine, não precisa escrever nada. E é dez e meia para você — não mais que isso. Noite de escola. Onde está Zora? É melhor ela assinar também. Levi, você já botou créditos no celular?"

"Como posso botar crédito nele se as pessoas ficam roubando meus pilas do balcão? Me diga!"

"Deixe um número onde eu possa achar você, tá?"

"Vou sair com o meu *amigo*. Ele não tem telefone."

"Levi, que espécie de amigo não tem telefone? Quem *são* essas pessoas?"

"Mãe, seja honesta", disse Zora, entrando de costas e vestindo um cetim azul elétrico, com as mãos sobre a cabeça. "Como fica este vestido no quesito bunda?"

Quinze minutos depois, possibilidades de caronas, ônibus e táxis estavam sendo discutidas. Howard desceu do banco em silêncio e vestiu o sobretudo. Isso surpreendeu sua família.

"Aonde é que você *vai*?", perguntou Levi.

"Coisa de faculdade", disse Howard. "Jantar num dos salões de clube."

"Um dos jantares?", disse Zora em tom de zombaria. "Você nem falou nada. Achei que não iria, este ano. Qual salão?" Estava enfiando nas mãos um longo par de luvas de debutante que iam até os cotovelos.

"Emerson", disse Howard, hesitante. "Mas não vamos nos ver, né? Você vai ao Fleming."

"Por que *você* vai ao Emerson? Você nunca vai ao Emerson."

Howard teve a impressão de que toda sua família estava interessada demais no assunto. Estavam em pé formando um semicírculo, vestindo os casacos, aguardando sua resposta.

"Uns ex-alunos meus pediram...", começou a dizer, mas Zora já estava falando por cima dele.

"Bem, sou líder da mesa — convidei Jamie Anderson. Estou atrasada, na verdade — tenho que correr." Ela avançou para dar um beijo no rosto do pai, mas Howard esquivou-se.

"Por que convidou Anderson? Por que não me convidou?"

"*Pai*, fui com você ano passado."

"*Anderson?* Zora, ele é uma fraude completa. Pouco mais que um pós-adolescente. É um tapado, na verdade, é isso que ele é."

Zora sorriu — ficou envaidecida com a demonstração de ciúme.

"Ele não é tão ruim assim, no fundo."

"Ele é ridículo — você me *contou* sobre como a aula dele é ridícula. Panfletos de protesto pós-nativo-americanos ou seja lá o que for. Só não entendo por que você teria interesse em..."

"Pai, ele é legal. Ele é... novo — tem novas idéias. Vou levar Carl também — Jamie se interessa por etnicidade oral."

"Aposto que sim."

"Pai, tenho que ir."

Ela beijou seu rosto com delicadeza. Nada de abraço. Nada de esfregar sua cabeça.

"Peraí!", disse Levi. "Preciso de carona!", e foi seguindo a irmã até a porta.

E agora Kiki estava prestes a abandoná-lo também, sem dizer tchau. Mas então, na soleira da porta, ela se virou, veio em direção a Howard e segurou seu braço pelo bíceps frouxo. Trouxe a orelha dele para perto de sua boca.

"Howard, Zoor idolatra você. Não seja bobo em relação a isso. Ela queria ir com você, mas há pessoas na turma dela insinuando que ela recebe algum tipo de... não sei... tratamento privilegiado."

Howard abriu a boca para protestar, mas Kiki deu batidinhas no seu ombro. "Eu sei — mas eles não precisam de um motivo. Acho que algumas pessoas estão pegando bem pesado. Isso anda atormentando Zora. Ela tocou no assunto em Londres."

"Mas por que ela não falou comigo a respeito?"

"Querido, para ser honesta, você parecia um pouco absorto em Londres. E você estava escrevendo, e ela gosta de ver você trabalhando — não queria incomodá-lo com o assunto. Não importa o que pense", disse Kiki dando uma apertadinha no braço dele, "todos queremos que você trabalhe bem. Olha, tenho que ir."

Ela beijou-lhe o rosto como tinha feito Zora, nostalgicamente. Uma referência a um afeto anterior.

7.

Em janeiro, no primeiro baile a rigor do ano, a tremenda força de vontade das alunas de Wellington é revelada. Infelizmente, para essas jovens, essa demonstração de pura vontade é creditada à "feminilidade" — a mais passiva das virtudes — e, como resultado, não contribui para o seu Coeficiente de Rendimento. É injusto. Por que não há recompensas para a garota que passa fome durante o período de Natal — recusando todos os doces, assados e licores que lhe são oferecidos — para que possa aparecer no baile de janeiro usando um vestido decotado nas costas e sapatos abertos, apesar da temperatura estar próxima do congelante e de a neve cobrir o solo com uma camada espessa? Howard, que vestia um sobretudo que ia até o chão, luvas, sapatos de couro e um cachecol grosso da universidade, ficou parado no portão do Emerson observando com genuíno espanto a névoa de flocos brancos cair sobre ombros e mãos despidos, os homens vestidos abraçando suas parceiras decorativas e seminuas para juntos desviarem das poças e montes de neve como dançarinos de salão numa trilha de obstáculos. Todas pareciam princesas — mas que aço deviam ocultar por dentro!

"Boa noite, Belsey", disse um velho historiador conhecido de Howard. Howard recebeu o cumprimento com um aceno de cabeça e deu passagem ao homem. O companheiro do historiador para a noite era um rapaz. Howard achou que pareciam mais felizes do que os parceiros aluno-docente de sexos distintos que passavam a intervalos pelo portão. Era uma velha tradição, esse jantar, mas não era uma tradição muito agradável. Nunca era a mesma coisa dar aula ao aluno em questão depois de vê-lo em roupas de festa — embora no caso de Howard, é claro, a linha já tivesse sido cruzada antes, e como. Howard ouviu soar a primeira campainha para o jantar. Era o chamado para que as pessoas sentassem nos seus lugares. Manteve as mãos nos bolsos e esperou. Estava frio demais até para fumar um cigarro. Olhou adiante para o outro lado da Wellington Square, para as torres brancas e cintilantes da universidade e as árvores perenes ainda envoltas em luzes natalinas. Naquele clima severo os olhos de Howard lacrimejavam sem parar. Para ele, qualquer luz elétrica se espalhava e faiscava; postes de iluminação pública lançavam cascatas de fagulhas; as luzes dos semáforos transformavam-se em fenômenos naturais, resplandecendo e pulsando como a aurora boreal. Ela já estava dez minutos atrasada. O vento soprava a neve para o alto em rajadas horizontais. A quadra atrás dele parecia uma tundra ártica. Mais cinco minutos. Howard passeou pelo Emerson Hall propriamente dito e parou bem na entrada, onde ela não poderia passar sem ser vista. Como todos já tinham se sentado, teve como companhia os garçons à espera, muito negros em suas camisas brancas, segurando alto aquelas bandejas de camarão de Wellington que sempre tinham um aspecto melhor do que o gosto. Comportavam-se de maneira informal ali, rindo e assobiando, falando em seu crioulo barulhento, tocando uns nos outros. Nada a ver com os servos silenciosos e dóceis em que se transformavam no salão. Um grupo deles fez fila bem ao lado de Howard, segurando suas travessas e agitando-se como jogadores de futebol no túnel, prontos para entrar correndo no campo. O estampido de uma porta lateral fez todos se virarem para olhar ao mesmo tempo, Howard entre eles. Quinze rapazes brancos de paletós pretos e coletes dourados combinando começaram a passar pelo corredor. Organizaram-se rapidamente em escadinha na escadaria principal. O mais gordo começou a cantar uma nota limpa e regular que foi harmonizada pelos outros até que um acorde quase insuportavelmente envolvente pairou no ar. Vibrava com tanta brutalidade que Howard o sentiu dentro do corpo, como se estivesse ao lado de um aparelho de som no máximo. A porta da frente se abriu.

"Merda! Desculpe pelo atraso — desculpe. Crise vestuária."

Victoria, vestindo um casaco muito comprido, limpou a neve dos ombros. Os rapazes, aparentemente satisfeitos com a passagem de som, pararam de cantar e marcharam em grupo de volta para o aposento de onde tinham saído. Um respingo de aplauso — que soou nitidamente irônico — foi produzido pelos garçons.

"Você está muito atrasada", disse Howard fazendo cara feia para os cantores em retirada, mas Victoria não respondeu. Estava ocupada tirando o casaco. Howard virou-se de novo para ela.

"O que você acha?", perguntou ela, embora a resposta pudesse ser apenas uma. Usava um reluzente terninho branco, decotado. Aparentemente, não havia nada por baixo. A cintura era tão justa quanto podia ser; seu traseiro estava insolente. Seus cabelos tinham mudado outra vez. Dessa vez estavam repartidos do lado e empapados de creme como naquelas antigas fotos de Josephine Baker. Seus cílios pareciam mais longos que o normal. Cada homem e mulher na fila de garçons grudou os olhos nela.

"Você está...", tentou Howard.

"É, bem... achei que um de nós devia usar um bom terno."

Entraram no salão ao mesmo tempo que os empregados e foram feliz-

345

mente obscurecidos por eles. Howard temia que todas as atividades e conversas do recinto se interrompessem caso os convidados se deparassem de forma direta com a beleza inacreditável que caminhava a seu lado. Sentaram em seus lugares numa longa mesa que se alinhava à parede leste. Havia quatro professores na mesa junto com seus alunos acompanhantes, e o resto dos assentos era ocupado por calouros de outros salões que tinham pago ingresso. Esse padrão se repetia por todo o salão. Numa mesa perto do palco frontal, Howard avistou Monty. Estava sentado com uma garota negra que usava o cabelo num estilo parecido com o de Victoria. Ela e todos os outros alunos da mesa estavam com o foco fixo em Monty, que discursava no seu estilo conhecido.

"Seu *pai* está aqui?"

"Sim", disse Victoria em tom inocente, abrindo o guardanapo branco sobre seu colo branco. "Ele é Emerson — você não sabia?"

Pela primeira vez passou pela cabeça de Howard que aquela garota deslumbrante e solteira de dezenove anos que estava dando sua atenção a um homem casado de cinqüenta e sete anos (ainda que com a cabeça cheia de cabelos) poderia ter outros motivos além de uma pura paixão animal. Será que ele — como diria Levi — estava sendo vítima de uma falcatrua? Mas Howard foi impedido de prosseguir com sua reflexão sobre esse tópico por um velho de chapéu e toga que se levantou, deu boas-vindas a todos e disse alguma coisa comprida em latim. A campainha soou de novo. Os garçons entraram. As luzes no alto atenuaram-se, permitindo que as velas das mesas oferecessem sua luminosidade bruxuleante. Os garçons do vinho passaram na mesa, curvando-se com delicadeza por cima dos ombros dos comensais, finalizando cada derramamento com um giro elegante da garrafa. Em seguida vieram as entradas. Consistiam em dois dos camarões que Howard tinha visto no saguão dispostos ao lado de uma tigela de sopa de mariscos acompanhada de seu pacote de croutons. Howard passara dez anos lutando com aqueles pacotinhos de Wellington Town Croutons e tinha aprendido a deixá-los em paz. Victoria rasgou o seu e fez três deles voarem no peito de Howard. Ela riu. Seu riso era cativante — ela tirava *folga de si mesma* quando ria, de certa forma. Mas depois a performance prosseguiu; ela partiu o pãozinho e falou com ele naquele estilo malicioso e satírico que parecia julgar sedutor. Do outro lado, uma garota simples e tímida do MIT, visitante, estava tentando lhe explicar que tipo de física experimental estudava. Enquanto comia, Howard tentava ouvir. Fez questão de fazer-lhe uma série de perguntas interessadas; esperava que isso pudesse minimizar o efeito do franco desinteresse de Victoria. Mas depois de dez minutos suas perguntas aplicáveis se esgotaram. A física e o historiador da arte se equipararam em termos técnicos intraduzíveis, em dois mundos que nunca coalesceriam. Howard entornou seu segundo copo de vinho e pediu licença para ir ao banheiro.

"Howard! Hahahahaha! Bom lugar para nos encontrarmos. Deus do céu, essas coisas, hein? Essas *porras* dessas coisas. Uma vez por ano e mesmo assim é demais!"

Era Erskine, bêbado, cambaleante. Ele veio para perto de Howard e abriu o zíper. Howard não conseguia mijar perto de conhecidos. Fingiu ter acabado e foi até a pia.

"Você parece estar lidando bem com isso. Ersk, como conseguiu já se encharcar de bebida a esse ponto?"

"Fiquei uma hora bebendo antes, só para me preparar. John Flanders — conhece?"

"Acho que não."

"Tem sorte. Meu aluno mais maçante, feio e *burro*. Por quê? Por que os alunos que querem conviver com você são sempre aqueles com quem você menos quer conviver?"

"É passivo-agressivo", brincou Howard, ensaboando as mãos. "Eles sabem que você não gosta deles. E estão tentando pegar você — apanhá-lo desprevenido e tenso o bastante para admiti-lo."

Erskine terminou sua mijada vigorosa com um suspiro, fechou o zíper e juntou-se a Howard na pia. "E você?"

Howard encarou a própria imagem no espelho. "Victoria Kipps."

Erskine deu um assobio lascivo, e Howard sabia o que estava por vir. Conversas sobre mulheres atraentes sempre faziam cair a máscara de charme do rosto de Erskine. Era um lado dele que Howard sempre conhecera, mas com o qual escolhera não perder tempo. A bebida só piorava: "Essa garota", sussurrou Erskine, balançando a cabeça. "Ela me dá *pontadas* nos olhos. O cara precisa amarrar o pau na coxa quando passa por ela no corredor. Não venha *você* olhar para mim *desse* jeito. Vamos — você não é um anjo a esse ponto, Howard, todos sabemos disso agora. Ela é uma coisa! Só cego para não ver. Como é que ela pode ser parente de uma morsa como Monty?"

"É uma garota atraente", concordou Howard. Pôs as mãos embaixo do secador, torcendo para que o ruído calasse a boca de Erkine.

"Os garotos de hoje em dia — eles têm sorte. Sabia disso? Essa geração de garotas sabe como usar o corpo. Elas *entendem* o poder que têm. Quando me casei com Caroline, ela era linda, sim, claro. *Na cama, era como uma colegial sulista*. Como uma *criança*. E agora somos velhos demais. Sonhamos, mas não podemos tocar. Imagine *ter* a senhorita Kipps! Mas esse tempo já passou!"

Erskine deixou cair a cabeça, sofrendo de brincadeira, e seguiu Howard para fora do toalete. Howard precisou se conter para não revelar a Erskine que ele *tinha* tocado, que *seu* tempo ainda não havia passado. Apressou um pouco o passo, ansioso para retornar à mesa. Ouvir outro homem falando de Victoria daquela maneira reavivou seu desejo por ela.

"De volta ao combate",* disse Erskine na porta do salão, depois esfregou as mãos e foi para a sua mesa, abandonando Howard. Um fluxo de garçons estava saindo ao mesmo tempo que os dois entraram. Howard sentiu sua brancura enquanto passavam por ele; era como um turista abrindo caminho numa viela lotada de caribenhos. Conseguiu finalmente chegar à sua cadeira. Ao sentar, teve o rápido pensamento pornográfico de introduzir os dedos em Vee por baixo da mesa, e de levá-la ao clímax desse modo. A realidade se impôs. Ela vestia calça comprida. E estava ocupada, falando muito alto com a moça tímida, com o rapaz a seu lado, com o rapaz do lado dele. Suas fisionomias deram a Howard a impressão de que ela não tinha parado de falar desde que ele abandonara a mesa.

"Mas, enfim, esse é o tipo de pessoa que eu *sou*", estava dizendo. "Sou o tipo de pessoa que considera esse tipo de comportamento fora de questão, é o meu jeito, fazer o quê. Não devo satisfações a ninguém. Sinto que mereço esse tipo de respeito. Sou muito *clara* em relação aos meus limites..."

Howard pegou o cartão à sua frente para descobrir o que o menu ainda reservava.

---

* *Henrique V*, de Shakespeare. No original: *"Once more unto the breach"*. (N. T.)

Canto

Frango alimentado com milho envolvido em presunto
de parma sobre risoto de ervilha-de-cheiro

Pronunciamento da dra. Emily Hartman

Torta de limão-galego

Howard esperava por isso, é claro. Mas não sabia que a hora chegaria
tão cedo. Teve a sensação de que não tivera a oportunidade de preparar-se
adequadamente. Agora era tarde demais para sair de novo; a campainha estava tocando. E então eles vieram, os rapazes de colete dourado com penteados à moda F. Scott Fitzgerald e faces coradas. Subiram ao palco em meio
a fortes aplausos — pode-se dizer que *trotaram* até o palco. Mais uma vez,
dispuseram-se numa formação em escadinha, os mais altos atrás, os loiros no
meio e o gordo na frente e no centro. O gordo abriu a boca e emitiu aquela
nota parecida com a de um sino, impregnada de um esnobe sotaque bosto-
niano. Seus companheiros harmonizaram com perfeição. Howard sentiu a
perturbação familiar manifestando-se atrás de seus olhos, que se encheram
de água instantaneamente. Mordeu o lábio e apertou os joelhos juntos. Tudo seria muito agravado pelo fato de não ter esvaziado a bexiga. No resto da
mesa, nove rostos em perfeita compostura estavam voltados para o palco, à
espera do entretenimento. O lugar estava em silêncio, excluindo-se o acorde
tremulante. Howard sentiu Victoria tocar seu joelho por baixo da mesa. Afastou a mão dela. Precisava concentrar todas as energias em manter seu hiper-
desenvolvido senso de ridículo sob o jugo de sua vontade. Até onde ia sua
força de vontade?

Há dois tipos diferentes de coral no mundo. O primeiro tipo canta su-
cessos de barbearia e melodias de Gershwin, balançando suavemente, indo
de um lado para o outro e às vezes estalando os dedos e pestanejando. Howard até conseguia lidar com esse tipo. Tinha sobrevivido a ocasiões agra-
ciadas por corais dessa variedade. Mas esses rapazes não eram dessa variеda-
de. Balançar, estalar dedos e pestanejar era só o seu *aquecimento*. Para essa
noite, o coral tinha escolhido *Pride (In the name of love)*, do U2, como nú-

mero de abertura, dando-se ao trabalho de transformá-lo num samba. Balançavam, estalavam dedos e pestanejavam. Executavam giros sincronizados. Trocavam de lugar uns com os outros. Moviam-se para a frente, moviam-se para trás — sempre mantendo a formação. Sorriam o tipo de sorriso que se usa para convencer um maluco a desistir de apontar uma arma para a cabeça da sua mãe. Um dos rapazes, fazendo uso dos pulmões, começou a reproduzir a linha de baixo da gravação original. E então Howard não pôde mais segurar. Começou a tremer e, entre lágrimas e barulho, optou pelas lágrimas. Em poucos segundos seu rosto estava encharcado. Seus ombros reviravam-se. O esforço de não produzir ruído estava arroxeando seu rosto. Um dos rapazes se destacou da formação para executar um *moonwalk*. Howard pressionou um guardanapo grosso de algodão contra o rosto.

"Pára!", sussurrou Victoria, beliscando seu joelho. "Todo mundo está *olhando*."

Era surpresa para Howard que uma garota tão acostumada a olhares pudesse detestar tanto esse outro tipo de atenção. Howard retirou o guardanapo com uma expressão de pedido de desculpas, mas o resultado foi a liberação do barulho. Uma risada parecida com um guincho tomou conta do lugar. Isso chamou a atenção da mesa de Howard e das quatro mesas próximas. Chegou até mesmo à mesa de Monty, cujos comensais viraram a cabeça à procura da perturbação insolente, sem conseguir localizá-la.

"O que você está *fazendo*? É sério? *Pára!*"

Howard gesticulou, comunicando incapacidade. Seu guincho tornou-se uma buzina.

"Com licença", disse na mesa de trás uma professora austera que ele não conhecia, "mas você está sendo muito mal-educado."

Mas Howard não conseguia encontrar um lugar para enfiar a cara. Podia virar o rosto para o coral ou para seus companheiros de jantar, que estavam todos tentando desligar-se dele no momento, deitando-se no encosto de suas cadeiras e cravando os olhos no palco.

"Por favor", disse Victoria com insistência, "não tem graça. Você está me *envergonhando*, para falar a verdade."

Howard olhou de novo para o coral. Tentou pensar em coisas sem graça nenhuma: morte, divórcio, impostos, seu pai. Mas algo nas batidas de palmas do gordo o fizeram perder as estribeiras. Ejetou-se da cadeira, derrubou-a, colocou-a de novo em pé e fugiu pelo corredor central.

Quando Howard chegou em casa, estava naquele estágio intermediário de embriaguez. Bêbado demais para trabalhar, bêbado de menos para dormir. A casa estava vazia. Foi até a sala de estar. Ali se encontrava Murdoch, enrodilhado. Howard se abaixou e acariciou sua pequena face canina, puxando a pele marrom-rosada da mandíbula e expondo os dentes sem ponta e inofensivos. Murdoch se remexeu contrariado. Quando Jerome era bebê, Howard gostava de entrar no quarto e tocar na cabeça de crepe de seu filho, sabendo que ele acordaria, *querendo* que acordasse. Gostava daquela companhia morna e cheirando a talco em cima do seu colo, os pequenos dedos de bebê esticando-se em direção ao teclado. Era um computador, naquela época? Não: uma máquina de escrever. Howard ergueu Murdoch de seu cesto fedorento, enganchou-o no braço e levou-o até a estante de livros. Passou os olhos inquietos pelo arco-íris de lombadas e títulos. Cada um deles, porém, encontrava resistência na alma de Howard — não queria ficção nem biografia, não queria poesia nem nada acadêmico escrito por alguém conhecido. O sonolento Murdoch latiu de leve e teve dois dedos de Howard colocados na boca. Com a mão livre, Howard tirou da estante uma edição de virada de século de *Alice no País das Maravilhas* e a levou junto com Murdoch para o sofá. Assim que foi solto, Murdoch retornou ao cesto. Pareceu lançar um olhar ressentido para Howard ao fazê-lo, e, tendo reassumido a posição anterior, escondeu a cabeça entre as patas. Howard pôs uma almofada numa das pontas do sofá e esticou-se sobre ele. Abriu o livro e foi atraído por um punhado de expressões em caixa alta.

MUITO

TIROU UM RELÓGIO DO BOLSO DO CASACO

GELÉIA DE LARANJA

BEBA-ME

Leu algumas linhas. Desistiu. Olhou as figuras. Desistiu. Fechou os olhos. Em seguida, um volume grande e pesado afundou o sofá perto de sua coxa e uma mão tocou seu rosto. A luz da varanda estava acesa, banhando a sala em âmbar. Kiki tirou o livro de suas mãos.

"Que complexo. Vai ficar aqui embaixo?"

Howard encolheu-se um pouco. Aproximou a mão do olho e cavoucou um pedacinho duro de remela. Perguntou as horas.

"Tarde. As crianças já voltaram — não os ouviu?"

Howard não tinha ouvido.

"Você voltou cedo para casa? Gostaria que tivesse me avisado — teria pedido que levasse o Doc para passear."

Howard se encolheu mais ainda e segurou o pulso dela. "Traguinho", disse, e precisou repetir, porque a primeira vez não passou de um coaxo.

Kiki balançou a cabeça.

"Keeks, por favor. Só unzinho."

Kiki pressionou as palmas das mãos contra os olhos. "Howard, estou muito cansada mesmo. Tive uma noite emotiva. E é um pouco tarde para beber, para mim."

"Por favor, querida. Um."

Howard ficou em pé e foi até o armário de bebidas, ao lado do aparelho de som. Abriu a portinha e virou-se para ver Kiki, que estava ali parada. Lançou-lhe um olhar implorante. Ela suspirou e sentou-se. Howard trouxe uma garrafa de Amaretto e dois copos de conhaque. Era uma bebida que Kiki adorava, e ela inclinou a cabeça para reconhecer, com rancor, a boa escolha. Howard sentou perto da esposa.

"Como estava Tina?"

"*Theresa.*"

"Theresa."

Depois disso nada. Howard aceitou o tamborilar de raiva silenciosa que veio de Kiki em ondas. Ela bateu com os dedos no couro do sofá. "Bem, ela está pê da vida. Carlos é um tremendo de um filho-da-puta. Já meteu os advogados. Theresa nem sabe quem é a mulher. Blablablá. Os pequenos, Louis e Angela, estão arrasados. Agora estão indo para o tribunal. Não faço a mínima *idéia* do porquê. Eles não têm nem dinheiro para disputar."

"Ah", disse Howard, desqualificado para dizer qualquer coisa mais. Serviu dois copos de Amaretto, entregou um deles a Kiki e aproximou seu copo do dela. Levantou seu copo no ar. Ela estreitou os olhos mas brindou.

"Então. Lá se vai mais um", disse ela, olhando para a silhueta do salgueiro através da porta-balcão. "Este ano... parece que está todo mundo desabando ao redor de nós. Não somos apenas nós. É *todo mundo*. Já é o quarto caso desde o verão. Dominós. Plop, plop, plop. É como se o casamento de todo mundo tivesse tempo programado. É patético."

Howard inclinou-se na direção dela, mas não disse nada.

"É pior do que isso — é *previsível*." Kiki suspirou. Chutou longe sua sapatilha e estendeu o pé descalço na direção de Murdoch. Traçou a linha de sua espinha com o dedão.

"Precisamos muito conversar, Howard", disse ela. "Não dá para continuar assim. Precisamos conversar."

Howard recolheu os lábios dentro da boca e olhou para Murdoch. "Mas não agora", disse.

"Bem, *precisamos* conversar."

"Estou concordando com você. Só estou dizendo não agora. Não agora."

Kiki encolheu os ombros e continuou a fazer carinho em Murdoch. Passou o dedão por baixo de sua orelha e virou-a. A luz da varanda apagou e mergulhou-os numa escuridão suburbana. A única luz restante era de uma lâmpada pequena debaixo do exaustor da cozinha.

"Como foi o seu jantar?"

"Constrangedor."

"Por quê? Claire estava lá?"

"*Não*. Isso não é nem..."

Ficaram em silêncio de novo. Kiki expirou com força. "Desculpe. Por que foi constrangedor?"

"Tinha um coral."

Howard pôde ver Kiki sorrir nas sombras. Não olhou para ele, mas sorriu. "Ai, Jesus. Não *pode* ser."

"Coral completo. Coletes dourados."

Kiki, ainda sorrindo, fez que sim com a cabeça várias vezes, bem rápido. "Eles cantaram *Like a virgin*?"

"Cantaram uma música do U2."

Kiki passou a trança para a frente do corpo e enrolou a ponta no pulso.

353

"Qual?"

Howard disse qual. Franzindo a testa, Kiki terminou o Amaretto e serviu-se outra dose. "Não... não conheço essa — como é?"

"Você quer saber como ela *realmente* é ou como eles cantaram?"

"Mas não deve ter sido pior do que aquela vez. Não pode. Meu Deus, eu quase *morri* aquela vez."

"Yale", disse Howard. Ele sempre fora o repositório de suas datas, nomes, lugares. Acreditava que esse era o seu lado feminino. "O jantar para Lloyd."

"Yale. A vingança do soul dos garotos brancos. Oh, meu Senhor. Tive que sair do salão. Estava me debulhando em lágrimas. Ele *ainda* quase não fala comigo, por causa daquela noite."

"Lloyd é um babaca empolado."

"É verdade...", ruminou Kiki, girando a haste do copo entre os dedos. "Mesmo assim, eu e você *não* nos comportamos bem aquela noite."

Um cão uivou lá fora. Howard tinha consciência de que o joelho de Kiki, coberto por seda crua verde, estava encostado no seu. Ainda não saberia dizer se ela também havia notado.

"Dessa vez foi pior", disse ele.

Kiki assobiou. "Não", disse, "não, você *não* está aí sentado me dizendo que foi tão ruim quanto em Yale. Isso nem sequer é possível."

"Pior."

"Não acredito em você, desculpe."

Então Howard, que tinha uma voz melódica, deu início a uma imitação competente.

Kiki segurou o queixo. Seu peito sacudiu. Estava contendo os risinhos dentro do peito, mas então sua cabeça dobrou para trás e lá veio aquela risada em alto e bom som. "Você está *inventando* essa merda."

Howard balançou a cabeça em negação. Continuou cantando.

Kiki sacudiu o dedo na direção dele. "Não, não, não — preciso ver os sinais com as *mãos*. Não é a mesma coisa sem tudo aquilo."

Howard levantou de seu assento, ainda cantando, e virou de frente para o sofá. Não fez nada físico por enquanto; antes, precisava visualizar os movimentos, para então encaixá-los em seu corpo descoordenado. Passou por um breve instante de pânico, sentindo-se incapaz de abranger a idéia e os mús-

354

culos no mesmo pensamento. De repente, veio. Seu corpo sabia o que fazer. Começou com um giro e um estalar de dedos.

"Ah, nem *vem. Não* acredito em você! Não! Eles *não* fizeram isso!"

Kiki caiu sobre as almofadas, tudo nela balançando. Howard aumentou o andamento e o volume, fazendo movimentos cada vez mais seguros e elaborados com os pés.

"Ai, *minha* mãe do céu. O que você *fez?*"

"Tive que sair", disse Howard rapidamente, e seguiu cantando.

A porta do quarto de Levi no porão se abriu. "Yo! Baixa a *bola*, meu. Tem gente tentando dormir!"

"Desculpe!", sussurrou Howard. Sentou, pegou o copo e levou-o à boca, ainda rindo, querendo abraçá-la, mas na mesma hora Kiki levantou-se, agitada, como uma mulher que se lembra de uma tarefa que não concluiu. Ela também continuava rindo, mas não com alegria, e, à medida que foi diminuindo, o riso tornou-se uma espécie de grunhido, depois um suspiro delicado, depois nada. Kiki esfregou os olhos.

"Bem", disse ela. Howard largou o copo na mesa, pronto para dizer algo, mas ela já estava na porta, avisando que no closet do andar de cima havia um lençol limpo para o divã.

8.

Levi precisava dormir. Tinha de acordar cedo para dar um pulo em Boston e voltar para a escola até o meio-dia. Às oito e meia estava na cozinha, chaves no bolso. Antes de sair passou na despensa sem saber muito bem o que estava procurando. Quando era criança, acompanhou a mãe em idas a bairros de Boston, onde visitava pessoas doentes ou solitárias que conhecia do hospital. Sempre chegava trazendo comida. Mas Levi nunca tinha feito esse tipo de visita, não como um adulto. Passou os olhos pela despensa. Escutou uma porta abrindo no andar de cima. Pegou três pacotes de sopa de macarrão asiática e uma caixa de pilafe de arroz, enfiou-os na mochila e saiu de casa.

O uniforme das ruas justifica sua existência no frio de janeiro. Enquanto os outros tremiam, Levi estava quentinho com seus abrigos e capuzes, en-

355

rolado ali dentro com sua música. Parou no ponto de ônibus recitando involuntariamente, escutando uma música que clamava por uma garota bem na sua frente, movendo-se junto com ele, encaixando suas curvas em seu talhe esculpido, requebrando. Mas a única mulher à vista era a Virgem Maria de pedra atrás dele, no pátio da St. Peter. Tinha, como sempre, os dois polegares faltando. Suas mãos estavam cheias de neve. Levi examinou seu rosto belo e melancólico, conhecido de tantas esperas no ponto de ônibus. Gostava de dar uma olhada no que ela estava segurando. No fim da primavera ela segurava pétalas de flores que choviam das árvores acima. Quando o clima ficava menos volátil, as pessoas colocavam todo tipo de coisas esquisitas em suas mãos mutiladas — chocolatinhos, fotografias, crucifixos, um ursinho de pelúcia, certa vez —, ou às vezes amarravam uma fita de seda em seu pulso. Levi nunca tinha colocado nada em suas mãos. Não se sentia no direito de fazê-lo, não sendo católico. Não sendo nada.

O ônibus se aproximou. Levi não percebeu. No último instante, fez sinal. O ônibus cantou pneu e parou a poucos metros dele. Foi em direção a ele com sua ginga manca.

"Ô meu, que tal fazer sinal um pouco *antes* na próxima vez?", disse o cara do ônibus. Tinha um daqueles sotaques bostonianos pesados pra burro. *Hah-vahd*, em vez de Harvard. Fazia *"cost"* soar como *"cast"*. Era um daqueles velhos gordões de Boston com manchas na camisa que tinham cargo público e gostavam de chamar os irmãos de *meu*.

Levi enfiou as quatro moedas de vinte e cinco na caixa.

"Eu *disse* que tal avisar antes, jovenzinho, para que eu possa parar com segurança?"

Levi retirou lentamente um de seus fones de ouvido. "Tá falando comigo?"

"Sim, estou falando com você."

"Ei, camarada, será que dá para fechar essa porta e acelerar o ônibus?", gritou alguém dos fundos.

"Tá bom, *tá — bom*!", gritou o cara do ônibus.

Levi pôs de novo os fones, fez uma cara invocada e andou até o fundo do ônibus.

"Irritadinho de uma...", começou a dizer o cara do ônibus, mas Levi não escutou o resto. Sentou-se e apoiou o lado da cabeça no vidro gelado. Torceu em silêncio por uma garota que estava correndo na colina cheia de neve para alcançar o ônibus no próximo ponto, com a ponta do cachecol esvoaçando atrás dela.

Quando o ônibus chegou à Wellington Square, conectou-se aos cabos elevados e desceu para o subterrâneo, indo parar em frente à estação de metrô que leva para Boston. No metrô, Levi comprou uma rosquinha e um chocolate quente. Entrou no trem e desligou o iPod. Abriu um livro no colo e prendeu as páginas abertas com os cotovelos, deixando as duas mãos livres para segurar o chocolate quente e absorver calor. Era o horário de leitura de Levi, essa meia hora de jornada até a cidade. Tinha lido mais no metrô do que nas aulas. O livro de hoje era o mesmo que vinha lendo desde muito antes do Natal. Levi não era um leitor veloz. Lia talvez uns três volumes por ano, e somente em circunstâncias excepcionais. Esse era o livro sobre o Haiti. Faltavam cinqüenta e uma páginas. Se lhe pedissem um relatório de leitura, precisaria dizer que a principal impressão que extraíra do livro até agora era a de que existe um pequeno país, um país *muito próximo dos Estados Unidos e do qual nunca se ouve falar*, onde milhares de negros foram escravizados, lutaram e morreram nas ruas por sua liberdade, tiveram os olhos arrancados e os testículos chamuscados, foram atacados a golpes de machete e linchados, estuprados e torturados, oprimidos e reprimidos e todos os idos que existem... e tudo para que um sujeito possa viver na única casa bacana do país inteiro, uma grande casa branca em cima de um morro. Não saberia dizer se essa era a *verdadeira* mensagem do livro — mas era o que Levi achava. Esses irmãos tinham *obsessão* pela tal casa branca. Papa Doc, Baby Doc. Era como se tivessem passado tanto tempo vendo brancos naquela casa que agora lhes parecia razoável que todo mundo morresse para que também tivessem a oportunidade de morar nela. Era nada menos que o livro mais deprimente que Levi já tinha lido. Era ainda mais deprimente que o último livro que lera até o fim, que era sobre quem assassinou Tupac. A experiência de leitura dos dois livros tinha sido traumática. Levi tivera uma criação flexível e aberta, com uma suscetibilidade liberal à dor alheia. Ainda que todos os Belsey carregassem um pouco desse traço de personalidade, em Levi — que nada sabia de história ou economia, de filosofia ou antropologia, que não tinha nenhuma armadura ideológica consistente a protegê-lo — ela era especialmente acentuada. Ficava arrasado com as maldades que os homens infligem uns aos outros. Que os brancos infligem aos negros. Como é que essas merdas podem acontecer? Cada vez que voltava ao livro sobre o Haiti, ficava tomado de emoção; queria parar haitianos nas ruas de Wellington e facilitar suas vidas de alguma forma. Ao mesmo tempo, queria parar o tráfego americano, pôr-se na frente dos carros americanos e exigir que alguém fizesse *alguma coisa* a respeito dessa ilhazinha devastada e sangrenta distante apenas uma hora de barco da Flórida. Mas, quando o assunto era livros desse tipo, Levi era um amigo somente nas horas fáceis. Bastaria deixar o livro sobre o Haiti numa mochila esquecida dentro do armário por uma semana para que toda a ilha e sua história voltassem a ser obscuras para ele. Pareceria não saber mais nada sobre o assunto além do que sabia antes. Pacientes aidéticos haitianos em Guantánamo, barões da droga, tortura institucionalizada, assassinato patrocinado pelo Estado, escravidão, interferência da CIA, ocupação americana e corrupção. Tudo se tornaria uma névoa histórica. Reteria apenas a consciência abrasadora e inoportuna de que em algum lugar, não muito longe de onde estava, um povo passava por um imenso sofrimento.

Vinte minutos e cinco páginas de estatísticas impenetráveis depois, Levi desceu na sua estação e ligou a música de novo. Na saída do metrô, parou para olhar em volta. O bairro estava movimentado. Como era estranho ver ruas em que todos eram negros! Era como um retorno ao lar, com a diferença de que ele nunca tinha conhecido esse lar. Apesar disso, todos passavam direto como se ele fosse um habitante local — ninguém olhava duas vezes. Pediu indicações a um velho na saída. O homem usava um chapéu à moda antiga e gravata-borboleta. Assim que ele começou a falar, Levi percebeu que seria inútil. Muito devagar, o velho lhe disse para pegar à direita ali, andar três quadras, passar pelo abençoado sr. Johnson — *Cuidado com as cobras!* — e depois pegar à esquerda na praça porque a rua que ele procurava ficava ali por perto, se não estava enganado. Levi não fazia a menor idéia do que o cara estava falando, mas agradeceu e pegou à direita. Começou a chover. Levi era tudo menos à prova d'água. Se aquela roupa toda ficasse molhada, seria como carregar outro garoto de seu peso nas costas. Três quadras adiante, debaixo do toldo de uma casa de penhores, Levi interpelou um jovem irmão e recebeu indicações precisas numa língua conhecida. Atravessou a praça correndo na diagonal e logo encontrou a rua e a casa. Era um prédio grande e quadrado com doze janelas na frente. Parecia ter sido cortado ao meio. O pedaço cortado era de tijolos vermelhos aparentes. Arbustos e lixo tomavam conta da parede, junto com um carro queimado e virado de cabeça para baixo. Levi caminhou até a frente do prédio. Três estabelecimentos comerciais defuntos surgiram diante dele. Um serralheiro, um açougueiro e um advogado não tinham conseguido tocar negócio ali. Cada porta tinha múltiplas campainhas para os apartamentos de cima. Levi conferiu seu pedaço de papel. 1295, Apartamento 6B.

"Ei, Chu?"

Silêncio. Levi sabia que alguém estava lá porque o interfone ligou.

"Chu? Você está aí? É o Levi."

"Levi?" Chu parecia estar parcialmente acordado, com um sotaque sonolento afrancesado e aveludado como o de Pepe le Pew. "O que você está fazendo aqui, meu?"

Levi tossiu. A chuva já caía forte. Produzia um intenso som metálico ao bater na calçada. Levi aproximou a boca do interfone. "Mano, eu tava passando por aqui, porque não moro muito longe e... e a coisa tá *pegando* aqui fora, *yo*, então... bem, você me deu seu endereço aquela vez, então, como eu tava passando..."

"Você quer entrar na minha casa?"

"Sim, meu... eu só tava... Olha, Chu, tá um frio danado aqui fora, meu. Vai me deixar entrar ou não?"

Silêncio de novo.

"Fique aí, por favor."

Levi soltou o interfone e tentou subir com os dois pés no estreito degrau da porta, o que lhe garantia uns cinco centímetros de cobertura da projeção do telhado. Quando Chu abriu a porta, Levi praticamente desabou em cima dele. Entraram juntos no vão de uma escada de concreto que cheirava mal. Chu bateu seu punho contra o punho de Levi. Levi notou que os olhos do amigo estavam vermelhos. Chu fez um movimento para cima com a cabeça, indicando que Levi devia segui-lo. Começaram a subir a escada.

"Por que veio aqui?", perguntou Chu. Sua voz era monocórdia e baixa, e ele falava sem olhar para Levi.

"Você sabe... só pensei em pintar por aqui", disse Levi meio constrangido. Era a verdade.

359

"Não tenho material de pintar."

"Não, estou falando", disse Levi ao chegarem a um andar com uma porta avariada, remendada com uma placa de madeira sem pintura, "de *pintar*. É como se diz nos Estados Unidos quando você dá uma passada na casa de uma pessoa pra ver como ela anda, sabe."

Chu abriu a porta de entrada de seu apartamento. "Você queria ver como eu ando?"

Isso também era verdade, mas agora Levi reconheceu que soava um pouco estranho. Como explicar? Ele mesmo não tinha certeza. Era simples: Chu estivera habitando sua consciência. Porque... Chu não era como os outros caras do time. Não andava com a turma, não vadiava nem saía para dançar e parecia, em contraste, solitário e isolado. Em suma, Levi tinha percebido que Chu era claramente mais *inteligente* que todos a seu redor, e Levi, que morava com vítimas da mesma maldição, achava que sua própria experiência nesse campo (guardião de gente inteligente) o tornava especialmente qualificado para dar uma ajuda a Chu. Além disso, o livro sobre o Haiti havia conspirado na mente de Levi com o pouco que ele tinha deduzido a respeito da vida pessoal de Chu. As roupas esfarrapadas que vestia, o fato de jamais comprar um sanduíche ou uma lata de Coca como os outros. Seus cabelos emaranhados. Sua antipatia. Aquela cicatriz percorrendo seu braço.

"É... na real... eu tava pensando, bem, a gente *tá na mesma*, não tá? Quer dizer, sei que você não fala muito quando a gente tá trampando, mas... você sabe, te considero meu amigo. Mesmo. E um irmão ajuda o outro. Nos Estados Unidos."

Pelo que pareceu um tempo horrivelmente longo, Levi achou que Chu estava prestes e lhe dar porrada. Então soltou uns risinhos e pôs a mão com força no ombro de Levi. "Você não tem nada para fazer, eu acho. Você precisa ser mais ocupado."

Entraram numa sala de tamanho razoável, até Levi notar que os acessórios de cozinha, a cama e a mesa estavam todos comprimidos naquele único espaço. Era frio e fedia a maconha.

Levi tirou a mochila. "Trouxe uns lances pra você, meu."

"Lances?" Chu pegou um baseado grosso no cinzeiro e o reacendeu. Ofereceu a única cadeira para Levi e sentou no canto da cama.

"Tipo, comida."

"NÃO", disse Chu indignado, cortando o ar com a mão. "Não estou faminto. Esqueça a caridade. Trabalhei esta semana — não preciso de ajuda."

"Não, não, não é isso — eu só... tipo, quando você visita alguém, você leva alguma coisa. Nos Estados Unidos — é assim que fazemos. Tipo um muffin. Minha mãe sempre leva muffins ou uma torta."

Chu levantou-se devagar, estendeu o braço e pegou os pacotes entregues por Levi. Parecia não saber direito o que eram, mas agradeceu a Levi e, examinando-os com curiosidade, cruzou o cômodo para deixá-los no balcão da cozinha.

"Eu não tinha nenhum muffin, então achei que... Sopa chinesa. Bom pro frio", disse Levi, imitando frio. "Mas então. Como você está? Não vi você na noite de terça."

Chu encolheu os ombros. "Tenho alguns trabalhos. Fiz outro trabalho na terça."

Lá fora, da rua, veio a voz alta de alguém enfurecido, xingando muito. Levi estremeceu, mas Chu pareceu não notar.

"Da hora", disse Levi. "Você tem vários projetos, como eu — isso é maneiro. Bola pra frente. Tem que batalhar."

Levi sentou em cima das mãos para esquentá-las. Começava a se arrepender de ter ido lá. Era uma sala que não oferecia distrações ao seu próprio silêncio. Em geral, quando visitava a casa de um amigo, a televisão ficava sempre ligada como ruído de fundo. A ausência de uma televisão, de todas as privações evidentes na sala, estarreceu Levi como sendo a mais aguda e insuportável.

"Gostaria de água para beber?", perguntou Chu. "Ou rum? Tenho rum *bom*."

Levi deu um sorriso hesitante. Eram dez da manhã. "Pode ser água."

Enquanto a água da torneira corria, Chu abriu e fechou portas de armário em busca de um copo limpo. Levi olhou em volta. Ao lado de sua cadeira, sobre uma mesinha, havia uma página comprida de papel amarelo, um daqueles "boletins" haitianos que distribuíam de graça por toda parte. O artigo principal trazia a fotografia de um homenzinho negro sentado numa cadeira dourada junto com uma mulher de raça indefinida numa outra cadeira dourada bem ao lado. *Sim, eu sou Jean-Bertrand Aristide*, Levi leu na legenda, *e é claro que me importo com a escória haitiana pobre e analfabeta!*

É por isso que me casei com essa linda mulher (mencionei que ela tem a pele clara???), que é bourgeoise de souche, não como eu, que vim da sarjeta (não dá para notar como ainda me lembro dela?). Não comprei essas cadeiras de preço razoável com dinheiro das drogas, de jeito nenhum! Posso ser um ditador extraordinariamente totalitário, mas ainda assim posso ter minha propriedade multimilionária enquanto protejo os pobres oprimidos do Haiti!

Chu pôs um copo d'água sobre a foto e voltou a sentar-se na cama. O anel molhado espalhou-se no papel. Ele fumou seu baseado e não disse nada. Levi teve a sensação de que Chu não estava habituado ao entretenimento.

"Você tem alguma música aí?", perguntou Levi. Chu não tinha.

"Tudo bem se eu...?", disse Levi, tirando um pequeno alto-falante branco da mochila, ligando-o na tomada a seus pés e conectando a ele seu iPod. A música que estivera escutando pouco antes na rua preencheu a sala. Chu aproximou-se de quatro para admirar o aparelho.

"Jesus! É tão alto e tão pequeno!"

Levi foi para o chão e mostrou como se escolhiam as canções ou álbuns. Chu ofereceu o baseado à visita.

"Não, eu — não fumo. Sou asmático, e pá."

Sentaram juntos no chão e ouviram *Fear of a black planet* de cabo a rabo. Chu, mesmo bastante chapado, sabia o disco todo de cor e ia acompanhando as letras, e tentou explicar a Levi que efeito a primeira audição de uma fita pirata daquele álbum exercera sobre ele. "*Então soubemos*", disse emocionado, dobrando os dedos magros para trás sobre o chão. "Foi aí que soubemos, que entendemos! *Não éramos o único gueto*. Eu tinha só treze, mas de repente entendi: os Estados Unidos têm guetos! E o Haiti é o gueto dos Estados Unidos!"

"É... profundo, mano", disse Levi, balançando a cabeça para cima e para baixo com veemência. Estava ficando chapado só de respirar dentro daquela sala.

"É, *meu*, É ISSO AÍ!", gritou Chu quando entrou a música seguinte. Fazia isso toda vez que uma música terminava. Não balançava a cabeça como Levi; ficava sacudindo o tronco de um jeito esquisito — como se estivesse pendurado numa daquelas faixas elásticas que vibram e emagrecem. Toda vez que fazia isso, Levi caía na risada.

"Gostaria de poder tocar para você um pouco da nossa música, a música haitiana", lamentou Chu quando o álbum terminou e Levi usou o polegar para percorrer outras possibilidades. "Você gostaria. Tocaria você. É música política, como reggae — entende? Eu poderia lhe contar coisas sobre o meu país. Fariam você chorar. A música faz você chorar."

"Da hora", disse Levi. Ele queria — mas não se sentia seguro o bastante — falar sobre o livro que estava lendo. Levi aproximou sua maquininha musical do rosto em busca de uma faixa específica cujo nome tinha escrito um pouco errado, o que tornava impossível encontrá-la nas listas alfabéticas.

"E sei que você não mora aqui perto, Levi", acrescentou Chu. "Está me ouvindo? Não sou um idiota." Estava sentado sobre os calcanhares, e então deitou as costas no chão. Sua camiseta subiu pelo peito rígido. Não havia nenhuma carne sobrando em seu corpo. Soprou um grande anel de fumaça no ar e depois outro que se encaixou no primeiro. Levi continuou percorrendo os milhares de canções.

"Você acha que somos um bando de matutos", disse Chu sem nenhum traço de ressentimento, como se estivesse objetivamente interessado na proposição. "Mas nem todos nós moramos em chiqueiros como este. Felix mora em Wellington — não, você não sabia disso. Casa grande. O irmão dele controla os táxis lá. Ele viu você lá."

Levi se ajoelhou, ainda de costas para Chu. Era incapaz de mentir na cara de uma pessoa. "Bem, isso é porque o meu *tio*, sabe, *ele* mora lá... e, tipo, eu faço uns quebra-galhos pra ele, umas coisas no jardim da casa dele e..."

"Estive lá na terça", disse Chu, ignorando-o. "Na *faculdade*." Tratou a palavra como se fosse tinta na língua. "Servindo aquelas merdas como um macaco... o professor virando garçom. Dói! Posso dizer, porque conheço." Bateu no peito. "Eu ensino, sou um professor, sabe, no Haiti. É isso que sou. Dou aula numa escola de ensino médio. Literatura e língua francesa."

Levi assobiou. "Mano, eu *odeio* francês, meu. A gente precisa aprender essa merda. *Odeio* isso."

"E então", prosseguiu Chu, "meu primo diz — venha fazer isso, sirvaos por uma noite, trinta dólares na mão, engula seu orgulho! Vista um traje de macaco, se pareça com um macaco e sirva-lhes seu camarão e seu vinho, para os grandes professores brancos. Nem recebemos trinta dólares — tivemos de pagar a lavagem a seco de nossos uniformes! O que faz sobrar só vinte e dois dólares!"

Chu passou o baseado para Levi. Mais uma vez, Levi recusou.

"Quanto você acha que os professores recebem? Quanto?"

Levi disse que não sabia e era verdade, ele não sabia. Sabia apenas como era difícil arrancar meros vinte dólares de seu próprio pai.

"E então nos pagam centavos para servi-los. A mesma velha escravidão de sempre. Nada muda. Que se *foda* tudo, meu", disse Chu, mas seu sotaque fez aquilo soar inofensivo e cômico. "Chega de música americana. Bota um Marley! Quero ouvir um Marley!"

Levi obedeceu colocando o único Marley que tinha — uma antologia de "As Melhores" copiada de um CD de sua mãe.

"E eu vi ele", disse Chu ajoelhando-se e olhando para além de Levi, com os olhos penetrantes e alertas fixos em algum demônio fora daquela sala. "Como um lorde à mesa. *Sir* Montague Kipps..." Chu cuspiu no próprio piso. Levi, para quem a limpeza tinha havia muito tempo suplantado a santidade, sentiu nojo. Precisou trocar de lugar para que o catarro sumisse de sua vista.

"Eu *conheço* aquele cara", disse Levi enquanto se movia pelo carpete. Chu riu. "Não, conheço mesmo... quer dizer, não conheço de *conhecer*, mas ele é o cara que... bem, meu coroa *odeia* a fuça dele, tipo assim, é só mencionar o *nome* e ele fica..."

Chu apontou seu indicador comprido bem no meio do rosto de Levi. "Se você o conhece, saiba disso: esse homem é um mentiroso e um ladrão. Sabemos tudo sobre ele na nossa comunidade, acompanhamos seu progresso — escrevendo mentiras, reivindicando glórias. Você rouba a arte dos matutos e isso faz de você um homem rico! Um homem rico! Aqueles artistas morreram pobres e famintos. Venderam o que tinham por alguns dólares, por desespero — eles não sabiam! Pobres e *famintos*! Servi vinho a ele..." Chu levantou a mão e fingiu servir um cálice com uma afrontosa expressão servil no rosto. "Nunca venda a sua alma, meu irmão. Não vale vinte e dois dólares. Todo mundo tenta comprar o homem negro. *Todo* mundo", disse espancando o carpete com o punho, "tenta comprar o homem negro. Mas ele não pode ser comprado. Seu dia está chegando."

"Falou bonito", concordou Levi, e, não querendo ser uma visita ingrata, aceitou o baseado que lhe foi mais uma vez oferecido.

Na mesma manhã, em Wellington, Kiki também visitou alguém sem aviso.

"É Clotilde, não é?"

A garota ficou parada, tremendo, mantendo a porta aberta. Fitou Kiki com um olhar perdido. Era tão magricela que Kiki podia ver os ossos do quadril por baixo da calça jeans.

"Sou Kiki — Kiki Belsey? Já nos conhecemos."

Clotilde abriu um pouco mais a porta e, ao reconhecer Kiki, ficou agitada. Segurou com força a maçaneta e girou a tábua de seu tronco. Não tinha palavras em inglês para comunicar a notícia. "Oh... *madame, oh, mon Dieu, Meeses Kipps — Vous ne le savez pas? Madame Kipps n'est plus ici... Vous comprenez?*"

"Desculpe, eu..."

"*Meeses Kipps — elle a été très malade, et tout d'un coup elle est morte!* Morta!"

"Oh, não, não, eu sei...", disse Kiki abanando com as mãos para cima e para baixo, apagando o fogo da ansiedade de Clotilde. "Ai, Deus, eu devia ter ligado antes — sim, Clotilde, sim, eu compreendo... estive no funeral... não, tudo bem... querida, só queria saber se o *senhor* Kipps está aqui, professor Kipps. Ele está?"

"Clotilde!", disse a voz de Kipps, vinda de algum recanto mais profundo da casa. "Feche a porta — *ferme la porte* — quer que congelemos? *Il fait froid, très froid.* Oh, pelo amor de..."

Kiki viu seus dedos darem a volta na beira da porta; a porta abriu-se; ele estava diante dela. Pareceu espantado e não tão aprumado quanto de costume, apesar de estar de terno. Kiki procurou a anomalia e encontrou-a nas sobrancelhas, que estavam escandalosamente maiores.

"Senhora *Belsey*?"

"Sim! Eu — eu..."

Sua cabeça enorme, com a careca luzidia e os olhos protuberantes e brutais, provou ser demais para Kiki. Ela ficou sem palavras. Em vez de falar, ergueu o pulso da mão esquerda, no qual estava pendurada uma das sacolas de papelão grossas da confeitaria predileta de Wellington.

"Para mim?", perguntou Monty.

"Bem, você foi tão... tão *bom* conosco em Londres e eu... bem, só queria ver como você estava e trazer..."

"Um bolo?"

"Uma *torta*. Só acho que quando alguém sofre uma..."

Monty, tendo processado seu espanto, tratou de assumir o controle. "Espere — entre — o clima está báltico — não há por que conversarmos aqui fora — entre — Clotilde, saia do caminho, pegue o casaco da senhora ..."

Kiki entrou no saguão de entrada dos Kipps.

"Oh, obrigado — sim, porque acho que quando alguém sofre uma perda, bem, a tentação das pessoas é afastar-se — e sei que, quando minha mãe morreu, *todo mundo* se afastou e fiquei mais ressentida com isso, e no fundo me senti, sabe, *abandonada*, e então só quis dar uma passada e ver como você e as crianças estão, trazer uma torta e... quer dizer, sei que temos diferenças, como famílias, mas quando algo desse tipo acontece, realmente sinto que..."

Kiki percebeu que estava falando demais. Monty tinha espiado seu relógio de bolso da maneira mais sutil possível.

"Oh! Mas se não é um bom momento..."

"Não, nada disso, não — estou a caminho da faculdade , mas..." Olhou por cima do ombro e depois pôs a mão nas costas dela, empurrando Kiki para a frente. "Mas é que estou bem no meio de uma coisa — se você puder — será que posso deixá-la aqui, só por dois minutos, enquanto eu... Clotilde vai lhe preparar um chá e... isso, fique à vontade aqui", disse ao pisarem no tapete de couro de vaca da biblioteca. "*Clotilde!*"

Kiki sentou no banquinho do piano como na outra vez e, com um sorriso triste para si mesma, conferiu a prateleira mais próxima. Todos os enes estavam em perfeita ordem.

"Volto num minuto", murmurou Monty virando-se para sair, mas bem nesse instante houve um barulho alto dentro da casa e o som de alguém correndo pelo corredor. O alguém parou na porta aberta da biblioteca. Uma jovem negra. Ela estivera chorando. Seu rosto estava cheio de raiva, mas então, com um susto, ela notou a presença de Kiki. A surpresa tomou o lugar da ira em sua fisionomia.

"Chantelle, esta é...", disse Monty.

"Posso sair? Estou indo", disse ela, e foi em frente.

366

"Se deseja fazer isso", disse Monty com calma, seguindo-a alguns passos. "Continuaremos nossa discussão no almoço. À uma, no meu escritório."

Kiki ouviu a porta da frente bater. Monty permaneceu onde estava por um momento e então finalmente se voltou para sua convidada. "Desculpe por isso."

"*Eu* é que peço desculpas", disse Kiki, olhando para o tapete sob seus pés. "Não sabia que você tinha companhia."

"Uma aluna... bem, é isso que está em questão, na verdade", disse Monty, cruzando a sala e sentando-se na poltrona branca ao lado da janela. Kiki percebeu que nunca o tinha visto daquela maneira, sentado num cenário normal, doméstico.

"Sim, acho que já fomos apresentadas — ela conhece a minha filha."

Monty suspirou. "Expectativas irreais", disse, olhando para o teto e depois para Kiki. "*Por que* damos expectativas irreais a esses jovens? O que isso pode trazer de bom?"

"Desculpe, eu não...?", disse Kiki.

"Aqui está uma jovem moça afro-americana", explicou Monty, deixando a mão direita com anel de sinete cair com força sobre o braço da poltrona vitoriana, "que não tem *nenhum* cultura universitária e *nenhuma* experiência universitária, que *não completou o ensino médio*, e que ainda assim acredita que de alguma forma o mundo acadêmico de Wellington lhe *deve* um lugar em seus renomados umbrais — e por quê? Como compensação por seu infortúnio — ou o de sua família. Na verdade, o problema é maior que isso. Esses jovens estão sendo encorajados a reivindicar reparação *pela própria história*. Estão sendo usados como joguetes políticos — estão sendo alimentados de mentiras. Me deprime terrivelmente."

Era estranho ouvir um discurso dito dessa forma, como se ela fosse uma platéia de uma pessoa só. Kiki não sabia muito bem como responder.

"Acho que eu não... o que ela queria de você, exatamente?"

"Nos termos mais simples: ela quer continuar freqüentando uma turma de Wellington que não paga e para a qual é totalmente desqualificada. Quer isso porque é negra e pobre. Que filosofia desmoralizante! Que mensagem damos a nossos filhos quando lhes dizemos que não estão aptos à mesma meritocracia que seus semelhantes?"

No silêncio que sucedeu essa pergunta retórica, Monty suspirou de novo.

"E então essa garota vem a mim — na minha casa, nesta manhã, sem aviso — para pedir que eu recomende ao comitê que ela permaneça na turma da qual participa ilegalmente. Ela acha que, por ser da mesma igreja, por nos ter ajudado em nosso trabalho de caridade, eu quebrarei as regras por ela. Só porque sou, como dizem aqui, 'irmão' dela? Eu disse que não estava disposto a fazer isso. E vemos o resultado. Um chilique!"

"Ah...", disse Kiki, cruzando os braços. "Acho que agora entendi. Se não me engano, minha filha está lutando no canto oposto."

Monty sorriu. "Está. Ela fez um discurso *extremamente* convincente. Acho será uma competidora à altura para mim."

"Ah, querido", disse Kiki, balançando a cabeça como se faz na igreja, "*sei* que será."

Monty concordou com a cabeça, com cortesia.

"Mas e a sua torta?", perguntou, fingindo uma expressão de tristeza. "Acho que isso quer dizer que as famílias Kipps e Belsey estão em guerra de novo."

"Não... não vejo por que deveria ser assim. Vale tudo no amor e... e na academia."

Monty sorriu mais uma vez. Consultou o relógio e esfregou a barriga. "Mas é o *tempo*, infelizmente, e não a ideologia que se põe no caminho entre mim e a sua torta. Preciso ir à faculdade. Me agradaria se pudéssemos passar a manhã comendo-a. Foi muito atencioso de sua parte."

"Ah, qualquer hora dessas. Mas você vai a pé para a cidade?"

"Sim, sempre caminho. Está indo para aquele lado?" Kiki fez que sim. "Nesse caso, perambulemos juntos", disse enrolando o *r* com pompa. Pôs as mãos nos joelhos e levantou-se, e nisso Kiki percebeu a parede vazia atrás dele.

"Oh!"

Monty fitou-a com um olhar indagador.

"Não, é só — o quadro — não havia um quadro ali? De uma mulher?"

Monty voltou-se para o espaço vazio. "Para dizer a verdade, havia — como sabe?"

"Ah, bem — passei algum tempo com Carlene aqui e ela falou daquele quadro. Me disse o quanto o adorava. A mulher era uma espécie de deusa, não era? Tipo um símbolo. Era tão linda."

368

"Bem", disse Monty ficando de frente para Kiki, "posso lhe garantir que continua linda — foi simplesmente removida para outro lugar. Decidi pendurá-la no Departamento de Estudos Negros, no meu escritório. É... bem, ela é uma boa companhia", disse com ar triste. Segurou a testa com a mão por um instante. Então atravessou a sala e abriu a porta para Kiki.

"Você deve sentir *tanta* falta da sua esposa", disse Kiki com ardor. Ela teria ficado chocada com uma acusação de vampirismo emocional naquele momento, pois pretendia apenas demonstrar àquele homem enlutado que compartilhava de seus sentimentos, mas, fosse como fosse, Monty não lhe fez obséquio. Não disse nada e alcançou-lhe o casaco.

Deixaram a casa. Juntos, caminharam pela estreita faixa de calçada que as pás de neve da vizinhança tinham escavado coletivamente.

"Sabe... me interessei pelo que você estava dizendo lá, sobre ser uma 'filosofia desmoralizante'", disse Kiki ao mesmo tempo que vistoriava com cuidado o chão à frente à procura de camadas de gelo deslizante. "Quer dizer, *eu* com certeza não recebi favor nenhum na vida — nem minha mãe, nem a mãe *dela*... nem os meus filhos... sempre passei a eles a idéia oposta, sabe? Como minha mãe me disse: Você precisa dar *cinco vezes mais duro* que a garota branca sentada ao lado. E isso era mais do que verdade. Mas me sinto despedaçada... porque *sempre* apoiei ações afirmativas, mesmo que às vezes me deixasse pessoalmente constrangida — quer dizer, é óbvio que meu marido sempre esteve muito envolvido nisso. Mas fiquei interessada no modo como você expressou isso. Faz a gente pensar de novo."

"Oportunidades", declarou Monty, "são um direito — mas não uma dádiva. Direitos são conquistados. E as oportunidades *devem* chegar pelos canais adequados. Do contrário, o sistema é radicalmente desvalorizado."

Uma árvore à frente deles sacudiu uma camada de neve de seus galhos sobre a rua. Monty esticou um braço protetor para impedir a passagem de Kiki. Apontou para um córrego entre dois bancos de gelo e caminharam por ele até chegar à rua, retornando à calçada somente na estação dos bombeiros.

"Mas", objetou Kiki, "a questão toda não é que aqui, nos Estados Unidos — ou seja, estou considerando que a situação na Europa seja outra — mas que aqui, *neste* país, nossas oportunidades foram severamente tolhidas, *atravancadas* ou seja lá como se queira dizer, por um legado de direitos usurpados — e que para *consertar* isso alguns descontos, concessões e apoio são necessários? É uma maneira de restituir o equilíbrio — pois todos sabemos que esteve desequilibrado por um tempo danado. No bairro onde minha mãe morava, ainda se via um *ônibus segregado* em 1973. E isso é verdade. Essa coisa toda está *próxima*. É recente."

"Enquanto encorajarmos uma cultura de vitimização", disse Monty com a suavidade rítmica da autocitação, "continuaremos a criar vítimas. E desse modo o ciclo de desempenho inferior continua."

"Bem", disse Kiki segurando-se num poste de cerca para conseguir dar um salto pesado sobre uma poça grande, "não sei... só acho que cheira a um tipo de, bem, um tipo de *autodepreciação* quando temos negros argumentando contra oportunidades para negros. Quer dizer — não precisamos ficar discutindo entre nós mesmos nessa altura. Há uma guerra acontecendo! Temos jovens negros morrendo na frente de batalha do outro lado do mundo, e eles estão naquele exército porque acham que a faculdade não tem nada a lhes oferecer. Quer dizer, a realidade aqui é essa."

Monty balançou a cabeça e sorriu. "Senhora Belsey — você está me dizendo que devo aceitar alunos não qualificados nas minhas turmas para impedir que se alistem no Exército dos Estados Unidos?"

"Me chame de Kiki — bem, tá bom, talvez esse não seja o argumento que quero defender — mas essa *autodepreciação*. Quando vejo Condoleezza, e *Co*-lin — Deus! Me dá vontade de *vomitar*! — vejo uma necessidade *raivosa* de separar-se do resto de nós — é tipo 'Nós tivemos a oportunidade e agora a cota está esgotada e muito obrigado, adiós'. É essa autodepreciação direitista negra — desculpe se eu o ofendo ao dizer isso, mas é que... isso não faz parte? Não estou nem falando de política agora, estou falando de um tipo de, de, de *psicologia*."

Chegaram ao topo de Wellington Hill e ouviram os diversos sinos de igreja tocando ao meio-dia. Espalhada diante deles, enfiada em sua cama de neve, estava uma das cidadezinhas mais tranqüilas, abastadas, bem-educadas e belas dos Estados Unidos.

"Kiki, se tem uma coisa que sei sobre vocês liberais é o quanto gostam de ouvir um conto de fadas. Você reclama de mitos de criação — mas tem dezenas de mitos próprios. Liberais nunca acreditam que os conservadores são motivados por convicções morais *tão profundamente nutridas* quanto a que vocês próprios, liberais, alegam nutrir. Você escolhe acreditar que os conservadores são motivados por uma profunda autodepreciação, devido a alguma espécie de... falha psicológica. Mas, minha querida, isso é o mais reconfortante dos contos de fadas!"

9.

O verdadeiro talento de Zora Belsey não era a poesia, e sim a persistência. Podia encaminhar três cartas numa tarde, todas para o mesmo destinatário. Era mestra na rediscagem. Recolhia abaixo-assinados e lançava ultimatos. Quando o município de Wellington entregou a Zora uma multa de estacionamento (na sua opinião) indevida, não foi Zora e sim o município — depois de cinco meses e trinta telefonemas — que se entregou.

No ciberespaço, os poderes de perseverança de Zora encontraram sua mais plena expressão. Tinham se passado duas semanas desde a reunião do corpo docente, e nesse período Claire Malcolm havia recebido trinta e três — não, trinta e *quatro* — e-mails de Zora Belsey. Claire sabia disso, pois tinha acabado de convencer Liddy Cantalino a imprimir todos. Embaralhou-os numa pilha caprichada sobre a mesa e aguardou. Exatamente às duas, bateram na porta.

"Entra!"

O longo guarda-chuva de Erskine adentrou o recinto e bateu duas vezes no chão. Em seguida entrou Erskine, vestindo um conjunto de camisa azul e jaqueta verde, uma combinação que exerceu estranhos efeitos na visão de Claire.

"Oi, Ersk — muito obrigado por ter vindo. Sei que isso não tem *nada* a ver com você. Mas agradeço muito sua adesão."

"A seu dispor", disse Erskine fazendo uma mesura.

Claire entrelaçou os dedos. "Basicamente, só preciso de apoio — estou sendo alvo de um lobby de Zora Belsey para ajudar um garoto a permanecer na turma, e estou disposta a emprestar a minha voz, mas em última instância sou impotente —, só que ela simplesmente não aceita o que digo."

"Esses são eles?", perguntou Erskine, pegando as folhas impressas da mesa e sentando-se. "Cartas Reunidas de Zora Belsey."

"Ela está me deixando *louca*. Ficou totalmente obcecada com esse assunto — e, quer dizer, eu estou *do lado* dela. Imagine como seria estar *contra* ela."

"Imagine", disse Erskine. Pegou seus óculos de leitura no bolso da camisa.

"Ela está fazendo um abaixo-assinado enorme que os alunos estão assinando — quer que eu subverta as regras da universidade da noite para o dia —, mas não tenho como *criar* um espaço para esse garoto em Wellington! Adoro tê-lo na minha aula, mas se Kipps conseguir que o comitê vote contra os discricionários, o que posso fazer? Minhas mãos estão amarradas. E tenho a sensação de que nunca paro de trabalhar, no momento — tenho trabalhos não corrigidos saindo pelas orelhas, devo três livros diferentes a meus editores — estou conduzindo meu casamento por e-mail, eu simplesmente..."

"Psiu, psiu", disse Erskine, colocando sua mão na de Claire. Sua pele era muito seca, inchada e quente. "Claire — deixe comigo, pode ser? Conheço bem Zora Belsey — eu a conheço desde menininha. Ela adora causar comoção, mas raramente se apega à comoção que provoca. Eu lido com isso."

"Faria isso? Você é um *amor*! É que estou tão *exausta*."

"Devo dizer que *gosto* sobremaneira desses títulos de assunto que ela usa", disse Erskine de brincadeira. "Muito dramáticos. *Re: Quarenta Acres e uma Mula. Re: Lutando pelo Direito de Participar. Re: Nossas Faculdades Podem Comprar Talento?* Bem: o rapaz é muito talentoso?"

Claire torceu seu narizinho sardento. "Bem, *sim*. Quer dizer — ele carece de instrução, mas — não, sim, ele é. É extremamente carismático, muito atraente. *Muito* atraente. Carl é um rapper, na verdade — um rapper muito bom — e ele *tem* talento — é entusiasmado. É ótimo ensiná-lo. Erskine, por favor — tem algo que você possa fazer em relação a isso? Algo que possa achar para esse garoto fazer dentro do campus?"

"Tenho. Vamos dar-lhe um cargo permanente!"

Os dois riram, mas a risada de Claire decaiu numa lamúria. Escorou o cotovelo na mesa e apoiou o rosto na mão.

"Só não quero chutá-lo de volta para as ruas. Não quero mesmo. Nós dois sabemos qual é a probabilidade de que no mês que vem o comitê vote contra os discricionários e ele seja jogado à própria sorte. Mas se ele tivesse uma outra coisa para fazer, algo que... *sei* que provavelmente nunca devia tê-lo aceitado na aula, para começo de conversa, mas agora estabeleci esse compromisso e sinto que mordi um pedaço maior que a..." O telefone de Claire começou a tocar. Ela ergueu o indicador na frente do rosto e atendeu a ligação.

"Posso...?", balbuciou Erskine, ficando em pé e segurando as folhas impressas na mão. Claire fez que sim. Erskine deu um tchau com o guarda-chuva.

O grande talento de Erskine — além de seu conhecimento enciclopédico da literatura africana — residia em fazer as pessoas se sentirem muito mais importantes do que realmente eram. Ele possuía muitas técnicas. Você podia receber um recado urgente da secretária de Erskine no seu correio de voz, que chegava ao mesmo tempo que um e-mail e um bilhete escrito à mão no seu escaninho da faculdade. Ele podia puxá-lo para o canto numa festa e compartilhar com você uma história íntima da infância que, na condição de graduada da UCLA recém-chegada, você não tinha como saber que já fora compartilhada com todas as outras alunas do departamento. Era habilidoso nas diversas artes do falso elogio, da consideração vazia e da aparência de atenção respeitosa. Podia parecer, quando Erskine lhe dirigia um elogio ou realizava um favor pessoal, que quem estava tirando proveito era você. E talvez você tirasse proveito mesmo. Mas, em quase todos os casos, Erskine estava tirando mais proveito ainda. Passar para alguém a grande honra de falar na conferência de Baltimore simplesmente poupava Erskine de ir à conferência de Baltimore. Vincular seu nome à edição de uma antologia significava que o próprio Erskine estava livre de mais uma promessa feita a seu editor, a qual, devido a outros compromissos, ele não pudera cumprir. Mas onde está o mal nisso? Você está feliz e Erskine está feliz! Era dessa forma que Erskine administrava sua vida acadêmica em Wellington. De vez em quando, porém, Erskine deparava-se com almas difíceis a quem *não* conseguia agradar. Um mero elogio não apaziguava seus ânimos ou abrandava a aversão ou suspeita que tinham dele. Nesses casos, Erskine tinha uma carta na manga. Quando alguém estava determinado a destruir sua paz e bem-estar, quando se recusava a gostar dele ou permitir que vivesse a vida tranquila que tanto desejava, quando estava, como no caso de Carl Thomas, dando dor de cabeça a alguém que por sua vez estava dando dor de cabeça a *Erskine*, nessas situações, Erskine, na posição de diretor assistente do Departamento de Estudos Negros, simplesmente dava a essa pessoa um emprego. Criava um emprego onde antes havia apenas área livre. *Discotecário chefe da Discoteca de Música Afro-Americana* tinha sido um desses cargos inventados. *Arquivista de hip-hop* era um desdobramento natural.

Nunca na vida Carl tivera um emprego como aquele. O pagamento era salário básico de cargo administrativo (Carl recebera uma quantia similar para arquivar papéis no escritório de um advogado e para atender telefonemas na secretaria de uma estação de rádio negra). A questão não era essa. Estava sendo contratado porque sabia sobre *esse* tema, *essa* coisa chamada hip-hop, e sabia muito mais a respeito dela do que qualquer Zé-ninguém — talvez mais que qualquer pessoa naquela universidade. Tinha uma aptidão, e esse emprego exigia sua aptidão em particular. Era um *arquivista*. E, quando seus contracheques chegavam ao apartamento de sua mãe em Roxbury, chegavam em envelopes de Wellington com o brasão de Wellington impresso neles. A mãe de Carl os deixava em locais chamativos da cozinha para que os convidados pudessem ver. *E ele nem tinha que usar terno. Na verdade, quanto mais informal sua aparência, mais o pessoal do departamento parecia gostar. Seu local de trabalho era um corredor isolado nos fundos do Departamento de Estudos Negros que dava em três salas pequenas. Numa dessas salas havia uma mesa circular que ele dividia com a srta. Elisha Park, a discotecária chefe da Discoteca de Música. Era uma negra pequena e gordinha, formada numa faculdade de terceira linha bem no Sul, que Erskine tinha conhecido numa de suas turnês de divulgação de livro. Como Carl, sentia um misto de encanto e ressentimento diante da grandiosidade de Wellington, e juntos formavam uma gangue em dupla sempre resguardada do desprezo dos alunos e dos professores, mas ao mesmo tempo receptiva quando "nós" eram tratados com gentileza por "eles". Trabalhavam bem juntos, os dois discretos e diligentes, cada um no seu computador, apesar de, enquanto Elisha suava a camisa com seus "cartões contextuais" — sumários entusiasmados da história da música negra que eram arquivados junto com os CDs e discos —, Carl quase não usava seu computador para nada a não ser procurar no Google. Procurar coisas *úteis* no Google — parte de seu trabalho era pesquisar novos lançamentos e adquiri-los caso julgasse que deveriam ser incluídos no arquivo. Tinha uma certa quantia para gastar todo mês. Agora, *comprar os discos que adorava fazia parte de seu trabalho.* Após uma semana de emprego, já tinha gastado quase todo o orçamento do mês. Mas Elisha não deu esporro nele. Era uma chefe calma e paciente, e, como a maioria das mulheres com quem Carl cruzara na vida, vivia tentando ajudá-lo, dando cobertura quando ele fazia besteira. Ela fez a gentileza de alterar um pouquinho os números e disse-lhe para tomar mais cuidado no mês seguinte. Era incrível. A outra tarefa de Carl era fotocopiar, pôr em ordem alfabética e arquivar as capas da parte mais antiga do arquivo, os 45 rotações. Havia alguns clássicos ali. Cinco caras com afros enormes e calções curtos e rosa, abraçados, posando ao lado de um Cadillac guiado por um macaco de óculos escuros. Clássicos. Quando a rapaziada do bairro de Carl ficou sabendo do novo emprego, não acreditou. Dinheiro para comprar discos! Ser pago para escutar música! *Truta, você tá passando a mão no dimdim debaixo do nariz deles. Caralho, que foda!* Carl surpreendeu-se por ter ficado um pouco irritado com esse tipo de felicitação. Todo mundo ficava lhe dizendo que era um trampo excelente, ser pago para não fazer nada. Mas ele fazia algo. O próprio professor Eskine Jegede tinha escrito uma carta de boas-vindas a Carl que dizia que ele era parte de um esforço para "criar um acervo público de nossa cultura auditiva comum para as gerações vindouras". Então diz: como é que isso pode ser nada?

O emprego era de três dias por semana. Bem, isso era o que *esperavam* dele, mas na verdade ele vinha todos os dias úteis. Às vezes Elisha o encarava com certa preocupação — simplesmente não havia trabalho suficiente para ocupá-lo por cinco dias. Quer dizer, ele podia fotocopiar capas de discos pendentes pelos próximos seis meses, mas isso já começava a parecer um trabalho inútil, trabalho que estavam lhe passando porque não o julgavam capaz de mais nada. Na verdade, ele tinha todo tipo de idéia para aprimorar o arquivo, para torná-lo mais acessível aos alunos. Queria organizá-lo como as grandes lojas de discos, onde se pode entrar, pegar fones de ouvido e ter acesso a dezenas de músicas diferentes — com a diferença de que, no arquivo de Carl, os fones de ouvido estariam ligados a computadores que mostrariam automaticamente os artigos de pesquisa sobre a música do arquivo, escritos e organizados por Elisha.

"Tem jeito de custar caro", disse Elisha ao ficar sabendo do plano.

"Tá, tudo bem, mas alguém me diga, por favor, qual é o sentido de arquivar um material se as pessoas nem conseguem acessar o material? Ninguém vai tomar discos velhos emprestados — a maior parte da garotada nem sabe mais o que é um toca-discos."

"Ainda tem jeito de custar caro."

Carl tentou marcar uma reunião com Erskine para discutir suas idéias, mas o irmão nunca estava disponível, e, mesmo quando Carl topou com ele por acaso num corredor, Erskine pareceu até mesmo ter dificuldade em reconhecer Carl, e propôs que ele encaminhasse todos os questionamentos à discotecária — qual era o nome dela? Ah, sim, Elisha Park. Quando Carl relatou essa história para Elisha, ela tirou os óculos e disse a Carl algo que repercutiu profundamente dentro dele, algo que agarrou e guardou no coração como uma letra de música.

"Esse é o tipo de trabalho", disse Elisha, "que você precisa transformar em algo bom para si mesmo. É muito legal entrar por aqueles portões, sentar no refeitório e fingir que você é um wellingtoniano ou algo assim..." Nesse momento, se a pele de Carl pudesse ruborizar, isso teria acontecido. Elisha tinha sacado a dele. Ele *ficava* emocionado ao entrar por aqueles portões. *Adorava* cruzar o pátio cheio de neve com a mochila nas costas ou sentar-se naquela cafeteria tumultuada, como se *fosse* o universitário que sua mãe sempre sonhara que ia ser. "Mas gente como eu e você", prosseguiu Elisha com seriedade, "não faz realmente parte dessa comunidade, não é? Quer dizer, ninguém vai nos ajudar a nos sentirmos dessa forma. Então, se quer que esse trabalho seja algo especial, precisa *fazer dele* algo especial. Ninguém fará isso por você, essa é que é a verdade."

Portanto, na terceira semana de trabalho Carl começou a se dedicar mais à parte da pesquisa. Em termos econômicos e de tempo, aquilo não fazia nenhum sentido — ninguém lhe pagaria mais pelo trabalho extra. Mas, pela primeira vez na vida, ele descobriu que tinha interesse pelo trabalho que estava realizando — *queria* fazê-lo. E qual era o sentido, afinal de contas, de Elisha (cuja área de especialidade era o blues) ficar o tempo todo lhe perguntando isso ou aquilo sobre os artistas do rap e a história do rap se ele

376

tinha um cérebro na cabeça e um teclado à disposição? A primeira coisa que se sentou para escrever foi um cartão contextual sobre Tupac Shakur. Pretendia apenas escrever uma biografia de mil palavras, como Elisha tinha pedido, e então entregá-la para que ela pudesse incluir uma de suas minidiscografias e bibliografias, conduzindo os alunos a novas audições e leituras. Sentou-se ao computador às dez da manhã. Até a hora do almoço, tinha escrito cinco mil palavras. E tudo isso sem nem chegar à parte em que o adolescente Tupac troca a Costa Leste pela Oeste. Elisha sugeriu que, em vez de eleger indivíduos como tema, ele poderia pegar um aspecto da música rap em geral e fazer uma nota sobre todas as incidências daquele aspecto, para que as pessoas pudessem fazer referências cruzadas. Não ajudou. Cinco dias atrás, Carl tinha escolhido o tema das *encruzilhadas*. Qualquer menção de encruzilhadas, representações de encruzilhadas em capas de discos e raps baseados na idéia de uma encruzilhada na trajetória de vida de alguém. Quinze mil palavras e aumentando. Foi como se de repente ele tivesse contraído uma doença de digitação. Onde estava a doença quando ele ia ao colégio?

"Toc, toc", disse Zora sem motivo ao enfiar a cabeça dentro do escritório e bater na porta. "Ocupado? Estava dando uma passadinha, então..."

Carl tirou o boné de cima do rosto e ergueu os olhos do teclado, incomodado com a interrupção. Sua intenção, com certeza, era sempre ser legal com Zora Belsey, pois ela sempre tinha sido legal com ele. Mas ela não facilitava. Era o tipo de pessoa que nunca lhe dá tempo suficiente para sentir falta dela. Dava "uma passadinha" em seu escritório umas boas duas vezes por dia, em geral trazendo notícias de sua campanha para mantê-lo na turma de poesia de Claire Malcolm. Ele ainda não tinha conseguido lhe dizer que já não dava a mínima bola para sua permanência ou não naquela turma.

"Concentrado no trabalho — como sempre", disse ela, entrando na sala.

Ele ficou estarrecido com a generosa quantidade de colo que precisou encarar, erguido e esmagado numa blusinha branca apertada que mal podia conter a mercadoria que lhe fora confiada. Havia também algo meio ridículo parecido com um xale em seus ombros, fazendo as vezes de casaco, e Zora era obrigada a rearranjar a peça o tempo todo, pois o lado esquerdo deslizava por suas costas.

"Olá, professor Thomas. Pensei em fazer uma visita."

"E aí?", disse Carl, afastando um pouco a cadeira da porta, por instinto.

377

Tirou os fones de ouvido. "Você tá meio diferente. Tá indo pra algum lugar? Tá com um visual meio... não tá com *frio*?"

"Não, na verdade não — onde está Elisha? Almoço?" Carl fez que sim e voltou a olhar para a tela do computador. Estava no meio de uma frase. Zora sentou-se na cadeira de Elisha e moveu-a ao redor da mesa até colocá-la ao lado da cadeira de Carl.

"Quer almoçar alguma coisa?", perguntou ela. "Podíamos sair. Não tenho aula até as três."

"Sabe... eu até *iria*, só que tô com esses lances aqui pra fazer... melhor ficar aqui e fazer... e então estará feito."

"Ah", disse Zora. "Ah, tá bom."

"Não, quer dizer, seria legal uma outra hora — mas estou com dificuldade para me concentrar — fica rolando muito barulho lá fora. Gente berrando uma hora sem parar. Você por acaso sabe o que tá acontecendo por aí?"

Zora levantou-se, foi até a janela e abriu a persiana. "Algum tipo de protesto dos haitianos", disse abrindo o vidro. "Ah, não dá para ver desse ângulo. Estão na praça distribuindo panfletos. Coisa grande, tem muita gente. Acho que mais tarde haverá uma marcha."

"Não posso *vê-los*, mas posso *ouvi-los*, meu, e é uma *barulheira*. Qual é a bronca deles, afinal?"

"Salário mínimo, ter um monte de gente cagando na cabeça deles o tempo todo — um monte de coisas, acho." Zora fechou a janela e sentou-se. Inclinou-se sobre o corpo de Carl para ver o computador. Ele cobriu a tela com as mãos."

"Ah, meu — não faz isso — nem passei o corretor ortográfico, meu."

Zora removeu os dedos dele do monitor. "*Encruzilhadas*... o disco da Tracy Chapman?"

"Não", disse Carl, "o motif."

"Ah, entendi", disse Zora num tom provocador. "Pardon me. O *motif*."

"Você acha que eu não posso conhecer uma palavra só porque você conhece ela, é isso?", reclamou Carl, arrependendo-se de imediato. Não se podia ficar irritado com gente de classe média daquele jeito — eles ficavam ofendidos muito rápido.

"Não — eu — eu quis dizer, não, Carl. Não foi o que eu quis dizer."

"Ah, meu... sei que não. Calminha aí." Deu tapinhas suaves na mão de

Zora. Não tinha como saber da descarga elétrica que percorreu o corpo dela naquele instante. Ela o encarou de um jeito gozado.

"Por que você está me olhando desse jeito esquisito?"

"Não, eu só estava... tenho tanto *orgulho* de você."

Carl riu.

"Sério. Você é uma pessoa incrível. Olhe para o que conseguiu, para o que consegue todo dia. É bem aí que quero chegar. Você *merece* estar nesta universidade. É umas quinze vezes mais inteligente e esforçado que a maioria desses babacas superfavorecidos."

"Cara, pára com isso."

"Bem, é verdade."

"A *verdade* é que eu não estaria fazendo nada disso se não tivesse conhecido você. Então toma, se é pra dar uma de Oprah em cima do assunto."

"Pára com isso *você*", disse Zora, radiante.

"Vamos *nós dois* parar com isso", sugeriu Carl, pondo a mão no teclado. Sua tela, que tinha adormecido segundos atrás, voltou à vida. Tentou rastrear o fio de sua última frase escrita pela metade.

"Consegui mais cinqüenta nomes no abaixo-assinado — estão na minha mochila. Quer ver?"

Carl levou um momento para se lembrar do que ela estava falando. "Ah, tá bom... maneiro... não, não se incomode em tirar eles da mochila nem nada... mas é maneiro. Obrigado, Zora. Fico muito agradecido pelo que está fazendo por mim."

Zora não disse nada, mas seguiu audaciosamente um plano que viera tramando desde antes do Natal: os tapinhas recíprocos nas mãos. Tocou a parte de cima da mão dele duas vezes, bem rápido. Ele não gritou. Ele não saiu correndo da sala.

"Sério, estou interessada", disse ela acenando com a cabeça na direção do computador. Arrastou a cadeira para mais alguns centímetros perto dele. Carl reclinou-se na sua cadeira e explicou-lhe por alto sobre a imagem da encruzilhada e a freqüência com que era usada pelos rappers. Encruzilhadas representando decisões pessoais e escolhas, representando "entrar na linha", representando a própria história do hip-hop, a separação entre rimas "conscientes" e "gangsta". Quanto mais falava, mais animado e absorvido ficava pelo assunto.

"Sabe, eu mesmo vivia usando isso — nunca tinha pensado no porquê. Então Elisha me disse: *lembra aquele mural em Roxbury, aquele com a cadeira pendurada no arco?* E eu digo sim, claro, meu, porque moro bem ali do lado — sabe de qual estou falando?"

"Vagamente", disse Zora, mas estivera em Roxbury apenas uma vez, numa excursão a pé no Mês da História Negra, quando ainda estava no colégio.

"Então, tem uma encruzilhada pintada lá, certo? E as cobras e um cara — que agora, é óbvio, sei que é Robert Johnson — morei a vida toda ao lado do mural, nunca soube quem era o irmão... *enfim*: é o Johnson naquela pintura, sentado na encruzilhada, esperando para vender a alma ao diabo. E é por isso que (*meu*, que barulheira lá fora). É por *isso* que tem uma cadeira *de verdade* pendurada no arco naquela viela. Passei a vida toda me perguntando por que alguém tinha pendurado uma cadeira naquela viela. É pra ser a cadeira do Johnson, certo? *Sentado na encruzilhada.* E isso foi totalmente filtrado pelo hip-hop — e isso, tipo assim, me revela a essência do rap. VOCÊ TEM QUE PAGAR SUAS DÍVIDAS. É isso que tá escrito no alto do mural, certo? Perto da cadeira? E esse é o primeiro *princípio da música rap*. Você tem que pagar suas dívidas, meu. Então, é tipo... tô rastreando essa idéia através — *meu*, esses manos fazem muito barulho! Não consigo nem pensar aqui!"

"A parte de cima da janela está aberta."

"Eu sei, não sei como fechar — essas janelas não fecham direito."

"Fecham sim, você não sabe como — tem um jeitinho."

"Nossa, o que seria de mim sem a minha pequena, ahn?", perguntou Carl enquanto Zora se levantava. Deu um tapa de brincadeira em seu grande traseiro. "Você sempre segura as pontas pra mim. Sabe tudo de *tudo*."

Zora levou a cadeira até a janela e demonstrou a técnica.

"*Assim* tá melhor", disse Carl. "Um pouco de paz pro irmão quando ele tá trabalhando."

Nunca se sabe como são os hotéis da cidade onde moramos porque nunca precisamos ficar neles. Howard passou dez anos recomendando o Barrington à beira do rio para os professores visitantes, mas, tirando uma leve familiaridade com o saguão, no fundo nada sabia sobre o lugar. Estava prestes a descobrir. Estava sentado numa das reproduções de sofás georgianos, à espera dela. Por uma janela, podia ver o rio e o gelo sobre o rio e o céu branco refletido no gelo. Não sentia absolutamente nada. Nem mesmo culpa, nem mesmo desejo. Tinha sido convencido a estar ali por uma série de e-mails enviados por ela na semana anterior, fartamente ilustrados com aquele tipo de pornografia caseira de câmera digital no qual as adolescentes de hoje em dia parecem ser tão especialistas. Para ele, a motivação dela era obscura. No dia seguinte ao jantar ela lhe enviara um e-mail inconformado, que havia respondido com um débil pedido de desculpas, sem a expectativa de voltar a ouvir falar dela. Mas isso era bem diferente de um casamento, como ficou demonstrado: Victoria instantaneamente o perdoou. Seu número de desaparecimento no jantar parecia apenas ter intensificado a determinação dela em repetir o que ocorrera em Londres. Howard sentia-se fraco demais para confrontar qualquer pessoa obstinada em possuí-lo. Abriu todos os anexos de suas mensagens e teve uma semana de luxúria com ereções intensas por baixo da mesa — visões tórridas em que lhe permitia fazer o que tinha pedido para fazer. Gatinhar por baixo de sua mesa. Abrir a minha boca. Chupar. Chupar. Chupar. Como as palavras são sensuais! Howard, que não tinha quase nenhuma experiência pessoal com pornografia (tinha colaborado para um livro que a censurava, organizado por Steinem), ficava fascinado com esse sexo moderno, duro, lustroso, violento e sem fluidos. Combinava com seu temperamento. Vinte anos atrás, talvez lhe fosse repelente. Não agora. Victoria lhe enviou imagens de orifícios e aberturas que estavam simplesmente *à espera* dele — sem conversa, sem discussão, sem personalidades conflituosas e sem qualquer noção de problemas futuros. Howard tinha cinqüenta e sete anos. Estava casado havia trinta com uma mulher difícil. Penetrar orifícios receptivos era tudo que sentia ser capaz de enfrentar, agora, na arena dos relacionamentos pessoais. Não havia mais nada a defender ou resgatar. Em breve, com certeza, seria obrigado a encontrar um apartamento para viver da forma como viviam tantos homens que conhecia, sozinhos, rebeldes e sempre um pouco bêbados. Então dava quase na mesma. O que se seguiria era inevitável. E aqui estava — *ela*. A porta giratória cuspiu-a, previsivelmente linda, vestindo um casaco muito amarelo de gola alta com botões grandes e quadrados feitos de osso de chifre. Mal trocaram palavra. Howard foi ao balcão pegar a chave.

"É um quarto de frente para a rua, senhor", disse o cara do hotel, pois

Howard fingiu que passaria a noite. "E pode ser um pouco barulhento hoje. Vai haver uma marcha na cidade — se ficar insuportável, por favor nos ligue para vermos se é possível providenciar algo no outro lado do prédio. Tenha um bom dia."

Subiram sozinhos no elevador e ela pôs a mão entre as pernas dele. Quarto 614. Na porta, ela o empurrou contra a parede e começou a beijá-lo.

"Você não vai fugir de novo, vai?", sussurrou.

"Não... espere, vamos entrar antes", disse ele, passando a chave tipo cartão de crédito na ranhura. A luz verde acendeu e a porta estalou. Entraram num quarto bolorento e vespertino com as cortinas fechadas. Havia uma pequena brisa cortante e Howard pôde escutar palavras de ordem abafadas. Aproximou-se para encontrar a janela que estava aberta.

"Deixe as cortinas fechadas — não quero que todo mundo veja o show."

Ela deixou cair o casaco amarelo no chão. Ficou ali parada em toda sua glória juvenil, sob a luz pontilhada de poeira. Espartilho, meia-calça, fio-dental, *cinta-liga* — nenhum maldito detalhe fora esquecido.

"Oh! Perdão! Desculpe, por favor!"

Uma mulher na casa dos cinqüenta, uma mulher negra, de camiseta e calça de moletom, tinha surgido do banheiro com um balde na mão. Victoria gritou e mergulhou no chão para pegar o casaco.

"Pardon, por favor", disse a mulher. "Eu limpo — mais tarde, eu venho..."

"Não nos *ouviu* entrar?", disse Victoria, levantando-se rápido.

A mulher olhou para Howard em busca de misericórdia.

"Estou fazendo uma *pergunta*", disse Victoria, já envolta no casaco, como uma capa. Deu um passo em direção à presa.

"Meu inglês — desculpe, pode — repetir, por favor?"

Lá fora, teve início um apitaço.

"Puta que pariu — era óbvio que estávamos aqui — você devia ter se mostrado."

"Desculpe, pardon", disse a mulher, começando a recuar para fora do quarto.

"Não", disse Victoria. "Não vá embora — estou lhe fazendo uma *pergunta*. Alô? Fala inglês?"

"Victoria, por favor", disse Howard.

"Com licença, desculpe", continuou a arrumadeira; abriu a porta e, curvando-se e fazendo que sim com a cabeça, levou a cabo sua fuga. A porta deslizou devagar e fechou-se com um clique. Foram deixados a sós no quarto.

"*Deus*, que raiva que me deu", disse Victoria. "Enfim. Que se dane. Desculpe." Riu de leve e deu um passo na direção de Howard. Howard deu um passo para trás.

"Acho que isso meio que estragou o...", disse ele enquanto Victoria se aproximava dizendo *psiu* e removia o casaco de um dos ombros. Apertou o corpo contra o dele e pôs a coxa com delicadeza em suas bolas. E então Howard disse uma frase que casou perfeitamente com o casaco, o espartilho, a cinta-liga e os chinelos felpudos que Victoria tinha trazido na mochila da faculdade.

"Me desculpe — não posso fazer isso!"

10.

"É muito simples. Salvei todas as imagens no seu disco rígido — e tudo que você precisa fazer é colocá-las na ordem em que vai precisar para a palestra, e você inclui qualquer citação ou diagrama junto, em ordem — como num arquivo normal de processador de texto. E então botamos tudo no formato certo. Está vendo?" Smith J. Miller inclinou-se por cima do ombro de Howard e pôs os dedos no teclado de Howard. Tinha um hálito de bebê: morno, inodoro e fresco como vapor. "Clica e arrasta. Clica e arrasta. E você pode pegar coisas da web também. Salvei um bom site sobre Rembrandt para você, viu? Aqui tem imagens em alta definição de todos os quadros de que vai precisar. Tá?"

Howard fez que sim, quieto.

"Vou almoçar agora, mas volto à tarde para pegar isso com você e transformar em *pau*-point. Tá? O futuro é esse."

Howard encarou com desânimo o equipamento à sua frente.

"Howard", disse Smith, pondo a mão em seu ombro, "vai ser uma palestra *muito boa*. É uma atmosfera gostosa, uma galeriazinha bacana, e todos estão do seu lado. Um vinhozinho, um queijinho, uma palestrinha, todos vão para casa. Será eficiente, será profissional. Nada com que se preocupar.

Você já fez isso um milhão de vezes. Só que dessa vez você vai ter uma mão-zinha do senhor Bill Gates. Pois bem, volto aí pelas três para buscar isso."

Smith deu um último aperto no ombro esquerdo de Howard e pegou sua maleta fininha.

"Espere...", disse Howard. "Mandamos todos os convites?"

"Fiz isso em novembro."

"Burchfield, Fontaine, French..."

"Howard, todo mundo que pode fazer alguma diferença para você aqui foi convidado. Está tudo feito. Nada com que se preocupar. Só preciso do *pau*-point resolvido e vamos botar pra quebrar."

"Convidou minha esposa?"

Smith trocou a maleta de mão e dirigiu um olhar perturbado a seu patrão.

"Kiki? Desculpe, Howard... é que só mandei os convites profissionais, como sempre — mas se houver uma lista de amigos e familiares que você queira que eu..."

Howard afastou a idéia com um gesto.

"Então tá." Smith bateu continência. "Meu trabalho aqui está encerra-do. Três horas."

Smith se foi. Howard clicou pelo website que foi deixado aberto para ele. Encontrou a lista de pinturas que Smith havia mencionado e abriu *Os síndicos da corporação de tecelões*, mais popularmente conhecido como *Os Staalmeesters*. Nessa pintura, seis holandeses, todos mais ou menos da mes-ma idade de Howard, estão sentados numa mesa, vestidos de preto. Era fun-ção dos Staalmeesters monitorar a produção de tecidos na Amsterdã do sé-culo XVII. Eram eleitos anualmente e escolhidos por sua habilidade de julgar se o tecido posto diante deles tinha cor e qualidade compatíveis. Um tapete turco cobre a mesa ao redor da qual estão sentados. Onde a luz incide sobre o tapete, Rembrandt nos revela sua rica tonalidade cor-de-vinho, seu intrica-do bordado de ouro. Os homens olham para fora do quadro, cada um com uma postura diferente. Quatrocentos anos de especulações compuseram uma história elaborada em torno da imagem. Trata-se supostamente de uma reu-nião entre acionistas; os homens estão sentados num estrado elevado, como estariam numa mesa redonda dos nossos tempos; uma platéia invisível está diante deles, e um de seus membros acabou de fazer uma pergunta difícil aos Staalmeesters. Rembrandt está sentado perto, mas não ao lado, desse inquiridor; ele capta a cena. Na composição de cada rosto, o pintor nos oferece uma avaliação ligeiramente distinta da questão em pauta. É o momento da cogitação manifesto em seis diferentes rostos humanos. É a imagem do *julgamento*: um julgamento meditado, racional, generoso. Tal qual a história da arte tradicional.

O iconoclasta Howard rejeita todas essas presunções insensatas. Como podemos saber o que se passa além da moldura do quadro? Que platéia? Que inquiridor? Que instante de julgamento? Besteiras e tradições sentimentais! Imaginar o que essa pintura representa num dado momento temporal é, argumenta Howard, anacrônico, uma falácia fotográfica. Nada além de narrações pseudo-históricas num tom preocupantemente religioso. Queremos crer que esses Staalmeesters são sábios a julgar com sensatez essa platéia imaginária, a julgar-nos de modo implícito. Mas nada disso está de fato *na* pintura. Tudo que realmente vemos são seis homens ricos posando para o seu retrato, esperando — *exigindo* — serem retratados coletivamente como pessoas abonadas, bem-sucedidas e dotadas de retidão moral. Rembrandt — bem pago por seus serviços — apenas se curvou a eles. Os Staalmeesters não estão olhando para ninguém; não há ninguém para olhar. A pintura é um exercício de representação do poder econômico — na opinião de Howard, uma representação particularmente nefasta e opressiva. E por aí segue a conversa de Howard. Ele a repetiu e a escreveu tantas vezes ao longo dos anos que já esqueceu de que pesquisa retirou suas evidências originais. Precisará desenterrar parte disso para a palestra. Pensar nisso o deixa muito cansado. Ele se afunda na cadeira.

O aquecedor portátil da sala de Howard está ligado com tanta potência que ele se sente preso no lugar pelo ar quente e espesso. Howard clica com o mouse e aumenta a imagem da pintura até que fique do tamanho da tela do computador. Olha para os homens. Atrás de Howard, as pontas de gelo que decoraram a janela do escritório durante dois meses derretem e pingam. A neve está recuando no pátio, e pequenos oásis de grama podem ser vistos, embora seja importante não ficar muito esperançoso com isso: é certo que há mais neve a caminho. Howard contempla os homens. Lá fora, os sinos estão tocando para marcar a hora. Há o estalido do bonde conectando-se aos cabos elevados, há a balbúrdia oca dos alunos. Howard olha para os homens. A história preservou alguns de seus nomes. Howard olha para Volckert Jansz, um menonita e colecionador de curiosidades. Olha para Jacob van Loon, um tecelão católico que vivia na esquina da Dam com a Kalverstraat. Olha para o rosto de Jochem van Neve: é um rosto carismático de spaniel com olhos bondosos que suscitam em Howard certa afeição. Quantas vezes Howard olhou para esses homens? A primeira vez foi aos catorze anos, quando lhe mostraram uma reprodução da pintura na aula de artes. Tinha ficado assustado e impressionado pelo modo como os Staalmeesters pareciam olhar direto para ele, com os olhos (como dissera seu professor) "que seguiam você pelo ambiente", e mesmo assim, quando Howard tentava retribuir o olhar, não conseguia encarar diretamente os olhos de nenhum deles. Howard olhou para os homens. Os homens olharam para Howard. Naquele dia, há quarenta e três anos, era um menino inculto com uma inteligência tenaz e joelhos encardidos, colérico, belo, inspirado, invocado, que veio do nada e de lugar nenhum e apesar disso estava determinado a não permanecer naquela situação — *aquele* era o Howard Belsey que os Staalmeesters viram e julgaram naquele dia. Mas qual era seu julgamento agora? Howard olhou para os homens. Os homens olharam para Howard. Howard olhou para os homens. Os homens olharam para Howard.

Howard apertou a opção "zoom" em sua tela. Zoom, zoom, zoom até que estivesse envolvido apenas com os pixels cor-de-vinho do tapete turco.

"E aí pai — qualé? Viajando?"

"Cristo! Não sabe bater?"

Levi fechou a porta atrás de si. "Não pra família, não... não costumo bater." Encarapitou-se na ponta da mesa de Howard e estendeu a mão até o rosto do pai. "Você tá bem? Tá suando, meu. Sua testa tá toda molhada. Tá se sentindo legal?"

Howard rebateu a mão de Levi. "O que você quer?", perguntou.

Levi balançou a cabeça em desaprovação mas riu. "Ah, meu... isso foi frio pra caralho. Só porque vim ver você, acha que quero alguma coisa!"

"Visita social, é isso?"

"Bem, sim. Gosto de ver você trabalhar, ver o que tá rolando com você, você sabe como é, sendo todo *intelectual* no mundinho da faculdade. Você é tipo meu modelo de comportamento e coisa e tal."

"Certo. De quanto precisa, então?"

Levi caiu na risada. "Ah, meu... você é frio! Não dá pra acreditar!"

Howard olhou para o reloginho no canto da tela. "Escola? Você não devia estar na escola?"

"Bem...", disse Levi, esfregando o queixo. "Tecnicamente, sim. Mas sabe, eles têm uma regra — a cidade tem uma regra que diz que você não pode ficar na aula se a temperatura da sala estiver abaixo de uma certa, tipo assim, temperatura — não sei como é, mas aquele garoto, Eric Klear, sabe — ele traz o termômetro pra aula. E se cai abaixo daquela temperatura específica, então — bem, basicamente, voltamos todos pra casa. Eles não podem fazer nada a respeito."

"Muito arrojado", disse Howard. Então ele riu e olhou para o filho com uma admiração afetuosa. Que período da vida era esse! Seus filhos estavam grandes o bastante para fazê-lo rir. Eram pessoas reais que entretinham, discutiam e existiam de uma forma totalmente independente dele, embora ele tivesse dado o pontapé inicial. Tinham pensamentos e crenças diferentes. Não tinham sequer a mesma cor que a dele. Eram uma espécie de milagre.

"Esse não é um comportamento filial típico, sabe", disse Howard em tom jovial, já levando a mão ao bolso traseiro. "Isso é ser assaltado dentro de seu próprio escritório."

Levi desceu da mesa e foi espiar pela janela. "A neve tá derretendo. Mas não por muito tempo. Meu", disse ele se virando. "Assim que eu tiver meu próprio dindim e minha própria vida, vou me mudar pra um lugar *quente*. Vou me mudar, tipo, pra *África*. Nem me importa que seja pobre. Desde que seja quente, tá beleza."

"Vinte e... *seis, sete, oito* — é tudo que tenho", disse Howard mostrando o conteúdo da carteira.

"Agradeço muito, meu. Tô liso."

"E aquele *emprego*, pelo amor de Deus?"

Levi ficou um pouco embaraçado antes de confessar. Howard escutou com a cabeça sobre a mesa.

"Levi, era um emprego *bom*."

"Arranjei outro! Mas é mais... irregular. E não estou trabalhando nele nesse momento, porque tô com umas outras fitas rolando, mas vou voltar logo, porque é tipo..."

"Não me conte", insistiu Howard, fechando os olhos. "Simplesmente não me conte. Não quero saber."

Levi pôs os dólares no bolso traseiro. "Mas, enfim, no meio-tempo tá rolando um probleminha de caixa. Mas pago de volta."

"Com mais dinheiro que darei a você."

"Tô com um emprego, acabei de dizer! Relaxa. Tá? Dá pra relaxar? Você vai ter um ataque cardíaco, meu. *Relaxa.*"

Suspirando, deu um beijo na testa suada do pai e fechou a porta com delicadeza ao sair.

Levi atravessou o departamento com seu gingado manco e chegou ao saguão principal do prédio da Faculdade de Humanas. Parou para escolher uma música que teria tudo a ver com a experiência de sair do prédio e encarar o frio na rua. Alguém chamou seu nome. No início, não conseguiu ver quem era.

"*Yo — Levi.* Aqui! Ô meu! Não vejo sua fuça *há uma cara*, meu. Toca aqui."

"*Carl?*"

"É, Carl. Nem me reconhece mais?"

Bateram os punhos, mas Levi não abriu mão da cara amarrada.

"O que você tá fazendo aqui, meu?"

"Pô — você não sabia?", disse Carl com um sorriso barato, abrindo o colarinho. "Tô na *faculdade* agora!"

Levi riu. "Não, sério, meu — o que você tá fazendo aqui?"

Carl parou de sorrir. Bateu na mochila em suas costas. "Sua irmã não contou? Tô na faculdade agora. Tô trabalhando aqui."

"*Aqui?*"

"Departamento de Estudos Negros. Acabei de começar — sou um arquivista."

"Um *o quê?*" Levi transferiu o peso para o outro pé. "Meu, você tá tirando onda comigo?"

"Não."

"Você *trabalha* aqui. Não saquei — você tá fazendo faxina?"

Levi não pretendia dizer isso do modo como saiu. É que ele tinha conhecido um monte de faxineiros de Wellington na marcha do dia anterior, e foi a primeira coisa que lhe veio à mente. Carl se ofendeu.

"Não, meu, eu trabalho nos *arquivos* — não limpo merda nenhuma. É uma discoteca — sou encarregado do hip-hop e de uma parte do R&B e da música negra urbana moderna. É um material fantástico — você devia passar pra dar uma olhada."

Levi balançou a cabeça, incrédulo. "Carl, mano, tô perdido... você precisa passar essa fita de novo. Você tá trabalhando *aqui*?"

Carl olhou por cima da cabeça de Levi para o relógio na parede. Tinha um compromisso a cumprir — ia encontrar alguém do Departamento de Línguas Modernas que traduziria para ele umas letras de música em francês.

"É, meu — não é um conceito tão complicado. Tô trabalhando aqui."

"Mas... Você *gosta* daqui?"

"Claro. Bem... é meio metido a besta às vezes, mas o Departamento de Estudos Negros é da hora. Dá pra fazer muita coisa num lugar desses — ei, cruzo com seu pai o tempo *todo*. Ele trabalha logo aqui embaixo."

Levi, concentrado nos numerosos fatos estranhos sendo postos diante dele, ignorou o último comentário. "Mas peraí: você não tá mais fazendo música?"

Carl ajeitou a mochila nas costas. "Pois é... ando fazendo um pouco, mas... não sei, meu, essa parada do rap... é só os gangsta e os playa hoje em dia... não é a minha praia. O rap devia ter a ver com *proporção*, pra mim, do jeito como vejo a coisa. E tipo, você vai ao Bus Stop hoje em dia e só tem esses mano furioso meio que... *reclamando*... e não tô sentindo muito isso, então, bem... você sabe como é..."

Levi tirou o papel de um chiclete e o pôs na boca sem oferecer um a Carl. "Talvez eles estejam com raiva de certas coisas", disse Levi com frieza.

"É... bem — seguinte, meu — preciso correr, tenho uma... coisa — ei, você devia dar uma passada na discoteca uma hora dessas — vamos começar a fazer uma tarde de audição livre onde você pode pegar qualquer disco e ouvir inteiro — temos umas coisas raras pra cacete, então você devia dar um pulo lá. Venha amanhã à tarde. Por que não faz isso?"

"Amanhã é a segunda marcha. Vamos marchar a semana toda."

"Marcha?"

Bem nesse momento as portas da frente se abriram e eles se viram acompanhados, durante um momento, por uma das mulheres mais incrivelmente lindas que já tinham visto. Estava caminhando em alta velocidade, passando por eles em direção aos departamentos de Humanas. Vestia um jeans justo, uma camisa pólo rosa e botas bege de cano alto. Tranças longas e sedosas caíam por suas costas. Levi não a associou com a garota chorosa de cabelos curtos e vestida de preto que tinha visto um mês antes caminhando de maneira mais sóbria e devota atrás de um caixão.

"Irmã — *caralho!*", murmurou Carl alto o bastante para ser ouvido, mas Victoria, treinada em ignorar comentários desse tipo, simplesmente seguiu caminho. Levi cravou os olhos naquela incendiária visão traseira.

"Ah meu *Deus...*", disse Carl, colocando a mão no peito. "Você viu aquela busanfa? Porra, *meu*, tô apavorado."

Levi tinha visto, sim, aquela busanfa, mas de repente Carl já não era a pessoa com quem queria discutir o assunto. Nunca tinha conhecido Carl muito bem, mas, à maneira de uma paixão adolescente, tinha visto muita coisa nele. Nessas horas se vê o que o amadurecimento traz. Era óbvio que Levi tinha amadurecido pra caramba desde o verão passado — sentia isso dentro de si mesmo, e agora confirmava que era verdade. Irmãos levianos como Carl simplesmente não o impressionavam mais. Levi Belsey tinha passado para a próxima fase. Era estranho pensar em sua versão anterior. E era *muito* estranho estar diante daquele ex-Carl, aquele tolo ultrapassado, aquela casca de um irmão de cor do qual tudo que era belo, empolgante e verdadeiro tinha se evaporado por completo.

Howard estava se preparando para uma escapadinha e um bagel na cafeteria. Levantou-se da mesa — mas ele tinha visita. Ela abriu a porta com um estouro e fechou-a com outro. Não avançou para dentro da sala. Ficou parada com as costas na porta.

"Poderia sentar, por favor?", disse ela olhando não para ele mas para o teto, como se fizesse um oração aos céus. "Poderia sentar e ouvir e não dizer nada? Quero dizer uma coisa, depois ir embora e pronto."

Howard dobrou o casaco no meio e sentou-se com ele sobre o colo.

"Não se *trata* as pessoas dessa maneira, certo?", disse ela ainda fitando o teto. "Você não pode fazer isso comigo *duas vezes*. Primeiro me deixa com cara de *idiota* naquele jantar e depois — não se deve deixar uma pessoa sozinha num hotel — não se deve agir como uma porra duma *criança* — e fazer uma pessoa sentir que ela não vale nada. Não se *faz* isso."

390

Enfim, ela baixou os olhos. Sua cabeça oscilava como doida em cima do pescoço. Howard olhou para os pés.

"Sei que você acha", disse ela com uma inflexão lacrimal nas palavras que dificultava a compreensão, "que você... me *conhece*. Você *não* me conhece. Isso", disse tocando o rosto, os peitos, os quadris, "isso é o que você conhece. Mas você não *me* conhece. E foi você quem quis *isso* — é só isso que todo mundo..." Tocou nas mesmas três partes. "E então é isso que eu queria..."

Secou os olhos com a bainha da camisa pólo. Howard ergueu os olhos.

"Enfim", disse ela. "Quero que destrua os e-mails que mandei. E vou sair da sua aula, então não precisa se preocupar com *isso*."

"Você não precisa..."

"Você não faz a menor idéia do que eu preciso. Você não sabe nem do que *você* precisa. Enfim. É inútil."

Ela levou a mão à maçaneta. Era egoísta, Howard sabia, mas antes que ela saísse ele precisava obter dela a garantia de que esse desastre ficaria entre os dois. Levantou-se, pôs as mãos na mesa mas não disse nada.

"Ah, e eu sei", disse ela comprimindo as pálpebras, "que você não está interessado em nada que tenho para dizer porque sou apenas uma porra duma garotinha tapada ou algo assim... mas sendo uma pessoa relativamente objetiva... na real, você só precisa aprender a lidar com o fato de que não é a única pessoa que existe no mundo. Na minha opinião. Tenho minhas merdas para lidar. Mas você precisa lidar com isso."

Ela abriu os olhos, se virou e saiu, mais uma saída ruidosa. Howard ficou onde estava, segurando o casaco pela gola. Em nenhum momento da catástrofe do mês anterior ele tinha nutrido algum sentimento genuinamente romântico por Victoria, tampouco sentia qualquer coisa do tipo agora, mas percebeu, naquele estágio avançado das coisas, que no fundo gostava dela. Havia um destemor ali, algo empedernido e orgulhoso. Howard teve a impressão de que era a primeira vez que ela falava com ele de forma verdadeira, ou pelo menos de uma forma que ele sentia ser verdadeira. Howard vestiu o casaco, tremendo ao fazê-lo. Foi até a porta e aguardou um minuto, querendo evitar encontrá-la do outro lado. Sentia-se estranho: apavorado, envergonhado, aliviado. *Aliviado!* Era tão terrível assim ter a sensação de haver escapado? Será que ela não sentia o mesmo? Junto com o tremor físico e o choque psicológico de ter participado de uma cena assim (e como era estranho ouvir palavras ditas daquela forma por uma pessoa que, na verdade, você mal conhece), não havia, do outro lado da explosão, a satisfação da sobrevivência? Como num confronto de rua em que você é ameaçado fisicamente e ousa ir para cima, para então ser deixado em paz. Você sai andando, tremendo de medo e de satisfação por ter sido poupado, sentindo alívio porque a situação não piorou. Nesse clima de questionável euforia, Howard saiu do departamento. Passou por Lidy na recepção, pelo saguão, pelas máquinas de bebidas, pela estação de internet, pelas portas duplas da Biblioteca Ke —

Howard deu um passo atrás e encostou o rosto no vidro de uma das portas. Dois detalhes significativos — não, na verdade três. Um: Monty Kipps num palanque, falando. Dois: a Biblioteca Keller atulhada de gente, um público maior do que qualquer um que Howard já sonhara reunir em Wellington. Três — e esse era o detalhe que tinha chamado a atenção de Howard desde o início: a poucos metros da porta, sentada com o tronco reto na cadeira, segurando um caderno de notas, aparentemente alerta e interessada, uma certa Kiki Belsey.

Howard esqueceu seu encontro marcado com Smith. Foi direto para casa e esperou a mulher. Movido pela fúria, sentou-se no sofá segurando Murdoch com força no colo e ficou matutando diversas formas de iniciar a conversa que se aproximava. Enfileirou uma seleção satisfatória de alternativas serenas e desprendidas de emoção — mas, quando ouviu a porta da frente abrir-se, o sarcasmo desapareceu. Por muito pouco não saltou do lugar para confrontá-la da maneira mais vulgar possível. Ficou ouvindo seus passos. Ela passou pela porta da sala de estar ("E aí, tudo bem?") continuou andando. Howard entrou em combustão por dentro.

"Estava trabalhando?"

Kiki refez os passos e parou na porta. Entrava imediatamente em estado de alerta — como todas as pessoas casadas há muito tempo — diante de um certo tom de voz.

"Não... tarde de folga."

"Se divertiu?"

Kiki entrou na sala. "Howard, qual é o problema?"

"Eu acho", disse Howard soltando Murdoch, que tinha se cansado do estrangulamento parcial, "que teria ficado irrisoriamente — *irrisoriamente* — menos surpreso se a tivesse visto num encontro da..."

Começaram a falar ao mesmo tempo.

"Howard, o que é isso? Ai, *Deus*..."

"...da *porra* da Ku Klux Klan — não, na verdade isso teria feito um pouco mais de..."

"A palestra de Kipps... Ai, Jesus Cristo, aquele lugar é um jogo de telefone-sem-fio... Olha, não preciso..."

"Não sei a que outros eventos neoconservadores você planeja ir — não, querida, não foi um jogo de telefone-sem-fio, na verdade; eu *vi* você, tomando notas — não fazia a menor *idéia* de que você admirava tanto o trabalho daquele grande homem, gostaria de ter percebido, poderia ter lhe comprado sua antologia de discursos ou..."

"Ah, vá se *foder* — me deixe em paz."

Kiki fez menção de ir embora. Howard atirou-se para o outro lado do sofá, ajoelhou-se e pegou-a pelo braço. "Aonde você vai?"

"Embora daqui."

"Estamos conversando — você queria conversar — estamos conversando."

"Isso não é uma conversa — isso é você berrando sozinho. *Pare* — me solte. *Jesus!*"

Howard tinha conseguido torcer seu braço, e portanto também seu corpo, de forma a levá-la até o sofá. Ela sentou-se com relutância.

"Olha, não preciso dar explicações a você", disse Kiki, mas logo em seguida se pôs a fazê-lo. "Sabe o que é? Às vezes tenho a impressão de que há sempre o mesmo ponto de vista nesta casa. E tudo que estou tentando fazer é ter todos os pontos de vista. Não vejo qual é o crime nisso, apenas tentar expandir a..."

"Em prol do equilíbrio", disse Howard com a voz anasalada de um comentarista de TV americano.

"Sabe, Howard, você *só* sabe soltar as patas em cima de todo mundo. Não tem nenhuma *crença* — é por isso que tem tanto medo das pessoas com crenças, pessoas que se dedicaram a alguma coisa, a uma *idéia*."

"Você tem razão — *tenho* medo de *malucos* fascistas — tenho — minha mente não consegue *conceber* — Kiki, esse homem quer *destruir* a decisão Roe versus Wade. Só para começo de conversa. Esse homem..."

Kiki ficou em pé e começou a gritar. "Não é *disso* que se trata — estou cagando e andando para Monty Kipps. Estou falando de *você* — você tem terror de qualquer um que acredite em qualquer coisa — olha como você trata *Jerome* — não consegue nem *olhar* para ele, porque sabe que agora ele é cristão — *sabemos* muito bem disso — nunca falamos a esse respeito. *Por quê?* Você só faz piada sobre o assunto, mas não tem graça — não tem graça para *ele* — e parece que você costumava ter alguma idéia do que você... não sei... do que você *acreditava* e do que *amava*, e agora você não passa de um..."

"Pare de gritar."

"Não estou gritando."

"Você está gritando. Pare de gritar." Uma pausa. "E não sei *o que é que tem a ver* Jerome com toda essa..."

Frustrada, Kiki bateu no lado das pernas com os dois punhos fechados. "É *tudo* a mesma coisa, estive pensando em *tudo* isso — é parte do mesmo... véu de *trevas* que se abateu sobre esta casa — não podemos falar a sério sobre nada, tudo é irônico, nada é sério — todo mundo tem medo de *falar* porque *você* pode achar que é batido ou banal — é como um policiamento de idéias. E você não se importa com nada, não se importa *conosco* — sabe, fiquei lá sentada ouvindo Kipps — tudo bem, ele é um doido a metade do tempo, mas está lá em cima falando de algo em que *acredita*..."

"É o que você não cansa de repetir. Parece que não importa *no que* ele acredita, desde que seja *algo*. Que tal ouvir o que está dizendo? Ele acredita no *ódio* — aonde você quer *chegar*? Ele é um infeliz, um mentiroso..."

Kiki enfiou o dedo na cara de Howard. "Acho que você *não* devia falar de mentiras, tá? Acho que você *não* devia ficar aí sentado e *ousar* me falar sobre mentiras. Apesar dos pesares, aquele homem é mais honrado do que você *jamais* poderá ser..."

"Você perdeu a cabeça", balbuciou Howard.

"*Não faça isso!*", gritou Kiki. "Não me rebaixe dessa forma. *Deus* — é como se... você não consegue nem... sinto como se nem *conhecesse* você... é como no 11 de setembro, quando você enviou aquele e-mail ridículo para todo mundo sobre Baudry, Bodra..."

"Baudrillard. É um filósofo. O nome dele é Baudrillard."

"Sobre guerras simuladas ou sei lá que porra era aquela... E fiquei pensando: *O que há de errado com esse homem?* Tive *vergonha* de você. Não disse nada, mas tive. Howard", disse ela aproximando-se, mas não o bastante para tocá-lo, "isso é *real*. Esta vida. Estamos realmente aqui — isto está realmente acontecendo. O sofrimento é *real*. Quando você magoa as pessoas, é *real*. Quando você come uma das nossas melhores amigas, é uma coisa *real* e que me *magoa*."

Kiki desabou no sofá e começou a chorar.

"Comparar assassinato em massa com minha infidelidade me parece um pouco...", disse Howard baixinho, mas a tempestade tinha passado e já não fazia sentido. Kiki ficou chorando com a cara numa almofada.

"Por que você me ama?", perguntou ele.

Kiki continuou chorando e não respondeu. Alguns minutos depois ele refez a pergunta.

"É alguma espécie de pegadinha?"

"É uma pergunta genuína. Uma pergunta *real*."

Kiki não disse nada.

"Vou ajudar você", disse Howard. "Vou colocar no pretérito perfeito. Por que você me *amou*?"

Kiki fungou ruidosamente. "Não quero esse joguinho — é idiota e agressivo. Estou cansada."

"Kiki, você vem me mantendo afastado há tanto tempo, e não lembro nem se você *gosta* de mim — não é nem amar, é *gostar*."

"*Sempre* amei você", disse Kiki, mas de um jeito tão furioso que as palavras e os sentimentos vieram desordenados. "*Sempre*. Não mudei. Não vamos esquecer quem mudou."

"Eu sinceramente, *sinceramente* não estou querendo provocar briga", disse Howard com desânimo, apertando os olhos com os dedos. "Estou perguntando por que você me amava."

Ficaram sentados sem abrir a boca por um tempo. No silêncio, algo derreteu. Suas respirações se acalmaram.

"Não sei como responder a isso — quer dizer, nós dois sabemos tudo que há de bom e isso não ajuda", disse Kiki.

"Você diz que quer conversar", disse Howard. "Mas não quer. Você se fecha pra mim."

"A *única* coisa que sei é que amar você foi o que fiz da minha vida. E estou aterrorizada pelo que aconteceu conosco. Isso não devia ter nos acontecido. Não somos como as outras pessoas. Você é meu melhor amigo..."

"Melhor amigo, sim", disse Howard com pesar. "Isso nunca deixou de ser."

"E somos co-progenitores."

"E somos *co-progenitores*", repetiu Howard, debochando de um americanismo que abominava.

"Você nem precisa usar sarcasmo para dizer isso, Howard — isso já faz parte do que somos agora."

"Eu não estava sendo...", suspirou Howard. "E fomos apaixonados", disse.

"Bem, Howie, esse pretérito perfeito foi seu, não meu."

Caíram novamente em silêncio.

"*E*", disse Howard, "é claro que sempre fomos muito bons no havaiano."

Foi a vez de Kiki suspirar. *Havaiano*, por motivos privados e antigos, era um eufemismo para sexo no lar dos Belsey.

"Na verdade, sempre fomos *craques* no havaiano", acrescentou Howard — estava apostando alto e sabia disso. Pôs a mão nos cabelos presos da esposa. "Você não pode negar."

"Nunca fiz isso. Você fez. Quando fez o que fez."

Essa frase — com sua superabundância de "fazeres" — era problematicamente cômica. Howard penou para puxar as rédeas de um sorriso. Kiki sorriu primeiro.

"Vá se foder", disse ela.

Howard pôs as duas mãos debaixo dos seios cataclísmicos de sua esposa.

"Vá se *foder*", repetiu ela.

Pôs as mãos ao redor dos cumes e começou a massagear a porção que cabia nelas. Encostou os lábios em seu pescoço e beijou-a ali. E depois nas orelhas, que estavam molhadas de lágrimas. Ela virou o rosto de frente para o dele. Beijaram-se. Foi um beijo encorpado, substancial, cheio de línguas. Foi um beijo do passado. Howard tomou o belo rosto da esposa entre as mãos. A mesma jornada de tantas noites ao longo de tantos anos: a trilha de beijos passando pelos anéis rechonchudos de carne em seu pescoço, até chegar ao peito. Abriu os botões de sua camisa enquanto ela tratava do fecho teimoso do sutiã. Os mamilos do tamanho de moedas de um dólar, dos quais brotavam um ou outro pêlo, eram de um marrom escuro familiar com apenas um pequeno toque de rosa. Projetavam-se como nenhum outro mamilo que ele já tinha visto. Encaixavam-se com perfeição e precisão em sua boca.

Foram para o chão. Os dois pensaram nos filhos e na possibilidade de que um deles chegasse em casa, mas nenhum ousou ir à porta para trancá-la. Qualquer movimento que os distanciasse daquela posição seria o fim. Howard deitou por cima da esposa. Olhou para ela. Sua mulher olhou para ele. Sentiu-se conhecido. Murdoch, indignado, saiu da sala. Kiki ergueu-se para beijar o marido. Howard tirou a saia comprida da esposa e sua roupa de baixo avantajada e prática. Pôs as mãos por baixo de sua linda bunda gorda e apertou. Ela produziu um zumbido suave de satisfação. Sentou-se e começou a desfazer sua longa trança. Howard levantou as mãos para ajudá-la. Rolos de cabelo afro comprido libertaram-se e abriram-se para os lados e para baixo até que o halo dos velhos tempos cercou seu rosto. Ela abriu seu zíper e o pegou com as mãos. Manipulou-o com calma, firmeza, sensualidade, perícia. Começou a sussurrar em seu ouvido. Seu sotaque se tornou pesado, sulista e imundo. Por motivos privados e antigos ela assumia agora o papel de uma vendedora de peixes havaiana chamada Wakiki. O traço fatal de Wakiki era seu senso de humor — levava-o às raias do abandono e então dizia algo tão engraçado que tudo vinha abaixo. Algo que não tinha graça para mais ninguém. Engraçado para Howard. Engraçado para Kiki. Rindo com vontade, Howard se deitou e puxou Kiki para cima dele. Tinha um jeito de pairar ali em cima sem pôr todo o peso sobre ele. As pernas de Kiki sempre foram diabolicamente fortes. Ela o beijou mais uma vez, endireitou-se e agachou-se em cima dele. Ele tentou alcançar seus peitos como uma criança e ela os colocou ao alcance das mãos dele. Levantou a barriga com a mão e trouxe o marido para dentro. Em casa! Mas aconteceu antes do que Howard esperava, e isso o deixou um pouco triste, pois sabia, tanto quanto ela, que estava sem prática e portanto condenado. Poderia sobreviver por cima, por trás, de ladinho ou em qualquer outra das posições tradicionalmente conjugais. Ia longe naquelas posições. Era um campeão. Costumavam passar horas encaixados de ladinho, mexendo para a frente e para trás, falando do dia, de coisas divertidas que tinham acontecido, de alguma travessura de Murdoch e até mesmo das crianças. Mas, se ela se agachava por cima dele, com seus peitos gigantes balançando e adquirindo uma película de suor, com seu lindo rosto compenetrado em obter o que ela desejava, com o estranho talento de seus músculos apertando e soltando — bem, nesse caso ele tinha três minutos e meio, não mais. Por uns dez anos, isso tinha sido causa de uma enorme frustração sexual entre eles. Eis a posição favorita dela; eis a incapacidade dele de suportar o prazer proporcionado por ela. Mas a vida é longa, e o casamento também. A reviravolta veio num certo ano quando Kiki se descobriu capaz de explorar a excitação dele para de alguma forma estimular novos músculos que a fizeram ir mais rápido e alcançá-lo. Uma vez tentou lhe explicar como fazia, mas a diferença anatômica entre nossos gêneros é grande demais. As metáforas não funcionam. E quem é que se importa, afinal, com tecnicidades quando aquela explosão estelar de prazer, amor e beleza está tomando conta da gente? Os Belsey ficaram tão bons naquilo que quase se tornaram blasés, mais orgulhosos do que excitados. Queriam demonstrar a técnica aos vizinhos. Mas Howard não se sentia muito blasé agora. Ergueu a cabeça e os ombros do chão, agarrou o traseiro dela e apertou-a contra si; pediu desculpas por ter acabado tão cedo, mas na verdade ela se uniu a ele instantes depois e as últimas ondas daquilo se propagaram pelos dois. A parte de trás da cabeça de Howard tocou o carpete e ele ficou ali deitado com a respiração descontrolada, sem dizer nada. Kiki saiu de cima dele devagar e sentou-se de pernas cruzadas como um grande Buda a seu lado. Ele estendeu a mão, a palma aberta à espera da outra, como costumavam fazer. Ela não apertou.

"Oh, *Deus*", foi o que disse. Pegou uma almofada e afundou o rosto nela.

Howard não hesitou. Ele disse: "Não, Keeks — isso é uma coisa boa. Vinha sendo um inferno...". Kiki enterrou o rosto ainda mais fundo na almofada. "Sei que vinha. Mas não quero ficar sem... *nós*. Você é a pessoa que eu — você é minha vida, Keeks. Sempre foi, sempre será e é agora. Não sei como quer que eu diga. Você existe para mim — você *é* eu. Sempre soubemos disso — e não há como escapar agora, de qualquer forma. Amo você. Você nasceu para mim", repetiu Howard.

Kiki não havia tirado o rosto da almofada e falou nela. "Não sei mais se você é a pessoa para mim."

"Não estou ouvindo — o quê?"

Kiki levantou a cabeça. "Howard, eu amo você. Mas simplesmente não estou *interessada* em acompanhar essa sua *segunda adolescência*. Tive a minha adolescência. Não posso enfrentar a sua de novo."

"Mas..."

"Não menstruo há *três meses* — você sequer *sabia* disso? Fico louca e emotiva o tempo todo. Meu corpo está me dizendo que o espetáculo acabou. Isso é real. E não vou ficar nem um pouco mais *magra* nem *jovem*, minha bunda vai chegar ao chão, se é que já não chegou — e quero ficar com alguém que ainda consiga *me ver aqui dentro*. Eu ainda estou aqui *dentro*. E não quero que me *rebaixem* ou me *depreciem* por estar mudando... prefiro ficar sozinha. Não quero alguém que sinta *desprezo* por quem me tornei. Vi *você* se tornar também. E sinto que fiz o melhor que pude para honrar o passado, o que você era e o que você é agora — mas você quer mais do que isso, quer algo novo. Não posso *ser* nova. Meu bem, fizemos uma longa viagem juntos." Chorando, ela pegou a mão dele e deu um beijo no centro da palma. "Trinta anos — quase todos *muito felizes*. É uma vida inteira, é incrível. A maioria das pessoas não chega a isso. Mas talvez isso tenha mesmo acabado, sabe? Talvez tenha acabado..."

Howard, já chorando também, levantou-se de onde estava e sentou-se atrás da esposa. Envolveu sua sólida nudez com os braços. Num sussurro, começou a implorar — e, ao pôr-do-sol, recebeu — a concessão que as pessoas sempre imploram: um pouco mais de tempo.

11.

O recesso de primavera chegou, fazendo o rosa e o roxo brotarem nas macieiras e pincelando de laranja o céu molhado. Continuava frio como nunca, mas agora os wellingtonianos tinham direito à esperança. Jerome veio para casa. Nada de Cancún, Flórida ou Europa. Ele queria ver a família. Kiki, sensibilizada ao extremo com isso, segurou sua mão e o conduziu pelo jardim frio para testemunhar as mudanças ocorridas. Mas ela tinha outras razões além das puramente horticulturais.

"Quero que saiba", disse ela, curvando-se para arrancar uma erva daninha do canteiro de rosas, "que vamos apoiar toda e qualquer escolha que fizer na vida."

"Bem", disse Jerome com mordacidade, "acho que o recado está dado de forma bela e eufemística."

Kiki levantou-se e ficou olhando para o filho e sua cruz dourada sem saber como agir. O que mais podia dizer? Como podia segui-lo para onde estava indo?

"Estou brincando", tranqüilizou Jerome. "Fico feliz em saber, fico mesmo. E vice-versa", disse ele, devolvendo à mãe o mesmo olhar que recebera dela.

Sentaram-se no banco sob a macieira. A neve tinha descascado a tinta e empenado a madeira, tirando-lhe a firmeza. Distribuíram seus pesos para equilibrá-lo. Kiki ofereceu a Jerome um pedaço de sua gigantesca manta, mas ele recusou.

"Pois então, queria falar com você sobre uma coisa", disse Kiki com cautela.

"Mãe... eu *sei* o que acontece quando um homem bota seu negocinho no da mulher..."

Kiki deu-lhe um beliscão no lado. Chutou seu tornozelo.

"É o *Levi*. Você sabe que quando você não está por perto ele fica sem ninguém... Zora não passa nenhum tempo junto com ele e Howard o trata como um pedaço de — sei lá o quê — *rocha lunar*. Me preocupo com ele. Enfim, ele se aproximou de umas *pessoas* — tudo bem, já os vi por aí — é um grande grupo de rapazes haitianos e africanos, vendem coisas na rua — acho que são comerciantes."

"É legalizado?"

Kiki apertou os lábios. Sempre fora tolerante com Levi, e nada que ele fazia podia ser totalmente errado.

"Ai ai ai", disse Jerome.

"Que eu saiba não é muito *ilegal*."

"Mãe, ou é, ou..."

"Não, mas isso não... é mais porque ele parece tão *envolvido* com todos eles. De repente ele não tem outros amigos. Quer dizer, tem sido interessante em muitos aspectos — ele anda com uma consciência política bem maior, por exemplo. Vai para a praça quase todo dia com panfletos para auxiliar numa campanha de apoio aos haitianos — está lá agora."

"Campanha?"

"Salários maiores, prisões indevidas — várias questões. Howard está muito orgulhoso, *é claro* — orgulhoso sem pensar no que tudo isso *significa*."

Jerome esticou as pernas sobre a grama e cruzou um pé sobre o outro. "Estou com o pai", teve de admitir. "Não vejo problema, na verdade."

"Bem, tá, não é um *problema*, mas..."

"Mas o quê?"

"Você não acha um pouco estranho que ele esteja interessado em coisas haitianas? Quer dizer, *nós* não somos haitianos, ele nunca foi ao Haiti — há seis meses ele não conseguiria nem apontar para o Haiti no mapa. Só acho que parece um pouco... *aleatório*."

"Levi *é* aleatório, mãe", disse Jerome, ficando em pé e se movimentando para esquentar-se. "Venha, vamos entrar, está frio."

Voltaram andando rápido pela grama, passando por montes meio esmagados de flores expulsas das árvores no temporal da noite anterior.

"Mas será que você poderia passar um tempo junto com ele? Promete? Porque ele tende a *ir com tudo* numa coisa só — você sabe como ele é. Temo que toda a merda que andou acontecendo nesta casa o tenha... tirado dos eixos, de alguma forma. E é um ano importante na escola."

"Como... como é que *anda* toda a merda?", perguntou Jerome.

Kiki passou o braço pela cintura de Jerome. "Honestamente? É um esforço pesado *pra cacete*. É o esforço mais pesado que já fiz. Mas Howard está tentando de verdade. É preciso reconhecer. Ele está." Kiki reparou na expressão duvidosa de Jerome. "Ah, sei que ele pode ser uma chateação fenomenal, mas... eu *gosto* do Howie, sabe. Posso não mostrar muito, mas..."

"Sei que gosta, mãe."

"Mas me promete isso, em relação ao Levi? Passe um tempo com ele — descubra o que está se passando com ele."

Jerome fez a típica promessa materna sem compromisso, imaginando que talvez a cumprisse sem compromisso, mas ao entrarem em casa sua mãe mostrou a verdadeira face. "Sim, ele está lá neste exato momento, na praça", disse ela como se Jerome tivesse perguntado. "E o pobrezinho do Murdoch precisa dar uma volta..."

Jerome deixou as malas fechadas no corredor e fez a vontade da mãe. Botou a correia em Murdoch e desfrutou com ele da bela caminhada pelo bairro. Jerome surpreendeu-se com a felicidade que sentia por estar de volta. Três anos atrás, tinha concluído que detestava Wellington: um protetorado irreal; renda alta, presunção moral; cheia de hipócritas espiritualmente

401

inertes. Mas agora seu ranço adolescente tinha se esgotado. Wellington tornou-se um confortável cenário de sonho que ele se sentia agradecido e favorecido de poder chamar de casa. Com certeza era verdade tratar-se de um lugar irreal onde nada mudava nunca. Mas Jerome — no limiar entre seu último ano de faculdade e sabe-se lá o quê — tinha começado a valorizar justamente essa qualidade. Desde que Wellington continuasse sendo Wellington, ele poderia arriscar todo tipo de mudança em si mesmo.

Entrou num fim de tarde animado na praça. Um saxofonista tocando sobre um fundo musical metálico deixou Murdoch alvoroçado. Jerome pegou o cão no colo. Uma pequena feira de alimentos tinha se instalado no lado leste e competia com o costumeiro caos do ponto de táxi, os estudantes numa banca de protesto contra a guerra, outros fazendo campanha contra testes em animais e uns caras vendendo bolsas. Perto da estação de metrô, Jerome viu a banca descrita por sua mãe. Estava coberta por um pano amarelo decorado com as palavras GRUPO DE APOIO AOS HAITIANOS. Mas nada de Levi. Jerome parou na ponto de venda de jornais em frente à estação e comprou o último *Wellington Herald*. Zora tinha enviado três e-mails pedindo que comprasse um exemplar. Permaneceu próximo ao calor relativo da banca e folheou as páginas, procurando um Z revelador. Encontrou o nome da irmã na página 14 encabeçando a coluna semanal do campus, "Speaker's Corner". Só a menção do nome da coluna já irritava Jerome: recendia àquela enfadonha reverência wellingtoniana a tudo que era britânico. O tempero britânico estendia-se ao próprio conteúdo da coluna, que, sem distinção do aluno que a redigisse, sempre carregava um tom superior e vitoriano. Palavras e frases que o aluno jamais tivera motivo para usar ("indubitavelmente", "*Ser-me-ia* impossível conceber") saíam de sua pena. Zora, que estivera na Speaker's Corner quatro vezes (um recorde para uma aluna do segundo ano), não destoava do estilo da casa. Os argumentos dessas colunas sempre eram apresentados como se fossem requerimentos submetidos à União de Oxford. O título daquele dia era "Essa Oradora Acredita que Wellington Deveria Agir Conforme o que Diz", por Zora Belsey. Logo abaixo, uma foto grande de Claire Malcolm *in media res*, animada, no meio de uma mesa-redonda de alunos que trazia em primeiro plano um belo rosto que Jerome reconheceu vagamente. Jerome pagou um dólar e vinte para o cara da banca de jornais e voltou andando até a praça. *Onde está a* verdadeira *ação afirma-*

tiva?, leu Jerome. *Essa é a pergunta que ponho diante de todos os wellingto-nianos justos na presente data. Estamos realmente inabaláveis em nossos com-promissos com a igualdade de oportunidades ou não? Podemos ousar falar em progresso quando dentro desses muros nossa política segue sendo tão vergonho-samente acanhada? Estamos satisfeitos com o fato de que a juventude afro-americana desta bela cidade...*

Jerome desistiu e encaixou o jornal debaixo do braço. Continuou sua busca por Levi, avistando-o por fim na porta do Wellington Savings Bank, comendo um hambúrguer. Como Kiki previra, estava acompanhado de ami-gos. Negros altos e magricelas, de boné, evidentemente não americanos, tam-bém atentos a seus hambúrgueres. A dez metros de distância, Jerome cha-mou Levi e pôs a mão no alto, torcendo para que o irmão lhe poupasse uma seqüência constrangedora de apresentações. Mas Levi acenou para que se aproximasse.

"Jay! Ei, este é o meu irmão, meu. Meu irmão *irmão*."

Jerome inteirou-se dos nomes grunhidos por sete sujeitos inarticulados que pareciam pouco interessados em inteirar-se do nome dele.

"Esta é a minha rapaziada — e *este* é Chu, é o meu maior bróder, ele é o cara. Ele segura as pontas. Este é Jay. Ele é todo...", disse Levi, dando bati-dinhas nas têmporas de Jerome, "ele é um pensador profundo, sempre ana-lisando os esquemas, como você."

Jerome, pouco à vontade com a companhia, trocou um aperto de mão com Chu. Jerome ficava maluco com o fato de Levi sempre presumir que todos se sentiam tão bem quanto o próprio Levi em qualquer situação. Levi deixou Chu e Jerome trocando um olhar vazio entre si e agachou-se para pe-gar Murdoch nos braços.

"E *este* aqui é o meu soldadinho de infantaria. É o meu tenente. Mur-doch *sempre* me segura as pontas." Levi deixou o cão lamber seu rosto. "E aí, como é que você tá, meu?"

"Bem", disse Jerome. "Estou bem. Feliz de estar em casa."

"Viu todo mundo?"

"Acabei de falar com a mãe."

"Firmeza, firmeza."

Os dois não paravam de fazer que sim com a cabeça. Uma tristeza ba-teu em Jerome. Não tinham nada para dizer um ao outro. Uma diferença de cinco anos entre irmãos é como um jardim que necessita de cuidados constantes. Bastam três meses de separação para que as ervas daninhas cresçam entre os dois.

"E aí", disse Jerome numa fraca tentativa de cumprir a missão passada pela mãe, "o que você anda fazendo? A mãe disse que você anda metido em várias coisas."

"Só... você sabe... dando banda com meus parceiro por aí — cuidando dos esquema."

Como sempre, Jerome tentou peneirar a linguagem elíptica de Levi em busca de pepitas de verdade ocultas no meio.

"Vocês estão envolvidos na...?", disse Jerome fazendo um gesto na direção da banquinha ali perto. Atrás dela, dois jovens negros de óculos entregavam panfletos e jornais. Havia uma faixa estendida atrás deles: SALÁRIO JUSTO PARA OS TRABALHADORES HAITIANOS DE WELLINGTON.

"Eu e o Chu, sim — tentando passar a mensagem adiante. Representando."

Jerome, que estava achando a conversa cada vez mais irritante, contornou Levi de forma a tirar os ouvidos do alcance dos comedores de hambúrguer silenciosos a seu lado.

"O que você pôs no café dele?", disse Jerome a Chu num tom rígido de brincadeira. "Eu não conseguia nem fazer ele votar nas eleições da escola."

Chu agarrou o amigo pelos ombros e teve o gesto retribuído. "Seu irmão", disse com carinho, "pensa em todos os irmãos. É por isso que o amamos — é nosso pequeno mascote americano. Luta ombro a ombro conosco pela justiça."

"Entendi."

"Pega um", disse Levi, tirando do volumoso bolso traseiro um pedaço de papel dupla face impresso como um jornal.

"Pega isto aqui, então", disse Jerome, entregando-lhe o *Herald* em troca. "É Zora. Página 14. Eu compro outro."

Levi pegou o jornal e forçou-o para dentro do bolso. Meteu o último pedaço de hambúrguer na boca. "Legal — vou ler depois..." O que significava, sabia Jerome, que o jornal seria encontrado rasgado e amassado com o resto do lixo de seu quarto dali a poucos dias. Levi entregou o cão a Jerome.

"Jay, na verdade — tem um lance que eu preciso fazer agora — mas nos vemos depois... você vai ao Bus Stop hoje à noite?"

"Bus Stop? Não... não, ahn, parece que Zora vai me levar a alguma festa de fraternidade, lá no..."

"Bus Stop hoje!", disse Chu por cima dele e assobiou. "Será incrível! Vê todos aqueles caras?" Apontou para os companheiros silenciosos. "Quando sobem no palco, botam *tudo* abaixo."

"É profundo", segredou Levi. "Político. Letras sérias. Sobre resistência. Sobre..."

"Retomar o que é *nosso*", disse Chu com impaciência. "Tomar de volta o que foi roubado de nosso povo."

Jerome estremeceu ao ouvir o substantivo coletivo.

"É aprofundador", explicou Levi. "Letras profundas. Você curtiria muito."

Jerome, que duvidava muito disso, deu um sorriso educado.

"Mas enfim", disse Levi. "Tô saindo."

Bateu punhos com Chu e com cada homem em frente à porta. O último foi Jerome, que não recebeu uma batida de punho nem o abraço da época em que Levi era mais jovem, e sim um tapinha irônico no queixo.

Levi cruzou a praça. Atravessou o portão principal de Wellington, o pátio, saiu do outro lado, entrou na área da Faculdade de Humanas, no prédio, percorreu os corredores, entrou no Departamento de Língua Inglesa, saiu do outro lado, percorreu outro corredor e finalmente chegou até a porta do Departamento de Estudos Negros. Nunca lhe tinha ocorrido como era *fácil* percorrer aqueles corredores santificados. Nenhuma tranca, nenhum código, nenhum cartão de identificação. Bastava parecer vagamente um aluno e ninguém parava você. Levi abriu com o ombro a porta do Estudos Negros e sorriu para a garota latina bonitinha na recepção. Caminhou pelo departamento pronunciando a esmo os nomes em cada porta. O departamento transmitia aquela sensação de última sexta antes das férias — pessoas correndo para resolver suas miudezas. Aquele monte de negros laboriosos — como uma mini-universidade dentro de uma universidade! Era muito louco. Levi perguntou-se se Chu saberia da existência daquele pequeno enclave negro dentro de Wellington. Talvez se referisse a ela em termos mais leves caso soubesse. Um nome familiar interrompeu os passos de Levi. Prof. M. Kipps. A porta estava fechada, mas um painel de vidro à esquerda revelava o interior do escritório. Monty não estava. Mesmo assim Levi se deteve ali por um instante, absorvendo os detalhes luxuosos para relatá-los a Chu mais tarde. Boa cadeira. Boa mesa. Bom quadro. Carpete grosso. Sentiu uma mão no ombro. Levi deu um pulo.

"Levi! Legal — você veio..."

Levi pareceu perplexo.

"A discoteca — é por aqui."

"Ah, sim...", disse Levi, batendo no punho oferecido por Carl. "É — isso mesmo. Você... você disse venha, então eu vim."

"Você me pegou saindo, meu — tava encerrando o meu dia. Chega mais, meu, chega mais."

Carl conduziu-o à discoteca e ofereceu-lhe um assento.

"Queria escutar alguma coisa? É só dizer." Ele bateu palmas. "Tenho *de tudo* aqui."

"Ahn... sim, escutar alguma coisa... tá bem, na verdade tem um grupo do qual tenho ouvido falar muito... são haitianos... o nome é difícil de dizer — vou escrever do jeito que ouvi."

Carl pareceu decepcionado. Curvou-se sobre Levi enquanto Levi escrevia o nome foneticamente num adesivo de recados. Depois Carl pegou o pedacinho de papel e franziu a testa.

"Ah... bem, essa aí não é a minha área, meu — mas aposto que Elisha conhece — ela cuida de World Music. *Elisha!* Deixa eu achar ela — vou perguntar a ela. O nome é este?"

"Algo assim", disse Levi.

Carl saiu da sala. Levi ficou mal acomodado por alguns minutos — até se lembrar do motivo. Levantou-se e tirou o jornal do bolso. Continuava irrequieto. Não tinha saído com o iPod hoje e não possuía recursos pessoais para agüentar ficar sozinho sem música. Nem lhe ocorreu que o jornal diante de seus olhos poderia fornecer alguma distração.

"Você é Levi?", disse Elisha. Ela estendeu a mão e Levi ficou em pé e a cumprimentou. "Não acredito — você é um dos primeiros visitantes dessa *excelente* fonte de pesquisa", disse em tom de reprovação. "E aí você precisava vir e fazer um pedido *raro*. Não podia simplesmente pedir um Louis Armstrong. Não, senhor."

"Mas não procura se for muito incômodo ou um problema", disse Levi, já constrangido por estar ali.

Elisha riu com vontade. "Não é uma coisa nem outra. Estamos felizes em tê-lo aqui. Vou levar um tempinho para dar uma olhada nos nossos discos, só isso. Não estamos completamente informatizados... *ainda* não. Pode ir e voltar mais tarde, se quiser — mas pode ser que leve uns dez, quinze minutos."

"Fica aí, meu", disse Carl. "Passei o dia olhando pras paredes."

Levi não queria muito ficar, mas dava mais trabalho ser grosseiro. Elisha saiu para procurar em seus arquivos. Levi sentou-se de novo na cadeira dela.

"E aí — o que conta?", perguntou Carl. Mas bem nesse momento o computador de Carl deu um bipe alto. Um olhar de esfomeada expectativa invadiu seu rosto.

"Ah, Levi — desculpa, meu, só um minuto — e-mail."

Levi reclinou-se na cadeira, entediado, enquanto Carl digitava freneticamente com dois dedos. Sentiu o desânimo que as universidades havia muito tempo lhe causavam. Tinha crescido dentro delas; tinha conhecido seus depósitos de livros, almoxarifados, pátios, torres, blocos científicos, quadras de tênis, placas e estátuas. Sentia pena das pessoas que viviam presas num ambiente tão árido. Mesmo quando era bem pequeno, tinha absoluta certeza de que nunca, jamais se matricularia numa delas. Nas universidades, as pessoas esqueciam como viver. Até mesmo dentro de uma discoteca, tinham esquecido o que era a música.

Carl apertou "Enter" com um floreio de pianista. Suspirou de felicidade. Disse: "Porra, *meu*". Parecia ter superestimado a curiosidade de Levi sobre a vida dos outros.

"Sabe pra quem eu tava respondendo?", veio finalmente a deixa.

Levi encolheu os ombros.

"Lembra aquela garota? Eu a vi pela primeira vez quando estava com você. Aquela com a busanfa que era simplesmente..." Carl beijou o ar. Levi fez o possível para parecer desinteressado. Uma coisa que ele não *suportava* era um irmão se gabando da mina que tinha. "Tava respondendo pra *ela*, meu. Perguntei o nome dela pra alguém e encontrei no registro da universidade. Fácil assim. Victoria. *Vee*. Ela tá me deixando louco, meu — manda uns e-mails tipo..." Carl reduziu a voz a um sussurro. "Ela é muito safada. Fotos, essas coisas. Tem um corpo que... não tenho nem *palavras* pra descrever aquilo. Fica me mandando tipo... bem — quer ver uma coisa? Leva um minutinho pra baixar." Carl deu uns cliques com o mouse e depois virou o monitor. Levi tinha visto um quarto de um seio quando os dois ouviram Elisha chegando no corredor. Carl virou o monitor de frente para si, desligou a tela e pegou o jornal.

"Ei, Levi", disse Elisha. "Demos sorte. Encontrei o que você está procurando. Quer me acompanhar?"

Levi ficou em pé e, sem se despedir de Carl, seguiu Elisha para fora da sala.

"Meu bem, você não pode mentir para mim. Dá pra ver no seu rosto."

Kiki pegou Levi pelo queixo, dobrou sua cabeça para trás e examinou as bolsas de pele inchadas debaixo dos olhos, o sangue que tinha vazado nas córneas, a secura dos lábios.

"Só estou cansado."

"Cansado uma *ova*."

"Solta o meu queixo."

"*Sei* que você andou chorando", insistiu Kiki, mas ela não sabia nem metade: não tinha como saber, jamais saberia da doce tristeza daquela música haitiana, ou como era sentar numa pequena cabine escura e ficar a sós com ela — o ritmo plangente e irregular, como o bater de um coração humano, o modo como as várias vozes em harmonia tinham soado, para Levi, como uma nação inteira chorando em sintonia.

"Sei que as coisas em casa não estiveram muito bem", disse Kiki, olhando em seus olhos avermelhados. "Mas elas vão melhorar, prometo a você. O papai e eu estamos *determinados* a melhorá-las. Tá bom?"

Não adiantava nada explicar. Levi fez que sim e fechou o zíper do casaco.

"O Bus Stop", disse Kiki, resistindo à tentação de impor um toque de recolher que apenas seria ignorado. "Vá e se divirta."

"Quer uma carona?", perguntou Jerome, que estava passando pela cozinha com Zora. "Não vou beber."

Pouco antes de entrarem no carro, Zora tirou o casaco e virou de costas para Levi. "Sério, você acha que devo vestir isso — quer dizer, fica bem em mim?"

Seu vestido tinha uma cor ruim, não tinha costas, era feito de um material inadequado para seu corpo farto e era curto demais. Numa ocasião normal, Levi teria dito tudo isso na cara da irmã, e Zoor teria ficado preocupada e irritada, mas pelo menos ela teria voltado e se trocado, e, como conseqüência disso, chegado à festa com um visual bem melhor do que mostrava agora. Mas hoje a cabeça de Levi estava ocupada por outras coisas. "Lindo", disse ele.

Quinze minutos depois, deixaram Levi na Kennedy Square e seguiram para a festa. Não havia lugar para estacionar. Precisaram deixar o carro a muitas quadras do local. Zora tinha escolhido os sapatos que estava usando especialmente porque não previra uma caminhada. Para avançar, precisou segurar a cintura do irmão, dar passinhos de pombo e inclinar-se bem para trás sobre os saltos. Jerome evitou um comentário por bastante tempo, mas no quarto pit stop foi incapaz de manter o silêncio. "Não entendo você. Achei que se dizia feminista. Por que se aleijar dessa maneira?"

"Gosto destes sapatos, tá? Eles realmente fazem com que me sinta poderosa."

Finalmente chegaram ao prédio. Zora nunca ficara tão feliz de ver os degraus de uma varanda. Degraus eram fáceis, e ela pôs com satisfação a ponta do pé em cada ripa de madeira. Uma garota que não conheciam atendeu a porta. De cara, os dois perceberam que era uma festa melhor do que esperavam. Alguns alunos de graduação mais jovens e até membros do corpo docente estavam ali. As pessoas já estavam escancaradamente bêbadas. Quase todos que Zora considerava vitais para seu triunfo social no ano que se iniciava estavam presentes. Pensou, cheia de culpa, que se daria melhor na festa sem Jerome pendurado em seus calcanhares, com suas calças largas e a camisa enfiada demais na cintura.

"Victoria está aqui", disse ele ao deixarem os casacos sobre a pilha.

Zora passou o olhar pelo ambiente e avistou-a, ao mesmo tempo enfeitada demais e seminua.

"Ah, grande coisa", disse Zora, mas depois uma idéia lhe ocorreu. "Mas

Jay... se, enfim, você quiser ir embora... eu entendo, posso pegar um táxi para voltar."

"Não, tudo bem. Claro que tudo bem." Jerome foi até uma bacia de ponche, pegou a concha e serviu um copo para cada um. "Ao amor perdido", disse com tristeza, dando um gole. "Um copo. Você viu Jamie Anderson? Ele está *dançando.*"

"Eu *gosto* de Jamie Anderson."

Era estranho estar numa festa com o irmão, parado num canto, segurando o copo de plástico com as duas mãos. Não existe conversa fiada entre irmãos. Ficaram balançando a cabeça desajeitados, virados em direções ligeiramente opostas, tentando dar a impressão de que não estavam sozinhos nem acompanhados um do outro.

"Aquela é a Meredith do pai", disse Jerome ao vê-la passar num nada lisonjeiro vestido estilo melindrosa anos 1920, com direito a faixa na cabeça e tudo. "E aquele é seu amigo rapper, não é? Eu o vi no jornal."

"Carl!", chamou Zora, alto demais. Ele estava fuçando no aparelho de som, mas então se virou e veio até ela. Zora lembrou-se de pôr as duas mãos atrás das costas e abaixar os ombros. Seu peito ficava mais bonito assim. Mas ele não olhou nesse direção. Deu um tapinha camarada em seu braço e apertou com força a mão de Jerome.

"Legal ver você de novo, meu!", disse, disparando aquele sorriso de estrela de cinema. Jerome, lembrando-se agora do rapaz que tinha conhecido aquela noite no parque, registrou a agradável transformação: uma atitude aberta e amistosa, uma confiança quase *wellingtoniana*. Em resposta à indagação educada a respeito do que Carl andava fazendo, Carl pôs-se a tagarelar a respeito de sua discoteca num tom nem defensivo nem particularmente vanglorioso, mas com uma vaidade tão desprendida que não cogitou sequer por um instante fazer uma pergunta semelhante a Jerome. Falou do Arquivo de Hip-Hop e da necessidade de ter mais Gospel, da seção cada vez maior de música africana, do problema de conseguir tirar dinheiro de Erskine. Zora aguardou que ele mencionasse a campanha para manter os discricionários em aula. A menção não foi feita.

"E então", disse ela, tentando manter a voz num tom informal e animado, "viu minha coluna de opinião ou...?"

Carl, no meio de um caso que estava contando, parou e pareceu confuso. Jerome, pacificador e localizador de problemas, entrou em cena.

"Esqueci de dizer que li a coluna no *Herald* — Speaker's Corner —, estava muito boa. Bem tipo *A mulher faz o homem*... estava ótima, Zoor. Você tem sorte de ter esta garota lutando a seu lado", disse Jerome, batendo seu copo no de Carl. "Quando ela crava os dentes em alguma coisa, não solta mais. Pode acreditar, conheço bem."

Carl forçou um sorriso. "Ah, nem me *fala*. Ela é meu Martin Luther King! Sério, ela é — desculpem", disse Carl, virando-se para olhar para a varanda fora da casa. "Desculpem, acabo de ver uma pessoa com quem preciso falar... Olha só, falo com você depois, Zora — bacana ver você de novo, meu. Cruzo com vocês mais tarde."

"Ele é muito cativante", disse Jerome com generosidade enquanto ele se afastava. "Na verdade, é quase arrebatador."

"Tudo está indo tão bem para ele agora", disse Zora com alguma incerteza. "Quando se acostumar a isso, ele ficará mais focado, acho. Mais tempo para se ligar em coisas mais importantes. É que ele anda meio ocupado agora. Acredite em mim", disse com mais convicção, "ele será uma grande contribuição para Wellington. Precisamos de mais pessoas como ele."

Jerome reagiu com um murmúrio ambivalente. Zora investiu contra ele. "Sabe, existem outras maneiras de se ter uma carreira acadêmica bem-sucedida além do caminho que você escolheu. Qualificações tradicionais *não* são tudo. Só porque..."

Jerome fez o gesto de trancar a boca e jogar fora a chave. "Estou cento e dez por cento com você, Zoor, como sempre", disse com um sorriso. "Mais vinho?"

Era o tipo de festa em que a cada hora duas pessoas vão embora e outras trinta chegam. Os irmãos Belsey se perderam e se encontraram diversas vezes durante a noite, e se perderam de novas pessoas que tinham encontrado. Alguém se virava para pegar uns amendoins na tigela e não via mais a pessoa com quem estava conversando até encontrá-la de novo quarenta minutos depois na fila do banheiro. Perto das dez, Zora estava na sacada fumando um baseado num círculo absurdamente descolado composto por Jamie

Anderson, Meredith, Christian e três alunos de pós-graduação que ela não conhecia. Em circunstâncias normais, ela estaria em êxtase com isso, mas até mesmo enquanto Jamie Anderson estava levando a sério sua teoria sobre a pontuação das mulheres, o cérebro inquieto de Zora se ocupava com outra coisa, imaginando onde estaria Carl, se ele já teria ido embora ou se tinha gostado de seu vestido. Bebia sem parar devido ao nervosismo, enchendo o copo de uma garrafa de vinho branco abandonada a seus pés.

Logo após as onze, Jerome foi para a sacada, interrompeu a palestra improvisada que Anderson estava dando e espatifou-se no colo da irmã. Estava muito bêbado.

"Desculpe!", disse, encostando nos joelhos de Anderson. "Siga em frente, desculpe — não liguem para mim. Zoor, *adivinha* o que eu vi? Ou melhor, *quem.*"

Anderson, apoquentado, foi embora levando consigo seus acólitos. Zora tirou Jerome do colo com um empurrão, ficou em pé, apoiou-se na beira da sacada e ficou olhando para a rua silenciosa e cheia de folhas.

"*Ótimo* — e como é que vamos voltar para casa? Passei do meu limite faz muito tempo. Não há táxis. Você tinha assumido o papel de motorista. Jesus, Jerome!"

"Blasfêmia", disse Jerome, não totalmente destituído de seriedade.

"Olha, começo a tratar você como um cristão quando começar a agir como um. Você *sabe* que não tolera mais que um copo de vinho."

"Mas então", sussurrou Jerome, colocando o braço nas costas da irmã. "Trago novidades. Meu amorzinho querido ex-sei-lá-o-quê está na sala dos casacos ralando e rolando com seu amigo rapper."

"O quê?" Zora afastou o braço dele. "Do que você está *falando?*"

"A senhorita Kipps. Vee. E o rapper. É isso que adoro em Wellington — todo mundo conhece *todo mundo.*" Suspirou. "Pois é. Não, mas tudo bem... não ligo nem um pouco, mesmo. Quer dizer, *ligo*, é óbvio que ligo! Mas de que adianta? É uma grande sacanagem — ela *sabia* que eu estava aqui, trocamos um oi faz pouco tempo. Mas é sacanagem. Ela podia pelo menos *tentar...*"

Jerome continuou falando, mas Zora já não escutava. Estava sendo dominada por alguma coisa alienígena que nascia na barriga e se espalhava como adrenalina pelo resto do organismo. Talvez *fosse* adrenalina. Com certeza era um ódio de natureza física — ela nunca tinha experimentado uma sensação tão corporal quanto aquela. Parecia não possuir mente nem vontade; era feita apenas de músculos resolutos. Mais tarde, não poderia de forma alguma explicar como foi da sacada até a sala dos casacos. Foi como se a fúria a tivesse transportado instantaneamente para lá. E então ela estava dentro da sala, e era tal como Jerome havia descrito. Ele por cima dela. As mãos dela abraçando a cabeça dele. Ficavam perfeitos juntos. Tão perfeitos! E depois, no momento seguinte, Zora estava na varanda com Carl, com o capuz de Carl na mão, pois— como lhe explicaram mais tarde — ela o havia arrastado fisicamente pelo saguão de entrada e saído da festa. Ela o soltou, empurrando-o para cima da madeira úmida. Ele tossia e passava a mão na garganta, que tinha sido esganada. Ela nunca fizera idéia da força que tinha. Sempre lhe diziam que era uma "garota grande" — era por *isso* que era grande? Então era capaz de arrastar homens adultos pelo capuz e jogá-los no chão?

O breve regozijo físico de Zora foi logo substituído pelo pânico. Estava frio e úmido ali fora. Os joelhos do jeans de Carl estavam encharcados. O que tinha feito? *O que tinha feito?* Carl ajoelhou-se diante dela, arfando, olhando para cima, furioso. Seu coração quebrou merecidamente. Viu que já não tinha mais nada a perder.

"*Ah meu, ah meu... não acredito...*", sussurrava ele. Ficou em pé e começou a falar alto: "Mas que PORRA você pensa que..."

"Você nem sequer chegou a *ler* aquele artigo?", gritou Zora, tremendo como louca. "Dediquei *tanto* tempo àquilo, perdi o prazo de entrega da minha dissertação, estive trabalhando *constantemente* a *seu* favor e..."

Mas é claro que sem o trecho secreto da narrativa contida na mente de Zora — aquele que ligava "escrever artigos para Carl" com "Carl beijando Victoria Kipps" — o que ela dizia não podia fazer sentido nenhum.

"De que diabo você tá falando, meu? O que foi isso que você acabou de fazer?"

Zora o humilhara na frente da namorada, na frente da festa inteira. Este já não era o Carl Thomas cativante da Discoteca de Música Negra de Wellington. Este era o Carl que ficava sentado nas varandas em frente aos apartamentos de Roxbury nos dias abafados de verão. Era o Carl que podia disputar

413

duelos de MCs tão bem quanto qualquer um. Na vida de Zora, ninguém jamais tinha falado com ela daquele jeito.

"Eu — eu — eu"

"Você é minha *namorada* agora?"

Zora começou a chorar deslavadamente.

"E que *porra* seu artigo tem a ver com... Por acaso eu deveria me mostrar *agradecido?*"

"Eu só estava tentando ajudar você. Era só isso que eu queria fazer. Só queria *ajudar.*"

"Bem", disse Carl colocando as mãos nos quadris, fazendo Zora se lembrar de Kiki, por mais absurdo que fosse, "parece que você queria um pouco mais do que me ajudar. Parece que você tava esperando uma retribuição. Parece que eu devia ter comido sua bunda gorda também."

"Vá se *foder!*"

"*Esse* era o espírito", disse Carl com um assobio debochado, mas a mágoa podia ser lida com facilidade em seu rosto, e essa mágoa foi crescendo à medida que ele se dava conta de novas coisas, uma após a outra. "Meu, ah, *meu*. É por *isso* que você me ajudou? Acho que nem sei escrever — é isso? Você só tava me deixando com cara de idiota naquela turma. Sonetos! Vem me fazendo de bobo desde o início. É *isso?* Me tira das ruas e quando não faço o que você quer você fica contra mim? Caralho! Achei que éramos *amigos*, meu!"

"Eu também!", gritou Zora.

"*Pare* de chorar — você *não* vai se safar dessa só porque está chorando", alertou ele com raiva, e ainda assim Zora podia ouvir uma certa preocupação em sua voz. Ousou ter a esperança de que aquilo tudo ainda acabasse bem. Estendeu a mão em sua direção, mas ele recuou um passo.

"Fale comigo", exigiu. "O que *é* isso? Tem algum problema com a minha garota?" Ao ouvir esse enunciado, um bolo ranhento de lágrimas saiu voando de forma espetaculosa do nariz de Zora.

"Sua garota!"

"Você tem algum problema com ela?"

Zora enxugou o rosto na gola do vestido. "Não", disse com indignação. "Não tenho nenhum problema com ela. Ela não merece ser um problema para mim."

Carl arregalou os olhos, chocado com a resposta. Apertou a testa com a mão, tentando entender. "E essa agora, que porra isso quer dizer, meu?"

"Nada. *Deus*! Vocês dois se merecem totalmente. São lixo."

Os olhos de Carl resfriaram. Trouxe o rosto bem próximo ao dela, numa terrível inversão do que Zora passara os últimos seis meses desejando. "Quer saber?", disse, e Zora preparou-se para ouvir seu parecer diante do que via. "Você é uma porra duma *vadia*."

Zora deu-lhe as costas e iniciou sua árdua jornada de descida pelos degraus da varanda, subtraída da bolsa e do casaco, subtraída do orgulho e carregando uma boa dose de tormentos. Aqueles sapatos só aceitavam escadas em uma direção. Por fim, chegou à rua. Queria desesperadamente ir para casa, agora; a humilhação estava começando a pesar mais que a raiva. Sentia os primeiros indícios de uma vergonha com a qual previa conviver por muito, muito tempo. Precisava chegar em casa e esconder-se debaixo de alguma coisa pesada. Bem nesse momento, Jerome apareceu na varanda.

"Zoor? Você está bem?"

"Jay, volte lá para dentro — estou bem — *por favor*, volte."

Quando ela disse isso, Carl desceu a escada correndo e confrontou-a de novo. Não estava disposto a dispensá-la sem deixar uma última e desagradável impressão de si mesmo; de alguma forma, ele ainda se importava com o que ela pensava dele.

"*Só estou tentando entender por que você precisou agir como uma louca*", disse com sofreguidão, aproximando-se dela de novo e procurando uma resposta em seu rosto; Zora quase caiu em seus braços. De onde Jerome estava, porém, pareceu que Zora estava se encolhendo de medo. Desceu os degraus correndo para interpor-se entre a irmã e Carl.

"Ei, meu chapa", disse sem muita segurança, "chega pra lá, tá?"

A porta da frente abriu-se novo. Era Victoria Kipps.

"Ótimo!", gritou Zora, jogando a cabeça para trás e vendo a pequena platéia que assistia ao evento da sacada. "Vamos vender ingressos!"

Victoria fechou a porta atrás de si e desceu a escada aos pulinhos, no estilo de uma mulher acostumada a andar em saltos impossíveis. "O que você *quer*?", perguntou a Zora ao atingir o chão, e parecia mais curiosa do que braba.

Zora revirou os olhos. Victoria recorreu a Jerome.

"Jay? O que está se passando?"

Jerome balançou a cabeça olhando para o chão. Victoria abordou Zora mais uma vez.

"Você tem algo a me dizer?"

Em geral, Zora temia confrontar seus semelhantes, mas o sereno esplendor de Victoria Kipps em proximidade com seu colapso ranhento era algo simplesmente enlouquecedor demais. "Não tenho NADA a dizer a você! Nada!", berrou, e então começou a marchar pela rua. Logo de cara já tropeçou no salto e Jerome deu-lhe apoio, segurando seu cotovelo.

"Ela está com ciúme — esse é o problema dela", debochou Carl. "É só ciúme porque você é mais bonita que ela. E ela não *suporta* isso."

Zora girou para trás. "Na verdade, procuro em meus parceiros algo mais do que uma *bunda*. Por alguma razão, achei que você também era assim, mas me enganei."

"Como é que é?", disse Victoria.

Zora capengou mais um pouco pelo meio da rua, acompanhada pelo irmão, mas Carl foi atrás.

"Você não sabe *nada* a respeito dela. É que você é arrogante com *todo mundo*."

Zora parou de novo. "Ah, eu *sei* muito a respeito dela. Sei que é uma cabeça-de-vento. Sei que é uma *piranha*."

Victoria avançou sobre Zora, mas Carl a impediu. Jerome agarrou o dedo apontado de Zora.

"Zoor!", disse ele, elevando a voz. "Pare! Já chega!"

Zora arrancou o pulso das garras do irmão. Carl parecia enojado com os dois. Pegou a mão de Victoria e começou a andar em direção à casa.

"Leve sua irmã para casa", disse sem olhar para Jerome. "Ela está caindo de bêbada."

"E também sei muita coisa sobre caras como *você*", disse Zora, dirigindo-lhe um grito impotente. "Não consegue manter o pau dentro das calças por cinco minutos — é só isso que interessa a você. É só nisso que consegue *pensar*. E não tem nem o *bom gosto* de enfiar ele em alguma coisa com um pouco mais de classe do que Victoria *Kipps*. Você não passa de um *babaca* desse tipo."

"Vá se foder!", gritou Victoria, começando a chorar.

"Como seu coroa?", gritou Carl. "Um babaca como ele? Deixa eu contar uma coisa..."

Mas Victoria começou a falar desesperada por cima dele. "Não! Por favor, Carl — *por favor*, deixa assim. Não precisa — por favor — não!"

Estava histérica, enfiando as mãos no rosto dele, aparentemente tentando impedi-lo de falar. Zora franziu o rosto para ela, sem compreender.

"E por que não, cacete?", perguntou Carl afastando a mão que estava sobre sua boca e segurando Victoria pelos ombros enquanto ela seguia chorando ruidosamente. "Ela se acha tão superior pra caralho o tempo inteiro, devia ouvir umas verdadezinhas domésticas — acha que o papai dela é tão..."

"NÃO!", berrou Victoria.

Zora pôs as mãos nos quadris, completamente perdida, quase entretida pela nova cena que se desenrolava à sua frente. Alguém estava se fazendo de idiota e, pela primeira vez em toda a noite, não era Zora. Uma janela em algum lugar da rua foi erguida.

"Vamos parar com a droga do barulho! Estamos no meio da droga da noite!"

As casas de madeira, de queixo erguido e janelas tapadas, pareciam apoiar em silêncio a partida dos visitantes barulhentos da rua.

"Vee, meu bem, volte pra dentro da casa. Entro num minuto", disse Carl, usando a mão para limpar com carinho algumas lágrimas no rosto de Victoria. Zora despiu-se da curiosidade. Sentiu a fúria duplicar-se dentro de si. Não parou para refletir sobre o significado do que tinha acabado de acontecer, e portanto não seguiu Jerome, cuja mente se infiltrou num caminho antes vedado que levava a um sombrio destino: a verdade. Jerome apoiou a mão no tronco encharcado de uma árvore e apenas isso o manteve em pé. Victoria tocou a campainha para entrar de novo no prédio. Por um instante, Jerome correspondeu ao olhar dela com tudo que sentia: decepção por tê-la amado; dor por ela tê-lo traído.

"Podem baixar a bola aqui fora?", pediu um garoto na porta, deixando a confusa e atormentada Victoria Kipps voltar para dentro.

"Acho que já basta", disse Jerome com firmeza para Carl. "Vou levar Zoor para casa. Você já a deixou transtornada o bastante".

De todas as acusações feitas até então, esse ataque em tom de voz ponderado foi recebido por Carl como a mais injusta de todas. "Nada disso fui *eu*, meu", disse Carl resoluto, balançando a cabeça. "Eu *não* fiz nada disso.

Caralho!" Chutou um degrau com força. "Vocês não sabem se comportar como seres humanos, meu — nunca *vi* ninguém se comportar como vocês. Vocês não dizem a *verdade*, vocês *enganam* as pessoas. Ficam se achando superiores, mas não dizem a verdade! Você nem sabe uma vírgula sobre seu próprio pai, meu. Meu pai é um traste imprestável também, mas pelo menos eu *sei* que ele é um traste imprestável. Sinto pena de vocês — quer saber? Sinto mesmo."

Zora esfregou o nariz e fitou os olhos imperiosos em Carl. "Carl, por favor não fale do nosso pai. *Conhecemos* nosso pai. Você passa uns meses em Wellington, escuta umas fofoquinhas e acha que está por dentro? Acha que é um *wellingtoniano* porque deixaram você arquivar uns discos? Você não sabe nada sobre o que é necessário para pertencer a este lugar. E você não faz a *menor* idéia de como é nossa família *ou* nossa vida, tá? Lembre-se disso."

"Zoor, por favor, não...", preveniu Jerome, mas Zora deu um passo à frente e sentiu uma poça d'água infiltrar-se em seus sapatos abertos. Agachou-se e tirou os saltos.

"Nem estou falando disso", sussurrou Carl.

Por toda parte, na escuridão ao redor deles, árvores gotejavam. Na rua principal, distante dessa em que estavam, ouviam-se espirros d'água e pneus cantando ao passar sobre as poças.

"Bem, então de *que* você está falando?", disse Zora, gesticulando com os sapatos. "Você é patético. Me deixe em paz."

"Só estou dizendo", disse Carl de forma ameaçadora, "que você acha que todo mundo que conhece é tão puro, tão perfeito — *meu*, você não sabe nada sobre essa gente de Wellington. Não sabe como são."

"Já *chega*", disse Jerome. "Você está vendo o estado dela, meu. Tenha um pouco de piedade. Ela não precisa disso. Por favor, Zoor, vamos procurar o carro."

Mas Zora ainda não tinha terminado. "Sei que os homens que conheço são *adultos*. São *intelectuais* — não crianças. Não se comportam como adolescentes no cio toda vez que uma bundinha gostosa passa rebolando na frente deles."

"Zora", disse Jerome com uma voz rachada, pois a idéia de seu pai com Victoria tinha começado a derrubá-lo. Havia uma possibilidade muito concreta de que ele vomitasse ali no meio da rua. "Por favor! Vamos voltar para o carro! Não posso com isso! Preciso ir para *casa.*"

"Sabe mais? Tentei ser paciente com você", disse Carl, baixando a voz. "Você precisa ouvir umas verdades. Todos vocês, seus *intelectuais...* Pois então, que tal Monty Kipps? O papai de Victoria. Você o conhece? Tá. Ele tava *trepando* com Chantelle Williams — ela mora na minha rua, me contou tudo. Os filhos dele não fazem a menor idéia. Sabe essa garota que você acabou de fazer chorar? Ela não sabe nada a respeito. E todo mundo acha que ele é um santo. E agora ele quer tirar Chantelle da turma, e por quê? Pra tirar o *dele* da reta. E quem fica sabendo dessas coisas sou *eu* — não quero saber de *nenhuma* dessas merdas. Só estou tentando subir um estágio na minha vida." Carl deu uma risada amargurada. "Mas isso é uma *piada* por aqui, meu. Pessoas como eu são apenas brinquedos pra pessoas como vocês... sou apenas uma cobaia pra vocês brincarem. Vocês não são nem negros, mais — não sei o *que* vocês são. Acham que são bons demais pra sua própria gente. Têm seus diplomas universitários, mas não conseguem nem viver direito. Vocês são todos iguais", disse Carl olhando para baixo, dirigindo as palavras aos próprios sapatos. "Preciso ficar com a *minha gente,* meu — não agüento mais isso."

"Bem", disse Zora, que tinha parado de escutar o discurso de Carl na metade, "isso é exatamente o que eu esperaria de alguém como Kipps. Tal pai, tal filha. Então seu nível é *esse?* Seu modelo é esse? Tomara que você tenha uma boa vida, Carl."

Tinha começado a chover para valer, mas pelo menos Zora tinha vencido a discussão, pois Carl desistiu. Com a cabeça caída, subiu os degraus devagar. Zora não teve certeza, no início, se estava ouvindo direito, mas quando ele falou novamente ela verificou com alegria que estava certa. Carl estava chorando.

"Você é *tão* cheia de si, tão superior", ouviu-o balbuciar enquanto tocava a campainha. "Toda essa sua gente. Nem sei como acabei me envolvendo com todos vocês, não podia sair nada de bom, de qualquer jeito."

Zora, espirrando água sob os pés descalços, ouviu o estrondo da porta que foi batida por Carl.

"Idiota", resmungou, e então engatou o braço com o do irmão e foram embora.

Só quando Jerome inclinou a cabeça sobre seu ombro ela percebeu que ele também chorava.

12.

O dia seguinte foi o primeiro da primavera. Flores já haviam surgido e a neve já tinha ido embora, mas foi *essa* nova manhã que espalhou um céu azul sobre todas as almas da Costa Leste, foi *esse* dia que trouxe com ele um sol que remetia não somente à luz, mas também ao calor. Quando Zora tomou conhecimento dele, foi em fatias — sua mãe abrindo as persianas.

"Meu bem, você precisa levantar. Desculpe, querida. Querida?"

Zora abriu o outro olho e encontrou a mãe sentada em sua cama.

"Acabaram de me ligar da faculdade. Algo aconteceu — querem falar com você. Gabinete de Jack French. Pareciam bem esquentados. Zora?"

"Hoje é *sábado*..."

"Não me disseram nada. Disseram que era urgente. Você se meteu em encrenca?"

Zora sentou na cama. Sua ressaca tinha sumido. "Onde está Howard?", perguntou. Nunca na vida se sentira tão focada quanto agora. O primeiro dia em que usou óculos tinha sido um pouco assim: as linhas mais definidas, cores mais vivas. O mundo inteiro como uma antiga pintura restaurada. Até que enfim ela entendia.

"Howard? Foi ao Greenman. Saiu para andar porque o clima está bom. Zoor, quer que eu vá com você?"

Zora disse que não precisava. Pela primeira vez em meses, vestiu-se sem dar atenção a nada além da prática cobertura básica de seu corpo. Não arrumou o cabelo. Sem maquiagem. Sem lentes de contato. Sem salto alto. Quanto tempo se poupava! Quanta coisa a mais conseguiria fazer nessa nova vida! Entrou no carro da família Belsey e dirigiu numa velocidade hostil até o centro da cidade, cortando outros carros e xingando semáforos inocentes. Estacionou em local proibido numa vaga dos professores. Liddy Cantalino abriu a trava elétrica da porta.

"Jack French?", pediu Zora.

"E bom dia para você também, mocinha", devolveu Liddy. "Estão todos no gabinete dele."

"Todos? Quem?"

"Zora, querida, por que não entra ali e vê com os próprios olhos?"

Pela primeiríssima vez num prédio acadêmico, Zora entrou sem bater na porta. Deparou-se com uma combinação esquisita de pessoas: Jack French, Monty Kipps, Claire Malcolm e Erskine Jegede. Todos tinham assumido poses variadas de ansiedade. Ninguém estava sentado, nem mesmo Jack.

"Ah, Zora — entre", disse Jack. Zora uniu-se ao grupo parado em pé. Não fazia a menor idéia do que era aquilo, mas não estava nem um pouco nervosa. Continuava no embalo da fúria, capaz de qualquer coisa.

"O que está havendo?"

"Lamento profundamente tê-la tirado de casa nesta manhã", disse Jack, "mas é uma questão urgente e concluí que ela não poderia aguardar até o fim do recesso de primavera..." Monty bufou com escárnio. "Ou mesmo até segunda-feira, na verdade."

"O que está havendo?", repetiu Zora.

"Bem", disse Jack, "parece que ontem à noite, após todos terem ido embora — aproximadamente às vinte e duas horas, achamos, embora estejamos investigando a possibilidade de que um de nossos faxineiros ainda estivesse aqui num horário posterior e tenha, de algum modo, prestado auxílio a seja lá quem..."

"Ah, pelo amor de Deus, Jack!", gritou Claire Malcolm. "Desculpe, mas *Jesus Cristo* — não vamos passar o dia todo aqui — eu, pelo menos, gostaria de continuar de férias — Zora, você sabe onde está Carl Thomas?"

"Carl? Não — por quê? O que aconteceu?"

Erskine, cansado de fingir que estava mais apavorado do que realmente estava, sentou-se. "Um quadro", disse, "foi roubado do Departamento de Estudos Negros ontem à noite. Um quadro muito valioso que pertencia ao professor Kipps."

"Descubro somente *agora*", disse Monty com a voz duas vezes mais alta que a de qualquer outro presente, "que um dos *meninos de rua* da coleção da doutora Malcolm estava trabalhando a três portas da minha fazia um mês, um rapaz que evidentemente..."

"Jack, *não vou*", disse Claire enquanto Erskine cobria os olhos com a mão, "ficar aqui parada enquanto sou insultada por este homem. Não vou não."

"Um *rapaz*", urrou Monty, "que trabalha aqui sem referências, sem qualificações, sem que ninguém saiba *absolutamente nada a respeito dele* — nunca, JAMAIS em minha longa vida acadêmica testemunhei tamanha incompetência, tamanho desatino, como..."

"Como sabe que esse rapaz foi o responsável? Que provas tem?", berrou Claire, mas parecia estar morrendo de medo da resposta.

"Gente, por favor, *por favor*", disse Jack com um gesto em direção a Zora. "Temos uma aluna aqui. Por favor. Isso com certeza requer de nós uma..." Mas Jack mudou sabiamente de idéia em relação a essa digressão e voltou ao tema principal. "Zora — a doutora Malcolm e o doutor Jegede nos explicaram que você é próxima desse rapaz. Por acaso você o viu na noite passada?"

"Sim. Ele estava na mesma festa que eu."

"Ah, que *bom*. E você por acaso reparou em que horário ele foi embora?"

"Cedo. Não tenho certeza." Zora piscou duas vezes. "Talvez às nove e meia?"

"E essa festa era longe daqui?", perguntou Erskine.

"Não, dez minutos."

Jack sentou-se. "Obrigado, Zora. E você não faz a menor idéia de onde ele está agora?"

"Não, senhor, não faço."

"Obrigado. Liddy vai acompanhá-la até lá fora."

Monty golpeou a mesa de Jack French com o punho. "Só um minutinho, por favor!", explodiu. "Isso é tudo que pretendem perguntar a ela? Com licença, senhorita Belsey — antes que deixe de nos brindar com sua presença, poderia me dizer que tipo de rapaz — na sua avaliação — é esse Carl Thomas? Ele lhe deu a impressão, por exemplo, de ser um ladrão?"

"Ai, meu *Deus!*", reclamou Claire. "Isso é realmente repulsivo. Não quero participar disso."

Monty fulminou-a com os olhos. "Pode ser que o tribunal a considere parte desse assunto, goste ou não disso, doutora Malcolm."

"Você está me *ameaçando?*"

Monty deu as costas a Claire. "Zora, poderia responder à minha pergunta, por favor? Seria uma descrição injusta descrever esse homem como alguém que 'nada contra a corrente'? É provável que encontremos antecedentes criminais?"

Zora ignorou o olhar que Claire tentou trocar com ela.

"Se você está falando de ele ser um jovem das ruas, bem, é *óbvio* que ele é — ele mesmo diria isso. Ele mencionou ter se envolvido em... tipo, encrencas no passado, com certeza. Mas realmente não conheço os detalhes."

"Descobriremos os detalhes logo, logo, tenho certeza", disse Monty.

"Sabe", disse Zora com calma, "se realmente deseja encontrá-lo, devia falar com a sua filha. Ouvi dizer que eles estão curtindo bons momentos juntos. Posso ir embora agora?", perguntou a Jack, enquanto Monty procurava manter o equilíbrio com a mão sobre a mesa.

"Liddy a acompanhará", repetiu Jack com a voz quase sumida.

Uma casa (quase) vazia. Um dia claro de primavera. Passarinhos cantando. Esquilos. Todas as cortinas e venezianas abertas exceto no quarto de Jerome, onde um monstro de ressaca continua debaixo do cobertor. Renovar, renovar, renovar! Kiki não tinha intenção de começar uma faxina primaveril. Apenas pensou: Jerome está aqui, e no depósito embaixo de nosso adorável lar há caixas e mais caixas com coisas de Jerome, à espera da decisão de serem guardadas ou destruídas. E então ela reviraria todas aquelas coisas, as cartas, os boletins da infância, os álbuns de fotos, os diários, os cartões de aniversário caseiros, e diria a ele: *Jerome, aqui está o seu passado. Não cabe a mim, sua mãe, destruir o seu passado. Só você pode decidir o que deve ir e o que deve ficar. Mas por favor, pelo amor de Deus, jogue algo fora para que eu possa liberar um pouco de espaço no depósito para as tralhas de Levi.*

Vestiu sua calça esportiva mais surrada e amarrou um lenço na cabeça. Entrou no depósito levando apenas um rádio para lhe fazer companhia. Era um caos de lembranças dos Belsey lá embaixo. Só para cruzar a porta, Kiki precisou trepar por cima de quatro imensos tubos de plástico que sabia estarem repletos só de fotografias. Seria fácil entrar em pânico ao confrontar-se com uma massa de passado tão grande, mas Kiki era uma profissional. Muitos anos atrás, tinha dividido o espaço, sem muito critério, em seções que correspondiam a cada um de seus três filhos. A seção de Zora, no fundo, era a maior, simplesmente porque Zora era a que tinha passado mais palavras para o papel, a que havia participado do maior número de times e sociedades, obtido mais certificados, conquistado mais taças. Mas o espaço de Jerome também era considerável. Ali estavam todas as coisas que Jerome tinha acumulado e amado ao longo dos anos, de fósseis a exemplares da *Time*, livros de autógrafos, um sortimento de Budas, ovos chineses enfeitados. Kiki sentou de pernas cruzadas no meio de tudo aquilo e pôs mãos à obra. Separou as coisas físicas das coisas em papel, coisas da infância das coisas da faculdade. Na maior parte do tempo mantinha a cabeça baixa, mas de vez em quando a erguia e era recebida pela mais íntima das visões panorâmicas: os bens das três pessoas que tinha criado espalhados à sua frente. Vários pequenos objetos a fizeram chorar: uma botinha de lã, um aparelho ortodôntico quebrado, o arganel de um lenço de lobinho. Não tinha se tornado a secretária de Malcolm X. Nunca tinha dirigido um filme nem concorrido ao Senado. Não sabia pilotar um avião. Mas ali estavam todas aquelas coisas.

Duas horas depois, Kiki levantou uma caixa de papéis variados de Jerome e carregou-a até o corredor. Quantos diários, anotações e contos tinha escrito até os dezesseis anos! Ficou impressionada com o peso dela em seus braços. Dentro da cabeça, estava fazendo outro discurso para a Liga das Mães Negras Americanas: *Bem, você só precisa fornecer encorajamento e os modelos corretos, e precisa transmitir a idéia de habilitação. Meus dois filhos sentem-se habilitados, e por isso têm realizações.* Kiki aceitou os aplausos do grupo e voltou no meio da barafunda para buscar duas sacolas cheias de roupas anteriores ao pulo de crescimento de Jerome. Carregou as sacolas do passado nas costas, uma em cada ombro. Ano passado, não pensava que na primavera seguinte ainda estaria na mesma casa, no mesmo casamento. Mas ali estava ela, ali estava ela. Um rasgo na sacola de entulho expulsou três calças e um suéter. Kiki agachou-se para recolhê-los e, ao fazê-lo, a outra sacola também rasgou. Tinham sido enchidas além da conta. A maior mentira já contada sobre o amor é que ele liberta.

Chegou a hora do almoço. Kiki estava envolvida demais no trabalho para interrompê-lo. E enquanto os caipiras levaram o country ao extremo no rádio e as vozes de donas de casa brancas a encorajavam a aproveitar as ofertas de primavera, Kiki fez uma pilha com todos os negativos fotográficos que encontrou. Estavam por toda parte. No início, segurou cada um contra a luz e tentou decifrar as sombras marrons invertidas de antigas férias na praia e paisagens européias. Mas havia demais. A verdade é que ninguém faria novas revelações ou voltaria a olhar para eles. Isso não quer dizer que deviam ser jogados fora. Era para isso que se organizava a bagunça — para abrir espaço para o esquecimento.

"Ei, mãe", disse Jerome sonolento, esticando a cabeça pela moldura da porta. "O que se passa?"

"Você. Você vai ser passado para fora. Essas coisas aí no corredor são suas — estou tentando liberar algum espaço para poder colocar os troços do Levi aqui."

Jerome esfregou os olhos. "Entendi", disse. "O velho sai, o novo entra."

Kiki riu. "Algo nessa linha. Como você está?"

"De ressaca."

Kiki estalou a língua nos dentes em censura. "Não devia ter pegado o carro, sabe?"

"É, eu sei..."

Kiki enfiou o braço numa caixa funda e retirou uma pequena máscara pintada, do tipo que se usaria num baile de máscaras. Sorriu para ela afetuosamente e a virou de lado. Um pouco do brilho que havia ao redor dos olhos grudou em sua mão. "Veneza", disse.

Jerome assentiu ligeiramente com a cabeça. "Daquela vez que fomos?"

"Humm? Ah, não, antes disso. Antes de vocês todos terem nascido."

"Alguma espécie de férias românticas", disse Jerome. Apertou com mais força a moldura da porta.

"As *mais* românticas de todas." Kiki sorriu e balançou a cabeça para livrar-se de algum pensamento secreto. Pôs a máscara de lado com cuidado. Jerome deu um passo para dentro do depósito.

"Mãe..."

Kiki sorriu de novo, virando o rosto para cima para ouvir seu filho. Jerome desviou os olhos.

"Você... precisa de ajuda, mãe?"

Kiki lhe deu um beijo agradecido.

"*Obrigada*, querido. Seria muito bom. Venha e me ajude a trazer algumas coisas do quarto de Levi. Aquilo é um pesadelo. Não consigo enfrentar sozinha."

Jerome estendeu as mãos para Kiki e a levantou. Juntos, atravessaram o corredor e empurraram a porta de Levi, enfrentando as pilhas de roupas existentes do outro lado. Dentro do quarto de Levi, o cheiro de garoto, de meias e de esperma, era intenso.

"Belo papel de parede", disse Jerome. O quarto tinha sido recentemente coberto de pôsteres de mulheres negras, na maioria mulheres negras corpulentas, na maioria bundas de mulheres negras. Aqui e ali, entremeados a esses pôsteres, havia retratos presunçosos de rappers, quase todos mortos, e uma fotografia imensa de Pacino em *Scarface*. Mas grandes mulheres negras de biquíni eram o principal tema decorativo.

"Pelo menos elas não estão quase mortas de fome", disse Kiki se ajoelhando para olhar embaixo da cama. "Pelo menos têm um pouco de carne no osso. Tá — tem *todo tipo de porcaria* aqui embaixo. Levante este lado."

Jerome ergueu seu lado da cama.

"Mais alto", pediu Kiki, e Jerome obedeceu. De repente o joelho direito de Kiki escorregou e ela apoiou a mão no chão. "Oh, meu Deus", sussurrou.

"O que foi?"

"Oh, meu *Deus*."

"O *quê*? É pornografia? Meu braço está ficando cansado." Jerome baixou um pouco a cama.

"NÃO SE MOVA!", gritou Kiki.

Jerome, assustado, ergueu mais a cama. Sua mãe estava arfando como se sofresse alguma espécie de ataque.

"Mãe — o que foi? Você está me assustando, meu. O que foi?"

"Não estou entendendo. NÃO ESTOU ENTENDENDO."

"Mãe, não consigo mais segurar isto aqui."

"SEGURA."

Jerome viu a mãe agarrar alguma coisa pelos lados. Começou a puxar aquilo, seja lá o que fosse, de baixo da cama.

"Mas o que...", disse Jerome.

Kiki arrastou o quadro até o meio do chão e sentou ao lado dele, hiperventilando. Jerome chegou por trás e tentou encostar nela para acalmá-la, mas ela afastou sua mão com um tapa.

"Mãe, não entendo o que está acontecendo. O que *é* isso?"

Ouviu-se o som da porta da frente sendo destrancada e aberta. Kiki ficou de pé num salto e saiu do quarto, deixando Jerome sozinho olhando para a mulata nua cercada de flores e frutas em Technicolor. Ouviu gritos e berros no andar de cima.

"AH, CLARO — AH, CLARO — NÃO ESTÁ ACONTECENDO NADA!"

"ME SOLTA!"

Estavam descendo a escada, Kiki e Levi. Jerome foi até a porta e viu Kiki bater na cabeça de Levi com força jamais vista.

"*Entra* aí! Arrasta essa bunda aí pra dentro!"

Levi caiu por cima de Jerome e depois os dois quase caíram por cima do quadro. Jerome se equilibrou e empurrou Levi para o lado.

Levi ficou parado, pasmo. Nem seus poderes retóricos seriam capazes de ocultar a evidência de uma pintura a óleo de um metro e meio de altura escondida embaixo de sua cama.

"Ah, meu, que *merda*", limitou-se a dizer.

"DE ONDE VEIO ISSO?"

"Mãe", Jerome arriscou dizer baixinho, "você precisa se acalmar."

"Levi", disse Kiki, e os dois garotos reconheceram que ela estava entrando em "modo Flórida", o que equivalia, em termos de Kiki, a "perder as estribeiras", "é melhor abrir a boca com algum tipo de explicação ou vou *descer dos céus e atingir a sua cabeça*, Deus é testemunha, vou *arrancar seu couro fora* hoje."

"Ah, *merda*".

Ouviram a porta da frente abrir e fechar de novo. Levi olhou naquela direção com esperança, como se alguma intervenção vinda do andar de cima pudesse salvá-lo, mas Kiki ignorou o ruído e o agarrou pelo moletom, virando Levi de frente para ela. "Porque eu *sei* que nenhum filho meu rouba NADA — não passou pela cabeça de nenhum filho criado por mim ROUBAR QUALQUER COISA DE NINGUÉM. Levi, é melhor abrir a boca!"

"Nós não roubamos!", Levi conseguiu dizer. "Quer dizer, nós pegamos, mas não é roubo."

"Nós?"

"Um cara e eu, um... *cara*."

"Levi, me dê o nome dele antes que eu quebre o seu pescoço. *Não* vou ficar de brincadeira com você hoje, rapazinho. Não tem joguinho aqui hoje."

Levi se contorceu. Gritos vieram lá de cima.

"O que...", disse ele, mas isso jamais funcionaria.

"Não *interessa* o que está acontecendo lá em cima — é melhor começar a se preocupar com o que está acontecendo aqui *embaixo*. Levi, me diga o nome desse homem *agora*."

"Meu... tipo assim... não posso fazer isso. Ele é um cara... e ele é um cara haitiano e..." Levi tomou fôlego e começou a falar extremamente rápido. "Confia em mim, você nem entende isso, é tipo — tá, é que *este quadro já é roubado*. Ele nem *pertence* a esse tal de Kipps, na verdade — era tipo vinte anos atrás e ele foi ao Haiti e pegou um monte de quadros, mentindo pros pobres e comprando por uns poucos dólares, e agora eles valem toda essa dinheirama e não é dinheiro *dele*, e só estamos tentando..."

Kiki empurrou Levi no peito com força. "Você *roubou* isto do escritório do senhor Kipps porque um *cara* lhe disse um monte de *besteiras*? Porque um irmão qualquer enrolou você com um monte de besteiras conspiratórias? Você é um *idiota*?"

"Não! Não sou um idiota — e não é besteira! Você não sabe de nada!"

"É *claro* que é besteira — eu conheço este quadro, Levi. Pertencia à *senhora* Kipps. E *ela* mesma o comprou, antes mesmo de ter se casado."

Isso calou Levi.

"Putz, Levi", disse Jerome.

"E a questão nem é essa, a questão é você *roubou*. Simplesmente *acreditou* em qualquer coisa que essa gente disse. Vai acreditar neles até ir parar na cadeia. Só quer parecer o cara, se fazer de grandão para um bando de *negros imprestáveis* que nem sequer..."

"NÃO É ASSIM!"

"É *exatamente* assim. São esses caras com quem você anda passando todo seu tempo — não pode mentir para mim. Estou com tanta raiva de você. Estou MALUCA! Levi — estou tentando entender o que você pensa que conseguiu roubando a propriedade de alguém. Por que você *faria* isso?"

"Você não entende nada", disse Levi bem baixinho.

"Como é que é? Perdão? COMO É QUE É?"

"As pessoas no Haiti, elas não têm NADA, TÁ BEM? Estamos vivendo às custas dessas pessoas, meu! Nós — nós — estamos vivendo às custas deles! Estamos chupando seu sangue — somos que nem vampiros! *Você* tá bem, casou com seu homem branco na terra da fartura — *você* tá bem. *Você* tá numa boa. Está vivendo às custas dessa gente, meu!"

428

Kiki enfiou o dedo trêmulo na cara dele. "Você está passando dos limites agora, Levi. Não sei do que está falando — acho que nem você sabe. E *realmente* não sei o que tudo isso tem a ver com você ter se tornado um *ladrão*."

"Então por que não escuta o que estou falando? Este quadro não pertence a ele! Nem à esposa dele! Essas pessoas de quem estou falando, elas se lembram de como as coisas *rolaram*, meu — e olha quanto ele vale agora. Mas esse dinheiro pertence ao povo haitiano, não a um... a um *corretor de arte anglo-americano*", disse Levi, lembrando com segurança da expressão de Chu. "Esse dinheiro precisa ser redis — ser compartilhado."

Por um instante, Kiki ficou assombrada demais para conseguir falar.

"Humm, não é assim que o mundo funciona", disse Jerome. "Estudo economia e posso afirmar que não é assim que o mundo funciona."

"É *exatamente* assim que o mundo funciona! Sei que todos vocês pensam que sou alguma espécie de imbecil — não sou imbecil. Andei lendo, andei assistindo ao noticiário — essa merda é *real*. Com esse dinheiro deste quadro dava pra construir um hospital no Haiti!"

"Ah, é *isso* que vocês pretendiam fazer com o dinheiro?", perguntou Jerome. "Construir um hospital?"

Levi fez uma cara ao mesmo tempo encabulada e desafiadora. "Não, não exatamente. A gente ia *redistribuir*", disse Levi com sucesso. "Os fundos."

"Entendi. E como pretendiam vender o quadro? No eBay?"

"Chu tinha gente cuidando disso."

Kiki recuperou a voz. "Chu? *Chu*? QUEM É CHU?"

Levi cobriu o rosto com as mãos. "Ah, *merda*."

"Levi... estou tentando entender o que está me dizendo", disse Kiki devagar, fazendo esforço para se acalmar. "E eu... eu entendo que você se preocupe com essas pessoas, mas, meu bem, Jerome tem razão, essa não é a maneira de sair por aí resolvendo problemas sociais, não é assim que..."

"Então *como* é que se faz?", questionou Levi. "Pagando quatro dólares a hora pras pessoas fazerem faxina? É isso que você paga pra Monique, meu! Quatro dólares! Se ela fosse americana, você não ia pagar quatro dólares a hora. Ia? Ia?"

Kiki ficou atordoada.

"Quer saber, Levi?", disse com a voz desmoronando. Agachou-se para pôr as mãos num dos lados do quadro. "Não quero mais falar com você."

"Porque você não consegue responder isso!"

"*Porque* a única coisa que sai da sua boca é *merda*. E você pode guardar para a polícia quando ela vier arrastar sua bunda para a cadeia!"

Levi assobiou para dentro. "Você ficou sem resposta", repetiu.

"Jerome", disse Kiki, "pegue o outro lado. Vamos tentar levá-lo para cima. Vou ligar para Monty e ver se conseguimos resolver isso sem um processo judicial."

Jerome pegou o outro lado e ergueu o quadro até a altura do joelho. "Penso na mesma linha. Levi — saia da droga do caminho", disse, e os dois viraram cento e oitenta graus ao mesmo tempo. Quando estavam terminando a manobra, Jerome começou a arrancar alguma coisa no verso da tela.

Kiki deu um gritinho. "Não! *Não*! Não puxa! O que você está *fazendo*? Estragou? Ai, *Jesus Cristo* — não acredito que isso está acontecendo."

"Não, mãe, não...", disse Jerome sem convicção. "É que tem alguma coisa presa aqui... tudo bem... será que dá para..." Jerome pôs o quadro em pé e o apoiou contra a mãe. Puxou de novo um pedaço de papel cartão branco que estava encaixado na moldura.

"Jerome! O que está fazendo? Pare com isso!"

"Só quero ver o que..."

"Não rasgue", gritou Kiki sem conseguir ver o que estava sendo feito. "Você está rasgando? Deixa assim!"

"Ah, meu Deus...", sussurrou Jerome, esquecendo sua própria regra contra a blasfêmia. "Mãe? *Ah, meu Deus!*"

"O que está fazendo? Jerome! *Por que está rasgando mais?*"

"Mãe! Ah, merda, mãe! Seu nome está escrito aqui!"

"*O quê?*"

"Xi, meu, isso é estranho pra caralho..."

"Jerome! O que está *fazendo!*"

"Mãe... olha." Jerome libertou o bilhete. "Olha aqui, diz *Para Kiki — por favor receba este quadro. Ele precisa ser amado por alguém como você. Sua amiga, Carlene.*"

"*O quê?*"

"Estou lendo! Está bem aqui! E depois, embaixo disso, *Há um abrigo tão grande no outro. É estranho demais!*"

Kiki perdeu o equilíbrio, e apenas a intervenção de Levi, que segurou sua cintura, impediu que ela e o quadro fossem ao chão.

Dez minutos antes, Zora e Howard haviam chegado juntos em casa. Depois de passar a maior parte da tarde dirigindo por Wellington, reconsiderando os acontecimentos, Zora avistou Howard voltando a pé do Greenman. Ela lhe deu uma carona. Estava todo animado após uma manhã de trabalho produtivo em cima da palestra e falou tanto e de forma tão contínua que não percebeu que a filha não respondia. Só quando cruzaram a porta de entrada Howard se tocou da frente fria que Zora enviava em sua direção. Foram andando em silêncio até a cozinha, onde Zora atirou as chaves do carro sobre a mesa com tanto vigor que elas deslizaram por todo seu comprimento e caíram do outro lado.

"Parece que Levi se meteu em encrenca", disse Howard alegremente, acenando com a cabeça na direção dos gritos que vinham do porão. "Ele pediu. Não me surpreende nem um pouco. Há sanduíches evoluindo em formas de vida dentro daquele quarto."

"Rá", disse Zora. "E rá."

"O quê?"

"Apenas apreciando seu dom irônico para a comédia, papai."

Suspirando, Howard sentou-se na cadeira de balanço. "Zoor — eu deixei você braba? Olha, se foi aquela última nota, vamos discutir o assunto. Acho que foi justa, querida, por isso dei. É que o ensaio estava mal-estruturado. No que concerne às idéias, estava bom, mas — havia uma falta de... concentração, de um certo modo."

"É verdade", disse Zora. "Minha mente tem andado em outros lugares. Mas agora estou muito focada."

"Ótimo!"

Zora apoiou as nádegas na borda da mesa. "E tenho uma bomba para a próxima reunião do corpo docente."

Howard assumiu sua expressão de interesse — mas era primavera e ele queria ir ao jardim para cheirar as flores, e quem sabe dar seu primeiro mergulho do ano, secar-se no andar de cima e deitar nu no leito conjugal em que fora novamente aceito fazia tão pouco tempo, e puxar a esposa para a cama junto com ele e fazer amor com ela.

"Sabe os discricionários?", disse Zora. Ela baixou os olhos para desviar do sol brilhante e refletido que corria dentro da casa. Ele marcava as paredes e fazia a casa inteira parecer debaixo d'água. "Acho que isso não será mais um problema."

"Ah, não? Como?"

"Bem... *acontece* que Monty está *comendo* a Chantelle — uma aluna", disse Zora, pronunciando o palavrão com especial vulgaridade. "Um dos discricionários dos quais estava tentando se livrar."

"*Não.*"

"Sim. Dá para acreditar? Uma aluna. Provavelmente estava *fodendo* com ela antes mesmo de a esposa morrer."

Howard bateu nos lados da poltrona em êxtase. "Bem, meu *Deus.* Que sujeitinho sacana. Maioridade moral *picas.* Bem, você pegou ele. Meu Deus! Devia entrar lá e *assar ele no espeto.* Destruir ele!"

Zora cravou as unhas falsas, que sobravam da festa, na parte de baixo do tampo da mesa. "É isso que você aconselha?"

"Ah, com certeza. Como poderia resistir? A cabeça dele veio numa bandeja! Desfira o golpe de misericórdia."

Zora olhou para o teto, e quando voltou a olhar para baixo uma lágrima estava abrindo caminho pelo seu rosto.

"Não é verdade, *né*, pai?"

O rosto de Howard não mudou. Levou um minuto. O incidente Victoria tinha se encerrado com tanta felicidade em sua mente que era necessário um grande esforço cerebral para lembrar que isso não significava que o incidente deixava de ser uma coisa real no mundo, sujeita à descoberta.

"Encontrei Victoria Kipps ontem à noite. *Pai?*"

Howard manteve a expressão intacta.

"E Jerome acha...", disse Zora com dificuldade, "alguém disse uma coisa e Jerome acha..." Zora escondeu o rosto molhado atrás do cotovelo. "Não é verdade, é?"

Howard cobriu a boca com a mão. Tinha acabado de vislumbrar a etapa seguinte, e a etapa depois dessa, tudo até o final.

"Eu... ah, Deus, Zora... ah, Deus... não sei o que lhe dizer."

Zora fez uso de um palavrão inglês muito antigo, em volume muito elevado.

Howard levantou-se e deu um passo na direção dela. Zora estendeu o braço para impedi-lo.

"Defendi", disse Zora com os olhos muito arregalados de espanto, deixando as lágrimas rolarem. "Defendi e defendi e defendi *você*."

"Por favor, Zoor..."

"Contra a mãe! Fiquei do *seu* lado!"

Howard deu mais um passo à frente. "Estou parado aqui, pedindo que me perdoe. É *misericórdia* que estou pedindo, mesmo. Sei que não quer ouvir minhas *desculpas*", disse Howard num sussurro. "Sei que não quer isso."

"Quando foi a vez na *vida*", disse Zora claramente, recuando dele mais um passo, "que você deu a *mínima* para o que *alguém* queria?"

"Isso não é justo. Amo minha família, Zoor."

"Ah, *ama*. Você ama Jerome? Como pôde *fazer* isso com ele?"

A cabeça de Howard balançou para os lados, muda.

"Ela tem a minha *idade*. Não — ela é *mais jovem* do que eu. Você tem cinqüenta e sete anos, pai", disse Zora com um riso dolorido.

Howard cobriu o rosto com as mãos.

"É TÃO BATIDO, PAI. É TÃO ÓBVIO, PORRA."

Zora chegou ao topo da escada que levava para o porão. Howard implorou um pouco mais de tempo. Não havia mais tempo. Mãe e filha já estavam gritando uma pela outra, uma correndo escada acima, a outra escada abaixo, cada uma trazendo sua estranha e intensa notícia.

13.

"O quê? O que tenho diante de mim, exatamente?"

Jerome guiou o pai até o trecho relevante da carta do banco que tinha sido colocada à sua frente. Howard apoiou um cotovelo em cada lado da carta e tentou se concentrar. O ar-condicionado ainda não estava pronto para o trabalho de verão na casa dos Belsey, portanto as portas corrediças tinham sido abertas e todas as janelas estavam abertas, mas circulava apenas ar quente. Até a leitura parecia fazer brotar o suor.

"Precisa assinar aqui e aqui", disse Jerome. "Vai ter que resolver isso sozinho. Estou atrasado." Um cheiro forte pairava sobre a mesa: um cesto pútrido de peras com prazo de validade vencido à noite. Duas semanas antes Howard tinha dispensado Monique, a faxineira, descrevendo-a como uma despesa com a qual já não podiam mais arcar. Então veio o calor e tudo começou a apodrecer, abafar e feder. Zora escolheu um assento distante das peras, em vez de tomar a iniciativa de removê-las. Terminou o que ainda restava do cereal e empurrou a caixa vazia em direção ao pai.

"Ainda não entendo qual é o sentido de separar a conta bancária", resmungou Howard com a caneta suspensa sobre o documento. "Apenas torna tudo duas vezes mais difícil."

"Vocês estão separados", disse Zora com propriedade. "Esse é o sentido."

"Temporariamente", disse Howard, escrevendo, porém, seu nome na linha pontilhada. "Aonde você vai?", perguntou a Jerome. "Precisa de carona?"

"Igreja, e não", respondeu Jerome.

Howard evitou um comentário. Levantou-se, atravessou a cozinha até as portas e saiu para o pátio, que estava quente demais para seus pés descalços. Voltou para cima dos azulejos da cozinha. Lá fora, o cheiro era de seiva de árvores e maçãs inchadas e amarronzadas, das quais cerca de uma centena cobria o gramado. Fazia dez anos que em todo mês de agosto era a mesma coisa, mas só nesse ano Howard percebeu que algo poderia ser feito para melhorar a situação. Bolo de maçã, maçã crocante, maçã cristalizada, maçãs achocolatadas, saladas de frutas... Howard ficara surpreso. Não havia nada que não soubesse, agora, sobre comidas feitas com maçã. Tinha um prato com maçã para cada dia da semana. Mas não fazia tanta diferença quanto ele esperava. Elas continuavam caindo. Lagartas passavam o dia perfurando-as. Quando ficavam pretas e disformes, as formigas chegavam de mansinho.

Era quase hora de o esquilo fazer sua primeira aparição do dia. Howard se encostou na moldura da porta e esperou. E lá veio ele correndo pela cerca, decidido a provocar destruição. Parou no meio do caminho e deu o salto acrobático por cima do comedouro dos passarinhos, que Howard passara a tarde anterior reforçando com tela de arame para protegê-lo desse mesmo predador. Observou com atenção enquanto o esquilo tratava de estraçalhar metodicamente suas defesas. Amanhã, estaria mais bem preparado. A licença forçada de Howard tinha lhe proporcionado um novo conhecimento dos ciclos vitais daquela casa. Agora, reparava em quais flores se fechavam quando o sol se punha; sabia que canto do jardim atraía joaninhas e quantas vezes por dia Murdoch precisava fazer suas necessidades; tinha identificado a árvore exata em que o maldito esquilo morava e pensado em derrubá-la. Sabia que som a piscina fazia quando o filtro precisava ser trocado ou quando o aparelho de ar-condicionado requeria uma pancada no lado para aquietar-se. Sabia, sem olhar, qual de seus filhos estava passando pela sala — a partir de seus barulhos íntimos, suas pisadas. Abordou Levi, que, como pressentiu corretamente, estava bem atrás dele.

"Você. Precisa de mesada. Não?"

Levi, de óculos escuros, não estava disposto a revelar nada. Ia levar uma garota para um brunch seguido de cinema, mas Howard não precisava saber disso. "Se está oferecendo", disse com cautela.

"Bem, sua mãe já lhe deu alguma coisa?"

"Dê logo o dinheiro para ele, pai", gritou Jerome.

Howard voltou para a cozinha.

"Jerome, estou apenas *interessado* em saber como sua mãe consegue pagar o 'aposento de solteira' secreto *e* sair com as amigas dela toda noite *e* financiar um caso judicial *e* dar vinte dólares a Levi dia sim dia não. Isso vem tudo do dinheiro que ela está drenando de mim? Estou simplesmente interessado em saber como funciona."

"Dê logo o dinheiro para ele", repetiu Jerome.

Howard apertou a faixa do roupão, indignado. "Mas então é claro que *Linda* — ela é a lésbica, não é?", perguntou Howard, sabendo a resposta. "Sim, a lésbica — ela *continua* sugando metade da grana de Mark, cinco anos depois, o que parece um tanto polpudo, na verdade, sendo os filhos já adultos, Linda, uma lésbica... e o casamento apenas um piscar de olhos em sua carreira de lésbica."

"Você faz *alguma* idéia de quantas vezes diz a palavra lésbica *por dia?*", perguntou Zora, ligando a televisão.

Jerome riu baixinho. Howard, contente por conseguir alegrar sua família mesmo que sem querer, também sorriu.

"Então", disse Howard batendo palmas, "dinheiro. Se ela quer que eu sangre até morrer, que assim seja."

"Olha, meu, não quero sua grana", disse Levi em tom de rendição. "Fique com ela. Se com isso eu não precisar mais ouvir você falar do assunto."

Levi ergueu o tênis, um pedido para que o pai executasse aquele esquema de nó especial triplo com os cadarços. Howard apoiou o pé de Levi na coxa e começou a amarrar.

"Em breve, Howard", caçoou Zora, "ela não vai precisar do seu dinheiro. Quando o caso estiver ganho, ela pode vender o quadro e comprar uma porra duma ilha."

"Não, não, não", disse Jerome com segurança, "ela não vai vender aquele quadro. Você não entende nada, se acha isso. Tem que entender a maneira como o *cérebro* da mãe funciona. Ela poderia ter expulsado *ele* de casa" — Howard expressou inquietude diante dessa caracterização anônima de sua pessoa — "mas ela vai e 'Não, você cria as crianças, você lida com essa família'. A mãe é perversa. Não faz as coisas do jeito como a gente pensa que ela vai fazer. Tem uma disposição de ferro."

Discutiam isso, em diferentes variações, diversas vezes por semana.

"Não creia nisso", contribuiu Howard com exatamente a mesma entonação ressentida de seu pai. "Ela provavelmente vai vender esta *casa* debaixo de nossas fuças."

"Espero que seja assim mesmo, Howard", disse Zora. "Ela merece inteiramente."

"Zora, você não precisa ir trabalhar?", perguntou Howard.

"Nenhum de vocês sabe nada", disse Levi, dando um pulo para trocar de pé. "Ela vai vender a pintura, mas não vai ficar com o dinheiro. Passei lá ontem, falei com ela a respeito. O dinheiro vai para o Grupo de Apoio aos Haitianos. Ela só não quer que fique com o Kipps."

"Você passou lá... Kennedy Square?", investigou Howard.

"Boa tentativa", disse Levi, pois tinham sido instruídos a não revelar para Howard nenhum detalhe sobre a localização exata de Kiki. Levi pôs os dois pés no chão e ajeitou as pernas da calça jeans. "Como estou?", perguntou.

Murdoch, recém-chegado de um passeio de pernas curtas pelo longo gramado, entrou na cozinha fazendo tumulto. Foi soterrado de atenção por todos os lados: Zora veio correndo pegá-lo; Levi brincou com suas orelhas;

Howard lhe ofereceu uma tigela de comida. Kiki quis desesperadamente levá-lo, mas seu prédio não aceitava cães. E agora os Belsey restantes eram carinhosos com Murdoch *por* Kiki, de certa forma; havia a esperança secreta e irracional de que, mesmo sem estar no mesmo lugar que eles, ela poderia de algum modo sentir os cuidados que estavam sendo dedicados a seu amado cachorrinho, e essas boas vibrações poderiam... era ridículo. Era uma maneira de lidar com sua falta.

"Levi, posso lhe dar uma carona até a cidade, se puder esperar um minuto", disse Howard. "Zoor — não está atrasada?"

Zora não se moveu.

"*Eu* estou vestida, Howard", disse ela, apontando para seu uniforme de garçonete de verão composto de camisa preta e saia branca. "É o *seu* grande dia. E quem está sem as calças é você."

Nesse ponto ela tinha razão. Howard pegou Murdoch no colo — embora o cão mal tivesse provado a carne que tinha à sua frente — e o levou até o quarto no andar de cima. Howard parou diante do closet e refletiu sobre até que ponto conseguiria conciliar uma aparência de inteligência com a umidade. No closet, do qual toda a roupa de verdade — toda a seda, casimira e cetim coloridos — tinha sido removida, havia um terno solitário pendurado e balançando em cima de um bolo de jeans, camisas e bermudas. Pegou o terno. Guardou-o de volta no lugar. Se iam acabar com ele, que acabassem com ele como realmente era. Tirou um jeans preto, camisa azul-marinho de mangas curtas, sandálias. Hoje, em tese, haveria gente de Pomona na platéia, e também da Universidade Columbia e do Courtauld. Smith estava empolgado com todas essas possibilidades, e agora Howard fazia de tudo para se empolgar também. *Essa é a grande chance*, dizia o e-mail enviado por Smith pela manhã. *Howard, chegou a hora do cargo permanente. Se Wellington não puder lhe dar isso, parta para outra. É assim que deve ser. Nos vemos às dez e meia!* Smith tinha razão. Dez anos no mesmo lugar, sem cargo permanente, era muito tempo. Seus filhos estavam grandes. Logo iriam embora. E então a casa, se continuasse como agora, sem Kiki, se tornaria insuportável. Era numa universidade que deveria depositar agora toda a esperança que lhe restava. As universidades tinham sido um lar para ele durante mais de trinta anos. Só precisava de mais uma: a última e generosa instituição que o acolheria na senilidade e o protegeria.

Howard pôs um boné na cabeça e desceu correndo a escada, com Murdoch desembestado atrás. Na cozinha, seus filhos estavam enganchando suas diversas mochilas e sacolas nos ombros.

"Espere...", disse Howard apalpando a superfície vazia do aparador. "Onde está a chave do meu carro?"

"Não faço idéia, Howard", disse Zora com rispidez.

"Jerome? Chave do carro!"

"*Calma.*"

"Não vou me acalmar — ninguém sai até que a encontremos."

Com isso, Howard atrasou a todos. É estranho como os filhos, mesmo filhos crescidos, aceitam as instruções de um pai. Obedientes, reviraram a cozinha em busca do que Howard precisava. Procuraram em todos os lugares prováveis e depois em lugares improváveis e idiotas porque Howard estourava se qualquer um deles desse a impressão de cessar a busca por um instante. As chaves não estavam em lugar nenhum.

"Ah, meu, pra mim chega, tá *quente* demais — vou nessa", gritou Levi, e saiu de casa. Voltou um minuto depois com as chaves do carro de Howard, que estavam na porta do carro.

"Gênio!", gritou Howard. "Certo, vamos lá, vamos lá, todos para fora — liguem o alarme, peguem suas chaves, *vamos lá*, pessoal."

Na rua escaldante, Howard enrolou a mão no canto da camisa para abrir a porta do forno que era seu carro. O interior de couro estava tão quente que ele precisou sentar em cima de sua bolsa.

"Eu não vou", disse Zora, usando a mão para proteger os olhos do sol. "Caso você estivesse pensando que eu ia. Não quis trocar de turno."

Howard deu um sorriso bondoso para a filha. Era de sua natureza aproveitar até o fim qualquer chance de manter uma posição de superioridade. E ela com certeza estava por cima agora, pois tinha acabado de assumir mais uma vez o papel de anjo da misericórdia. Afinal de contas, estivera na posição de levar tanto Monty quanto Howard à demissão. Para Howard, sugerira enfaticamente uma licença, indulto que ele acatou de bom grado. Zora ainda tinha dois anos de Wellington pela frente e, do ponto de vista dela, a faculdade já não era grande o bastante para os dois. Monty obteve permissão para manter seu emprego, mas não seus princípios. Ele não contestou os discricionários e os discricionários ficaram, apesar de Zora ter se desligado da aula de poesia.

Tais atitudes épicas de abnegação garantiram a Zora uma superioridade moral verdadeiramente inexpugnável que lhe garantia uma imensa satisfação. A única mancha em sua consciência era Carl. Tinha abandonado a turma para que ele pudesse permanecer, mas na verdade ele jamais voltou. Desapareceu de Wellington completamente. Quando Zora por fim juntou coragem para ligar para o celular dele, a linha estava desativada. Convocou a ajuda de Claire para tentar encontrá-lo; descobriram seu endereço residencial nos registros de pagamento, mas as cartas enviadas ficaram sem resposta. Quando Zora ousou fazer uma visita, a mãe de Carl informou apenas que ele tinha se mudado; recusou-se a dizer mais que isso. Não deixou Zora entrar na casa e falou com ela na defensiva, aparentemente convencida de que aquela mulher de pele clara que falava tão bonito devia ser uma assistente social ou uma policial, alguém que poderia trazer problemas à família Thomas. Cinco meses depois, Zora continuava vendo diversos *doppelgängers* de Carl na rua, dia após dia — o capuz, o jeans largadão, os tênis novinhos em folha, os grandes fones de ouvido pretos — e toda vez que avistava um de seus duplos sentia o nome dele subir vertiginosamente do peito para a garganta. Às vezes deixava o nome escapar. Mas o rapaz sempre seguia andando.

"Alguém quer carona para a cidade?", perguntou Howard. "Largo qualquer um em qualquer lugar com prazer."

Dois minutos depois, Howard abriu a janela do passageiro e tocou a buzina para seus três filhos seminus que desciam a ladeira a pé. Todos lhe ergueram o dedo do meio.

Howard cruzou Wellington e saiu de Wellington dirigindo o carro. Observou pelo pára-brisa as ondulações daquele dia fulminante; ouviu o naipe de cordas das cigarras. No rádio do carro, ouviu a *Lacrimosa* e, como um adolescente, aumentou o volume e baixou os vidros. *Swish dah dah, swish dah dah*. Quando a música desacelerou, ele também desacelerou, entrando em Boston e dando de cara com as obras do novo projeto urbano da cidade. Ficou trancado no labirinto de carros inertes por quarenta minutos. Quando Howard finalmente saiu de um túnel tão comprido quanto a vida, seu telefone tocou.

"Howard? Smith. Puxa, que bom que você finalmente resolveu arranjar um celular. Como andam as coisas, meu chapa?"

Era o tom de voz calmo artificial de Smith. No passado sempre funcionava, mas nos últimos tempos Howard tinha aprimorado sua capacidade de atinar com a realidade de sua situação.

"Estou atrasado, Smith. Estou muito atrasado agora."

"Ah, não está tão mau assim. Você tem tempo. O *pau*-point está prontinho, esperando você. Onde está, exatamente?"

Howard deu suas coordenadas. Seguiu-se um silêncio suspeito.

"Sabe o que vou fazer?", disse Smith. "Uma pequena apresentação. E, se você conseguir chegar aqui em vinte minutos ou menos, tudo estará bem."

Trinta minutos depois dessa ligação, o Big Dig expeliu o apoplético Howard no centro da cidade. Flores gigantes de suor vicejavam na camisa azul-marinho, embaixo de cada braço. Em pânico, Howard decidiu evitar o sistema de mãos únicas estacionando a cinco quadras de seu destino. Bateu a porta do carro e começou a correr, trancando-o de longe por cima do ombro. Podia sentir o suor gotejando entre suas nádegas e ensopando suas sandálias, preparando o peito de seus pés para as duas bolhas que com certeza estariam formadas quando chegasse à galeria. Tinha parado de fumar pouco depois de Kiki ter ido embora, mas agora lamentava a decisão — seus pulmões não estavam nem um pouco mais aptos a suportar esse esforço do que estavam cinco meses atrás. Também tinha ganhado dez quilos.

"A solidão do corredor de longa distância!", gritou Smith ao vê-lo virar a esquina aos tropeços. "Você conseguiu, você conseguiu — está tudo bem. Respire um pouco. Você pode respirar um pouco."

Howard se apoiou em Smith, sem conseguir falar.

"Está tudo bem", disse Smith com convicção. "Você conseguiu."

"Vou vomitar."

"Não, não, Howard. Isso é a última coisa que você vai fazer. Venha, vamos entrar".

Entraram no tipo de ar-condicionado que congela o suor ao primeiro contato. Smith conduziu Howard pelo cotovelo por um corredor e depois outro. Depositou sua carga bem ao lado de uma porta entreaberta. Pela fresta Howard pôde ver uma fatia fina de uma tribuna, uma mesa e uma jarra d'água com duas fatias de limão boiando.

"Pois então, para fazer o *pau*-point funcionar, é só clicar o botão verme-lho — estará bem perto da sua mão na tribuna. Cada vez que apertar esse botão, um novo quadro aparecerá, na ordem em que são citados na palestra."

"Estão todos aí?", perguntou Howard?

"Todos que importam", respondeu Smith, abrindo a porta.

Howard entrou. Foi recebido com aplausos educados, porém cansados. Subiu na tribuna e pediu desculpas pelo atraso. Identificou de imediato meia dúzia de pessoas do Departamento de História da Arte, bem como Claire, Erskine, Christian e Meredith, e vários de seus alunos atuais e passados. Jack French tinha trazido a esposa e os filhos. Howard ficou comovido com todo esse apoio. Nenhum deles precisava estar ali. Em termos de Wellington, ele já era um homem no corredor da morte, sem livro a ser lançado em breve, certamente a caminho de um divórcio complicado e tirando uma licença que tinha a aparência suspeita de um primeiro passo em direção à aposenta-doria. Mas eles tinham vindo. Pediu desculpas de novo pela demora e deu explicações autodepreciativas sobre sua inexperiência e falta de habilidade com a tecnologia que estava prestes a usar.

Foi só na metade desse discurso preliminar que Howard visualizou com perfeita nitidez a pasta amarela que ficou onde a tinha deixado, no banco traseiro do carro, a cinco quadras dali. Parou de falar abruptamente e per-maneceu em silêncio por um minuto. Pôde ouvir as pessoas se remexendo nas cadeiras. Seu próprio fedor penetrava com força em sua narinas. Que aparência tinha perante essas pessoas? Apertou o botão vermelho. As luzes começaram a baixar de intensidade muito devagar, como se Howard estives-se tentando seduzir sua platéia. Olhou para o fundo da sala tentando encon-trar o homem responsável por esse efeito especial e, em vez disso, encontrou Kiki, sexta fileira, ponta direita, fitando com interesse a imagem atrás dele, que começava a distinguir-se na escuridão crescente. Usava uma fita escarla-te entremeada na trança e seus ombros estavam expostos e reluzentes.

Howard apertou o botão vermelho de novo. Apareceu uma imagem. Aguar-dou um instante e apertou mais uma vez. Outra imagem. Continuou apertan-do. Pessoas foram aparecendo: anjos, Staalmeesters, comerciantes, cirurgiões, estudantes, escritores, camponeses, reis e o próprio artista. O homem de Po-mona começou a fazer movimentos de aprovação com a cabeça. Howard aper-tou o botão vermelho. Pôde ouvir Jack French dizer ao filho mais velho com seu característico sussurro em voz alta: *Está vendo, Ralph, há um significado na ordem*. Howard apertou o botão vermelho. Nada aconteceu. Tinha chegado ao fim da linha. Olhou para a sala e encontrou Kiki sorrindo para o próprio colo. O resto da platéia olhava para a parede de fundo com ligeira desaprovação. Howard virou a cabeça e olhou para a imagem atrás dele.

"*Hendrickje tomando banho*, 1654", gralhou Howard, e não disse mais nada.

Na parede, uma mulher holandesa bonita e rechonchuda, vestindo uma simples bata branca, chapinhando na água até as canelas. A platéia de Howard olhou para ela, depois para Howard e de novo para ela, à espera de uma explicação. A mulher, por sua vez, mantinha o olhar tímido fixo na água. Parecia pensar se devia avançar mais para o fundo. A superfície da água era escura, reflexiva — um banhista cauteloso não poderia ter certeza do que se escondia por baixo. Howard olhou para Kiki. No rosto dela, a sua vida. Kiki ergueu os olhos de repente para Howard — não com desamor, julgou ele. Howard não disse nada. Mais um minuto silencioso se passou. A platéia começou a resmungar, perplexa. Howard ampliou a imagem na parede, conforme Smith havia lhe ensinado. A carnosidade da mulher preencheu a parede. Olhou de novo para a platéia e viu apenas Kiki. Sorriu para ela. Ela sorriu. Desviou o olhar, mas sorriu. Howard olhou de novo para a mulher na parede, o amor de Rembrandt, Hendrickje. Embora suas mãos fossem borrões indistintos, camadas e camadas de tinta revolvidas com o pincel, o resto de sua pele tinha sido magistralmente reproduzido em toda sua variedade — brancos calcários e rosa vívidos, o azul subjacente de suas veias e o sempre presente toque humano de amarelo, indício do que está por vir.

Nota da autora

Agradeço a Zomba Music Publishing Ltda, Sony/ATV Music Publishing (Reino Unido) Ltda. e Universal/MCA Music Ltda. pela permissão para reproduzir parte da letra de *I get around*, de Tupac Shakur. Agradeço a Faber and Faber pela permissão para citar parte dos poemas "Imperial" e "The last Saturday on Ulster", e também por permitir que o poema "On beauty" fosse reproduzido integralmente. Os três poemas pertencem à antologia *To a fault*, de Nick Laird. Obrigada ao próprio Nick por permitir que o último poema fosse de Claire. Obrigada a meu irmão Doc Brown por parte das letras imaginárias de Carl Thomas.

Há uma série de Rembrandts verdadeiros mencionados neste romance, a maioria deles exposta ao público. (Claire tem razão a respeito de *O construtor de navios Jan Rijksen e sua esposa Griet Jans*, 1633. Se quiser ver esse, terá que pedir à rainha.) Os dois retratos que geram conflito entre Monty e Howard são *Auto-retrato com colarinho de renda*, 1629, Mauritshuis, Haia, e *Auto-retrato*, 1629, Alte Pinakothek, Munique. Eles não são tão parecidos quanto a autora dá a entender. A pintura que Howard usa em sua primeira aula do semestre é *A lição de anatomia do dr. Nicolaes Tulp*, 1632, Mauritshuis, Haia. A pintura que Katie Armstrong examina é *Jacó lutando com o anjo*, 1658, Gemäldegalerie, Berlim; a água-forte é *Mulher na colina*, c. 1631, Museum het Rembrandthuis, Amsterdã. Howard é encarado por *Os síndicos da corporação de tecelões*, 1662, Rijkmuseum, Amsterdã. É da detalhada explanação da história hermenêutica dos Staalmeesters feita por Simon Schama que extraio meu próprio esboço de explanação. Howard não tem absolutamente nada a dizer a respeito de *Hendrickje tomando banho*, 1654, National Gallery, Londres.

A pintura de Hector Hyppolite que pertence a Carlene Kipps também existe e pode ser

443

vista no Centre D'Art, Haiti. A pintura pela qual Kiki se imagina caminhando é *Estrada em Maine*, 1914, de Edward Hopper, Whitney Museum of American Art, Nova York. Howard acha que Carl se parece com o *Estudo de cabeças africanas*, de Rubens, c. 1617, Musées Royaux des Beau-Arts, Bruxelas. Eu não concordo.

Agradecimentos

Minha gratidão a meus primeiros leitores, Nick Laird, Jessica Frazier, Tamara Barnett-Herrin, Michal Shavit, David O'Rourke, Yvonne Bailey-Smith e Lee Klein. Seu encorajamento, críticas e bons conselhos deram início a tudo. Obrigada a Harvey e Yvonne pelo apoio e a meus irmãos menores, Doc Brown e Luc Skyz, que me deram sugestões sobre tudo aquilo que estou velha demais para saber. Obrigada a meu ex-aluno Jacob Kramer por anotações sobre a vida universitária e os costumes da Costa Leste. Obrigada a India Knight e Elizabeth Merriman por todo o francês. Obrigada a Cassandra King e Alex Adamson por lidarem com todas as questões extraliterárias.

Agradeço a Beatrice Monti por mais uma estada em Santa Maddelena e pelo bom trabalho que isso proporcionou. Obrigada a meus editores inglês e americano, Simon Prosser e Anne Godoff, sem os quais este livro seria mais longo e pior. Obrigada a Donna Poppy, a editora mais inteligente que uma garota poderia desejar. Obrigada a Juliette Mitchell, da Penguin, por todo o árduo trabalho a meu favor. Sem minha agente, Georgia Garrett, eu jamais conseguiria fazer este trabalho. Obrigada, George. Você é um arraso.

Obrigada a Simon Schama por seu monumental *Rembrandt's eyes*, um livro que me ajudou a ver pinturas adequadamente pela primeira vez. Obrigado a Elaine Scarry por seu maravilhoso ensaio "Sobre a beleza e a eqüidade", do qual tomei emprestado um título, um nome de capítulo e um bocado de inspiração. Deve estar óbvio desde a primeira linha que este é um romance inspirado por uma paixão por E. M. Forster, a quem minha ficção inteira deve alguma coisa, de uma maneira ou de outra. Dessa vez, quis reembolsar o débito com uma *homenagem*.

Acima de tudo, agradeço a meu marido, cuja poesia roubo para embelezar minha prosa. É Nick quem sabe que o "tempo é o modo como você aplica o amor", e é por isso que este livro é dedicado a ele, assim como minha vida.

ESTA OBRA FOI COMPOSTA EM ELECTRA PELO ESTÚDIO O.L.M. E IMPRESSA
EM OFSETE PELA GRÁFICA BARTIRA SOBRE PAPEL PÓLEN SOFT DA SUZANO
PAPEL E CELULOSE PARA A EDITORA SCHWARCZ EM OUTUBRO DE 2007